Émélie Allaire

Honoré Grégoire

Hélène Jolicoeur
petite-fille d'Émélie et Honoré

Les nuits blanches

(saga des Grégoire : tome 5)

IMPRIME au CANADA
COPYRIGHT © 2006 par
André Mathieu

Dépôt légal:
Bibliothèque nationale du Canada
Bibliothèque nationale du Québec

ISBN 2-922512-36-3

André Mathieu

Les nuits blanches

L'éditeur :
9-5257, Frontenac,
Lac-Mégantic
G6B 1H2

Un clocher dans la forêt

Les nuits blanches s'inspire de l'ouvrage *Un clocher dans la forêt* par Hélène Jolicoeur, petite-fille d'Émélie Allaire et Honoré Grégoire, figures centrales de cette saga familiale, et Canadiens français de bonne souche.

Hélène a elle-même basé ses écrits sur divers témoignages et fait preuve d'une grande authenticité dans sa recherche sur la famille Grégoire.

Mon regard sur ma paroisse natale où vécurent les Grégoire, s'ajoutant à celui d'Hélène sur cette grande famille beauceronne, donnent une oeuvre qui tient autant du roman biographique que de la fiction. Mais ce qui compte d'abord, c'est l'esprit qui animait ces gens d'autres époques, mentalités qui furent si bien comprises par Hélène, et que j'ai tâché de rendre avec mes yeux d'enfant de 1950 et ma plume de maintenant.

J'ai dédié *La forêt verte*, premier tome de la série, à la mémoire de Berthe Grégoire, mère d'Hélène Jolicoeur.

Le second, *La maison rouge,* est à la mémoire d'Alfred Grégoire, un grand personnage de mon enfance.

Le troisième, *La moisson d'or*, à celle de Bernadette Grégoire, un être exceptionnel qui a eu l'une des plus belles places dans mes ouvrages et dans mon coeur à ce jour.

Les suivants sont dédiés à la descendance.

L'auteur

Le cygne, plus il vieillit, plus il embellit.

Béroalde de Verville

Note de l'auteur

Vu l'ampleur prise par la saga des Grégoire en cours d'écriture, passant des 3 livres prévus au départ, à 7, il devient impossible de donner dans chacun des 5 derniers le résumé des précédents comme ce fut fait dans le second tome.

Le lecteur utilisera le seul contenu de l'argumentaire en couverture de chacun pour se situer de nouveau dans la chronologie des événements et l'évolution des personnages.

Il m'a paru nécessaire en ouvrant les pages de ce tome 5 de reproduire le dernier chapitre du précédent tome. On est en plein début de la grippe espagnole de 1918. Ce sera la plus grande pandémie de tous les temps avec ses 50 millions de morts à travers le monde dont 13,000 au Québec : un pire bilan que la guerre mondiale qui s'achève.

*En guise d'élan vers **Les nuits blanches**, voici donc en premier chapitre le dernier de **Les années grises**.*

Chapitre 1

1918

Le presbytère demeura le même et pourtant, son visage changea. À cet apôtre de l'éducation des enfants qu'avait été le curé Lemieux (il avait obtenu de la paroisse l'érection du couvent et fait venir les religieuses) durant la décennie qui s'achevait succéda le pasteur de l'autorité et de la piété. L'abbé Proulx, grand, sec et fumeur de pipe invétéré s'installa à la cure de St-Honoré, secondé par l'abbé Joseph Bouchard, vicaire, qui occupait sa fonction depuis moins d'un an.

La fabrique acheta un nouvel orgue Casavant dont le soufflet serait actionné par l'aveugle Lambert.

De petits événements semblables se succédaient pour fabriquer le quotidien de la grande paroisse. On parlait peu de la guerre, mais les journaux en annonçaient la fin imminente. L'Allemagne était exsangue. Les Anglais avaient développé de nouvelles armes dont le puissant char d'assaut et la situation dans les tranchées de ceux qu'on avait surnommés les Boches ou Frisés, devenait chaque jour un peu plus insoutenable, pour eux désespérante.

Et pourtant, la Russie, ennemie acharnée de l'Allemagne, s'était retirée de ce conflit mondial l'année précédente. Et en octobre, avait eu les moyens de faire une Révolution inspirée par ses chefs Lénine et Trotski.

Loin des champs de bataille, Saint-Honoré continuait de progresser à son rythme régulier et soutenu dans l'harmonie de jours plutôt heureux. On y ouvrit une sous-agence de la Banque Canadienne Nationale. Les naissances se faisaient nombreuses et parmi ces heureux événements, on compta la venue au monde de Hélène Grégoire, enfant de Alfred et de son épouse Amanda, Monique, fille de Gédéon Jolicoeur, Mariette, fille de Joseph Buteau, Dorilas, fils de Paul Boutin, Alcide, fils d'Alfred Mercier et combien d'autres.

Et puis les drames... Éva Bellegarde, fille de Désiré, âgée de 17 ans, mourut le quatre mars, emportée par la terrible tuberculose, un mal impitoyable appelé communément consomption que l'on craignait plus que la peste.

Malgré le décès de Lucie Foley en 1912 et de son époux Joseph fin 1917, la vie continuait d'animer la maison Foley à côté des Grégoire. En dépit de ses 88 ans bien sonnés, Memére conservait tous ses esprits et continuait de diriger avec tact et bonté une maisonnée qui comptait encore plusieurs membres : Édouard, Wilfred, Émile ainsi que Eugène, le benjamin de cette famille de treize enfants, attiré tout autant par la vocation sacerdotale que les charmantes jeunes filles du voisinage, parmi lesquelles Bernadette Grégoire, presque de son âge avec ses 14 ans et sa féminité bien réelle.

La vie appelait des changements tant chez les Foley que chez les Grégoire. Édouard et Pampalon fréquentaient tous deux des jeunes filles de Saint-Évariste depuis un certain temps, et il semblait que ce soit pour le bon motif. À telle enseigne que le onze juin, Édouard Foley épousa Delphine Tanguay en l'église de la paroisse voisine. Il quitta donc la maison familiale et alla s'établir avec sa jeune épouse sur une terre du rang 9, près de la famille Lepage.

Un matin de cet été-là, Pampalon Grégoire était dans sa chambre devant le miroir de la commode en train d'ajuster sa cravate sous son col de celluloïd. C'était le grand jour. Il épouserait dans quelques heures une vigoureuse jeune fille de 17 ans : Ida Bisson de la paroisse voisine.

Son prochain geste fut de tirer sa montre de sa poche pour savoir combien de temps il lui restait avant de prendre la route de son destin et de Saint-Évariste.

Puis la nervosité lui fit ouvrir un tiroir, celui qui contenait divers papiers. Il tomba sur une courte lettre que son frère Eugène lui avait envoyée un jour au collège de Sainte-Marie où Pampalon étudiait. Et la relut, un fin sourire aux commissures des lèvres.

Wilfrid Grégoire

Collège Ste-Marie

j'ai quelque mot à te dire de mes nouvelles qui sont assez bonnes j'ai patiné dimanche toute la prémédie sus bien content de mes patin y coupe pas mal je les aime bien et il patine bien.

Heureusement que son frère avait considérablement amélioré son français depuis cette époque déjà lointaine, songeat-il. Et puis il regrettait que maintenant, plus personne ne l'appelait Wilfrid comme il le demandait naguère. Mais il acceptait mieux son prénom depuis qu'il avait quitté le collège pour seconder ses parents et Alfred en tant que commis au magasin. Emploi sans salaire qui lui avait valu comme cadeau de mariage rien de moins qu'une propriété en face de l'église, dans laquelle il ouvrirait un restaurant et une boulangerie sitôt après son retour du voyage de noce.

Le jeune homme remit les papiers en place et referma le tiroir pour se regarder à nouveau dans le miroir. Il toucha la pointe de cheveux sur son front; un joyeux événement lui revint en mémoire.

Son meilleur ami, Wilfrid Jolicoeur, voulait alors lui présenter sa soeur Marie-Laure...

En vue de cet événement, Pampalon se rendit chez le photographe Racine de Saint-Honoré et fit parvenir son portrait à Marie-Laure Jolicoeur. De son côté, Alice Grégoire tentait d'attirer l'attention de celui-ci sur sa meilleure amie Marie-Ange Ferland. Fier d'être au coeur de ces intrigues, Pampalon décréta que le temps était venu de soigner un peu son image. Il décida, un beau matin, de faire disparaître la pointe de cheveux qui garnissait son front et qui lui déplaisait terriblement. Il demanda donc à son ami 'Pitou' Bélanger de lui donner un coup de main. Les deux compères se rendirent dans le haut du hangar et s'installèrent près de la porte ouverte pour jouir d'un meilleur éclairage. Sous les yeux amusés de Berthe et des gamins du coin, Pitou s'empara d'une paire de pinces à broche et se mit à épiler le front de Pampalon. À chaque touffe de cheveux arrachée, Pampalon lâchait un cri et sautait sur sa chaise, au grand ravissement des jeunes venus voir le spectacle...

Ce sacrifice offert à l'autel de la coquetterie ne fut pas vain car il permit d'attirer sur lui l'attention d'une belle jeune fille que Pampalon avait remarquée depuis peu...

Un clocher dans la forêt, page 65

Ida était la fille du postillon de Saint-Évariste. Âgée d'à peine quinze ans, elle en menait plus large qu'un homme, conduisant l'automobile de son père, transportant les sacs de courrier de la gare au bureau de poste et faisant du taxi entre les deux villages. On l'avait surnommée le 'charretier de Saint-Évariste'. Elle travailla un temps au magasin général Dallaire de son patelin et avait 'tenu' le bureau de poste à l'occasion. Une jeune femme forte. Une jeune femme d'affaires. Quelqu'un qui par bien des côtés, ressemblait à Émélie Grégoire.

C'est elle que Pampalon s'apprêtait à épouser...

Et qu'il épouserait quelques heures plus tard...

Émélie et Honoré qui s'étaient tous deux opposés au choix d'Amanda par Alfred, approuvèrent celui de Pampalon. Les portes familiales s'ouvrirent largement devant Ida, mais continuaient de rester fermées au mari d'Alice qui comptait sur le temps pour l'aider à les entrouvrir...

*

–T'avais raison, Émélie, finalement, 1918 sera une bonne année, dit Honoré à son épouse avant de s'endormir ce soir-là. J'ai hâte d'en faire le bilan quand elle sera finie...

Et pourtant, une bête monstrueuse venue de nulle part était sur le point de faire son entrée au collège d'Arthabaska où elle se diviserait en cent pour se mieux multiplier et se répandre par toute la province de Québec, y compris à Saint-Honoré-de-Shenley : on l'appelait la grippe espagnole.

En fait, le mal était apparu aux États-Unis, dans un camp militaire du Kansas le printemps précédent. Il avait tué pas mal de jeunes hommes. Puis, sans qu'on en connaisse le bizarre itinéraire de voyage, il avait migré en Europe où il avait couru de tranchée en tranchée dans les pays en guerre qui, tous, avaient tu son existence par souci de censure. Seuls les journaux d'Espagne, pays neutre, en avaient parlé d'où le nom de grippe espagnole.

Ce n'est que dans les années 30 (en fait la virologie était née en 1898 quand le Suédois Beijerinck découvrit des micro-organismes encore plus petits que les bactéries et mit en évidence le virus de la mosaïque du tabac, mais il faudra attendre 1935 avant que ne soit cristallisé un virus par le biochimiste Stanley) que la cause probable de la maladie serait déterminée quoique non identifiée formellement : soit un virus quelconque, sûrement un mutant bourré de virulence. Cette année-là, des microscopes plus puissants permettront de découvrir ces dangereuses petites bestioles, mais alors celui qui avait sans doute provoqué la pandémie meurtrière avait mystérieusement disparu de la surface de la terre tout aussi soudainement qu'il était apparu. En attendant les progrès de la science, on parlerait de microbes, de bactéries, et les remèdes pour lutter contre la maladie, tous aussi inefficaces les uns que les autres, abonderaient et feraient la fortune de certains charlatans, vendeurs de poudre de perlimpinpin.

Une tueuse impitoyable que cette grippe !

Plus mortelle que la guerre.

Quasiment aussi rapide qu'un projectile d'arme à feu.

Et qui frappait aussi bien les jeunes gens, jeunes femmes dans la vingtaine, la trentaine, que les plus vulnérables comme les vieillards et les enfants. En fait, l'influenza de cet automne-là semblait avoir un faible pour les forts, ce qui la rendait d'autant plus horrifiante. En pleine santé le soir, malade le matin suivant, décédé le surlendemain : tel était le lot de personnes de tous âges, de toutes conditions sociales, mais au premier chef, de jeunes adultes vigoureux.

Qui donc serait frappé en premier à Saint-Honoré ? La question était sur toutes les lèvres, la peur dans bien des regards, mais l'inconscience dans trop d'esprits.

Comme en 1902, au déménagement du cimetière et en 1908 lors du grand feu qui enrobait le village d'une fumée dense, Émélie, en accord avec le docteur Goulet, mobilisa des femmes et leur demanda de fabriquer des masques. C'est que l'on montrait dans les journaux des illustrations de gens qui, dans les villes, devaient entrer en contact avec des malades ou transporter des corps. Le grand mal se propageait d'une personne à l'autre, il fallait donc en éviter la contagion qui se faisait de manière traditionnelle.

On avait prévu que la municipalité paierait pour le tissu et le travail de confection. À une assemblée du conseil, quelques objecteurs de conscience vinrent s'opposer.

–Pourquoi c'est faire, acheter des masques ? protesta un citoyen pointilleux.

–Pour protéger la santé publique, répondit le maire.

–Pis du bon profit pour le magasin général...

Honoré vit rouge :

–La municipalité va payer pour le tissu et l'ouvrage de confection, monsieur Beaudoin. On peut faire distribuer les masques par le magasin Champagne si vous voulez. Il va y en avoir chez le docteur Goulet, au central téléphonique de monsieur Racine, à la caisse populaire chez Jean Jobin...

–C'est pas moé qui vas se mettre ça dans la face.

–On en mettra un sur votre cercueil, monsieur Beaudoin.

L'homme s'assit sur son entêtement mais il se tut.

Deux étudiants du collège d'Arthabaska furent donc frappés les premiers au Québec par la maladie venue d'ailleurs par une voie inconnue. Aussitôt les autorités de l'établissement en fermèrent les portes. Plusieurs jeunes gens, porteurs sains du virus, en assurèrent sans le savoir la propagation aux quatre coins de la province dont Lac-Mégantic.

Un cas fut déclaré au collège Sacré-Coeur qui ferma à son tour en même temps que presque toutes les écoles de la province. Eugène Grégoire prit le train et retourna chez lui. Ironie du sort, lui, le fils de parents pour qui la prévention de la maladie était un souci de première heure et de tous les instants, serait le premier de Saint-Honoré contaminé par le virus ravageur...

Il entra au magasin au bord du soir, sa petite valise grise à la main. Plein de gens attendaient la 'malle' comme à l'habitude à cette heure-là. Il en salua plusieurs au passage et se rendit au bureau de poste afin de prévenir son père de son arrivée. Honoré devina la cause de ce retour anormal avant que le jeune homme ne la déclare, et lui demanda d'aller informer aussi sa mère qui travaillait dans les livres en haut, dans son bureau-salon.

En se rendant à l'escalier, il croisa le postillon avec qui il était monté de Saint-Évariste et qui traînait derrière lui sur le plancher les trois sacs de courrier et de journaux. Tous les regards suivaient ces sacs; on craignait le contenu des quotidiens qui, comme les soirs précédents, serait sans doute tout en mauvaises nouvelles sur la grippe et la guerre.

Eugène frappa doucement à la porte entrouverte et entra sur un 'oui' d'Émélie qui lui était certainement adressé. Le docteur Goulet se trouvait là aussi et l'on pouvait apercevoir sur le bureau même, deux paniers remplis à ras bords de masques hygiéniques.

—Le collège a fermé ses portes à cause de la grippe.

Le front du médecin se rembrunit. Il lui passa par la tête l'idée que Eugène pouvait couver la maladie. Et demanda :

—Il y a eu des cas ?

—Un... et c'est pas certain.

Voici que les rides de l'inquiétude se creusèrent encore plus sur le front du docteur. Émélie ne le remarqua pas :

—As-tu averti ton père ?

—Oui.

—T'as vu ça ? dit Goulet en désignant les paniers et leur contenu. D'autres sont en voie de fabrication : on va en avoir des centaines pour les paroissiens. C'est aussi valable qu'un vaccin. Si la maladie nous frappe à Shenley, on va l'arrêter net, frette, sec, avec un mur de masques.

—Dommage que monsieur Pasteur soit mort : peut-être qu'il trouverait un vaccin contre la grippe, dit Émélie. C'est pas d'hier qu'il est mort... c'était l'année où on a eu le train... en 1895...

La femme par son blabla cherchait à tuer en elle un mauvais pressentiment, vague mais réel, qui la concernait et la troublait. Elle craignait que le destin n'ajoutât un autre chapitre noir à cette série d'années grises commencée en 1908 par la mort de son fils bien-aimé Ildéfonse.

Le docteur l'y aida par un brin de philosophie joyeuse :

–Vous savez, la plupart des gens ne sont vraiment eux-mêmes que masqués. Bon, côté de la grippe, si elle nous frappe : elle va nous permettre de mieux connaître notre monde.

Émélie reprit la parole :

–Si t'es là, Eugène, ça veut dire que la 'malle' est arrivée. Va porter ta valise dans la cuisine et viens m'apporter un journal d'à soir, veux-tu ?

–Ben oui...

Le jeune homme se dépêcha de faire la 'commission' et bientôt rapporta l'exemplaire qu'il n'avait pas lui-même regardé.

–Je vas voir mes amis en bas, maman.

Elle acquiesça d'un léger signe de tête et mit le journal sur le bureau entre les paniers de masques blancs, sous l'ampoule suspendue qui diffusait sa lumière jaune.

–La paix, on dirait que c'est sérieux, cette fois.

–Quoi de neuf à ce propos, Émélie ? demanda le docteur.

–Les pourparlers de paix pourraient aboutir à un armistice dès novembre...

Cette fois, Eugène emprunta l'autre allée, là où il avait repéré certains de ses amis du même âge : Joseph Mercier, le fils de Firmin, ainsi que Aurèle Lacasse.

–Salut, les gars !

–Salut !

–On t'a vu rentrer avec ta valise.

–Collège fermé : la grippe.

–Tu l'as pas toujours ?

–Ben non, ben non !

L'échange se poursuivit pendant un temps. Eugène n'avait pas vu Alice (Talbot) parmi les gens présents, mais il put apercevoir Orpha et d'autres jeunes filles. Nul doute qu'après la 'malle', l'une d'elles préviendrait son amie de coeur avec qui il correspondait chaque semaine et qu'il voyait chaque fois qu'il venait en vacances. Il vit aussi dans l'attroupement, aligné à la table-comptoir du centre Jos Page qui soudain, lui lança une phrase hachée :

—Ah ben le p'tchi Grégouère. T'es pus à Mèkantique, toé?

—J'y retourne dans quelques jours.

Il se produisit alors un petit événement pourtant mémorable. Toutes les têtes se tournèrent vers l'escalier central en haut duquel venait d'apparaître le docteur Goulet au sortir du salon-bureau d'Émélie. C'est que le praticien portait un masque et ainsi, mystifiait les uns tout en faisant sourire les autres. On venait de lire des nouvelles alarmantes à propos de la propagation de la grippe. Ce n'était plus qu'une question de jours avant qu'elle ne frappe la paroisse de son premier coup de fouet, peut-être une question d'heures...

—Mes amis, mes amis, fit le docteur qui avait abaissé son masque et levé les mains pour obtenir l'attention, c'est le grand temps pour chacun de commencer à porter un masque. La grippe espagnole est à nos portes. Ça meurt comme des mouches dans les villes : Montréal, Québec, partout. On a déjà au moins 200 masques de prêts... On va les mettre au bord de la porte du magasin et quand vous allez sortir, vous pourrez vous en prendre un chacun... C'est gratis. Facile à mettre. Facile à porter. Et ça pourrait vous sauver la vie.

Le docteur remit son linge protecteur sur sa bouche, descendit les marches, alla quérir son courrier et marcha dans l'allée de gauche pour sortir de l'établissement tandis que la marchande, elle-même masquée pour faire exemple comme convenu avec le médecin, apporta les paniers et les posa au bout du comptoir des dames.

Des rumeurs avaient eu le temps de parcourir le groupe : Shenley, c'était bien trop reculé dans les concessions pour que la grippe s'y rende. Et puis si le bon Dieu avait épargné la paroisse jusqu'à ce jour, il continuerait de le faire : suffirait de prier ben comme il faut...

Seulement une vingtaine d'unités trouvèrent preneur. On ne voulait pas se mettre en dette de reconnaissance. Conseillés par Eugène, ses deux amis Joseph et Aurèle en prirent chacun trois pour rapporter à la maison...

*

Vingt-quatre heures plus tard, le docteur Goulet fut demandé pour aller visiter un grand adolescent qui, au dire de sa mère au téléphone, était si mal en point qu'il ne pouvait presque plus se lever. Tous ses muscles étaient très endoloris. Il toussait sans arrêt et semblait souvent au bord de l'étouffement. C'était Joseph, fils de Mary Foley et Firmin Mercier. Le docteur se souvint alors que Joseph et Eugène Grégoire s'étaient parlé la veille au magasin, au retour du jeune homme de Mégantic. Il sut que l'influenza si dangereuse venait d'entrer dans la paroisse. Le temps à venir serait âpre et lui-même pourrait bien ne pas s'en sortir puisqu'il entrerait en contact avec tous les malades très certainement.

Il se rendit chez les Mercier en automobile dans les minutes qui suivirent. D'aucuns, qui le virent passer masqué, comprirent. Devinèrent...

Mary, tout aussi resplendissante à 36 ans qu'à 18, lui ouvrit, l'air consterné. Aussitôt, le docteur lui présenta un masque.

–J'en ai. Joseph en a ramené du magasin hier soir.

–En avoir, ça suffit pas : faut le porter.

–Je vais le faire.

–Tout de suite : vous et toute la famille. La maladie est extrêmement contagieuse, madame Mercier.

On se rendit au chevet du malade dans la chambre des parents sur le même étage. Quoique bien enveloppé dans des couvertures, Joseph tremblait, frissonnait, avait du mal à respirer. Ses yeux injectés de sang parlaient de désespoir.

–Apportez-moi de l'eau bouillante dans un plat.

–J'en mets à bouillir.

Le docteur prit la température du patient : 103° F. Il reconnut vite tous les symptômes de la pneumonie. C'était ça, la grippe espagnole en sa première phase. Il le savait par les récents bulletins médicaux reçus depuis deux mois alors qu'on avait commencé à lui envoyer de la littérature sur la pandémie. Mais en seconde et dernière phase, le teint du malade virait au bleu, sa difficulté à respirer augmentait en raison d'hémorragies dans les voies respiratoires et d'épanchements pleuraux. Il finissait par se noyer dans ses fluides corporels.

Tous ceux qui en étaient atteints n'en mouraient pas : la moitié d'entre eux en réchappait. Mais le taux de mortalité, disait-on, était le plus élevé de toute l'Histoire des pandémies de maladies infectieuses.

–Quand est-il tombé malade ? demanda le docteur lorsque Mary revint avec une bouilloire remplie dont elle versa le contenu dans un plat posé sur la table de chevet.

–À matin. Son père est parti tout seul pour aller travailler sur la terre.

–Madame, pour commencer, allez mettre votre masque sans tarder.

–J'ai encore oublié. J'sais pas où c'est que j'ai la tête.

Elle revint masquée après quelques instants. L'homme était assis à une certaine distance du lit sans rien faire.

–Il va se passer quoi asteur ?

L'air morfondu, il dit à mi-voix étouffée par le linge :

–Je le sais pas plus que vous.

–Il va pas mourir toujours ? C'est un petit gars de seize ans, docteur. Mourir à cet âge, c'est inhumain.

–Le grand patron est là-haut. Moi, je ne peux vous dire qu'une chose : il a cinquante chances sur cent de gagner la bataille. En attendant, la lutte lui appartient.

Joseph qui entendait tout, rouvrit ses yeux refermés et regarda sa mère, puis le docteur, puis sa mère encore. Il murmura en claquant les dents, le coeur sûr de son coup :

–Je vas m'en sortir, je vas m'en sortir...

Et il referma les yeux.

Le docteur donna des consignes. On ne devrait laisser personne entrer dans la chambre. Mary devrait se laver les mains avec du savon du pays et abondance d'eau la plus chaude possible chaque fois qu'elle aurait à s'approcher de son fils.

–Vous pouvez rien faire de plus ?

L'homme secoua légèrement la tête et soupira :

–Hélas ! Hélas ! Hélas !

*

Le docteur se lava les mains et retourna à son bureau. Il garda le secret sur l'événement, sachant que le bruit en courrait malgré lui très bientôt.

Une heure après le souper, il reçut un appel de Firmin Mercier qui le réclamait d'urgence. De retour à la maison, l'homme avait trouvé non pas un, mais deux malades : Joseph et son jeune frère Paul âgé de quatre ans. Et voici que Mary elle-même avait été prise de malaises après le repas et qu'elle avait dû s'aliter...

Les lignes téléphoniques furent encombrées toute cette soirée et personne de Saint-Honoré ne s'endormit sans savoir que la grippe espagnole était devenue un grave péril en la demeure.

Le docteur Goulet lui-même informa Honoré de la chose sur le perron du magasin, sans trop s'approcher de crainte que ses vêtements ne soient contaminés par la 'bactérie' qui censément causait la maladie.

—Personne a soulevé la question, mais va-t-il falloir marquer les portes des maisons où la maladie sera ?

—Ce serait une bonne mesure préventive. En tant qu'autorité civile, c'est au maire de décider.

—Et aux conseillers... Je vas les appeler immédiatement.

—Y a de la grippe chez Firmin Mercier ! annonça Honoré à Émélie qui était à table, entourée des enfants, Eugène, Armand, Bernadette et Berthe.

—Mon doux Seigneur ! Mon doux Jésus !

Il avait fallu un coup de massue pour que cette femme s'exclame avec autant d'ardeur. Qui plus est, elle hochait la tête sans arrêt pour exprimer son profond désarroi. Eugène devint songeur. Honoré reprit :

—Joseph, le petit Paul et Mary elle-même.

—Une personne sur deux en meurt. Avec l'aide de Dieu, deux sur trois pourraient s'en sortir.

Eugène se demandait si le mal n'était pas entré par lui à Saint-Honoré, s'il ne l'avait pas transmis sans le savoir à Joseph Mercier la veille. Il se dit que si lui-même devait tomber malade, il aurait réponse à sa question.

Émélie ordonna :

—Les enfants, à partir d'asteur, vous allez porter votre masque. Matin, midi, soir, la nuit... Vous l'ôterez pour manger pas plus. Honoré, tu vas faire la même chose et moi aussi à la maison et au magasin. Et on va se laver les mains avant chaque repas comme de coutume, mais aussi entre les repas...

*

Le matin suivant, Eugène présenta à son tour tous les symptômes de la grippe. Émélie qui s'inquiétait de son absence à table se rendit à sa chambre et le trouva tremblant, frissonnant, le souffle court et le teint terreux...

–J'ai la maladie, parvint-il à dire. Mes bras pèsent une tonne... Mes jambes itou...

Au-dessus de son masque, les yeux d'Émélie se remplirent d'horreur. Elle resta longtemps sans rien faire ni rien dire : bloquée, estomaquée, assommée.

–Je vais faire venir le docteur...

Le médecin fut sur place quelques minutes plus tard, de même que les parents du malade. Le diagnostic fut ce que l'on craignait le plus. Après avoir pris la température du jeune homme, le docteur se tourna vers les parents; on lui trouva ce même visage du désespoir que le soir de l'opération d'Ildéfonse en 1908. Il fit un signe négatif et baissa la tête, l'air taciturne...

La même idée passa en l'esprit de tous : qui, dans trois jours, de Mary Foley, de ses fils Joseph et Paul, et d'Eugène Grégoire survivrait ? Deux d'entre eux perdraient la bataille : c'était écrit dans les statistiques et peut-être dans le ciel.

Deux personnes seulement savaient que le vecteur d'entrée de la grippe espagnole à Saint-Honoré était Eugène : le docteur Goulet et l'adolescent malade lui-même...

Les Grégoire crurent, eux comme bien d'autres, que leur fils l'avait attrapée de Joseph Foley. Ils n'en conçurent aucun ressentiment puisque c'était la fatalité. Et se demandèrent avec tristesse et consternation si 1918 serait, tout comme 1908, une autre année noire encadrant neuf années grises...

Et la résidence Grégoire dut, elle aussi, être marquée d'une croix blanche pour signifier à tous que la maladie s'y trouvait.

***

Eugène Grégoire en 1918

Chapitre 2

De porteur sain en porteur sain, le micro-organisme responsable de la grippe espagnole finissait par frapper un être plus vulnérable. Cependant, énigme médicale jamais rencontrée, le mal frappait surtout les jeunes adultes en parfaite santé. C'était, pour la personne rendue malade, la catastrophe et une chance sur deux de trouver la mort.

Le docteur Goulet était dans son bureau et songeait aux quatre premiers cas dans Saint-Honoré : les deux fils Mercier et leur mère Mary Foley ainsi que Eugène Grégoire qui avait fort probablement apporté le mal avec lui de Lac-Mégantic. L'homme se sentait écrasé par les événements. Et il buvait un coup pour tâcher d'engourdir quelque peu un morceau de sa sensibilité trop grande.

Son épouse entra sans faire grand bruit, mais en produisant assez avec la porte pour ne pas surprendre son mari qu'elle savait accablé par ce qui l'attendait.

–Viens t'asseoir, Blanche.

–Mon pauvre Joseph, l'avenir est pas rose, on dirait.

–Noir... Noir comme le charbon !

Elle vint prendre place dans un fauteuil à bras placé devant le bureau. Éclairée d'une seule lampe avec abat-jour, la pièce était sombre et cela annonçait un échange encore plus décourageant à propos d'un futur encore plus chargé.

—Tu devrais pas boire comme ça, Joseph : tu pourrais devenir alcoolique.

Il soupira :

—Ah oui, t'as ben raison ! T'as trop raison !

Blanche était enceinte. Tous deux le savaient, mais il n'y paraissait pas encore dans son tour de taille. Élégante en tout temps, la jeune femme de 31 ans portait ce soir-là un bandeau noir sur la tête, qui réunissait ses cheveux en une seule vague sur la nuque.

—Firmin voulait que je veille ses trois malades, mais d'autres cas peuvent survenir à tout moment et il faut qu'au moins j'aille rassurer les familles touchées. Je ne peux rien faire de plus pour Mary et ses deux fils. Même chose pour le jeune Grégoire. J'ai prévenu Émélie et Honoré. Je ne peux pas rester tout le temps au chevet d'un malade en période d'épidémie. Ils ont compris ça. Firmin dit que trois malades, c'est plus important qu'un seul. Et je lui ai répondu que si on raisonne de cette manière, eh bien des dizaines de malades, c'est plus important que trois. Et c'est par dizaines qu'on va compter les cas dans les jours à venir... je dirais même les heures à venir.

—Seigneur, faudrait que dimanche, à la grand-messe, toute l'église prie à genoux pour que le bon Dieu s'en mêle...

Le docteur ricana :

—Non, Blanche, faudrait plutôt que dimanche, personne ne vienne à la messe. Pas un chat. Que les gens restent chez eux. Qu'ils portent tous un masque. Les brebis ne doivent surtout pas s'attrouper, elles doivent se disperser, si tu me passes ce langage biblique.

—Fais faire un appel général par madame Racine.

—J'y pense, mais... j'hésite...

–Pourquoi ?

–Faire peur au monde, j'aime pas trop ça. Et puis, notre nouveau curé est pas mal... dur de bride. Campé sur ses positions. Inébranlable.

–La peur est le commencement de la sagesse. C'est pas d'hier que tu me le répètes.

Blanche possédait une voix d'une douceur incomparable : toute de patience vertueuse, toute d'harmonie et de nuances. Elle avait le don de rassurer son mari qui, sous des dehors plus que calmes, abritait pourtant une âme tourmentée.

–Ce qui me fait mourir, c'est l'impuissance.

–T'es pas impuissant devant la maladie et tu viens de me le dire. Tu rassures. Et ça, c'est une partie de la guérison pour un malade. La confiance en son médecin multiplie la confiance en soi. Et ce sentiment-là, tu l'as établi avec les gens de cette paroisse. Les gens ont entendu parler de la grippe espagnole; ils savent les limites de la médecine devant un pareil fléau universel. Il faudrait peut-être... que tu leur donnes un remède. N'importe quoi. Ils y croiront et une partie du chemin sera faite, pour eux, sur la voie du rétablissement, du retour à la santé.

–Un médecin peut pas donner n'importe quoi à son patient quand même.

–S'il n'a rien d'autre à leur offrir, il le peut. Pourvu que le médicament soit inoffensif, il sera bénéfique. C'est pas une maladie ordinaire. La science médicale est pas prête à y faire face, tu le dis depuis l'été, ça.

L'homme fit couler une rasade dans sa petite tasse et but d'un trait le liquide alcoolique, puis, déposant le gobelet :

–Assez bu ! Tu vois juste. Je vais fabriquer un remède à base de cognac...

–Je peux t'aider ?

–Sûrement !

Ils étaient à préparer la concoction sur un petit comptoir à côté d'un évier quand le téléphone sonna. Joseph alla répondre. Blanche comprit qu'un autre cas de grippe venait de se déclarer.

–Qui ? demanda-t-elle simplement quand il eut raccroché et tourné la manivelle.

–Chez Napoléon Martin.

–Pas la belle Éveline toujours ?

–Non, sa mère. J'y vais.

–Ça doit être grave pour qu'on insiste auprès de madame Racine.

–J'ai oublié de te le dire : la compagnie de téléphone a fait appel au conseil municipal et la municipalité versera elle-même un bon supplément aux Racine pour qu'ils soient disponibles vingt-quatre heures par jour.

–Ça veut dire qu'on va te déranger vingt-quatre heures par jour.

–C'est ça : un "docteur campagne".

–Je le savais en te mariant.

Tandis qu'il prenait sa trousse dans un meuble bas, il dit sur un ton désolé :

–Tu seras celle qui en souffrira le plus. Je serai le plus souvent sur la route tant que durera l'épidémie et toi, il faudra que tu prennes les appels téléphoniques... Pour en revenir à un appel général informatif, je verrai d'ici deux à trois jours. Il se pourrait que les foyers restent ce qu'ils sont : la famille de Firmin, les Grégoire et les Martin... mais...

–Faudra-t-il que le magasin ferme ? Et le bureau de poste, impossible de le fermer.

–Eugène est mis en quarantaine. Aucun des enfants ne pourra circuler de la résidence au magasin. On a barricadé la porte entre les deux. Émélie et Honoré feront le tour par dehors pour aller au magasin et au bureau de poste. Ils portent le masque et continueront de le faire. Émélie sera la seule à se rendre dans la chambre du malade et elle va se laver et se changer de linge chaque fois. Tout a été décidé, entendu. Je ne pense pas qu'il y ait un grand danger de contagion à cause d'Eugène. Plus maintenant en tout cas...

–Ce qui veut dire qu'il a été la porte d'entrée de la maladie dans la paroisse ?...

L'homme ne répondit pas. Sur un air énigmatique, il posa sa trousse noire sur le bureau et l'ouvrit :

–Je vais aux toilettes avant de partir. Mets une petite fiole de substance neutre dans mon sac, veux-tu, Blanche ?

–C'est bien.

*

La lune était au rendez-vous ce soir-là. Chemin faisant dans sa Chevrolet neuve, le docteur regardait les étoiles en se demandant ce que Dieu avait bien pu y écrire. Pourquoi une guerre interminable qui, chaque jour, chaque heure du jour, détruisait tant de vies humaines ? Il avait entendu parler par les journaux de ces 'gueules cassées' dont le sort était pire encore que celui des soldats tués. Ces hommes qui revenaient des tranchées avec un visage ruiné, démoli par un éclat d'obus, par un projectile, par un morceau de roc lancé par une explosion. Des infirmes à jamais. Des faces abominables que plus personne ne voulait voir. Et tous ces éclopés d'un autre genre : privés d'un membre ou de plusieurs, de la vue, de l'ouïe. Et ces gazés survivants dont le lot serait de trembler toute leur vie durant : une vie écourtée. Et puis tous ceux qui reviendraient dans toute leur intégrité physique mais dont l'esprit connaîtrait une existence vouée à l'anxiété, à l'angoisse, aux nuits blanches et cauchemardesques : des morts-vivants.

–Bêtise humaine ! Bêtise humaine ! répéta le docteur au bout de ses pensées.

Et pourtant la grippe, si sa propagation avait été favorisée par la guerre, n'était quand même pas une invention maléfique de l'être humain. Et là bloquait la réflexion du praticien. Sans la foi, il aurait adressé de sérieux reproches au Créateur. Sans l'amour de son prochain, il aurait démissionné devant l'hécatombe qu'il savait venir.

Comment Dieu, capable de créer pareille immensité lumineuse, capable d'inventer à partir de rien la magnificence stellaire pouvait-il laisser les hommes s'entre-déchirer et les maux comme cette effroyable grippe l'achever sans pitié ? C'est à lui-même que Joseph posait la question, pas à son Créateur.

Puis il songea à Fatima, ce hameau du Portugal où la Vierge Marie s'était manifestée à trois enfants d'une humble famille, petits pastoureaux trop innocents pour inventer pareille histoire. Les apparitions de la Vierge dataient d'à peine un an. En fait, la première avait eu lieu le 13 mai et la dernière le 13 octobre 1917.

"*Je suis Notre-Dame du Rosaire*," avait dit l'apparition à Lucie, Jacinthe et François. "*La guerre va finir et les militaires rentreront bientôt chez eux.*" "*Les uns guériront, les autres non, car il faut qu'ils se corrigent, qu'ils demandent pardon de leurs péchés. Il faut cesser d'offenser davantage Dieu Notre Seigneur, car Il est déjà trop offensé...*"

Ces paroles attribuées à Marie, mère de Jésus, trottaient dans la tête du docteur Goulet. Il les avait lues dans les journaux, les avait mémorisées, analysées. Il s'était demandé comme bien d'autres à travers le monde si tout cela ne relevait pas de la fumisterie bien orchestrée. Mais comment expliquer cette mémorable danse du soleil que plus de 50,000 personnes avaient été à même de voir de leurs yeux ? Et aussi bien que lui qui, en ce moment même, pouvait contempler la voûte céleste et ses milliards d'astres brillants.

Un pareil phénomène aurait pu s'expliquer scientifiquement, mais qu'il ait été préalablement annoncé par les enfants qui avaient prédit un miracle pour cette journée du 13 octobre, échappait à toute logique humaine.

L'homme relut dans sa tête le compte-rendu du journal du 15 octobre 1917...

« *Pendant que Notre-Dame s'élevait, le reflet de la lumière qui se dégageait d'elle se projeta sur le soleil. C'est à ce moment qu'une bonne partie de la foule put contempler la danse du soleil. La pluie cessa soudainement et les nuages se dispersèrent brusquement, laissant apparaître un ciel clair. La foule put alors regarder directement le soleil sans risque de se brûler les yeux ni sans être aucunement incommodé. Il y avait un grand silence. L'astre se mit à trembler avec des mouvements brusques, puis il tourna sur lui-même à une vitesse vertigineuse, en lançant des gerbes de lumière de toutes les couleurs de l'arc-en-ciel. Il semblait s'approcher de la terre, au point que la foule s'en inquiéta. En effet, le soleil, conservant son mouvement rapide de rotation, paraissait brusquement se détacher du ciel et avancer en zigzaguant sur la foule. Ce fut un instant si terrible que plusieurs personnes s'évanouirent, mais finalement, il s'arrêta au grand soulagement de tous. À la stupéfaction générale, la foule put constater que leurs vêtements, trempés par la pluie quelques minutes auparavant, étaient complètement secs ! Cette danse du soleil put être observée jusqu'à plusieurs kilomètres de Fatima.* »

Joseph Goulet avait beau pratiquer sa religion, diriger le choeur de chant, croire en Dieu et en tout ce que l'Église de Rome ordonnait aux fidèles de croire, le doute revenait sans cesse le travailler en son âme et conscience. Les questions se multipliaient dans son regard brillant. Et voici que s'en ajouta une autre ce soir-là, plus insistante que toutes les précédentes : pourquoi donc la Vierge qui avait parlé de la guerre aux enfants n'avait-elle jamais dit un mot de ce fléau imminent, autrement plus dangereux pour l'humanité et qu'on désignait sous le nom de grippe espagnole ? Dans son éternité, Marie ne le savait-elle pas venir ?

Il tâchait de se fabriquer des réponses quand vint le moment de tourner dans l'entrée des Martin. Plusieurs fenêtres de la maison étaient allumées. Plus qu'ailleurs. Des chandelles devaient brûler dans la plupart des pièces, autant pour éclairer que pour demander au ciel ses faveurs de santé.

On entendit le bruit du moteur à l'intérieur. Le père de famille vint ouvrir :

–Bonsoir, monsieur le docteur.

–Bonsoir, monsieur Martin.

–Merci ben d'être venu aussi vite.

–C'est toujours la course entre le docteur et la maladie. Cette fois, on dirait que la maladie court plus vite que moi.

–C'est ma femme, comme j'vous disais au téléphone.

–On va voir ça. Première des choses, il faut que chacun de la maison porte un masque tant que la maladie sera chez vous. Ça, c'est essentiel pour éviter que la grippe soit attrapée par les autres.

–Madame Grégoire nous a téléphoné pour nous dire d'aller en chercher. Mais on est capable de s'en faire.

–C'est certain : toutes les petites dames de la paroisse peuvent en fabriquer, mais il faut le bon tissu pour empêcher réellement les bactéries de se propager à travers. En même temps, faut pouvoir respirer... J'en ai plusieurs dans ma valise. Assez pour vous tous dans la maison. Même et surtout la malade devra en porter un. C'est la meilleure prévention. Peut-être qu'il est trop tard. Bon, enfin...

Le médecin alla poser sa trousse sur la table, saluant Éveline qui se berçait au coin du poêle près de la porte de la chambre laissée entrouverte et d'où provenait le bruit d'une toux certainement aiguë.

–Depuis quand est-elle au lit ?

–À l'heure du midi, répondit la jeune fille.

–Elle toussait avant de se coucher ?

–Presque pas.

–Bon...

Joseph installa un masque sur sa bouche après avoir demandé à Éveline de faire bouillir de l'eau. Elle avait pris de l'avance, sachant qu'il s'amenait et se disant que le docteur a toujours besoin d'eau chaude.

–Vous êtes certain qu'il faut se mettre ça ? dit Napoléon quand un masque lui fut tendu.

–Écoute, mon ami, t'es plus en danger d'attraper la grippe que Memére Foley, ma voisine au village. Elle a 88 ans. C'est une maladie qui frappe les gens les plus en santé. Mets ça et lave-toi les mains comme il faut chaque fois que tu vas revenir de la chambre de la malade.

Il fit une moue de résignation :

–D'abord que vous le dites.

–Les autres membres de la famille sont où ?

–Ça dort en haut.

–Même consigne pour eux autres.

–Je vas m'en occuper, fit Éveline qui venait s'assujettir son linge protecteur sur sa bouche.

–Tu m'apporteras l'eau dans un plat...

Le docteur prit la fiole de la nouvelle concoction et entra dans la chambre, thermomètre à la main de même qu'un masque, et stéthoscope suspendu sur sa poitrine.

Odile traversait un moment de répit. Elle accueillit le personnage venu à son secours. Car elle avait parfaitement conscience des dangers qu'elle courait à cause de cette maladie dont elle avait plusieurs fois entendu parler depuis quelques semaines.

–Contente de vous voir, docteur.

–Et moi de même.

–Vous faites bien de porter un masque : j'dois être pas

mal contagieuse.

—La grippe : c'est normal. Et je vais vous installer une petite barrière protectrice à vous aussi.

—J'aurais dû prévenir et en coudre pour toute la famille.

—La municipalité en distribue.

Il se rendit déposer sur la table de chevet ce qu'il tenait à part le masque et alla lui mettre tout en parlant à travers le sien :

—Ça rend la voix un peu étouffée, mais c'est endurable. Et puis, pour vous permettre de tousser à votre guise, je ne vais pas le serrer trop fort autour de votre tête.

Le processus terminé, elle dit :

—C'est quoi, mes chances de m'en sortir ?

—Toutes les chances.

—En chiffre, ça fait quel chiffre ?

—J'ai un remède spécial... Ça vous relève le moral...

Elle insista :

—Quel chiffre ?

—La littérature médicale nous dit : une chance sur deux. Mais... bon...

—Mais quoi ? Bon quoi ?

—Le plus vous vous éloignez de vingt-cinq ans, meilleures sont vos chances. Vous êtes dans la quarantaine, je pense, donc le "une sur deux" pourrait bien être "deux sur trois".

—Pourquoi les médecins dorent-ils toujours la pilule à leurs patients ?

—Je vous dis la vérité, Odile, la pure vérité.

—Voulez-vous fermer la porte un p'tit moment ?

—Bien sûr, bien sûr !

Il le fit et revint auprès d'elle.

—Voulez-vous ouvrir le tiroir de la commode, là. J'ai une

écharpe noire... je voudrais que vous me l'apportiez.

Ce qu'il fit aussi. Elle déplia le foulard et dégagea une lettre adressée à quelqu'un :

–Voulez-vous donner ça à madame Grégoire ?

Joseph prit l'enveloppe, lut, dit :

–Mais ça ne lui est pas adressé.

–Je veux que ça passe par les mains de madame Émélie. Elle saura quoi faire avec pour l'acheminer comme il se doit.

–C'est très bien : je la mets tout de suite dans ma valise. Un docteur facteur : pourquoi pas ?

–Et que ça reste entre vous et moi, s'il vous plaît !

–Ça tombe sous le coup du secret professionnel dès que vous demandez que ça le soit. Et même sans le demander si le renseignement concerne l'état de santé du patient.

–Vous êtes un ben bon docteur. Depuis dix ans qu'on vous a, on veut vous garder toujours. Peut-être que vous pourrez pas me soigner parce que j'serai pus là, mais y a mes enfants qui vont survivre... Ils vont survivre, pensez-vous ? Sont pas contaminés toujours ?

Le médecin se demandait comment le mal était arrivé chez les Martin ? Une route de la 'bactérie' remontait-elle de cette maison à Eugène Grégoire ? Comment savoir sans révéler que la chose fût possible en posant des questions trop directes ?

–Saviez-vous qu'il y a de la maladie aussi chez les Grégoire ?

–On l'a su hier. Eugène...

–Il l'a contractée comment : on se le demande.

Le docteur secoua le thermomètre puis l'introduisit dans la bouche de la patiente.

–Ce qui est certain, c'est que c'est pas Eugène qui me l'a donnée : on l'a eue quasiment en même temps.

—À son retour de Mégantic, il était en bonne santé.

—J'ai parlé de lui avec Pit Veilleux avant-hier... Il m'a dit la même chose.

Lumière violente venait de se faire dans l'esprit du docteur. Eugène avait sans doute contaminé le postillon qui, à son tour, sans le savoir, avait contaminé Odile et peut-être d'autres de sa famille qui seraient des porteurs sains ou tomberaient malades dans les jours à venir. Comment bloquer cette contagion ? Sans doute était-il déjà bien trop tard.

—Les meilleurs moyens d'empêcher cette maladie de faire trop de ravages sont, dans l'ordre : le port du masque, le lavage des mains et des vêtements, la mise en quarantaine des personnes atteintes et... la prière. Peut-être la prière à la Vierge Marie. Si elle a pu apparaître aux trois petits bergers de Fatima, elle est capable d'intervenir pour chasser cette 'bactérie' qui rend malade et...

Elle fit un léger sourire :

—Pis fait mourir ?

—D'aucuns, pas tous.

Il y eut une pause. L'homme lut le thermomètre. Il reprit sur un ton laconique :

—Vous faites de la fièvre, mais c'est pas dramatique.

—Le pire est à venir ?

—Le pire sera passé dans deux jours.

—Deux jours.

—C'est ça... Je vais maintenant écouter votre respiration, Odile.

De l'autre côté de la porte, Napoléon qui ne portait pas encore son masque, essayait d'entendre ce qui se disait à l'intérieur de la chambre. Éveline le regarda s'approcher, s'arrêter, tendre l'oreille. Elle finit par lui faire reproche :

—Si le docteur a cru bon fermer la porte, c'est parce que

c'est nécessaire.

–Pour les microbes, mais pas pour les paroles. Un homme pis une femme ont rien à se cacher, surtout pas quand ils sont malades.

–Faites confiance au docteur : il sait ce qu'il fait, papa. Pis vous devriez mettre votre masque pour empêcher la contamination.

–Quen, aide-moé donc à installer ça...

Elle se leva et se mit derrière lui pour accomplir la tâche puis se retira dans l'ombre où elle resta debout, bras croisés, à s'inquiéter de plus en plus pour sa mère. Plus belle que jamais, Éveline, maintenant âgée de 19 ans, restait obstinément à l'écart des jeunes gens qui, pourtant, exerçaient sur elle un attrait grandissant. La déception venue par Henri Grégoire, qui l'avait délaissée pour l'exil, s'ajoutant à cette fureur charnelle qu'il lui fallait sans cesse combattre, lui disaient d'attendre que vienne le temps, que vienne le bon gars, que vienne le beau sentiment... Et bien des jeunes hommes tentaient leur chance, qui n'obtenaient toujours que des refus polis et parfois des phrases qui alimentaient leurs espérances. D'aucuns, comme elle en ce moment, attendaient dans l'ombre qu'elle se décide à ouvrir la porte de son coeur puis de sa chambre. Parmi eux, Honoré Rouleau et Louis Paradis... Sur les conseils d'Auguste Poulin, ce jeune homme de Saint-Martin qui avait épousé la fille d'Anselme Mercier deux ans plus tôt et s'était établi à Saint-Honoré, il en était même venu un de la paroisse voisine, de ces prétendants au coeur d'Éveline. Jeune homme nerveux qui n'avait pas eu envie de jouer à "je t'attends", Martin Bégin n'avait tenté sa chance qu'une seule fois...

En ce moment, la jeune femme ne consacrait pas une seule seconde à songer à ces jeunes gens qui faisaient la file à la porte de sa vie; et son coeur n'était rempli que des seuls sentiments que l'état de santé de sa mère allaient chercher bien loin en elle. La peur qu'elle n'avait guère connue dans ses jeunes années rôdait aux alentours. La tristesse qui rarement avait été son lot malgré les changements biologiques propres aux âges parcourus jusqu'à ce jour, noyait ses yeux. La souffrance morale ressentie en quelques occasions quand elle avait subi l'agression verbale de son père, étreignait sa gorge d'une manière encore plus violente à l'idée que sa mère puisse les quitter brutalement.

Elle suivrait à la lettre les consignes du docteur. Restait à prier. Quelle magnifique idée que d'adresser des suppliques à la reine du ciel ! Les femmes ne font pas la guerre; les femmes comprennent le langage de la paix; les femmes donnent la vie. Une femme toute-puissante ne saurait que répondre au voeu d'une jeune femme souffrante en accordant la guérison à sa mère dangereusement malade.

Éveline commença de murmurer des Avé.

Il parut que le ciel répondait à ses prières puisque les mots que leur adressa le docteur, à elle et son père, en sortant de la chambre, en furent des plus encourageants :

—Vous savez, il y a quatre cas de grippe au village et l'état des malades est bien plus inquiétant que celui de madame Martin. Ce qui veut dire que son système est plus fort, se défend mieux. L'espoir est grand. Et puis je lui ai donné un remède que vous lui ferez prendre trois fois par jour : une cuillerée à thé.

Debout, le père et sa fille montrèrent du soulagement par le regard.

—On vous remercie ben gros de votre visite à une heure aussi avancée, dit doucement Éveline.

—Un docteur a pas d'heure, mademoiselle.

—J'vous dois combien pour la visite ? demanda Napoléon.

—Deux piastres. Pas nécessaire de payer ce soir.

—J'aime autant, moé...

L'homme alla prendre l'argent dans une cassette qu'il sortit d'une armoire. Et vint le tendre à Joseph qui était à fermer sa trousse où il avait remis thermomètre et stéthoscope.

—Ça, faites attention à ça ! dit le docteur en brandissant le billet de banque.

—Ça veut dire quoi ?

—De l'argent, ça va d'une poche à l'autre. À travers les mouchoirs souillés... Y a rien de plus contaminé par les microbes...

—Pas pensé à ça, mais...

—D'où il vient, ce 'deux-piastres' là ?

—Je le sais pas... attendez... Qui c'est qui nous a donné ça, Éveline ?

—C'est Pit Veilleux quand on l'a payé pour le paquet... il nous a remis ça.

—Vous voyez, Pit pourrait l'avoir eu de quelqu'un qui est infecté par la bactérie et c'est comme ça que madame Martin pourrait avoir été contaminée. C'est madame Odile qui a reçu le billet de banque ?

—Oui, fit Éveline.

—Ouais, c'est pas mal compliqué, tout ça, soupira Napoléon qui se grattait la tempe.

L'oeil du docteur brilla. En sa tête, il remonta d'une main à l'autre, l'idée accrochée au billet de banque : de Napoléon à Odile; d'elle à Pit Veilleux; de Pit à Eugène Grégoire. Mais l'objet n'était peut-être pas contaminé et la contagion pouvait tout aussi bien avoir été causée par les postillons de chacun tandis qu'il parlait à l'autre. En tout cas, deux chemins très larges couraient du fils Grégoire à Odile Martin... Le docteur Goulet tairait la chose. Par devoir. Aussi parce que la 'bactérie' courait déjà les chemins de toute la paroisse, à n'en plus douter. Les 10 rangs et le village n'étaient plus à l'abri...

Quand il sut par sa mère que l'épouse de Napoléon

Martin avait elle aussi contracté la grippe, Eugène chercha à découvrir ce chemin de contagion qui menait de lui à Odile... Il le trouverait dans les heures à venir et son affreux sentiment de culpabilité reviendrait l'empoigner à la gorge avec deux fois plus de force.

***

Les enfants de Fatima

Chapitre 3

À son retour à la maison, le docteur se fit d'un silence prudent pour ne pas réveiller Blanche qu'il croyait endormie dans leur chambre. Elle avait laissé allumée la lampe de son bureau. Il posa la trousse sur la table d'examen et alla s'asseoir afin de se reposer le temps d'une courte pause avant d'en finir pour de bon avec cette éreintante journée.

Puis il abaissa son masque et chercha dans les tiroirs, les armoires, tous les lieux où il gardait de l'alcool en réserve; et quand il ne trouva rien à boire, il retourna s'asseoir, le coeur grognard. La voix de Blanche se fit alors entendre :

–Tu devras pas boire durant cette épidémie, Joseph. J'ai donc fait disparaître toute boisson alcoolique de ton bureau et des alentours.

–Tu te mêles pas de tes oignons, chère épouse, à faire une chose pareille.

–Au contraire, ça me regarde. Si à cause de la boisson, tu es moins prudent et qu'il t'arrive un accident au volant, ce sont les malades qui les premiers en souffriraient et toi ensuite par remords de conscience. L'alcool aidant, on prend plus de risques et sans l'avoir voulu, tu pourrais contribuer à propager la grippe par une sorte d'erreur dans tes mesures d'hygiène. Quatre malades de plus, cela voudrait dire deux décès. Et tu les aurais sur la conscience le restant de ta vie. Je ne veux pas partager les jours d'un homme rongé par le regret, dévoré par le remords. Souviens-toi de la mort du jeune Ildéfonse Grégoire. Ce n'était en rien ta faute et pourtant, l'événement tragique t'a longtemps grugé l'intérieur. Voilà pourquoi je dis que ça me regarde.

La douce voix venait de l'ombre et Joseph en vint à se demander si ce n'était pas sa propre conscience qui lui parlait ainsi. Mais Blanche était simplement assise entre deux meubles, adossée au mur, en un coin que la lumière blafarde n'atteignait pas directement. Craignant l'esclandre à cause de son geste, elle s'était tue un temps après son arrivée, jusqu'à se dire que l'attente ne servait à rien, sinon à augmenter la tension chez lui.

Maintenant, elle anticipait un éclat de colère comme il en avait parfois pour des motifs bien moins importants. Il dit, la voix monocorde :

–Blanche Desjardins, je vais te dire ceci... Il faudra que durant l'épidémie, tu me secondes jour après jour, heure après heure. Ce que tu as fait ce soir, tu as eu l'intelligence de le faire, surtout le courage. Non, je ne devrai pas boire une seule goutte d'alcool tant que durera cette épidémie et j'ai besoin de ton aide pour y arriver. Je suis en colère à cause de ce que tu as fait et... je te dis merci pour ce que tu as fait.

–J'avais peur de ta réaction.

–Ton courage n'en est que plus grand... Et maintenant désinfection de tout ce que j'ai ramené de là-bas... J'ai une lettre pour madame Grégoire... J'ai un billet de deux piastres...

–Tout est prêt dans la cuisine. L'eau bouille. Tu y jetteras tes vêtements. D'autres, propres et aseptisés, t'attendent sur une chaise. Aussi un plat pour te laver les mains. J'ai mis de l'alcool dans la bouilloire. Les vapeurs vont désinfecter la lettre et le billet de banque...

–L'enveloppe pourrait s'ouvrir, mais c'est la seule façon.

–En effet !

Alors que tout était accompli de leurs desseins et qu'ils s'apprêtaient à gagner leur chambre, les Goulet entendirent la sonnerie de la porte du bureau :

–Dieu du ciel, pas un autre cas ! s'exclama Joseph.

–Tu ne devras pas y aller avant de dormir au moins une heure ou deux.

–Je vais leur dire...

–Laisse-moi aller répondre...

C'était Émélie Grégoire qui salua en soupirant derrière son masque :

–Eugène est au pire. On dirait que son visage vire au bleu, ce qui veut dire qu'il manque d'oxygène, comme vous me l'avez expliqué, docteur.

–Il y aura des victimes ici comme ailleurs, mais s'il fallait que ce soit Eugène ! dit Blanche.

–Je vous demande pas nécessairement de venir, vu que vous pouvez pas y faire grand-chose, mais en prenant un peu d'air froid devant le magasin, j'ai vu de la lumière chez vous. J'ai pensé qu'on pourrait se dire deux mots.

–J'ai une bonne nouvelle pour vous, Émélie. On a reçu la recette d'un remède qui pourrait agir. En tout cas qui pourrait pas nuire. Je vous en donne une bouteille pour Eugène. Faites attention pour pas qu'il s'étouffe en le prenant. Donnez-lui à la cuiller. Comme pour l'eau. Avez-vous pris sa température récemment ?

–Autour de 102°.

–Si c'est 103°, dites-le moi et je vais le voir.

Émélie pouvait lire la fatigue extrême dans le visage du docteur et plus encore dans sa manière de parler. On resta debout sans lui offrir de s'asseoir, ce qu'elle aurait de toute façon refusé de faire.

—Donnez-moi le remède et je vais le soigner.

—Vous ferez tout aussi bien que je peux faire. Mais vous avez bien fait de venir : voyez, j'ai à vous offrir un nouveau médicament. Probable que ça ne va pas guérir tout le monde, mais si on peut en réchapper d'aucuns...

—Si parmi les 'd'aucuns' devait se trouver Eugène.

Blanche dit :

—C'est pas pour rien que vous êtes venue cette nuit, Émélie. Vous avez senti qu'il fallait venir. Et voyez : vous aurez une nouvelle arme contre la grippe.

—C'est drôle, la guerre s'est passée en Europe. Elle est pas finie. Les hommes se battent, s'entre-tuent. Durant 4 ans, on s'est dit chanceux de ne pas vivre ça. On s'est cru à l'abri. Mais la guerre, on l'a en pleine face. C'est elle qui nous envoie la grippe. Et la bataille pourrait être plus mortelle chez nous que dans les tranchées des vieux pays.

Ces phrases venaient d'être dites non par le médecin chez qui elles auraient paru naturelles, mais par Émélie qui ressentait profondément dans sa chair et son esprit la gravité de la situation, non seulement pour sa famille, mais pour toute la famille canadienne.

Pendant qu'elle parlait, Blanche alla chercher une des petites bouteilles brunes qu'elle avait remplies de leur concoction durant l'absence de son mari.

—Là-dessus, je vais retourner auprès du malade. Vous inscrirez ça sur notre compte.

—Non, attendez, on a quelque chose pour vous. D'abord, je dois vous dire qu'il s'est déclaré un nouveau cas de grippe ce soir : madame Martin.

Émélie eut tout le mal du monde à retenir l'impassibilité dans son visage :

–Y en a plusieurs par ici : pas Napoléon toujours ?

–En effet, madame Odile a la grippe. Elle est en début de première phase. Elle m'a confié une lettre pour vous, à remettre à la personne à qui l'enveloppe est adressée. Elle m'a dit que vous sauriez quoi faire avec. La problème, c'est qu'elle est ouverte : nous avons dû la désinfecter à la vapeur et la colle aux patates à fondu, mais nous ne l'avons pas lue, bien entendu.

–Je vais la chercher, dit Blanche.

–On devait vous la remettre demain. Elle a dit que vous sauriez quoi faire pour qu'elle arrive à bon port.

Émélie devina que son amie Odile avait dû écrire à Marcellin, ce qui lui parut un mauvais présage. Comme si elle sentait venir sa mort et avait voulu laisser un ultime message à celui qu'elle avait tant aimé jadis. En lui confiant le soin de faire parvenir la lettre, sans doute voulait-elle que celle-ci tombe en les seules mains propres de l'époux d'Obéline et aucune autre. Cela serait.

–Je ferai le nécessaire... Pour ce qui est des masques, ferez-vous un appel téléphonique général et dire que la grippe est arrivée à Shenley... comme vous l'aviez laissé entendre ?

–Ça va se faire demain sans faute. Faudrait que toute la paroisse porte un masque, sans aucune exception, y compris messieurs les prêtres du presbytère.

–L'abbé Proulx refusera, j'en suis certaine.

–Il devrait pourtant donner l'exemple.

–Il va préférer l'exemple du courage à celui de la prudence, vous ne pensez pas ?

–En temps d'épidémie mortelle, le courage n'a pour nom que celui de témérité. Et le vrai courage, c'est de n'en point démontrer.

Avant de repartir, Émélie s'enquit du nom du nouveau médicament. Joseph échangea avec Blanche un regard entendu et se rendit au comptoir en disant :

—Je vais voir... Attendez... Au début, on ne retient pas toujours le nom... c'est du... 'Goulinol'.

—Ah !

Quelques mots de civilité et la femme quitta avec le remède et la lettre.

—Du Goulinol ! fit Blanche en secouant la tête. Tu parles d'un nom fictif !

—T'as trouvé l'idée, j'ai trouvé le nom. Nous sommes complices dans la recherche d'une guérison que rien d'autre ne peut amener.

—Ça peut pas faire de tort, au contraire.

—Pourtant, il faudra dire que c'est sans effet sans le port du masque... l'haleine imprégnée du remède et que l'on respire... comme l'effet du camphre accroché au cou... le camphre, un vrai poison...

À la maison, Émélie mit l'enveloppe dans un tiroir de commode de sa chambre puis, ayant pris une cuiller dans la cuisine en passant, elle se rendit à l'étage afin de faire avaler le nouveau remède à son fils.

Eugène n'allait pas plus mal en fait. C'était plutôt l'angoisse refoulée de sa mère qui l'avait envoyée voir le docteur en pleine nuit alors que son mari et les enfants dormaient tous à poings fermés. Fiévreux, les yeux amortis, il n'en pouvait pas moins dire quelque chose :

—Vous avez pas entendu parler d'Alice ?

—Ça fait trois fois que tu m'en parles, mais tu dois comprendre que sa famille et elle-même ne peuvent pas prendre le risque... de...

—C'est sûr ! J'aurais juste voulu avoir de ses nouvelles. Savoir qu'elle sait que je suis malade de même.

—Tout le monde le sait, Eugène. Mais tu vas t'en sortir.

Tu vois, j'ai un nouveau remède. À prendre trois fois par jour. Ça va faire des miracles.

–Faudra que tous les malades guérissent, maman.

–Faut faire avec les décisions du bon Dieu.

–Le bon Dieu... on dirait qu'il nous oublie, des fois.

Émélie alla s'asseoir près du malade, posa la bouteille et la cuiller sur la table de chevet, s'arrêta de bouger un instant puis soupira longuement avant de parler :

–J'ai pensé comme ça quand ma petite soeur Georgina est morte, ça fait proche un demi-siècle. J'ai dit ça quand Ildéfonse a rendu l'âme en 1908. Mais le bon Dieu, Il s'occupe de nous autres. Il éprouve ceux qu'il aime le plus. On est sur la terre pour comprendre des choses. Pour ça, les malheurs... malheureusement, sont des meilleurs maîtres... au sens de magisters... que les bonheurs.

–J'ai lu ça chez les philosophes d'autrefois, mais si la moitié de la terre meurt de la grippe, ça voudrait-il dire que le bon Dieu aime la moitié de la terre et la fait mourir ? Et que la moitié qu'il laisse vivre, Il ne l'aime pas ?

–Comme dit souvent ton père : c'est là une question universelle et personne ne peut y répondre, même si chacun se la pose souvent dans sa vie. Abaisse ton masque, Eugène, je vais te donner du médicament... Je vas l'appeler, Alice Talbot, demain, et lui dire que t'aimerais avoir de ses nouvelles. Elle doit être ben en peine de pas pouvoir venir te voir.

–J'veux pas qu'elle vienne, j'veux rien qu'un mot de sa part vu qu'on est si proches... par les mots en tout cas....

–C'est ta future femme, tout le monde le dit.

–Ça ?...

–Sois-en sûr et ça arrivera.

–Peut-être que le bon Dieu m'aime trop, maman, et qu'il veut me rappeler à Lui.

–Peut-être qu'il y en a ici-bas qui t'aiment encore plus

que Lui et qui veulent te garder... Ouvre la bouche, là...

Ce qu'il fit avec un fin sourire.

Et il avala le remède miracle contenant un mélange d'aspirine écrasée, de cognac, d'huile de lin et de sirop Mathieu.

—C'est pas méchant en tout cas.

—Remets ton masque.

Émélie ne dit rien de plus et retourna en bas où elle jeta la cuiller dans un contenant d'eau claire baptisée à l'eau de javel. Puis elle se lava soigneusement les mains, changea de masque et alla se coucher.

L'inquiétude profonde que lui causait Eugène lui fit oublier la lettre de Odile à Marcellin...

*

Pas tard durant l'avant-midi du lendemain courut la funeste nouvelle qui assomma voire terrorisa la plupart des habitants de la paroisse : la grippe avait fait sa première victime. D'aucuns eurent le mauvais goût de jouer à la devinette avec leurs semblables. Qui de Eugène Grégoire, Mary Foley, Joseph Mercier, Paul Mercier ou Odile Martin avait succombé ? Aucun d'entre eux. Du moins pas encore. Celui qui était mort n'avait reçu aucun soin médical, ayant refusé que son épouse fasse venir le docteur. Et puis l'homme était trop pauvre pour s'être abonné à la ligne téléphonique. Il avait exigé de sa femme qu'elle restât à son chevet, arguant que dans deux ou trois jours, il serait sur pied.

C'est une journée à peine après une visite à son frère Napoléon au village qu'il était tombé malade. En son cas, le mal s'était montré fulgurant : d'une rapidité et d'une violence inouïes. La famille vivait dans le rang 9. Félixine, l'épouse, avait couru chez les Lepage après avoir constaté que son mari était décédé. Jos attela et fit courir sa jument à bride abattue jusque chez le docteur qui s'amena en automobile à la demeure de la victime. Pendant ce temps, Jos Page accourait au magasin annoncer la nouvelle effrayante :

–Douard Lambert est mort à matin... La grippe... Sa femme l'a dit cheu-nous. Chu v'nu charcher l'docteur...

Son frère, l'aveugle, qui attendait la 'malle' du curé au bureau de poste, fut atterré et tança Jos :

–Dis donc pas des affaires de même, Jos Page ! C'est rien que des menteries que tu dis là. Mon frére, je l'ai vu encore avant-hier...

–Ben moé, j'dji djenque c'est quoué que sa femme a dit cheu-nous à matin.

Émélie qui avait tout entendu contourna l'escalier et entra dans le bureau de poste par l'arrière. Honoré allait en sortir et ils se retrouvèrent face à face, sans rien se dire pour un moment. Leurs regards en dirent long. Très souvent, ils se comprenaient en ne laissant parler que les lueurs de leur âme profonde. Cette fois, chacun pensait que l'épidémie avait échappé à tout contrôle. La grippe frappait à l'aveugle...

–C'est-il nécessaire de dire ça à Eugène ?

–Je dis que non.

–Qui c'est qui a bien pu contaminer un cultivateur dans le fond de son rang ?

–Qui ?

Auprès du cadavre, le docteur Goulet se posait la même question. Il eut tôt fait de remonter à la source. Édouard Lambert avait été contaminé par son frère, un porteur sain qui, lui-même, l'avait probablement été le soir de l'arrivée du fils Grégoire de Mégantic, alors que Eugène avait côtoyé pas mal de monde au magasin...

Il émit le certificat de décès et donna pour cause de la mort la grippe comme il se devait.

Dès son retour au village, Blanche l'attendait sur la galerie, châle noir par-dessus châle pour se réchauffer les épaules et le dos en ce temps cru d'octobre. Elle n'était pas la seule.

Dans la petite maison d'en face, on surveillait le retour du docteur. Il stoppa la voiture devant la porte et dès qu'il eut le pied à terre, une puissante voix féminine l'atteignit :

—Docteur Goulet, docteur Goulet, avez-vous une petite minute à nous donner ?

Anne-Marie et Napoléon Lambert se tenaient debout sur leur galerie, angoissés, crispés.

—Vous devriez absolument porter un masque, vous deux.

—On va le faire tout de suite, mais... c'est quoi les nouvelles du 9 ? Jos Page a dit des folies au magasin.

—Monsieur Lepage a dit la vérité, hélas !

Napoléon eut l'air de regarder le médecin, mais ses paupières restaient fermées sur ses globes oculaires vides :

—Comme ça, Douard est mort ?

—Je viens de constater le décès.

Une autre voix, imprégnée d'un sentiment d'urgence, se manifesta :

—Joseph, il paraît que ça va mal chez les Mercier... Ça se pourrait que la mort ait frappé là aussi...

—Mon doux Jésus, on va tous y passer, dit l'épouse de l'aveugle.

—J'ai tout ce qu'il faut : j'y vais.

Et le médecin se remit au volant. L'auto se mit en marche tandis que les Lambert s'échangeaient des paroles atterrées. Blanche intervint :

—C'était votre frère, monsieur Lambert ?

—Et elle, c'est ma soeur, dit Anne-Marie. Deux Lambert mariés à deux Labrecque.

—Toutes mes condoléances !

—Le pire, c'est que personne ira à son corps.

Napoléon se révolta :

—Ben nous autres, on va y aller.

–Vous devriez pas. Les mesures vont être prises pour qu'il soit enterré sans exposition du corps ni funérailles à l'église. Il va sûrement en être question aujourd'hui entre mon mari, monsieur le curé et le maire Grégoire.

–C'est vrai : il faut penser avec notre tête, pas avec notre coeur ! dit Anne-Marie qui se tourna pour rentrer.

–Encore toutes mes sympathies, madame Lambert, monsieur Lambert.

–Merci ! Merci ! dit Anne-Marie à voix forte.

–R'ci... dit le petit homme d'une voix à peine audible.

Une fois dans leur demeure, l'aveugle déclara :

–Au moins, c'est moé qui vas creuser sa tombe au cimetière. Je vas le faire dret-là... à matin...

–Habille-toi ben comme il faut pis mets ton masque là... Oublie pas ta pelle non plus...

*

Le docteur entra chez les Mercier. Firmin l'attendait, le visage ravagé par les larmes. S'il parvenait à les retenir en public malgré le garrot qui alors enserrait sa gorge, dès qu'il se retrouvait seul, il explosait comme un enfant qui vient de se faire grand mal.

–C'est mon Joseph : là, il se meurt, c'est certain...

Le médecin savait où aller. Le fils Mercier âgé de seize ans occupait la chambre de ses parents sur l'étage du bas tandis que sa mère et son jeune frère Paul se trouvaient au deuxième, chacun dans une chambre. Tous les autres avaient dormi dans la dernière pièce disponible, tandis que le père de famille s'était fait une couche près du poêle et que toute la nuit durant, il avait fait la navette entre les trois malades pour parfois ne dormir que d'un oeil pendant un petit quart d'heure. Il était visiblement très fatigué, non pas que par le manque de sommeil mais surtout par la terrible et impitoyable anxiété qui le minait profondément.

Quand il entra dans la chambre, le docteur se souvint d'avoir vu sur la rue en venant, une bonne dizaine de personnes, et pas une sans son masque sur la bouche. Voilà qui lui redonnait de l'espoir. Cette pratique pourrait sauver encore et encore des vies humaines, tant que durerait cette folle épidémie, en fait cette pandémie qui pourrait même, à la limite, signifier la fin de la race humaine sur cette terre. En tout cas, cette pensée effleurait son esprit parfois et il la trouvait si insupportable qu'il la chassait sitôt apparue en sa tête.

Au premier coup d'oeil, il reconnut la mort. Par noyade. Par étouffement dans les fluides pleuraux. Visage bleu. Filets de sang aux commissures des lèvres. Yeux exorbités. Le masque avait été arraché, sans doute par le malade lui-même en quête d'oxygène et gisait sur la couverture, ensanglanté et mouillé d'humeurs.

–C'est qu'il arrive ? dit Firmin resté dans l'embrasure de la porte et silhouetté par la lumière du jour derrière lui.

–Il est avec le bon Dieu.

Par son silence, Firmin jura. Le docteur demanda à voir les deux autres malades. Et il s'y rendit sans attendre. Les deux portes situées l'une en face de l'autre avaient été laissées ouvertes. L'on regarda du côté de Mary. Elle était en mesure de parler :

–Firmin... viens... Allez voir le p'tit Paul, docteur...

–C'est ce que j'allais faire.

Joseph trouva un second cadavre. Mêmes apparences chez celui-ci que chez l'autre. Mêmes causes. Mêmes effets. Même mort. Même malheur. Même misère. Il constata le décès, émit le certificat sur place, ce qui était hors de coutume; mais il fallait que les Bellegarde vienne au plus vite disposer des corps et les enterrer six pieds sous terre.

En passant devant la porte de la chambre de Mary, Goulet s'arrêta et hocha la tête lentement de droite à gauche. Les Mercier durent se rendre à l'évidence : leur autre fils malade avait rendu l'âme.

—C'est qu'on a donc fait au bon Dieu ? C'est qu'on a donc fait au bon Dieu ? marmonna Firmin dont les yeux souffraient mille morts.

—Je dois immédiatement appeler monsieur Bellegarde.

Mary parvint à dire :

—Ça serait pas plutôt monsieur le curé qu'il faudrait appeler en premier ?

—Je vais l'appeler en second et lui dire qu'on a déjà trois décès dans la paroisse. Mon épouse a dû vous dire au téléphone que je suis allé d'urgence auprès d'un malade.

—Elle a dit que vous étiez parti aux malades, pas plus.

—Monsieur Édouard Lambert est décédé.... de la grippe..

—Mais... les derniers sacrements...

—Sous condition et sans ouvrir la tombe. Il faut que les corps soient enterrés le plus vite possible et que les chambres soient désinfectées. Ne pas le faire serait un acte criminel vu les circonstances.

—Ça va se faire ! dit Firmin.

Mary se tourna pour reprendre son souffle et pouvoir mieux souffrir. Il lui vint des larmes qui roulèrent sur son visage, enjambant les cordons du masque, et se perdirent dans l'ombre sur l'oreiller pâle. Il lui fallait survivre pour prendre soin des autres enfants, de son mari et même pour voir à distance sur la famille Foley, bien qu'à ce chapitre, elle fût secondée voire distancée par sa jeune soeur Alice qui, deux ans plus tôt, avait épousé Albert Fortier et vivait ailleurs dans le village.

Le docteur referma la porte d'en face et descendit téléphoner à Octave Bellegarde qu'il informa de la mort de Lambert et des deux fils Mercier.

—Il faut que les corps soient en terre aujourd'hui.

—Mais... aucune fosse a été creusée.

–Faites-les creuser.

–Monsieur le curé, lui...

–Je m'occupe du curé. Il y a grave péril en la demeure. Je vais chercher le maire et nous allons au presbytère sans attendre... Et surtout, monsieur Bellegarde, mettez des gants et un masque ou bien c'est vous et vos aides qu'on va enterrer dans trois jours. Si vous n'en avez pas, allez en prendre chez Champagne ou chez Grégoire : c'est gratis et c'est essentiel.

–On va faire comme vous dites.

Puis Joseph alla fermer la porte de la chambre du jeune homme décédé avant de reprendre l'escalier pour faire une visite à Mary et voir son état, ainsi que pour lui remettre une bouteille de 'Goulinol'...

Une erreur avait été commise. Comme il n'était pas rentré au bureau à son retour de chez Lambert, et qu'il n'avait pas apporté de placebo à sa première visite, sachant à l'avance par la bouche de Lepage que le jeune cultivateur était décédé, le docteur prit conscience de l'absence du remède fictif dans sa trousse en l'ouvrant sur la table près de Mary.

Il prit la température. Sonda le pouls. Écouta les voies respiratoires au stéthoscope.

–Je vais revenir dans une heure, après ma visite au curé, et vous apporter un nouveau remède. Vous n'êtes pas en danger immédiat et avez toutes les chances de survivre. Les jeunes gens sont plus vulnérables : pourquoi donc ?

–Oui, pourquoi ? soupira la malade.

Le médecin redescendit, lava ses mains et repartit. Firmin demeura auprès de sa femme à se morfondre. Mary, qui avait momentanément perdu confiance en Dieu, adressa une prière à sa mère partie six ans auparavant pour ce monde dit meilleur. Sa demande fut de souffrir moins dans son corps et dans son coeur, quelle qu'en soit la manière...

Honoré délaissa le bureau de poste et monta avec Joseph. On sauverait trois ou quatre minutes à voyager par automobile plutôt qu'à pied pour se rendre au presbytère de l'autre côté de la longue église.

–Seigneur de Dieu, deux bandits masqués ! On se croirait au Far West américain.

En l'absence de la servante, le curé en personne était venu ouvrir quand les visiteurs avaient fait entendre la sonnerie de la porte. Sa boutade ne porta à rire ni le docteur ni le maire, et Honoré dit, après avoir abaissé son masque à l'instar de son compagnon :

–L'heure est grave, monsieur le curé. On a trois décès par grippe espagnole sur les bras dans la paroisse.

–Mais comment donc n'en suis-je pas informé ? Ils sont morts sans les secours des derniers sacrements ? Je suis estomaqué. Qu'arrive-t-il donc à Saint-Honoré ?

–Monsieur le curé, dit le docteur qui précédait Honoré, suite au prêtre, du vestibule d'entrée vers le bureau, il n'est pas question que l'Extrême-Onction soit administrée à ceux qui meurent de l'influenza. Je suis venu vous le demander pour les trois morts de ce matin, sous condition à tombe fermée, pour le seul réconfort des familles.

–Qui sont donc ces décès dont vous parlez ?

Le grand personnage contourna son bureau et s'assit sur une chaise à bascule dernier cri.

–Joseph et Paul Mercier, les enfants de Firmin. Sa femme risque d'y passer, elle aussi. Et Édouard Lambert, mort en fin de nuit chez lui. Je l'ai vu au matin.

–Et vous n'êtes pas sans savoir que mon fils Eugène est en quarantaine dans sa chambre. Toutes les mesures pour empêcher la contagion sont prises.

–Il y a une autre malade : madame Martin du bas de la Grand-Ligne.

Le prêtre pinça sa bouche entre son pouce et son index de la main gauche et posa l'autre sur le bureau pour dire en tapotant des doigts :

—On peut dire que l'épidémie a cessé de nous menacer et que désormais, elle nous tient à la gorge.

—Si on veut pas que tout le monde étouffe, faut prendre des mesures additionnelles.

—Comme de fermer l'église, allez-vous me dire ?

—Comme de fermer l'église, le temps de l'épidémie.

—Vous ne croyez pas, mon cher docteur, que les secours divins sont les plus valables en de telles circonstances ?

—Non ! fit sèchement Joseph.

Le prêtre se demandait comment garder la prière en tête de liste de la pharmacopée populaire sans augmenter les risques de contagion de l'influenza. En cas de grippe usuelle, il aurait mis le poing sur la table, mais devant une maladie mortelle à haute vitesse de propagation, il devait réviser ses positions. Son visage s'éclaira :

—Faisons un appel général par téléphone qui dira que personne ne sera accepté dans l'église à moins de porter un masque sur la bouche. Ainsi la maladie est emmurée et le pouvoir de la prière publique demeurera intact.

Il y eut un échange rapide entre le docteur et l'abbé Proulx, tandis que les yeux d'Honoré allaient rapidement de l'un à l'autre.

—Vous êtes donc disposé à en porter un vous-même, monsieur le curé ?

—Je n'ai pas dit cela.

—Personne dans l'église sans son masque, avez-vous dit.

—Le curé restera loin des fidèles : soit à l'autel, soit dans la chaire.

—Et la distribution de la communion ?

—Monsieur le vicaire s'en chargera et lui, eh bien il portera un masque.

–Bon, si vous pensez que c'est ça qu'il faut faire.

–Je le pense.

Honoré intervint :

–Y a une autre chose à faire : creuser une douzaine de fosses d'avance au cimetière, avant que la terre gèle.

–Il pourrait manquer de place dans le charnier pour garder les morts de l'hiver, enchérit Goulet, et faut surtout pas que les dépouilles restent à l'air libre.

Le prêtre fit la moue. Il lui semblait qu'on se contredisait.

–Oui, mais quand un cercueil est au fond du trou et que le mulon de terre est gelé à côté, comment l'enterrer ?

Honoré répondit :

–On met un pied de paille par-dessus la tombe. La pluie, la neige viendront et vont faire aplatir la paille qui va geler dur. Au dégel, on remet la terre dans le trou.

–Bien pensé, mon cher Honoré !

–Ça se fait souvent par ici.

–Ah bon !

–Faudrait demander à Octave Bellegarde de s'en occuper.

–Je le fais immédiatement.

–Il est déjà sur le chemin pour ramasser les trois corps. Il va les mettre en bière et au passage devant le presbytère, il va s'arrêter pour que...

Le prêtre coupa :

–... le défunt soit béni avant d'aller en terre.

C'est ainsi que le curé Proulx conserva toute son autorité et son ascendant en cette période de crise majeure.

***

Le curé Proulx

Chapitre 4

Les feuilles légères tombaient une à une, parfois à plusieurs, sur les chemins d'automne et le tapis forestier. L'allée bordée d'arbres allant du presbytère à la grand-rue ressemblait à un patchwork tout juste achevé par les mains habiles de Marie Beaulieu.

Les deux hommes se regardèrent sans rien se dire. Leur visite au curé avait été fructueuse pour tous, y compris et surtout le grand public.

Joseph ramena Honoré au magasin puis se rendit à son bureau prendre quelques bouteilles de son remède spécial. Chaque fois qu'il en touchait une, sa conscience lui inspirait des reproches. Aussitôt, sa raison venait à la rescousse. Il fallait s'adonner à ce courageux mensonge pour aider les malades et peut-être stimuler leurs moyens de défense naturels dans le grand combat contre la 'chose' qui causait cette affreux mal.

Il reprit la route pour accomplir sa promesse de revoir Mary Mercier. Quand sa voiture s'arrêta devant la maison, les quatre hommes des pompes funèbres en sortaient avec le deuxième corps. Le cercueil du jeune Paul fut empilé sur celui de son grand frère dans le corbillard noir aux flancs vitrés laissant voir l'intérieur.

Sur le pas de la porte, Firmin regardait partir les dépouilles de ses fils. Mais il rentra avant que le corbillard ne se mette en branle, tandis que le docteur s'entretenait avec Octave Bellegarde, lui répétant sensiblement les mêmes choses dites au téléphone. Puis il se rendit à l'intérieur. Au milieu de l'escalier, une ombre parut plus haut : c'était Firmin qui s'arrêta et laissa échapper un gémissement sourd venu du fond de ses entrailles, un bruit insolite chargé de son énorme capacité à souffrir.

—Qu'est-ce qui se passe donc ? demanda le docteur qui pourtant devinait, connaissait la réponse.

Le jeune homme s'écarta pour laisser passer l'autre qui se pressa vers la chambre puis à l'intérieur où il put voir de nouveau le même abominable spectacle de la mort violente provoquée par cette maladie diabolique. Le masque arraché. Les yeux sortis de la tête. Figés. Vitreux. Le sang à la bouche. Le teint bleu. Les mains crispées.

Il déposa sa trousse sur la table de chevet et prit le poignet pour tâter le pouls, sachant bien qu'il le chercherait en vain. Firmin vint se tenir dans le cadre de la porte.

—Elle a pas voulu laisser partir ses deux fils seuls dans la mort, soupira Joseph en gardant la tête basse.

—Je vas partir avec eux autres, marmonna Firmin.

Le docteur se tourna et vit que l'homme avait ôté son masque. Il le raisonna :

—Rien n'est moins certain, mon ami ! Il y a des porteurs sains de cette maladie... en fait de la cause de cette maladie qui serait une bactérie. Je pourrais t'en nommer quelques-uns dans la paroisse. Et tu pourrais en faire partie. Si c'est le cas, ça veut dire que si tu te démasques, tu deviens un danger public, un danger pour tes autres enfants, pour les voisins, pour tous. Mary ne voudrait pas ça. Le bon Dieu non plus.

Si tu veux mourir à tout prix, pense à autre chose que la grippe pour y arriver...

Il y eut une longue pause. Firmin hocha la tête, soupira, hésita, puis attacha de nouveau les cordons derrière sa tête.

—Je vais rattraper Bellegarde pour qu'il vienne chercher le corps. Mais je dois d'abord rédiger le certificat de décès... Toi, Firmin, prends les couvertures des trois lits et va les faire brûler dehors... Ensuite, change-toi de linge. Fais bouillir celui que tu portes maintenant. Et surtout, lave tes mains encore et encore quand t'auras tout fini. Si un autre de tes enfants tombe malade, tu m'appelles aussitôt. Tiens, je vais laisser sur la table en bas des masques supplémentaires.

À ce moment, Firmin éclata en sanglots.

—Ce qu'il y a de mieux à faire en même temps que le reste que je viens de te dire, c'est de prier, mon ami, de prier avec ferveur... pas pour les morts, mais pour les vivants... pour tous les vivants...

*

Alice Talbot entra dans le magasin et se rendit tout droit au bureau de poste. Alfred était de service du côté de l'épicerie, mais Émélie se trouvait dans son bureau, là-haut. La clientèle se faisait rare depuis deux jours. Toute la paroisse savait que la résidence Grégoire était touchée par la grande maladie et, malgré les mesures annoncées par Honoré lui-même lors d'un appel général, on préférait s'abstenir de fréquenter le magasin jusqu'à la fin de l'alerte rouge.

—Je voudrais voir Eugène, dit-elle au maître de poste.

—Il est en quarantaine, ma pauvre fille.

—Je porte un masque tout comme vous, monsieur Grégoire : le danger est écarté.

—Pas à cent pour cent : loin de là.

—On dit que des porteurs sains se promènent partout.

—Des mesures ont été prises. Plus personne ne circule

sans son masque.

—Mais...

—Écoute, je sais que notre Eugène voulait avoir de tes nouvelles et qu'Émélie devait en prendre pour les lui rapporter. Ce serait mieux que tu lui écrives une lettre. On la lui donnera. Et le mieux serait que tu voies ma femme dans son bureau en haut de l'escalier, veux-tu ?

—D'accord, j'y vais.

Émélie ne la reconnut pas au premier coup d'oeil bien que des yeux aussi bruns et beaux fussent exceptionnels.

—C'est Alice Talbot, fit l'arrivante une fois entrée.

—Je devais te téléphoner. Assis-toi, Alice.

—Je voulais venir avant, mais ma mère voulait pas.

—Elle a bien fait.

—Mais Eugène a dû avoir de la peine vu que...

—Il comprend. Si tu attrapais la maladie de lui, comment penses-tu qu'il se sentirait ensuite ?

—Je sais bien.

—J'en ai parlé avec Honoré; le mieux serait que tu lui écrives une lettre.

—Monsieur Grégoire me l'a dit, oui.

—Tu penses pas que ce serait une meilleure idée. Comme quand il est à ses études à Mégantic.

—Oui, je vais faire ça... Mais j'aurais donc aimé le voir.

—Lui aussi, mais la raison doit prévaloir sur le coeur.

—C'est bien.

—Tu sais quoi, Alice, je vais te laisser le bureau à toi toute seule et tu pourras écrire une lettre tout de suite. Il faut voir les choses en face : cette maladie frappe comme l'éclair et tue... très vite. On vient d'apprendre que trois de la même famille sont morts aujourd'hui.

—Qui ça ?

–La femme à Firmin Mercier et ses deux fils Joseph et Paul. Les hommes à Bellegarde sont en train de les inhumer au cimetière. Monsieur le curé a béni le corbillard en passant. Il peut même pas s'en approcher. C'est la maladie la plus contagieuse de l'histoire de l'humanité.

–Madame Mary est morte ?

–Trente-six ans.

–Et ses garçons ?

–Joseph : seize ans. Et le petit Paul : quatre ans.

–Épouvantable !

–Un cataclysme mondial... pire que la guerre. Le pape dit que c'est la punition des hommes pour avoir fait cette guerre.

–Mais madame Mary a fait la guerre à personne, elle.

–Elle doit payer pour le mal fait par d'autres comme nous payons tous. Si Eugène devait mourir... je ne dois même pas y penser... Mais il va s'en sortir, il se bat pour survivre : c'est un combattant de la vie. Il va vivre, tu verras.

Émélie céda sa place en ajoutant :

–Tu sais écrire avec une plume à l'encre... mais y a là des crayons au graphite. Ça s'efface, mais ça va mieux... et justement parce que ça peut s'effacer.

–Merci, madame Grégoire.

Alice prit place dans la chaise à bras de la femme d'affaires qui aussitôt quitta les lieux et retrouva Honoré au bureau de poste. Aucun client là ni au magasin, personne à part Alfred qui était à ériger des pyramides de boîtes de conserve sur le dessus de l'étagère murale tout en haut.

–J'ai bonne envie d'appeler Napoléon pour prendre des nouvelles d'Odile. C'est que t'en penses ?

–Fais comme tu penses.

–Si je m'adonne au mauvais moment.

–Tous les moments sont mauvais en temps d'épidémie

mortelle.

–Quant à ça... Ils doivent ben savoir que la famille à Firmin s'est fait dégreyer terriblement.

–Eugène va passer au travers... autrement, il serait déjà parti comme les gars à Firmin et leur mère.

–C'est ce que je me dis. C'est pas drôle : la mort de trois personnes qui, on dirait, nous réconforte...

–C'est pas leur mort qui nous réconforte, c'est le temps de leur mort par rapport à la survie d'Eugène.

–T'as le mot juste, Honoré... Je vas appeler Napoléon... Vu que y a personne pour la malle, viens-tu... pour dire un mot à Poléon ?

–J'y vas.

Il la suivit dans le sombre couloir jusqu'à l'appareil mural.

La téléphoniste eut beau essayer, l'on n'obtint jamais la ligne et après cinq minutes de tentatives, l'on raccrocha.

–Si on avait la machine, on pourrait descendre dans le bas de la Grand-Ligne pour voir. (*Pampalon était en quelque sorte le gardien du véhicule et s'en servait volontiers pour sa livraison de pain.*)

–Demande à Freddé d'aller atteler.

*

L'on approchait de la demeure Martin quand une automobile arriva par l'arrière à fine épouvante. Émélie tourna la tête et reconnut le docteur que l'on avait sans doute appelé d'urgence à en juger par son énervement au volant.

Le cheval d'Honoré, dit 'le vieux Den', ne broncha pas. Il lui en aurait fallu bien plus pour s'emballer ou simplement dévier de son petit trot.

–Ça va plus mal pour elle ! lança Joseph aux Grégoire qui arrivaient dans la cour alors que lui franchissait les trois marches de l'escalier d'un seul saut.

Napoléon ouvrit avant que le docteur ne frappe et, abaissant son masque sans le détacher, il lança aux Grégoire :

–Rentrez. On dirait que ma femme se meurt...

Il suivit le médecin, sans attendre le couple de visiteurs.

Honoré aida Émélie à descendre. Éveline vint les recevoir sur le pas de la porte. Elle présentait un visage défait.

–Ma mère... elle est en train de mourir.

–Peut-être pas, peut-être pas ! dit Émélie avec autorité.

Bientôt, l'on fut dans la chambre de la malade, au pied de son lit. Le spectacle était navrant. Odile, comme les autres patients atteints de ce mal avait arraché son masque, et elle avait saigné du nez et de la bouche; on eût dit qu'il y avait eu boucherie dans ce lit blanc, tant souillé de sang. L'on pouvait lui reconnaître un souffle intermittent encore puisque sa poitrine s'animait aux quinze secondes. Mais qui avait assisté un mourant ne doutait pas de sa fin imminente. Et personne n'en savait plus quelque chose que les personnes ayant assisté à l'agonie de tant de monde au cours de leur vie, soit le docteur Goulet et Émélie Grégoire.

Éveline resta debout devant la porte, à côté de son père, le regard rivé sur le visage ravagé de sa mère.

Pendant un moment, Émélie se souvint de la fois où, enceinte de la première Bernadette, elle avait passé une soirée en la présence d'Odile qui elle, portait Éveline, alors que la femme indienne avait parlé de mauvais augures à propos de ces deux grossesses. Émélie avait tout appris par la bouche d'Odile avec le temps. Les prévisions d'Amabylis à propos de Bernadette s'étaient réalisées. Son étrange prémonition avait-elle porté sur Éveline alors que le mauvais sort frappait plutôt sa mère maintenant ? Il y avait vingt ans de cela... vingt ans au cours desquels le couple Grégoire avait récolté une moisson d'or, traversé des années grises, vingt ans qui semblaient vouloir leur dispenser maintenant des nuits blanches à foison.

Le docteur sonda le pouls.

La mourante rouvrit les yeux et les promena sur les personnes présentes dans la pièce. Il ne paraissait pas toutefois qu'elle en prenait conscience. Ou bien les voyait-elle à travers un nuage, un oeil reflétant la maladie et l'autre la tristesse. Ou peut-être que son âme avait déjà quitté son corps tout en gardant avec lui un lien ultime, une parcelle de souffle sur le point de s'éteindre pour jamais.

Émélie jeta un coup d'oeil sur Éveline et lui vit des larmes aux yeux, qui se perdaient dans le tissu de son masque. Elle l'envia pendant un moment tout aussi court et se reprit d'attention pour Odile.

Le teint avait viré au bleu à l'arrivée du médecin et des Grégoire. Voici que la bouche s'ouvrit à la recherche d'oxygène que les voies respiratoires n'obtenaient plus. En vain. La poitrine se souleva une dernière fois et ce fut tout. La grippe venait de tuer pour une cinquième fois dans la paroisse en quelques heures seulement.

—J'ai perdu le pouls, dit le médecin.

Il le chercha. Puis ouvrit une paupière et lut dans la pupille de l'oeil la fin de la vie.

—C'est fini pour madame Odile. Je vais envelopper tout de suite le corps dans ses propres draps. Il va m'en falloir d'autres pour envelopper le tout. C'est essentiel...

Il tourna la tête pour regarder Napoléon et sa fille qui, assommés, se tenaient côte à côte, bouches bâillonnées par un double masque, celui de la douleur s'ajoutant au premier.

—Honoré, voudrais-tu appeler monsieur Bellegarde pour qu'il vienne chercher le corps ?

—Il sera dur à rejoindre : la mort est partout. Deux corbillards sont déjà utilisés. Il en reste un dans la cabane à corbillards, mais la vitre est cassée sur le côté, j'ai vu ça, l'autre jour.

—Au besoin, on prendra une voiture à planches.

–Poléon, as-tu une voiture à planches ? demanda Honoré.

L'homme ne répondait pas et ravalait son étouffement. Émélie répondit à sa place :

–C'est certain, voyons ! Y a pas un cultivateur qui possède pas une ou deux voitures à planches.

Le docteur demanda :

–Vous vendez pas de cercueils au magasin ?

–Ça fait longtemps qu'on a abandonné cette ligne-là pour ainsi dire. C'est l'entrepreneur qui les fait et qui les vend lui-même aux familles en deuil.

–C'est deux entrepreneurs qu'il nous faudrait à Shenley. La paroisse est assez grosse asteur. Quand deux personnes meurent en même temps...

–C'est rare, ça ! exprima Honoré.

Émélie le contredit :

–En tout cas là, on en a cinq en même temps.

–Oui, mais on fait pas de funérailles, vu le danger de contagion.

L'échange était raisonnable, neutre, froid. Le docteur faisait exprès de noyer les émotions lourdes qui flottaient dans l'air. Et voilà qui aidait Émélie à contenir ses larmes une fois encore. Car elle aimait Odile comme sa propre fille.

Éveline avait coulé une dalle de ciment autour de sa personne. Ses yeux brillaient sans que des larmes ne s'en écoulent. Napoléon ne trouva pas mieux que de s'adosser au chambranle de la porte.

–Je vas vous aider, docteur, fit Honoré qui montra les gants qu'il portait.

–Faudra les brûler ensuite.

–C'est sûr.

Tout à coup, l'être pétrifié d'Éveline parut exploser. Elle s'approcha du lit :

–Êtes-vous certains qu'elle est morte toujours ? Ça s'est vu, des personnes qu'on enterre pis qui reviennent à la vie dans leur tombe, six pieds sous terre.

–Bien sûr que non, mademoiselle ! fit le docteur. C'est dans les livres d'imagination, des scènes semblables. Monsieur Edgar Poe a écrit des histoires comme celle-là. Il a appelé ça *Les histoires extraordinaires*, c'est pas pour rien. Le pouls n'y est plus. Le souffle n'y est plus. Et l'ouverture de la pupille n'y est plus non plus. Personne ne saurait être encore vivant dans de pareilles conditions.

–Mais si tout ça revient au bout de quelques minutes.

–Ça ne revient jamais au bout de quelques minutes... ni au bout de quelques heures non plus.

Et pourtant, l'image qui avait fait sortir la jeune femme de sa torpeur était celle de sa mère qui reprend souffle puis rouvre les yeux pour ne voir que le noir, qui sonde avec ses mains pour ne palper que le bois, qui respire pour ne sentir que la terre mouillée, qui frappe contre le mur de son étroite prison pour ne deviner que la fosse profonde et son propre enterrement, qui hurle pour n'entendre que l'horreur de sa propre voix.

–Je veux un signe certain, docteur.

–Un signe certain de sa mort ? Je viens de t'en dire trois.

–J'en veux un autre.

L'homme haussa une épaule, hésita un moment. Les yeux d'Éveline dans les siens se montrèrent si déterminés, si insistants qu'il trouva une réponse :

–Dans une heure, le corps sera froid et rigide. Un corps froid ne contient pas la vie. Sous certaines conditions d'hygiène que je te dicterai, tu pourras toucher le corps de ta mère dans une heure. Et tu verras qu'elle est bien morte. La rigidité cadavérique, la froideur cadavérique ne trompent pas. Est-ce que ça suffira ?

–Tu pourrais pas demander plus, Éveline, dit Émélie.

Depuis toujours, des érudits et chercheurs de l'insondable donnent explication aux bizarreries de l'esprit humain. Qu'aurait-on pu dire de ce qui se passa alors dans l'être profond de la jeune femme ? Il lui vint un désir charnel dont l'objet fut ce jeune docteur d'à peine quinze ans son aîné. Cela passa, l'enroba, comme un nuage de vapeur échappé d'une locomotive et se dissipa aussitôt. Et ne laissa en elle qu'une inquiétude coupable.

Si l'idée émise par le médecin avait persuadé Émélie, nul doute qu'Éveline y trouvait soulagement. Elle, tout comme sa mère, avait une grande confiance voire une admiration profonde pour l'épouse d'Honoré dont la vie entière avait été bâtie à même le courage, la patience et la vaillance.

–Oui, madame Grégoire.

–Je serai avec toi pour la toucher tout à l'heure, si tu veux.

–Oui, madame Grégoire.

–Viens donc dans la cuisine, Éveline, on va jaser ensemble. Tu sais toute l'importance qu'a eue ta mère pour ma famille... Viens...

On enterra Odile Blanchet-Martin le jour même.

Le vicaire se rendit au cimetière et aspergea de loin la fosse avec un goupillon. Tous les assistants portaient un linge blanc sur la bouche et autour de la tête. Aux curieux qui virent passer le cortège il parut, à cause de cette particularité, qu'ils étaient nombreux à reconduire la pauvre femme en terre, mais à les compter, on ne trouvait que sept personnes en tout : Émélie Grégoire, Blanche Goulet, Napoléon Martin, ses filles Éveline et Marie-Laure, Auguste Poulin, ce jeune homme récemment installé dans la paroisse et qui se voulait de toutes les funérailles pour se faire un nom, et le vieux Grégoire Grégoire, maintenant âgé de 85 ans, veuf depuis plusieurs années de Séraphie Mercier, lui qui ne craignait pas plus la mort que la grippe et qui répétait à tout venant : "mourir de ça ou ben mourir de vieillesse"... (Et s'il consentait à porter le masque, c'était uniquement pour la protection des autres et non la sienne...)

Ce soir-là, dans son lit, le regard éclairé par un rayon de lune qui entrait par la fenêtre, Éveline se rappela la scène où avec Émélie, elle avait trouvé le bras de sa mère à travers l'enrobage de draps autour du corps.

Le docteur avait dit vrai. Une dépouille atteinte de cette rigidité et si glaciale qu'elle faisait frémir, ne saurait porter la vie en elle. C'est alors seulement qu'elle avait pris une conscience définitive de la disparition de sa mère. Émélie avait insisté pour toucher le bras elle aussi; elle avait atteint la main et sans le laisser paraître avait dit à Odile *"bon voyage, et dis bonjour à Ildéfonse, à Marie et à Georgina..."*

Mais ça, Éveline l'ignorerait toujours. Quant à Émélie, elle ne s'arrêterait pas à se demander pourquoi elle avait pensé à ces trois disparus et non à ses autres enfants décédés au tournant du siècle ou bien à sa mère morte quarante-cinq ans plus tôt.

Puis Éveline se souvint du moment où le cortège funèbre avait passé devant la maison du docteur au village. Tandis que tous allaient en regardant devant eux, elle n'avait pas pu détacher ses yeux de la longue maison grise dont venait de sortir l'épouse du médecin pour se joindre au convoi. Toutes sortes de sentiments étranges agitaient sa personne. Rien qu'elle ne puisse expliquer, qu'elle ne puisse comprendre.

Tout ce qui avait remué en elle cette journée-là l'interpellait. La jeune femme se demandait pourquoi elle se sentait toujours si différente des autres.

Peut-être que sa mère s'était transformée en rayon de lune pour dire à sa fille qu'elle devrait lutter toute sa vie durant contre ce démon de la concupiscence annoncé et dénoncé par l'Indienne ? Peut-être que Odile regrettait de n'avoir pas informé Éveline de la menace constante qui pèserait sur elle, mais comment aurait-elle pu imaginer que la mort viendrait la ravir si brutalement au monde des vivants ? Elle s'était promis de raconter par le détail la déconcertante soirée de 1899, quand Éveline serait sur le point de se marier, afin que son choix soit mieux éclairé, mais la guerre avait généré la grippe et des milliers d'hommes et de femmes, chaque jour, à travers le monde, ne parvenaient pas à rattraper le retard qu'ils avaient pris sur leur vie...

Un nuage passa devant la lune. Le rayon mourut. Quand il fut revenu, Éveline avait sombré dans un profond sommeil au coeur duquel toutes ses forces de vie combattaient avec succès l'épuisement que cette journée douloureuse avait causé en sa chair...

***

La grippe espagnole

Chapitre 5

«*La grippe a fait de terribles ravages dans notre district. L'épidémie a fauché bien des jeunes existences, sans égard au rang, à l'âge ni aux conditions. C'est un fléau qui passe, une lourde et terrible épreuve qui démontre jusqu'à quel point la main de Dieu sait s'appesantir et éprouver le monde et combien éphémères sont nos espérances, nos projets d'avenir et la sécurité factice où nous croyons vivre à l'abri.*»

Assis devant Émélie dans son bureau, Honoré venait de lire un extrait de l'Éclaireur, le journal régional dont le plus récent volume arrivait le matin même par la malle.

–On est même pas au milieu de l'épidémie et ils en parlent comme si c'était derrière nous, commenta la femme.

–Faut dire que Shenley a été la dernière paroisse frappée dans le district de la Beauce. Des fois, c'est bon de vivre dans une paroisse reculée... 'reculée par le tonnerre' comme d'aucuns disent à Saint-Georges à notre sujet des fois.

–Ils ont raison de dire que la main du bon Dieu se fait pesante sur nous autres en ce mois d'octobre 1918.

–Pesante, c'est pas le mot ! Un mois d'octobre qui va

rester dans les mémoires longtemps. L'année passée, le malheur s'abattait sur la Russie, cette année, c'est notre tour... pas rien que le nôtre, la grippe court à travers le monde.

Tous deux portaient le masque. Ils avaient l'habitude. Et puis il fallait donner l'exemple. Et puis il fallait rassurer la clientèle. Et puis il fallait s'approcher d'un malade plusieurs fois par jour et en prendre soin. Et puis, qui aurait pu dire si chacun n'était pas, ainsi que le docteur le disait, un porteur sain de la maladie, en fait de sa cause que l'on continuait d'associer à une vilaine bactérie d'un type inconnu.

Un article du Soleil de la veille dressait une liste des pays touchés par la pandémie. Canada. États-Unis. France. Angleterre. Irlande. Écosse. Allemagne. Espagne. Portugal. Suisse. Belgique. Danemark. Norvège. Suède. Finlande. Pologne. Russie. Italie. Autriche. Et autres des quatre coins du monde : d'Afrique, du Moyen-Orient, d'Asie, de l'Océanie. Seule l'Amérique du Sud semblait épargnée, mais était-ce qu'il venait peu de nouvelles à ce sujet de cette région ?

L'état d'Eugène restait stable. Des six cas maintenant connus de grippe à Saint-Honoré, le jeune homme avait été le seul à survivre aussi longtemps. En fait, à survivre tout court. Édouard Lambert, Mary Foley, Joseph et Paul Mercier de même que Odile Blanchet avaient tous été foudroyés par la grande faucheuse qui ne leur avait laissé aucune chance, pas la moindre. Et tous se trouvaient six pieds sous terre. Combien d'autres seraient atteints ? Combien d'autres rendraient l'âme avant que ne s'arrête ce mal mystérieux qui semblait issu du fond des enfers pour frapper n'importe qui, bon ou moins bon, riche ou pauvre, homme ou femme ?

–D'après tout ce qu'on a lu dans les journaux et ce que nous a dit le docteur Goulet, si Eugène traverse les trente-six prochaines heures, il est sauvé, il est sorti du bois.

–Il se bat. Il le fera. Il sera là dans deux jours.

–La lettre d'Alice, ça lui a fait du bien ?

–Plus que du bien. Ça l'a... on dirait requinqué... Il l'a lue et a dit qu'il se sentait mieux ensuite.

–Ça disait quoi ?

–J'en sais rien, Noré.

–Tu viens dire qu'il l'a lue, Mélie.

–Pas tout haut, tout bas.

Toute leur vie, ils s'étaient désignés le plus souvent par leur véritable nom de baptême : Honoré, Émélie. Elle l'avait exigé depuis sa jeunesse autant de son père que de son époux. Mais quand la cinquantaine s'était pointée à l'horizon, elle avait apporté avec elle d'autres valeurs et surtout une bien plus grande assurance en soi-même. Beaucoup d'hommes disaient Noré depuis belle lurette; beaucoup de femmes plus âgées disaient Mélie et les deux diminutifs avaient fini par entrer insidieusement et petit à petit dans leurs échanges. Chacun avait découvert que l'utilisation du prénom dans son intégralité gardait à une certaine hauteur une certaine barrière entre les deux. Ça les rapprochait de s'appeler Noré et Mélie, mais quelque chose leur disait aussi qu'une certaine distance entre deux époux les rapproche davantage que trop d'intimité, que trop de familiarité.

Si ce jour-là, on avait choisi la formule écourtée, c'était pour exorciser la crainte profonde qu'inspirait l'épidémie et par-dessus tout la maladie d'Eugène. Émélie avait un faible pour certains de ses fils : Ildéfonse, Eugène, Armand. Elle en avait perdu un; s'il advenait qu'un autre leur soit ravi par la maladie, elle aurait du remords et se dirait comme trop souvent dans sa vie que ceux qu'elle aimait trop sans le dire avaient tendance à mourir pour peut-être s'éloigner d'elle et de son emprise de femme trop forte ?...

En haut de la résidence, dans sa chambre, Eugène, ravagé par la maladie, blanc comme ses draps, souffle raccourci, visage défait, parvint une fois encore à prendre la lettre d'Alice que sa mère avait laissée sur la table de chevet. Et la relut.

« *Mon bel ami Eugène,*

Quand j'ai su ta maladie, j'ai eu peur. Faut bien dire que tout le monde a peur de la grippe espagnole. J'ai voulu venir te voir; mes parents ont pas voulu. Suis venue quand même aujourd'hui. Ta mère m'a fait comprendre que c'est mieux que je t'envoie une lettre. La voilà.

Moi, tout va bien. Je porte un masque comme quasiment tout le monde. Ceux qui le font pas prennent des gros risques, mais c'est leur choix. Comme les écoles sont toutes fermées, c'est rare que je sors de la maison. J'aide ma mère. Ça la repose de tout son ouvrage. Et tu sais quoi, je suis en train de tricoter un chandail pour toi. Il sera prêt avant les froids d'hiver. Comme tu te plains souvent d'avoir froid, ça te sera utile. J'te dis pas la couleur : ça sera une surprise.

On m'a dit que tu es très courageux dans la maladie. Et ça, c'est le meilleur signe de quelqu'un qui va s'en sortir. Encore une journée, Eugène, et la victoire sera à toi. Tu auras vaincu la grippe. Il en faut pour lui faire des pieds de nez, à cette grande faucheuse de vies. À force d'en rire, on va peut-être lui faire comprendre de s'en aller pour de bon et pour toujours.

Ta mère m'a dit que toi, tu pourrais pas me répondre par lettre, tu le feras par mots et ta mère me les dira comme elle a promis de le faire. On a le téléphone. C'est de valeur que les téléphones soient vissés dans les murs, on pourrait se parler de ma chambre à la tienne sans risquer de se passer la grande maladie.

J'ai hâte, bien hâte de te revoir. Surtout de te revoir en pleine santé comme avant, même si t'es un peu frileux durant la saison d'hiver. Mais ça, avec du bon linge, on peut s'en sortir, surtout avec un bon chandail de corps.

Tiens bon. Tiens fort. Parce qu'on tient tous à toi.

Et tu me liras de la poésie quand on se verra et qu'on ira marcher dans la sucrerie à monsieur Pelchat.

À très bientôt !

Alice ››

Une fois de plus, Eugène se répéta qu'il se rendrait vivant au bout de cette grippe. En même temps, il s'adressait encore des reproches quant à la contagion dans sa paroisse natale. Il avait bien fallu lui dire que la dernière victime était Odile Martin. Il avait entendu les cloches. Il avait vu le convoi funèbre par sa fenêtre. À Bernadette qui passait dans le couloir devant sa chambre, il avait crié de s'arrêter, de l'informer. Non, il n'avait eu aucun contact avec cette femme, mais avec le postillon oui. Et quand il avait fait le trajet entre la gare et la maison avec Pit Veilleux, celui-ci s'était arrêté chez les Martin pour livrer un paquet.

"Tu n'as tué personne," lui disait une voix de survivant en son for intérieur.

"Tu aurais dû prendre plus de souci envers les autres," lui suggérait une autre voix, celle du don de soi exagéré qui fait toujours bon ménage avec celle de la culpabilité.

Ce dilemme le déchirait chaque heure du jour, mais en même temps puisait dans ses énergies, et il finissait par s'endormir. Ce qui lui arriva une fois encore...

L'une de ses voix le transporta dans une contrée cauchemardesque. En fait son propre village détruit par une conflagration majeure. Rien d'une maladie, mais un incendie comme celui de 1916 qui se propageait bien plus que du couvent à trois maisons et embrasa bientôt l'église, le presbytère, le magasin puis toute l'agglomération.

Il vit sa propre image, torche à la main, incendiaire...

Voilà qui lui fut insupportable et il se réveilla en sursaut, suant à grosses gouttes.

C'était la nuit.

Eugène se libéra de ses draps et couvertures et laissa son corps à nu afin que la température baisse. Au moins, il était toujours vivant et plusieurs des trente-six heures requises pour qu'il triomphe du grand mal avaient passé.

Il se rendormit et connut une période plus calme.

Au matin, Émélie lui apporta un bol de gruau arrosé de lait et de cassonade. Il n'avait rien avalé depuis le début de sa maladie, mais voici qu'il ressentit quelque chose, sinon la faim du moins l'envie de goûter à ce plat qui depuis toujours avait fait ses matins joyeux. Il s'assit sur le bord de son lit et en prit à trois reprises sous le regard attendri de sa mère.

Elle comprit qu'il avait pris le dessus.

Puis elle descendit et se rendit téléphoner au docteur Goulet pour lui demander de venir quand cela lui serait possible. Il dit qu'il n'avait aucune visite à faire, que personne ne lui avait signalé un nouveau cas de grippe et annonça qu'il se rendrait voir Eugène dans peu de temps.

Joseph annonça cette première victoire sur la maladie à son épouse qui s'en réjouit tout autant. Et se rendit visiter le jeune homme qu'il trouva dévasté mais mieux capable de respirer, de parler, de bouger.

Après examen, il se tourna vers le couple Grégoire qui se tenait debout devant la porte pour dire :

–Eugène est le premier d'ici à s'en sortir. La partie n'est pas encore gagnée tout à fait, mais on est sur le dessus de la montagne, ça, c'est certain.

Émélie et Honoré s'échangèrent un regard. Le bonheur de chacun devint celui du couple.

*

La grande maladie n'en avait pas fini pour autant avec le monde entier pas plus qu'avec Saint-Honoré-de-Shenley où elle fit une quinzaine de victimes en tout dont Odias Bégin, seize ans, fils de Ferdinand, Clothilde Poulin, épouse de Pierre Perron, âgée de 39 ans et une adolescente de 14 ans, la dernière à être emportée : elle s'appelait Marie-Anne Carrier. Même âge que Bernadette qui la connaissait bien et fut fort ébranlée par sa disparition.

Et pourtant, il sera dit et redit dans la Beauce que le nombre de décès dans Saint-Honoré durant l'épidémie avait été moindre que partout ailleurs. D'après les chiffres de population, si toute la province de Québec avait compté treize mille victimes décédées, il aurait fallu que Shenley en compte autour de la trentaine pour être en concordance avec la moyenne générale.

Il fut dit et redit que le remède miracle du docteur Goulet avait fait toute la différence... Heureusement pour lui, personne ne lui réclama jamais la formule du fameux 'Goulinol' et la 'légende' se perdit dans les années qui suivirent.

*

« *Sur les conseils du docteur Goulet, Honoré décida de garder Eugène à la maison pour au moins un an, le temps qu'il se remette adéquatement de sa maladie et qu'il évite de contaminer les autres. L'isolement, le repos, l'air pur, une saine alimentation et une bonne hygiène corporelle, surtout des mains, étaient les meilleurs remèdes que l'on connaissait alors pour contrer cette foudroyante maladie. À Saint-Honoré, par mesure préventive, les autorités décidèrent même de fermer les écoles et l'église pour une période de trois semaines. Afin d'occuper un peu son jeune fils, Honoré l'envoyait une fois par jour à Saint-Évariste afin d'y quérir des marchandises à la gare. Eugène partait tôt le matin pour être de retour à midi. Il dételait ses chevaux, les pansait et leur accordait un peu de répit avant que Pit Veilleux ne reparte pour un autre voyage...*»

Un clocher dans la forêt, page 70

***

Eugène *sur le vieux* **Den** *avec* **Chasseur**

Derrière les rouleaux de broche, la cabane à corbillards

Chapitre 6

La grippe espagnole disparut aussi soudainement qu'elle était apparue. Elle s'enferma quelque part dans le plus lourd et obscur mystère de ce millénaire. Et ne laissa de traces profondes que dans les coeurs.

D'aucuns parlaient de la main vengeresse de Dieu, d'autres de celle maléfique du démon.

Le grand péché de la guerre devait prendre fin officiellement le onze novembre avec la signature de l'Armistice qui serait suivie quelque temps après du traité de Versailles, ferment d'une autre guerre à venir, bien plus cruelle et dévastatrice que la première, et qui serait conduite par un féroce petit caporal autrichien, blessé dans sa fierté et son corps par la Grande Guerre.

Un beau samedi matin alors que la neige recouvrait la terre par endroits, Bernadette entra dans la chambre de ses parents. Émélie était occupée au magasin et Honoré parti au lac Frontière. Grande faiseuse d'ordre et de propreté, elle ne vit rien qui soit susceptible de choquer ses mains méticuleuses. Peut-être dans les tiroirs qui sait. Elle en ouvrit un, deux, trois. Sa mère pliait tout, rangeait tout, utilisait adéquatement chaque espace, ne laissait rien au hasard, rien qui aurait pu faire dire à son adolescente : *une chance qu'elle m'a pour faire du ménage dans la maison* !

Le quatrième tiroir lui réservait une surprise de taille. Elle y découvrit une lettre dont l'enveloppe n'était pas scellée. La prit, la souleva devant la lumière brillante venue de l'extérieur par la fenêtre aux rideaux entrouverts. Lut l'adresse. Marcellin Lavoie. *Quoi c'est ça ?* Le mari d'Obéline Racine. Émélie avait-elle donc écrit une lettre à cet homme que la jeune fille connaissait assez bien et dont elle avait souvent entendu parler, lui qui avait déjà travaillé au magasin à titre de commis à temps partiel dans le vieux vieux temps.

Les calligraphies féminines se ressemblent. Bernadette eût tôt fait de transformer celle d'Odile en celle de sa mère dans son esprit, sans même avoir un seul instant interrogé le style d'écriture qui révélait pourtant les frissons de la maladie et de l'angoisse.

L'accès à la lettre elle-même étant aussi libre, l'extrême curiosité de l'adolescente ne résista pas à l'envie d'en lire le contenu. Tout son être tremblait quand elle déplia la feuille dans une sorte de lente fébrilité. Elle qui nourrissait depuis tant d'années un sentiment secret envers Eugène Foley découvrirait-elle que sa propre mère en cachait un envers ce personnage dont on disait qu'il faisait chavirer tous les coeurs dans le temps ?

Saint-Honoré, le 12 octobre 1918...

Mais on était alors en pleine période de la grippe mortelle. La peur avait-elle donc poussé Émélie à laisser parler le fin fond de son coeur ? *Seigneur Jésus !...* Des lueurs aux allures d'étincelles, surprises dans le regard de sa mère quand on parlait d'Obéline et de son époux, revenaient en rafale dans la mémoire imaginative de Bernadette. *Ça se peut pas !...*

Marcellin,

Elle n'écrivait pas Marcellin et Obéline, mais Marcellin tout court. *C'est quoi ça, bonté divine* ? Ça ne s'adressait qu'à lui et pas à elle ?

C'est peut-être la dernière fois de ma vie que je t'écris.

La dernière fois ? *Mais c'est donc qu'ils s'écrivent souvent...*

Ma main tremble à chaque mot...

Ouais, comme quand Bernadette croisait Eugène Foley au magasin ou dans le chemin... Et pas rien que la main... *J'arrive pas à le croire de maman.*

La jeune fille crut entendre un bruit et colla le papier sur sa poitrine pour que son coeur cesse de faire tout ce vacarme incessant... Au bout d'un moment silencieux, elle reprit sa lecture.

C'est peut-être le souvenir de la roche à Marie qui me fait ça aujourd'hui...

Bernadette avait tant entendu parler de la roche à Marie. Tant de fois, elle y était allée elle-même en se rendant aux fraises ou aux framboises sur la terre de son grand-père Allaire. Elle se mit à calculer; et le calcul mental, ça la connaissait. Ses parents s'étaient mariés en 1885. Ça faisait 33 ans de cela. Son grand-père n'avait même pas encore sa terre du 9 et personne ne pouvait parler de la roche à Marie si loin en arrière. Marcellin et Émélie s'étaient donc rencontrés à la roche à Marie alors qu'elle était mariée à Honoré. *Ah, mon Dieu... mon Dieu, mon Dieu, mon Dieu...*

Les années ont vite coulé sous le pont du 9...

Bernadette fronça les sourcils. À la surprise s'ajoutait une certaine colère. Elle avait le goût de déchirer cette lettre en tout petits morceaux et de la jeter... de la jeter... *sur le cap à Foley, tiens, dans les pistes du diable...*

Et je n'oublierai jamais. Et je ne t'oublierai jamais. Le temps qui passe, la maladie, la mort, rien ne pourra jamais effacer les grands souvenirs d'une vie. Chaque jour, le pos-

tillon ramène de la gare d'autres gens que toi, des paquets pour d'autres que moi, des lettres qui ne viennent jamais de toi. J'espère toujours que tu seras avec lui dans sa voiture. Ou bien qu'une lettre de toi sera déposée dans notre boîte à malle...

Bernadette soupira. À l'étonnement suivi de la colère succédèrent la tendresse et la douceur. *Après tout, aimer n'est pas un crime...*

L'amour est une maladie qui ne fait pas mourir et qui peut faire souffrir toute la vie...

La lectrice remit la feuille sur son coeur. *Oh mon Dieu, comme c'est vrai, ça !*

Puis elle lut la phrase suivante :

Et je dois te le dire : j'ai souffert toute ma vie.

Bernadette leva les yeux au ciel. *Mon doux Jésus, comme c'est beau !* Et se demanda si elle en parlerait jamais à ses amies Julia ou Anna-Marie. *Non, ça se répète pas, les secrets d'amour...*

J'espère que la même chose arrivera jamais à mes filles.

Bernadette haussa une épaule. *Plus l'amour est grand, plus il doit être souffrant...* Elle se remit à lire.

Surtout Éveline qui est attirée par les garçons et en même temps qui les repousse.

La jeune fille secoua la tête. *Ben voyons donc ! C'est qui, ça, Éveline !* Alors elle tourna la feuille pour voir la signature au bas de la lettre : Odile. *Odile ? Madame Odile ? Mais elle est morte !*

Puis Bernadette sous le choc de la vérité et de l'incrédulité repensa aux mots du texte *: dernière lettre, ma main tremble...* Et comprit que la signataire avait dû confier la lettre à Émélie pour qu'elle la fasse parvenir à Marcellin à l'insu de son épouse Obéline. Mais pourquoi avait-on ouvert la lettre ? Était-ce un voeu d'Odile ou une indiscrétion grave d'Émélie ?

Novembre courait sur ses derniers jours. Odile Martin était enterrée depuis un mois. Pourquoi la lettre se trouvait-elle toujours dans le tiroir de commode de ses parents ? Quoi penser ? Quoi faire ? Bernadette fronça les sourcils. Un pli de détermination vint barrer son front. Il fallait que cette lettre se rende à destination. Telle était la volonté de madame Odile. Le trésor que contenait cette enveloppe n'appartenait qu'à une seule personne au monde : son destinataire.

Il fallait la recoller, timbrer l'enveloppe, oblitérer le timbre et insérer la lettre dans le courrier en partance pour Québec. Elle savait où trouver de la bonne colle. Pour la suite, elle se glisserait dans le bureau de poste en catimini avant même l'ouverture du magasin, tôt le matin, et en un tournemain accomplirait la tâche qu'elle venait de se donner.

Le jour suivant, l'oeuvre fut réalisée. Alfred qui tenait le bureau de poste en l'absence de son père, ne se rendit compte de rien.

Le lettre oubliée reprit son chemin.

Enterrée dans la mémoire d'Émélie, jamais peut-être ne referait-elle surface dans son esprit !

*

Une mère de famille de Saint-Benoît dit à son fils Ernest comme elle l'avait ordonné à ses autres garçons :

–Tu vas monter à Saint-Georges pour faire faire ton portrait.

–Quand ça ?

–Demain matin.

–En voiture ?

–T'es capable d'y aller à pied. Tu quêteras des passages avec du monde qui passe sur le chemin.

–Ouais...

Femme de près de quarante-huit ans, Amanda Roy de son nom de fille, avait donné naissance à dix enfants dont sept garçons. Victorienne dans l'âme et dans le style, dans les habitudes de vie et les principes, stoïque devant la tragédie, froide devant l'amour et la tendresse, autoritaire et souvent mesquine, sèche dans sa maigreur squelettique, obsédée par son chapelet noir qu'elle traînait à coeur de jour et disait pour tuer le temps, elle avait ordonné à tout son monde d'aller se faire photographier pour "*avoir un portrait pour votre carte mortuaire*"... L'idée lui était venue en pleine époque de la grippe espagnole et à chaque semaine, c'était le tour d'un de ses fils de devoir se rendre à Saint-Georges se *'faire prendre le portrait'*. La famille avait beau vivre sur une des belles terres de la paroisse, il fallait échelonner les dépenses rattachées à cette décision maternelle.

Aucune habitation au monde n'était plus propre, plus ordonnée, mieux rangée. Quand les enfants étaient jeunes, elle ne les endurait guère dans la grande maison sauf durant la saison froide. L'été, les gars devaient manger dans la cuisine d'été et passer les nuits dans la grange. Et quand ils entraient à l'intérieur, ils devaient enfiler des pantoufles de laine pour marcher sur le plancher de bois verni qui brillait comme de l'or au soleil. L'univers d'Amanda Roy était une sorte de chasse gardée où ne pouvaient se sentir à l'aise que la religion catholique et ses préceptes religieux et moraux. Sans eux, il n'y aurait seulement jamais eu d'enfants dans cette famille, parce qu'il n'y aurait jamais eu de rapports physiques entre époux.

Vêtue de noir aux chevilles, affublée de petites lunettes rondes, chignon sur la nuque, fils blancs dans sa chevelure foncée, elle faisait les 80 ans sans en avoir encore cinquante. Et ses fils, même devenus des adultes, comme Ernest, né en 1899, lui obéissaient au doigt et à l'oeil. Le seul péché qui donnait à chacun un certain sentiment de rébellion, c'était la pipe. Tous les gars en âge de fumer fumaient du canadien fort. Comme leur père. Et comme le curé, ce qui avait incliné la femme à endurer cette habitude qu'elle trouvait bien dérisoire. Et ils crachaient comme de vrais hommes. Mais dehors, la salive noire ! Il n'y avait aucun 'spitoune' à l'intérieur de la maison ni autre part. *"Crachez dans le foin, crachez dans la neige, crachez dans la poussière, crachez où c'est que vous voulez, mais pas dans la maison."* Et celui qui aurait seulement osé allumer 'en dedans' aurait perdu à jamais le droit de fumer aux alentours.

–Asteur, va te coucher, Ernest, parce que tu vas te lever à la barre du jour.

–Ouais...

*

Le jour suivant, le jeune homme fut sur la route de bonne heure. Et de bonne humeur. Endimanché. Col dur. Cravate nouée par sa mère. Chaîne de montre à la boutonnière. Cheveux châtains en épis pointant vers le ciel. Habit en étoffe brune, sans le moindre pli : impeccable. Tout cela se pouvait voir entre les pans d'un manteau ouvert et qui battaient comme des drapeaux au vent au rythme de son grand pas. Tant de fois, il s'était rendu au village à pied, ce n'est pas quelques milles de plus pour atteindre Saint-Georges qui l'inquiéteraient.

À cette heure du samedi, les chances de se faire dépasser par un attelage étaient plutôt minces. Il avait la jambe et le coeur solides et ça lui était agréable de suivre le chemin de terre par monts et par vaux sous ce soleil d'automne. Seul ? Non ! Il a dans le regard une amie de toujours et de tous les jours : la solitude. Ernest ne se sentait bien qu'avec lui-même et cette journée lui prodiguerait plusieurs heures sans personne pour le distraire de sa rencontre avec son âme. Peut-être qu'un poète se cachait au fin fond de lui ?

Immortaliser ses 19 ans : il n'aurait pas songé à cela. Il n'était guère plus un jeune homme à faire de l'oeil à la caméra. Le photographe lui fit prendre la pose.

–C'est ça, regarde par là.

Par là, c'était vers une jeune personne aux longues bou-
cles brunes, assistante de son père dans son travail et qui, du
coup, apprenait un métier qu'elle ne pratiquerait sans doute
qu'à temps partiel quand le photographe serait débordé par
l'ouvrage. Ernest la trouvait fort jolie, ses yeux bleus surtout,
mais pas autant que les grandes filles à Médée Pomerleau
qu'il voyait tous les dimanches à la messe, qu'il regardait
passer en voiture parfois, tandis que la famille retournait à la
maison dans ce rang 9 qui reboutait avec celui du même
nom de Saint-Honoré-de-Shenley.

Ernest avait l'âge de fréquenter les jeunes filles; il n'en
avait pas l'audace. Et craignait plus que tout la rebuffade. Et
les ricanements de ses frères Joseph et Gédéon s'il connaissait l'échec. *Vas-y pus : t'auras la pelle*, lui dirait-on. Son
choix s'était porté sur Joséphine, fille de Josaphat Gonthier,
mais elle ne l'avait jamais remarqué à l'église ni autre part.
Ou bien l'avait-elle fait à son insu comme les adolescentes
de toutes les époques en sont capables, comme si leurs yeux
étaient en mesure de capter grand dans leur vision périphérique ou bien recevaient-elles les images par voie d'antennes
invisibles ?

Puis Ernest avait souvent rêvé à Corinne-Alma, fille de
Joseph Genest. Elle comme trop d'autres avait été emportée
par la grippe d'octobre. Des grandes à Pomerleau, c'est Marie-Louise qui soulevait dans sa poitrine des vols de pa-
pillons quand il la voyait de loin le dimanche. Un jour, elle
lui avait même dit : "*Bonjour, Ernest.*" Mais le dimanche
suivant, elle n'avait pas même posé son regard sur lui. Désinvolture et indifférence !

Alors Ernest attendait.

Son destin installerait ses voies. Sans être de nature optimiste, il était d'un naturel patient.

–Ça va faire une très belle photographie, dit le photographe, un grand personnage large d'épaules, la tête en triangle.

—Ma mére veut mon portrait pour ma carte mortuaire.

—Oué... de tes frères m'ont dit ça les autres semaines.

—Ben... c'est aussi ben se faire poser en vie que mort.

—Quant à ça...

La jeune fille s'esclaffa tout en cachant son amusement derrière son châle noir lui entourant le cou et tombant sur ses épaules. Ernest se demanda pourquoi elle ricanait ainsi, sans penser que sa réflexion suscitait le rire par le fait qu'il l'avait faite avec le plus grand sérieux du monde.

—On va en prendre une autre pour pas manquer notre coup; autrement, faudrait que tu reviennes à Saint-Georges. À pied à partir du neuf de Saint-Benoît, c'est pas à la porte, ça. De bonne heure le matin, c'est pas passant dans ce bout-là; peut-être que tu vas attraper une occasion pour t'en retourner tantôt. T'es-tu apporté de quoi manger ? J'pense pas. Tu pourrais rester à manger avec nous autres. C'est quoi qu'on à pour manger à midi, Maria ?

—Sais pas.

—Va donc demander à ta mère.

Ernest se sentit mal à l'aise :

—Non, je vas m'en retourner après.

—Ça coûte rien, mon gars.

Maria hésitait sur le pas de la porte.

—Envoye, va savoir...

L'homme rassura Ernest qu'il sentait timoré sous des dehors exprimant de la confiance en soi. Maria revint dire.

—On a de la viande.

Voilà qui devait convaincre le jeune homme. Chez lui, on mangeait de la viande à l'année : fraîche (congelée sur les entraits du hangar) en saison froide et cannée l'été. Il avait en horreur les vendredis maigres et le temps du carême alors que la mère suivait à la lettre les commandements de la sainte Église.

"Pour faire de la grosse ouvrage, un homme, ça y prend de la viande dans l'estomac," disait souvent son père Alphonse. Une idée que ses fils aimaient répéter.

Le travail fut achevé dans la pièce servant de studio. Le photographe dit à son client d'attendre dans une petite salle attenante et lui en profiterait pour faire du développement. Ainsi, le jeune homme pourrait-il repartir après dîner avec un produit fini qu'il remettrait à sa mère le jour même.

Ce fut ensuite le repas.

Ils étaient quatre à table : les parents et leur fille de même que le jeune visiteur au visage impassible.

On le questionna sur sa famille. Il n'en dit que le nécessaire pour répondre : nombre d'enfants, origine des parents, importance du cheptel, lieu exact de la terre.

Ernest travaillait dans les chantiers tous les hivers depuis l'âge de quinze ans. Il dit qu'il voulait devenir un jour forgeron c'est-à-dire maréchal-ferrant.

–Un métier qui sera jamais détrôné malgré l'arrivée partout des machines automobiles ! s'exclama avec autorité le photographe.

–Tout finit un jour ou l'autre par finir, objecta son épouse, un être de quarante ans bien en chair et bien en forme, joyeuse et sanguine.

C'est exprès qu'elle avait fait asseoir Maria de l'autre côté de la table, face à Ernest. À dix-huit ans, leur fille ne manifestait pas beaucoup d'intérêt pour les jeunes gens de son âge. Et ses parents s'en inquiétaient. Quand ça sera le bon, disait Agathe, la mère de famille, à son mari Rosaire, tout va s'arranger.

Ce jeune homme de Saint-Benoît avait belle apparence, semblait vaillant à l'ouvrage, respectueux, et le métier dont il rêvait restait l'un des plus nécessaires dans les paroisses de la province. Un bon métier. Il saurait bien faire vivre femme et enfants. La distance entre les deux familles comptait pour peu, maintenant qu'on disposait du téléphone de part et d'autre.

Et pourtant, il ne parut pas que la complicité des parents marieurs n'accomplît de miracles ce jour-là, comme toutes ces fois où ils avaient favorisé une telle rencontre entre leur fille et un jeune homme bien.

Vint le moment de partir. À sa manière laconique, le jeune homme salua la mère et sa fille, et il retourna prendre son manteau dans la salle voisine du studio. Et dut attendre les photos pendant un moment.

Le travail déjà rétribué lui fut remis enveloppé dans un linge blanc par le photographe qui fit sa recommandation :

–Comme c'est frais, attention à la manière de tenir ça.

–Sous mon bras ?

–Parfait ! T'as compris... Avant de partir, si tu reviens à Saint-Georges, viens nous voir. Maria, j'pense qu'elle t'a pas trouvé déplaisant.

Ernest bredouilla :

–Ben... on sait pas...

Une fois parti, il comprit qu'on l'avait invité à manger pour cette raison. Et s'en trouva flatté. Quelque chose lui dit qu'il n'était pas nécessaire de frapper aux portes car elles s'ouvrent d'elles-mêmes quand l'heure est venue...

*

Il arrivait à mi-chemin entre St-Georges et St-Benoît quand une voiture approcha. Il entendit le bruit des pas du cheval, des cuirs du harnais, des traits en chaîne et des roues du boghei écrasant le petit gravois sous leurs bandages.

–Huhau ! Huhau !

Et l'attelage s'arrêta à sa hauteur.

–Si c'est pas un des garçons à Phonse !...

–Ernest, dit le jeune homme.

–Embarque, on ira pas vite.

Et l'homme éclata de rire.

–Ah, j'peux marcher à pied.

–Ça coûte rien : embarque.

Il parut à Ernest que ce personnage qu'il connaissait bien avait bu. Tout Saint-Benoît savait que Amédée Pomerleau faisait la noce plus souvent qu'à son tour.

–J'embarque, j'embarque...

–Même que si tu veux, tu peux mener le cheval. C'est une jument. S'appelle Cendrette.

Ernest prit place.

–Cendrette, c'est parce qu'elle tourne tout le temps à gauche... ça fait qu'on dit 'sans drette'...

Et l'homme lança un autre rire à vous réveiller les pierres bordant le grand chemin.

–Vous arrivez de Saint-Georges ?

–Non, de Shenley.

–Comment ça ?

–Une manière de parler : d'où c'est que tu veux qu'on vienne quand on s'en vient su' c'te chemin-là, toé ?

–Ben... de Saint-Georges, c'est entendu.

–Pourquoi que tu me le demandes ?

Le ton n'était pas méprisant mais plutôt proche de la taquinerie. Pomerleau se sentait pompette et faisait flèche de tout bois pour trouver à rigoler.

–On parle pour parler.

–Ben répondu ! Ben répondu ! Veux-tu mener la jument ou ben si tu te fies à moé ?

–Bah !

–Quen... je laisse les cordeaux lousse... Elle va se mener

tuseule. Elle connaît le chemin par coeur. J'pourrais dormir dans la voiture que je r'viendrais à maison pareil. Un ch'fal, c'est d'même que j'aime ça.

Autre éclat de rire qui finit par de la salive en écume aux coins de la bouche près des poils de l'épaisse moustache noire.

–Pis toé, d'où c'est que tu viens donc comme ça ?

–De St-Michel-Archange.

–Comment ça, de St-Michel-Archange ?

–Ben non, de Saint-Georges. D'où c'est que vous voulez que je vienne à pied su' c'te chemin-là, vous ?

Pomerleau ne put répondre. Il se claqua sur les cuisses pour mieux rire. Et s'étouffa en disant :

–Tu m'as eu, tu m'as eu, mon gars. J'pensais que tu sortais de l'asile des fous... St-Michel-Archange...

Puis il reprit son souffle et sortit sa pipe et sa blague :

–Ben ça vaudrait une bonne pipée. Fumes-tu, toé ? C'est quoi ton petit nom déjà ? Gédéon ?

–Gédéon, c'est mon frère. Moé, c'est Ernest.

–Pis fumes-tu ?

–J'ai ma pipe.

–Sors-la, j'ai du batêche de bon tabac, tu vas voir...

–Ben là... j'ai mes portraits...

–C'est des portraits que t'as dans ton paquet ? On va mettre ça en arrière dans la valise. Donne-moé ça...

–Je vas le faire...

Et le jeune homme s'étira, se pencha à l'arrière de la banquette et mit son paquet en lieu sûr. Puis il tira sa pipe et chargea à même la blague de son compagnon de chemin.

–Ah, j'connais ben ton père, moé. Même qu'en 16 ou 17, on a travaillé ensemble dans les chantiers à Douard Lacroix pis à Noré Grégoire au lac Frontière. Un homme qui a du bon bras. Pis c'est rare que tu le vois assis su' une bûche à faire de la boucane...

Les milles roulèrent doucement sous le boghei. Ernest aurait bien voulu que l'homme lui parlât de ses filles, mais cela n'arriva pas. Pas tant qu'on ne fut pas à la croisée des chemins, là où la route qui va à Saint-Éphrem croise le rang 9 alors que Pomerleau doit virer au sud tandis que son passager doit s'en aller vers le nord pour se rendre chez lui.

—Sais-tu, on va faire une veillée ou deux dans le temps des Fêtes, t'aurais pas envie de venir. J'ai entendu Marie-Louise pis Éva parler de toé déjà... Ça va danser, ça va conter des histoires, ça va giguer...

—Ah, j'sais que vous êtes du monde au 'fun'...

—Ben faut rire avant de mourir, autrement, on va mourir pis on aura pas ri pantoute.

—Ouais... Quand c'est que ça va être, ces veillées-là?

—On s'est fait poser le téléphone; appelle pis tu vas savoir.

—Êtes-vous à la maison pas mal tout le temps ?

—Non... pas trop souvent. Mais tu parleras aux filles... elles ont une langue... pis sont ben jasantes à part de ça.

—C'est ben correct de même.

—Diguidou mon minou, comme on dit.

Le passager descendit. Amédée salua :

—Je vas dire aux filles que tu vas appeler.

Une autre porte venait de s'ouvrir devant Ernest. Deux dans la même journée. Il se mit en marche en songeant à sa chance. Quelque chose tournoyait en sa poitrine. Tandis qu'il gravissait la première côte avant la suivante qui menait à la maison, Pomerleau en montait une vers chez lui, plus longue, mais pas très fatigante pour Cendrette. Soudain, Ernest s'arrêta net. Ses portraits. Il avait oublié ses portraits dans la malle arrière du boghei. Il lui fallait rattraper Pomerleau.

Mais l'attelage disparaissait là-haut sur ce chemin bordé d'arbres, bien trop loin déjà pour rejoindre le conducteur par le son de sa voix, si puissante se ferait-elle. Courir ne servirait à rien non plus et il ne le rejoindrait pas avant chez lui. Restait le téléphone; c'était la belle occasion de communiquer avec les Pomerleau. Mais il risquait d'encourir les sévères reproches d'Amanda une fois revenu à la maison sans les photographies.

Tout se passa comme pensé. Sa mère le tança. Il appela et la femme Pomerleau lui dit qu'on prendrait soin de ses photos. Il n'aurait qu'à venir les chercher à son heure. Il y eut même contact verbal entre les deux femmes : Vitaline et Amanda. Et ce fut pour le mieux...

***

Ernest Mathieu

Chapitre 7

La mort avait triomphé, pavoisé, paradé de 1914 à 1918 partout dans le monde et montré sa puissance infinie dans une funeste apothéose : la grippe espagnole.

Il fallait maintenant célébrer la vie.

Les Fêtes 1918 arrivaient. Aux quatre coins de la province et de la Beauce, l'on s'apprêtait à prendre un coup, à rire, à chanter et à danser. Ce serait l'explosion des plaisirs permis. Et pour quelques-uns, des plaisirs défendus.

L'invraisemblable même devait se produire. Comme ce soir où Émélie et Honoré convoquèrent Pampalon et Alfred au salon-bureau. Les deux jeunes hommes se parlèrent, s'inquiétèrent, se firent de la bile.

–C'est pour vous demander d'organiser une veillée du bon vieux temps dans le magasin, leur annonça Honoré quand ses deux fils furent arrivés dans la pièce.

–Quoi ? demanda Pampalon de sa voix la plus forte et interrogative et de tous les plis incrédules de son visage.

Émélie parla :

–T'as bien entendu : on voudrait que le magasin serve un

soir des Fêtes à faire oublier les nuits blanches de l'année.

—Rien de mieux pour faire oublier les nuits blanches du malheur qu'une nuit blanche du plaisir ! enchérit Honoré.

—Aussi, on va souligner la présence de Jos et Henri qui vont nous rendre visite comme vous le savez.

Deux êtres aussi sévères, ayant grandi à l'époque victorienne, si soumis aux préceptes de leur religion, si dévoués envers l'Église, commandaient le plaisir : à ne pas croire ! Freddé retroussa son chapeau qu'il mit derrière sa tête.

—Vous avez pas peur que le monde prenne un coup pis vire le magasin à l'envers ?

—On aura un solide gardien de la paix : le jeune Alphonse Bougie.

—Mais personne voudra faire des folies.

—La boisson, ça rend l'homme semblable à la bête, objecta Pampalon sans la moindre conviction.

Car l'idée d'une veillée de danse lui plaisait au plus haut point. Il fallait des étincelles pour chasser la morosité et le pessimisme de cette belle paroisse; et une fête au magasin agirait mieux que tous les sermons des prêtres trop souvent éteignoirs.

—Le curé Proulx, il va en dire quoi ? demanda Alfred.

—Le curé Proulx, il mène son presbytère; moi, je mène mon magasin, répondit Honoré.

Émélie ajouta :

—C'est vrai qu'il a le coton raide, notre nouveau curé, mais il va trouver que nous autres, on a la couenne épaisse.

—Qui c'est qu'on va inviter ? Pis quand est-ce qu'on va faire ça ?

—La date, dit Émélie, ça serait entre Noël et le jour de l'An. Dimanche après-midi et au soir... ça donne le...

Elle consulta un calendrier suspendu au mur, précisa :

... le 29 décembre... Les invités ? Ben tous ceux qui vont vouloir venir. On fera pas un appel général pour pas se faire déborder de monde, mais on va lancer une invitation par une affiche dans la porte du magasin à tous ceux qui voudront venir. Le bouche à oreille fera le reste.

–Ça va manger quoi, tout ce monde-là ? dit Alfred.

–Ils retourneront souper chez eux et ils reviendront pour la veillée de danse. Si d'aucuns veulent s'apporter à manger, ils pourront le faire. On va barrer les deux escaliers qui mè-nent au deuxième, on va barrer l'accès au bureau de poste, à la cave, aux hangars, à la maison privée et à l'arrière des comptoirs. La fête va se passer dans le magasin, rien que dans le magasin. Mais on a de la place pour recevoir cin-quante personnes comme il faut. Même que Freddé, tu vas prendre des draps que tu vas suspendre devant les tablettes du magasin. Comme ça, les gens vont comprendre qu'il faut pas toucher à la marchandise. De toute façon, le gardien va tout surveiller.

–Les jeunes de l'âge de Bernadette, on va-t-il endurer ça avec des plus vieux ?

–La fête, c'est pour tous ceux qui voudront venir, à l'ex-ception des moins de 14 ans. Ça veut dire que Bernadette et ses amies Julia et Anna-Marie pourraient être là. On souhaite qu'il vienne du monde de tous les âges de la vie, de tous les coins de la paroisse.

Tout avait été pensé, discuté par le couple Grégoire. Le monde avait changé. Shenley avait changé. Les Grégoire avaient changé. Eux-mêmes n'étaient pas des fervents de ce genre de soirées bien qu'ils aient été, par devoir et souci de leur clientèle, de nombreuses noces depuis la leur. Mais elle était révolue, l'époque où le presbytère et la concurrence re-présentaient une menace pour leur entreprise. Ils connais-saient la prospérité. Leur endettement était minime. Ils pos-sédaient du capital, des terres dans tout Saint-Honoré, des gros lots à bois au lac Frontière et même une terre à pétrole en Alberta.

Et puis il ne restait plus à faire instruire que Eugène, Bernadette, Armand et Berthe. Conscients de leur force, les Grégoire n'en abusaient pas, mais le presbytère avait fait sa prise de conscience ces dernières années : on ne leur en imposerait plus, on n'écraserait plus leur volonté. À moins, bien sûr, d'un manquement grave aux préceptes de l'Église...

–Ça va prendre des musiciens.

–C'est pas ça qui manque. On a deux violoneux par rang.

–Pis trois joueurs de ruine-babines, enchérit Pampalon.

–Le docteur Goulet va peut-être venir avec sa dame, dit Alfred qui éloignait l'échange du sujet principal.

–On verra... dans le temps comme dans le temps.

Honoré parlait peu. Il lui semblait que pour diriger un tel projet, les cordeaux doivent être laissés à son épouse. Émélie avait pensé à tout. Comme toujours.

–Faudrait surtout pas oublier d'installer des dessus de tables sur les comptoirs pour protéger les vitres.

–On va tout faire ça, maman.

Honoré dit :

–Eugène va vouloir vous aider, mais retenez-le. Il a eu beau vaincre la grippe, sa constitution est fragile comme vous le savez. Ça pourrait prendre jusqu'à deux ans pour qu'il s'en remette.

–On va y voir ! déclara Pampalon. On va lui faire faire des petites affaires à sa mesure.

–On se fie à vous deux pour tout.

–Ben ça va swingner au magasin Grégoire le...

–29 décembre, précisa encore Émélie.

–Hein Freddé ?

–Certain Pampalon.

Et Pampalon fit claquer ses doigts puis imita le jeu d'un

violoneux :

–Manda pis Ida, ça va swigner la baquèse dans le fond de la boîte à bois.

Devant autant d'enthousiasme, les époux Grégoire s'échangèrent un regard entendu...

*

Chez Amédée Pomerleau du rang 9, première terre de Saint-Benoît, la grosse veillée eut lieu le samedi entre Noël et le jour de l'An.

Quelques jours avant Noël, Ernest, après avoir dix fois décroché le récepteur du téléphone et mis sa main sur la manivelle de la sonnerie, avait fini par se décider, par plonger, par demander le numéro des Pomerleau.

–Allô ! lui répondit une voix chantante.

–C'est Ernest Mathieu, moé.

Quelques jours plus tôt, le jeune homme s'était fait couper l'herbe sous le pied. Amédée était revenu en personne lui porter ses photographies; ainsi Ernest avait perdu son prétexte pour se rendre frapper à la porte chez les Pomerleau.

–Oui.

–Ben...

–Oui, j'écoute.

–Qui c'est qui parle ?

–Marie-Louise Pomerleau.

–Ah !

–Et ?

–C'est pour savoir quand c'est la veillée ?

–Samedi qui vient.

–Ah !

–C'est ça.

–On va pouvoir y aller, moé pis mon frére Gédéon ?

–Ça doit.

–C'est ça que... ton pére m'a dit l'autre jour en revenant de Saint-Georges.

–On va vous recevoir tous les deux.

–À quelle heure que c'est qu'on peut aller là ?

–Ben... mettons 7 ou 8 heures samedi soir.

–On va être là pour l'heure.

–C'est ben correct.

–Merci ben.

–À bientôt !

Quand il eut raccroché, le jeune homme dut essuyer de son front de la sueur que la température de la pièce ne saurait provoquer parce que bien trop basse.

*

C'était samedi, le 28 décembre 1918, avant le coucher du soleil en après-midi.

Deux jeunes gens affublés de capots de chat allaient gaiement à pied veiller là-bas, en cette maison où régnait, disait-on, la joie de vivre. Suffisait d'y entrer pour attraper la maladie de la bonne humeur qui faisait beaucoup de victimes sans jamais tuer personne.

Gédéon, frère d'Ernest, avait la parole plus facile que lui. Il s'ouvrait aisément, blaguait, saluait, approuvait, suscitait la conversation tandis que son frère préférait le silence et l'isolement. Ernest savait lui aussi se montrer très volubile, mais en présence de gens qu'il connaissait seulement, et son premier contact avec une personne la congelait le plus souvent et même la rebutait pour longtemps.

Ils furent en vue de la maison Pomerleau trois quarts d'heure plus tard et là, commencèrent de se disputer afin que s'éteigne leur nervosité. Rien de sérieux. Cela concernait leur choix de l'une ou l'autre des soeurs Pomerleau.

–Ben moé, c'est Marie-Louise, affirma Ernest.

–Ben non... Marie-Louise, elle me fait de l'oeil sur le perron de l'église, tu sais ça.

–Elle te fait pas plus d'oeil qu'elle m'en fait à moé.

–Tu vas voir à soir.

–C'est ça qu'on va voir à soir.

–Éva, ça serait mieux pour toé, Ernest. Tu t'en souviens pas, tu lui tirais les tresses en revenant de la messe.

–C'est quoi, ça ?

–Tu te rappelles pas de ça...

–Ben...

–En revenant de la messe, Médée Pomerleau nous laissait embarquer en arrière du dernier siège, les pieds accrochés aux montants.

–Ben oui, je m'en rappelle...

–Pis en chemin, tu tirais les couettes à Éva.

–Ça se peut.

–Ça veut tout dire.

–Ça veut rien dire. J'avais une douzaine d'années.

–Tu faisais pas ça avec Marie-Louise ou ben Albertine.

–Je l'ai fait... mais les deux m'ont crié par la tête.

–Pis pas Éva.

–Non. Elle riait...

–Tu vois.

–Je vois quoi ?

–La tienne, c'est Éva.

–Va donc au bonhomme, Gédéon !

Quelqu'un sortit de la maison pour leur faire signe. Ce n'était pas Marie-Louise ni Éva, mais bien Rose-Anna. En robe de couleur foncée, sans manteau ni châle sur les épaules, elle s'enveloppait le torse de ses bras et, visiblement, avait froid.

—Elle va prendre son coup de mort, celle-là, s'inquiéta Gédéon.

—Qu'elle reste en dedans ! fit son frère sur un ton plutôt coléreux.

Ernest transportait un fanal qui leur servirait sur le chemin du retour après la veillée. Et Gédéon apportait à manger dans une chaudière de saindoux qui leur servait de boîte à lunch. Amanda avait refusé que ses fils ne se fassent des pique-assiette chez les Pomerleau. On les avait invités à veiller, pas à souper. Et chacun d'eux se sentait mieux ainsi.

Ils se pressèrent pour parcourir la dernière distance et furent bientôt sur la galerie.

—Vous êtes de bonne heure ! leur dit-elle en frissonnant.

—On voulait pas venir à la noirceur.

—Rentrez, il fait frette dehors.

Elle les précéda. L'intérieur était sombre et surchauffé. Gédéon entra le premier. Peu de personnes se trouvaient là : d'aucunes, deux fillettes, à se bercer, d'autres, des adolescents, à jouer aux cartes à la table de la grande cuisine qui formait une seule pièce avec le salon.

Il y eut de part et d'autre des salutations marmonnées, entremêlées. Les deux frères eurent du mal à identifier les personnes au premier coup d'oeil vu que leurs pupilles devaient s'adapter au changement d'éclairage.

Rose-Anna, jeune fille de seize ans, portait des cheveux en tresses enroulées derrière sa tête. Ses yeux pers faisaient d'elle une enfant unique dans la famille. "*Elle, est pas comme les autres*," disait souvent sa mère. L'entourage répétait son dire pour différencier encore davantage la jeune fille qui pour autant, ne s'en plaignait pas, surtout qu'on ne le faisait pas pour la rabaisser bien au contraire. Même que ses soeurs Marie-Louise et Éva en parlaient toujours comme de la belle Rose-Anna.

Les manteaux des visiteurs trouvèrent place sur des crochets de bois vissés au mur près de l'entrée. La lanterne et la chaudière furent déposés dans le banc du quêteux à côté de la porte. Les jeunes hommes furent invités à s'asseoir tandis qu'on les examinait de pied en cap.

–Venez-vous jouer aux cartes avec nous autres ? dit un des garçons qui se trouvaient à la table.

–Ah, nous autres, on sait pas jouer aux cartes !

–Hein ! Ben voyons donc !

L'adolescent ricaneur n'en revenait pas. Pour lui, le monde entier se devait de rire à tout bout de champ, et il n'aurait pas survécu au sein d'une famille aussi austère que celle des Mathieu.

–Venez vous assire, on va vous le montrer.

Cette parole servit de levier aux deux frères qui acceptèrent l'invitation. On leur trouva des chaises droites et la leçon commença...

Mais où se trouvaient donc les grandes filles de la maison ? Nulle trace de Marie-Louise et d'Éva. À la table, les deux frères Pomerleau, des adolescents de onze et quatorze ans, surnommés Kette et Quino, s'amusaient comme des petits fous. L'un s'appelait Joseph et l'autre Andréa, mais personne jamais ne les désignait par leur prénom véritable.

Et le temps agréable commença de passer à la vitesse de l'éclair. Quand Ernest demanda pourquoi on leur avait donné des surnoms aussi bizarres, c'est Rose-Anna qui en fournit l'explication. Alors qu'ils étaient petits, Joseph possédait un chat appelé Kette. Son frère qui parlait encore peu s'était exclamé un jour en regardant par la fenêtre l'animal qui surveillait des oiseaux : *r'gard' Kette va poigner des p'tits quinos*... Amédée ayant trouvé la phrase très drôle s'était mis à surnommer ses deux fils Kette et Quino. Les autres enfants avaient suivi son exemple...

Puis Éva et ses parents rentrèrent à la maison. Ils arrivaient de faire le train à l'étable. Amédée s'exclama aussitôt devant les visiteurs :

–Eh ben, eh ben, les frères Mathieu ! Ça va swingner la compagnie à soir icitte-dans.

Et il s'esclaffa.

Éva portait des vêtements d'homme. Un foulard entourait sa tête dans un sens et un autre était noué sous le menton. Ernest et Gédéon ne lui trouvèrent rien de bien agréable à regarder. Elle et sa mère disparurent dans une chambre, sûrement celle des maîtres pour s'y débarbouiller un peu, puis, sans saluer les deux frères, Éva passa près d'eux et gravit l'escalier pour aller se changer de vêtements à l'étage des chambres.

Quant à Marie-Louise, personne ne l'avait encore vue et les deux frères se demandaient où elle pouvait bien se trouver en ce moment.

La fille aînée de la famille, Albertine, vivait au Maine avec son époux Joseph Roy. Elle avait suivi son frère à Lewiston quand Alfred, après avoir vécu un temps à Shenley et s'y être marié, avait pris le chemin de l'exil américain à l'instar d'Henri Grégoire et de beaucoup d'autres Canadiens français en quête d'une vie plus facile là-bas.

Amédée ôta ses vêtements d'étable qu'il accrocha dans un placard sous l'escalier menant au second étage, sans cesser de se dire heureux de la présence des visiteurs et de s'étonner de leur arrivée avant la nuit. Il parla de ses vaches et prit des nouvelles de celles d'Alphonse.

Rose-Anna prêta assistance à sa mère dans les préparatifs du souper. On chassa poliment les joueurs de cartes et la table fut vite dressée.

–Va dire à Marie-Louise pis Éva de venir souper, dit Vitaline à Cécile, l'une des deux fillettes de la maison.

Mais l'autre (appelée Rose tout court) la devança et grimpa l'escalier à toute vitesse, délaissant sa petite soeur qui se mit à grimacer de déception.

Les frères visiteurs avaient trouvé place sur le banc de quêteux. Ils tâchaient de dissimuler leur malaise en se parlant à voix basse quand Amédée qui avait pris place sur une berçante en attendant le moment du repas, cessait de les questionner ou de leur adresser la parole.

Si Rose-Anna avait eu deux ou trois ans de plus, si elle avait été moins frêle de constitution, si elle s'était montrée plus indépendante, moins empressée avec les deux jeunes gens, peut-être qu'elle les aurait mieux intéressés, mais l'un et l'autre ne songeaient qu'à Marie-Louise, l'invisible Marie-Louise.

Rose revint aussi vite d'en haut qu'elle y était allée. Et ramena Cécile avec elle. On entendit des pas féminins. Ernest et Gédéon rivèrent leur regard sur l'escalier. Des bottines apparurent, puis des mollets, puis un bas de robe en tissu luisant bleu royal. On espérait Marie-Louise. Ce fut Marie-Louise qui salua de son plus large sourire les deux frères quand elle les vit au tournant des marches.

–Bonsoir, mademoiselle ! fit aussitôt Gédéon.

–Bonsoir, mademoiselle ! dit Ernest encore plus fort.

La jeune femme portait un collier de perles de satin qui étincelaient sous la lueur des lampes auxquelles on avait donné une hauteur de mèche pour mieux éclairer l'intérieur de la maison.

–Ça va ben, Marie-Louise ? demanda Gédéon.

–Ben, ben, ben...

–Moé itou. On a décidé de venir plus de bonne heure...

Ernest lui coupa la parole :

–... vu qu'il fait noir de bonne heure.

–Vous pourrez vous en retourner avec nos amis de Saint-Éphrem après la veillée.

De qui voulait-elle donc parler ? Chacun des deux frères s'inquiéta sans le montrer. Peut-être aurait-on affaire à des rivaux durant la veillée ? Ça se voyait souvent, des situations où les jeunes filles 'veillaient en double' et se laissaient courtisées par deux garçons à la fois.

On reprocha aux visiteurs d'avoir apporté leur nourriture. Ils refusèrent même de prendre la place de quiconque à table et restèrent sur leur banc pour se partager ce qu'ils avaient à manger.

–Faites attention à vos beaux habits, les gars, dit la mère de famille, aux deux frères.

À ce moment, Éva descendit à son tour. Il y avait loin entre la jeune personne rentrée de l'étable une demi-heure plus tôt et cette jolie fille qui apparut dans l'escalier. Et si Gédéon resta néanmoins accroché à l'image de Marie-Louise, Ernest, lui, l'oublia et se laissa séduire par celle qui maintenant l'éblouissait de tous ses feux. Elle lui sourit. Il eut du mal à lui répondre pareillement.

–Ça t'a pris du temps à te pomponner ? dit la mère, une femme fort maigre, autant que ne l'était Amanda Roy.

–A fallu que je me change.

–J'ai pris moins de temps que toé.

–Ah !

Éva prit place à table. Ernest pu continuer à l'observer tout en feignant ignorer la tablée. Amédée anima la suite avec des riens. Ce qu'il disait faisait sourire les filles. Et ça l'encourageait à poursuivre ses blagues qui n'en étaient le plus souvent que par son éclat de rire consécutif.

Après le repas, Kette et Quino accaparèrent de nouveau la table et y ramenèrent les frères Mathieu qui y trouvèrent un moyen de passer le temps avant la veillée sans être trop mal pris dans leur embarras malaisé. Rose-Anna les rejoignit, elle qui gardait la spontanéité de l'enfance et son audace. Marie-Louise disparut. Éva aida sa mère au barda du soir. Les fillettes, Rose et Cécile, s'en allèrent en haut. Et Amédée vint fumer sa pipe en se berçant entre les deux jeunes visiteurs qui n'avaient pas apporté leur attirail de fumeur sur défense formelle de leur mère.

À un moment donné, il y fut question du magasin Grégoire de Shenley. Amédée dit qu'il s'y rendait maintenant une fois par mois, même si sa paroisse était Saint-Benoît, par reconnaissance à Honoré qui l'avait fait travailler dans son chantier.

–Nous autres, on va tout le temps à Saint-Benoît acheter nos effets, commenta Gédéon. C'est la mère qui mène.

–Ben moé, je vas y aller itou, chercher des effets à Shenley, fit Ernest qui avait du mal à tenir ses cartes en un rang ordonné dans sa main.

–Si t'es à pied, je te ferai embarquer, dit Amédée.

Ernest y voyait une magnifique occasion de rencontrer... Marie-Louise ou peut-être même Éva qui depuis une heure commençait de l'intéresser...

Une autre heure passa. Éva disparut à son tour. Puis Amédée sortit son violon. Mais le temps de danser et de chanter n'était pas encore venu. Il manquait les autres invités. Et ceux-ci ne tardèrent pas à se présenter. Eux aussi étaient des frères : les Rodrigue de Saint-Éphrem. Entre Mathieu et Rodrigue, on ne se connaissait pas.

La pire situation se présentait. S'il ne venait pas d'autres jeunes filles à la veillée, ce serait la rivalité entre deux paires de frères pour obtenir l'attention des deux soeurs Pomerleau. Car pas un ne considérait Rose-Anna comme assez grande encore, comme assez femme sans doute, pour éveiller son intérêt.

Soulagement, il viendrait du monde encore. Jeannette et Albert Genest du rang : le frère et la soeur. Aussi Éloïse et Priscilla Gonthier, deux soeurs du voisinage.

On trouva des chaises et des bancs pour tout le monde. Les garçons prirent place avec les garçons et les jeunes filles autour de la table. Quant aux plus jeunes, Kette, Quino, Rose et Cécile, ils furent confinés au second étage sur ordre des parents.

Siméon Rodrigue déclassa tous ceux qui auraient pu être ses rivaux. Il chanta, dansa la gigue simple, s'avéra le meilleur danseur de sets canadiens et visiblement obtenait toute l'attention de Marie-Louise.

Gédéon jeta son dévolu sur Priscilla Gonthier, un petit bout de femme blond comme les blés et qui se montrait d'une gentillesse peu commune avec tous.

Et Ernest, après beaucoup d'efforts, subissant la compétition de Genest, craignant sans cesse l'échec, en fit tant pour démontrer à Éva son attirance, qu'elle accepta de se trouver avec lui.

Quand vint l'heure du départ, il osa lui demander :

–J'aimerais ben ça revenir te voir...

–Ben... si tu veux... mais...

Il n'attendit pas la suite. Ce pourrait être une objection et il ne voulait pas l'entendre...

Les frères Rodrigue firent monter les frères Mathieu jusqu'au chemin de travers où leurs routes bifurquaient. Chacun avait-il trouvé sa chacune, toujours est-il que les quatre jeunes gens semblaient retourner chez eux heureux. Siméon avait eu sa Marie-Louise. Son frère avait fait les yeux doux à Rose-Anna. Gédéon aimait les blondes quel qu'en soit l'âge, or Priscilla en était une de quinze ans. Quant à Ernest, lui qui était venu dans l'indécision, il repartait dans la certitude.

***

Chapitre 8

"*Ça prendrait un magasin grand comme l'église pour faire une fête publique. La famille et quelques-uns d'en dehors, et ça va être ben plein.*"

Le plan initial des Grégoire avait changé devant l'argument de l'espace disponible eu égard à la liste des présences certaines : enfants de la famille et conjoints, amis du voisinage, cousins Grégoire, Obéline et Marcellin venus de Québec, Napoléon Martin, veuf de fraîche date, le docteur Goulet et son épouse enceinte, Elzéar Racine et son épouse, et quelques autres dont on parla avant de décider de les inviter. De plus, il faudrait préparer à manger pour tous ceux venus de loin et tant qu'à faire, aussi bien en préparer pour tous les invités du jour. Ce serait donc un banquet plus qu'une simple veillée.

Ida et Alice accaparèrent la cuisine cet avant-midi-là comme la veille toute la journée, afin de faire cuire tourtières et ragoût, et confectionner des desserts, ce en quoi l'épouse de Pampalon excellait.

Voici qu'à 53 ans dans quelques jours, Émélie souffrait de ses jambes. Varices. Fatigue de toutes ces années debout.

Trop d'âge déjà et de poids à supporter chaque jour que le bon Dieu amenait.

On lui donna congé. Elle passa son temps à son bureau du magasin. Là, elle put recevoir ses grands enfants à son goût et se régaler de nouvelles les concernant. Elle désirait connaître le fond du coeur de chacun. Et quand l'un avait fini de se confier, -car elle se livrait à un véritable interrogatoire-, il partait avec mission d'envoyer quelqu'un d'autre le remplacer. Non seulement, elle enquêtait sur ses enfants, mais aussi sur ses gendres et brus. Émélie savait que de rencontrer individuellement chaque partenaire d'un couple avait une portée autrement plus grande que de rencontrer les deux ensemble. Et même qu'elle prenait des notes parfois dans un cahier gardé sous clef dans un des tiroirs du bureau, sous les livres de comptabilité.

In vino veritas ! Émélie prenait soin de verser à chacun un verre de vin et de le détendre d'entrée de jeu par des propos légers et joyeux quoique toujours sobres. Au pessimiste, son attitude eût été jugée malsaine et insidieuse, celle d'une mère contrôlante qui cherche à s'immiscer dans les affaires de ses enfants. À l'optimiste, sa façon de faire relevait du même perfectionnisme dont elle faisait montre dans son rôle d'éducatrice. Elle voulait pour ses enfants un bonheur à leur mesure à eux, non à la sienne, à elle. Et se disait qu'il suffisait de les questionner pour les faire réfléchir sur eux-mêmes. Les conseils à suivre, ils les créeraient se les donneraient à eux-mêmes...

‹‹Elle était un modèle de patience dans tout ce qu'elle entreprenait et en particulier dans son rôle d'éducatrice. Elle enseignait à ses filles avec force détails et conseils comment laver et repasser le linge, faire briller un plancher ou assaisonner à point une soupe...››

Un clocher dans la forêt, page 29

Ce fut Alice en premier.

D'une splendeur incomparable, tout rayonnait en sa personne, depuis ses yeux inondés de joie jusqu'à ses mains fébriles habitées par le désir perpétuel de créer, soit en couture, soit en broderie, soit en cuisine.

–Il manque rien qu'un enfant à notre bonheur, maman, confia-t-elle après quelques questions dont elle devinait le véritable objectif.

–Et ta maison ?

–L'année prochaine. On a l'argent pour notre résidence de rêve au bord du lac Mégantic. C'est une question de mois.

–Si vous manquez d'argent, on pourrait vous en prêter ?

Alice eut un petit éclat de rire :

–J'sais pas ce que papa dirait de ça ?

–Il dirait comme moi, je te le garantis, Alice. Il attend rien qu'une bonne occasion pour montrer qu'il accepte ton mari. Et quelle belle occasion que d'aider sa fille à s'établir !

–J'pense que Stanislas accepterait pas.

–Si tu lui dis que ça ferait la paix avec Honoré.

Alice agrandit les yeux, mit la main au camée qu'elle portait au cou :

–Magnifique idée, ça, maman, à bien y penser.

–Une hypothèque... pas grosse. À demande ! Au bout de deux ou trois ans, vous pourrez nous remettre l'argent...

–Allez-vous en parler à mon mari ?

–Ce serait mieux que toi, tu le fasses. Il serait à son aise pour refuser. Explique-lui que ce serait la meilleure occasion du monde de faire la paix avec Honoré...

–Ah, maman, vous pensez toujours à tout, vous !

–Ben non voyons ! C'est toi qui penses toujours à tout.

Après une fille, ce fut au tour d'une bru : Ida, l'épouse de

Pampalon. Émélie ne lui en imposerait pas, à elle qui avait du toupet tout le tour de la tête.

–Pas trop dur à endurer, notre Pampalon ? dit Émélie après quelques formalités.

–Joueur de tours, mais des fois, l'arroseur se fait arroser.

–Comme dans le film de monsieur Chaplin... Tu lui rends la monnaie de sa pièce et tu fais bien. C'est pas toujours au même de se faire agacer, hein !

–Dans son jeune temps, monsieur Grégoire était-il un peu comme Pampalon ?

–Il passait pas son tour. Sais-tu ce qu'il a fait faire à ton beau-frère Alfred un soir d'assemblée électorale. Les crottes de cheval et tout...

–Jamais entendu parler.

–J'te l'conte. Pampalon a jamais fait pire. Écoute bien ça, Ida : ça vaut la peine...

Ce fut ensuite le tour d'Henri.

–Tu nous as fait ben de la peine en partant pour les États sans nous avertir, mais on a compris que c'était ton chemin. D'aucuns parmi nos enfants comme Freddé et Pampalon sentent le besoin de rester proche de la maison qui les a vus naître. D'autres comme toi, comme Alice, sentent le besoin du large. Thomas Grégoire au Yukon. Jos Allaire à Warville (Waterville)...

–Pis moi à Warville.

–Comment ça va avec madame Cormier là-bas ?

–Ben... ça va...

–L'armée, finalement, t'a relaxé.

L'année précédente, à l'entrée des États-Unis en guerre, le gouvernement de ce pays offrait la citoyenneté américaine à tous ceux qui faisaient la preuve de leur loyauté envers leur nouveau pays. Henri s'était présenté à Fort Devon, dans le

Massachusetts, pour son examen d'admission. Le médecin en chef lui ayant découvert des pieds plats l'avait exempté du service actif. Henri avait donc fait le reste de la guerre dans les services de l'intendance de l'armée. Et c'est ainsi qu'il était devenu citoyen américain. (*C.F. Un clocher dans la forêt*)

Les Grégoire avaient appris cela par les lettres de Jos. Ils savaient aussi que leur fils arrondissait son salaire en exécutant de petits travaux pour une veuve bien établie dont le nom était Joséphine Cormier. On devina plus que si peu que ça entre ces deux-là, malgré leur grande différence d'âge, la veuve étant bien plus âgée que le jeune Henri.

–Comme de coutume, tu dis pas grand-chose.

–À propos de quoi ?

–À propos de qui ? De madame Cormier.

–Ah ! C'est une veuve... Y a toujours de l'ouvrage autour de la maison.

–Et dans la maison ?

–C'est certain. La plomberie, le courant électrique, des châssis à calfeutrer : une maison, ça finit pas. Faut un homme pour certains travaux.

Henri avait mis tant de mots pour défendre sa cause et un ton tellement inhabituel que sa mère le sut 'coupable' de quelque chose, c'est-à-dire sans doute entiché de la veuve, mais honteux de le révéler.

–Si tu l'épouses un jour ou l'autre, vous viendrez faire votre voyage de noce par ici.

–Voyons donc, maman, voir si je vas me marier avec une veuve deux fois plus vieille que moi.

–Je disais ça comme ça, Henri.

Il n'en fut plus question. Le jeune homme voulut montrer qu'il disait vrai en parlant d'un rêve qui l'enflammait autrement plus que d'épouser la veuve Cormier : l'achat d'une motocyclette.

—Je viendrai vous montrer ça l'été prochain ou l'autre été d'après. 1920, ça serait une ben bonne année pour ça. Une Harley-Davidson à side-car...

—Viens en moto, viens en auto, en borlot, viens par les gros chars, viens sur un gros cheval ou viens à pied : tu seras toujours chez toi ici. C'est ta maison. C'est ta famille, Henri.

Voilà un propos d'Émélie qui sonnait peu familier à l'oreille du jeune homme. À travers l'insistance de sa mère, même teintée d'une touche désinvolte, il trouva de l'intérêt voire une certaine tendresse à son égard. Et en fut ému. Ce souvenir resterait gravé dans la mémoire de son coeur...

Plus tard, ce fut au tour d'Arthur.

—Ceux qui viennent pensent que c'est pour leur faire un cadeau, mais ça, c'est pour le jour de l'An, pas avant. Aujourd'hui, c'est un cadeau invisible. Mais en réalité, c'est chacun de vous qui me fait un cadeau en venant jaser un peu avec moi. Y a des choses qu'on peut se dire à deux, qu'on tairait à plus.

À trente ans, Arthur Boutin atteignait peut-être le sommet de sa maturité. Père de trois enfants dont la pauvre Cécile décédée trop vite et si brutalement, il le serait d'un quatrième en bonne route. Éva était enceinte de quelques mois et il naîtrait en 1919 un nouvel être appelé à effacer en partie de la mémoire du coeur le drame de l'enfant perdue. Le jeune homme supportait bien les responsabilités familiales tout autant que professionnelles. Émélie et Honoré avaient commencé au bas de l'échelle dans la maison rouge et développé leur commerce avec les années pour en arriver à cette importante expansion de 1900; mais Éva et Arthur avaient hérité d'une entreprise déjà grosse, bien établie, et qui les avait plongés dans une complexité autrement plus grande que les problèmes du quotidien rencontrés par les parents d'Arthur.

Eux, tout comme les Grégoire, avaient eu des années pour s'adapter.

Émélie comprenait cela :

–Je vous trouve courageux tous les deux.

–Même chose pour moi devant vous.

–Non, non, la tâche est bien plus difficile pour vous deux. C'est le temps qui vous a manqué, le temps. La vie est beaucoup trop vite de nos jours. Les gros chars. Les automobiles. Les avions qui transportent du courrier. Les paquebots qui traversent l'océan en quelques jours. L'électricité. Le téléphone. C'est à se demander où le progrès va nous conduire en 1930, 1940. J'ose pas y penser. Les gens auront plus le temps de rien faire pour en avoir trop à faire.

–Du temps, j'en ai eu, madame Grégoire. J'étais commis comme Freddé.

–Oui, mais j'sais pas ce qui arriverait si Alfred... si Honoré et moi, on disparaissait. Ah, j'ai confiance en lui, mais il trouverait la soupe chaude. C'est faisable. Plusieurs le font. Mais il faut du courage. Je trouve que nous autres, mon mari et moi, on a eu de la chance parce qu'on a eu du temps en masse pour s'adapter.

–Au besoin, on embauche du monde.

–Oui, mais...

Chacun but un peu de vin.

–L'important, c'est que rien ne vous écrase. Faut concilier travail et famille.

–On en parle tous les dimanches, Éva et moi.

–Ah oui ?

–Elle m'a dit que vous faisiez ça depuis 1900 et j'ai trouvé que c'est une bonne idée.

Émélie sourit faiblement :

–On parle surtout d'affaires. De crédit. De nouvelles lignes. Des ventes. Tu dois te demander pourquoi je souris, c'est parce que mon mari appelle ça *"le maudit quart d'heure"*. Au début, je lui imposais la chose et il me disait ça en riant. Le nom est resté. Les affaires familiales, on en parle surtout le soir avant de s'endormir.

–En tout cas, ça vous réussit.

–Gère tes affaires à ta manière, Arthur, pas à la nôtre. Chacun doit trouver sa propre voie.

–Ce qui empêche pas de puiser aux bons exemples qui nous tombent sous les yeux.

–C'est flatteur de t'entendre dire ça.

–Je dis ce que je pense, fit sobrement le jeune homme, avec son air le plus digne.

Éva eut son tour de s'entretenir avec sa mère. Il fut d'abord question de sa santé.

–J'suis de petite constitution, mais j'suis endurante.

–T'as toujours été comme ça. De l'énergie pour élever deux douzaines d'enfants.

Éva protesta en riant :

–Une douzaine, ça serait ben assez, vous, là.

–Tu veux un peu de vin ? J'en bois à chaque personne qui me visite; à la fin de la journée, je vas être pompette pas pour rire.

–Ça serait bien la première fois de votre vie.

–Faut une première fois en tout.

–Même aux noces, vous avez toujours pris rien qu'un petit verre, jamais plus.

–Après la guerre et cette terrible maladie, ton père et moi, on a décidé de célébrer la vie comme il faut. On voulait faire une fête pour toute la paroisse, mais il aurait fallu réserver l'église et encore, les bancs sont fixés au plancher. Le bas de la sacristie, c'est guère plus grand que le magasin. Et puis, aurais-tu vu ça, de la danse dans l'église. On aurait crié au loup pour pas dire au diable. Le curé Proulx aurait vu ses cheveux se dresser en épis sur sa tête. Lui pas déjà trop bel homme.

–C'est la première fois que je vous entends critiquer un prêtre, vous, là.

–Je critique pas, Éva, je constate une réalité. Être beau, ça rend pas meilleur; être laid, ça rend pas pire. Pense à notre François Bélanger. C'est un petit gars qui a du coeur mais son visage est celui d'un monstre.

–Quel âge il a, François, asteur ?

–Attends que je me rappelle... Pourquoi j'hésite, c'est aisé à se souvenir ? Il est venu au monde l'année de la mort de notre Ildéfonse.

Éva glissa vivement :

–1908.

La femme soupira :

–Qui est aussi l'année du grand feu. Je me souviendrai toujours de la scène où on s'était parlé des années grises à venir. C'était durant la procession contre le feu qui entourait le village. Je me souviens des mots. Tu veux les entendre et dis-moi si je me trompe...

–C'est bien.

Émélie ferma les yeux et comme les réponses du catéchisme apprises par coeur, l'échange de 1908 avec Éva, suite à la mort d'Ildéfonse et en plein brouillard de fumée dense, lui revint en mémoire et en bouche...

–*Après la moisson d'or, c'est peut-être les années grises qui commencent pour nous autres, Éva.*

–*Les années grises ? Non, maman ! Après 1908, il fera beau, vous verrez bien. L'année noire achève...*

–*J'ai un mauvais pressentiment.*

–*Vous avez traversé tellement d'épreuves depuis que vous*

êtes au monde, le pire est passé.

—Le pire est jamais passé, il est toujours à venir.

—Vous êtes donc pessimiste !

—Suis réaliste.

Puis la femme secoua la tête et fit son signe de croix :

—Bon... l'ouvrage nous attend. Viens, Éva.

—Oui, maman.

Émélie rouvrit les yeux. Éva dit :

—Je m'en rappelle clairement : c'est les bons mots... je veux dire les vrais. Mais... vous voyez, les dix années depuis Ildéfonse et le feu ont pas été si pires après tout. Freddé, Pampalon, Alice, moi, on est tous entrés dans une partie heureuse de notre vie par notre mariage. Henri paraît pas si mal aux États. Eugène a passé au travers de la pire maladie de l'histoire de l'humanité. Bernadette est en bonne santé, travaillante, intelligente, patiente...

—Mets-en pas trop là.

—Ben oui... Et votre petit Armando comme vous aimez l'appeler, vous apporte de la joie. Reste la petite Berthe : belle comme le jour, pleine de vie. Un peu refermée, mais une enfant heureuse. Toujours de belle humeur... même si elle a peur de son père...

—Dis donc, c'est de toi qu'on devrait parler et tu me donnes toutes les raisons que j'ai de ne pas me plaindre. Éva, tu penses toujours aux autres avant de penser à toi-même. Ça t'honore, mais...

—J'ai pas eu besoin de travailler pour être comme ça pourvu que je le sois comme vous dites, ça m'a été donné de naissance. C'est inné. Et ça doit me venir de vous, de papa ou des deux. Vous avez été des parents sévères, faut le dire, mais pas méchants envers leurs enfants. Et ça, je pense que tous vos enfants le savent au fond d'eux-mêmes.

—Berthe va se souvenir toute sa vie du coup de fouet

donné par son père sur le plancher du magasin. C'est comme s'il lui avait donné le fouet à l'âme.

–Un père cruel l'aurait frappée sur le corps.

–En effet !

Il fut ensuite question du bébé que portait Éva. Elle dit croire qu'il s'agissait d'un garçon à la façon dont le foetus se comportait en son ventre.

–Si c'est un garçon, je lui ai déjà trouvé un prénom : ce sera Henri ou Guy.

–Tu veux dire deux prénoms.

–Oui, peut-être les deux. Henri dit Guy, mettons...

–Guy, c'est pas mal.

–Vous trouvez ?

–Sûrement ! C'est court, léger...

D'autres 'comparurent' devant Émélie ce même jour. Vint le tour de Pampalon. Ce fut bref et joyeux. Le jeune homme possédait la terre. Une jeune épouse dépareillée, bonne en tout et toujours parée à entreprendre une nouvelle tâche.

–Elle fait des journées plus longues que les miennes.

–Que ça te fasse penser que les femmes devraient avoir le droit de vote comme le veulent les suffragettes aux États.

Il le prit à rire :

–Elles devraient avoir le droit de vote, c'est sûr, à une condition... qu'elles votent comme leur mari. Voyez-vous ça, papa rouge et maman bleue ?

–La politique, c'est pas l'essentiel de la vie. En faut des deux couleurs.

–Mais pas dans la même maison...

–C'est encore drôle...

Stanislas vint voir Émélie à son tour. Elle lui serra la

main en le recevant. Lui servit du vin sans en prendre pour elle-même.

—C'est la première fois de ma vie que j'ai l'occasion de parler seul à seul avec ma belle-mère.

—Faut un commencement à tout.

—Et c'est un bon commencement.

—J'en suis certaine.

Il fut question du travail du jeune homme. Puis de sa future résidence. Son sentiment pour Alice transcendait dans ses propos et une fois de plus, Émélie se sentit rassurée tout à fait sur ce couple exemplaire. Cela démontrait que les griefs d'Honoré à l'égard de leur gendre étaient sans fondement sinon dans ce petit côté puéril voire égocentrique de son mari qui, après le dur coup subi par le départ d'Éva, s'était rebiffé devant la perte de sa deuxième grande.

Mais Alice disposait d'un plan, celui de sa mère, pour aplanir à tout jamais le différend opposant les deux hommes. Pas question d'en parler avec son gendre; Émélie mena donc l'échange en des territoires connus sur des propos aisés.

Vint le tour d'Eugène.

Il avait un peu de toux en arrivant.

—Comment tu te sens aujourd'hui ?

—Un peu faible, mais c'est pareil tous les jours depuis la maudite grippe.

—Tu fais bien de la maudire parce que c'était un mal diabolique, infernal. On dit qu'il y a encore des cas isolés, mais très rares dans la province de Québec. Heureusement, pas par chez nous. Dieu a entendu nos prières.

La femme soupira avant d'ajouter :

—Du moins, vaut mieux penser de même que le contraire.

—Quant à ça...

–Et avec Alice, les choses vont sur des roulettes !?

–Ça va bien entre nous deux, affirma-t-il avec un léger sourire.

–C'est de valeur que tes études soient pas finies, tu pourrais la conduire au pied de l'autel.

–On va s'attendre, on se l'est dit.

–Ton père et moi, on veut pas que tu retournes à Mégantic avant d'être complètement rétabli. Et ça, tu vas le sentir en dedans de ton corps. Quand t'auras le goût de te remettre à boxer avec Pampalon, tu vas savoir que t'as retrouvé toute ta santé.

–Je l'ai pas encore. Pampalon a les bras ben trop raides pour moi.

–Ça va venir.

Le jeune homme regarda dans le vague. Il se demandait parfois s'il reviendrait jamais à son état de jadis. Et continuait de se dire qu'il avait apporté la mort dans sa paroisse natale. Mais n'en avait jamais soufflé mot à quiconque, pas même à son amie de coeur. Il lui semblait pourtant que les regards échangés avec le docteur Goulet leur rappelaient à tous deux cette affreuse, impensable mais incontournable réalité.

Ses journées s'écoulaient à lire. Parfois à donner un coup de main à son frère Alfred au magasin. D'autres fois à se promener à cheval par les rangs de la paroisse. Il lui arrivait même de poursuivre son chemin jusqu'au village de Saint-Benoît en passant par le rang 9 à l'aller et le rang 6 au retour. Ou bien la tournée inverse.

Le temps lui pesait. Il eût bien voulu retourner au plus tôt à Lac-Mégantic malgré la distance qui l'éloignerait de nouveau de celle qu'il aimait simplement et sincèrement maintenant. Et qui pourtant, n'apaisait pas tout à fait son coeur trop sensible.

Amanda s'inquiéta. Pourquoi donc Émélie ne la faisait-elle jamais venir à son tour ? Sa belle-mère ne recevait-elle que les enfants vivant au loin ? La ronde avait commencé depuis près de trois heures. On était le soir du samedi. Peut-être que les rencontres se poursuivraient le dimanche ? Sinon quoi ? Émélie avait-elle une liste écrite dans sa tête ou bien se fiait-elle au hasard pour passer chacun en entrevue ?

Eugène revint à la cuisine.

Amanda éclata d'un rare rire sonore, fabriqué d'avance pour attirer l'attention :

—Suis certaine que c'est à mon tour, Eugène, hein, mon garçon ?

Le jeune homme fit un signe affirmatif vague. C'est que sa mère ne lui avait désigné personne à son départ du salon-bureau. En lui-même, il se disait : pourquoi pas elle ?

Sans attendre, comme mue par un ressort, Amanda se leva de sa chaise et marcha de son pas dandinant vers la porte de la cuisine puis courut à l'escalier qu'elle franchit à la course. Elle entra en coup de vent sur son rire épouvanté et fit sursauter sa belle-mère qui avait posé sa main en visière sur son front et relisait des notes prises lors des entrevues précédentes.

—Madame Grégoire, suis contente que ça soit mon tour !

Émélie exagéra sa pensée et répondit du tac au tac :

—Madame Grégoire, suis contente que ce soit votre tour.

Amanda s'approcha :

—Depuis quand me dites-vous... vous ?

—C'était pour rire.

Amanda approuva par un éclat et alla prendre place sans invitation.

—Comment va la famille ? On te voit pas souvent et ça se comprend quand on a trois enfants à s'occuper.

—Si le bon Dieu était pas venu chercher les deux autres...

S'il semblait à Émélie que sa bru souffrait de troubles mentaux mineurs, elle lui reconnaissait du coeur à élever ses enfants et une grande sensibilité devant la tragédie. Le destin avait frappé à deux ans d'intervalle, en 1916 et en automne 1918, tout juste avant l'arrivée de la grippe espagnole, soit trois mois plus tôt.

Gérard, né en 1915, était décédé à l'âge de quinze mois en 1916, de la même façon que Maurice, enfant d'Émélie, avait rendu l'âge de manière brutale en 1906 alors que son corps inanimé avait été découvert par son grand frère Alfred.

Et voici que le deuil frappait encore plus cruellement Amanda et son mari début septembre lorsque leur fils Maurice, ainsi prénommé afin qu'il survive au contraire de son oncle de 1906 et comme pour conjurer le sort, avait rendu l'âme à l'âge de 21 mois. Il y avait eu derrière ce choix du prénom la pensée d'Émélie qui, après la mort de la première Bernadette avait cru bon donner le même prénom à une autre enfant en 1904. Dieu ne rappellerait pas à Lui deux Bernadette, avait-elle soutenu alors. Et la deuxième avait 'du chien dans le corps', disait Honoré. Elle avait traversé allégrement toutes les épidémies de maladies infantiles, et la grippe espagnole ne lui avait pas causé le moindre rhume.

Mais le procédé avait échoué à propos de cet enfant né en novembre 1916 dans la maison d'Alfred. Le petit Maurice n'avait pas atteint ses deux ans qu'une diphtérie l'emportait au paradis. Effondrée, Amanda n'avait pas assisté à sa sépulture et avait pleuré des jours entiers, confinée dans sa chambre, tandis que ses autres enfants, Raoul, Rachel et le bébé Hélène, étaient gardés chez Honoré.

—Il en meurt en bas âge dans toutes les familles. C'est moins douloureux de les perdre quand on les a peu connus. Comme tu sais, j'ai perdu Bernadette, Armandine et Maurice au tournant du siècle, mais ce fut bien plus dur de perdre Ildéfonse en 1908.

Larmes aux yeux, Amanda avait du mal à saisir pourquoi

il n'en était pas ainsi de sa belle-mère lorsqu'on parlait des êtres chers disparus. Le stoïcisme d'Émélie ne s'expliquait pas, selon elle, par sa seule enfance, alors qu'elle avait perdu tant des siens. Elle se disait que les affaires asséchaient cette femme depuis trop d'années. Parfois, elle suggérait à son mari l'idée que le travail de sa mère la masculinisait. Que la femme devrait se contenter de servir les femmes au magasin, pas de s'occuper du reste de l'entreprise comme elle le faisait. Freddé haussait les épaules. Il n'avait pas le temps de réfléchir à ces choses-là. Et puis ça ne l'intéressait aucunement... Assez de souffrir un deuil sans se demander pourquoi les autres n'ont pas l'air de souffrir autant que soi.

—Je vous crois.

—Et notre Freddé, c'est un bon mari pour toi ?

—J'ai pas à me plaindre.

—On essaie de pas le faire travailler trop fort pour qu'il lui reste du temps à la maison, chez vous.

—On se plaint pas pantoute.

—Ben... j'voulais te souhaiter des belles Fêtes et surtout une bonne année 1919.

—À vous itou !

Émélie regarda ailleurs, dans un vague lointain :

—Oh, tu sais, moi, je vieillis. Passé cinquante ans, les os commencent à nous craquer. Mais j'ai pas à me plaindre. Je dis ça comme ça.

—On vous a jamais entendue vous plaindre, vous, jamais, jamais.

—Se plaindre, c'est souffrir doublement...

Il y eut une pause. Puis Émélie se leva de sa chaise :

—J'aimerais qu'on se parle plus longtemps, mais j'en ai pas mal d'autres à voir. Tiens, pour pas que les enfants soient jaloux, envoie-moi donc la petite Berthe, veux-tu ?

—Certainement, madame Grégoire !

Et Amanda s'en alla en riant sans trop savoir si l'échange avait été bon ou pas très...

–Vous m'avez demandée ? dit la fillette en passant sa tête seulement par la porte.

–Viens t'asseoir. Maman va te parler comme aux autres, à tous les autres. C'est ton tour.

Berthe avança sans hâte.

–T'as quel âge asteur ?

–Ben... huit ans voyons !

La petite était contrariée par une telle question.

–Tu sais bien que je sais ton âge. Et tu sais comment je fais pour me rappeler ? Je pense à l'année de ta naissance qui elle ne changera jamais tandis que ton âge change chaque année, lui. T'es venue au monde en 1910... le 13 mai. Et tu vas vivre jusqu'à... 90 ans.

Berthe sourit et se recula davantage sur la chaise où elle ne s'était accroché qu'une fesse en arrivant. Émélie reprit la parole en regardant sa fille droit dans les yeux :

–Quand tu pries, toi, Berthe, à qui t'adresses-tu ? Je veux dire : as-tu une dévotion particulière ? La Sainte Vierge ? Saint Joseph. Sainte Anne ? Saint... Honoré ?

–Non... pas saint Honoré...

–C'était pas un mauvais saint, il paraît.

–Je prie la sainte Vierge, s'empressa de dire l'enfant.

–C'est un bon choix. Comme je le dis parfois aux madames : entre femmes, on se comprend. T'es pas encore une femme, mais tu vas le devenir dans quelques années.

–C'est loin.

–Oh non ! C'est tout proche. Tu vois, on vient tout juste de bâtir le magasin et la maison, et ça fait quasiment vingt ans déjà. Même chose pour l'église. Le presbytère, ça fait presque dix ans.

—Et le nouveau couvent, ça fait deux ans ?

—C'est ça : deux ans.

—J'espère qu'il brûlera pas comme l'autre.

—Si tu pries bien, si tu étudies bien, il brûlera pas.

Berthe se sentit mal à l'aise. Elle était en première année quand l'autre couvent avait brûlé. Elle priait bien. Elle étudiait bien. Et il avait quand même brûlé. Il y avait quelque chose qu'elle ne saisissait pas dans le discours de sa mère. Émélie n'avait fait que répéter le genre de sornettes qu'on livrait à volonté aux enfants à cette époque. Sans y songer vraiment. Simplement pour encourager sa fille à se bien conduire, ce en quoi elle n'avait pas grand-chose à demander pour que se produisent des résultats admirables.

Berthe pensa qu'elle pourrait peut-être prier mieux, étudier plus. Puis une idée lui passa en tête, qui illumina son regard. Elle se ferait religieuse un jour. Et vivrait au couvent où grâce à ses prières et sa vigilance, le feu n'oserait pas se montrer dans les lieux familiers.

—T'as l'air de penser à quelque chose ?

—Ben...

—Tu veux pas me le dire ?

L'enfant cala sa tête dans son épaule et son embarras devint de ce fait plus évident encore.

—Si c'est un secret, t'as le droit de le garder pour toi toute seule. Si tu veux le partager avec ta mère, c'est ton droit, ça aussi.

—Ben... je voudrais faire une soeur plus tard.

—T'as pas à t'en cacher... mais si tu veux que ça reste entre nous deux, ça va le rester. Je ne vais même pas le dire à ton père. Motus et bouche cousue !

Et l'austère Émélie fit le geste de clore ses lèvres à demeure, ce qui lui valut un sourire étonné de la part de sa petite fille, habituée au visage froid de sa mère.

Bernadette fut contrariée par la demande de sa mère qui avait fait dire par Berthe de se rendre au bureau-salon avec Armand. Pourquoi donc tous les autres avaient-ils défilé en solo, tandis qu'elle devait se faire accompagner de son jeune frère ?

—Assoyez-vous un à côté de l'autre, ordonna leur mère quand ils furent devant elle.

—Oui, maman, dit Bernadette.

—Ouen... gronda son frère.

Du haut de ses onze ans, Armand se savait un homme. Et surtout il se sentait un être différent. Et continuait de préférer la compagnie des garçons, détestant se faire attribuer par les mots ce qu'on appelait une jeune 'cavalière'. *T'aurais pas un oeil sur Gaby Champagne par hasard ? Ou la Cécile Martin ? Les filles du village, tu les trouves trop excitées ? Tu dirais quoi des soeurs Jolicoeur du Grand-Shenley ? Zénaïde ? Marie-Ange ? Des belles jeunes créatures pas pour rire !*

Sans pour autant détester la personne qui les lui disait, le jeune adolescent aurait voulu coudre la bouche taquine avec un lacet de cuir.

—Savez-vous pourquoi je fais venir tout le monde à mon bureau à l'occasion de la fin de l'année et de la belle fête que Pampalon et Alfred ont préparée pour la famille demain ?

—Pas pour nous dire des bêtises toujours ? blagua l'adolescente.

—Je t'en dis pas souvent, de bêtises, Bernadette. Pis à notre Armando non plus.

—Armando, marmonna Armand sans ton.

—C'est pour avoir de vos nouvelles.

—Hein ! Mais vous nous voyez tous les jours. C'est pas

comme Éva, Alice ou Henri.

–Précisément ! On a souvent des nouvelles de quelqu'un qui est au loin; on a rarement des nouvelles de quelqu'un qui est tout proche.

–Je comprends pas trop, moi.

–Toi non plus, Armand, tu comprends pas ?

–Pantoute !

–C'est que... les nouvelles, c'est ce qu'on dit pas aux proches en pensant qu'ils devinent tout. Disons que... bon... Armand a du sentiment pour quelqu'un... mais qu'il le cache. C'est un secret bien gardé. Un jour, il décide de me le dire : ça, c'est une nouvelle.

Le visage d'Armand rougit encore et encore. Il lui parut que même sa chevelure roussissait. Il songeait à son ami Wilfrid avec qui il trouvait souvent moyen de s'isoler quelque part dans le bois en un lieu de pêche, dans une grange ou un hangar, dans le sous-sol de la sacristie ou dans une randonnée à bicyclette où l'on trouvait refuge dans une cabane à sucre cachée dans les grands arbres. Sa mère lisait en lui comme dans un livre ouvert. Sa substance fondait, se liquéfiait...

–Et toi, Bernadette, parle-moi d'Eugène ?

–Il est venu avant moi.

–Non, non, tu sais bien que je te parle d'Eugène Foley. Ton grand ami Eugène.

–C'est pas un amoureux ! se hâta de dire la jeune fille en rougissant à son tour jusqu'à la racine des cheveux.

–Mais oui, mais oui, je le sais bien. Un grand ami et un amoureux, ce n'est pas du tout pareil.

–Comme Marcellin Lavoie...

Au tour d'Émélie de se retrouver dans l'embarras. Et de rougir. Elle avait loisir de se reculer sur sa chaise pour éloigner son visage de la source d'éclairage : une ampoule suspendue au plafond.

–Qu'est-ce que tu veux dire avec ça ?

–Ben... ça dit ce que ça dit.

–Non, ça ne dit rien du tout Bernadette. Tu dois expliquer ta pensée.

–Ben... il était l'amoureux de madame Odile... et il était le grand ami de monsieur Napoléon... mais madame Odile a épousé monsieur Martin...

–C'est pas clair, ton histoire.

–Moi, je me comprends.

Émélie crut bon ne pas insister. Ces quelques mots pourtant allumèrent son regard et son esprit. Lui revint en mémoire avec une clarté lumineuse un objet oublié : la lettre que le docteur Goulet lui avait remise de la part d'Odile pour faire suivre à Marcellin. Tout, la vie, l'agonie, la mort, le danger, la peur, la tragédie, allait à telle vélocité en ce temps de la grippe espagnole à son zénith qu'elle avait remisé dans un profond tiroir d'intentions cette lettre pourtant sacrée.

La femme se leva et dit aux deux adolescents de l'attendre. Et elle quitta la pièce de son pas lourd pour se rendre dans la résidence chercher la lettre là où elle l'avait cachée entre deux vêtements dans un tiroir de commode de sa chambre. Elle souleva tout ce qui lui tomba sous la main sans succès. Rien dans le coffret à souvenirs non plus. Rien nulle part. Pendant un moment, assise sur le lit à réfléchir, elle se demanda si elle n'aurait pas inséré la lettre dans un livre. Impossible sans qu'elle ne s'en souvienne clairement. Le geste eût été trop marquant. Non, c'est là, dans ce tiroir, sous ces vêtements de corps qu'elle avait mis la lettre. Quelqu'un l'avait prise... Pour en faire quoi ?...

C'est le regard perdu dans un passé récent aux allures de cauchemar lointain qu'elle retourna dans le bureau-salon, demandant à son mari en passant, alors qu'elle se trouvait à mi-chemin dans l'escalier, d'aller faire une attisée dans la fournaise. Elle lui lança par la même occasion à travers les cloisons qui laissaient passer les paroles :

—Tu te rappelles la lettre que le docteur m'avait confiée : as-tu touché à ça ?

—Ma chère épouse, comme je veux que les autres se mêlent de leurs affaires, je me mêle des miennes. Tu me l'as montrée, la lettre. On l'a pas lue. Tu l'as cachée dans la commode. C'est tout ce que j'en sais... Tu me verras jamais fouiller dans tes tiroirs.

Bernadette entendit tout par la porte ouverte. De nouveau, le sang lui monta à la tête. S'il fallait que sa mère lui pose des questions sur le même sujet, elle qui ne mentait jamais, elle qui ne savait pas mentir, elle qui considérait le mensonge comme un péché important sinon mortel, que répondrait-elle ?

—Je vas dire la vérité, maugréa-t-elle quand Émélie revint dans la pièce.

Aucune question ne survint. Leur mère préoccupée donna congé à ses deux enfants. Et prit la décision de clore les entrevues même si d'aucuns comme Alfred et Jos, son frère, n'auraient pas leur tour...

***

Chapitre 9

On était au milieu de l'après-midi de ce beau dimanche lumineux. Tout le monde était là. Une atmosphère de joie régnait dans le magasin malgré la lourdeur de la fumée des pipes. Alfred chauffait la fournaise à tour de bras et son soin retenait à l'extérieur une température enfouie loin sous le zéro.

Ce qui retenait l'oeil au bord de la porte, c'était l'empilage de vêtements. Il y avait là des manteaux de toutes les couleurs, généralement foncées, des écharpes racotillées dans les poches, des chapeaux insérés dans les entrées des manches. Sur des étoffes épaisses se superposaient des fourrures de toutes origines : castor, chat sauvage, rat musqué, mouton de Perse. Or, seulement les vêtements des invités avaient été déposés sur cette table. Ceux des membres de la famille étaient bien accrochés dans les placards de la résidence et parmi eux, un superbe 'vison' que Stanislas avait acheté à son épouse pour en mettre plein la vue à Honoré et lui démontrer quel traitement de grande douceur il faisait à sa fille Alice. (Quand Émélie s'était montrée admirative devant ce manteau à l'arrivée du couple de Mégantic, Honoré avait jeté un regard froid sur la chose, ayant l'air de dire : *on s'achète une maison avant de s'acheter un vison.*)

Et que de monde finalement ! Chacun des enfants Grégoire avait eu droit à deux invités. Bernadette fut déchirée dans son choix : Julia Racine, Anna-Marie Blais, Laurentienne, Eugène Foley. Qui ne viendrait pas ? Tirer au sort ? N'en inviter aucun ? Les inviter tous les quatre et parler d'une erreur de mémoire ? Toutes ces avenues étaient bouchées. Bernadette Grégoire ne voulait mentir à personne, encore moins à elle-même. L'idée lui vint d'appeler Armand à son aide. Elle négocia avec lui. Certes, il inviterait son ami Wilfrid, mais son second choix serait Eugène Foley. Il accepta et lui demanda en retour de lui prêter sa chambre au besoin pour que son ami et lui puissent y lire en paix des récits évangéliques... La jeune fille en eut les larmes aux yeux, tant son jeune frère l'édifiait.

Non seulement la table était dressée, mais tout le monde y avait pris place en attendant le service qui serait assuré par des personnes de l'extérieur seulement, embauchées pour l'occasion et dirigées par madame Lemay de l'hôtel Central.

Il était inhabituel qu'un repas soit servi en plein coeur de la journée, mais c'était jour de repos et voilà qui faciliterait la prolongation de la fête familiale sans pour autant déborder dans la nuit profonde qui promettait d'être glaciale.

À une extrémité, celle la plus près de l'escalier de chêne de l'autre côté de la grille de la fournaise qui poussait du bon air chaud sur les jambes fatiguées par le travail et les années se trouvait le couple Grégoire, Émélie et Honoré, au faîte du contentement.

Tous leurs enfants vivants étaient avec eux, ensemble dans une même pièce, ainsi que leurs conjoints ou leurs amis. De plus, on avait invité de manière bien spéciale le docteur Goulet et son épouse, Obéline Racine et son époux, Elzéar Racine et sa conjointe, Napoléon Martin qui se faisait accompagner de sa fille Éveline, ainsi que Napoléon Lambert et son épouse Anne-Marie.

Quelques petits-enfants avaient été mis sous la garde de Marie-Ange Jolicoeur dans la résidence. D'autres comme les enfants à Freddé passaient leur journée chez une voisine qui les gardait à l'occasion. Il s'agissait d'une fête entre adultes et les petits-enfants auraient leur tour au jour de l'An.

1. Honoré

2. Émélie

22. Alfred

23. Amanda

3. Obéline Racine

4. Blanche Desjardins : épouse du docteur Goulet.

24. Le docteur Joseph Goulet

25. Marcellin Lavoie.

5. Arthur Boutin

6. Éva Grégoire

26. Napoléon Martin

37. Éveline Martin

7. Stanislas Michaud

8. Alice Grégoire

28. Henri Grégoire

29. Eugène Grégoire

9. Pampalon

10. Ida

30. Alice Talbot

31. Bernadette

11. Berthe

12. Eugène Foley

32. Julia Racine

33. Anna-Marie Blais

13. Armand

14. Wilfrid (copain d'Armand)

34. Alice Foley (Madame Fortier)

35. Albert Fortier

15. Elzéar Racine

16. Marie Beaulieu (Madame Racine)

36. Le notaire Busque

37. Son épouse

17. Blanche Jobin

18. Son époux

38. Jean Jobin

39. Sa 2e épouse : Marie-Anna Leclerc

19. Uldéric Blais

20. Son épouse : Julia Coulombe

40. place de réserve

21. Jos Allaire

Comme Émélie l'avait fait et refait son schéma de table !
Il fallait tenir compte des affinités, du partenariat des personnes, de l'amitié et surtout faire en sorte que personne ne se
sente mis à part. D'où un second pôle en le couple Alfred-Amanda à l'autre extrémité de la table. Malgré tout, elle voulait que son amie Obéline soit près d'elle. On ne se voyait
que deux fois l'an et il fallait qu'on se parle un peu entre
femmes.

Avant qu'elle ne donne le signal à madame Lemay et aux
autres préposés de commencer le service de la nourriture,
Honoré prit la parole :

–Vous tous, on est contents, ma femme et moi, que vous soyez là. Et surtout en santé ! On vient de traverser la pire épidémie de l'histoire du monde et il en manque peu d'entre nous. On a perdu Odile, une personne de qualité qui faisait presque partie de notre famille. Elle doit nous regarder en ce moment. Notre pensée à tous va vers elle... On a sauvé Eugène... à vrai dire, il s'est sauvé lui-même en combattant la maladie. Et on a parmi nous un homme exceptionnel grâce à qui les décès furent moins nombreux dans cette paroisse que dans les autres : le vaillant docteur Goulet que je salue, chapeau bien bas...

Tous applaudirent.

Eugène qui ne pouvait voir le médecin de sa place, pencha la tête et riva ses yeux sur sa main osseuse qui, comme le reste de son corps, avait du mal à recouvrer la santé pleine et entière de jadis.

Honoré portait un veston noir qui ne dissimulait pas son ventre, accusé de plus en plus par les années. Il accrocha son pouce gauche dans sa bretelle et reprit la parole :

–On aurait voulu organiser une fête pour toute la paroisse. Après réflexion, on a vu que c'était impossible. Disons que vous, les invités en dehors de la famille, n'êtes pas des privilégiés, mais plutôt des représentants de toute la population de Saint-Honoré-de-Shenley. On me dira qu'il manque quelqu'un pour représenter la gent agricole, mais sachez qu'on avait invité Augure Bizier et son épouse à cette fin; ils ont pas pu venir en raison de la maladie d'Amabylis, madame Bizier, que vous connaissez tous. On fête les Fêtes, mais on fête surtout la vie et la santé. Comme bénédicité, j'ai pensé chanter une chanson pour rendre hommage à notre Créateur qui nous a protégés de manière bien spéciale, ici, à Saint-Honoré...

Il fut interrompu par des onomatopées approbatives et des applaudissements. Ceux qui connaissent l'air pourront le chanter avec moi... Ça s'appelle... *Doublement orphelin...*

Déjà les réactions se faisaient sentir à l'intérieur de certains. La première personne touchée fut Éveline pour qui le deuil de sa mère n'était pas achevé. Eugène Grégoire pensa à elle, de même qu'aux enfants vivants de Firmin Mercier; il se redit une fois de plus qu'il était celui par qui la mort arrive. Le docteur revoyait tous ces enfants au regard égaré, le coeur en peine, qui venaient de perdre leur père ou leur mère et à qui on défendait de voir seulement le corps avant son inhumation et sa disparition définitive de la surface de la terre. Il hocha la tête. Le chant commença et Honoré y mit du coeur comme jamais :

J'ai vu mourir ma tendre mère,

L'ange gardien de mon berceau;

Encore enfant, j'ai vu mon père

Descendre aussi dans le tombeau,

Le coeur brisé, l'âme meurtrie,

À mon réveil, chaque matin,

Je m'écriais : Ô triste vie !

Je suis doublement orphelin !

Pour Éva, perdre un enfant, c'était comme devenir orphelin. Les mots de la chanson l'atteignaient au coeur du coeur et sa pensée allait à la petite Cécile qui ne reviendrait jamais. Honoré échangea avec elle un regard d'espoir quand il entama la deuxième partie de son chant.

Plein de pitié pour ma souffrance,

Mon père avait dit en mourant :

"Que désormais ton espérance

Soit toute au ciel, mon cher enfant !

Dieu lui-même sera ton père,

Il te fera trouver du pain;
Sa Mère à Lui sera ta mère,
Tu ne seras pas orphelin.

Âme sensible, terriblement attendri par la perte de ses yeux, Napoléon Lambert se mit à pleurer tandis que son épouse lui touchait la main pour le réconforter.

Eugène Foley se demandait pourquoi Honoré avait choisi pareille chanson en guise de bénédicité au lieu d'un cantique des Fêtes. Il n'eut pas à y réfléchir longtemps pour trouver la réponse : c'était le soulagement par les pleurs. Lui-même l'avait connu, recherché au décès de sa mère quand il avait neuf ans et à celui de son père quand il n'en avait encore que quatorze.

Alors qu'il avait les yeux rivés sur Honoré, Bernadette avait les siens sur lui. L'ombre de la tristesse enveloppait son coeur. Des trente-neuf personnes autour de cette table, Eugène Foley était celui qui correspondait parfaitement au personnage de la chanson. Tout à coup, elle se souvint d'une scène survenue le soir de la mort de madame Foley...

Honoré, lui, chanta encore :

Quand je vis le Christ au Calvaire,
Pour moi répandre tout son sang,
Je m'écriai : "Voilà mon père,
Père tendre et compatissant !
Pour mère, il me donne sa mère,
De mes peines, voici la fin :
Ma douleur n'est plus que chimère
Car je ne suis plus orphelin."

L'esprit de Bernadette revoyait encore et encore par le

souvenir ces images de 1912 chez les Foley...

Une main douce toucha celle du garçon entré dans la somnolence, la tête appuyée à l'instrument de musique. Bernadette avait remarqué son absence parmi les autres puis, étirant le cou vers le salon, avait aperçu des pieds qui dépassaient au fond, à côté du piano.

—Viens-tu voir ta mère, Eugène ?

—Qu... quoi ?

—Sont allés avec ta mère.

—Ah.

—Viens.

Il replia les genoux et se mit sur ses jambes. Leurs yeux se rencontrèrent dans le clair-obscur. Elle devinait sa reconnaissance pour l'avoir prévenu. Il la précéda et se hâta par crainte d'arriver en retard dans la chambre de ses parents. Là, il resta dans l'embrasure de la porte. Impossible d'aller plus loin : la pièce était déjà remplie. Mais il avait la plus belle place pour être vu de la pauvre moribonde. Et Bernadette occupa timidement l'autre partie de l'entrée. Lucie parvint à esquisser un sourire en les voyant...

Eugène Foley remit la tête droite. Quelque chose entraîna son regard vers Bernadette. Il comprit que le coeur de la jeune fille était ailleurs, dans un univers de tristesse. Mais lui retenait de la chanson l'espérance et la foi contenues dans les derniers mots. Il se sentait de plus en plus une vocation sacerdotale qui le rapprocherait du bon Dieu toute sa vie. Mais l'être profond de l'adolescente continuait de voyager dans ce soir de peine de l'année 1912...

Quand Eugène eut à son tour embrassé sa mère, Lucie ferma les yeux un court instant puis les rouvrit et dit à Émélie qui se penchait sur elle :

—J'aimerais embrasser ta petite Bernadette.

—Bernadette, viens ici.

La fillette s'approcha.

–Madame Foley veut t'embrasser.

Bernadette se pencha et reçut le souffle affaibli et les lèvres sèches de la malade sur sa joue.

Personne encore n'avait osé toucher à son verre de vin blanc mis sur la table avant qu'on ne s'y place. Il appartenait à quelqu'un du groupe de porter un toast. Arthur fit un signe de tête à l'endroit du docteur Goulet qui comprit l'allusion silencieuse. Il lui semblait toutefois qu'il appartenait davantage à quelqu'un de la famille d'en prendre l'initiative et par un signe de tête éloquent ajouté à un réflexe du visage, il fit comprendre au gendre des Grégoire qu'il devait procéder lui-même. Arthur demanda l'attention générale :

–Je propose de lever notre verre à mes beaux-parents... et aussi à la fin des maux qui affligent notre humanité... la guerre et la grippe. Et si vous me permettez, madame, monsieur Grégoire, un toast aussi au docteur Goulet ici présent qui s'est dévoué corps et âme pour sa paroisse au péril de sa vie... et qui a sauvé sans doute de nombreuses vies durant la terrible épidémie...

Éva se sentait fière des propos de son mari, de son allure de gentleman, de sa façon de parler si belle et sage, si persuasive et amène. Un sentiment d'admiration partagé par plusieurs autour de la table. Stanislas eût aimé que son beau-père le voie d'un aussi bon oeil, mais il ne jalousait pas son beau-frère de Saint-Gédéon pour autant.

On leva les verres. Arthur ajouta :

–Je voudrais aussi féliciter Alfred et Pampalon qui ont organisé cette fête. Ils ont beaucoup de mérite. Vous avez vu la décoration. Ils ont eu de l'aide, mais c'est bien pensé...

Les yeux se portèrent en plusieurs endroits du magasin, rampes du grand escalier, vitrines avant, présentoirs et comptoirs, où l'on avait attaché des branches de sapin au milieu desquelles se trouvaient des ampoules électriques peintes en diverses couleurs. Comme les vitres des portes et vitrines avaient été bouchées pour empêcher la curiosité de s'y mettre le nez et surtout la lumière du jour d'entrer, le décor de l'intérieur s'ajoutant à l'odeur de résine enchantait les plus jeunes et réjouissait les autres.

On leva les verres à trois reprises à la demande d'Arthur. Émélie fit ensuite un signe de tête à madame Lemay qui attendait dans l'ombre près du grand escalier.

Dehors, les gens passaient sur la rue en se demandant pourquoi on avait bouché les vitres. Et d'aucuns, plus fantasques, allaient mettre leur nez dans les coins pour tâcher de voir de quoi il retournait à l'intérieur.

Tandis qu'on se trouvait au beau milieu du repas survint un attelage à fine épouvante. Le petit homme emmitouflé qui le menait descendit rapidement de la sleigh et franchit les marches du perron puis sonda la porte du magasin qui était barrée. Il frappa ensuite à maintes reprises, d'une façon à faire comprendre qu'il ne partirait pas sans une réponse. Il y avait urgence en quelque chose.

—Freddé, va donc voir qui c'est et pourquoi ça cogne de même aux portes, demanda Émélie par gestes et en formant les mots avec sa bouche vu que la rumeur générale absorbait le son de sa voix.

Alfred se leva et souleva un coin de la couverture qui recouvrait la vitre. Il se souvint du nom du personnage :

—C'est que tu veux, Pomerleau ?

—Le docteur Goulet... ils disent qu'il est icitte. Faut qu'il vienne. J'ai une fille qui se meurt.

Alfred déverrouilla la porte et fit entrer le personnage qui se trouva un moment désorienté par le faible éclairage et l'immense tablée.

—Il est à l'autre boutte de la table par là.

Et le visiteur en capot de chat espaça rapidement des petits pas en direction du médecin. On avait fait presque silence autour de la table. Plusieurs avaient compris que pour cet homme, un drame familial se jouait. Le mot passa de l'un à l'autre aussi rapidement que ses pas. Le premier à comprendre la situation avait été le docteur lui-même qui eut le temps de se lever.

—On a téléphoné chez vous tant qu'on a pu. J'ai une fille qui est en train de mourir. Ça prendrait le docteur, autrement, on va la perdre. Ils m'ont dit dans le village que vous étiez icitte. Voulez-vous venir même si je vous dérange à plein ?

—Bien entendu, mon ami, bien entendu ! Le temps de me rendre atteler mon cheval. Mais... venez à part et dites-moi un peu ce qu'elle a, votre malade. D'abord, c'est une enfant ou une adulte ?

Tandis que les deux hommes conféraient, Honoré fit signe à Eugène de venir avec lui à part dans une autre direction et lui fit une demande :

—Voudrais-tu aller atteler et reconduire le bon docteur ? Comme ça, ça sauverait du temps si la malade est en danger de mort comme Médée Pomerleau le pense.

—J'y pensais moi-même.

—Habille-toi comme il faut : prends mon capot.

Le jeune homme disparut aussitôt derrière l'escalier; il y enfila rapidement le manteau suspendu à côté de la porte du premier hangar et partit pour l'étable.

—Elle a seize ans, dit Pomerleau au médecin. Hier soir, on a veillé. Est allée dehors sans trop s'habiller. À matin, elle était au lit, pas capable de se lever. S'est mis à tousser. Ça arrête pas. On dirait tout le temps qu'elle va s'étouffer. Elle dit qu'elle va mourir. Elle râle.

—Son teint, comment il est ?

—Ben... sais pas trop... Elle devait être blême à force de perdre son souffle de même...

–Perdons pas de temps : je vas prendre ma trousse et atteler...

–Vous pourriez venir avec moé.

–C'est un bon bout : il vous faudrait revenir...

Honoré s'était mis à l'écoute. Il intervint :

–Médée, retourne à la maison. Mon gars est allé atteler pis c'est lui qui va reconduire le docteur et le ramener ensuite. Le chemin est bon ?

–Numéro un. De la neige tapée tout le long. Égal. Solide. Le cheval peut courir des bons bouttes.

–On a une jument de chemin : Eugène est allé l'atteler. Il va prendre le docteur devant sa porte.

Pomerleau et le médecin partirent. Honoré expliqua la situation à la tablée. Il dit qu'une des filles là-bas avait sans doute contracté une pneumonie par imprudence et négligence. Et qu'avec l'assistance du docteur Goulet, elle passerait à travers. Puis s'adressant à Alice Talbot :

–J'ai demandé à Eugène de reconduire le docteur. Ils en ont pour un bon trois, quatre heures. Mais on va bien s'occuper de toi en attendant.

On approuva. Elle sourit, embarrassée.

–On va rattraper Pomerleau, fit Eugène quand l'attelage entra dans le rang 9. C'est une bonne jument, la *Rouge*, qui tire la sleigh sans problème.

–Ça va leur prendre un docteur, à Saint-Benoît. S'il faut qu'on arrive trop tard.

Eugène connaissait mieux la famille Pomerleau depuis que le père avait travaillé dans les chantiers d'Honoré et pris l'habitude de venir au magasin acheter des effets au moins tous les quinze jours. Le jeune homme qui secondait souvent son frère aîné, avait revu Marie-Louise et sa sœur Éva sans toutefois leur parler ni s'approcher d'elles. Bernadette lui avait appris leur prénom. Quand Amédée eut dit qu'une de ses filles se mourait, le nom qui lui était venu en tête aussitôt avait été celui d'Éva. Elle devait avoir seize ans. Quelque chose d'indéfinissable lui avait alors commandé d'aller atteler pour reconduire le docteur. Et sa pensée à ce moment s'était peut-être envolée vers l'esprit d'Honoré qui y trouvait pour avantage non pas que de rendre service, mais de faire prendre de l'air frais à son fils et le soustraire à cette fumée incommodante qui flottait dans la pièce, lui dont les poumons restaient fragiles.

Le docteur Goulet craignait le pire, soit un de ces rares cas retardataires de la grippe espagnole. Si la jeune fille avait pris un coup de froid la veille comme son père le disait, la pneumonie ne se serait pas déclenchée aussi rapidement. Seule la terrible maladie d'octobre possédait cette force de frappe. Mais il n'en dit mot à son compagnon de route, préférant se rendre compte tout d'abord de l'état de la malade.

Et pourtant, Eugène songeait lui aussi à la grippe espagnole, à un de ces derniers cas dont les journaux disaient qu'ils signifiaient la fin de l'épidémie en raison de leur rareté. Devait-il soulever la question afin que le docteur porte un masque et ne devienne pas lui-même le cas ultime ? Le jeune homme ne craignait rien pour sa propre personne, ayant déjà vaincu la grippe. De plus, on savait qu'une victime qui traversait l'épreuve ne subissait pas une seconde attaque de l'influenza mortelle : ça ne s'était jamais vu.

Il fit trotter la *Rouge* et se tut...

***

Les chapitres aux alentours demandent une photo d'hiver, mais nous n'en disposons pas. Au lecteur d'enneiger cette autre image du magasin Grégoire.

Chapitre 10

L'on rattrapa Amédée Pomerleau à mi-chemin entre le village de Shenley et sa demeure à la limite entre les deux paroisses. Il fut aisé de remarquer que l'homme buvait. Il avait une petite cruche en grès gris qu'il portait à sa bouche après avoir dû enlever sa mitaine gauche.

–On aurait peut-être dû faire comme lui et emporter de la boisson pour se réchauffer le sang ! commenta Eugène.

–Je ne bois plus d'alcool depuis un bout de temps. Est-ce que tu sais que ce monsieur Pomerleau a peut-être sauvé la vie de ton grand-père Allaire déjà ?

–Je m'en souviens : j'étais là quand ça s'est passé.

–Ah oui ? T'étais pas parti pour Mégantic.

–Mais non !

–Bon... je t'apprendrai rien dans ce cas-là.

–Vous pouvez m'en apprendre beaucoup, mais pas là-dessus. Je me suis fait pas mal de reproches cette fois-là, vous savez. Mon grand-père est venu au village à pied parce que j'avais pris trop de temps pour aller lui porter à manger. Bizarre, cette fois-là, c'était à cause des Pomerleau... qui avaient éveillé ma curiosité et capté mon attention, pour ainsi dire.

–C'était donc ça ! Mais, Eugène, faut pas que tu te culpabilises pour des choses pareilles. Tu sais, je pourrais me dire que si j'avais été meilleur médecin, y aurait eu moins de morts de la grippe dans la paroisse. On fait du mieux qu'on peut avec les moyens qu'on a. C'est ce que me dit toujours ma femme et elle a cent fois raison. Y a des choses qu'on peut pas changer, même si c'est notre devoir d'essayer de le faire tant qu'on est capable.

Les deux hommes ressemblaient à des jumeaux, tous deux portant des capots de chat et des casques de cuir style aviateur avec, sur les oreilles, des rabats attachés sous le menton.

Si Eugène avait de la difficulté à récupérer du grand mal qui l'avait foudroyé en octobre, le docteur Goulet que la Providence avait sans doute protégé, en était quand même sorti amaigri, fatigué, harassé, à bout de nerfs. Dans la force de l'âge à tout juste 35 ans, il n'aurait pu compter les nuits blanches de l'automne, tant elles s'étaient faites drues et longues. Il avait dû voler des heures de sommeil par ci par là à sa conscience qui le poussait sans arrêt et toujours vers un nouveau malade.

Personne au village ni dans aucun rang ne lui avait jamais adressé le moindre reproche. Toute la paroisse connaissait son dévouement total, sans réserve aucune, et savait qu'il ne donnait jamais moins à l'un pour apporter plus à l'autre. En plus d'être bon médecin, il était un homme juste.

Pour oublier leurs soucis personnels, les deux hommes se parlèrent bientôt de littérature : sujet fécond s'il en est. L'année 1918 avait vu mourir Charles Gill, figure marquante de l'École littéraire de Montréal qui avait compté dans ses flancs les Gonzalve Désaulniers, Émile Nelligan, Albert Lozeau.

–Gill avait une tête et une âme d'artiste. Je l'ai vu sur photographie, dit Joseph.

–J'ai lu de lui qu'il 'avait toujours la nostalgie d'une

beauté lointaine'.

—Et moi que c'était un artiste insouciant. Un grand sensible sans suite dans ses projets. Débraillé, négligé. Grands projets et piètres réalisations. Un peintre inconstant; un poète nelliganien.

—Au collège, j'ai appris par coeur son poème intitulé *Le cap Éternité*.

—Ah oui ? Alors tu vas m'en réciter un bout, mon ami.

—Ben... j'sais pas là...

—Envoye, envoye, fais-toi pas prier. Ça va nous aider à oublier... comme la cruche à whisky à Médée en avant.

—D'abord que c'est de même...

Fronton vertigineux dont un monde est le temple.
C'est à l'éternité que ce cap fait songer;
Laisse en face de lui l'heure se prolonger
Silencieusement, ô mon âme, et contemple !

Défiant le calcul, au sein du fleuve obscur
Il plonge; le miroir est digne de l'image.
Et quand le vent...

—Huhau !

Le son de la voix de Pomerleau et l'arrêt de son attelage vinrent interrompre l'envolée d'Eugène. L'on se demandait ce qui lui arrivait quand on aperçut un homme au bord de la route qui s'adressait au personnage. Amédée descendit ensuite de voiture et vint à celle du docteur :

—Monsieur Beaudoin m'a dit que ça va plus mal encore à la maison. Va falloir tenir les chevaux au trot le reste du chemin.

—Nous autres, on vous suivait, monsieur.

—Laissez-nous passer devant ! demanda Eugène.

—Bonne idée ! Ta jument a l'air plus de chemin que la mienne. Allez-y !

—Guédoppe ! Guédoppe ! la *Rouge* !

Eugène fit comprendre à la bête par le jeu des guides sur sa croupe de se mettre à marcher puis à trotter; et pour qu'elle le sente encore davantage, il se mit debout.

—Ça prendra pas l'éternité qu'on va y être.

Il regarda le docteur. Leurs sourires se croisèrent dans le poème de Gill que, toutefois, le jeune homme ne termina pas.

L'on distança Pomerleau. La *Rouge* tint la cadence et l'on fut bientôt à destination. Des têtes surveillaient leur arrivée par les fenêtres. De plus en plus certain que la malade était Éva, Eugène ne songea plus à un cas de grippe espagnole. Mais Éva sortit sur la galerie pour les accueillir.

—Comment est la malade ? demanda le docteur en descendant de voiture, tandis que son compagnon allait recouvrir la bête qui, après un long effort, risquait d'attraper le souffle si on la laissait à découvert, la vapeur de ses naseaux en étoffant la nécessité.

—Du pareil au pire !

—On va voir à ça. Son teint ? Il est pâle ou autrement ?

—On dirait que...

—Que quoi ?

—Qu'elle a la face bleue...

Joseph tourna rapidement la tête vers Eugène : on se comprit d'un regard. Il y avait en cette maison un cas ultime de la grande tueuse de 1918. Un mal foudroyant, un visage bleuté, la toux décrite par le père : on se crut de retour en plein coeur d'octobre.

Éva allait précéder le docteur à l'intérieur quand elle dit à Eugène :

–Tu rentreras te chauffer.

–Oui, oui...

Une fois dans la maison, la jeune femme donna quelques renseignements :

–Rose-Anna est dans la première chambre en haut. Ma mère est là, avec elle.

Kette, Quino, Rose et Cécile formaient un petit groupe craintif autour de la table. Marie-Louise se berçait en ayant l'air de prier.

Le docteur vint mettre sa trousse sur la table, l'ouvrit, en sortit un masque blanc qu'il mit sur sa bouche. Éva et Marie-Louise comprirent aussitôt ce qu'il craignait et s'échangèrent un regard horrifié. Il voulut les rassurer en semant un doute :

–Je mets ça au cas où... on sait jamais...

Et il se hâta vers l'escalier tandis que son compagnon de route entrait à son tour. Et qu'on lui approchait une chaise.

Vitaline attendait le visiteur qu'elle savait dans la maison par les bruits de porte et les voix. L'on pouvait aussi entendre le son de cette toux affreuse qui, toutefois, prolongeait la vie en permettant aux voies respiratoires de se libérer quelque peu des fluides envahisseurs.

–On aurait pu faire venir le docteur de Saint-Éphrem vu que c'est un peu plus proche d'icitte, mais on sait que vous, vous avez sauvé ben du monde avec votre remède durant la grande grippe. Une pneumonie, ça doit être moins dur à combattre ?

Dès qu'il aperçut le visage de la jeune fille, le docteur sut ce qu'il savait déjà : voici bel et bien un cas ultime et isolé de la terrible maladie pandémique. La nécessité allait dans deux directions : tout d'abord essayer de faire boire un peu de son remède fictif à la malade puis prescrire les mesures à prendre pour empêcher la contagion de la famille. À ce cha-pitre, il ne se faisait pas d'illusions : tous devaient maintenant être porteurs de la 'bactérie' soi-disant coupable...

Il parvint à faire avaler quelques gouttes du remède à la malade tout en lui suggérant à répétition des phrases susceptibles de mobiliser toutes ses forces combattantes :

—Tu vas revenir, Rose-Anna. Le remède va te guérir. Dans deux jours, le pire sera passé. Tu m'entends bien, Rose-Anna ? Tu vas guérir, tu vas guérir...

Les mots eurent pour effet, au moins, de calmer un peu la toux et de donner un moment de répit à la malade. Cela dura le temps de masquer la mère et de l'envoyer faire de même avec les enfants. Et avec son mari qu'on avait entendu arriver.

—J'en ai pas besoin, dit Eugène à Vitaline. J'ai eu la grippe et j'peux pas l'avoir deux fois.

Amédée qui revenait chaudasse, sa cruche de boisson à la main, accepta le masque, mais refusa d'envisager la réalité. Il prit l'escalier en disant qu'il allait discuter avec le docteur.

Dans la grande cuisine, on pouvait entendre un silence de mort. Le silence de la peur. Et pour Eugène, le silence de son sempiternel sentiment de culpabilité. Une fois encore, il chercha le fil d'Ariane qui avait fait voyager la grippe de lui à Rose-Anna et en forgea un. Les Pomerleau étaient venus au magasin en octobre...

La rémission fut de courte durée pour la malade qui, dès la venue de son père dans la chambre, recommença de plus belle à tousser, à s'étouffer, à perdre du sang par les narines. Le moment de répit en fait avait permis aux fluides mortels de prendre de l'avance dans les poumons. Chez le médecin, la tension monta, monta, à mesure qu'il voyait la mort venir. Lui qui avait pourtant assisté bien des jeunes mourants en octobre fut assailli par tous ces souvenirs abominables qui revenaient d'un coup le frapper comme autant de coups de merlin au coeur et à la tête. Il ignora Amédée pour un temps puis s'empara de la cruche de boisson et se mit à boire...

Un quart d'heure plus tard, Rose-Anna rendait l'âme.

Les deux hommes enveloppèrent le corps dans ses draps. Le docteur dit à l'autre quoi faire ensuite.

Entre-temps, les enfants et leur mère attendaient, la mort dans l'âme, alors que la mort s'emparait de la pauvre Rose-Anna. Eugène ne disait rien. Parfois son regard croisait celui d'Éva ou de Marie-Louise et plus rarement celui de Vitaline. Les quatre plus jeunes demeuraient prostrés, bras sur la table, tête couchée sur les bras, pétrifiés par l'étrangeté de la situation, eux de coutume si alertes, pétillants de vie et de bonne humeur.

Enfin des pas dans l'escalier ! Joseph abaissa son masque pour annoncer :

–Rose-Anna... elle est partie... elle est avec le bon Dieu... elle nous a quittés...

–Mon doux Seigneur ! s'exclama Vitaline qui tourna le dos en grimaçant des yeux.

Pour tous les autres, ce ne furent que des regards adressés à chacun. Des regards questions se heurtant à d'autres questions et rien d'autre. Et personne n'avait de réponse à donner à quiconque. Eugène se pencha et mit sa tête entre ses mains.

Amédée reparut dans l'escalier...

Le médecin demanda de l'eau chaude pour se laver les mains...

La suite fut toute en recommandations et formalités.

La mort fait souvent trop peur pour laisser réfléchir, pour laisser pleurer. On la sentait partout, dans les silences, les soupirs, les phrases marmonnées, les mots interrompus. Les deux visiteurs s'encabanèrent dans leurs manteaux et leurs casques, saluèrent et partirent, laissant derrière eux une maison endeuillée où la stupéfaction atteignait la même intensité que le bonheur y régnant ordinairement.

Éva s'habilla d'un manteau et sortit pour voir partir les deux hommes. Au dernier moment, Amédée apparut, sans vêtements d'extérieur, et descendit jusqu'à la sleigh fine où il tendit sa cruche de boisson au docteur :

–Ça vous prend ça quand il fait frette de même...

–C'est ça que me disait Eugène en venant.

L'attelage partit. Un peu plus loin, Eugène tourna la tête et son regard rencontra celui d'Éva. Il crut voir des larmes qui coulaient de ses yeux dans son masque, blanc comme le froid...

Le son des grelots s'inscrivit dans la mémoire de la jeune femme comme ceux de la tristesse profonde...

***

Chapitre 11

Au magasin, la fête reprit son cours. Il y avait un accroc dans le déroulement des événements, qui ne serait réparé que par le retour des deux absents. C'était décembre et la noirceur précoce. Le soleil en cette époque de l'année ne perd pas son temps à se pomponner, à bâiller et à s'habiller pour la nuit : il plonge rapidement dans l'obscurité sans se laisser prier et se revêt de noir pour conserver sa chaleur et la protéger de la blanche froidure.

Le repas avait pris fin depuis un bon moment et la table avait été desservie et même défaite. Il fallait de la place pour s'amuser, conter des histoires, danser, célébrer. On avait éloigné les chaises de sorte que les gens se trouvent adossés à l'un ou l'autre des comptoirs par petits groupes ayant des affinités.

Des jeunesses commencèrent d'arriver, qui n'avaient pas été invités pour le repas, mais pour la veillée seulement. Des Beaulieu, des Bilodeau, des Lapointe, des Boucher, des Boulanger, des Boutin, des Veilleux parmi lesquels Philias dit Pit et sa Rosalie Gagnon qu'il voulait épouser bientôt.

Et des plus jeunes aussi comme Joseph (Pit) Roy, Philias Bisson et Fortunat Fortier qui avaient pour dessein de danser avec Bernadette, Anna-Marie et Julia. Une belle soirée en perspective. Il ne manquait toujours vers les six heures que Eugène et le docteur Goulet. Voici qu'ils survinrent enfin une demi-heure plus tard. En fait, Eugène entra le premier par la porte arrière après avoir dételé tandis que son compagnon se délestait de sa trousse à son bureau et se changeait de vêtements afin de ne contaminer personne avec la 'bactérie' de l'influenza, peut-être morte de froid en chemin, mais qu'il ne fallait pas sous-estimer.

Honoré s'entretint un moment avec son fils. Il lui demanda de s'adresser à tous pour leur dire ce qui s'était passé. Le visage défait par la fatigue et les événements cruels de Saint-Benoît, Eugène monta de quelques marches dans l'escalier et par son bras levé réclama l'attention. Puis il parla :

—Malheureusement, c'était un cas de grippe espagnole. Un de ces rares cas isolés dont on parle dans les journaux. La fille de monsieur Pomerleau, Rose-Anna, seize ans, est décédée cet après-midi. Elle sera enterrée demain dans le cimetière de Saint-Benoît.

Les gens, surtout les jeunes filles, se regardèrent en frissonnant, murmurant des phrases sombres et inintelligibles.

—Monsieur le docteur a rien pu faire. Il était déjà trop tard. Elle est morte vingt minutes après notre arrivée là-bas. Triste pour la famille. Comme j'ai été en contact avec les siens, il est préférable que j'aille me changer de vêtements et me laver comme il faut. J'ai déjà eu la grippe et elle ne peut pas m'atteindre deux fois, c'est prouvé. Mais je dois être prudent pour vous.

Bernadette souleva la main afin de poser une question.

—Je t'écoute, dit Eugène avec un signe de tête vers elle.

—C'est toujours pas mademoiselle Éva qui est morte ?

—Non. C'est celle plus jeune d'un an : Rose-Anna.

Spontanément et avec un certain remords, Bernadette ressentit du soulagement, elle qui avait fait amitié d'occasion avec Éva et ne connaissait guère sa jeune soeur Rose-Anna.

–L'as-tu vue, Eugène ?

–Non, moi, suis resté en bas. Morte dans une chambre au deuxième étage. Tiens, monsieur le docteur arrive, peut-être qu'il pourra répondre à vos questions si vous en avez.

Le médecin arrivait à point nommé pour recevoir une salve d'applaudissements. Honoré lui cria à voix énorme :

–Joseph, viens nous dire un mot.

L'homme accepta d'un signe de tête. Il se rendit à l'escalier où Eugène lui résuma à voix basse les quelques paroles qu'il avait lui-même prononcées et qui avaient visiblement donné la chair de poule à d'aucuns que terrorisait un possible retour en force de la funeste maladie d'octobre. Il fallait rassurer le peuple.

Ce que fit le bon docteur.

L'on se rendit compte qu'il n'était pas sobre. Ses paupières incertaines, le débit de sa phrase, son hésitation quand il avait gravi les quelques marches de l'escalier lui permettant de surplomber l'assistance : bien des indices montraient un certain état d'ébriété que son épouse Blanche reconnut aussitôt, à son grand dam.

–Mes amis, dans toute la province de Québec, dans le Canada, les États et le monde entier, la grippe a fait des victimes par millions, on le sait maintenant. Elle a pratiquement disparu comme par miracle en novembre. Mais partout, il y a eu des cas ultimes qui ont en quelque sorte mis le point final à la grande épidémie. Même si la jeune fille est de Saint-Benoît, à la lisière entre les deux paroisses, elle a mis le point final à la grippe par chez nous. Ce qui s'est passé ? Elle devait porter la 'bactérie' depuis un bout de temps. La 'bactérie' était peut-être sur le bord de mourir en elle en raison de notre immunisation naturelle devant les maladies. Mais hier, Rose-Anna Pomerleau a pris un coup de froid qui a permis à ce micro-organisme de frapper un grand coup. Et elle en est morte de la même terrible manière que tous ceux que la grippe avait emportés il y a quelques semaines de ça. Ceci pour vous dire de vous habiller comme il faut quand vous allez dehors par temps froid. Les garçons, c'est valable encore plus pour vous autres étant donné que votre corps supporte moins le froid. Tenez-vous le pour dit !

Et le docteur poursuivit encore de quelques mots, tandis qu'il arrivait des choses dans la salle...

Philias Bisson, un gars de quatorze ans que l'idée de la mort terrorisait, avait tout le mal du monde à supporter ce qu'il entendait. Il fut pris d'un frisson que son ami, le très rusé et observateur Fortunat Fortier remarqua :

—As-tu si frette que ça ? lui glissa-t-il à l'oreille.

—Ouais. Freddé devrait chauffer la fournaise un peu plus.

—Tu veux un moyen pour te réchauffer ? Imagine-toé dans les bras de la belle Éveline.

Le garçon jeta un oeil vers la jeune fille qui avait les bras croisés sous sa généreuse poitrine et tournait la tête vers le docteur à qui elle donnait toute son attention. Il se dégageait d'elle une beauté sensuelle sans commune mesure pour qui la détaillait avec le regard du désir.

Par une mystérieuse alchimie du cerveau ou bien par la voie des anges de la concupiscence, l'être profond d'Éveline fut touché par le regard insistant de l'adolescent qu'elle perçut bientôt sans pourtant l'avoir aperçu au préalable. Elle tourna la tête vers lui. Leurs yeux se rencontrèrent. Surpris, il ne baissa pas les siens aussitôt. Elle esquissa un sourire. Il le reçut sans pouvoir le rendre. Et se tourna vers Fortunat qui venait de lui toucher le bras :

—C'est que tu veux, Fortier ?

—Elle t'a regardé, la Éveline, mon Bisson.

—Ben non, elle r'garde quelqu'un par là...

Cette dénégation de l'adolescent parut avoir un fondement en ce qu'un personnage ouvrit la porte du magasin qui restait maintenant déverrouillée pour laisser arriver d'autres invités, et entra suivi d'un second que l'on connaissait bien en raison de sa couleur et de son originalité. Aucune invitation n'avait été faite ni à l'un ni à l'autre. Éva Grégoire frémit de malaise. Elle regarda sa mère et dirigea ses yeux par les siens vers les visiteurs. Émélie eut une forte réaction de crainte qu'elle enterra sous des dehors calmes et froids.

Le second, Jos Page qui ne montrait jamais la moindre méchanceté et ne manifestait aucune colère quelle que soit la circonstance, n'inquiétait personne; mais celui qui l'avait précédé ne laissait jamais indifférents ceux que sa route erratique croisait. D'aucuns le disaient un proche de Satan, capable de jeter des sorts; d'autres le croyaient une sorte de prophète, de visionnaire, de thaumaturge capable de chasser la maladie. Plusieurs ne le connaissaient aucunement car il y avait des années et des années qu'on ne l'avait pas vu à Shenley et qu'on le disait mort.

Une voix plus puissante que le tonnerre se fit entendre. C'était Honoré de nouveau :

–Baptême, un revenant ! Hey, mais t'es pas mort, toi, la Patte-Sèche ?!?!

Désigner ainsi un homme à la jambe de bois, une jambe perdue à la guerre, par le sobriquet de 'patte sèche' eût pu paraître cruel aux yeux de témoins sensibles, mais Honoré connaissait bien le quêteux Rostand de Mégantic. On l'avait vu pour la dernière fois l'année de la mort de Pie X donc 1914. Et puis la nouvelle de sa propre mort était parvenue quelque temps plus tard à Saint-Honoré par quelqu'un dont on ne se rappelait pas. Et voici que le vieux mendiant à la longue tresse grise ressurgissait d'outre-tombe avec, au visage, des centaines de rides additionnelles. En fait, c'est le quêteux lui-même qui dans le temps parlait de sa personne comme de la patte sèche et, faute de son nom en mémoire, Honoré avait utilisé ce surnom sans trop y penser, et avec un éclat d'accueil, juste pour faire savoir à l'autre qu'il ne l'avait pas oublié. La Patte-Sèche avait conseillé à Alfred de s'expatrier aux États pour son plus grand bien, ce qui n'était pas encore prouvé. Il avait prédit un court avenir à Ildéfonse, ce qui s'était produit et, phénomène étrange, le quêteux s'était trouvé dans les parages le soir même de la mort du jeune homme dix ans plus tôt. Était-ce par une sorte de remords pour avoir prédit la tragédie et y avoir presque assisté qu'il avait ensuite disparu et fait courir la rumeur de sa mort ?

Car il avait prédit également un avenir de souffrance à Éva ? Pensait-il alors à la mort d'un enfant ? Dans toutes les familles, il y avait mort d'enfants en bas âge et cela ne signifiait pas pour autant une vie de souffrance. À part la tragique disparition de la petite Cécile, Éva vivait un bonheur au moins égal à celui de bien d'autres femmes de son âge. Même qu'elle se trouvait favorisée par le sort. Un mari de qualité. Deux enfants en santé : Ti-Lou et Lucienne. Une entreprise qui roulait bien. Une paroisse qu'elle apprivoisait un peu mieux chaque jour. Une prospérité que la plupart des co-paroissiens ne connaissaient pas. Du beau linge à la mode. Une automobile pour les sorties et les utilités de la belle saison. Rostand disait sans doute n'importe quoi pour se rendre intéressant. Même la Chaudière qui en 1917 avait frôlé les marches du magasin et fait tant de dégâts dans sa furieuse sortie de fin juillet, n'avait causé aucun dommage chez les Boutin.

Et pourtant, Éva connaissait un frisson prolongé.

—Viens en avant que je te présente à ceux qui te connaissent pas.

Jos Page éclata de rire derrière Amanda. Et Amanda éclata de rire d'entendre Jos Page éclater de rire.

—Où-ce que tu l'as ramassé, celui-là ? lui demanda Alfred.

—Ça fa deux nuittes qui couch' cheu-nous. On a su su'a ligne du tèlèfône que y'ava d'la maladie su' Pomerleau du 9. On a vu passer le docteur pis r'venir... Pis tcheuqu'un a dit que ça veilla icitte-dans... ça fait qu'on arrive pour vouère...

Honoré serra la main du quêteux, s'étonna de sa résurrection, lui demanda son prénom pour le redire à l'assistance puis s'adressa aux gens :

–Ceux qui le connaissent pas, c'est monsieur –et je dis bien monsieur par ce que c'est un vétéran et un bon garçon– Raymond Rostand dit 'la patte sèche' vu qu'il a une jambe de bois comme vous l'avez remarqué. Quasiment un ami de la famille dans le temps. Mais attention, il voit l'avenir. Il provoque pas l'avenir, mais il le voit dans son idée. Et si vous avez un animal, un cheval, une vache, un chat, un chien qui souffre de quelque chose, il pourrait vous le guérir. Il est même capable de transmettre son pouvoir à certaines personnes aptes à le recevoir. Ça se pourrait avant qu'il reparte qu'il partage avec quelqu'un, ce pouvoir-là. Hein, mon ami ?

–Ça se pourrait, fit le quêteux qui promena son regard sur l'assistance.

–Je vous dirai aussi qu'il a fait la guerre et que c'est là-bas qu'il a perdu sa jambe. Un héros. Il a payé le gros prix pour défendre la paix et nous lui devons la charité pour ça. Donc considérez-le comme un quêteux de bonne classe.

–Ça, c'est ben vrai ! lança Uldéric Blais qui se faisait entendre pour la première fois et avait fait preuve d'une discrétion peu coutumière jusque là.

On applaudit de partout.

–Vous savez ce qu'on va faire ? On va mettre une assiette sur le milieu du comptoir, là, et chacun qui voudra fera sa charité. Appelons ça sa guignolée... en faveur de monsieur Rostand.

On applaudit encore.

Émélie se souvenait du premier contact avec cet homme dans le train, il y avait belle lurette...

Le train bougea. Son sifflement se fit entendre à deux reprises. Le départ paraissait imminent. Peu de voyageurs partageaient le wagon des jeunes femmes : un couple de vieillards à une extrémité et une jeune famille à l'autre. Sans doute s'en ajouterait-il d'autres à chacune des gares essaimées le long de la voie ferrée jusqu'à Québec. Mais il s'agissait d'un faux départ et tout s'immobilisa de nouveau. Nécessité courante ou bien quelque main invisible avait-elle retenu la locomotive afin que puisse arriver et monter un personnage d'exception ? Il s'agissait d'un homme au début, sans doute, de la quarantaine, et dont les traits du visage révélaient le sang indien. Toutefois, il portait un uniforme militaire usé, fripé, troué même en quelques endroits, et marchait à l'aide d'une canne en raison d'une jambe rigide qu'on pouvait deviner être de bois.

—D'après ses vêtements, ça doit être un vétéran de la guerre des Boers, songea Émélie tout haut.

—Ou ben un zouave pontifical.

—C'est pas un uniforme de zouave, c'est un uniforme anglais. J'ai vu des illustrations dans Le Soleil l'autre jour. C'est Honoré qui me les a montrées. Il suit ça de proche, lui, cette guerre-là. Je te dis que ça l'intéresserait, un homme de même. Il passerait son temps à le questionner tout le long du voyage, en tout cas tout le temps qu'ils seraient tous les deux dans le train.

On se tut quand le personnage fit son entrée entre les rangées de banquettes et vint prendre place pas loin des deux amies après avoir déposé sa valise dans le compartiment à cet effet au-dessus des têtes. Sur son visage, il pouvait se lire de la nostalgie et une grande tristesse mais aussi une grande colère suivant l'angle dans lequel il se trouvait par rapport aux yeux qui le regardaient. Sa figure en disait long et pourtant, elle révélait la présence de nombreux mystères en lui et un vécu chargé de périodes dures voire insupportables.

—Tu sais à qui il me fait penser ? souffla Émélie à l'oreille d'Obéline.

—Dis-le moi.

–À Jean Genest.

–Qui c'est ?

–Tu te souviens, le vétéran de la guerre civile américaine qui vivait au fond du Petit-Shenley.

–Ah, le pendu !

–Oui, le pendu.

Elles furent totalement désarçonnées quand l'étranger se tourna la tête et leur adressa la parole :

–J'ai idée que vous êtes en train de parler de moé, là, vous autres.

Dix-huit ans après cette rencontre insolite qui aurait pu faire croire que Rostand lisait dans l'esprit des autres, cinq ans après avoir appris la fausse nouvelle de sa disparition, voici que cet homme étrange réapparaissait sans prévenir, comme ressurgi d'une autre dimension.

Émélie regardait loin dans le passé, assise là, près de la grille de la fournaise, tandis que deux musiciens commençaient d'accorder leurs instruments : un violon et un accordéon. Et l'un d'eux, Damase Labrecque, fils de Rémi avait aussi en poche une ruine-babines et dans ses pieds plein de gigues qui y fourmillaient. Elle sursauta quand le docteur vint la saluer et lui dire un mot à l'oreille :

–Vous avez bien fait d'organiser une fête pareille : c'est un des meilleurs remèdes pour enterrer comme il faut la maudite grippe. La petite Pomerleau, je suis certain que c'est la dernière victime dans toute la Beauce.

–Tant mieux ! Qu'on soit débarrassé enfin des nuits blanches ! Parce que pour moi, c'était ça, la maladie. Nuits blanches et mort noire.

–L'arrivée d'un quêteux, c'est de bon augure.

–Suis pas superstitieuse.

–Moi non plus, mais des fois, ça aide.

Joseph poursuivit son chemin jusqu'à son épouse. L'odeur de son haleine avait confirmé à Émélie ce que, comme bien des gens, elle savait déjà : le docteur était sur la ripompette. On avait pourtant dit qu'il ne buvait plus. Elle pensa que sa conduite était sous contrôle et ne nuirait pas à sa pratique. N'avait-il pas sauvé plus de vies durant la grande grippe que ses collègues des campagnes ou des villes, toutes proportions gardées ?

Et l'esprit d'Émélie retourna de suite en 1900, à bord du train qui les emmenait, elle et Obéline, à Québec.

Cet homme distrayait beaucoup Émélie malgré ses jurons à caractère liturgique. Elle sentit que le temps filerait comme l'éclair en sa compagnie. Il changea de banquette pour se trouver à une seule d'elles, de l'autre côté de l'allée centrale.

—J'ai deux oreilles pour entendre, commenta-t-il énigmatiquement. Pis j'entends ben en ostie.

Le train s'ébranla, siffla brièvement et ne s'arrêta plus, accéléra, quitta la gare, entra dans la verdure de la campagne. L'homme à longue queue de cheval grisonnante reprit la parole :

—Guerre du Transvaal, guerre des Boers, c'est la même ostie d'affaire. J'ai dit que j'avais deux oreilles pour entendre, mais j'ai rien qu'une jambe pour marcher, calvaire. L'autre est restée au Transvaal.

—Comme Marcellin qui a laissé son bras dans le cimetière de Shenley, intervint Obéline.

Émélie souriait d'entendre tous ces jurons dans le tiroir à souvenirs qu'elle venait d'ouvrir. Plus tard, Rostand, le quêteux de grands chemins, s'était guéri de cette manie et on l'écoutait mieux. Ses propos eurent une plus grande portée.

Elle sursauta de nouveau quand une autre voix se fit entendre derrière son épaule. C'était celle-là même du personnage qui voyageait déjà dans son imagination.

–Je pensais la première fois que je vous ai vue sur le train de Québec en 1900.

–Ah oui ? Et moi de même !

–La télépathie. Faut pas y croire, mais j'y crois.

–J'y crois aussi.

–On avait parlé du pendu... On avait parlé du hors-la-loi Morrison...

–Vous avez une bonne mémoire pas pour rire.

–Pis vous une meilleure encore, ça, je l'sens.

–C'est quoi, votre histoire de mort ?

–Une rumeur. J'en ai profité pour aller vivre ailleurs un bout de temps. La rumeur est passée à la réalité...

–Nous autres, on priait pour le salut de votre âme.

Rostand éclata de rire. Le bruit des voix entremêlées avait repris après les silences sur le laïus du docteur et sur les quelques mots d'Honoré au sujet du visiteur inattendu. Quelques-uns le regardaient avec intérêt. Le spirituel en lui dégageait des fluides invisibles qui les atteignaient. Même que l'aveugle Lambert avait la tête tournée vers lui et semblait entendre son âme.

–C'est à lui que je vas transmettre mon don aujourd'hui, dit le quêteux.

–Qui, lui ?

–L'homme aveugle.

–Napoléon Lambert.

–Faudrait quelqu'un pour lui offrir...

–Je vas demander à Honoré...

Elle fit signe à son mari qui délaissa un petit groupe de personnes debout dont Éva et Arthur, et s'approcha pour entendre sa requête. Honoré se rendit auprès des Lambert et leur fit la proposition. Napoléon accepta sans aucune hésita-

tion comme si le terrain dans son esprit avait été labouré
d'avance. On isola les deux hommes dans le carré du bureau
de poste pour préserver le secret à jamais. Il y eut communication des esprits. Rostand toucha l'autre au bras, entra dans
une forme de transe qui dura près de dix minutes et le don
fut partagé –et pour toujours– par les deux hommes. Lambert pourrait désormais guérir les bêtes. Et peut-être même
les personnes humaines, mais cela n'était pas aussi certain...
Dieu, dit-on, donne la chance aux éclopés de la vie de développer un sens, une inclinaison favorable, un sentiment ou
autre caractéristique propres à compenser pour la perte de
jouissance d'une de leurs facultés. Justice divine, essence
même de la Providence, disaient-ils aussi...

Alice s'approcha d'Émélie et lui demanda la permission
de retrouver Eugène dans la cuisine. Elle se pencha à son
oreille pour que sa voix porte malgré la forte rumeur qui
emplissait le magasin, répandue non seulement par l'air ambiant mais par son contenu en fumée de tabac.

–Mais bien entendu ! Tu vas lui crier d'en bas et attendre
qu'il finisse de se laver.

La jeune fille rougit :

–Certain, ça.

–Je dis ça pour éviter la contagion, même si le docteur
nous dit que les chances de contamination sont presque nul-
les. S'il fallait qu'Eugène transmette la maladie à quelqu'un,
il en mourrait, le pauvre.

–Il pense trop aux autres pour ce qu'il pense à lui : je le
sais.

–Tout comme Éva, hein !

–J'y vais.

–Si tu vois Armando, dis-lui de venir, je veux lui parler.
Il a l'air disparu encore une fois. Toujours ailleurs. J'vois pas
Wilfrid non plus. Doivent être allés préparer des tours. Je te

dis, ces deux-là...

–J'y manquerai pas. À plus tard, madame Grégoire.

–C'est ça, Alice.

Et la jeune fille se dirigea à la cuisine qu'elle trouva déserte. Ni Eugène ni Armand. Alors elle prit l'escalier menant à la chambre du jeune homme. Le chemin lui était familier pour s'être rendue là à quelques reprises du temps de la convalescence d'Eugène quand le docteur eut assuré qu'il n'était plus contagieux mais devait garder le lit tant que son état de santé ne serait pas sensiblement meilleur.

Elle poussa la porte entrouverte et ne vit personne encore. Puis entendit de l'eau couler. Eugène était à la salle de bains qui jouxtait sa chambre. Elle se rendit devant la porte et frappa :

–C'est moi... pour te dire que je vais t'attendre dans ta chambre. J'ai demandé à ta mère pour venir...

–J'en ai pour cinq ou six minutes, pas plus.

Prise entre trois feux, Bernadette ne savait plus où donner de la tête. Il y avait ses amies Julia et Anna-Marie qu'elle ne voulait pas laisser seules. Il y avait Eugène Foley qui accaparait tout son champ de vision périphérique. Et il y avait les fumeurs de pipe qu'elle ne voulait pas voir cracher à terre. Du reste, elle avait pris soin de prévenir tous les invités fumeurs : *un seul crachat en dehors des crachoirs et vous allez sacrer votre camp cracher ailleurs...*

C'est ainsi que la tendresse illuminait son oeil droit qui allait vers ses deux amies, que la colère menaçante allumait son oeil gauche qui allait vers les jeunes 'mâcheux de bouquins' comme elle désignait les fumeurs de pipe, tandis que tout le blanc de ses yeux mouillait à la pensée du bien-aimé voisin qui semblait ne pas rester en place et toujours changer de groupe ou d'interlocuteur.

Tiens, voici que le beau Eugène (Foley) retrouva le quêteux qui suivait l'aveugle en revenant du bureau de poste où on avait procédé au rituel du transfert de don pour le plus grand agrément d'Honoré qui toutefois n'en croyait pas grand-chose, pas plus d'ailleurs qu'en cette fleur de lys dont lui-même aurait hérité parce que septième fils de sa famille, ce qui avait fait longtemps de lui un pseudo-guérisseur et pour toujours un arracheur de dents.

Large sourire aux lèvres, Eugène apostropha Rostand alors que l'aveugle et Honoré se parlaient du don transmis :

–Saviez-vous que la sainte Église interdit ce que vous faites ?

–Je fais quoi ?

–Ben... l'histoire de guérir. Même le frère André n'a pas la faveur de la sainte Église catholique.

–Mon ami, quelle Église, sainte ou pas, oserait défendre à ceux qui ont un don de guérir les autres de le faire ?

–Oui, mais ce don doit venir de Dieu, pas du Malin ?

–Tu veux dire que mon don vient du démon ?

–C'est ça que je voudrais bien savoir.

Honoré intervint, l'air convaincu :

–Savais-tu, Eugène, que j'ai la fleur de lys ? Et qu'un prêtre, l'abbé Quézel qui nous a mariés, Émélie et moi, est venu se faire soigner par moi. On avait pas de docteur et je lui ai arraché une dent... presque sans souffrance... Tu veux que je te conte ça, mon p'tit Foley ?

–Ben oué. Certain...

Le quatuor debout eut l'imagination transportée dans un lointain passé par la voix d'Honoré qui rappela les faits survenus dans la maison rouge avant même son mariage avec Émélie, donc près de 35 ans auparavant alors que le curé du village avait fait confiance au don de guérisseur du jeune commis des Allaire...

(Extrait de *La maison rouge*, chapitre 1)

Le prêtre qui avait béni Marie en lui prodiguant un mot d'encouragement, interpella Honoré et se rendit avec lui dans un coin près de la pompe à eau de l'évier pour lui parler à voix basse. Ceux de la table, Marie-Rose, Restitue et Séraphie, l'épouse de Grégoire Grégoire, purent voir les hochements de tête négatifs du jeune homme et se deman-daient bien pourquoi le curé s'adressait ainsi à lui dans pa-reille discrétion. Sans doute pour lui adresser des reproches, songea Restitue qui avait elle-même la culpabilité à fleur de peau.

Mais la voix d'Honoré s'éleva :

–Écoutez, monsieur le curé, j'sais pas qui c'est qui vous a conté ça, mais...

–L'as-tu déjà fait ? insista le prêtre qui levait la voix.

–Je l'avoue, oui, je l'ai fait.

–Quoi dire de plus, mon ami ? Le temps pour toi est venu d'agir. Tu ne peux pas t'y soustraire. C'est plus qu'une de-mande...

L'inquiétude grandissait vite chez les gens. Même Émélie bridait sa patience et rongeait son frein. Sûrement que le prêtre agissait comme l'abbé Faucher et dénonçait la mora-lité du jeune homme pour mieux l'enfermer entre les quatre murs des commandements de Dieu !...

–Mais j'ai pas ce qu'il faut ! jeta Honoré avec ses bras impuissants lancées en l'air.

–Moi, j'ai vu ce qu'il faut... en avant... dans le magasin.

C'était la confusion totale chez les personnes présentes. Honoré, enrôlé de force par le prêtre, se rendit dans la pièce du magasin et revint, tenant dans sa main droite une paire de pinces menaçantes. Il demanda :

–Mesdames, si vous voulez retourner au magasin.

Et il cria :

—*Mademoiselle Émélie, auriez-vous des linges propres à nous fournir ?*

Elle s'empressa de venir mettre son nez par-dessus la cloison :

—*Pourquoi faire donc ?*

—*Parce que...*

Le prêtre coupa en disant d'une voix qu'on ne lui connaissait pas :

—*Parce que je l'oblige à m'arracher une dent... qui fait mal à mourir depuis une semaine...*

Jamais de toute sa vie, Émélie n'avait ressenti un tel soulagement à entendre quelqu'un, même un curé, parler de sa souffrance.

—*Il est capable, approuva Séraphie en quittant la pièce. Son père lui a montré comment faire pis à Saint-Isidore, il en a arraché pas mal... des saines, des pourries...*

La réputation d'Honoré à cet effet avait fait le tour de la paroisse et avait même traversé les volets clos du presbytère. L'abbé Quézel avait eu beau offrir ses souffrances à Dieu en rédemption de ses péchés et de ceux du monde, la douleur avait fini par lui indiquer le chemin du magasin... et du soulagement que lui procurerait le jeune bras puissant d'Honoré.

—*C'est pas des pinces exprès pour les dents, protesta le jeune homme.*

—*Des pinces, c'est des pinces ! affirma le curé qui prit place sur une chaise à côté de la table.*

Il semblait que la timidité avait déserté le curé et que la douleur de sa dent malade avait injecté une substance anesthésiante à son embarras coutumier. Dès l'instant où Honoré avait opposé à sa requête une hésitation négative fondée sur sa crainte de faire souffrir un prêtre, Quézel s'était transformé en personnage autoritaire, et cette nouvelle disposition ne retrouverait les tréfonds de son âme qu'avec l'évul-

sion de cette maudite molaire.

Des têtes, dont celle de la grande Émélie, s'alignèrent derrière la cloison pour le voir souffrir et guérir, pour regarder couler le sang pur d'un saint curé, pour scruter la musculature du jeune Honoré. La séance de torture obligée ferait événement dans les annales paroissiales.

Le dentiste improvisé vint se mettre à côté de l'abbé. Il appuya sa hanche contre son épaule pour y prendre appui solidement et pouvoir appliquer toute la pression arracheuse.

–Ben... ouvrez la bouche, d'abord que c'est de même !

Quézel aussitôt y mit toutefois le doigt pour pointer la coupable. Il émit un son bancroche. L'oeil d'Honoré brilla :

–Je la vois : elle commence à se gâter, on dirait...

–Ouè, c'est celle-là, approuva l'autre en zigonnant sur ses cordes vocales.

–Émélie, lui lança Honoré, vous auriez pas du p'tit blanc quelque part. Une rasade pour monsieur le curé, ça engourdirait un peu...

–Sûr que j'en ai : j'en prépare une tassée.

Quézel s'insurgea :

–Non, je ne bois aucune boisson alcoolique... je n'en bois jamais à part le vin de messe.

–C'est un remède, voyons donc ! objecta Honoré.

Émélie qui n'avait pas entendu la protestation du prêtre, se rendit derrière son comptoir y vider dans une tasse l'élixir du soulagement.

–Envoye de même ! ordonna Quézel.

–Au moins priez pour que ça fasse moins mal !

–Dis-moi que ça fera pas mal et ça fera pas mal.

Mais Honoré se tut car son bras parlait maintenant le plus fort. Il introduisit les mâchoires de l'instrument qui agrippèrent la dent. Et aussitôt, il tira en tordant avec toute la force de son biceps.

La douleur fut bien pire que celle d'un péché mortel. L'abbé crut défaillir. Il se mit à respirer par à-coups comme un chien. Rien n'y changea quoi que ce soit à l'intolérable souffrance et il ne songeait même plus à l'offrir pour la rédemption de ses péchés. Il se produisit un coup sec et un son gravoiteux. Ce fut pour Quézel le couronnement de la douleur. Au moins la mise à mort de cette dent de malheur avait-elle été accomplie.

Leurre. Et erreur !

—Je l'ai pétée en deux morceaux la m... je veux dire que la dent s'est cassée. C'est pas des pinces ben yable, je vous l'ai dit...

—Parle pas du yable, mon ami, pis hale encore ! lança le prêtre au visage devenu cramoisi.

Émélie vint poser une petite cruche de grès sur la table ainsi qu'une tasse à demi pleine de whisky. L'abbé perdit tout remords que les prêcheurs de la tempérance, émules de Chiniquy, avaient pu semer au fond de lui, remords qui pousserait comme un champignon s'il avait un jour l'idée saugrenue de l'arroser à l'alcool.

Il prit la tasse et but trois fois en pensant aux chutes de Jésus sur le chemin de croix mais sans faire aucun lien entre les deux. Puis présenta de nouveau sa bouche ensanglantée et abominablement souffrante.

—Manque pas ton coup : fais ce qu'il faut faire.

Honoré s'adressa aux spectateurs et leur demanda de dire tous en choeur : ça fait pas mal, ça fait pas mal, ça fait pas mal... En même temps, le curé répétait en lui-même : mon Dieu, soulagez cette douleur...

Le dentiste se remit à l'ouvrage. Il saisit le morceau de molaire qui avait résisté et tira en serrant ses propres mâchoires. La dent vint. Il l'exhiba triomphalement. La posa sur un linge avec les pinces. Déchira un morceau de guenille et le mit dans le trou afin d'empêcher l'hémorragie et pour faire cesser la coulée de sang au plus tôt.

Le visage du prêtre avait passé du rouge au blanc cireux en passant par le vert très pâle.

–Perdez pas connaissance, là, vous : c'est fini. Terminé. Over...

–Non, non... je... tiens le coup... J'ai demandé au bon Dieu de soulager ma douleur et il l'a fait...

Il est vrai, songeait Honoré, que c'est le bon Dieu qui lui avait donné de la force dans le biceps, qui avait donné à l'homme le génie de se fabriquer des pinces, aussi du whisky avec ses propriétés lénifiantes, mais il ne pensa pas que l'action la plus déterminante dans ce soulagement avait été le pouvoir de suggestion des personnes présentes. L'eût-il fait qu'il aurait aussitôt associé ce pouvoir intermédiaire à celui du Tout-Puissant.

La prière du prêtre dont il venait de parler devint pour la plupart la potion magique ayant atténué sa souffrance. D'aucuns dont Émélie en étaient toutefois un peu moins certains...

Malgré tout, cette fleur de lys, ou pouvoir de guérir, dont on disait Honoré dépositaire, prit du galon dans le livre de sa bonne réputation...

Toutefois, le jeune homme jura de ne jamais plus extraire une dent à froid ou presque, comme il venait de le faire sur ordre de l'abbé Quézel. Après tout, l'éther et le chloroforme étaient utilisés depuis plusieurs décennies déjà et il suffirait à Édouard de s'en procurer quand il se rendrait acheter dans le gros à Québec. Il lui en parlerait à la première occasion. Pourquoi souffrir quand on peut l'éviter ? La reine Victoria elle-même en avait donné l'illustre exemple en se faisant chloroformer à chacun de ses accouchements à partir de son septième enfant.

Mais les gens seraient-ils prêts à payer pour une subs-

tance anesthésiante ? En avaient-ils les moyens ? Questions
auxquelles l'avenir prochain se chargerait de répondre...

–Tu vois, mon ami Eugène, c'est comme ça que ça s'est passé. Quand la nécessité est là, la religion catholique est capable de se montrer pratique. Autrement dit, elle s'adapte aux circonstances du moment.

–En tout cas, il faudrait, enchérit le quêteux, l'oeil brillant de certitude.

–Ce qu'ils disent tous les deux est vrai comme on est là, ajouta l'aveugle.

Après son bain, Eugène s'habilla de linge propre et rejoignit son amie qui l'attendait dans sa chambre.

–La 'bactérie', je lui ai fait sa fête. On l'a fait geler comme il faut en revenant de Saint-Benoît et là, je viens de la noyer comme il faut. À se faire traiter comme je la traite, elle va crever ou aller se cacher assez loin pour jamais plus retourner voir un être humain.

Alice sourit et pencha un peu la tête.

Assise sur une chaise à bras, elle se reposait de l'atmosphère par trop chargée du magasin et de la fête du soir où les musiciens ajouteraient leurs sons endiablés aux bruits multiples qui croisaient le fer dans la grande pièce.

Sa jeunesse la faisait belle. Sa patience la faisait bonne. Sa sensibilité la faisait douce. Et sa voix exprimait son coeur jusque dans son être profond. Jeune femme d'accueil, Alice inspirait la confiance par sa discrète simplicité.

Et au jeune homme, elle inspirait des poèmes qu'il écrivait en trempant sa plume dans le bonheur entre deux phases de tristesse. L'amour aurait-il pu être plus et mieux ? Plein d'élans passionnés, d'envolées à la Sarah Bernhardt, de lyrisme lamartinien ? Non, le sentiment d'Eugène était à l'image de celle qui en faisait l'objet : tout beau, tout pur, tout aisé et limpide.

—Comment fais-tu en plein hiver pour te baigner dans l'eau froide ?

—Elle est pas froide. Il y a l'eau chaude dans la chambre de bains. Comme au presbytère. La même eau qui passe dans les calorifères.

Cette question n'avait jamais été évoquée entre eux et c'est l'occasion proche qui avait permis de la soulever. Il poursuivit :

—J'ai toujours été pas mal frileux et c'est pire depuis que j'ai été malade en octobre. Mais... le docteur dit que ça va revenir. Pour te réchauffer, il faudra bien, non ?

Ils ne s'étaient jamais embrassés que pudiquement. Et rarement sur la bouche. L'un y songea et l'autre saisit le message mental. Eugène la toucha aux épaules par l'arrière. Il pencha la tête sur son cou et se fit tendre par sa voix mélodieuse :

—Sais-tu comme je te trouve agréable à regarder ?

—Et toi à entendre...

—J'ai écrit un poème pour toi, Alice.

—Montre-le moi ! Lis-moi le !

—Pas besoin. Je le sais par coeur.

—Dis-le moi d'abord.

—Oui... Attends...

Il soupira puis récita les quatre alexandrins qu'il s'était vu écrire au lever ce matin-là :

> Le noir lumineux de ta douce chevelure
>
> Quand la blanche saison décore mon village
>
> Et peint mon coeur de givre aux fines ciselures
>
> Éblouit mes rêves emportés dans son sillage.

—Et c'est tout. Pour le moment. Village et sillage, c'est pas la meilleure rime qui soit, mais à seize ans, un poète fait avec ce qu'il a.

–Tu... as écrit ça pour moi, Eugène ?

–J'en ai d'autres, mais c'est... pas bon... Les mots qui me viennent à l'esprit sont jamais au même niveau que les émois de mon coeur...

Elle tourna la tête vers celle de son compagnon, là, tout près, sur son épaule, et les regards demandèrent un événement qui ne s'était jamais produit autrement que par l'imagination.

Ils se donnèrent un baiser. Léger. Douillet. Un désir de même niveau, issu de l'être profond de chacun, rencontrait le désir de l'autre et s'y fondait tout entier...

Des amis des Grégoire arrivèrent à leur tour. Cousin Anselme et son épouse. Théophile Dubé et son épouse. Et puis Cipisse Dulac, endimanché, de même que sa femme indienne. Et bientôt, la musique s'empara de la pièce tout entière.

Mis au courant, le curé Proulx dépêcha son vicaire pour voir de quoi il retournait à cette veillée non cautionnée par lui et montrer que son autorité prévalait comme il se devait en matière de divertissement profane pour que soient préservées les bonnes moeurs à l'ombre de la sainte religion. On reçut le prêtre. Il fut salué par la plupart. S'entretint avec plusieurs. Regarda les couples danser les sets, conversa avec Eugène Foley un moment, eut un échange philosophique avec le quêteux Rostand, retourna au presbytère après avoir laissé la bénédiction de l'Église à ces gens qui s'amusaient sainement et célébraient la vie après tous ces mois de si grand deuil...

***

Chapitre 12

1919

En raison du décès brutal de Rose-Anna, la mère d'Ernest lui défendit de voir Éva comme il l'avait prévu, voulu et annoncé. Pas question d'importer la grande maladie dans une maison qui en avait été exemptée par le ciel et par l'hygiène excessive dont la femme imprégnait sa famille depuis le premier jour.

–T'es pas majeur à 19 ans : tu vas obéir. Autrement, tu vas être banni de la famille. Aie pas peur de perdre ta place "ara" Éva, c'est pas tout le monde qui veut fréquenter une maison où c'est qu'a sévi la grippe espagnole.

–Personne l'a eue, la grippe, su' Médée Pomerleau... pis la Rose-Anna, c'est parce qu'elle s'est pas habillée comme il faut la veille au soir. Gédéon peut vous le dire comme moé, la mére...

–Si tu vas là avant que je te le dise, t'es banni de la famille, Ernest. Comprends-tu ça ?

–Ouen...

Quelques jours plus tard, le lendemain de la fête des rois mages, une sleigh fine glissait sur le silence du chemin côteux. Elle emportait deux passagers : Amédée Pomerleau et sa fille Éva. On arriva sur le dessus de la dernière côte avant le rang de travers, là où il était possible d'apercevoir pendant un moment la demeure familiale des Mathieu qui disparaissait vite ensuite dès qu'on entrait dans la descente.

Éva se demanda pourquoi Ernest ne lui avait pas donné de nouvelles après la veillée de décembre. Bien sûr, elle devinait que c'était à cause de la mort de sa soeur. Au moins, aurait-il pu téléphoner...

Au chemin de travers, l'attelage tourna à gauche et non en direction du village de Saint-Benoît. Voilà qui aurait éveillé la curiosité d'un observateur et très certainement du jeune Ernest si le ciel lui avait permis de se trouver là en cette heure.

Amédée allait reconduire sa fille à la gare la plus proche, celle de Saint-Éphrem.

Éva quittait Saint-Benoît pour aller vivre et travailler aux États. À Lewiston avec Albertine, sa soeur aînée, dans un moulin de coton où elle serait 'weaveuse'. Elle ne reverrait jamais plus Ernest ni, sans doute, ses amies d'enfance du rang, même s'il adviendrait sûrement qu'elle revienne en visite un jour ou l'autre et de temps en temps 'en Canada', comme le disaient les Franco-Américains.

Pas loin du même moment, Eugène Grégoire montait avec Pit Veilleux pour se rendre à la gare de Saint-Évariste. Il allait rendre visite à sa soeur Alice à Lac-Mégantic.

L'air de l'hiver est meilleur dans les montagnes, lui avait-elle dit pour le persuader de venir.

Honoré avait approuvé. Tout comme il avait accédé à une demande de prêt de la part de Stanislas. Un contrat dont la signature avait fait figure de grand calumet de paix entre les deux hommes. Désormais, le passé était éteint, mort et enterré. Les peurs, les flammes intempestives, les décisions déraisonnables, les humeurs bougonnes : tout ce qui les opposait avait disparu. Émélie et Alice avaient réussi leur plan. Quel soulagement à la fin ! Et quel bonheur que cette entente prometteuse !

Une quarantaine de minutes plus tard, Eugène qui avait perçu les vibrations du train au loin et entendu son sifflet plaintif, sortit sur le quai de la gare, petite valise grise à la main. Un peu de neige tombée du matin recouvrait les pavés telle une couche de farine qui s'harmonisait avec le teint de son visage. Eugène Grégoire se sentait seul en ce monde. Même son amie Alice ne venait pas réchauffer ses pensées en cette heure froide. Tout était maintenant si prévisible dans sa vie. Une année de convalescence à finir. Ses études à terminer. Du travail au magasin pour un temps. Puis un commerce à ouvrir quelque part. Mais quoi ? Comment gagner son sel dans les années 20 à venir quand on possède une âme d'artiste ? La poésie ne se cuisine pas, même si elle se travaille.

Ce jeune homme à la délicate complexion aurait dix-sept ans vers la fin de cette année 1919, soit le douze novembre prochain. Il savait ce qu'il ne voulait pas devenir sans trouver ce qu'il aimerait être. Pas cultivateur. Pas docteur. Ni notaire, ni avocat. Malgré qu'il pratiquât quelques sports, il ne se sentait guère d'affinités pour les métiers de bras comme forgeron ou mécanicien d'automobiles, comme ouvrier ou cordonnier. De nouveaux métiers prenaient de l'importance avec le progrès : aucun de ceux-là ne l'attirait. Ni plombier, ni réparateur de ligne téléphonique ou électricien (les deux allant de pair), ni boucher, ni meunier...

Seuls les livres de lecture captaient son intérêt. Au collège Sacré-Coeur, il passait le plus d'heures qu'il pouvait à la bibliothèque et lisait. Les grands auteurs français et quelques-uns du Canada. Les romantiques, les classiques, les parnassiens. Même qu'il utilisait un stratagème, en complicité avec le professeur responsable de la bibliothèque, pour puiser dans une section à l'usage exclusif des adultes de l'établissement et fermée à clef. Ces livres empruntés, interdits aux étudiants, étaient soi-disant destinés à sa soeur Alice, abonnée à cette bibliothèque qui desservait le grand public occasionnellement. La curiosité intellectuelle du jeune Eugène Grégoire n'avait pas de bornes.

Peut-être subissait-il quelques influences. N'avait-il pas récité pendant des mois, chaque soir avant de s'endormir, tel une prière à quelque muse des abîmes, le *Vaisseau d'or* de Nelligan. Et puis il nourrissait des attraits pour la poésie de Rimbaud...

Le train siffla de nouveau. Eugène ne savait plus le nombre de fois qu'il l'avait entendu depuis sa sortie sur le quai. Aucun voyageur à part lui ne se trouvait là. Pit Veilleux ne paraîtrait devant la gare qu'au dernier moment. À quoi bon se faire geler dehors ? Mais la neige, le froid et la magistrale arrivée d'un train avec ses bruits énormes, ses roues monstrueuses et ses soupirs issus de ses infernales entrailles, avaient appelé près de la voie ferrée le poète au coeur d'argent et à l'âme d'or fin.

Ce matin-là, seulement deux wagons à voyageurs occupaient le centre du train. Eugène n'y aperçut vaguement qu'une seule personne qu'il ne reconnut pas, faute de lui porter une attention particulière.

Il fut sur le point de monter dans le deuxième wagon puis se ravisa et longea le premier sans être vu de la voyageuse. Et gravit le marchepied.

Éva, un être qui rougissait vite, sentit son coeur bondir quand elle aperçut ce jeune homme qu'elle connaissait peu mais désirait connaître mieux depuis longtemps sans que le ciel, autrement que par la tragédie de Rose-Anna, ne lui en ait jamais fourni bien belle occasion. Fallait-il que son voeu secret se réalise avant le grand départ ? Quelle force invisible permettait qu'elle rencontrât Eugène Grégoire tandis qu'elle croyait ne plus voir personne de ses connaissances avant sa descente du train à Lewiston ?

Ce n'est qu'après avoir mis sa valise dans le compartiment au-dessus des têtes que le jeune homme reconnut la jolie voyageuse.

–Mais c'est... mademoiselle Pomerleau de Saint-Benoît !

–Et c'est Eugène Grégoire de Shenley !

–On va où de ce train-là ?

–Moi, à Lewiston, aux États. Je m'en vas travailler par là.

–Je vais à Mégantic. Veux-tu qu'on voyage ensemble ?

–Ben oui ! Assis-toi.

Il s'agissait d'une banquette double. Il prit le siège devant la jeune femme et se glissa au milieu pour rester en biais avec elle qui se trouvait près de la fenêtre. Ainsi, sans avoir l'air intimes, ils pourraient converser agréablement durant l'heure à venir avant qu'ils ne se séparent à Mégantic.

Il soupira :

–La dernière fois qu'on s'est vus, c'était pas mal triste.

–Ma petite soeur Rose-Anna, elle nous a laissés pas mal vite. La pneumonie, ça pardonne pas toujours...

–Tu crois pas que c'était la grippe ?

–Oui, mais on le dit pas. On dit que c'était une pneumonie. Mon père veut pas qu'on fasse peur au monde.

–Moi, je crois qu'il faut dire la vérité dans ces cas-là.

–Quand c'est trop terrible, on sait plus quoi faire, quoi dire...

–C'est sûr. Je comprends... Mais les journaux disent que la grippe espagnole, c'est de l'histoire ancienne. Aucun cas dans tout le Canada au mois de janvier. Ça veut dire que la 'bactérie' est probablement morte. Disparue de la surface de la terre, comme le dit le docteur Goulet.

–Des maladies de même, l'humanité a pas besoin de ça. Le bon Dieu nous envoie des ben grosses épreuves.

–On dit qu'il éprouve ceux qu'il aime.

—Moi, c'est drôle, suis pas portée à ça : frapper ceux-là que j'aime.

—Paraît qu'il faut corriger les enfants pour les élever bien comme il faut.

—Pas à tous les jours ! Ton père, il a l'air malin pas mal...

—Mes parents étaient sévères, mais pas... J'ai jamais eu un coup de quelque chose de mon père.

—Nous autres non plus. Mon père a jamais battu un enfant. D'aucuns comme Kette sont ben haïssables, mais...

—Kette, c'est le petit noir qui rit tout le temps ?

—Pas d'autre que lui. Pas méchant, mais il fait des mauvais coups...

Éva et Eugène se parlaient comme de vieux amis. À chacun, il semblait qu'il connaissait l'autre depuis sa prime enfance. Aucune barrière ne les empêchait de communiquer. Aucune à part celle du souvenir qui, sur les pauses qu'ils firent parfois pour reprendre leur souffle et trouver un nouveau sujet d'échange, entraînait les regards à perte de vue dans des scènes du passé.

Éva se souvenait avoir vu Eugène voilà plusieurs années, quand avec son père et Marie-Louise, elle était allée voir l'éclairage électrique au magasin Grégoire et qu'un vieil homme avait failli mourir d'une crise de coeur. Elle savait que ce personnage était le grand-père d'Eugène. Cela se passait en 1912...

—Faut venir en dedans du magasin si on veut voir la lumière électrique, dit Marie-Louise à sa soeur Éva.

—Je vas y aller...

Éva allait gravir les six marches pour rejoindre sa soeur en haut du perron quand apparut soudain devant elle un garçon de son âge qui la fit s'arrêter de nouveau au beau milieu de son escalade. Surgi depuis l'autre côté du magasin, elle ignorait son nom et ne l'avait jamais vu, tout comme elle était pour lui une parfaite jeune inconnue. Et pourtant, il se passa quelque chose entre eux. Un mouvement intérieur, un tournoiement au centre de la poitrine. Un appel mysté-rieux qui allait dans les deux sens.

C'était Eugène Grégoire. Venu de la maison qu'on ne pouvait apercevoir depuis le perron, se dirigeant vers chez son grand-père Allaire dans le bas du village, l'adolescent s'arrêta et s'adossa au mur du magasin sans parvenir à dé-laisser le regard de cette jeune étrangère.

–*Tu viens, Éva ? redit Marie-Louise.*

–*Euh... oué...*

–T'as l'air partie pas mal loin ? Je gage que tu penses aux gens qui t'attendent à Lewiston.

–J'étais dans le passé. Je me suis souvenu la première fois que je t'ai vu devant le magasin, chez vous...

–Ah oui ? Conte-moi ça.

Elle parla de l'image qui lui restait de la maison devant le magasin...

–C'est chez monsieur Racine.

–Je sais, oui. Suis retournée souvent chez vous, au maga-sin. C'est drôle, cette maison-là, on dirait que je la connais, même si j'suis jamais entrée dedans.

–Ça m'arrive aussi, des fois. On dirait que j'ai déjà vu quelque chose que j'ai jamais vu de ma vie.

–À toi aussi ?

Le train siffla à deux reprises. Il annonçait au chef de la prochaine gare son arrivée imminente.

–Nous voilà rendus à Courcelles.

–J'sus jamais venue à Courcelles.

–Ensuite, ça sera Saint-Samuel station...

–Tu vas souvent à Mégantic ?

–Ben oui, je vas aux études par là. Pas asteur parce que

je reprends des forces... Comme j'ai dit quand je suis allé chez vous, j'ai eu la grippe, moi aussi, au mois d'octobre. Mes parents veulent que je reste à la maison pour un an. Là, je vas visiter ma soeur et mon beau-frère à Mégantic... pour une semaine. Ils ont pas d'enfants, eux autres.

Le temps fila à mille fois la vitesse du train. Le propos fut léger, la mémoire tendre. Il revint aussi à Eugène un souvenir tenace de 1912...

La porte du magasin s'ouvrit puis claqua. Bernadette arriva en courant, suivie du docteur Goulet qui avait sa trousse noire à la main. Il se pencha d'abord sur son patient et prit en compte les premiers symptômes apparents. Et sans tarder, il glissa l'écouteur de son stéthoscope –qu'il avait déjà suspendu à son cou avant de venir– entre les boutons de la chemise afin d'ausculter le coeur par l'audition de ses pulsations.

–Vous avez du mal, monsieur Allaire ?

–En 'ma-foi-du-bon-yeu', tu sauras.

–Dans la poitrine ?

–Oué.

–Vous êtes venu à pied de chez vous ? On vous a vu passer devant notre porte tout à l'heure.

–Je fais ça tous les jours, ça fait des années.

–Oui, mais le jour... et peut-être moins rapidement que ce soir. On dirait qu'il y avait le feu tellement vous marchiez le gros pas.

Eugène ressentit une grande culpabilité. Il était censé prendre des boîtes de conserves au magasin pour les apporter à son grand-père qui n'aurait pas eu à venir au coeur du village depuis chez lui à l'autre bout, vers Saint-Évariste. Devant lui, en biais, se trouvaient les deux jeunes filles qui avaient retenu son attention plus tôt et empêché de faire son devoir. Elles étaient d'ailleurs et elles étaient jolies : deux bonnes raisons pour une âme d'artiste de vouloir les connaî-

tre mieux.

–Est-ce que t'as déjà lu des poèmes, Éva ?

–Ben... ça doit...

–Attends, je vais t'en faire lire. J'ai un petit livre dans ma valise...

Il se leva...

Vu la basse température qui régnait dans les wagons, les voyageurs se devaient de garder leur manteau. Même que chacun des deux personnages portait un chapeau de fourrure, lui style paquebot, elle d'une forme carrée à la mode du jour. Il ne lui était pas donné de voir et de mesurer inconsciemment la féminité d'Éva et tout son être allait donc vers les choses de l'esprit en lesquelles il la conviait maintenant.

Elle fut réceptive.

Il lui mit le livre entre les mains.

–Le titre, c'est *Les nouvelles méditations*. Va à la page avec un signet, là. Un poème s'appelle *Le crucifix*... Tu sais lire, oui, Éva ?

–Ben oui... j'ai fait ma septième année d'école.

–Lis ça tranquillement tout fort, veux-tu ?

> *Toi que j'ai recueilli sur sa bouche expirante*
> *Avec son dernier souffle et son dernier adieu,*
> *Symbole deux fois saint, don d'une main mourante,*
> *Image de mon Dieu !*

–La bouche expirante, c'était celle d'une tendre amie... Tu sais ce que l'auteur a écrit à propos de ce poème ? Il a écrit : "*Ceci est une méditation sortie avec des larmes du coeur de l'homme, et non de l'imagination de l'artiste...*"

–Tu veux pas lire à ton tour un peu ?

Elle lui tendit le livre. Il saurait mieux le faire sûrement, lui qui avait l'air de tant aimer ces mots, et avec raison puisqu'elle les trouvait magnifiques aussi.

Il accepta.

Que de pleurs ont coulé sur tes pieds, que j'adore,

–Pardon, Eugène, voudrais-tu recommencer et lire ce que j'ai lu. Je voudrais l'entendre de toi...

Il s'exécuta :

Toi que j'ai recueilli sur sa bouche expirante
Avec son dernier souffle et son dernier adieu,
Symbole deux fois saint, don d'une main mourante,
Image de mon Dieu !

Puis il poursuivit jusqu'à la fin, le regard rivé sur les mots, sans avoir pu entraîner avec lui la jeune femme dont le coeur et l'âme restaient tout entiers accrochés sur la première strophe. Il crut qu'elle avait tout entendu tant elle avait de brillance dans les yeux. Rarement obtenait-il une réaction aussi vive à la lecture de poésie. D'ailleurs le genre en faisait rire d'aucuns et jamais il n'en parlait avec des garçons. Les jeunes filles ouvraient plus facilement leur coeur à ces chants écrits et parlés...

Était-ce son départ pour l'exil américain, l'arrachement à la terre natale, la situation à nulle autre pareille en laquelle Éva se trouvait, ainsi partageant une portion de son voyage avec un beau jeune homme de belle éducation et qui, les rares fois où elle l'avait croisé dans sa vie, avait manifesté envers elle un intérêt profond et senti, était-ce l'ensemble de ces choses qui la rendait si sensible aux vers du *Crucifix*, ou bien quelque vision du futur ?...

Eugène se leva encore et glissa son livre dans sa valise puis tâta, trouva quelque chose et le prit dans sa main.

–J'ai jamais rencontré quelqu'un qui aime autant la poésie que toi, dit-il en se rasseyant. Souvent, chez nous, je vais méditer dans la cabane de l'engin. J'y vas pour me réchauffer et parfois lire des poèmes ou un roman. Ou ben je... gosse du bois comme on dit... La semaine passée, j'ai commencé à sculpter ça...

Il ouvrit sa main et lui montra un crucifix à moitié ciselé.

–J'ai envie de te le donner.

–À moi ? fit-elle au comble de l'étonnement heureux.

–Parce que t'as écouté.

–Ce... c'était beau, c'est pour ça que j'ai écouté.

–Prends-le.

Elle ouvrit la main. Il la prit dans la sienne et y déposa l'objet encore à moitié brut. Et lui referma la main sur le crucifix. Elle ferma les yeux et se mit à hocher la tête; et alors les quatre vers de la première strophe du poème lui vinrent en bouche. Elle les récita délicatement :

Toi que j'ai recueilli sur sa bouche expirante
Avec son dernier souffle et son dernier adieu,
Symbole deux fois saint, don d'une main mourante,
Image de mon Dieu !

Les gares se succédèrent sans trop qu'on ne s'en rende compte. Passé l'avant-dernière, quand parurent les montagnes, l'on fit silence pour y puiser encore plus de poésie et de souvenance. Éva et Eugène, sans se le dire verbalement, retournèrent en 1912...

"Son regard (à Éva) ensuite se mit à la recherche du frère de Bernadette, mais elle ne le vit nulle part. Et pourtant, en ce moment même, Eugène, caché dans l'ombre, agrippé au mur du couloir reliant les deux hangars, les pieds arc-boutés à une planche, voyait l'attelage partir. Des

rais de lumière en provenance du magasin éclairèrent le visage d'Éva. Eugène sourit. Mais elle regardait ailleurs dans l'espoir de le voir.

–Bonsoir Éva ! Bonsoir Marie-Louise ! cria Bernadette.

Deux bonsoirs lui furent retournés.

Eugène descendit de sa posture précaire et s'en alla dans la cabane de l'engin... Il se sentait bien en cet endroit et le bruit régulier et monotone de la génératrice devenait vite une sorte d'évasion. Son âme suivit la voiture des Pomerleau jusque dans l'inconnu du rang 9 de Saint-Benoît..."

–Quand le docteur et moi, on est partis de chez vous l'autre jour, j'aurais jamais pensé te revoir aussi vite.

–Moi non plus.

–Suis content de ça.

Elle fit un sourire d'approbation.

Ils se turent un autre court moment et chacun pensa au départ des deux hommes dans la froidure hivernale le jour de la mort de Rose-Anna...

L'attelage se mit en marche. Un peu plus loin, Eugène tourna la tête et son regard rencontra celui d'Éva. Il crut voir des larmes qui coulaient de ses yeux dans son masque, blanc comme le froid...

Le son des grelots s'inscrivit dans la mémoire de la jeune femme comme ceux de la tristesse profonde...

Le train décéléra. La gare de Mégantic n'était plus bien loin maintenant.

–Bon, j'peux dire que j'ai fait un bon voyage jusqu'ici, dit Eugène qui commençait à boutonner son manteau noir.

–Ah, c'est mieux quand on est pas tout seul.

–Surtout avec quelqu'un qui s'intéresse à tout.

–Je connaissais pas ça, de la poésie, mais asteur, je vas savoir. Pis le p'tit crucifix, je vas le garder en souvenir.

–Tu diras là-bas, aux États : ça, c'est Eugène Grégoire qui l'a fait.

Elle avait gardé l'objet serré dans sa main jusque là. Et quand le train siffla pour la dernière fois, elle regarda le crucifix et le mit dans la poche de son manteau.

–Ça y est, on arrive.

Et le jeune homme se leva. Il tendit la main vers sa compagne de voyage.

–Si ça adonne, un jour ou l'autre, donne-moi de tes nouvelles des États. Je vas t'en écrire un, un poème, et je te l'enverrai par la malle.

–Ça serait une bonne idée...

Ils se serrèrent la main. Eugène prit sa valise et quitta le wagon. Sur le quai, il s'approcha de la fenêtre où elle le regardait aller et cria :

–Je vas t'écrire un poème, tu vas voir. Ça va parler de... notre voyage en train peut-être...

Elle sourit largement et fit plusieurs hochements de tête.

Ils s'échangèrent un dernier salut de la main.

Eugène entra dans la gare.

Elle se demandait si elle le reverrait un jour, ce jeune homme si beau et si romantique...

***

Eugène Grégoire en 1919

Chapitre 13

1919...

Les frères Grégoire, Pampalon, Eugène et Armand (qui n'avait encore que onze ans), s'étaient rendus responsables une fois encore cet hiver-là de l'ouverture et de l'entretien de la patinoire. À la différence des années précédentes, on l'avait installée plus loin de la grand-rue, à mi-chemin entre le nouveau cimetière et l'emplacement de l'ancien. Donc à hauteur de la sacristie.

Le curé Proulx donna permission aux patineurs d'aller se réchauffer dans le sous-sol de la sacristie à la condition que personne ne se rende jamais en ces heures ni dans l'église ni à l'étage supérieur. Il ne fallait pas mêler le sacré au profane. Et pas question de voir des empreintes de lames de patins sur les planchers des lieux du culte.

Ce dimanche après-midi, Eugène et son amie de coeur Alice allèrent patiner. Le froid intense les sortit vite de la glace et les poussa au refuge bien chauffé où se trouvaient déjà d'autres jeunes comme Bernadette Grégoire, Fortunat Fortier, Eugène Foley, et quelques adultes dont le notaire Côté, un grand amateur de marche et de culture physique sous plusieurs formes.

Survint un prêtre inconnu, une paire de patins accrochée

à l'épaule. Il salua du sourire. Certains devinaient qu'il s'agissait sans doute du nouveau vicaire puisque le précédent avait quitté définitivement Saint-Honoré au temps des Fêtes.

L'abbé déposa ses patins sur le plancher de bois franc devant une place libre sur le banc qui encerclait la longue pièce éclairée par de petites fenêtres à hauteur des yeux d'une personne debout. Et il parla, sans avoir besoin de réclamer le silence puisque sa noire soutane l'avait fait déjà pour lui :

–Mes amis de Saint-Honoré, je me présente, je suis l'abbé Audet... le nouveau vicaire venu remplacer l'abbé Joseph Bouchard qui vous a quittés récemment. Comme vous tous, j'aime bien patiner. Et puis bon... j'aimerais bien savoir le nom de chacun d'entre vous tous... Est-ce que vous voudriez... venir à moi et vous présenter vous-même, chacun et chacune ?

Ce qui fut fait et tous y passèrent.

On le trouva bien sympathique, ce blondin de pas trente ans et l'on se plut à espérer qu'il reste plus longtemps au presbytère que son prédécesseur. De mauvaises langues disaient que le curé Proulx usait rapidement ses vicaires par trop d'autoritarisme cassant.

Eugène Grégoire avait une lettre dans sa poche. En provenance de Lewiston. Il l'avait reçue la veille. Elle ne contenait qu'une simple adresse et une courte phrase :

"J'espère que tu vas m'envoyer ton poème."

Le ferait-il ? D'abord, il devait le composer. Trouver les mots. Les bons et beaux mots. Et les bien agencer. Son coeur était plutôt avec Alice et pourtant, il avait le goût de faire plaisir à Éva qui lui avait beaucoup apporté lors de leur rencontre sur le train de Mégantic.

De toute façon, cette jeune fille de Saint-Benoît vivrait sa vie aux États comme tant d'autres; à la manière de son frère Henri et de son oncle Jos Allaire. Et aussi de plusieurs frères

Foley. Il avait souvent pensé à elle lors de son séjour à Mégantic. Mais n'en avait soufflé mot à aucune des deux Alice : sa soeur et son amie de coeur. Le secret magnifie les souvenirs; la distance les dore. L'image d'Éva avait embelli dans son imagination. Il écrirait ce poème. Loin d'une tâche à accomplir, ce serait un rêve à vivre éveillé.

–Tu penses à quoi, Eugène ?

–Hein ?

–T'as l'air parti dans un autre monde.

–Je pensais à mon voyage à Mégantic...

–T'as hâte de retourner aux études.

–Plus vite elles seront finies, plus vite on sera ensemble.

Elle sourit faiblement :

–J'aime quand tu dis ça.

Le jeune homme n'avait pas menti, mais il avait évité de justesse une collision avec la vérité.

Quelque chose la dérangeait un peu en son for intérieur : il lui semblait que son ami se sentait plus heureux au collège qu'à la maison, avec ses copains de classe là-bas qu'en sa compagnie. Mais voilà qui, à y bien réfléchir, lui paraissait normal et elle l'acceptait.

Ils étaient assis côte à côte, coude à coude, chaudement vêtus, lui de noir, elle de vert foncé. Parfois, Eugène toussait un peu. Il n'était pas le seul à devoir libérer ses voies respiratoires par ce froid de janvier. Même le vicaire eut une quinte de toux une fois ses patins enfilés.

Bernadette était accompagnée de son amie Julia Racine, la jeune fille d'en face. Du coin de l'oeil, elle surveillait les mouvements d'Eugène Foley et quand il se leva pour retourner sur la patinoire, elle fit de même. Pourtant, le hasard lui joua un tour quand le jeune homme alla s'entretenir avec le prêtre avant qu'il ne sorte. Elle devait continuer ou bien on devinerait ses pensées trop évidentes, écrites dans ses gestes.

–Je peux vous poser quelques questions ? demanda Eugène (Foley) à l'abbé Audet.

–Pourvu qu'il me reste du temps pour aller patiner, moi aussi. Je suis venu pour ça, mais... j'écoute...

–Seulement deux ou trois questions sur vos études...

–Mais certainement, mon ami !

*

L'hiver fut joyeux à Saint-Honoré comme en bien des paroisses de la province et du pays malgré les coeurs endeuillés par la grippe d'octobre et endoloris par toutes ces disparitions brutales.

Eugène Grégoire écrivit plusieurs poèmes, mais aucun qui puisse s'adresser exclusivement à sa compagne du train qu'il pensait ne jamais revoir de toute sa vie. D'une façon, c'est comme si tout avait été écrit par Lamartine dans sa première strophe du *Crucifix*.

Souvent, il s'y essayait. Les mots, les rimes, les émotions sous-jacentes s'organisaient mal en vers. Tout était là sauf le fil conducteur. Le jeune homme était tiraillé, pris entre deux feux : il aimait Alice, il aurait voulu aimer Éva. Peut-être traversait-il le même dilemme que son frère Henri avant son départ pour l'exil ? Et puis, il restait toujours ce fond de culpabilité envers ceux qui avaient subi une perte à cause de la grande maladie. Ce qu'il avait ressenti pour Éva n'était peut-être que le besoin de réparer pour le chagrin causé à sa famille par la mort de Rose-Anna.

Que s'était-il donc passé vraiment durant ce voyage ? Une seule personne pourrait l'éclairer là-dessus : le quêteux la Patte-Sèche. Mais on ne l'avait plus revu après sa visite éclair du soir de la fête. Et comme il ne mendiait pas l'hiver, on ne le reverrait pas avant la belle saison. Si le vieil homme devait revenir...

*

Le dix-huit février, après lecture du journal sur la table de la cuisine, Émélie se rendit au magasin derrière le comptoir. Elle sortit d'un tiroir du bas une pièce de satin noir et y découpa une bande la largeur de sa main. Puis elle grimpa sur un escabeau et posa le tissu en travers sur la photo grandeur nature de Sir Wilfrid Laurier. La femme resta là un long moment à se souvenir, à se rappeler de ce que le personnage avait représenté dans sa vie et celle de son époux. Il avait été l'idole des Canadiens français et Premier ministre du Canada de 1896 à 1911. Tous les jours, on entendait quelqu'un dire : *du temps de Laurier, vous savez...*

Bientôt, la mémoire du coeur la ramena près de vingt ans auparavant...

«L'orateur à la voix de velours et pourtant qui portait loin par sa sonorité brillante, devait prendre bientôt la parole. On était le deux octobre 1900, jour des cérémonies marquant la pose de la pierre angulaire du premier pilier du projet du pont de Québec...

Il y avait foule debout dans les gravats et les herbes au bord du fleuve et parmi elle, Honoré Grégoire et son épouse Émélie. Ils voyaient le Premier ministre Laurier en personne pour la première fois. C'était la réalisation d'un grand rêve, à l'égal sans doute de celui de l'érection de leur nouveau magasin. Certes, les chances de lui serrer la main étaient bien minces puisque le grand homme d'État se trouvait sur un chaland sur l'eau, à une certaine distance de la rive, mais de le voir en chair et en os comblait leurs espérances...

C'était presque un second voyage de noce pour les jeunes époux. D'ailleurs Émélie avait revêtu sa robe de noce et mis un toupet qui redonnait à son image un air de jeunesse...

–... voici un grand jour pour le Canada. Voici un grand jour pour Québec, la vieille capitale où bat le coeur de la race canadienne-française. Voici un grand jour pour chaque citoyen, pour vous tous, pour moi : celui du début de la construction de ce grand pont qui rapprochera enfin les

deux rives du fleuve Saint-Laurent. Nos devanciers l'ont demandé; nous ne pouvions le refuser à ceux qui nous suivront. C'est notre siècle qui commence, le siècle du Canada...

Émélie se laissait distraire par cette chevelure d'argent formant couronne autour de la tête du politicien et que le vent soulevait parfois légèrement. Elle symbolisait le calme du personnage, sa majesté, et attirait la sympathie. Physionomie sérieuse, un brin mélancolique, figure pâle et maladive, Laurier suscitait l'admiration de tous tant par ses dons physiques que par ses dons intellectuels. Rassembleur-né, il trouvait toujours le mot juste, la phrase appropriée pour tout apaiser sans forcément solutionner...

–Ce pont sera solide tout comme celui qui maintenant unit les races fondatrices de ce pays, et cette puissance d'union fera la richesse des uns et des autres ainsi que la richesse nationale... un ouvrage qui passera à l'Histoire par sa force, par sa beauté, par son utilité, par sa grandeur même. Ouvrage titanesque, ouvrage à l'ingéniérie exceptionnelle et hautement moderne, ouvrage à la mesure d'un pays qui va d'une mer à l'autre, de l'Atlantique au Pacifique et dont les provinces constituent le pont, et dont –si je ne le dis, vous le penserez– la travée centrale est la province de Québec, berceau de la race qui est la mienne et la vôtre. C'est par l'addition de chacune de ses parties que ce pont sera puissant, emblématique de la puissance canadienne sur laquelle ce siècle qui commence donne à fort grandes et heureuses promesses...

Le maître de cérémonie annonça la fin de celle en cours et la foule commença de se disperser. Seuls les fanatiques de Laurier demeurèrent sur place, une centaine de personnes parmi lesquelles les époux Grégoire, attendant qu'il se passe quelque chose d'autre. Ils firent bien, peut-être guidés par une prémonition, car le chaland se dirigea vers le rivage, accosta à un quai temporaire et permit ainsi au Premier mi-

nistre de débarquer sur la terre ferme. S'il ne risquait plus un bain dans l'eau du fleuve, Laurier opta pour un bain de foule. Et il parvint bientôt devant les époux Grégoire dont il serra la main en les regardant l'un après l'autre au fond des yeux et presque de l'âme.

–Je suis votre organisateur en chef dans ma paroisse, osa lui dire Honoré.

–En vous voyant, surtout en apercevant madame, je vous savais un homme de bien; maintenant, j'en suis certain. Un bon libéral est toujours un honnête homme.

–Votre photo est dans notre magasin grandeur nature, osa à son tour Émélie.

–Et c'est peut-être pour cette raison que je me trouve aujourd'hui devant vous grandeur nature.

La vivacité d'esprit de l'homme politique émerveilla le couple et le visage de chacun, déjà éclairé, s'illumina.

–Bonne journée et bon siècle ! furent les derniers mots de Laurier pour eux.

L'échange se termina là. D'autres mains tendues espéraient celle du grand homme; d'autres coeurs attendaient un mot glorieux; d'autres électeurs devaient être payés de retour pour leur appui politique en considération aussi brève que mémorable de la part du demi-dieu canadien-français.››

Tout était si clair en l'esprit d'Émélie dix-neuf ans plus tard. Elle aurait voulu qu'Honoré soit à la maison pour en parler encore et encore. Un seul mot prévalait en ce jour de grand deuil national : reconnaissance. Il ne fallait pas pleurer sur le disparu, il fallait le remercier d'avoir été le plus grand héros de la race canadienne-française depuis Montcalm. Plus grand même que Montcalm dont le sang, à lui, n'était que français et pas du tout canadien...

Une voix douce sortit Émélie de son rêve :

–Un si grand homme ! s'exclama une voix masculine

qu'elle reconnut aussitôt en même temps qu'elle sursautait mentalement.

–Vous avez raison, Joseph, vous avez bien raison.

–Au moins, il est pas mort de la grippe.

–À pas loin de quatre-vingts ans, il aura eu une vie bien remplie.

–En effet !

Le docteur baissa la tête et soupira, tandis que la marchande descendait les marches de l'escabeau et remettait les pieds sur le plancher.

–Vous avez l'air préoccupé, docteur ?

–On a un autre décès bien triste dans la paroisse.

–Qui donc ?

–Madame Poulin.

–Y en a pas mal, des familles Poulin à Shenley.

–Madame Auguste Poulin.

–Quoi ? Alice Mercier ? Morte ?

–Eh oui, hélas ! Elle avait quelque chose au coeur depuis sa naissance : un souffle. Elle a fait une embolie. Son pauvre mari est effondré : c'est un jeune homme d'une grande sensibilité.

Après un moment de surprise, Émélie redevint froide comme à son habitude :

–C'est toujours pas un cas isolé de grippe ?

–Non, non, non, vous pouvez être certaine de ça.

–On meurt à tout âge. Elle avait même pas trente ans.

Et la femme préféra changer le sujet de conversation :

–Et Blanche, sa grossesse se passe aussi bien que vous le voulez ?

–Numéro un, numéro un...

*

Le vingt-neuf mars, Éva Grégoire-Boutin donna naissance à Henri, son quatrième enfant. Il fut baptisé le jour suivant par un prêtre du nom de Guy Lessard. Pour cette raison et d'autres, on appellerait le garçon Guy dans la vie courante, comme elle en avait par ailleurs l'intention depuis le début de sa grossesse.

La jeune femme de trente ans ne tarda pas à reprendre le collier. Son énergie débordante le commandait.

"Sa vie était calquée en quelque sorte sur celle de sa mère. Le matin lorsqu'elle se coiffait, elle enroulait sa lourde tresse de cheveux bruns en un chignon bas qui rappelait sans contredit celui d'Émélie. Ses tenues sobres et classiques étaient adoucies par un tablier blanc qu'elle portait à la maison comme au magasin. Dans son commerce, Éva s'affairait derrière le comptoir de marchandises générales. À quelques lieues de distance, comme si elles étaient accordées sur la même fréquence, les deux femmes répétaient des gestes similaires et prononçaient des paroles semblables. C'était aussi une femme très cultivée qui écrivait dans un français impeccable. Comme sa mère, elle trouvait toujours du temps, malgré ses nombreuses occupations, pour lire ses journaux et se tenir au courant de l'actualité. Pour l'aider dans sa tâche, Éva pouvait compter, elle aussi, sur le support d'une engagée, mademoiselle Angélina Gagné et plus tard, sur celui de mademoiselle Désanges Jolin, qui s'occupaient de la maison et des enfants. Une fois par année, Éva allait à Québec pour faire des achats et pour découvrir les nouveautés de la grande ville."

Un clocher dans la forêt, page 46.

Mais si la vie battait son plein à Saint-Gédéon, la mort n'en avait pas fini avec Saint-Honoré. Elle avait réclamé son dû ô combien de fois en 1918, et malgré sa voracité d'alors, il lui fallait d'autres passagers dans son interminable train vers les enfers, sans donner de répit en cette année 1919.

Le quatorze juillet, elle vint assombrir le ciel au-dessus de la famille Grégoire. Le demi-frère d'Honoré, Grégoire, âgé de 86 ans, décéda subitement. On aimait beaucoup ce patriarche grâce à qui la famille avait pu être fondée. C'est lui qui s'était établi à Shenley le premier. C'est lui qui, en 1880, avait demandé à son épouse Séraphie d'écrire à Honoré pour lui apprendre qu'une place de commis était disponible au magasin Allaire. Sûrement avait-il alors pensé que non seulement un emploi attendait Honoré au village en développement, mais aussi une magnifique jeune fille de quinze ans au doux prénom d'Émélie.

Puis la mort frappa tout près, juste à côté. L'indestructible Euphemie Dennis mourut pendant son sommeil à l'âge de 89 ans. Memère Foley qui avait animé la maison voisine et en avait constitué le pilier principal depuis qu'elle et son époux Michaël avaient emménagé chez leur fils Joseph, obtint une mort douce, elle qui avait rendu la vie plus douce à tant d'enfants et d'adultes, et pas rien que des Foley.

Voilà qui s'avéra le signal du départ pour Eugène, le benjamin de la famille. Il rêvait de devenir prêtre, mais n'avait trouvé personne pour l'aider à payer ses études. En fait, il ne l'avait jamais demandé à quiconque. L'eût-il fait auprès d'Honoré Grégoire que la réponse aurait été favorable. C'est à lui-même qu'il devait se fier pour accéder à son rêve, et à personne d'autre, se disait-il. La solution, il la voyait dans quelques années de travail aux États-Unis dans un moulin de coton. Ensuite, il reviendrait et entrerait au séminaire. Tel était son plan de vie. Et Lewiston serait sa destination. Là vivait son frère Emil qui lui avait plusieurs fois lancé l'invitation de le rejoindre quand il aurait atteint sa seizième année. Eugène avait eu seize ans le jour même de la mort de Grégoire Grégoire, à la mi-juillet.

L'âme de la maison maintenant éteinte, il prépara son petit bagage et quand une occasion se présenta, il la saisit. Un Franco-Américain demeurant à Waterville (Maine) vint visiter ses parents à Saint-Honoré, accompagné d'un ami de la même ville. Eugène l'apprit et se rendit solliciter une 'occasion' pour se rendre à Lewiston. On accueillit sa requête à bras ouverts. Le départ aurait lieu le jour suivant.

La première personne que voulut prévenir Eugène fut Eugène Grégoire, son ami d'enfance. Il se rendit le visiter ce soir-là. Bernadette se faufila et alla se cacher dans la chambre voisine pour entendre ce que les deux adolescents se racontaient.

Le jeune Foley garda pour lui son étonnante nouvelle pour un certain temps et il fut d'abord question de leurs jeunes années. Même que l'autre sortit un album de photos et en montra une qui les réunissait tous les deux quelque part vers 1912.

–Je m'en rappelle, c'était après la mort de maman.

–Ta mère est morte en 1912.

–C'est ça. J'avais l'air triste là-dessus.

–Et moi l'air sévère.

Bernadette, enfermée dans le placard, l'oreille collée à la cloison, entendait chaque phrase, saisissait chaque mot et son coeur battait la chamade. Elle se sentait en faute d'espionner ainsi, mais son affection pour le jeune voisin n'avait fait que grandir avec les années et elle en était venue à rêver tous les jours qu'il se déclare lui-même. Elle aurait dû s'attendre à ce qu'il parte rejoindre sa parenté aux États, mais elle refusait même de penser à cette possibilité. On le lui aurait fait valoir qu'elle aurait obstinément fermé ses oreilles pour ne rien entendre.

La porte de la garde-robe était fermée, mais Bernadette savait comment l'ouvrir de l'intérieur à l'aide d'un petit bout de broche permettant de pousser le loquet. Assise sur un amas de chaussures, camouflée par la noirceur et des vêtements suspendus, dans un silence de tombeau, elle emmagasinait chaque parole des Eugène.

–La vie change vite, s'exclama Foley.

–C'est la mort qui change tout, soupira Grégoire.

–Quant à moi, j'aime pas mal mieux penser à la vie qu'à la mort.

–Faut ben penser aux deux.

–Toi, t'as tes parents, c'est pas pareil.

–Ils vont mourir comme les tiens sont morts. J'ai pas hâte de passer par ça... comme toi, mon vieux.

–Ma mère, j'aurais voulu mourir pis m'en aller la retrouver au paradis. Mon père, je lui en ai voulu de nous laisser aussi vite. Ma grand-mère, c'était le temps qu'elle se repose : elle a travaillé toute sa vie. Elle nous a quasiment élevés autant que ma mère...

–Et Mary.

–Et Mary, oui... pauvre Mary... Ça en fait, du monde à m'attendre de l'autre bord.

Bernadette frissonnait. Non en raison du froid, mais à cause des propos entendus en des bouches aussi jeunes. Elle connaissait ces discours si courants et fluides chez ses parents, chez Restitue Jobin, chez son grand-père Allaire, chez son oncle Grégoire Grégoire, chez Memére Foley, mais le temps de la jeunesse, selon elle, n'est pas celui où on échange sur un futur lointain auquel on songerait bien assez le moment venu.

Il y eut une pause.

Eugène Foley reprit la parole et Bernadette pouvait aisément différencier les deux voix puisque celle du voisin bien-aimé était plutôt nasillarde et souvent pointue, surtout dans les fins de phrases, tandis que celle de son frère se faisait douce, mesurée malgré un timbre qui portait autant que l'autre.

–Mais avant d'aller de l'autre bord... je vas aller de l'autre bord.

–C'est quoi que tu veux dire avec ça ?

–Comme Notre-Seigneur qui disait : encore un peu de temps et vous me verrez, encore un peu de temps et vous ne me verrez plus.

–Explique-moi.

–Je pars pour les États demain.

–Es-tu fou, Eugène Foley ?

–Yes sir ! Demain avec Philias Gobeil qui est venu visiter son monde.

Bernadette sentit son coeur faire une chute dans le tas de chaussures sous elle...

–Je m'en vas rejoindre Emil à Lewiston. Je vas travailler dans un moulin de coton.

Bernadette remua et frappa la cloison de son épaule.

–As-tu entendu un bruit ?

–Oué... ça doit venir d'en bas. Y a personne en haut...

–C'est comme je te dis, je pars demain. Je vas me ramasser de l'argent pour mes études au Séminaire ensuite...

–C'est Bernadette qui va prendre ça dur.

–Comment ça ?

–On voit ben que tu...

–Que je quoi ?

–Ben que tu... disons que tu la troubles... que tu fais battre son coeur...

‹‹*Tais-toi donc, Eugène Grégoire !*›› s'écria silencieusement la jeune fille embusquée.

–Je l'aime bien, ta soeur, mais j'vais pas me marier avec elle. Moi, je serai prêtre un jour.

–Ah, elle en trouvera un autre, la Bernadette ! Y a Fortunat Fortier qui la déteste pas pantoute... Philias Bisson itou... Pis Pit Roy... Pis Philippe Dulac...

À chaque nom, la jeune fille serrait plus fort ses bras sur

sa poitrine pour retenir un cri de contrariété voire de colère. Et son regard captait le seul rai de faible clarté à lui parvenir pour lancer des flammèches douloureuses.

–Je vas prier pour elle. La prière va la sauver. La prière sauve tout le monde.

–Mais elle empêche pas de mourir.

–C'est certain : faut tous mourir un jour ou l'autre.

–Moi, suis prêt.

–Pas moi. J'ai... ma vie de prêtre à vivre.

–Moi, j'sais pas ce que sera mon avenir. Je me le demande à tous les jours.

Bernadette cessa d'écouter à ce moment. Son coeur débordant de tristesse se referma sur ses oreilles pour les boucher dur. Elle se disait que si Eugène devenait prêtre, elle se ferait soeur comme sa mère l'avait souvent souhaité. Comme ça, tout le monde serait heureux : ses parents, ses frères et soeurs, Eugène Foley et elle-même... peut-être...

Et elle pleura en silence. Quand elle reprit conscience de son corps et de ses facultés mentales, il y avait silence profond tout autour. Les deux Eugène avaient quitté la chambre. Bernadette se sentait seule au monde...

Plus tard, elle se rendit voir sa mère au magasin. Et lui dit qu'avec Julia, elle se rendrait dans le quatre, chez Uldéric Blais, voir leurs amies Laurentienne et Anna-Marie le jour suivant. On attellerait le vieux Den aux aurores...

Ainsi, la jeune fille n'aurait pas à voir partir Eugène Foley pour les États.

Émélie se demanda si Bernadette était au courant du départ imminent de leur jeune voisin. Elle allait lui en parler quand une cliente prit toute son attention...

*

Il arriva au bureau de poste dans un sac de courrier un

paquet éventré dont l'adresse était illisible pour avoir été mouillée et en partie arrachée. Alfred n'eut d'autre choix que d'en vérifier le contenu afin d'acheminer l'objet à son destinataire après en avoir rafistolé les morceaux.

–La mère, venez voir ça ! lança Freddé à Émélie qui vernoussait derrière le comptoir des dames alors qu'il ne se trouvait aucune cliente dans le magasin.

–C'est quoi ?

–Un portrait de famille.

–Quelle famille ?

–Les Gédéon Jolicoeur du Grand-Shenley.

–Comment ça que c'est ouvert ?

–Le paquet est brisé.

–Faut le rafistoler.

–J'voulais savoir à qui c'était.

Émélie s'amena au bureau de poste. Alfred lui tendit la photographie. Elle agrandit les yeux :

–Toute la famille est là. Ça vient d'être pris : la petite dernière est là : c'est Monique... est venue au monde l'année passée. Je les connais, tous les enfants Jolicoeur. Quatorze vivants : une des plus belles familles de la paroisse.

Émélie les énuméra tous dans l'ordre sur la photo : Wilfrid l'aîné, Joseph, Marie-Ange, Zénaïde, Albert, Marie-Laure, Philippe, à l'arrière...

–Lui, c'est Ernest. Sa mère. Léopold. Roland, Ovide, le beau petit gars avec un chapeau de cheveux. Ensuite, c'est Gédéon avec le bébé sur ses genoux. Celui-là en avant s'appelle Jean-Louis et elle c'est Jeanne. Des ben ben gros travaillants, ces gens-là. J'me rappelle quand on les a connus; c'était le jour de la première entrée du train à la station de Saint-Évariste en 95.

–J'étais là itou.

–Sûr que t'étais là, Alfred. Et quand ils se sont mariés, on leur a fait un petit cadeau... j'me souviens pas quoi. Dans ce temps-là, on faisait un cadeau à tous les jeunes mariés de la paroisse. Ça devait être quelque part en 95 ou 96... Un quart de siècle, ça passe vite en dessous des ponts... mon doux Seigneur.

—Bon, ben je vas adresser ça comme il faut.

—Ajoute un mot d'excuse. Dis-leur que le bris du paquet a eu lieu ailleurs qu'ici. Ils vont comprendre ça.

—C'est ben correct de même.

Émélie repartit. Son fils la regarda aller de son pas lourd, ralenti par une claudication semblable à la sienne. Il pensa que celle de sa mère était causée par son poids et le mal de jambes provoqué par des varices tandis que lui avait les pieds plats et déformés, tout comme son frère Henri qui pour cela, avait été exempté de servir sur le champ de bataille européen de la Grande Guerre, ce qui avait fait dire à Honoré qu'à toute chose malheur est bon.

Alfred hocha la tête et entreprit de raccommoder le colis des Jolicoeur.

*

Une semaine après le départ d'Eugène Foley pour les États, Bernadette reçut une lettre de lui. Tout d'abord, il dit regretter ne pas l'avoir vue le jour de son départ. Ensuite, il lui raconta la terrible mésaventure qu'il avait vécue le soir même de ce jour malchanceux.

"C'est peut-être parce que tu m'as pas dit bonjour que ça m'est arrivé... Tu sais quoi, on m'a jeté en prison pour contrebande d'alcool. Aux États, il y a une loi qui a pour nom la loi de la prohibition. Ton père en parlait souvent. Cela veut dire : point d'alcool sur tout le territoire américain. Monsieur Gobeil et son ami ont rapporté plusieurs gallons de whisky dans leur voiture. Nous avons été arrêtés par la police de Waterville. Moi, je voulais rejoindre Emil à Lewiston, mais monsieur Gobeil n'en a pas tenu compte et il a pris des

chemins de détour pour ne pas être appréhendé... Il l'a été quand même. Heureusement que je parle anglais... "

–Mon doux Jésus ! s'exclama Bernadette, la main sur la bouche. Eugène est en prison.

Elle était à table quand Alfred avait jeté devant ses yeux l'enveloppe timbrée à Lewiston.

–Qu'est-ce que c'est que ça ? s'enquit Émélie.

–Tu dois mal lire. Fais lire ça par Eugène, là.

Son frère prit la lettre et lut silencieusement puis éclata de rire :

–Il est pas en prison, ils l'ont libéré le lendemain, Même que les policiers sont allés le reconduire à Lewiston.

–Tu m'as pas laissé le temps de tout lire.

–Là, c'est fait.

Émélie sourit à son tour :

–Eugène en prison pour contrebande de whisky : c'est le comble pour un futur prêtre.

–C'est pas de sa faute, gronda Bernadette.

–Mais oui, on le sait, fit Eugène. Fâche-toi pas ! Même que les États vont peut-être lui faire peur et qu'il va revenir par ici...

–Tu penses ? Tu penses ?

Le jeune homme haussa une épaule :

–On sait pas. On sait pas...

Les grands yeux luisants de la jeune fille se perdirent au loin, au moins aussi loin que Lewiston...

***

La famille Gédéon Jolicoeur

À l'arrière : Wilfrid, Joseph, Marie-Ange, Zénaïde, Albert, Marie-Laure, Philippe
Au milieu : Gédéon, bébé Monique, Ovide, Roland, Léopold, Marie (la mère), Ernest
À l'avant : Jean-Louis, Jeanne

Chapitre 14

Le 4 décembre 1919, un jeudi...

L'engin connaissait des ratés depuis la veille. On crut à un manque de carburant dans le réservoir. Il parut vite que non, que le moteur était en problème. Comme si le piston de la génératrice avait sauté des coups à la manière d'un vieux coeur qui fonctionne mal et se tait un battement sur quatre.

La machine avait travaillé vingt-quatre heures sur vingt-quatre, sept jours sur sept et à l'année longue. Même l'été alors qu'on avait besoin d'éclairage à l'occasion dans les hangars sombres. Peut-être demandait-elle quelques heures de repos, peut-être se préparait-elle à se taire à jamais.

–C'est le feu probablement ! déclara Freddé, le premier qui porta un diagnostic sur la maladie de l'engin.

–C'est qu'on fait avec ça ? demanda Émélie qui regardait impuissante par la porte de la cabane.

–Faut un mécanicien. C'est ça que le père nous dirait.

Elle soupira :

–Mais il est pas là, Honoré. Encore parti au lac Frontière. On va pas attendre qu'il revienne pour faire réparer ça. On pourrait faire venir Auguste Poulin.

–Depuis qu'il est en deuil de sa femme, il travaille un peu

au garage, pas plus.

–On peut toujours pas vivre sans électricité. Ils vont-ils finir par se décider à électrifier la paroisse au complet ?

–En attendant, faut que l'engin marche. Je vas aller chercher Pampalon. Il est bon en mécanique, lui.

–C'est bon : faisons donc ça !

La ride du souci resta quand même en travers sur la glabelle de la quinquagénaire. Elle retourna sans hâte aux affaires du magasin où la lumière du jour entrée par les portes et les vitrines suffisait amplement par ce matin de grand soleil froid.

Pendant qu'Alfred se rendait chez son frère à son commerce situé à moins de deux cents pas du magasin, Eugène dans sa chambre, travaillait sur un poème. Il n'avait toujours pas terminé celui promis à la jeune voyageuse de janvier et se disait qu'il ne parviendrait jamais à trouver les bons mots entre son amour pour Alice et cette amitié lointaine avec Éva Pomerleau.

Et il regrettait de ne pas avoir reçu d'elle une autre lettre. Sans doute attendait-elle la sienne. Ou bien n'avait-elle pas tardé à connaître un jeune homme de substance là-bas. Et qui sait, peut-être même Eugène Foley puisqu'ils vivaient dans la même ville de Lewiston.

Le jeune homme ignorait un autre motif à ce long délai : Éva, là-bas, avait reçu plusieurs lettres de celui qui avait voulu la fréquenter avant son départ. Ernest possédait une calligraphie terrible qui témoignait de sa troisième année de classe, mais il se disait perdu sans elle, heureux de penser à elle, sûr de pouvoir acheter une terre avec l'aide de son père s'il devait fonder une famille...

Elle avait beau se laisser attendrir, elle ne lui répondait pas. Rien de plus à lui qu'à Eugène Grégoire. Et chaque jour, elle "weavait", "weavait", "weavait"... un métier très dur pour une jeune personne plutôt frêle dans ses dix-huit ans.

Ce n'est pas au poème d'Éva que travaillait Eugène ce jour-là, ni à des vers destinés à son amie de coeur Alice, mais à quelque chose aux allures d'un quatrain qu'il destinait à sa mère. Il s'inspirait d'un poème titré *Devant deux portraits de ma mère* écrit par Émile Nelligan qu'il lisait et relisait pour y trouver des étincelles capables d'allumer son propre feu lyrique intérieur. Trois vers arrêtaient sans cesse son regard et son coeur :

"Mais, mystère de coeur, qui ne peut s'éclairer !

Comment puis-je sourire à ces lèvres fanées ?

Au portrait qui sourit, comment puis-je pleurer ?"

Collectionneur de photographies, Eugène en avait deux de sa mère dans son album : celle où Émélie pose dans sa robe de noce à vingt ans et une autre prise à 49 ans quelque part vers 1914. Il les regardait tour à tour et jetait sur le papier à l'aide d'un crayon au plomb des bribes d'alexandrins.

Ange de mes jeunes années... Nostalgie du regard...

Tristesse poignante... Tendresse cachée...

Front splendide... Mains fébriles aux doigts de fée...

Lèvres belles qui livrent les mots les plus doux...

Un bruit se fit entendre. Il le reconnut. On venait le saluer en cette heure matinale. On venait lui témoigner de l'affection. C'était *Chasseur*, son meilleur ami après Eugène Foley, son seul ami proche maintenant. Il grattait doucement avec sa patte dans la porte fermée, silait par à-coups comme une âme en peine qui veut se faire entendre mais ne se fait pas d'illusions.

En quoi le chien de la famille aiderait-il le poète à imbriquer les mots et les sentiments pour en faire une construction de vers ? En quoi *Chasseur* serait-il une fenêtre pour les yeux de son âme ? Quel élément venait-il ajouter pour que les phrases enfin se cristallisent ?

Eugène se leva et se dirigea à la porte qu'il ouvrit. L'animal se faufila à l'intérieur, la queue battant l'air et la joie.

–Salut, *Chasseur* ! Comment qu'il va à matin, le bon chien à nous autres ?

La bête comprenait tout. Sa mémoire fut aussitôt noyée par son plaisir. Eugène lui flatta le dessus de la tête. *Chasseur* parla à travers un semi-aboiement approbatif, ce qui encouragea celui qu'il considérait comme son maître depuis le départ de Pampalon, à prolonger son geste affectueux.

Le jeune homme qui était vêtu d'un pyjama rayé et d'une robe de chambre bleue se redressa et s'enveloppa les bras de ses mains pour se protéger du froid qu'il trouvait agaçant.

–Sais-tu ce qu'on va faire, mon ami, on va descendre se réchauffer dans la cabane de l'engin. C'est que t'en penses ?

Le chien jappa. Son trouble du matin lui revenait. Il ne devrait pas quitter son maître d'une semelle de toute la journée. Ou bien Eugène courrait un danger peut-être mortel. Voilà ce que dans les brumes de son cerveau animal, *Chasseur* percevait sans pouvoir le mieux dire que de le japper ou de le siler.

–Ça me prend... un crayon et un papier si l'inspiration devait me venir.

Et Eugène prit la feuille sur laquelle étaient inscrits des bouts de phrase à propos de sa mère.

–Faut aussi quelque chose pour soutenir la feuille... je vais prendre un livre relié, tiens.

Ce fut *Les Misérables* de Victor Hugo.

–Viens, on y va...

L'on fut bientôt dans la cabane de l'engin. Ni Alfred ni Émélie ne le virent transiter par l'arrière du magasin et le couloir du bureau de poste. Et comme toujours, Eugène se montra discret dans les portes. Le ressort de celle de la cuisine ne chanta guère et la clenche de celle du grand hangar ne fit pas de bruit non plus.

Il s'assit sur une planche qu'il avait mise là à cette fin plusieurs mois auparavant. *Chasseur* se coucha à ses pieds. Il faisait une bonne chaleur dans la pièce. La lumière d'une ampoule combinée à celle qui entrait dans la cabane par trois judas haut perchés suffisait amplement pour éclairer la machine, le visage du poète, la queue du chien et la feuille de l'artiste.

Alors les trois visages féminins qui rôdaient dans sa tête depuis la barre du jour revinrent se promener devant les yeux de son coeur. Alice (Talbot), Éva (Pomerleau), Émélie, Alice, Éva, Émélie... À l'une, il devait la joie, à l'autre, il devait un poème, à la troisième, il devait la vie.

L'engin eut un raté. La lumière baissa. Le chien leva la tête, fronça un oeil... Le jeune homme appuya sa tête au mur et ferma les yeux. Il ressentit une sorte d'engourdissement et son esprit partit en voyage loin du monde réel. Il lui paraissait dans son rêve que des gens entouraient la cabane et tendaient la main vers lui. Mais il n'en reconnaissait aucun. En fait, il ne parvenait pas à voir les visages. Les silhouettes n'étaient pas mieux définies que des ombres chinoises.

Chasseur aboya et ramena son maître à la réalité du moment. On entendit des voix, des pas qui se rapprochaient. La porte fut poussée sans ménagement. Alfred, surpris, s'exclama d'une voix faussement coléreuse :

–C'est que tu fais icitte, Eugène ? Sors, il faut que Pampalon arrange l'engin.

–Tu t'es pas aperçu que ça vire mal, ça ? demanda Pampalon à son jeune frère qui se levait avec les objets qu'il avait apportés là.

–Des ratés des fois, mais pas plus.

–Des bouts de temps, c'est pire que d'autres, dit Freddé qui tourna les talons pour aller poursuivre sa tâche derrière le comptoir du magasin.

–Connais-tu assez ça, un engin, pour réparer ça ? On se-rait pas mieux de faire venir Gus Poulin ?

–Paraît que Gus peut pas venir. Je vas voir ce qu'on peut faire. J'ai quasiment pas de place à te garder avec le chien, Eugène. À part de ça que t'es pas habillé pour rester icitte, la porte ouverte.

–L'air froid du hangar prend pas de temps à nous envahir.

Pampalon mit sur le plancher un coffre à outils. Eugène ne resta pas plus longtemps et annonça qu'il retournait dans sa chambre.

Chasseur hésita entre les deux maîtres. Son passé affectif était tout fait de la voix de Pampalon et il était tout excité de l'entendre et de le revoir. Eugène se dit qu'il valait mieux ainsi, qu'il pourrait se mieux concentrer dans sa chambre sans la présence de la bête. Il ne l'appela pas et retourna à cette tâche passionnante, capable de lui faire tout oublier le reste, même le froid s'il n'était pas trop mordant...

*

Pampalon arrêta l'appareil en coupant l'arrivée du carbu-rant que contrôlait une clef de métal gris. Pour lui, c'était visiblement une question d'allumage. Il fallait "élimer les pointes" et le problème serait résolu. Absorbé par son travail, il ne se rendit pas compte que son pied, alors qu'il forçait pour dévisser un boulon, avait déplacé le tuyau d'échappe-ment de l'engin et qu'ainsi, son extrémité ne traversait plus le mur pour livrer les gaz à l'extérieur.

Pour l'instant, aucun danger puisque le gros moteur ne virait pas. Mais s'il fallait qu'il ne se rende pas compte de ce qu'il avait fait par inadvertance, il risquait l'asphyxie et celle de *Chasseur* quand il remettrait l'engin en marche. D'autant que pour travailler plus aisément, il avait refermé la porte derrière lui.

Mais il n'y voyait pas assez sans la lumière de l'ampoule

et devait souvent tâtonner pour parvenir à progresser dans son oeuvre de réparation. À un moment donné, il quitta la pièce et y laissa le chien. Ce serait plus facile de travailler sur les pièces démontées sous l'éclairage et à la chaleur prévalant à l'intérieur du magasin.

Et pendant que son frère Eugène faisait sa toilette du matin et s'habillait chaudement pour la journée, Pampalon finit de faire les réparations nécessaires. Il retourna à la cabane, remit les pièces en place puis fit démarrer l'engin à l'aide d'une manivelle qui servait à faire tourner la roue d'air : une manoeuvre nécessaire au départ.

Le bruit des ratés avait disparu. Le jeune homme resta un moment à écouter puis sortit, suivi de *Chasseur* qui silait d'une drôle de façon et semblait vouloir rester sur les lieux.

–Tu veux venir passer le pain avec moi ? demanda Pampalon en se penchant vers l'animal.

Chasseur aboya, fit des pas de côté, tourna la tête vers la porte refermée de la cabane de l'engin.

–Si t'aimes mieux rester dans la cabane...

Pampalon entrouvrit la porte; le chien refusa d'entrer.

–Fais-toi une idée, *Chasseur* ! Tu pleures comme un enfant qui sait pas ce qu'il veut. Viens... viens, on va aller passer le pain dans le village...

Cette fois, la bête suivit son ancien maître jusque dans le magasin où Pampalon annonça que la génératrice était réparée. Le 'ouais' lancé par Freddé équivalait à une félicitation. Le 'merci' laconique dit par Émélie valait un coup de chapeau et la fierté du mécanicien amateur s'inscrivit dans son sourire.

–J'emmène le chien passer le pain.

–Bon ! dit simplement Émélie.

Et Pampalon s'en alla. Dehors, il s'arrêta un moment pour attacher son mackinaw, respirer de l'air froid et regarder les alentours. Il pouvait entendre les coups de marteau de Tine

Racine sur l'enclume, dans sa boutique de forge. Et il pouvait voir sa femme assise à une fenêtre, non pas pour écornifler dehors, mais parce que la console des fils téléphoniques s'y trouvait et qu'elle avait besoin de l'éclairage du jour pour la bien voir et contrôler.

Et l'ancien presbytère qu'on appelait maintenant la vieille maison continuait de tenir tête au temps qui passe. Le notaire et sa famille l'occupaient temporairement. Plus haut, il vit la maison suivante habitée par un couple d'anciens, les Chabot. Ensuite, c'était l'hôtel Central que Pampalon rêvait de posséder un jour. Voilà pourquoi Ida et lui travaillaient si fort d'une étoile à l'autre. Autant se dépêcher tandis qu'on n'avait pas d'enfants...

Chasseur tourna autour de ses jambes, alla renifler la porte du magasin, semblait nerveux, différent, inquiet... L'amour de deux maîtres tiraille les êtres qui en sont atteints... On ferait la tournée de pain et il le laisserait au magasin en revenant. D'ailleurs, il retournerait voir si la génératrice continuait de ronronner comme un félin...

*

Eugène avait voulu retourner aux études au mois de septembre alors que sa convalescence durait depuis onze mois, mais ses parents s'y étaient opposés. On le trouvait trop fragile. On craignait qu'il n'ait maintenant la tuberculose. Pourtant, le docteur Goulet n'était pas de cette idée. Toutefois, lui aussi préférait que le jeune homme se repose encore, jusqu'au jour où il serait prêt à retourner au collège.

"*Tu as tout le temps pour finir tes études,*" lui répétait souvent sa mère. "*Remets-toi sur le piton avant...*"

Mais Eugène continuait de souffrir d'ennui et des voies respiratoires. Il ne reprenait pas le poids perdu à cause de l'influenza de l'automne 1918. Par chance, il pouvait trouver refuge dans la poésie et la lecture. Et puis les heures passées avec Alice à marcher dans la grande nature, à se balancer derrière la maison rouge, à rêver d'avenir et de pays lointains, à faire des ballades en voiture fine jusque dans une des paroisses voisines, Saint-Évariste, Saint-Benoît, Saint-Martin et Saint-Hilaire-de-Dorset, meublaient avec bonheur une part importante de son temps.

Le sentiment de culpabilité non fondé qui avait pris racine en la profondeur de sa conscience en raison de la faiblesse provoquée par la grande maladie, s'était graduellement éloigné de lui après la mort de Rose-Anna Pomerleau. Aucun raisonnement logique ne permettait d'imputer à qui que ce soit, pas plus à lui qu'à personne d'autre, la responsabilité de la contagion dans la paroisse. Le docteur Goulet ayant deviné son état d'âme, avait su y remédier par des phrases bien ciselées, ficelées et insérées en des moments choisis d'une conversation dont le jeune homme était témoin ou partie prenante.

Quand par la fenêtre de sa chambre, il aperçut Pampalon qui se dirigeait vers chez lui, accompagné de *Chasseur*, il en fut fort aise. Sans doute que la réparation de la génératrice avait été complétée et qu'une douce chaleur régnait à nouveau dans la cabane de l'engin. Il arracha d'une tablette à écrire une feuille de papier vierge qu'il plia soigneusement et mit dans la poche arrière de son pantalon. Puis il sonda son autre poche pour s'assurer que son crayon, en fait une moitié, s'y trouvait bel et bien.

Et reprit le chemin de son lieu d'inspiration par excellence.

Pas plus que plus tôt, sa mère et son frère Alfred n'eurent connaissance de son passage par l'extrémité du magasin tant il se fit discret dans les portes comme toujours.

Le monoxyde de carbone dégagé par l'engin s'était dispersé dans le hangar, sans risques pour les personnes s'y trouvant, tant pénétrait le vent coulis d'un côté dans ces bâtisses interminables et tant l'air vicié était aspiré dehors par des interstices des murs de l'autre côté. Et puis la porte principale du hangar n'avait même pas été refermée par un client du magasin une heure auparavant.

Eugène referma la porte derrière lui et s'assit sur la planche qui lui servait de siège dans la cabane.

Le bruit de la machine lui parut différent. Il l'était en raison du tuyau d'échappement qui n'avait pas repris sa place dans l'orifice ménagé à cette fin dans le mur arrière. Eugène pensa que cette différence de son était attribuable à la réparation. Tout comme l'odeur d'essence qui flottait dans l'air ambiant. Quant au gaz délétère, incolore et inodore, il n'en pouvait détecter la présence autour de lui.

—Je vais écrire le plus beau poème de ma vie ! se dit-il à lui-même tout haut en percevant ses dispositions intérieures au lyrisme et à la tendresse ainsi que l'acuité de ses sens.

C'est d'abord à celui dédié à sa mère qu'il songeait, soutenu par l'amour filial. Et puis il savait que si la muse devait lui souffler à l'oreille les plus douces émotions parmi les mots les plus brillants, il y en aurait tout autant ensuite pour Alice à travers l'amour qu'il vivait avec elle, et même aussi pour cette jeune femme du train à qui il voulait adresser des mots d'amitié admirative... et pour remplir sa promesse de janvier comme elle avait tenu la sienne de lui faire parvenir son adresse au Maine...

Eugène appuya sa tête au mur et ferma les yeux. Il lui parut comme une autre fois ce jour-là que des gens approchaient puis entouraient la cabane en se tenant par la main. Pas plus que précédemment, il ne les reconnaissait. C'étaient des ombres qui tendaient leurs bras vers lui sans toutefois le menacer. Mais il avait crainte. Alors les ombres se rapprochèrent encore, traversèrent les trois murs et leur visage parut... Il y avait Mary Foley-Mercier, il y avait son fils Joseph Mercier, il y avait le garçonnet Paul Mercier, il y avait Odile Blanchet-Martin, il y avait une inconnue qu'il devina être Rose-Anna Pomerleau tant elle ressemblait à Éva, il y avait Édouard Lambert, Odias Bégin, Marie-Anne Carrier, Clothilde Poulin et tous les autres que la grippe espagnole avait emportés dans l'autre dimension.

"Qu'est-ce que vous voulez de moi ?"

"On a besoin de toi," dit Mary Foley qui parlait au nom des autres.

"Pourquoi ?"

"Pour entrer au paradis."

"Mais... je ne suis pas prêt..."

"Personne ne l'est jamais, Eugène."

"Je dois finir mes études."

"Tu sauras tout dans l'autre monde."

"Je dois épouser Alice Talbot : elle ne sera pas là."

"Elle y sera dans peu de temps."

"Combien de temps ?"

"Dans... 47 ans..."

"C'est énorme."

"Ici, ce n'est rien du tout, 47 ans..."

"Qui prendra soin d'elle ici-bas ?"

"Il y aura quelqu'un... Omer... Paradis."

"Mais... Alice, c'est avec moi qu'elle veut faire sa vie."

"Elle en fera un bout avec Omer... mais pas longtemps... il nous rejoindra rapidement, lui aussi... comme toi... Dans quinze ans, il sera avec nous..."

"Je ne veux pas partir."

"Si tu restes, tu continueras de te sentir coupable en ton for intérieur. Tu ne pourras pas gagner ta vie et te sentir heureux en même temps, et cela ta gardera dans la douleur..."

"La douleur fait grandir pourtant..."

Les ombres pâles s'échangèrent des regards, comme si elles étaient en train de se consulter. Puis Paul Mercier se détacha du groupe et s'approcha en tendant la main. Il dit de sa voix enfantine :

"Viens, Eugène, avec nous autres..."

Mais Eugène refusait mentalement. Il glissa sa main et défit le lacet de sa chaussure qu'il ôta avec l'intention de s'en servir pour chasser sans pitié ces entités qui lui voulaient trop de bien.

"Allez-vous-en, je dois écrire un poème pour ma mère."

"Ton départ sera pour elle un poème immensément douloureux, mais elle doit l'entendre, le lire, le vivre."

"Ma mère a déjà eu son trop grand lot de souffrances."

"Son destin est d'en prendre encore davantage."

"Mais pourquoi Ildéfonse n'est-il pas avec vous ? Et grand-père Allaire ? Et tante Marie ?"

"Ils sont partis. Ils sont de l'autre côté de la porte au bout du couloir de lumière..."

Eugène battit l'air avec sa chaussure. Il ne parvenait plus à ouvrir les paupières. Et s'allongea pour se protéger des ombres. Il crut entendre *Chasseur* siler au loin. Le petit Paul Mercier resta tout près à l'attendre, le regard tendre...

Quelques minutes s'écoulèrent. La volonté d'Eugène fondit comme la neige du printemps sous les rayons chauds du soleil. Il commença de ressentir la chaleur des rayons des ombres : un immense bien-être l'envahit. Les ombres cessèrent d'être grises et prirent une couleur bleu métallique; elles lui parurent alors d'une incomparable beauté. Le bonheur en lui se décuplait chaque instant... Une phrase de son père lui revint : "*On meurt plus aisément quand on s'endort avant...*"

Puis ses parents, ses frères et soeurs, son amie de coeur, ses amis, tous ceux qu'il avait connus disparurent; et il ne resta bientôt près de lui que les êtres de lumière... venus de l'ombre...

"Venez... venez me prendre... venez..."

***

Chapitre 15

Ce 4 décembre 1919... pour les survivants...

(Les textes *en italique* du chapitre qui suit sont extraits du livre *Un clocher dans la forêt,* par Hélène Jolicoeur.)

Vers dix heures du soir, Pampalon était à fermer le magasin avec Freddé quand on frappa à la porte déjà verrouillée.

–Voyons, qui c'est ça à l'heure de trop tard ? grommela Alfred.

–Je vas voir.

Chasseur, couché sous la table-comptoir du centre entre des sacs de moulée, leva la tête et gémit faiblement.

–J'vas pas te ramener avec moi, lui dit Pampalon. Couche, mon chien, couche...

Et la bête remit sa tête sur ses pattes sans toutefois fermer les yeux. Il y avait de l'agitation dans les rouges lueurs de son regard.

–C'est que tu veux à soir si tard ? demanda Pampalon au visiteur.

–Un manche de hache.

C'était Onésime 'Custo' Champagne, un cultivateur en

mackinaw carreauté, qui désirait retourner dans son rang et n'avoir pas à revenir au village au matin pour aussi peu que l'achat de cet outil auquel il n'avait songé qu'en passant devant le magasin sur le chemin de retour chez lui de si grande noirceur.

—Ben entre, 'Custo', reste pas dehors à geler !

—Fait pas frette, mais va neiger. La bordée de la dame s'en vient...

—Ça se peut... Viens...

—Les manches de hache sont dans le 'backstore', dit Freddé qui avait entendu la requête du client retardataire.

Sans hésiter, Pampalon se dirigea vers les entrepôts. En passant devant la cabane de l'engin, il remarqua que la porte était légèrement entrebâillée et qu'on avait laissé l'ampoule électrique allumée à l'intérieur. Ce qui n'était pas habituel. Curieux, il sonda la porte qui lui résista.

—Ben voyons, y a de quoi à terre de l'autre bord...

L'homme se pencha, tâta, toucha quelque chose... C'était un chandail de laine et un corps qui en était revêtu.

—Eugène ? Eugène ? C'est pas une place pour dormir, tu vas attraper une pneumonie...

Aucune réponse ne lui parvint. Une pensée terrible traversa aussitôt l'esprit de Pampalon. Il mit son épaule à la porte et la força à s'ouvrir de quelques pouces lui permettant de s'insérer à l'intérieur.

Le bruit régulier de l'engin lui rappela qu'il devait revenir constater son bon état de marche et qu'il avait oublié de le faire à cause de sa 'ronne' de pain grop longue. Plusieurs images se succédèrent devant lui à la vitesse de l'éclair. Son frère d'abord dont un oeil était ouvert, ce qui annonçait la tragédie. *Eugène qui était déchaussé d'un pied semblait s'être battu avec un ennemi invisible.* Puis le tuyau d'échappement qui n'était pas à sa place dans l'orifice à cette fin. Alors il songea à l'asphyxie. Et si Eugène avait perdu connaissance, son tour à lui venait à grands pas, songea Pampalon qui retint son souffle, se pencha et remit le tuyau à la bonne place pour ne pas avoir à manquer de courant en stoppant l'engin; puis il souleva le corps de son frère. Tout cela ne prit que quelques secondes.

Il sortit de la cabane et relâcha son souffle.

Et en lançant des cris d'alerte, il porta Eugène dans ses bras et vint l'étendre sur le comptoir du magasin où Alfred et Armand, tous deux craignant le pire, accoururent voir ce qui arrivait.

Émélie se reposait à la cuisine quand survint Armand tout essoufflé qui lui dit d'un seul trait :

–Eugène est mort !

–Fais donc pas de folies, Armando.

–Eugène est mort ! C'est Pampalon qui l'a dit.

–Il t'envoie me faire une farce plate, là, je suppose, comme de coutume. Celle-là est pas drôle...

Mais l'adolescent alla s'asseoir dans une berceuse près du poêle et se mit à pleurer d'une manière qui n'avait rien d'une feinte. Émélie comprit qu'il se passait quelque chose de grave et elle accourut au magasin.

Pendant ce temps, Alfred s'était précipité chez le docteur Goulet pour l'alerter et le ramener.

La femme refusa d'envisager le pire :

–Il est pas mort, je vas chercher un oreiller.

Moins d'une minute plus tard, elle fut de retour et glissa l'oreiller sous la tête de son fils alors que, venu en hâte, le docteur courait dans l'allée entre les comptoirs. *Chasseur*, lui, tournait comme un être perdu autour de la table-comptoir en émettant des lamentations lugubres qui annonçaient le drame irréversible.

Le docteur se mit à la recherche de signes vitaux dans les pupilles, au poignet, en écoutant la poitrine... Il savait déjà la nature de l'accident par la bouche d'Alfred qui l'avait lui-même appris de Pampalon.

—On va faire la respiration artificielle.

Le docteur croisait les bras d'Eugène sur sa poitrine puis les élevait ensuite au-dessus de sa tête pour soulever sa poitrine et forcer l'air à entrer dans ses poumons.

Témoin du va-et-vient et surtout de l'arrivée du docteur au magasin, Tine Racine traversa la rue et entra pour savoir. Il retourna vite à la maison pour prévenir sa femme. Et revint tandis que Marie logeait des appels de nuit qui, vu le nombre de personnes sur les mêmes lignes, mit au fait de l'accident et de la gravité de la situation tout le village et plus encore.

À l'annonce de l'accident, les gens accoururent pour aider la famille éprouvée. Octave Bellegarde et Louis Champagne furent de ceux-là. Ils relayèrent le docteur Goulet pour lui permettre de se reposer.

Un liquide séreux s'échappait des oreilles de la victime étendue : une sorte de pus blanc crémeux.

Émélie épongeait le liquide tant qu'elle pouvait, mais elle dut mettre des crachoirs de part et d'autre du comptoir pour recueillir l'exsudat qui n'en finissait plus de couler.

Poursuivre les manoeuvres de réanimation relevait du refus d'envisager la funeste réalité et entretenait au coeur d'Émélie et de ses fils vivants une flamme illusoire qui les confinait, eux comme les autres témoins, au silence le plus solennel. L'on n'entendait que le faible bruit de celui qui prolongeait la respiration artificielle et les phrases sporadiques prononcées à mi-voix par le médecin :

"Reviens-nous, Eugène, reviens-nous !"

"Ça s'est vu, des gens reprendre vie après un temps de mort apparente, ça s'est vu..."

Des mâchoires d'acier enserraient la gorge d'Émélie. Elle ne cessait de ravaler pour soulager la douleur et réduire un peu la sensation d'étouffement. Il lui semblait qu'elle devait se mettre à courir, sortir du magasin, entrer dans cette neige épaisse qui avait commencé de tomber et se perdre parmi ces ombres qui allaient et venaient sans oser pénétrer dans la bâtisse pour satisfaire leur curiosité morbide. Son devoir de mère et son amour profond pour son fils la retenaient auprès de lui. Car il avait besoin d'elle pour revenir à la vie ou bien pour accéder à ces lieux célestes et mystérieux dont on ne sait qu'une seule chose et c'est qu'on n'en revient jamais...

À minuit, le docteur Goulet prit une grande aiguille fine et transperça le coeur d'Eugène. Devant l'absence de réaction, le médecin dut s'incliner :

—Il est mort ! annonça-t-il à la famille assommée.

Émélie soupira longuement. Puis elle s'éloigna lentement du corps, s'arrêta, soupira encore et poursuivit son lourd cheminement vers la cuisine. Alfred la rattrapa tandis qu'elle entrait dans sa chambre.

—Je vas téléphoner au père et aux autres.

Il entendit un grondement sourd venir d'elle et comprit qu'elle approuvait. En fait, il comprit qu'il lui incombait de voir à tout pour le moment, jusqu'au retour d'Honoré du lac Frontière.

Sans tarder, l'embaumeur fit la toilette d'Eugène et le prépara pour être exposé. Quelqu'un prévint Honoré au lac Frontière où il s'était rendu pour surveiller son chantier de coupe de bois. Tout de suite, Honoré eut la présence d'esprit d'informer le coroner. Il fallut donc déshabiller à nouveau Eugène pour que le coroner puisse faire son enquête. On préleva même sur son corps des échantillons de sang et de tissu.

Bernadette et Berthe n'eurent connaissance de rien ce soir-là. À leur arrivée dans la cuisine le matin suivant, à voir leur mère dévastée, prostrée, assise à la table et ressemblant à une morte-vivante, elles comprirent qu'il s'était passé quelque chose d'important et surtout de terrible.

—C'est quoi qu'il y a, maman ? demanda Bernadette.

La femme ne répondit pas. Armand qui à son tour arrivait de l'étage, dit à ses soeurs :

—Eugène est mort... Étendu sur le comptoir du magasin...

Toutes deux se précipitèrent en direction du magasin. Le corps reposait à l'endroit le plus près de la porte et elles durent s'arrêter en frappant de plein fouet le mur de la stupeur.

Après avoir fait sa toilette, l'embaumeur avait revêtu le disparu de son habit du dimanche. Il avait croisé ses mains et glissé un chapelet entre ses doigts. Eugène avait l'air de dormir. Quelqu'un avait allumé un cierge près de la tête afin d'éclairer le visage inanimé. Et *Chasseur* s'était couché sur le comptoir à peu de distance des pieds de son maître et il ne dormait que d'un oeil en comptant peut-être que le jeune homme reprenne vie.

Bernadette demeura figée un moment puis elle sortit un chapelet de sa poche de robe et commença de l'égrener. Berthe ne se sentait pas dans la réalité; il lui paraissait qu'elle dormait encore et qu'elle se réveillerait bientôt. Son épaule toucha celle de sa grande soeur. Comme quand elles dormaient ensemble. Pour se réconforter. Bernadette était la seconde mère de Berthe... peut-être quelque chose comme la première...

Tous bientôt apprirent la terrible nouvelle par le téléphone. Éva et Arthur à Saint-Gédéon. Alice et Stanislas à Lac-Mégantic. Henri aux États. Et bien d'autres dont Eugène Foley à Lewiston, Obéline Racine à Québec, les cousines Leblond et toute la paroisse de Saint-Honoré à commencer par Alice Talbot...

Eugène fut exposé à la demeure familiale pendant cinq jours, soit deux jours de plus que la coutume. C'est en raison des célébrations de la fête de l'Immaculée Conception

*que les obsèques furent retardées et que la famille dut gar-
der le défunt quelques jours de plus. Le jeune homme de
dix-sept ans, dont le visage était recouvert d'un suaire, fut
placé sur un porte-corps dans la salle à manger. Sous son
corps, Émélie avait glissé une laize de tapis qu'elle avait
prise dans le corridor du deuxième étage. Ceux qui voulaient se recueillir pouvaient s'asseoir, car des chaises
avaient été disposées devant le corps du défunt. Sur les meubles, on avait déposé plusieurs dizaines de cierges. La porte
de la salle à manger était drapée de noir et pour souligner
la jeunesse du disparu, on avait retenu le tissu par des bou-
cles de ruban en satin blanc.*

Honoré arriva au cours de l'après-midi après avoir
voyagé en train du lac Frontière à Saint-Georges. Et de là,
en borlot jusqu'à Shenley. Tout au long du voyage sous la
neige, il avait revécu le terrible drame de 1908 alors qu'une
maladie brutale avait emporté Ildéfonse un fils du même
âge. Il n'arrivait pas à croire que le sort frappait de nouveau
sa famille et si impitoyablement, et si cruellement. On avait
tout fait pour rendre Eugène à la santé. Il avait traversé la
grande grippe et remporté la victoire et voici qu'un accident
bête venait le ravir aux siens et achever ce que la grande
faucheuse n'avait pas réussi à faire accomplir par l'influenza.
Elle s'était cachée, la mort, en 1918, pour frapper plus sour-
noisement encore en 1919...

C'est surtout l'âme d'Émélie qui inquiétait l'homme de 54
ans. Il savait quel dommage pouvait faire en elle une douleur refoulée comme celles qui l'avaient étreinte à diverses
étapes de sa vie et plus particulièrement à la disparition de
Marie en 1887, de la petite Armandine au tournant du siècle
et de leur fils Ildéfonse en 1908.

En raison de la bordée de neige, on anticipait son retour
le jour suivant, mais grâce à un charretier de premier ordre,
un dénommé Busque, forgeron de son métier, embauché à
Saint-Georges avec son attelage, et qui avait poussé au

maximum ses deux chevaux en venant, voici que le père éploré entrait dans le magasin vers les trois heures.

Armand courut aussitôt avertir sa mère qui couvait la chambre sans pouvoir en sortir pour regarder la dépouille de ce fils bien-aimé, sur la table, là, tout près, devant. D'autant qu'elle avait trouvé dans les affaires d'Eugène ces morceaux de poème la concernant...

Ildéfonse était un jeune homme de volonté, un bâtisseur dans l'âme, mais Eugène possédait le raffinement et la générosité d'un artiste. La plus abominable perte que pouvait subir la femme d'affaires de 1908 était celle de son fils Ildéfonse; le deuil le plus cruel pour une Émélie vieillissante ne pouvait être que celui d'Eugène. Comme si le sort la frappait toujours au bon endroit, au bon moment pour qu'elle accède au sommet de la souffrance morale.

Sachant que son époux arrivait, elle sortit de la chambre et se rendit à la porte située entre la cuisine et le magasin. L'homme se défit de son lourd manteau et de son chapeau qu'il jeta négligemment sur le comptoir en venant. Quand elle aperçut la silhouette d'Honoré par la vitre de la porte, elle ouvrit. Et ils se retrouvèrent l'un en face de l'autre, le coeur au désespoir et le courage de l'assumer grâce à la force de l'autre.

Ils se comprirent comme chaque fois dans les grands moments de leur existence. Elle dit sans émotion dans la voix :

—Ça me fait du bien de te savoir revenu.

Ils se regardèrent longuement dans les yeux à tout se dire sans rien se dire. Puis il demanda :

—As-tu pu lui tenir la main ?

—J'pense que oui... Viens le voir, on dirait qu'il est encore avec nous autres.

Devant la dépouille sur laquelle chacun riva ses yeux en se rappelant des moments de vie en la présence de ce fils, ils se prirent la main comme le soir de la mort d'Ildéfonse. Puis ils se retirèrent dans leur chambre sous les regards embués de Bernadette et de Pampalon.

Au cours de cet épisode dramatique, *Chasseur* se comporta comme un humain. Peut-être mieux... *Il sut être à la hauteur de l'attachement que lui avait prodigué son jeune maître. Le fidèle animal, assis sur une chaise, regardait le corps du jeune homme tout en haletant. Les gens qui voulaient rendre un dernier hommage à Eugène devaient pousser le chien en bas de la chaise. Dès que celle-ci se libérait, Chasseur reprenait sa place et poursuivait sa veille.*

La salle à manger était à côté de la chambre d'Honoré et d'Émélie. Lorsque vint le moment des funérailles et qu'on apporta le cercueil pour y déposer son fils, Émélie se réfugia à nouveau dans sa chambre pour ne pas voir ce lugubre spectacle. *Comme un animal blessé, elle se frappait le dos à répétition contre le mur pour exprimer sa peine tout en murmurant : "Je ne suis pas capable de pleurer !"*

Onze ans plus tôt, elle avait été broyée par la même insupportable souffrance, elle avait connu les mêmes affres d'un coeur qui aime et ne sait pas le dire autrement que par un silence étouffé.

Les obsèques d'Eugène furent parmi les plus belles et les plus touchantes que Saint-Honoré eut l'occasion de voir. Les gens vinrent nombreux, du village et des environs, pour témoigner leur affliction à Honoré et à Émélie.

Le corps d'Eugène fut déposé dans le lot familial le 9 décembre 1919.

Longtemps après ces jours tragiques, on pouvait voir les grosses bottines d'Eugène sur le palier de l'escalier près de la porte de sa chambre. Comme pour Ildéfonse, Émélie ne pouvait se résoudre à faire disparaître tous les effets d'Eugène. En laissant ainsi traîner ses chaussures, elle espérait peut-être que son fils lui revienne un jour. Il fallut l'intervention énergique d'Alice pour que les bottines disparaissent et pour éviter que tout le haut de la maison ne se transforme en musée.

Honoré vécut son deuil différemment. Après la mort d'Eugène, il fit reproduire sa dernière photo à plusieurs exemplaires et la distribua tout autour de lui. C'était une façon personnelle et discrète de maintenir un fils en vie, de combattre le sentiment d'impuissance devant la mort. Les larmes sèchent, les sanglots s'apaisent, les cernes sous les yeux s'estompent, mais les photos demeurent. Cette tactique se révéla fort efficace car, 87 ans après sa mort, la photo d'Eugène s'est conservée de façon parfaite et son regard est demeuré tout aussi ingénu qu'en ce jour de novembre 1919 (où la photo avait été prise).

(Pour la jeune Berthe, qui vécut ces événements tragiques alors qu'elle était âgée de neuf ans, le souvenir de la disparition de son frère se cachait dans un recoin de la maison connu d'elle seule. Quand elle voulait se prouver qu'elle n'avait pas rêvé ces événements, Berthe montait au deuxième étage de la maison paternelle. Avec un étrange sentiment de fascination et de peur, elle soulevait alors le tapis du corridor sur lequel avait été exposé le corps de son frère pendant cinq jours et regardait les grands cernes qu'avait laissés le liquide qui s'était échappé de son corps embaumé.)

***

Chapitre 16

1920

Peut-être avait-on imprudemment défié la mort avec cette grande fête de la vie fin 1918 et la mort s'était-elle vengée en faisant payer un lourd tribut à la famille Grégoire ? Pour cette raison qui passa dans leurs échanges mais aussi parce que la blessure restait largement ouverte dans leur coeur, Honoré et son épouse prirent la décision de passer des Fêtes silencieuses sous le seul signe de la prière. Pas de libations. Pas de vains souhaits. Pas de réjouissances. Un retour aux jours de l'An de l'époque victorienne.

Émélie eut ses 54 ans et seule une petite carte dessinée par Berthe le souligna, qui eut tôt fait de disparaître et ne valut à l'enfant qu'un merci évasif.

L'hiver fut long et dur. Honoré retourna à son chantier et y fut confiné des semaines durant par le temps inclément, excessif. Souventes fois, Émélie allait regarder dehors sans rien y voir d'autre que le grand froid, la glace, la poudrerie. Ce qu'elle voyait était à l'image de son âme. Il lui arrivait de penser que le printemps ne reviendrait jamais plus.

Mais le printemps fut au rendez-vous comme chaque année. Il se montra le nez à la mi-mars et le reste du corps en avril. L'hirondelle annonce le printemps, le soleil le fait. Les chauds rayons pénétraient en abondance par les vitrines du magasin aux alentours de midi. Les 'sucriers' de partout se montraient fébriles et optimistes; ils s'attendaient à une récolte exceptionnelle. Le succès rôdait dans l'air, prêt à fondre sur tous ceux qui s'en laisseraient atteindre. Au magasin, les ventes mensuelles furent les meilleures depuis l'ouverture en 1880. Bernadette arborait le sourire d'une gagnante chaque fois qu'elle soumettait son bulletin à sa mère : Émélie signait sous de brillants résultats en toutes les matières. Et surtout en rédaction française alors que l'étudiante créait son texte en se rappelant les plus belles images qui soient, celles de scènes vécues autrefois avec son si cher ami Eugène Foley. Et Armand, après un hiver de santé où il s'était nourri de sports et d'amitié, se mit à courir les cabanes à sucre; on l'invitait aux quatre coins de la paroisse. Quelqu'un lui dit qu'il était le plus beau garçon de tout Shenley. Pour bien des jeunes filles, c'était vrai et elles adoraient les sourires chaleureux qu'il ne manquait pas de leur adresser à toutes et à chacune.

Berthe sentait son corps lui échapper en hauteur. Un soir, Pampalon la fit mettre dos à dos avec Bernadette et déclara, les yeux agrandis d'une large surprise :

–Vous êtes de la même grandeur.

Et pourtant, elle avait toujours six ans de moins que sa soeur aînée. Mais cette croissance en 'orgueil' comme on le disait des adolescents grandissant trop vite ponctionnait sur son état de santé. Son teint farinacé ajouté à sa maigreur faisait craindre la maladie à sa mère qui s'en inquiétait sans toutefois le dire, pas même au docteur Goulet.

La famille d'Alfred s'agrandirait encore à la fin du printemps. Amanda, après la venue au monde de Raoul, Rachel, Gérard, Maurice et Hélène, donnerait naissance à un sixième enfant la troisième semaine de juin ou à peu près. On espérait que ce soit un fils pour remplacer ceux qui étaient morts en bas âge : Gérard et Maurice.

Éva et Alice appelaient souvent leur mère pour ne lui communiquer que de bonnes nouvelles. Et Henri qui n'avait pas pu venir aux obsèques de son frère à cause du temps impossible qu'il faisait alors aux États, écrivit qu'il viendrait à l'été en visite.

Un soir d'avril, à Lewiston, Eugène Foley rencontra par hasard les soeurs Pomerleau qu'il reconnut et aborda. Il leur apprit la mort tragique d'Eugène Grégoire. Éva en fut abasourdie. Elle parla de son voyage en sa compagnie jusqu'à Mégantic un an plus tôt.

—Il m'a dit qu'il m'enverrait un... une lettre avec un... j'me souviens pas du mot...

—Un poème, je gage ! dit Foley dont l'oeil brillait sous la lumière des lampadaires.

—C'est ça. Je lui ai envoyé mon adresse, mais il a jamais répondu.

—Il a dû travailler sur son poème. Il a dû le commencer et aura pas pu le finir.

—Tu penses ?

—Ça lui prenait bien du temps pour fignoler ses vers. Un perfectionniste. Un vrai artiste. Mais il n'est plus...

Des autos allaient dans les deux sens sur la rue devant eux. Le bruit de la ville avait de quoi étourdir.

—Comment ça se fait, un accident de même... je...

—C'est la volonté du bon Dieu, Éva.

—Je sais, mais...

—Et puis compte-toi chanceuse, Eugène, des poèmes, il en écrivait pas pour beaucoup de monde. T'as dû lui faire une grande impression...

Cette circulation des automobiles déplaisait à Éva. Il eût mieux valu qu'elle apprenne cette triste nouvelle dans le silence de la campagne. Son pays lui manquait. Son rang 9 si tranquille. Et puis elle songeait à Ernest qui lui avait écrit plusieurs lettres...

Une semaine après, elle prenait le train pour le Canada...

*

En mai, sur l'emplacement même du moulin Dubé, incendié voilà bien des années, Uldéric Blais fit construire une grande scierie moderne. Et de l'autre côté de la rue, il transforma une grange en manufacture de boîtes à beurre. Et tant qu'à mettre la main à la pâte, il fit bâtir une magnifique résidence toute blanche au voisinage du nouveau moulin. La prospérité d'après-guerre se lisait partout dans le pays et Saint-Honoré, grande paroisse agricole, voyait sa population atteindre le chiffre le plus élevé de son histoire. À toutes les portes se voyait une famille en croissance comptant cinq, dix, quinze enfants. Le paupérisme du temps des colons avait vécu. Chacun mangeait à sa faim trois fois par jour; personne ne souffrait du froid en raison de vêtements trop minces ou de bottes trouées; les maladies commençaient de reculer peu à peu. Après les dix années grises ou noires qui venaient de se terminer pointaient enfin à l'horizon des années ensoleillées.

En l'absence de clientes, Émélie, revêtue de son châle noir, se rendait à l'avant du magasin et regardait dehors comme trop de fois durant les tempêtes hivernales. Les rayons du soleil venaient dégourdir son coeur. Parfois *Chasseur* venait s'asseoir à côté et la regardait comme pour lui dire des mots de réconfort... Elle gravissait moins souvent les marches du grand escalier pour aller travailler dans les livres et pour jaser avec une invitée du moment. Le temps pesait plus lourd par tout son corps... Mais elle avait retrouvé le goût de servir sa clientèle et le faisait avec le même zèle qu'auparavant, que depuis 1880...

*

Le douze juin, un superbe samedi où tout dans la nature n'était que renaissance, verdure, brillance et beauté neuve, deux prêtres venus d'ailleurs soulevèrent un grand enthousiasme dans la paroisse. Les révérends pères Alfred Gena et Eugène Dumont organisèrent la Société du chemin de croix. La formule était simple : chaque samedi, deux membres d'une même famille devaient se rendre à l'église et y faire leur chemin de croix. À genoux à chacune des stations. Cette dévotion serait le plus grand rempôt jamais élevé contre les épidémies mortelles comme la grande grippe ou même celles qui emportaient dans la tombe trop d'enfants chaque année comme la diphtérie et la poliomyélite. Les prêcheurs ne garantirent pas une immunité complète aux paroissiens, mais les assurèrent d'une protection notable.

Des vieilles personnes attraperaient des rhumatismes à s'agenouiller ainsi douze fois et trop longtemps sur le plancher froid de la grande église qu'on ne chauffait en hiver que le dimanche. Mais elles offriraient leurs souffrances au Seigneur en rédemption des péchés du monde et leur effort et leurs prières ferventes ne seraient donc pas faits en vain.

*

Le vingt-deux juin, Amanda mit au monde une petite fille qui fut prénommée Monique. Quand Alfred vit sa femme après l'accouchement, elle lui déclara :

–Un gars : ça sera la prochaine fois.

Et elle éclata de rire.

Le jeune homme garda son air bourru de toujours, mais il ne se sentait pas déçu. Même qu'une larme lui vint aux yeux quand il vit le bébé. Le premier regard que reçut Monique Grégoire de son père en fut un de tendresse...

*

Honoré qui en avait fini pour la saison avec son chantier au loin était revenu au bercail en mai. Et il avait repris sa fonction de maître de poste et les vieilles habitudes qui allaient de pair avec la tâche.

–As-tu lu, Freddé, pour Ford ?

Alfred qui revenait de l'entrepôt avec un cent de fleur

sous le bras fit quelques pas en direction du bureau de poste.

—J'ai pas lu le journal aujourd'hui. Pas eu le temps.

—Je t'en parle. Henry Ford a racheté tous les actionnaires de la compagnie.

Voilà qui indifférait pas mal Alfred. Mais il ne put hausser l'épaule en raison du poids de son fardeau.

—Bon, je vas porter ça de l'autre bord.

—Tu reviendras me voir qu'on se parle un peu.

—Oué...

Et Alfred repartit de son pas claudicant. Honoré l'entendit s'exclamer :

—Si c'est pas la Patte-Sèche qui vient nous voir !

—Ça faisait longtemps : je commençais à m'ennuyer de vous autres.

—Mon père est au bureau de poste.

—J'y vas tusuite...

Émélie qui se trouvait derrière son comptoir interpella le quêteux, sourcils froncés :

—J'espère que tu viens pas nous prédire encore des malheurs, la Patte-Sèche. On a notre lot, nous autres.

—Ben voyons, madame Grégoire, c'est quoi qu'il se passe donc ?

—T'as prédit des mauvaises choses pour Ildéfonse : il nous a quittés. T'as prédit des mauvaises choses pour notre garçon Eugène : il nous a quittés...

L'homme s'approcha d'elle et lui dit, les yeux tristes, rougis par les intempéries :

—Prédire, c'est pas provoquer. J'fais pas arriver ce que je dis, vous savez.

Elle soupira, retraita, montra de la résignation :

—Ah, je le sais, mais... dans le malheur, on cherche toujours un coupable.

–Eugène, votre garçon, vous avez dit ?

–T'es pas au courant ?

–J'arrive à Shenley. J'ai pas visité personne. J'ai mon selké là, en dessous du 'punch'.

Honoré arriva et prit la relève d'Émélie :

–Notre gars Eugène, il est mort asphyxié dans la cabane de l'engin au mois de décembre. Mais... on va pas parler de ça parce que ça nous avance à rien. Viens donc t'asseoir au bureau de poste...

Au lieu de Freddé, c'est avec la Patte-Sèche qu'Honoré parla d'un de ses héros de plusieurs années : Henry Ford. On se lança des morceaux de sa biographie, on parla de ses débuts, de ses modèles de voiture, du Quadricycle au modèle T, de ses déboires aussi.

Entre-temps, Alfred qui avait dû se rendre à l'arrière du magasin, apprit à Bernadette qui pique-niquait là avec Berthe, que le quêteux la Patte-Sèche se trouvait avec leur père. Toutes deux frissonnaient rien que d'entendre ce nom-là. C'est qu'il s'inventait des histoires à propos des mendiants et en particulier de celui-là, plus mystérieux que les autres et dont on disait qu'il était doué de plusieurs sixièmes sens. On disait que la Patte-Sèche avait menacé Memére Foley avec sa canne, qu'il était capable de jeter des sorts, qu'il était capable de lire l'avenir dans l'aura des personnes. Et surtout qu'il s'était guéri tout seul de la terrible tuberculose...

Mais la curiosité fait souvent fi de la peur et Bernadette ramassa vivement les choses sur la table qu'elle mit dans une boîte :

–On rentre à la maison. On va voir la Patte-Sèche. Viens, Berthe. Faut pas manquer ça !

Quelques minutes plus tard, l'adolescente, suivie de sa jeune soeur, entra au magasin. Comme elle n'aurait jamais osé se rendre au bureau de poste par crainte de se faire rabrouer par son père, elle alla s'asseoir sur la table-comptoir du centre, ce que tolérait Émélie. Et les deux jeunes filles attendirent patiemment la fin de l'échange entre les deux hommes qui semblaient devoir parler sans fin d'automobiles, d'usines, de travail à la chaîne et de ce personnage au moins aussi connu que le pape : Ford.

Survint le docteur Goulet qui salua Alfred, Émélie et même les jeunes filles puis continua son chemin vers le bureau de poste. Et alors la conversation se fit à trois, ce qui promettait de durer plutôt longtemps. Mais Bernadette et Berthe étaient la patience même quand leur curiosité les menait par le bout du nez.

Et voici que survint un autre personnage que la Patte-Sèche fascinait au plus haut point : Armand. Aussitôt qu'elle le vit entrer, Bernadette se glissa hors de la table et courut à lui pour souffler à son oreille :

–La Patte-Sèche, la Patte-Sèche, il est avec papa et pis monsieur le docteur au bureau de poste.

Les yeux de l'adolescent brillèrent de plaisir. Pour lui comme pour bien d'autres, mais encore plus pour lui, la visite saisonnière du quêteux faisait office d'événement majeur, mémorable. Les paroles entendues, les images emmagasinées, tout ce qui concernait ce personnage unique se teintait en passant par son esprit, d'un caractère légendaire.

Ce qu'ignorait Armand et qui l'aurait sans doute fait fuir, c'est que le quêteux possédait la faculté –ou prétendait l'avoir– de lire dans les personnes comme dans un livre ouvert. Certes, le jeune homme de tout juste treize ans avait entendu parler de ces sombres prédictions faites par Rostand au sujet d'Ildéfonse et dans une moindre mesure d'Éva, elle dont les malheurs appréhendés seraient selon lui dispersés sur une plus longue période de temps, mais de là à y croire vraiment, il y avait une marge dans laquelle s'inscrivaient les enseignements de l'Église sur la divination. Et en fin de compte, ce en quoi Émélie et Honoré ne croyaient pas, Armand et les autres enfants n'y croyaient pas non plus. Mais les prophètes, vrais ou faux, intéressent tout le monde car ils jouent sur la peur, sur le désir de vivre heureux, prospère et longuement comme dans les contes pour enfants, et s'aident de plusieurs outils comme l'aura de mystère dont ils s'entourent et les dons qu'ils prétendent avoir reçus ou qu'on leur prête volontiers.

Armand alla s'asseoir par terre dans le couloir, derrière le grand escalier central. La voix lourde du quêteux lui parvenait mieux que les autres. En retenant la sienne, Honoré endossait l'habit du "questionneux" qui veut savoir sans chercher à montrer. Tandis que le docteur Goulet, toujours méfiant devant ceux qui prétendent guérir sans donner de remède à la personne ou à l'animal malade, s'exprimait solidement mais sans éclat. Même si le propos est général, le ton situe les interlocuteurs et cela, Armand le percevait très bien et sans peine.

Survint un autre personnage et celui-là arracha plusieurs soupirs d'impatience à Bernadette. Car sa venue risquait elle aussi de prolonger la pléthore de paroles dans le bureau de poste. De surcroît, canne blanche pointant haut devant, il se pourrait bien qu'il s'enfarge dans la robe de Bernadette; et la jeune fille dut lever les jambes pour que l'aveugle passe près d'elle sans causer d'incident. Mais la canne heurta la cuisse de Berthe, assise à côté de sa soeur.

—Aïe ! échappa-t-elle sur le ton de quelqu'un qui proteste.

Lambert s'arrêta, s'exclama :

—Ben voyons, tu vois pas que j'vois pas clair ?

—Ben...

Émélie leva la tête, intervint :

—Les filles, quand monsieur Lambert passe, je vous ai dit de vous ôter de son chemin.

L'aveugle reprit sa marche sur un pas lent :

—C'est pas grave, Mélie, elle l'a pas fait exprès.

L'incident plutôt banal fut clos dès lors. Honoré s'exclama à l'arrivée de l'aveugle :

–Poléon Lambert... tu te souviens de lui, Raymond ? Tu lui as repassé ton don de guérison. Viens nous en parler un peu, Poléon. J'ai su que t'avais soigné des chevaux pour le charbon.

Le docteur Goulet qui préférait ne pas entendre la suite et ne voulait surtout pas chagriner son voisin d'en face, se retira sur le prétexte d'un rendez-vous urgent. Au passage, Émélie lui demanda des nouvelles de sa femme et de leur fille Blandine encore bébé aux couches. Il en donna de bonnes et quitta les lieux.

Lambert, lui, parla avec assurance :

–J'ai soigné la jument à 'Custo' Champagne pis celle à 'Bourré-ben-dur' Martin : je les ai réchappées tou'é deux...

Et Napoléon se mit à rire de bonheur, les épaules qui sautillaient.

–Je le savais que j'avais réussi pis que j'avais choisi la bonne personne, dit la Patte-Sèche. D'aucuns vont pas me crère plus, mais... j'demande à personne de me crère, je leu' dis de réfléchir à c'que j'fais...

–T'as un don, un grand don, c'est clair, déclara solennellement Honoré qui exagérait sa vraie pensée.

Et l'on fit raconter au quêteux certains de ses exploits de guérisseur d'hommes et de bêtes. Par chance et par calcul, il exprimait souvent sa foi catholique, ce qui rassurait les sceptiques et calmait les curés.

C'était jour de grand soleil en plein coeur de juillet et la chaleur commençait d'entrer dans le magasin, un lieu généralement frais. De la sueur perlait au front de Bernadette. Et Berthe gambillait de ses longues pattes, histoire de tuer sa nervosité et le temps d'attente.

Dans la pénombre, Armand touchait son corps sans plus porter attention aux propos inintéressants et trop longs des hommes en conversation échevelée.

Et Alfred quitta le magasin en disant à sa mère qu'il retournait chez lui. Par ce temps trop chaud, la clientèle se faisait clairsemée et la femme veillerait au grain toute seule comme souvent.

Assise derrière son comptoir, Émélie bâillait à tour de bras, attirée vers la somnolence par une nuit de sommeil écourtée. Avec les années, elle dormait de moins en moins, même si aucun souci particulier ne l'en empêchait. Ses jambes la réveillaient et la souffrance qu'elles lui causaient la gardaient à l'état de veille. Elle déposa sa tête sur ses bras et ferma les yeux. Bernadette se pencha vers Berthe et lui dit tout bas :

–Maman s'endort.

–Je l'sais.

–Viens, on va s'en aller dans le corridor en arrière du bureau de poste.

–O.K.

Elles se glissèrent en douce hors de la table et se rendirent à l'endroit voulu où leur frère les accueillit mal :

–C'est que vous venez faire icitte ? leur demanda-t-il à voix retenue.

–Attendre le quêteux.

–Retournez-vous en sur le comptoir.

–Non, on reste ici.

–Senteuses que vous êtes !

–Senteux que t'es !

À plus de soixante ans, la Patte-Sèche avait conservé une exceptionnelle acuité auditive. Il perçut les voix sans timbre et marcha vers le couloir.

–Ouais, y a du monde là !

Honoré vint regarder par-dessus son épaule et distingua

dans la pénombre la silhouette familière des trois enfants :

—C'est que vous faites là, vous autres ?

—On veut voir la Patte-Sèche, lança aussitôt Armand.

—Vous autres itou, les filles ?

—Ben... oué...

—Oué, fit à son tour Berthe avec la même hésitation.

—Montrez-vous d'abord que vous voulez me voir, fit le quêteux.

Les trois parurent dans l'entrée de la pièce. Malgré la chaleur, Bernadette arborait un sourire frileux au coin des lèvres. Berthe craignait le pire : une colère de son père. Et Armand se mit à l'attention : sans peur et sans reproche.

—Vous voulez que je vous parle de votre avenir ? C'est tout le temps ça qu'on me demande d'abord.

Des 'oui' confus et des signes de tête affirmatifs ne suffirent pas à autoriser le quêteux à répondre à leurs attentes. Du regard, il consulta Honoré qui acquiesça volontiers d'un hochement de tête. Puis, de sa démarche bancale, canne qui frappait le bois du plancher, il s'approcha des enfants et les regarda un après l'autre.

Seul le garçon supporta son regard. Il commença par lui :

—Comment tu t'appelles, toi ?

—Armand.

—Quel âge que t'as, Armand ?

—Treize ans.

—Quasiment un homme !

—Ben...

Le quêteux dégageait une odeur de remugle mélangée à la senteur de cèdre. Il traînait sur lui des herbages de même que des bouts de branches de conifères. On disait que non seulement il guérissait par la parole et l'imposition des mains, mais aussi par des infusions dont il avait reçu les recettes en héritage de ses ancêtres amérindiens.

Et pourtant, ce n'est pas le nez de Bernadette qui évaluait le personnage mais bien son regard profond à sourcils froncés. Un teint huileux, un nez en triangle, pivelé, déjà tacheté par l'âge, une chevelure grise, lisse sur le dessus de la tête et finissant en queue de cheval dans son dos, une barbe longue et drue : l'homme n'avait guère changé depuis la dernière fois qu'elle l'avait vu et Émélie aurait pu dire la même chose en se référant à l'image qu'elle gardait de lui lors de leur première rencontre deux décennies auparavant.

–Armand, je vois des couleurs, toutes sortes de couleurs autour de toé... ça me dit que tu vas vivre ta vie à ta manière pis à plein... Une vie en couleurs... Pas longue, mais ben remplie. Tu vas pas perdre ta vie à la gagner... Mais...

L'homme ferma les yeux et son visage parut souffrant. Il hocha la tête à plusieurs reprises, poursuivit par bribes :

–... mais... c'est... je... vois deux... maladies... c'est dur à... mettre ça au clair...

Le reproche d'Émélie à son arrivée empêcha le personnage d'aller plus avant dans ses révélations et il passa ensuite à Bernadette :

–Toé... ah, mais tu vas vivre longtemps... assez longtemps que tu vas être tannée de vivre...

–Elle va-t-il se marier avec Eugène Foley ? demanda abruptement Armand.

–Toi, ferme ta boîte ! protesta Bernadette.

–Non, avec personne... Pas de mariage... pas d'enfants... mais tu vas être heureuse... tout le temps heureuse... oué...

Napoléon Lambert intervint :

–Ben oui, c'est une p'tite fille qui rit tout le temps.

–Ben non, voyons ! protesta Bernadette qui se contredit aussitôt en riant fort.

–C'est vrai, ce que dit Lambert, approuva Honoré. Pis la

dernière, elle, c'est quoi que tu vois dans son avenir ?

—Tu t'appelles comment ?

—Moi ? Berthe.

La Patte-Sèche n'eut pas le temps de parler que la voix dure et autoritaire d'Émélie l'en empêcha :

—Dis rien aux enfants. On pense que ça le provoque pas, mais si de mettre une idée dans la tête de quelqu'un, la personne devait se diriger vers ça sans le vouloir, hein ?!...

—Le savoir, c'est pas le vouloir. Le voir venir, c'est pas le faire venir.

—Justement, ça pourrait ben être le contraire.

Dans son état de somnolence, un moment plus tôt, la femme approfondissait inconsciemment l'idée qu'elle avait servie spontanément à la Patte-Sèche à son arrivée.

—Si t'as quelque chose à dire sur leur avenir, tu nous le dis à nous autres, leurs parents, pas à eux autres.

—Il a déjà prédit leur avenir à Bernadette pis Armand, dit Lambert.

—Ben ça s'arrête là, la Patte-Sèche. Ce qu'il reste à dire de ma dernière, viens me le dire à moi de l'autre bord.

—Ben correct !

—Je t'en reparlerai, dit-elle à l'intention d'Honoré avant de s'en aller par le couloir, suivie du prophète de malheur.

—Les enfants, vous restez là tant qu'ils reviendront pas, ordonna leur père. Vous avez compris ce que votre mère vient de dire ?

Des oui mélangés furent prononcés furtivement...

Rostand ne révéla pas grand-chose à Émélie et il ne parla que de Berthe, disant craindre pour elle une maladie grave dont par bonheur elle triompherait après bien des misères.

Une pétarade se fit entendre depuis l'extérieur. Le bruit appela les enfants qui trépignèrent d'impatience, figés dans l'interdiction de partir.

–Bougez pas, je reviens, dit Honoré qui leva la planche à bascule et se dirigea vers la porte d'entrée du magasin.

Plus il s'approchait, plus le son augmentait. Il savait que se trouvait devant la bâtisse un motocycliste qui prenait plaisir à faire accélérer le moteur de son bolide à l'état stationnaire, histoire sans doute d'attirer l'attention.

Ce qu'il aperçut devant le perron lui causa tout un émoi. Il y avait là en effet un motocycliste qu'il ne reconnut pas et qui avait pour passagère échevelée dans son side-car une jeune femme : Amanda, l'épouse d'Alfred.

–C'est quoi ça ? dit-il tout haut en sortant.

–Monsieur Grégoire ! s'exclama la jeune femme avant d'éclater de rire.

–C'est quoi que tu fais là-dedans ? Lui, c'est qui ?...

Mais Honoré demeura bouche bée quand le motocycliste finit d'enlever son casque et ses lunettes de protection.

–Comment ça va, mon père ?

–Henri ? Henri ? On savait pas que tu viendrais.

–Je l'avais fait savoir à maman.

–Elle doit pas me l'avoir dit.

–En tout cas, me v'là !

–Ça mène du train, ça.

–Une moto : c'est normal.

–Je connais ça, mais ça fait du vacarme.

Il passa une lueur dans le regard d'Henri. Son père qui avait été le maître de sa vie tout le temps de sa jeunesse, n'avait plus un mot à dire sur sa conduite maintenant. Ou bien n'avait-il simplement que des mots à dire, pas des ordres à donner, pas des comportements à imposer.

La moto et le bruit qu'elle faisait étaient des instruments d'affirmation. Et du bruit, il en ferait dans le village durant les trois jours de sa visite.

On entendit un cheval hennir.

C'était la bête du quêteux qui prenait peur. Attachée sous le porche, elle se cabrait tant bien que mal, essayait de se libérer afin de fuir au bout du monde, loin de cette infernale machine sur laquelle était écrit un nom en lettres frisées : Harley-Davidson.

–Tu vas te casser la gueule avec ça, là, Henri.

–Ben non, ben non. C'est le progrès. C'est les États, ça. C'est l'avenir. C'est la liberté.

–T'appelles ça de la liberté, une pétarade de même ?

–Oué...

Honoré fit demi-tour :

–En tout cas, quand t'auras envie de l'arrêter, ton moteur, pis de rentrer nous voir, tu le feras.

–Je vas aller promener Amanda dans le Grand-Shenley, pis la reconduire chez eux, pis revenir.

Le jeune homme remit ses lunettes et son casque. Il enfourchait son bolide quand parut le cheval éperdu qui avait réussi à se détacher et qui prenait la poudre d'escampette vers Saint-Évariste, traînant un selké à moitié démoli.

–Ah ben baptême, le quêteux qui vient de perdre son selké ! s'exclama Honoré qui n'était pas encore entré dans le magasin et put voir la scène.

–Je vas le rattraper, cria Henri par-dessus le bruit de l'engin.

–Es-tu fou ? Tu vas rempirer les affaires...

Mais le jeune homme n'entendit pas et lança la motocyclette à la poursuite du cheval emballé qui, menacé par le bruit s'approchant, augmenta encore sa course folle.

Et Amanda riait à grands éclats qui s'inséraient dans la pétarade du moteur pour l'accuser davantage. Et elle criait :

–Envoye, Henri, rattrape le cheval. Envoye, Henri...

Une roue déjà à moitié sortie de l'essieu se détacha. Henri l'évita. Elle alla s'écraser contre la maison des Lambert. L'attelage débridé poursuivit sa fuite en avant et l'essieu qui maintenant grattait la terre du chemin, n'en ralentissait aucunement la vitesse.

Honoré ouvrit la porte du magasin et lança à l'intérieur sans y pénétrer :

–La Patte-Sèche, ton ch'fal est sacré le camp.

Émélie avait ramené l'homme au magasin un moment plus tôt et laissé converser avec Lambert alors qu'elle-même retournait derrière son comptoir.

–Ostie d'ostie ! maugréa le quêteux qui s'amena le plus vite qu'il put, sa canne qui frappait fort le plancher, suivi de l'aveugle, canne devant.

Dehors, un rire de jeunesse enterra tous les autres bruits, tous les autres cris. Armand qui avait désobéi à son père et s'était dérobé en empruntant la voie des hangars, avait tout vu à son arrivée à la porte ouverte donnant sur le porche. Il se sentait soulagé à l'idée que le quêteux, capable de lui prédire un avenir pas très long et frappé par deux maladies, n'avait même pas le pouvoir de rendre son cheval docile voire de le contrôler par sa seule pensée. Et voici qu'il avait hâte à la suite des événements.

À l'intérieur du bureau de poste, Bernadette et Berthe allèrent mettre leur nez dans la fenêtre devant le grand coffre-fort. Quant à Émélie, elle préféra rester assise derrière son comptoir. Après tout, ce n'est pas la première fois qu'un cheval 'échappait'. On le rattraperait. On les rattrapait toujours. Et l'incident serait clos. Inutile d'accourir pour voir un spectacle somme toute banal.

Et les deux guérisseurs de chevaux rejoignirent Honoré sur le perron.

–C'est Henri qui lui a fait peur avec sa maudite machine.

Le quêteux cria à tue-tête :

—Georgette, arrête... Arrête, Georgette...

Honoré dit à l'aveugle :

—Aide-le, Lambert. Crie donc toé itou...

—Arrête, Georgette, arrête, cria aussi Napoléon. D'abord, c'est qui, ça, Georgette ?

—C'est ma jument, maugréa le quêteux.

Les exhortations se perdirent dans la distance. Armand continua de rire à gorge déployée. À ses affaires, Émélie soupirait, ignorant toujours que son fils Henri était là. Et les jeunes filles excitées se décrivaient la scène l'une pour l'autre...

La moto rattrapa l'attelage.

Le dépassa.

Georgette arrondit son long cou, jeta un regard affolé du côté de la dangereuse machine, bifurqua. Elle entra sur la propriété du docteur Goulet, frôla un arbre... L'essieu ne possédant pas l'instinct de la bête, frappa le tronc et provoqua un énorme contrecoup dans les menoires, les traits et tout le harnais de la jument qui perdit patte et chuta.

Henri stoppa la moto et arrêta le moteur. Il se tourna vers les gens du magasin et leur cria :

—J'ai ben peur que le cheval... pour moi, il s'est cassé une patte. Il a pas l'air capable de se relever.

Quand l'attelage eut disparu de leur vue, Bernadette et Berthe n'y tinrent plus et à leur tour, désobéirent. Et coururent comme des folles en passant par les hangars pour ne pas manquer la suite de l'événement excitant.

Honoré et le quêteux se hâtèrent vers les lieux de l'accident, suivis de Lambert qui fut bientôt rattrapé par Bernadette et reçut son aide. Elle le guida en le prenant par le bras, tandis que Berthe dépassait tout le monde et arrivait la première près de la bête tombée.

–Tranquille, tranquille, tranquille, répéta Rostand à Georgette qui levait la tête et avait l'air de gémir en hennissant faiblement.

On entoura la bête et son maître à une petite distance suffisante pour ne pas effaroucher de nouveau l'animal.

Attiré par le grabuge, Tine Racine était sorti de sa boutique de forge et il arriva à son tour. Il saurait vite si le cheval était blessé ou non. Honoré lui demanda de faire un examen. L'homme déclara :

–La patte est cassée; le cheval est perdu.

–On va la soigner, protesta la Patte-Sèche avec véhémence.

–Tout le monde sait qu'un cheval qui se casse une patte, faut l'abattre. Ça se soigne pas.

Le quêteux jeta un regard furibond à Henri. Il hocha la tête, baissa les yeux, demanda à mi-voix :

–Y a-t-il quelqu'un qui pourrait aller chercher un fusil ?

Alerté, le docteur Goulet parut sur son perron. Il entendit parler de fusil et s'approcha :

–Je connais une manière de sauver un cheval avec une patte cassée...

Et il s'en expliqua à tous. Il fallait la collaboration du maréchal-ferrant. On glisserait une traîne à roches sous le cheval et on l'emporterait à la boutique. À force de câbles et de bras, on l'enchaînerait afin qu'il reste en position couchée et n'empire pas son cas. Et on entourerait la blessure d'attelles en éclisses de bois. Par la suite, on le nourrirait de foin et d'avoine sur place pendant sept bons jours sans lui donner l'opportunité de se mettre debout.

–Mais ça te fera jamais un bon cheval de chemin, prévint Racine. T'as le choix, mon ami...

–Je le sais, je le sais. Je connais ça, les chevaux. Je la fais souffrir le reste de sa vie ou ben je la tue drette-là.

Honoré intervint :

–Si j'ai ben compris, elle va pas souffrir, ta jument, une fois guérie. C'est juste qu'elle va t'être moins utile.

La Patte-Sèche hésitait. Il était visiblement déchiré entre deux voies. Honoré reprit :

–C'est pas pour t'influencer, mais vu que c'est mon garçon, le responsable de l'accident, si tu dois t'acheter un autre cheval, c'est moi qui vas payer pour. Pis on va te faire réparer ton selké ou encore on va t'en trouver un flambant neu'...

Dix minutes plus tard, un coup de feu signa la fin de la pauvre Georgette. Les hommes à l'exception du quêteux assistèrent à l'exécution, mais Bernadette et Berthe qui s'étaient éloignées à l'arrivée de Tine Racine avec son fusil, fermèrent les yeux et se bouchèrent les oreilles quand elles virent le forgeron pointer l'arme contre la tête de l'animal...

La Patte-Sèche essuyait des larmes à l'abri d'un grand érable. Il regrettait profondément sa fidèle compagne de route des dernières années...

***

Chapitre 17

Quelques jours après la visite de la Patte-Sèche eut lieu un événement qu'ignoraient les Grégoire et pour cause puisqu'il se déroulait en l'église de la paroisse voisine. Le curé de Saint-Benoît bénissait le mariage de Éva Pomerleau et Ernest Mathieu. À part Bernadette, on connaissait à peine la jeune femme de dix-neuf ans. Eugène qui l'avait mieux connue n'avait parlé d'elle à personne pour éviter que son amie Alice ne prenne ombrage de ce lien d'amitié à peine tissé et qui avait été en bonne partie fondé sur le sentiment de culpabilité du jeune homme à la mort de Rose-Anna, la soeur cadette d'Éva.

Ernest se sentait grandement soulagé. Il avait écrit à tour de bras à la jeune femme et n'en avait reçu que peu de lettres en 1919. Et aucune qui ne lui laisse grand espoir de la revoir et de la faire revenir de Lewiston.

Puis, oh surprise ! voici qu'en avril (1920), Éva avait reparu à Saint-Benoît. Mais on ne propose pas d'épouser quelqu'un quand on se trouve vis-à-vis de rien. Pas d'argent. Pas de terre. Pas de résidence. Le jeune homme eut une conversation sérieuse avec ses parents.

–On a pas mal de gars à établir, lui dit son père. Sept en

tout. Ce qu'on peut faire de mieux pour asteur, c'est de vous donner une terre pour deux, toé pis ton frère Gédéon. On a su que y'en a une à vendre à Lambton dans le rang de Saint-Sébastien.

—C'est pas loin des églises, enchérit Amanda. Vous pourrez y aller à pied ou ben en voiture.

—Ça voudrait dire que Gédéon, il resterait avec moé pis ma femme ?

Sa mère parla de sa voix cassante :

—Si tu te maries, Ernest, si tu te maries. Éva a pas dit oui encore, tu sais pourtant ça. Elle a rien que dix-neuf ans, elle change vite d'idée, la fille à Médée Pomerleau. T'as vu l'année passée, la première nouvelle que t'as su, 'était partie pour les États.

—Je l'ai demandée en mariage pis elle m'a dit oui. Ça va se faire au mois de 'juillette'...

Alphonse dit :

—Ça veut dire que toé pis ta femme, vous allez rester avec Gédéon.

—Comme ça, la terre va être à lui ?

—Aux deux, on te l'a dit.

Voilà à quoi songeait le jeune marié devant l'autel à l'église.

—Qui c'est qui va tenir les cordeaux dans la maison ? Lui ou ben moé ?

—Les deux, on te le dit, fit Amanda.

—Ça marchera pas.

—Pourquoi pas ? Toé pis Gédéon, vous vous entendez ben comme il faut.

—C'est à ça qu'on a pensé en achetant une terre pour les deux.

—La terre est déjà achetée ?

—Pourquoi c'est faire qu'on aurait attendu ?

—Que je 'voye' si c'est de la bonne terre pis tout'... On achète pas les yeux fermés...

—Ton père connaît ça autant que toé, Ernest, d'la bonne terre. Il est venu au monde avant toé, tu sais.

—Je le sais, mais... Pis la maison, c'est-il assez grand pour...

—Pour une famille... Gédéon est pas su' l'bord de se marier, lui. Il court pas les filles comme toé, Ernest...

—Chacun sa manière. Pis à part de ça qu'il crache pas su' les filles, lui non plus...

Tout avait été décidé, arrêté. Il avait fallu ensuite que le jeune homme persuade Éva de sa future sécurité, ce qui constituait en ce temps-là le pilier central du bonheur limité auquel une jeune fille puisse espérer accéder.

Agenouillée près de son futur époux, dans sa robe foncée à dentelle noire, Éva n'entendait pas les mots du prêtre qui de toute façon voyageaient dans l'église en mystérieuse voiture latine hermétiquement fermée. Elle aussi songeait aux événements qui l'avaient conduite au mariage en cette mi-juillet 1920.

Tout d'abord, Albertine lui avait doré la pilule avec ce travail au moulin de coton. Éva n'avait pas la santé et les énergies de sa soeur aînée. Les journées de labeur à Lewiston se faisaient longues et pénibles. Et elle avait du mal avec ses voies respiratoires.

Et le pays lui manquait. La terre natale. La langue française de tous bords tous côtés et pas toujours bombardée par la langue anglaise. Une cadence moins vive. Un rythme plus mesuré. Et puis ce rêve du jeune homme de Shenley qui lui avait promis un poème, un rêve qui s'était écroulé par la souffle trop violent des paroles d'Eugène Foley sur la rue assourdissante. Et les lettres d'Ernest... Pourquoi donc s'intéressait-il à elle ? Il lui avait parlé de ses yeux, mais... des yeux, ça se trouve derrière bien des portes pour qui ouvre les siens et regarde à l'intérieur des familles. Il lui avait parlé de sa capacité de la faire vivre 'ben comme il faut'... Ce n'était pas rien pour une jeune fille d'entendre une aussi bonne promesse d'avenir. Il lui avait parlé de son désir de devenir un forgeron de village et ça, elle le plaçait au faîte de sa liste d'arguments en sa faveur; car Éva qui aimait la terre natale, n'aimait pas la terre qu'il faut cultiver. Recevoir en pleine face la queue mouillée d'une vache quand on est à la traire, ce n'était pas son occupation préférée. Râteler du foin, 'fouler' de l'avoine, arracher des patates, brayer du lin : ces travaux n'avaient pas grand-chose pour l'appeler et leur piètre capacité de séduction exerçait un bien mince attrait sur elle. Mais un forgeron, ça s'installait toujours dans un village. Elle vivrait donc au village, pas dans le fond d'un rang de travers, à se faire battre tout l'hiver par la poudrerie et tout l'été par le temps qui court plus vite que les rudes travaux agricoles à accomplir.

Et des enfants, en aurait-elle comme sa mère ?

Au fait, finirait-elle pas savoir d'où ils venaient, les enfants. Toute son enfance, on avait parlé des Sauvages, des cigognes, des feuilles de chou sous lesquelles on trouvait les bébés. Ces sornettes avaient fini par s'écouler hors de son esprit et de son maigre bagage de connaissances, et elle savait bien que la mère humaine tout comme la mère animale portait les bébés dans son ventre avant de les mettre au monde, mais elle ignorait encore ce qui provoquait l'apparition du bébé dans les entrailles des mères. Il est vrai qu'elle ne s'était jamais attardée à 'enquêter' sur la chose...

Peut-être que son mari le lui apprendrait ? Ernest savait bien des choses qu'elle-même ignorait. Les hommes savaient beaucoup de choses que les femmes ignoraient.

Ainsi songeait Éva devant l'autel ce jour de juillet 1920.

La connaissance des choses de la vie l'avait brutalement pénétrée la nuit suivante... Ce fut pour elle un douloureux étonnement qu'elle ne risquait pas d'oublier de sitôt... Le maître n'avait pas perdu de temps en d'inutiles explications et la leçon en avait été une des plus pratiques...

*

Les jeunes filles se réunirent dans la cuisine de la maison rouge. Cet été-là, Émélie et Honoré préférèrent demeurer dans la grande résidence principale plutôt que de déménager pour la saison comme de coutume en ces lieux charmants de leurs premières amours et de leurs premiers succès dans la vie. C'est que lui était pris trop souvent. Il dut se rendre au lac Frontière marcher de nouveaux lots, ériger d'autres camps pour les bûcherons de l'hiver suivant, et jusque faire déménager un moulin à scie. Il passa même deux journées entières avec son ami Édouard Lacroix. Animés des mêmes principes, les deux hommes se vouaient une admiration mutuelle qui réconfortait chacun.

Et la mairie de Saint-Honoré avalait bien du temps au marchand. La campagne des bons chemins qui avait été une de ses plus importantes réussites en tant qu'homme politique local avait eu d'excellents effets pour la paroisse. Mais les routes sont exigeantes. Il fallait y répandre du gravier. Il fallait consolider certains ponts. Il fallait creuser de nouveau certains fossés que l'érosion au cours des années avait comblés à moitié. On s'attendait que le maire surveille ces travaux sans devoir y passer toutes ses journées puisque des contremaîtres embauchés par le conseil municipal veillaient au grain partout où on avait ouvert un chantier de route.

Il y avait donc à la table Anna-Marie Blais qui vivait maintenant au village, Julia Racine, la voisine d'en face, et Bernadette qui animait la rencontre. Un sujet les passionnait depuis le mois de février et en même temps les remplissait d'effroi et de compassion : le terrible drame de la petite Aurore Gagnon qui avait connu son tragique dénouement le

12 de ce mois-là par la mort violente de l'enfant maltraitée.

Bernadette avait découpé tous les articles concernant l'affreuse histoire dans les journaux auxquels Honoré était abonné : le Soleil, l'Action catholique, la Presse, la Patrie. Et les avait collés dans un 'scrap book', encouragée à le faire par ses parents, surtout son père qui aimait les gens s'intéressant à l'actualité quelle qu'elle fut.

Bernadette était donc des trois celle à l'origine de leur intérêt commun pour l'affaire Gagnon dont on avait parlé dans les journaux de toute la province à maintes reprises, parfois même tous les jours durant la tenue des procès subis par la tortionnaire et son époux tout aussi indigne. En fait, la fille d'Uldéric Blais avait peu suivi l'affaire et n'en savait pas grand-chose. Bernadette qui aimait apprendre des nouvelles aux autres, serait heureuse à souhait au cours de cette séance. Elle tendit une photo du journal à Anna-Marie :

–Regarde, c'est elle qui a tué la petite fille.

–Marie-Anne Houde.

–Une femme de trente ans.

–Quel âge, elle avait, Aurore ?

–Dix ans. Elle aurait eu onze le 31 mai. Presque le même âge que ma petite soeur Berthe.

–Elle a l'air d'une femme méchante aussi.

–Tu trouves ? Comment ça ?

–Ses yeux, ses traits de figure... sais pas. Elle me donne le frisson dans le dos. Pas vous autres ?

–Moi, oui, en tout cas, approuva Julia Racine.

–L'article ici, tu l'as pas lu, hein, (Anna)-Marie ? (*Entre amies, on coupait le prénom de moitié.*)

–Ben... non... Nous autres, on reçoit l'Action catholique.

–C'était dans la Presse... Ben écoute, je vas te le lire...

–D'accord.

–Le titre, c'est : *L'accusée aurait dit à une voisine : "Je* voudrais bien que la petite Aurore vint à mourir sans que personne en eût connaissance."

–Terrible, une femme de même ! glissa Julia.

"Le procès de Marie-Anne Houde, femme de Télesphore Gagnon, accusée du meurtre de sa belle-fille, Aurore Gagnon, attire de plus en plus la curiosité du public. Bien que le huis clos ait été ordonné hier..."

–C'est quoi, le huis clos ? interrogea Julia.

–Je le sais, moi, intervint Anna-Marie. Ça veut dire que personne est admis au procès.

–Oui, c'est ça, approuva Bernadette qui reprit calmement sa lecture.

"... ordonné hier avant-midi par le juge Pelletier, on a vu hier après-midi une foule presque aussi énorme que celle de l'audience du matin. C'est que le juge avait permis l'admission des avocats, des étudiants et des journalistes, sur présentation de leurs cartes. Aussi y eut-il un véritable trafic de ces cartes et le résultat fut que la salle fut de nouveau encombrée..."

Les jeunes filles s'échangèrent des sourires. Bernadette se racla la gorge et, en lectrice accomplie, poursuivit sans jamais hésiter sur les mots.

"Le premier témoin de la Couronne a été madame Arcade Lemay de Sainte-Philomène...

–Quand avez-vous parlé pour la dernière fois à la mère d'Aurore ?

–C'était le 9 février dernier, trois jours avant la mort de la petite défunte. Je suis allée à la maison de Gagnon.

–Pourquoi ?

–J'étais inquiète de la petite Aurore. Je ne l'avais pas vue de l'hiver...

–Que se passa-t-il ?

–J'étais avec ma petite fille qui était montée à l'étage su-

périeur où se trouvait la petite Aurore. Madame Gagnon dit qu'Aurore avait trop de bobos sur les mains, que cela pouvait être dangereux pour ma petite fille. Puis Marie-Jeanne (soeur d'Aurore) descendit en portant ma petite fille dans ses bras. Je montai et je vis Aurore qui faisait vraiment pitié. Elle avait la figure enflée avec des bobos partout. Ses yeux étaient noircis. La chambre était malpropre...

–Mon doux Seigneur que j'ai de la misère à lire ça, fit Bernadette en levant ses yeux du texte écrit.

–Tu veux-tu que je le fasse ? dit Julia.

–Non, je vas être capable, fit l'autre en ravalant un peu de la douleur que cette lecture pénible lui causait.

–Je dis à madame Gagnon qu'Aurore faisait pitié à voir, qu'elle allait mourir et qu'il était plus que temps de faire venir le docteur. Elle me dit : "Le docteur, ce n'est pas nécessaire. On peut lui téléphoner pour envoyer des remèdes..."

Jeune fille d'un calme olympien, Anna-Marie ne laissait pas remonter en surface ce qu'elle ressentait. En cela, elle ressemblait pas mal à la mère de Bernadette. À l'autre extrême, Bernadette s'attristait à la même vitesse qu'elle pouvait éclater de rire à la manière de son père et de son grand frère Pampalon. Et c'est en raison de cette grande différence qu'elles se recherchaient l'une l'autre dans l'amitié. Quant à Julia, enjouée et dévouée, tout comme Bernadette, elle aurait pu se lier d'amitié avec la plupart des gens.

–Je continue ?

–On veut savoir le reste, dit Julia.

"Madame Lemay raconte que, durant les fêtes du jour de l'An, madame Gagnon lui a dit qu'Aurore avait tous les caprices qu'une enfant pouvait avoir. Une fois, dit le témoin, madame Gagnon est venue chez nous et elle m'a dit : "Je voudrais bien que la petite Aurore vint à mourir sans que personne en eût connaissance..."

Bernadette referma vivement le cahier en disant, à la fois coléreuse et désolée :

—Je continue pas, c'est trop dur, ça. Une chance qu'on a eu des bons parents, nous autres... J'ai eu rien qu'une fessée, moi, et c'est parce que j'avais mis le feu dans le bas de la maison rouge avec Eugène Foley... En tout cas, la marâtre, ils ont essayé de la faire passer pour folle, mais des aliénistes ont dit qu'elle est assez fine pour se faire passer pour folle. Quelle méchante personne !

—En tout cas, ils l'ont condamnée à mort.

Anna-Marie demanda :

—Comment ça, une fessée pour avoir mis le feu ? Tu m'as jamais conté ça.

Bernadette éclata de rire. L'aile du nez, côté droit, plissa et son oeil gauche se ferma tant elle s'amusait à se souvenir d'un si beau et si cuisant moment...

*

Leur été fut tout en amitié, en pique-nique, en joie simple. Elles ne s'en rendirent pas compte, mais un homme rôda aux alentours quand l'une ou l'autre se trouvait au magasin ou qu'à trois, souvent quatre car Laurentienne, soeur d'Anna-Marie faisait aussi partie du groupe, elles prenaient une marche le soir sur la rue sombre éclairée au centre du village par de rares réverbères dont la flamme brûlait de l'huile à charbon, et allumée ensuite faiblement par les seules lumières issues des fenêtres des maisons.

Il leur arriva de prendre peur, de croire entendre le bruit de pas dans le gravier, celui peut-être d'un ours ou d'un loup. Elles s'embusquèrent et reconnurent cet homme du village et se dirent que lui aussi devait marcher pour se distraire tout comme elles. Mais lui devait le faire pour oublier sa peine : c'était le jeune veuf Auguste Poulin, mécanicien d'automobiles, un être chaleureux et affable. Et très dévoué en plus. Quelqu'un qui par nature et non par calcul ne se fait jamais d'ennemis. Affable et ouvert aux autres...

Ce qu'on ignorait, c'est que l'homme ne pleurait plus son épouse disparue et qu'il s'était mis en quête d'une remplaçante à sa chère Alice. Et il reluquait du côté de femmes plus jeunes qui l'attiraient particulièrement. Du reste, il n'était pas rare de voir un homme de 27 ans comme lui épouser une jeune femme de 16 ans comme Bernadette voire de 15 comme Anna-Marie Blais. Et puis, si on calculait une année ou deux de fréquentations, l'une aurait 18 ans, soit amplement l'âge de se marier et l'autre 17, tandis que Auguste n'aurait pas atteint ses trente ans.

Ces calculs de différences d'âge brassaient dans sa tête comme ceux qu'il devait faire tous les jours au-dessus d'un moteur malade. Il fit semblant de ne pas voir les quatre jeunes filles embusquées entre la maison Chabot et l'ancien presbytère devenu propriété de Tine Racine. On devait croire qu'il allait à son affaire.

–Ah, c'est Gus Poulin ! souffla Bernadette aux autres.

–Le pauvre, il pleure encore sa femme, dit Julia.

–En tout cas, c'est pas à marcher la nuit qu'il va s'en trouver une autre, dit Anna-Marie.

–Il s'en retourne chez eux, fit Laurentienne. Peut-être qu'il revient de Saint-Martin à pied. Il vient de là, lui, je pense.

–Ben oui, il vient de là, approuva Bernadette. Il ferait pas de mal à une mouche, ce monsieur-là...

Julia blagua :

–Oui, mais nous autres, on est pas des mouches.

Et toutes quatre s'étouffèrent de rire.

Auguste s'arrêta, lança :

–Y aurait-il par là quelqu'un qui rit de moé ?

Bernadette se montra la première :

–Ben non, monsieur Poulin, on pensait que c'était un

loup qui nous suivait.

–J'en suis un : j'ai des grandes dents, longues de même.

Le groupe le rejoignit au beau milieu de la rue devant le perron du magasin et l'on échangea avec ce personnage d'exception.

En les quittant, Auguste se demandait laquelle de Bernadette, Laurentienne, Anna-Marie ou Julia était la plus jolie, la plus attirante... Il tenterait de résoudre ce dilemme tout en se posant des questions agréables sur la prochaine mécanique à réparer...

***

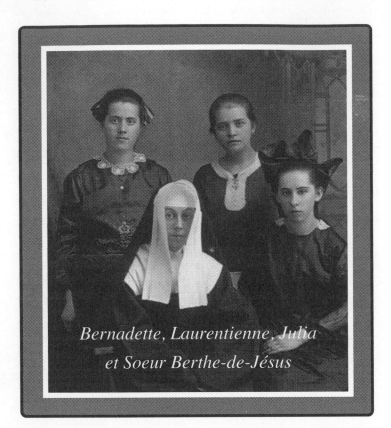

Bernadette, Laurentienne, Julia
et Soeur Berthe-de-Jésus

Chapitre 18

C'est dans le nouveau couvent de Saint-Honoré construit quatre ans auparavant que Bernadette poursuivit ses études cet automne-là pour une dernière année. À la fin, elle passerait un examen devant le bureau central des examinateurs catholiques en vue d'obtenir son brevet de capacité d'école primaire élémentaire. Ce diplôme lui permettrait d'enseigner le français dans les écoles primaires du comté.

Et les marches du soir, deux ou trois fois par semaine, surtout le vendredi et le samedi, continuèrent. Chacune racontait aux autres ses rêves ou bien ses souvenirs d'enfance.

Il arrivait que la silhouette d'une religieuse fut aperçue dans une fenêtre du grand couvent. Sans doute était-ce soeur Berthe-de-Jésus qui regardait passer ses élèves dans la brunante ou sous le clair de lune pour les envier ou qui sait, pour demander au ciel de les protéger durant leur randonnée, un peu trop osée à son goût... Soeur Berthe n'ignorait pas l'histoire des oiseaux et des abeilles, mais ne savait pas si les quatre amies, elles, savaient ces mystères de toutes les familles mais dont personne ne parlait jamais...

La rue appartenait à tous, y compris aux jeunes gens non encore mariés, et ils l'utilisaient à loisir le soir, eux aussi. Les Fortunat Fortier, Philias Bisson, Joseph Roy, Gaudias Poulin, Philippe Dulac, Armand Bolduc, Irénée Boulanger, Aurèle et Adjutor Veilleux, deux frères de Pit...

Ce qui intéressait les soeurs Blais au plus haut point, c'était la relation qui avait rapproché Eugène Foley et Bernadette. Elle leur en servait un morceau chaque soir et le coiffait d'un glaçage bien sucré et onctueux.

Les quatre amies s'étaient rejointes au magasin peu après le repas du soir et avaient pris la direction du haut du village en ce samedi d'automne plutôt frisquet. Leur pas était bruyant en raison des feuilles tombées qui jonchaient le bord du chemin et les trottoirs de bois là où il s'en trouvait.

—Je vous ai conté la fois que je regardais un peu trop Eugène Foley en classe ? Mère Marie-Albert s'en est aperçue et elle m'a dit avec son accent français de France : "Mademoiselle Grégoire, je crois que vous feriez bon ménage avec monsieur Faley... elle disait Faley, pas Foley... Eugène s'était mis à rire. La soeur devint rouge et lui dit de venir en avant. Elle lui a donné un coup de règle. Et moi, elle m'a fait mettre à genoux devant la classe pour m'humilier...

—Je me rappelle de ça comme il faut, dit Julia. Faire un sourire à un garçon, c'est quasiment un gros péché mortel aux yeux des nonnes...

—Mais Anna-Marie pis Laurentienne, elles venaient pas à l'école au village, c'est pour ça que je leur conte...

Alors qu'on arrivait près d'une clôture, deux des jeunes filles aperçurent sur le trottoir de bois un objet brillant sous les rayons de la lune.

—Regardez ce qu'il y a là, fit Laurentienne.

Elles s'arrêtèrent. Bernadette dit à mi-voix en tournant la tête vers ses amies :

—Ça, c'est des petits vauriens qui jouent des tours. Faisons semblant de rien pis on va les attraper par le cou et leur faire peur ben comme il faut.

Le jeu des enfants consistait à placer sur le trottoir un ustensile de fer-blanc retenu par une corde camouflée sous des feuilles et à tirer fort à l'autre extrémité au moment même où le passant se penchait pour prendre et emporter l'objet. Les plus fantasques allaient jusqu'à attendre au tout dernier moment, quand la personne bernée tenait l'appât dans sa main, pour le lui arracher d'un coup sec et ensuite fuir en riant à gorge déployée et disparaître dans la nuit.

–C'est qu'on va faire ? demanda Julia.

–Qui c'est qui court le plus vite de nous quatre ? dit Bernadette. Pas moi en tout cas avec mon pied malade.

–Moi non plus, dit Laurentienne.

–Dans ce cas-là, Julie et (Anna-) Marie, vous allez faire semblant de retourner. Entrez dans la cour du couvent et allez leur couper le chemin. Moi pis Laurentienne, on va mettre nos pieds de l'autre côté de l'affaire qui brille... c'est sûr qu'on va bloquer la corde... Comme ça, on va les démasquer, les p'tits v'nimeux... O.K ?

–O.K. ça marche, dit Julia.

Le plan fonctionna à merveille et bientôt, l'on ramena sur le trottoir trois gamins penauds et contrariés.

–Arroseurs arrosés, dit Julia qui en tenait un par le bras.

–Est pris qui voulait prendre, enchérit Anna-Marie qui entraînait un autre gamin de la même manière. Vous avez vu qui c'est, celui-là ?

–Ah, ah, non ! ricana Laurentienne. Notre p'tit frère Raoul. Pis lui, c'est le petit Laval Beaulieu.

Quant au troisième lascar, il avait suivi ses amis sans qu'on ne l'attrape par le cou. Bernadette l'identifia aussitôt :

–Et lui, c'est le petit Jean... Jean Nadeau... Eh ben, qu'est-ce qu'on va faire d'eux autres asteur ?

–Moi, j'dirais la prison, fit Anna-Marie les yeux agrandis.

Bernadette déclara avec le plus grand sérieux :

–Ben oui, on a une prison à côté de l'hôtel Central. On va demander à la police de venir et on va les jeter en prison, ces garçons-là qui font courir le monde.

Raoul protestait :

–Si tu me laisses pas tranquille, (Anna)-Marie, je vas le dire à maman.

La jeune fille éclata de rire :

–Pis tu vas attraper une sévère punition pour jouer des tours aux passants comme ça.

Aucune des jeunes filles n'avait le goût de 'terroriser' davantage les jeunes garçons. On le faisait pour rire, pas pour leur donner une leçon. Et on eût vite fait de s'en désintéresser. Bernadette prit une décision générale :

–Bon, vous pouvez partir les p'tits gars, on va pas le dire à personne que vous êtes trois vauriens. On le dira ni à vos parents ni aux soeurs, sinon ça irait mal pour vous autres. Se faire soincer les fesses, c'est pas drôle...

Entraînées par le bon coeur de Bernadette et son amour profond des jeunes enfants, les trois autres sourirent aux petits qui s'en allèrent sans trop y croire et qui remirent à un autre soir leurs jeux de joyeux ratoureux...

–Les nonnes comme tu dis, Julia, des fois faut les remettre à leur place.

–Ben oui, Bernadette, comme la fois que t'avais dit que le couvent était mal chauffé...

« *Un jour qu'elle se plaignait à une de ses compagnes de classe du froid qu'il faisait dans le couvent en hiver, la religieuse qui enseignait l'interpella et la menaça de lui 'donner du martinet' (sorte de fouet fait avec des brins de corde ou de cuir) si elle continuait de prétendre que le couvent était insuffisamment chauffé. Choquée par tant d'intransigeance et d'incompréhension, Bernadette répondit effrontément : "Si vous me donnez du martinet, chez nous vont le savoir."* »

Un clocher dans la forêt, page 75

Julia vouait à son amie une admiration sans bornes. Il lui semblait que Bernadette savait toujours où elle allait, connaissait les bonnes mesures des choses, était capable de tracer une ligne de démarcation entre le bien et le mal. Docile et aimante, travailleuse et surtout très 'dévotieuse', elle ne se laissait pas pour autant marcher sur les pieds.

"J'ai mal à mon pied droit, je boite, et quand on veut me marcher sur les orteils, je crie, parce que ça fait mal," se plaisait-elle à répéter.

Et cette propension à l'autocensure paraissait chaque fois qu'elle racontait une certaine histoire 'défendue'. Julia lui demanda de la raconter aux soeurs Blais qui ne devaient pas la connaître. Son regard pétilla :

—C'est un vieux garçon qui voulait se marier. Il reluquait du côté de deux vieilles filles du village. Une avait été surnommée le 'fusil' et l'autre la 'carabine'. Il est allé voir le curé et le curé lui a conseillé d'épouser la 'carabine'. Quelques mois après le mariage, quand il voit le ventre de sa femme grossir, l'homme, ben choqué, ben enragé, retourne voir le curé pour lui crier : "Vous m'aviez pas dit que la 'carabine' était chargée..."

Les soeurs Blais ignorant encore certains mystères de la vie, rirent quand même sans comprendre trop. Julia dit :

—C'est que ta mère a dit quand t'as conté ça devant elle ?

—Elle m'a dit : "*Ma petite bonyenne, t'es mieux que j'te reprenne pas à conter des histoires de même.*" Asteur, je la conte jamais devant elle, vous pensez, les filles...

Bernadette se donna un air faussement scandalisé, index recourbé sur sa bouche et en étouffant de rire...

*

L'automne fut moins drôle pour sa petite soeur Berthe. Et Bernadette s'en inquiéta et pria fort pour elle. La jeune fille se mit à tousser et tousser. Une toux chronique. Émélie et Honoré en discutèrent un soir dans leur chambre.

–La maladie a tué Ildéfonse. La maladie a frappé Eugène et sans elle, il serait retourné aux études et serait pas mort dans la cabane de l'engin. Des maladies infantiles ont emporté la première Bernadette, Armandine, Maurice. La mort est trop vorace, pas question de lui donner un autre de nos enfants, déclara Honoré qui brossait un court historique des tragédies familiales.

–Tu sais de quoi m'a parlé le quêteux cet été, que je t'ai jamais dit parce que je trouvais ça trop fou ?

–À propos de Berthe ?

–Oui ! Les autres, il leur a dit leur avenir à eux-mêmes. Pour Armand, il a parlé de deux maladies sans dire lesquelles. Je lui ai demandé quand je l'ai eu à part, pis la Patte-Sèche a pas voulu me le dire.

–Bernadette, il a dit qu'elle va vivre passé 80 et qu'elle sera à peu près jamais malade.

–Pour Berthe, il a parlé de tuberculose.

–Ah, mais c'est rien qu'un charlatan qui dit n'importe quoi qui lui passe par la tête. Faut pas croire à ça... Il a-t-il dit qu'elle mourrait jeune ?

–Non, il a dit qu'elle va vivre aussi longtemps que Bernadette, mais qu'elle va être malade de tuberculose.

–Il aura vu qu'elle est blême pas mal. Pis qu'elle a poussé 'en orgueil'.

–En tout cas, peut-être qu'on ferait mieux de la garder à la maison le temps qu'elle en finisse de tousser.

–Comme pour Eugène.

–Ça serait plus prudent.

–C'est le docteur Goulet qui pourrait le mieux le dire.

–On va l'envoyer le voir demain.

*

Le médecin écouta les voies respiratoires de Berthe. Il diagnostiqua une bronchite chronique. Et dit à Émélie que le tout rentrerait dans l'ordre en quelques semaines. Donna un sirop, conseilla de la garder à la maison jusqu'à son retour à la santé, histoire de la protéger tandis qu'elle serait le plus vulnérable, et aussi pour l'empêcher de contaminer d'autres enfants de sa classe. Les leçons apprises lors de l'épidémie de grippe espagnole ne seraient pas oubliées de sitôt...

Les parents pensèrent que leur fille ne reprendrait pas ses études au cours de la présente année scolaire qui n'en était qu'à son deuxième mois. Ils se dirent qu'en compensation, ils l'enverraient plus tard dans les meilleures institutions qui soient...

Entre-temps, le mot tuberculose fut banni de la maison des Grégoire. Émélie ne dit pas à son mari que le quêteux avait aussi associé à cette terrible maladie le nom d'Armand... C'est qu'elle avait occulté l'idée même de cette nouvelle prophétie de malheur.

***

Berthe Grégoire

Berthe Grégoire

Chapitre 19

1921

Il entra dans la maison des Martin la soeur de Lydia, nouvelle épouse de Napoléon. Voilà qui réconforta quelque peu Éveline. Devait se tisser rapidement un lien de qualité entre elle et Alice dont l'âge était à peu près le même soit 22 ans et quelques mois.

Malgré tout l'attrait qu'elle exerçait sur les jeunes gens, aucun à part Henri Grégoire n'était parvenu à atteindre le fond de son coeur. Ils s'approchaient, elle leur souriait, leur accordait quelques danses si on était en célébration quelconque, puis s'esquivait. Leurs démarches subséquentes étaient vouées à l'échec. Plus d'un se rivait le nez à la porte de son indifférence.

Et pourtant, son corps appelait l'amour de toutes ses fibres. Si plusieurs jeunes femmes ignoraient encore les mystères de la naissance le jour de leur mariage, Éveline en savait quelque chose depuis belle lurette. Et c'est précisément à cause de cette chaleur parfois incontrôlable et qu'il lui fallait apaiser à l'aide de ses doigts, qu'elle repoussait les prétendants abasourdis et découragés.

Alice Bégin et elle partageaient la même chambre du deuxième étage de la maison. Elles ne tardèrent pas à se parler de leur célibat alors que tant d'autres se dépêchaient de se marier avant leur majorité de peur de rester sur le carreau et de coiffer le bonnet de la Sainte-Catherine. Un soir de canicule, elles en discutaient :

–D'après moi, Lydia a marié mon père parce qu'elle avait peur de devenir une catherinette.

–Elle a 23 ans : c'était pas loin.

–Moi, 22 pis ça m'inquiète pas pantoute.

–Toi, t'es assez belle : t'aurais rien qu'à lever le petit doigt et les prétendants feraient la file en bas, devant la porte de la maison. T'aurais le cavalier que tu veux, Éveline Martin, tous ceux que tu veux...

–Exagère donc pas, Alice Bégin !

–J'exagère pas du tout... Éveline Martin : la plus belle fille en glace de la paroisse. Ça, c'est les gars qui disaient ça dans les veillées quand je vivais dans le rang 9.

–Tu m'en diras tant.

–D'abord que je te le dis.

–Pourquoi en glace ?

–Parce que... tu te montres froide comme un glaçon avec les garçons.

–J'peux toujours pas leur sauter au cou dès qu'ils me font le moindre sourire, là.

–J'te fais aucun reproche. T'es pas prête pis moi non plus. On est bien comme ça. Enceinte, mettre au monde des enfants, les élever : brrrrr, ça me fait peur !

–Pourtant, être une femme, c'est ça... On peut-il être autrement, Alice, quand on est femme ?

–Moi, je le voudrais ben, être autre chose...

Les jeunes gens de la paroisse disaient du mal d'Éveline parce qu'ils en pensaient trop de bien. On aurait voulu lui parler. On la zyeutait à la dérobée. Dans l'église. Sur le perron. Au magasin général. À la boutique de forge où elle se rendait parfois sous n'importe quel prétexte car elle adorait voir un forgeron au torse à demi nu, ruisselant de sueur, battre le fer, les muscles saillants...

Et puis, il lui arrivait de prendre un tour de bicyclette et de se rendre vers le village, mais de bifurquer à l'entrée du rang 10, le premier ouvert dans la paroisse en 1854, pour jouir de toutes sortes de sensations allant du grand air à boire, au plaisir de se laisser aller dans une descente, à l'ivresse de la liberté.

Ni sa mère avant de mourir, ni son père ne lui avaient jamais poussé dans le dos pour qu'elle prenne mari comme la très grande majorité des jeunes femmes de cet âge. Et Lydia, une belle-mère de son âge, s'entendait bien avec elle. Pas question pour la nouvelle femme de Napoléon de la pousser hors du nid familial, refait après la mort d'Odile. On savait que surviendrait un jour ou l'autre le cavalier qui conviendrait parfaitement à Éveline tout comme Marie-Laure avait trouvé le sien et l'avait épousé.

*

Un matin, Napoléon se rendit au village. Seul. Pour faire réparer une roue de voiture à la boutique de forge...

C'était le temps des fraises avant celui des foins. Lydia, Alice et Éveline décidèrent de se rendre dans le haut de la terre où poussaient bien les petits fruits dans un champ de terre graveleuse coupé d'une rivière. Les trois jeunes femmes allaient gaiement, emportant chacune un contenant en fer-blanc dont l'anse avait été bricolée à même de la broche à clôture.

À mi-chemin, Alice s'arrêta soudain pour dire :

–J'vas être obligée de retourner à maison, Lydia.

L'autre en devina la cause.

–C'est parti su' toé ?

–Oué... Ben je m'attendais pas à ça à matin.

–Ben retourne ! Tu viendras nous retrouver plus tard.

Éveline sut, elle aussi, que les menstruations d'Alice venaient sans doute de se déclencher, ce qui lui semblait bien tôt dans le mois...

–Bon, ben continuons, nous autres, fit Lydia qui prit Éveline par le bras.

Ce ne fut pas long quand elles se trouvèrent dans le champ de fraises de rougir le fond de leur boîte, tant les talles étaient chargées de fruits mûris à point.

–On va se faire des vraies bonnes tartes cette année, comme ça se peut pas.

–J'te pense, Lydia.

Alice tardait à revenir. Éveline s'en inquiéta, mais pas l'autre femme.

–Si c'était rien que pour s'arranger, me semble que ça prend pas autant de temps.

–Tu connais Alice, elle aura pu décider de pas revenir. On va en ramasser pour elle...

Son sixième sens disait à Éveline que cette absence prolongée de la soeur de Lydia n'était pas normale. Elle pensa à un accident quelconque, peut-être un pied versé... Ou, qui sait, une hémorragie importante.

–Peut-être que je devrais aller voir pourquoi elle s'en revient pas.

–Ben non, on va finir de remplir nos 'cannes'... Tu t'en fais pour rien, Éveline.

–Alice, c'est un peu comme ma soeur...

–Ben moé, c'est la mienne... Ça fait que... ben comporte toi comme moi envers elle...

*

En ce moment même, Napoléon, de retour du village sans y avoir attendu la roue brisée, gravissait les marches de l'escalier à l'intérieur de la maison. Il fit quelques pas, poussa la porte entrebâillée, resta dans l'embrasure à regarder Alice assise sur le lit.

Elle leva la tête. Ils se regardèrent un moment dans un silence qui disait tout. Ce n'était pas une heure de commencement, c'était une heure d'aboutissement. Peu de temps après avoir commencé de fréquenter Lydia, Napoléon s'était intéressé à sa soeur. Et Alice, en femme intuitive, l'avait aussitôt perçu et ne s'était point dérobée à ses avances traduites en un premier temps par le regard.

Depuis qu'elle avait quitté sa famille pour venir vivre chez les Martin, les occasions s'étaient présentées à quelques reprises pour eux de se retrouver seuls dans la grange ou l'étable. Il y avait eu rapprochements. Il l'avait touchée, embrassée, emprisonnée dans ses bras. Les désirs s'étaient fusionnés, mais pas les corps. Pas encore...

Ce moment avait été planifié la veille.

En apprenant que les trois femmes iraient aux fraises le lendemain, l'homme avait parlé de son intention de se rendre au village, à la forge. Et par le seul pouvoir de son regard, il avait fait comprendre à Alice qu'il lui suffisait, à elle, de revenir à la maison rapidement et donc de trouver un prétexte pour le faire. Il la retrouverait alors pour la grande aventure...

–Je savais que tu reviendrais.

–C'est un péché... mortel que nous allons commettre, Napoléon.

–Pis moé, à 48 ans, j'te dis que si l'amour est un péché mortel, ben vive le péché mortel !

–Faut pas rire avec ça !

–J'ris pas avec ça.

L'homme déboutonna lentement sa chemise à carreaux tout en s'approchant de la jeune femme. Elle s'appuya sur ses bras posés plus loin derrière son corps qui, de la sorte, se trouva incliné vers l'arrière. Comme s'offrant...

–Ça fait longtemps que tu les as laissées là-bas ?

–Je viens d'arriver à la maison.

–Tu m'attendais.

–Euh...

–On sait ben que oui tous les deux. Tu m'as parlé par tes yeux hier soir.

Il s'assit tout près d'elle, chemise ouverte. Après un bref moment, il lui mit la main au menton et fit tourner sa tête vers lui. Avant de l'embrasser, il détailla son visage. Alice avait des cheveux noirs comme le charbon qui enveloppaient sa tête de vagues nombreuses se terminant aux yeux à l'avant et dans une toque sur le haut, en ligne droite avec le menton. Un être hautement désirable pour un mâle en manque...

Elle se sentait dans un état d'attente extrême, prête à sursauter au moindre frôlement de son épiderme, à obéir au plus petit commandement, à faire fi de la voix de sa conscience au premier désir de l'homme.

–Dis-toé que c'est un rêve que tu vis là, Alice...

–C'est un rêve, c'est un rêve...

Brusquement, presque brutalement, il lui entoura l'épaule de son bras et l'attira sur sa poitrine où elle posa aussitôt la main à plat.

Leurs regards, plus rapprochés que jamais, se parlèrent encore de sensualité affolée, de désirs charnels plus forts que toute force humaine de résistance, de folie amoureuse débridée, emballée.

Napoléon était consumé par un feu qu'alimentaient des images de scènes d'amour vécues avec ses deux épouses légitimes. Alice se sentait comme une terre qui attend le laboureur, comme une rivière qui espère le baigneur, comme une fleur qui s'ouvre à l'abeille...

Elle mouilla ses lèvres. Il comprit le signal. Et ce fut un baiser dévoreur. Il y avait harmonie dans les gestes. Chacun demandait, chacun accordait aussitôt. Le désir de l'un devenait, sitôt exprimé, le désir de l'autre...

Au loin, dans le champ de fraises, Éveline se leva de terre et regarda du côté de la maison et de la grange. Elle n'en pouvait apercevoir que les combles. Lydia et elle portaient toutes deux un chapeau de paille à larges bords pour protéger leur visage des rayons du soleil à leur maximum d'intensité en cette période de l'année.

–Savais-tu que t'as le corps découpé au couteau ? lui dit sa compagne sans crier gare.

Malgré l'ampleur de sa robe, Éveline avait enserré sa taille; et sa poitrine rebondissait sur un canevas de verdure, de clôture et d'azur. Elle secoua la tête :

–Qu'est-ce qui te prend de me dire ça, Lydia ?

–Je te dis ce qu'il en est.

–Mais... ça se dit pas.

–Pourquoi pas ! Comme dirait ton père : si les belles choses sont péché, vive le péché !

Et Lydia éclata de rire. Éveline ne dit presque rien :

–Ouais...

Et la jeune femme s'accroupit de nouveau pour continuer de remplir le contenant métallique...

L'homme défit les boutons de la robe au dos de la jeune femme et tira sur le vêtement pour découvrir la poitrine. Ce fut pour lui un nouvel étonnement comme chaque fois qu'il posait son regard sur l'attribut féminin qui excitait le plus sa chair et son esprit.

Pour mieux lui dire oui, elle tira sur le bas de sa robe et lui offrit une autre nudité qui affamait l'animal d'homme à la chair devenue incontrôlable. Au moyen de l'emprise qu'il avait déjà sur elle, il la coucha sur le couvre-lit de catalogne. Et tandis qu'il se défaisait de son pantalon, il frôlait de sa main rude la toison noire abondamment répandue dans un large triangle.

Elle commença de lui parler par des soupirs d'agrément et d'un plaisir étrange qui la parcourait de bord en bord. Il n'entrait du ciel clair de l'extérieur qu'un éclairage mitigé, réduit par des rideaux presque fermés. Pour cette raison, la chair masculine lui parut d'une dimension à faire peur. Comment cette chose parviendrait-elle à pénétrer son corps sans le faire souffrir abominablement ? Mais quelque chose en sa substance profonde appelait cette douleur : l'un des prix à payer pour accéder au territoire mystérieux de la communion charnelle.

L'homme n'avait plus rien de l'impétuosité du jeune mâle. Au bord de la cinquantaine, il savait depuis longtemps qu'il faut préparer la femme si l'on espère jouir d'elle en frôlant l'absolu. Et savait comment le faire. Il s'y attela en songeant que plus fort il l'appellerait à l'union, plus violent serait l'appel à son propre corps.

–Je... te veux, Alice...

Ces quelques mots furent dits sur la cuisse de la jeune femme. Ils résonnèrent par toutes ses cellules. Son coeur, comme un frêle esquif, se mit à tanguer sur les vagues de la folie douce. À la parole, il ajouta le geste rugueux et tendre. Ses doigts durcis par le labeur et le temps étendirent en tournoyant sur la chair en fleur une délicatesse qui amena un fluide lointain et odorant à suinter d'elle à la façon d'une rosée matinale sur les pétales d'une rose.

Odile aimait l'amour plus qu'une autre femme. Ensemble, à leur manière généreuse, ils en avaient appris l'art discret et fragile sans se préoccuper des carcans imposés par les prêtres et l'égocentrisme masculin sur le comportement conjugal des couples de ce temps.

À son grand étonnement, Lydia avait découvert en les rapports physiques avec son époux un monde plus agréable que redoutable. Habilement, l'homme l'avait entraînée à trouver des sources vives insoupçonnées en son être profond après l'avoir exorcisée des diktats de la religion.

Et voici que la troisième femme de sa vie serait bientôt sienne et que l'acte, cette fois, s'avérerait un chef-d'oeuvre dans son genre.

Il fallait d'autres mots prononcés à l'oreille, soufflés en douceur à l'âme, sans que la main n'accorde le moindre répit au plaisir en ascension.

–Alice... au pays des merveilles... T'as de beaux yeux, une belle bouche, un beau nez...

La main de l'homme fut inondée par la volupté grandissante de la femme. Il le fallait pour que glissent les chairs, l'une contre l'autre en harmonie et en joie...

Alice gémit...

Au champ, Éveline crut entendre un appel, une voix venue d'ailleurs et ressurgissant d'elle-même, de ses profondeurs où elle avait transité. Elle se redressa une fois encore, se remit droite sur ses jambes, regarda vers les bâtiments de ferme. De la poussière s'élevait du chemin : ce devait être le klaxon d'un véhicule automobile, ce bruit qu'elle avait pris pour une voix humaine.

–Alice reviendra pas, soupira-t-elle.

–Oublie Alice. On va en ramasser en masse à deux. On reviendra un autre jour.

–Le temps des fraises, ça dure pas toute la vie, chère Lydia.

–Non, mais la vie, elle, ne dure que le temps des fraises, chère fille.

Éveline sourit à sa compagne accroupie qui la regardait et plissait les yeux à cause du soleil éblouissant derrière... Elles finissaient toujours par se comprendre...

L'homme dégageait l'odeur de la sueur et des gros travaux. Voilà qui transportait la jeune femme encore plus haut vers le sommet du contentement. Et la senteur des mots qu'il avait prononcés embaumait maintenant tout son corps à moitié dénudé en le grisant dans son entièreté. Il entendit son assentiment muet et son sentiment de confiance, d'abandon. Le moment arrivait...

Il s'installa entre ses jambes, positionna sa chair et murmura :

—Pense que tu t'endors...

—Oui...

Il poussa son corps en avant et pénétra tout doucement sans s'arrêter de répéter les mêmes mots :

—Tu t'endors, tu t'endors, tu t'endors...

Elle ne ressentit aucune douleur comme cela aurait dû être vu sa virginité et l'importance de l'homme. Quand il eut atteint la plus grande profondeur, il dit simplement :

—Ça y est...

*

Les nouveaux amants sont insatiables.

Napoléon fit en sorte d'avoir des rapports charnels un nombre égal de fois chaque semaine avec chacune des soeurs Bégin : son épouse et sa belle-soeur.

Parce qu'elle se croyait seule au monde à devoir se battre contre sa propre chair, Éveline ne se douta de rien : comment l'aurait-elle pu ? Et cela même s'il arrivait à sa compagne de chambre de retourner en bas le soir afin, disait-elle, de jaser avec sa soeur.

Plus dure pour elle serait la chute au premier jour des foins quand, par hasard, elle surprit son père et Alice au coeur de l'action amoureuse au creux d'une tasserie, camouflés sous un tas de vieux foin de l'année précédente en un espace aménagé par l'homme à cette fin.

En passant au pied du pont de la grange, elle vit que les grandes portes étaient fermées, ce qui ne se faisait au temps des foins qu'aux jours et heures de mauvais temps. Elle se rendit à l'intérieur par la petite porte percée dans l'une des grandes et entendit alors des gémissements bizarres. Ses pupilles adaptées, elle comprit qu'il se trouvait là un couple en train d'accomplir l'acte du mariage. C'étaient forcément son père et sa belle-mère. La réponse précède parfois la question et c'était le cas là.

Elle se glissa doucement contre la poutre afin de retourner à la porte et quitter discrètement les lieux quand une voix de femme venue de l'extérieur la retint :

–Éveline, Éveline...

C'était Lydia.

–Éveline, Éveline...

Elle n'avait pas rêvé : c'était bel et bien Lydia.

Mais que se passait-il sous ce mulon de foin ? On y jouait donc à quelque chose qui n'était pas l'acte du mariage, mais qu'était-ce ?

La jeune femme demeura figée. Elle ne voulait pas rester là ni n'osait partir. Plus que sa curiosité, un pressentiment douloureux la retenait sur place. En tout cas, pas question de répondre à sa belle-mère qui risquait pourtant d'entrer à son tour dans la grange. Ou du moins venir mettre son nez par la petite porte. Si elle venait, elle entendrait elle aussi, elle entrerait, elle verrait peut-être ce qu'il ne fallait pas, elle s'indignerait, elle frapperait un mur de souffrances plus épais et long que la muraille de Chine...

Et puis non ! Éveline musela ses appréhensions grandissantes et retraita vers la sortie, mais demeura embusquée dans le coin, dans la pénombre profonde. De là, elle pouvait voir le mulon de foin qui s'agitait encore, aussi bien que le paquet de lumière entrant par la petite porte. Et ce qu'elle avait redouté se produisit : Lydia vint mettre son nez...

Tapie, la jeune femme retint son souffle voire son coeur qu'elle aurait voulu entendre se taire.

Lydia eut l'air de quelqu'un qui entend. Et bizarrement, elle ne redit pas le nom d'Éveline que pourtant, elle cherchait le moment d'avant. Il ne faisait aucun doute qu'elle entendait les sons du péché... Car même si son père et Alice s'adonnaient à des jeux permis, le lieu pour le faire et les expressions des voix frôlaient l'interdit et donc la faute ultime appelée mortelle.

L'inattendu se poursuivit encore. Lydia se retira. Et plus loin, sans éclat de voix, elle appela de nouveau :

–Éveline, Éveline...

Puis une sorte de grognement-ronflement surgit de la cabane de foin et mit l'observatrice devant une quasi-certitude : son père et Alice s'adonnaient à des jeux interdits. Voilà qui lui répugnait et qui, en même temps, la troublait profondément.

Alors apparut son père à demi nu. Puis Alice qu'il aida à se relever d'une position couchée.

–Pour moé ta soeur est venue voir : la petite porte est restée ouverte.

–Elle savait qu'on venait dans la grange...

Éveline qui tombait de haut chaque minute depuis son arrivée dans la bâtisse, s'écrasa alors sur les pierres pointues de la réalité. On la trahissait. Son père d'abord qui couchait avec une autre que sa femme, pire avec sa propre belle-soeur. Alice la trahissait aussi, elle qui se donnait des airs de sainte-nitouche. Et surtout, horreur ! Lydia qui se faisait la complice de ces actes de concupiscence impensables. Une série d'images revinrent se bousculer en l'esprit de la jeune femme...

Le retour d'Alice à la maison au temps des fraises et le refus de Lydia de laisser Éveline aller voir de quoi il retournait là-bas. Toutes ces fois où Alice et Napoléon étaient partis faire le train alors que Lydia restait à la maison et trouvait un prétexte pour y retenir Éveline. Et ces soirs où Alice disait aller jaser avec sa soeur en bas.

"*Napoléon Martin : l'homme à deux femmes*,"* se dit alors Éveline en conclusion de tous ces événements qui en son esprit venaient de former une chaîne aux allures de péché mortel de la chair pour ne pas dire de la grande perversion.

Non, ce n'était pas encore la conclusion. Et la vraie conclusion était pour elle bien plus navrante. On l'entourait, on ne la poussait pas au mariage simplement pour s'en servir comme couverture. Qui croirait qu'un homme pourrait agir comme mari de deux femmes sous un toit qui hébergeait encore sa propre fille de vingt-deux ans ?

Elle put s'éclipser sans bruit, sans ombre.

Et plutôt de se rendre à la maison en réponse à l'appel de Lydia, elle se rendit dans le pacage voisin d'où elle ramena un cheval par son licou. Et l'attacha devant l'étable en attendant que son père vienne lui mettre un harnais sur le dos. C'est la raison qu'elle donnerait à sa belle-mère pour justifier sa disparition d'un quart d'heure.

Éveline avait liberté d'agir à sa guise. Elle dit vouloir se rendre au village au magasin général voir s'il se trouvait de nouveaux arrivages dans les parfums et fards à joue... Bien mince prétexte qu'aucune des deux autres femmes ni son père n'osèrent questionner. Comme si tous trois sentaient qu'elle savait... Et pourtant, Éveline, elle, tâchait de rester à son naturel.

Napoléon ne lui demanda qu'une petite chose avant son départ :

–Éveline, ça fait trois semaines que j'ai une roue brisée à la boutique à Tine Racine : tu voudrais pas demander si est prête... vu que tu seras au magasin, en face ?

–C'est bon, je vous la ramène... si... ben si est 'arrangée'...

---

* Une expression familière aux gens de plus de 80 ans à Saint-Honoré.

Éveline pleura en montant au village. Non à cause de la conduite du trio formé par son père et les soeurs Bégin, mais parce qu'on s'était servi d'elle. Et une fois de plus, elle était tiraillée entre les attraits de la concupiscence que la scène de la grange et tout ce qu'elle imaginait d'autres scènes semblables décuplaient d'une part et la peur des principes inculqués en elle par les enseignements du catéchisme, de la sainte Église et les comportements sociaux connus de tous. Coincée entre les appels vibrants de deux formes de plaisir : ceux de l'interdit et ceux du devoir accompli...

Quel dilemme ! Il lui semblait qu'elle devait poser un geste aux allures de choix...

L'occasion lui en sera vite donnée. Elle se trouvait à la boutique Racine à réclamer la roue brisée quand survint ce jeune veuf qui la reluquait tous les dimanches à l'église sans se faire d'illusions ni même tenter une approche de cette jeune 'fille de glace' : Auguste Poulin, le mécanicien d'automobiles venu chercher un fer angle chez le forgeron.

—Bonjour, mademoiselle, lui dit-il d'une voix qui marchait sur le bout des orteils à travers les tulipes.

—Monsieur Poulin : bonjour !

—On voit quasiment tout le temps des hommes à la boutique de forge : ça fait du bien de voir une belle personne aujourd'hui.

—Je viens prendre une roue brisée.

—À condition que le roue 'soye arrangée', c'est certain.

—C'est sûr.

Les deux étaient à peine entrés à l'intérieur. Racine travaillait au feu de forge. Il avait répondu à Éveline. La roue était prête, mais il devait voir à un fer à cheval enfoui dans les braises. Dans quelques minutes, il irait sortir la roue de son lieu d'entreposage, sitôt le fer rouge battu sur l'enclume...

—Est prête, la roue ?

–Monsieur Racine m'a dit que oui. Il va venir la mettre dans ma voiture.

–Je pourrais faire ça, moé... je vas lui demander où c'est qu'elle est...

Quelques instants plus tard, Auguste roulait la roue sur le plancher inégal, sortait et se rendait à la voiture d'Éveline. Elle alla dire au forgeron que son père le paierait en venant à la messe du prochain dimanche puis rejoignit le veuf qui avait déjà accompli son oeuvre.

–Merci beaucoup !

–Je courrais au bout du monde pour quelqu'un comme toi, Éveline.

–Je reste pas au bout du monde...

Auguste demeura bouche bée. À moins de comprendre tout à l'envers, il venait de recevoir une invitation à peine déguisée.

Elle monta dans la voiture, prit les guides, le regarda sortir d'un moment de torpeur, sourit largement. Excité, il demanda :

–Si j'te téléphone, vas-tu me répondre ?

–Certain que je vas te répondre !

Sur le chemin du retour, elle évalua l'homme. Il était serviable, presque servile. Pas comme son père qui dirigeait tout à sa manière.

Il était temps qu'elle songe à quitter le toit familial. Orpheline de mère, elle l'était aussi d'une certaine façon de son père en raison des événements récents dont rester le témoin plus longtemps serait en devenir la complice.

Restait à savoir si Auguste avait si bon caractère qu'il le montrait. Elle lui demanderait des petits services et mesurerait son empressement. Elle lui ferait changer son habit du dimanche trop relâché. Elle lui exigerait de ne jamais se présenter à elle les mains souillées d'huile ou de la moindre saleté, ce qui n'était pas simple pour un mécanicien d'automobiles. Rendue à la maison, elle s'enfermerait dans sa chambre et dresserait une liste, une longue liste d'exigences à soumettre à ce prétendant...

Auguste se lasserait d'elle dans l'année ou bien il demanderait sa main... Et s'il lui arrivait de demander sa main, elle accepterait...

Là, elle se tourna pour regarder les réparations faites à la roue brisée... Ça tiendrait pour au moins vingt, trente ans... Ce n'est pas pour rien que Tine Racine possédait la réputation du meilleur forgeron de Shenley, de mémoire d'homme.

***

Chapitre 20

1921...

Pampalon attendait.

Il gardait ses mains derrière son dos voûté et se tournait les pouces.

Tout ce qui se disait dans le bureau d'Émélie lui parvenait distinctement par la porte entrebâillée. De là, le jeune homme pouvait apercevoir l'ensemble du magasin, section premier étage, où circulaient des clients, certains qui repartaient avec leur marchandise et d'autres qui attendaient de se faire servir par Alfred, seul pour tout faire.

Car Émélie et Honoré s'entretenaient à propos d'une décision importante et urgente à prendre pour lui. Ça ne pouvait même pas attendre le dimanche et le retour de la messe alors qu'on échangeait lors du 'maudit quart d'heure'.

Une réunion des maires du comté de Beauce aurait lieu dans trois jours à Saint-Georges. L'un d'eux avait téléphoné à Honoré pour lui proposer la tâche de préfet de comté ainsi que les obligations s'y rattachant de même, bien entendu, que les honneurs.

"C'est l'étape pour devenir député du comté," avait ajouté le maire de Saint-Georges-est, Joseph Gagnon.

*père de Robert Cliche connu plus tard comme juge et politicien d'envergure

---

Le hic, c'est qu'il y aurait deux mises en nomination, l'autre étant celle du maire de Saint-Joseph, Léonce Cliche*, un avocat de qualité et tout aussi libéral qu'Honoré en politique. Une défaite et ce serait dur pour l'amour-propre d'Honoré, mais il était prêt à l'assumer et cela ne constituait pas un empêchement de laisser Gagnon le proposer et de préparer le vote en téléphonant aux 22 autres maires à part Cliche, Grégoire et lui-même.

"Léonce est un bon maire et un homme d'exception," avait rétorqué Honoré.

"Mais il tire un peu trop la couverte vers le bas du comté. Il nous faut un homme du haut. C'est toi qu'il nous faut, Honoré."

"Je vois avec ma femme et je te rappelle, mon cher Joseph."

Ce qui retenait donc Honoré, c'était des considérations d'ordre familial et professionnel. Il serait encore moins présent aux affaires du magasin. Moins présent à son chantier du lac Frontière. Émélie et lui devraient participer à plus de fêtes, de célébrations, de congrès même... Ce n'était pas rien, cette lourde tâche de préfet de comté, et si son épouse devait s'opposer, Honoré dirait non tout net. Et qu'on élise Léonce Cliche, un personnage qu'il admirait !

Il n'essayait pas de convaincre sa femme. Émélie n'était pas très bien de ses jambes et cela tracassait Honoré. Ajouter un poids nouveau à son fardeau lui pesait lourd à lui aussi. Il lui disait donc ce à quoi il fallait s'attendre.

–Député ? dit-elle. Tu te battrais pas contre notre bon ami le docteur Béland toujours ?

–Moi : bleu ? Jamais dans cent ans ! C'est au provincial... pour remplacer Arthur Godbout.

–Quoi, il s'est finalement retiré ?

–Il a été nommé magistrat du district de Beauce.

–Un homme profondément humain. Et toi aussi, tu ferais

un bon député, Honoré.

–Dire que je le pense pas, ça serait mentir, mais avec tout ce que j'ai à faire. J'ai 56 ans, pas 26.

–J't'ai jamais donné de conseils qui t'ont nui... Tu devrais accepter le poste de préfet et ça te donnera du temps d'y penser comme il faut à celui de député. Si préfet exige trop, tu démissionnes...

–Je m'attendais à ce que tu me fasses quelques objections...

–Tu les voulais ?

–Non, mais je m'y attendais. Ce que je veux, c'est le fin fond de ton idée. T'es aussi importante que moi devant cette décision-là.

Pampalon était ému d'entendre cet échange. Bien sûr, il avait été témoin d'accrochages voire de chicanes de ménage parfois, surtout à l'occasion des 'maudits quarts d'heure', mais ses parents savaient toujours retrouver le chemin de l'accord. Et ça les grandissait dans son estime en les embellissant dans son coeur.

Jos Page entra dans le magasin. Comme d'autres, il ne tarda pas à voir Pampalon en haut de l'escalier. Et vint vite se mettre au pied pour lancer dans son langage de terre à la spontanéité qui frisait le sans-gêne :

–Mon p't'chi Grégoére, t'as d'l'air à plein d'un fetur député...

–Moi député ? T'es tombé sur la tête, mon Jos. Mon père peut-être, mais pas moi.

À l'intérieur du bureau d'Émélie, l'on entendit aussi bien les paroles de Jos que la réponse de Pampalon. Ce fut la goutte d'eau qui emporta la décision d'Honoré. Il serait préfet du comté s'il parvenait à l'emporter sur un adversaire de taille et ensuite, il envisagerait de remplacer Arthur Godbout à l'Assemblée législative.

Émélie était plus que d'accord, elle irait de l'avant main

dans la main avec son époux. À deux, on piloterait le bateau avec discernement et ça serait bon pour la famille.

L'on comprit que Pampalon attendait de pouvoir parler à l'un ou l'autre et Honoré se rendit à la porte pour l'inviter à entrer. On lui demanda s'il avait entendu leur échange; il acquiesça.

—C'est pas une faute, dit Émélie. Si on avait voulu que personne entende, on aurait fermé la porte au complet. Dis-nous à qui que t'as affaire de moi ou de ton père...

—Aux deux.

—Ben correct, fit Honoré qui reprit sa place. Assis-toi là devant nous autres.

Le jeune homme les remercia une fois encore pour leur générosité à l'achat de sa maison et dépendances. Il leur parla de son intention bien arrêtée de devenir hôtelier sans cesser sa boulange et de son désir d'acheter l'hôtel Central. Pour cette transaction, il faudrait plus d'argent, bien plus que pour l'achat de sa maison.

—On signera pour toi, dit Honoré sans tarder. Mais à une condition.

Émélie interrogea son mari du regard. Certes, Honoré négociait toujours et demandait en retour pour donner quelque chose. Pour la forme. Le plus souvent, il réclamait un rien auquel il prêtait une valeur que la condition n'avait pas, loin de là : valeur purement symbolique.

—C'est quoi ?

—À condition que tu deviennes à partir d'aujourd'hui mon chauffeur officiel.

—Il l'est pas déjà ? demanda Émélie.

—Il est mon chauffeur, mais pas officiel. Tandis que là, on va lui acheter un uniforme. Et on va le payer pour son ouvrage...

—Pas question, j'veux pas pantoute me faire payer pour

ça, voyons donc !

–Je t'ai dit : à une condition. Tu veux qu'on t'aide pour acheter l'hôtel Central qui est toujours pas à vendre soit dit en passant pis qui le sera peut-être pas avant ben des années, accepte la condition au complet. T'es mon chauffeur, tu vas être mon chauffeur officiel à salaire.

–Ton père pourrait devenir député, Pampalon.

–Pas si vite, suis même pas encore préfet de comté...

*

L'homme déposa sur le plancher une petite bonne femme de deux ans pour qu'elle marche à son côté, tenue par la main. C'était la première fois que l'enfant voyait ce grand univers lumineux et ses grands yeux noirs s'agrandissaient à chaque pas qu'elle faisait.

Bernadette qui faisait du ménage au magasin, s'exclama en l'apercevant :

–Si c'est pas notre belle petite Blandine ! Avec ses beaux cheveux noirs... et les yeux donc... mon doux Seigneur qu'elle est belle, cette enfant-là !

Émélie regarda par-dessus l'épaule d'une cliente pour voir elle aussi la petite fille du docteur Goulet. À sa hauteur, l'homme reprit l'enfant dans ses bras, la souleva, la montra fièrement à la marchande.

–C'est vrai, ce que dit Bernadette, hein !

La cliente, Marie Jolicoeur, l'épouse de Gédéon, regarda la petite, et son regard, dur de nature, s'attendrit, plus même que devant sa propre petite dernière, Monique.

–Une vraie p'tite poupée ! s'exclama de nouveau Bernadette qui avait contourné la table-comptoir pour s'amener auprès du docteur et de sa fillette.

–Et en santé ? questionna Émélie.

–On a eu de la misère avec sa santé, mais là, elle commence à se faire valoir, la petite.

—C'est votre dame qui doit être contente ! dit Bernadette qui jetait les yeux sur lui et sur la petite en alternance.

—Ah oui ! Sa petite fille, c'est un trésor en or.

—Je vous pense ! fit encore Bernadette.

Les deux autres femmes laissaient parler la jeune fille pour elles, prises toutes deux dans la glace. Bernadette le devinait et ne se privait pas de s'exprimer avec émoi.

Blandine regardait chacune en se posant de longues questions. Être ainsi dans les bras paternels la rassurait. Et la peur en elle était muselée par la paix...

*

À la réunion des maires, ce soir-là, à Saint-Georges dans la salle municipale, Honoré tendit la main à Léonce Cliche qui la serra avec respect et chaleur. Les deux hommes savaient qu'ils seraient tous deux mis en nomination au poste de préfet de comté et qu'un serait élu au vote secret. C'était l'objectif majeur de la soirée. À moins que l'un ou l'autre ne se désiste au dernier moment, ce qui n'était pas l'intention du marchand de Saint-Honoré.

Il y avait eu cabale de part et d'autre ces deux derniers jours. Tandis que le maire de Saint-Georges téléphonait à tous les autres pour les influencer en faveur d'Honoré, celui de Sainte-Marie faisait de même pour solliciter leur appui en faveur de Léonce Cliche.

Pampalon attendait à l'extérieur dans la voiture d'Honoré. Comme de coutume, mais en tant que chauffeur officiel, il avait reconduit son père qui ne savait toujours pas 'mener une machine'... L'assemblée étant à huis clos, les gens qui accompagnaient les maires devaient tuer le temps sous la chaleur du soir.

Le chauffeur de Cliche, un dénommé Trefflé Goulet de Saint-Joseph, maigre et chétif, vint parler à son homologue de Saint-Honoré-de-Shenley. Il ne tarda pas à certifier l'élection de son homme grâce aux quinze appuis garantis à

Cliche.

–On va savoir rien qu'après, hein !? rétorqua Pampalon de sa voix calme et basse.

–On sait avant, je peux te le garantir.

–Mettrais-tu deux piastres là-dessus ?

–Non.

–Tu vois.

–Pas deux piastres, dix piastres.

Cette fois, Pampalon hésita. Puis il sourit et sortit son portefeuille.

–On dépose l'argent entre les mains de quelqu'un ?

–Pourquoi pas cinquante piastres ? fit Goulet qui, en exagérant selon son habitude, voulait faire reculer l'autre sur le bacul.

–Toi-même, tu voulais dix piastres... si t'as peur...

Un témoin s'offrit pour prendre les mises. Ce fut fait sans autre négociation...

À l'intérieur, on eut tôt fait de liquider les affaires courantes avant de passer au scrutin qui donnerait au comté son nouveau préfet. Élu président d'élection avec droit de vote, Joseph Gagnon montra une boîte vide qui serait l'urne puis distribua des morceaux de papier d'égales dimensions à chacun des hommes autour de la longue table. Ainsi que des crayons à tous.

Il savait tout comme plusieurs autres que la moitié des maires se trouvant dans le haut du comté voteraient Grégoire et que l'autre moitié venue du bas voterait Cliche. La décision finale reviendrait donc à quatre maires des hauteurs qui n'appartenaient ni à un clan ni à l'autre de même qu'au maire de Beauceville, un vire-vent vire-poche qui avait promis son vote aux deux candidats.

–Messieurs, vous avez tous devant vous un carton à trois

faces qui vous servira de petit isoloir. Le moment de voter est arrivé. Votez pour qui vous voulez, mais votez, comme on dit souvent. Pliez votre bulletin en deux. Quand ça va être fini, je vais faire circuler la boîte sur la table pour ramasser le tout.

Et le vote eut lieu. Le dernier à pencher la tête sur sa feuille fut le maire de Beauceville. Il tâchait d'évaluer les deux candidats et n'y parvenait pas. Cliche, un avocat réputé et un homme de tête. Grégoire, un marchand et entrepreneur forestier prospère, et un personnage capable de faire passer son idée sans jamais l'imposer, ni par son discours ni par un jeu de coulisse. Le pauvre indécis penchait tantôt pour l'un, tantôt pour l'autre...

–Il vous reste une minute, déclara Gagnon qui appuya son regard sur le retardataire.

Le maire de Beauceville s'en remit au hasard et il écrivit le premier nom qui lui vint en tête.

Le président fit le décompte. On ne savait pas quelle pile de bulletins favorisait qui... Chacun supputait d'une manière qui favorise son camp. Enfin, il fit son annonce :

–Pile de droite : 15 votes. Pile de gauche : 10 votes. Le nouveau préfet du comté de Beauce... et peut-être futur député... j'ai nommé Honoré Grégoire.

Cliche aussitôt se leva de table énergiquement et vint auprès d'Honoré, main tendue :

–Félicitations ! On va avoir un bon préfet.

L'élu vit grandir d'un autre cran son admiration pour cet homme...

Quelqu'un sortit pour annoncer la nouvelle aux accompagnateurs. Pampalon encaissa l'argent du pari avec pas mal de rire dans un oeil et d'ironie dans l'autre. Goulet lui jeta avec désinvolture :

–L'argent me pèse pas au bout du bras. Dix piastres : une

peanut. Aurait fallu cinquante pour valoir la peine, mais t'as chié su' l'bacul...

–J'voulais pas te ruiner, Goulet...

L'homme éclata de rire.

Pampalon fit de même.

Ils s'entendirent bien malgré leur opposition.

*

Un événement d'une tristesse inouïe se produisait au coeur du village de Saint-Honoré par ce matin ensoleillé. Des funérailles pas comme les autres. Le convoi funèbre déambulait déjà sur la rue principale et arrivait presque à hauteur des portes du magasin.

Alfred s'était embusqué derrière la vitrine de droite pour voir passer. Il était fin seul dans tout le magasin. Sa mère faisait partie du convoi de même que son père. Bernadette s'y trouvait, elle aussi, l'âme bien en peine et le coeur tout bouleversé, baignant dans l'eau.

En avant marchait Octave Bellegarde dans son habit noir d'entrepreneur de pompes funèbres. Puis suivaient les porteurs, quatre garçons de neuf ans sélectionnés par Émélie à la demande des parents de la merveilleuse petite fille emportée brutalement par la typhoïde.

L'enfant dormait pour toujours dans son petit cercueil tout blanc, si belle, plus belle dans la mort encore que dans la vie. Ses parents suivaient, effondrés l'un sur l'autre. Jamais la paroisse n'aurait vu autant de peine étreindre deux êtres que le sort avait frappés avec pareille violence.

Alfred regardait.

Il ne parvenait pas à retenir des larmes qui lui partaient du coeur et vrillaient dans sa gorge comme des mèches de vilebrequin. La veille, avec Amanda, il était allé au corps de la petite Blandine Goulet et il avait dû retenir au fond de lui-même des flots de tristesse et de tendresse. Voir une enfant aussi belle et innocente ravie à ses parents provoquait en lui une souffrance profonde. Certes, il avait vu les petites dé-pouilles de trois de ses frères et soeurs, Bernadette première, Armandine et Maurice; il avait pleuré sur celles de ses pro-pres enfants décédés en bas âge, Gérard et Maurice; il avait bien regretté le départ brutal de ses frères Ildéfonse et Eugène, mais la petite fille du docteur Goulet allait chercher par son seul regard des tendresses nouvelles et insoupçon-nées dans le coeur des gens qui l'approchaient. Peut-être était-ce un ange venu faire une courte visite sur cette terre en frôlant la vie de son aile fragile ? Est-ce pour cela que ses parents avaient visiblement une bien plus lourde peine à por-ter que celle d'autres parents éprouvés de la même façon, ce qui était le lot de presque toutes les familles ?

D'aucuns, qui étaient allés au corps la veille, n'y avaient vu, eux, qu'un enfant de plus emporté par une maladie bru-tale. Des mères avaient pleuré en silence au souvenir des pertes qu'elles-mêmes avaient subies.

Émélie resta de bois malgré un coeur chaviré, navré.

Amanda, l'épouse d'Honoré, demeura de marbre, un air fabriqué servant à cacher doublement une indifférence cer-taine. Car dans le couple Alfred-Amanda, on était aux deux extrémités de la sensibilité...

Raoul Grégoire, 9 ans. Eugène Parent, 9 ans. Ronaldo Plante, 9 ans. Victor Dostie, 10 ans. Les quatre jeunes por-teurs trouvés par Émélie portaient tous un habit noir, une cravate noire, un brassard noir. Et tous quatre avaient le front assombri par un douloureux respect. Cette tâche diffi-cile qu'ils accomplissaient contribuerait à une maturité plus précoce pour chacun.

Quand il posa son regard sur son fils, Alfred connut un moment de répit et l'étau qui lui écrasait la gorge depuis qu'il avait aperçu Octave Bellegarde conduire le défilé funèbre rappelant les cruautés de la vie, s'était desserré grâce à un tournemain né de sa fierté. Raoul, il en ferait un grand bon-homme. Un docteur, un prêtre, un avocat, quelque chose dans le genre. Et surtout un honnête homme.

Deux garçonnets étaient venus s'asseoir sur le perron du magasin pour assister au passage du cortège. Des enfants de première année, comme on les appelait : de tout juste six ans. L'un était Dominique, fils d'Uldéric Blais et l'autre Roméo Bisson, jeune frère de Philias.

De l'autre côté de la rue, dans l'embrasure des portes de la boutique de forge se tenait le forgeron, gros marteau le long de son corps au bout de son bras, et qui semblait prier pour l'âme de Blandine, une prière vaine puisqu'on savait l'enfant rendue parmi les anges. À côté, un adolescent remarquable regardait aussi. À treize ans, François Bélanger ne fréquentait plus l'école. On avait assez ri de lui durant ses classes. Des enfants cruels l'avaient affublé des pires épithètes : le monstre à Bélanger, l'enfant le plus laid du monde, le bouledogue... Maintenant, il louait ses bras fragiles au maréchal-ferrant qui lui donnait du travail par pitié. François avait développé la faculté d'occulter le mal moral en lui, d'en supprimer les causes en les effaçant, et pourtant, il demeurait un être d'une tendresse peu commune. Que pouvait-il faire de mieux que de prier pour le bon docteur Goulet et sa jeune épouse ? Et il le faisait en ce moment avec une telle ardeur.

L'attention du commis fut attirée par ceux qui suivaient le cercueil. Le docteur d'abord. Alfred était capable d'analyser et de comprendre son penchant pour la bouteille. Joseph Goulet prenait sa médecine trop à coeur. Dès son arrivée à Shenley, la mort d'Ildéfonse l'avait assommé. D'autres aussi partis prématurément malgré toute sa science et la pharmacopée moderne, l'avaient profondément affecté par leur décès. Surtout, il avait été marqué par la grippe espagnole trois ans plus tôt. Pour un médecin de sa conscience, perdre plus de vingt jeunes personnes en trois mois ressemblait à un échec lamentable. Et ce, malgré une réputation enviable que lui avait faite son médicament spécial. N'avait-il pas sauvé plus de vies, toutes proportions gardées, que les autres médecins d'un peu partout ?

En plus d'oeuvrer dans la chose publique, notamment à la tête de la compagnie de téléphone, au choeur de chant des hommes qu'il dirigeait encore, le docteur répondait à tous les appels à domicile : de jour, de soir, de nuit. Et dans pareille grosse paroisse, il devait y consacrer une somme effarante de ses énergies.

En remerciement, le ciel lui envoyait la mort. Une mort mille fois pire que la sienne. Celle de sa petite fille adorable et adorée. Celle qu'il chérissait comme un trésor incomparable : Blandine qui avait été souffreteuse dans les premiers temps et qui avait surmonté le pire pour s'apprêter à gravir petite étape par petite étape la haute montagne de la vie. Si jolie, si douce, si vulnérable...

Puis Alfred songea à Blanche, l'épouse du docteur. Tandis que son mari continuerait d'accomplir des tâches et parviendrait à oublier ce deuil cruel, que resterait-il à son épouse comme lot à part ronger son frein et alimenter sa douleur atroce par l'ennui des jours interminables et la solitude de ses nuits blanches ? Parce que du même âge que cette femme, Alfred la comprenait-il mieux ? Sans doute pas tout à fait puisque de l'autre sexe...

Suivaient Émélie et Honoré qui avaient tenu à être le plus près possible du couple Goulet durant cette épreuve afin de l'aider à traverser le pire temps, celui entre la mort et l'enterrement au cimetière. Alfred fut distrait de sa tristesse par une autre tristesse : celle qu'il avait à voir sa mère marcher. Où était-elle, cette grande et mince femme qu'il avait connue dans son enfance ? Ce pas lourd, ralenti par la douleur qu'on savait omniprésente dans ses jambes : un poids à l'égal de son courage inépuisable. Par bonheur, Honoré lui donnait le bras et elle pouvait s'y appuyer tout autant que lui prenait appui sur elle dans toutes ses entreprises d'affaires et politiques, comme elle désirait le faire.

Les années avaient rapproché les partenaires de ce couple

et les épreuves qu'ils avaient traversées avaient renforcé le lien qui les unissait depuis 40 ans déjà.

Venaient ensuite les deux frères Dulac délégués par Cipisse pour représenter la famille : Mathias et Philippe, maintenant âgés respectivement de 21 et 16 ans. Par leur mère indienne, ils avaient hérité d'une ferveur catholique peu commune et surtout d'un respect craintif de la mort. Toute la famille était allée au corps la veille chez les Goulet. Célestine, la mère, avait pleuré.

Louis Champagne, le marchand du haut du village, suivait, accompagné de son épouse, précédant leur fils Alphonse, maintenant marié à Anaïs Grondin.

Puis venait le couple formé par Joseph Buteau et son épouse Joséphine (Plante). On avait une dette importante envers le docteur qui avait sauvé Joséphine atteinte de la grippe espagnole.

Et puis Jean Jobin, surnommé la 'brunante' en raison de sa lenteur proverbiale, venait à son tour, accompagné de sa deuxième épouse Marie-Anna Leclerc. Pour eux, vu le pas d'enterrement, suivre était facile.

Derrière eux, Théophile Dubé et sa femme Démerise, des gens dans la soixantaine, s'échangeaient des propos sérieux à mi-voix.

Deux hommes fermaient la marche : Napoléon Lambert que guidait, en le tenant par le bras, Pampalon Grégoire. Les femmes étaient allées au corps la veille et ne pouvaient, ni l'une ni l'autre, assister à l'enterrement.

Ce fut à faire pitié tant à l'église qu'au cimetière. Le docteur éclata en sanglots aux deux endroits. L'abbé Proulx, quand il prit la parole, parla de cette jeune âme qui, du paradis, veillait maintenant et pour toujours sur ses parents. Le même sempiternel discours de réconfort entendu à toutes les cérémonies des anges.

Tout le temps de celle-là, Émélie se rappela des événements avant celle chantée à la mort de sa petite soeur Georgina, emportée à l'âge de 4 ans en 1873 par un horrible accident alors que l'enfant s'était ébouillantée et avait subi une agonie atroce avant de rendre le dernier soupir. Ces souvenirs vieux de 50 ans revenaient clairs et nets dans son esprit...

« –Mélie, tu vas rester avec Georgina... pis à toutes les deux, trois heures, tu vas la frotter avec du beurre...

Édouard avait pensé que son aînée, la seule qui n'avait pas versé une seule larme à la mort de sa mère, était donc celle qui possédait la meilleure maîtrise de soi ou peut-être que la nature l'avait dotée de carapaces enrobant ses sentiments. Il ignorait que Pétronille avait montré un an plus tôt à sa plus vieille à ne pas pleurer en cas de deuil...

Mais il n'y avait pas encore le deuil : Georgina survivait et peut-être que si le bon Dieu s'en mêlait comme l'espérait tant Marie... Mais Dieu s'en mêle rarement...

Émélie prit son poste au chevet de la fillette au seuil de la mort. Elle la frotta comme on l'avait demandé. Et elle pleura, pleura, pleura sans arrêt, par crises interminables qui recommençaient et recommençaient... On la releva pour la laisser dormir. Vidée, morte de chagrin, elle entra dans des sommeils profonds, cauchemardesques... Et son martyre moral dura le même temps que l'agonie incroyable de Georgina.

La délivrance survint enfin l'après-midi du surlendemain, 3 janvier, un vendredi. Georgina décédait à quatre jours de ses quatre ans. Sophie était dans la chambre alors.

Elle l'annonça à voix blanche aux autres réunis dans la cuisine, à Édouard en premier qui restait assis dans sa chaise près du poêle, prostré dans l'inutile, à réfléchir sur son avenir et celui de sa famille, et à s'en vouloir de n'avoir pas confié ses enfants à d'autres mains à la mort de Pétronille. Ce qu'il ferait au plus tôt avant qu'ils ne meurent tous dans cette maison qui semblait l'objet d'une malédiction...

Émélie ne pleura plus.

Quand plus tard l'occasion se présenta, elle trouva des ciseaux dans le tiroir de la commode de la chambre et en secret coupa une mèche de cheveux de sa petite soeur décédée. Elle lui parlerait à travers cette chose qui ne périrait jamais. Tout comme sa croix de bois et son coffre, elle préserverait pour toujours le boudin blond, non pour pleurer quand elle le toucherait mais pour dire à l'oreille de Georgina qu'elle l'aimait de tout son coeur...

Et elle lui parlerait aussi les jours de pluie quand le temps lui demanderait de déployer son parapluie. Et à ses côtés marcherait l'âme de Georgina qu'elle tiendrait par la main. Et toutes deux souriraient de bonheur alors... Et elle entendrait sa petite soeur chérie rire aux éclats...

*

Il y eut cérémonie des anges le lendemain après-midi. Puis un convoi sombre par temps nuageux se forma à la sortie de l'église vers le cimetière situé à l'arrière. Le charnier d'hiver était à demi construit et l'on y déposa le cercueil de planches de cèdre. Le vicaire bénit la boîte, récita quelques prières et quitta les lieux avec l'enfant de choeur qui l'assistait. Les assistants s'en allèrent aussi. Puis Édouard qui laissa derrière lui Émélie et Marie. Les deux enfants, toutes de noir vêtues, endeuillées pour la quatrième fois dans une seule année, restèrent un moment épaule contre épaule, à regarder par l'embrasure de la porte qui n'était pas encore installée, le petit cercueil déposé sur la neige à l'intérieur.

Elles ne dirent mot. Puis leur père les appela au lot de leur mère Pétronille, de leur frère Joseph-Édouard et de leur soeur Henriette, tous ensemble sous cette croix de bois qui mentionnait le nom de chacun en lettres encavées. S'y ajouterait bientôt celui de la petite Georgina.

Édouard prit la douloureuse décision de se séparer des trois enfants qui lui restaient. Il pensa confier la garde des deux fillettes à la famille Leblond qui lui en avait fait la proposition à quelques reprises. Quant à Joseph, il y songerait dans les prochains jours...

Ce soir-là de 1921, quand Honoré fut endormi, Émélie alluma une petite lampe de chevet, se leva en discrétion, ouvrit son vieux coffret de bois et en sortit la mèche de cheveux de Georgina. Elle la porta à son visage en soupirant. Et, les yeux brillants, elle s'en caressa longuement les joues, les lèvres, le front, et même les paupières quand elle fermait les yeux fortement pour ne pas pleurer...

***

Chapitre 21

1921...

À dix ans, le gamin se conduisait comme un homme. Sa mère avait taillé sur sa tête un chapeau de cheveux dont la partie avant recouvrait son front entier et lui rasait les sourcils, ce qui lui valait parfois des railleries à l'école où d'aucuns le traitaient de fillette.

Mais le temps de la moquerie avait pris fin un jour de mars, en fait le jour même de son anniversaire de naissance, soit le 18, alors qu'Ovide avait démontré sa bravoure, et que loin d'en rire pour ce qu'il avait fait, on l'avait loué. Son coup lui avait mérité le respect de tous les autres élèves de son école du Grand-Shenley... jusqu'au moment où la maîtresse en avait été informée par une langue rapporteuse.

C'était un vendredi après les classes. Ce jour-là, on avait reçu la visite de l'inspecteur d'école. Tout s'était bien passé. Ovide avait brillé en calcul comme toujours. Et en français, mais moins en catéchisme. Parce qu'il le trouvait beau, l'inspecteur lui avait accordé une attention toute particulière, ce qui n'avait pas échappé aux filles de la classe et même à certains garçons de septième année dont son frère Léopold.

Un grand, plus fort que lui, osa lui dire à la sortie de la classe tandis que l'inspecteur restait avec la maîtresse :

—T'avais l'air du chouchou de l'inspecteur.

—Va chier, Poulin...

Et Ovide avait pris ses pattes à son cou pour retourner chez lui et ne pas risquer une séance de 'colletaillage' avec cet énergumène envieux. Léopold de deux ans son aîné ne tarda pas à le rattraper.

—Pourquoi tu cours aussi vite, Ovide ?

—Poulin veut me donner la volée, exagéra le garçon.

—Qu'il te touche donc ! Il va avoir affaire à moi.

Ovide savait pouvoir compter sur son grand frère, mais encore fallait-il que Léopold soit présent lors d'une altercation avec Henri Poulin.

—On va l'attendre, lui. Cachons-nous en arrière de la cabane du puits, là. On va se préparer des 'plottes' de neige.

L'idée plut à Ovide qui alla s'embusquer avec son frère, la joie au coeur, la douce vengeance à l'esprit. À l'aide de ses mitaines, il ramassait et agglomérait comme il faut la neige en la pressant fort à hauteur de ses yeux, assez pour que la boule ne soit pas écrasée et qu'elle tienne sa forme. Il les posait à terre à mesure. Déjà Léopold signala la venue de Poulin qui ne se pressait pas pour retourner chez lui.

En fait, il se pressait si peu que l'on put apercevoir venir une carriole plus loin, derrière lui, et qui le rattraperait bientôt. Si on devait le faire monter, l'attaque à la boule de neige pourrait ne jamais avoir lieu, du moins pas ce jour-là. Mais comment rater l'occasion quand la neige est si 'plottante' ?

—Tournons nos casques sur le côté pour se camoufler.

Chacun le fit, et les palettes leur retombèrent devant le visage plutôt que sur l'oreille, et lui donnait un air de Viking.

Ce qu'on avait craint se produisit. L'on vit Henri Poulin monter dans la voiture d'hiver qui s'était arrêtée à cette fin, carriole dont on ne reconnaissait pas le conducteur casqué à la physionomie très peu familière, surtout à cette distance.

–Cachons-nous ben comme il faut tant qu'on va pas entendre les grelots en avant de nous autres.

Quand cela fut, Léopold risqua un oeil prudent sur le chemin blanc...

–C'est l'inspecteur... c'est l'inspecteur...

–On les bombarde pareil...

Sans attendre son frère, Ovide s'empara de deux boules, se leva et les lança vers la carriole. L'une d'elles atteignit l'inspecteur en plein casque. Et l'autre s'écrasa sur la fesse grise du cheval qui réagit en pressant le pas, mais fut aussitôt retenu par son conducteur qui le fit même stopper. Les yeux de Napoléon ne devaient pas briller plus sous le soleil d'Austerlitz que ceux du jeune Ovide Jolicoeur en ce moment de grâce. À son tour, Léopold passa à l'attaque et lança ses deux projectiles en direction de leur cible qu'il rata.

–Qui c'est, vous autres ? cria l'inspecteur qui se mit debout dans la carriole.

Henri Poulin descendit de voiture, la contourna et courut au monticule à grandes enjambées. Il ignorait qu'on le visait et voulait aussi prendre part à l'assaut contre l'inspecteur.

–Mes p'tits v'nimeux, je vais envoyer une lettre à votre maîtresse d'école...

L'inspecteur eut à peine le temps de finir sa phrase qu'une autre salve fut envoyée. Trois balles s'écrasèrent sur sa digne personne.

–Je vais vous faire jeter en prison, hurla la victime en détachant chacun des mots. Vous avez compris ?

Il dut essuyer une troisième bordée. Pour ne pas risquer d'échapper son cheval, il se rassit et repartit en jurant et en pestant fort... Au fin fond de lui-même, il n'était pas insulté du tout et avait joué le jeu, en se rappelant sa propre jeunesse et de semblables attaques qu'il avait initiées.

–Suis content de toé, Ovide, dit Poulin qui riait aux éclats tout comme Léopold.

–J'ai eu du 'visou', hein ?

–Quand on ose, on a toujours du 'visou'...

–Tu parles comme un livre ouvert, Poulin, fit Léopold...

Voilà ce qui s'était passé quelques mois auparavant. Et ce jour d'été, Gédéon avait dépêché ses fils Albert et Ovide au village pour en ramener de la moulée et un cent de fleur.

Dans sa candeur d'enfant, Ovide ne se méfiait pas des projets tordus de ce frère de 15 ans qui n'allait plus à l'école et dont on disait à son insu qu'il avait reçu un coup de broc sur la tête, ce qui le rendait un peu 'zinzin'.

–Va chercher un paquet de thé Salada pour la mère, Ovide, ordonna Albert quand l'attelage fut sous le porche.

–J'ai pas d'argent.

–Fait marquer.

–Freddé va-t-il vouloir ?

–Il veut tout le temps.

–Ma'am Mélie, elle ?

–Elle veut itou. Vas-y... Moé, je vas embarquer les poches de moulée pis le cent de fleur.

–J'y vas.

Mais Ovide y allait à contrecoeur. Acheter à crédit l'embarrassait voire lui faisait honte. Et s'il avait su en plus que son frère lui en imputerait l'initiative plus tard devant leur mère... Il hésitait. Et passa son chemin devant le magasin quand il y aperçut une soutane noire et reconnut le curé Proulx en train de parler avec Alfred. Mais où aller ? À l'église en plein coeur de jour en plein été, ça ne se faisait pas. À l'hôtel pour un garçon de neuf ans, non dix... Il se demandait quoi faire de sa personne, rendu vis-à-vis la résidence des Grégoire quand il entendit quelqu'un se racler la gorge. D'où venait donc cette voix ? Peut-être du côté des Racine et il songea à traverser la rue pour se rendre à la boutique de forge. Mais la voix se fit de nouveau entendre. Et ça venait de la maison Grégoire... Puis il entendit un rire à moitié étouffé... D'un naturel calme, toujours s'arrêtant pour réfléchir dans une situation qu'il ne comprenait pas, Ovide cloua ses pieds sur le trottoir et examina la devanture de la propriété. Porte avant : fermée. Fenêtres du bas : fermées. Mais là-haut, les volets de la fenêtre la plus proche du magasin étaient ouverts de même que les panneaux vitrés...

Il ne vit rien ni personne là. Mais savait que la voix venait de cet endroit. Alors il devait jouer le jeu. Et tourna la tête pour regarder à l'opposé.

–Hum... Hum...

Vivement, Ovide regarda la fenêtre redoutée. Et il surprit Berthe Grégoire qui s'amusait à ses dépens. La jeune fille souffrait d'ennui à devoir trop souvent couver sa chambre et il lui arrivait d'attirer l'attention des passants, de les mystifier sans dévoiler sa présence. Mais elle avait eu affaire, cette fois, à un garçon possédant de l'instinct.

Prise en flagrant délit, elle figea net.

–Bonjour ! osa-t-il lui dire.

–Bonjour !

–Tu t'appelles Berthe.

–Tu t'appelles Ovide.

–Voulais-tu me dire quelque chose ?

–Ben... non...

–On aurait ben dit.

–Ben... salut là !

–Salut !

Elle se recula et disparut. Il sourit au soleil et pivota sur lui-même pour se retrouver nez à nez avec le curé.

–T'es qui, toi ? demanda le prêtre qui ne vivait pas depuis assez longtemps dans cette grande paroisse pour en connaître tous les enfants.

–Ovide Jolicoeur.

–Ton père, c'est Godefroy ?

–Non, c'est Gédéon.

–Du Grand-Shenley ?

–Oui.

–T'es tout seul au village ?

–Avec mon frère.

–Ah. Bon... je te souhaite une bonne journée, mon petit Jolicoeur.

–Merci, monsieur le curé.

Camouflée derrière le rideau, Berthe avait tout écouté, tout entendu. Elle le trouvait bien beau, cet Ovide Jolicoeur du Grand-Shenley et voici qu'elle connaissait sa voix et sa politesse. Un garçon bien élevé... comme ses frères à elle...

Prenant son courage à deux mains, le garçon entra dans le magasin et demanda le thé voulu par sa mère. Alfred le servit et dit avant qu'il ne le lui soit demandé :

–C'est pour mettre sur le compte à ton père...

–Ben... oui...

Alfred regarda sa mère qui lui dit depuis son comptoir :

–Le compte à Gédéon Jolicoeur est tout le temps à jour; jamais de retard. Crains pas.

Voilà qui rassura Ovide. Toutefois, il fallait mentionner ce que son frère devait avoir mis dans la voiture :

–On achète deux poches de moulée pis un cent de fleur. C'est Albert qui les prend dans le hangar. Il va venir le dire lui-même.

Émélie s'adressa à Alfred :

–En plus que c'est du monde honnête.

Sauf que tous les enfants d'une famille ne sont pas à l'image de leurs parents. Si Ovide était perméable aux bons principes qu'on lui inculquait dans le giron familial, Albert, lui, avait hérité possiblement d'un vieux gène ancestral, du temps qui sait où les Jolicoeur s'appelaient Pilet et guerroyaient quelque part dans la vieille France, et il ne reculait devant rien pour réaliser ses plans de nègre. Celui qu'il mijotait depuis près d'une année était de se fabriquer une bombe, rien de moins. Pour cela, il fallait de la poudre. Où s'en procurer ailleurs que chez Honoré Grégoire. Comment ? En achetant de la dynamite. Qui chez Honoré serait assez fou pour vendre de la dynamite à un écervelé comme Albert Jolicoeur et surtout à quelqu'un d'aussi jeune ? À moins de dire que son père avait des roches à faire sauter... On téléphonerait à Gédéon avant de livrer la marchandise. Et Albert en mangerait une maudite à son retour au Grand-Shenley... Une solution bien plus simple s'offrait à lui : la voler, cette maudite dynamite.

Voilà pourquoi il avait envoyé Ovide à l'intérieur.

Pendant ce temps, il se rendit à la cabane à dynamite que la maison rouge cachait de la résidence Grégoire et il inséra un bout de broche dans le gros cadenas noir qui verrouillait la porte. N'ouvre pas qui veut un pareil accessoire, mais là encore, Albert avait préparé son coup de longue main. Et s'était pratiqué sur divers cadenas chaque fois qu'il en avait eu l'occasion. Ouvrir un cadenas avec un bout de métal, ça se faisait puisque Houdini le magicien et des tas de filous dans le monde pouvaient le faire. Suffisait de l'apprendre, de le pratiquer. Cette aptitude à la machination lui venait-elle aussi de ses gènes Pilet ou bien le coup de 'broc' sur la tête l'avait-il décuplée, toujours est-il que le gros cadenas noir à Grégoire eut tôt fait de céder à son manège. Albert portait de longues bottes à tuyau qu'il lui suffirait de remplir de bâtons de TNT avant de retourner sous le porche sans que rien n'y paraisse à moins d'être pris sur le fait.

–As-tu dit à Freddé qu'on prend deux poches de...

–Pis un cent de fleur, coupa Ovide. Le thé, le v'là...

–T'as fait marquer ?

–C'est sûr : c'est ça que tu m'as dit.

Albert fit reculer le cheval et monta dans la voiture où il prit place sur la banquette avec son jeune frère.

–En route pour la maison !

Et il clappa. Aucun d'eux ne vit Berthe qui était accourue jusque dans le couloir entre les deux hangars où, comme le faisait parfois Eugène de son vivant, elle se hissa à la fenêtre pour voir partir les deux frères et regarder surtout celui de son âge qui avait la chevelure drôlement coiffée... Comme elle le trouvait beau !...

*

Sans détonateur, la dynamite ne pourrait pas sauter. Ce que voulait fabriquer Albert était une sorte de bombe à la Dollard des Ormeaux. Il avait déjà caché sous la grange, derrière la fondation de pierres un tonnelet vide. À l'insu de tous, il le prit et y vida le contenu de tous les bâtons de TNT puis il inséra dans l'orifice une râtelle dérobée dans le hangar. Il ne restait plus qu'à donner la démonstration de sa 'créature'... Pas question de le faire aux alentours des bâtisses ou bien il aurait eu affaire à son père. Mais pas question non plus de mettre le feu à la poudre sans la présence de spectateurs, autrement quel plaisir apporterait le spectacle à 'huis clos' à part le bruit et le feu ?

Un moment, il songea attendre le jour du mariage de son frère Wilfrid, l'aîné de famille, qui en juillet, prendrait pour épouse Éva Fortin de Saint-Évariste, mais il se ravisa. On risquait de ne pas trouver ça drôle s'il devait perturber la noce. Alors il porta son engin sur un tas de roches au milieu du champ, derrière un bosquet d'arbres, à l'abri de la vue de ses parents puis convia ses frères au spectacle inusité.

–Je vas faire sauter une bombe à midi. Viens-tu voir ça ? Les autres vont venir...

Il distribua la même invitation au creux de l'oreille de Léopold, Ernest, Roland et même Ovide.

Albert se rendit le premier sur les lieux du grand événement planifié. Quand il vit venir ses quatre frères, il mit le feu à la mèche...

Et alors qu'ils approchaient dangereusement du lieu prévu pour la déflagration, tous quatre, joyeux dans leur incrédulité, voici que boum! : la 'patente' à Albert éclata. Des morceaux de roche volèrent dans toutes les directions. Le gérant du projet en reçut un sur le derrière du crâne et s'effondra sous le regard consterné de ses frères.

Le bruit fut entendu de la maison. Gédéon dit à son épouse que le voisin travaillait à la dynamite de ce temps-là. On ramena le blessé qui marchait en titubant, appuyé tantôt sur l'un, tantôt sur l'autre.

Ce que pensait le père, l'un des fils le pensa également, mais sous forme de mensonge, et à leur arrivée à la maison, après avoir prévenu ses frères, il dit à leurs parents :

–Albert a reçu un morceau de roche par la tête... C'est Poulin qui fait sauter de la dynamite...

–Ben oui, mais vous aviez pas d'affaire là non plus ! lança Gédéon. Je vas y dire, à Poulin, d'avertir quand il fait sauter de la dynamite. On crie... en comptant jusqu'à dix... Il doit savoir compter jusqu'à dix, lui, ça doit...

Marie examina la blessure. Elle suggéra à Gédéon qu'on envoie l'adolescent au village chez le docteur. L'homme n'en avait pas le temps et il dépêcha Léopold et Ovide avec l'apprenti sorcier d'Albert...

Gédéon oublia l'incident et n'en parla jamais à son voisin... Ovide eut l'impression que le coup à la tête reçu par son frère ce jour-là ajouta ses effets au coup de 'broc' qu'il avait subi l'année précédente... Quel nouveau plan impossible Albert concocterait-il derrière les cicatrices nombreuses de son cuir chevelu ?...

***

Ovide Jolicoeur

Chapitre 22

1921, suite et fin

À Lambton, dans une maison située à la lisière séparant la paroisse de sa voisine Saint-Sébastien, un être neuf fit valoir sa présence par ses cris et par ses pleurs. Il s'ajoutait à cette drôle de famille formée d'une femme, Éva Pomerleau, et de deux frères, Ernest et Gédéon Mathieu. La veille, jour du 4 octobre, une enfant était née. Une fille qu'on baptiserait ce jour même sous le prénom fort populaire de Jeanne d'Arc. C'est qu'il y avait eu canonisation de la pucelle d'Orléans en 1920 et les mères catholiques du monde entier voulaient donner à leur fille nouveau-née ce prénom sanctifié.

Vitaline était venue prendre soin de sa fille le temps des relevailles. Elle avait pris le train à Saint-Éphrem trois jours auparavant pour descendre à la station de Saint-Samuel où Ernest l'avait prise en 'robetail' pour la ramener chez lui à quelques milles de la gare.

Les deux frères devisaient dans la cuisine quand une fois encore le bébé se fit entendre. Vitaline délaissa les chaudrons pour se rendre dans la chambre prendre l'enfant et le coucher avec sa mère pour la tétée. Dès qu'elle y fut, la porte de la chambre fut refermée avec force. Quelqu'un l'avait fait pour elle, mais dans la mauvaise humeur.

Éva s'en montra contrariée :

—Pour moi Gédéon endure pas les enfants. Pas près de se marier, celui-là...

Elle et sa mère l'ignoraient, mais ce n'était pas Gédéon qui avait ainsi claqué la porte et plutôt Ernest que les bruits stridents agaçaient au plus haut point...

*

En ces jours-là, à Saint-Honoré, dans leur chambre, Ida annonça à son époux qu'elle était enceinte. Pampalon s'en réjouit :

—Je pensais qu'on était pas capables d'en faire, nous autres, des enfants. Quatre ans de mariage...

—C'est des choses qui arrivent. Tu vois ta soeur Alice, elle s'est mariée avant nous autres.

—Ça va l'encourager d'apprendre qu'on va en avoir un.

*

Et en novembre, Émélie et Honoré devinrent grands-parents une fois encore : leur fille Éva mit au monde un cinquième enfant. Dès les premières contractions durant la nuit, Arthur téléphona à Shenley chez Pampalon pour lui faire savoir, et à Ida, que la naissance aurait lieu ce six novembre et qu'ils pouvaient se préparer à venir à Saint-Gédéon comme entendu d'avance pour faire baptiser.

Aline Boutin reçut pour parrain et marraine Pampalon Grégoire et Ida Bisson.

Les familles d'Alfred et d'Éva semblaient à elles seules devoir assurer la descendance d'Honoré et de son épouse. Mais voici que Pampalon aussi s'attelait à la tâche. Quant aux autres, Alice, Henri, Bernadette, Armand, Berthe, ils mettraient peut-être l'épaule à la roue le moment venu ?...

*

Fin novembre, un événement survenu en France donnait le frisson à tous ceux qui se renseignaient sur les faits divers dans les journaux canadiens. Un soir que la Patte-Sèche s'était arrêté chez les Grégoire, on en parla autour de la grille de la fournaise.

Il n'y avait pas là que le quêteux de Mégantic, mais aussi des gens de la place, clients ou non du magasin. Jean Jobin qui sortait peu et que le hasard avait envoyé là en même temps que se formait le cercle de bavardage. Voilà qui lui rappelait ces mémorables soirées d'avant l'électricité et le téléphone alors que les nouvelles des journaux se commentaient là même ou bien, plus loin en arrière dans le temps, dans la maison rouge avant 1900 ou bien à l'une ou l'autre des boutiques de forge.

Tout avait changé. Fini les soirées de placotage entre hommes à la forge ! Fini celles tenues au magasin ! Ce soir-là, le hasard avait fait arriver les choses. Et c'est de manière impromptue que le cercle s'était formé à l'instigation d'Honoré que le souvenir du vieux temps rendait nostalgique.

Émélie s'éclipsa en douce. Et pas question de laisser voir la Patte-Sèche aux enfants. Assez de ses prédictions à cet oiseau de mauvais augure !

Jos Page flânait au village et vint au magasin. Il prit place sur la table-comptoir et sortit sa pipe. Napoléon Lambert vint prendre la malle du curé, il l'apporta au presbytère et plutôt de retourner chez lui, s'arrêta au magasin, sachant que Rostand s'y trouvait. Peut-être en recevrait-il un autre don après celui de guérir les animaux...

Furent bientôt assis en rond autour d'une colonne de chaleur qui émergeait de la grille et montait vers le plafond le docteur Goulet qui sortait souvent le soir pour oublier sa peine de voir Blanche pleurer Blandine, le secrétaire municipal, l'aveugle Lambert, Honoré Grégoire, Octave Bellegarde, industriel et embaumeur, Uldéric Blais, industriel et Cyrille Beaulieu, tailleur, et Cyrille '*Bourré-ben-dur*' Martin.

La plupart d'entre eux à part Jos Page et Napoléon Lambert lisaient le journal chaque jour, y compris la Patte-Sèche qui s'y alimentait pour soutenir ses dires métaphysiques. On avait là l'élite du village. Il n'y manquait que le notaire et les prêtres ainsi que Théophile Dubé et Onésime Pelchat.

–Ils l'ont condamné à la guillotine et le bonhomme a trouvé ça drôle, fit Honoré en brandissant son exemplaire du Soleil.

On parlait d'un criminel français du nom de Henri-Désiré Landru qui avait été trouvé coupable du meurtre de dix femmes et d'un garçonnet.

–Vous savez ce qu'il a fait ? Il a salué les jurés en faisant faire un moulinet à son vieux chapeau à la manière des mousquetaires.

Le docteur Goulet qui avait lu l'article ajouta :

–Il a même refusé de signer la requête pour que sa peine soit commuée en emprisonnement à vie. Il a déclaré : "*Je refuse de demander la pitié. Un homme comme moi veut la justice et non la miséricorde. Vous pensez que je suis coupable, eh bien, laissez-moi mourir...*"

Honoré ne fut pas long à se rendre compte que la réunion ne provoquait pas les mêmes émois que celles d'antan. Il semblait même que l'assistance était blasée, lui pour commencer. Le frisson n'avait duré que le temps de dire comment le meurtrier avait tué ses victimes et disposé des corps. Peut-être y avait-il trop de lumière dans le magasin ? Peut-être que l'abondance de nouvelles effrayantes au fil des années avait usé les esprits ? Il était loin, le temps de Cordélia Viau et du récit de sa pendaison. L'on savait déjà que dans un an, guère plus, la radio serait disponible. Déjà, il avait été annoncé qu'un poste serait inauguré à Montréal et qu'on pourrait en capter les ondes même dans la Beauce lointaine. Qui alors voudrait aller au magasin pour entendre parler de politique, de faits divers, de catastrophes, d'inventions ? On saurait tout sans bouger de chez soi, musique en prime. Les cardinaux, le pape, les Premiers ministres pourraient faire entendre leur voix en direct...

Mais c'était sans compter sur la Patte-Sèche pour tisonner l'émoi. Il prit la parole pour justifier les actes de Landru :

–Savez-vous pourquoi ce gars-là tué dix femmes, le savez-vous ?

Et de ses yeux rougis, une main flattant sa barbe grise, le quêteux interrogeait chacun du regard. Une voix se fit entendre au-dessus de leur tête qui dit :

–C'est parce que dans ses vies antérieures, il s'est fait tuer par dix femmes.

Tous levèrent la tête pour comprendre. Quoi, une voix céleste venait-elle de se faire entendre ? Il en aurait fallu plus pour faire avaler pareille chose à des gens aussi terre à terre que Bellegarde, Blais, Jobin, Goulet et Grégoire.

D'ailleurs le marchand fut le premier à savoir :

–Armand, montre-toi la boîte à poux, on sait que c'est toi qui a parlé.

Jos Page éclata de rire à entendre Honoré parler ainsi, au point d'en échappr sa pipe sur le plancher.

À quatorze ans, le septième fils d'Honoré en était à sa toute dernière année de classe au couvent de Shenley. Dès l'automne 1922, il partirait pour Sainte-Marie où il poursuivrait ses études commerciales au collège tout comme l'avaient fait avant lui Honoré, Alfred, Henri et Pampalon. Tout avait été planifié, décidé par Émélie et Honoré. Un an à Sainte-Marie puis ensuite le collège Saint-Laurent à Montréal, rien de moins pour 'le beau Armando' à sa mère...

En attendant, Armand s'instruisait autant par lui-même que par ses cours à l'école. Il lisait les journaux tous les jours et avait fait du cap à Foley son lieu de prédilection, du printemps à l'automne, pour y lire des bouquins. Mais pas les mêmes qu'aimait son frère Eugène, le poète de la famille. Armand préférait des livres scientifiques aux romans, des écrits ésotériques à la poésie tant affectionnée par son frère décédé.

De plus, il continuait de privilégier la compagnie des garçons et ne s'intéressait aucunement aux jeunes filles de son âge dont plusieurs qui le trouvaient beau et charmant, lui faisaient les yeux doux, toujours en vain.

Il avait suffi d'un interdit de sa mère un quart d'heure plus tôt pour qu'il disparaisse de la maison tandis qu'elle était occupée au salon, et qu'il rentre au magasin par les hangars et monte en toute discrétion le grand escalier central. Et voici qu'il s'était embusqué à la mezzanine pour entendre le cercle des adultes parler de Landru et de ses crimes.

–Ce qu'il vient de dire, c'est exactement ce que j'avais dans la bouche ! s'exclama le quêteux. Vous voyez qu'on n'a pas besoin du téléphone pour se téléphoner. Ça se fait d'esprit à esprit.

Armand se glissa le long de la rampe et parut au-dessus de tous en disant de sa voix qui portait :

–Paraît que notre vie présente, c'est le résultat des vies qu'on a vécues avant.

–Monsieur le curé aimerait pas trop t'entendre, dit Jean Jobin de sa voix prolongée.

La Patte-Sèche intervint :

–On peut penser de même pis être bon catholique, vous savez. Un va pas contre l'autre...

Armand qui avait lu sur la taoïsme et le bouddhisme voyait Rostand comme une sorte de chaman dont la mission sur terre était de réveiller les gens à autre chose que la religion catholique et la pensée conformiste. Mais dans un milieu aussi fermé, il ne fallait surtout pas heurter les âmes et toujours montrer sa ferveur chrétienne. Sans doute était-il le seul à comprendre le quêteux comme le quêteux voulait être perçu, sans toutefois le chercher ni l'exiger. Car Rostand ne s'inquiétait pas de passer pour marginal, original, excentrique, fêlé même. Il semait de la graine et voici qu'une d'entre elles avait peut-être germé.

L'adolescent qui, par peur, s'était moqué du quêteux et de ses prédictions la dernière fois qu'il l'avait vu alors que sa jument avait pris le mors aux dents, avait beaucoup réfléchi, beaucoup appris depuis. Il souhaitait se retrouver seul avec lui pour que le vieil homme infirme habitué à la souffrance lui dise sans ambages ce qui l'attendait, ce que seraient ces deux maladies prophétisées et cette vie écourtée dont il avait alors trop brièvement parlé.

La grosse voix de Blais tonna en tournoyant avec la chaleur montante :

–Quoi ? Vous pensez, vous autres, qu'on meurt pis qu'on revient sur la terre ?

–Ça veut dire que plus on avance, plus y a de monde sur la terre, fit Jean Jobin qui connaissait aussi le sujet.

Uldéric plaisanta en regardant Bellegarde :

–Mon Octave, ça va t'en faire, du monde à embaumer. C'est vrai que ça va prendre deux embaumeurs dans la place comme il faut.

Et il éclata de rire.

–C'est sérieux, fit Armand contrarié.

–Il dit la vérité, appuya le quêteux.

Jos Page intervint :

–Ben moé, du temps que ch'tais à Beauceville, y a tcheuqu'un qui m'a dit que j't'ais une chèv' dans ma vie d'avant asteur... Y m'disait que j'parle comme une chèv...

Et il eut un éclat de rire à demi étranglé qui fit sourire tout le monde, y compris le quêteux et Armand.

–Explique-nous donc tout ça par le long pis le large, demanda Honoré à Rostand. Armand, si tu veux venir t'asseoir avec nous autres pour écouter, t'as rien qu'à descendre.

L'adolescent ne se fit pas prier. Il dévala bientôt les marches de l'escalier pour se joindre au cercle en s'asseyant prestement sur la table-comptoir aux côtés de Jos Page.

Tout ce qu'il entendit confirma ce qu'il pensait : Rostand agissait, pensait, parlait comme un chaman. Il avait souffert à la guerre et c'est là que les dons venus d'ailleurs s'étaient développés en lui. C'était un être d'une grande spiritualité parmi un groupe d'hommes ne jurant que par la raison et l'évidence immédiate, sans compter la foi telle que vue et présentée par l'Église catholique à travers son autorité, ses commandements, son emprise...

Par son ouverture à tout, Honoré sauva la soirée. À cause de lui, on écouta le quêteux sans le mépriser, de crainte de le mépriser, lui. Landru qui avait servi de prétexte à l'échange fut relégué aux oubliettes et l'on ne parla plus que de karma, de communication avec l'au-delà, de compassion humaine, de bien et de mal.

Puis le quotidien reprit ses droits. Bellegarde, Blais et Grégoire formèrent un plus petit cercle et s'entretinrent de sciage, de chantiers, de droits de coupe. L'aveugle, lui, se mit humblement en retrait dans l'ombre...

Jean Jobin et Jos Page de même que Cyrille Beaulieu et 'Bourré-ben-dur' s'en allèrent.

Armand parvint à conduire le quêteux à part, dans le couloir à l'arrière du grand escalier, à l'abri des regards et des indiscrétions et lui demanda carrément la question :

—C'est quoi que vous pensez qui m'attend plus tard ? Les maladies, la mort...

—Il est pas bon de connaître le futur, mon gars.

—J'pourrais faire plus attention.

—Tu peux pas éviter que le futur arrive, même si t'en sais des grands morceaux d'avance.

—Peut-être pas l'éviter, monsieur, mais mieux composer avec, mettons.

—Ça, c'est pas une idée bête.

—Dans ce cas-là, dites-moi ce que je veux savoir.

–C'est pas facile à dire...

–Je veux savoir.

–Ta mère sera pas contente, elle va me chasser à jamais d'icitte.

–Elle le saura pas. C'est entre vous pis moi.

–Bon... D'abord, tu vas jamais te marier...

–Comment ça ?

–Parce que les filles t'intéressent pas... c'est les gars qui... disons qui...

–Bon, bon, mais c'est pas une maladie, ça ?

–La pire maladie que tu vas avoir, c'est... la bouteille.

–La bouteille ?

–Oué... l'ivrognerie... T'es quelqu'un qui va boire et boire encore. Toute ta vie à partir de dix-huit, vingt ans, tu vas boire pis boire. T'as déjà commencé...

–Bon, bon... pis l'autre maladie, elle ?

–La consomption.

–Allez donc au bonhomme, vous, là !

–Envisage la réalité.

Armand soupira d'incrédulité malgré un profond trouble intérieur devant cet homme qu'il croyait voyant :

–Fifi, soûlon pis consomption : une belle vie qui m'attend, ça ?

–Change les mots pis tu vas l'envisager ben mieux.

–Pis ça va m'amener quand dans ma tombe, tout ça ?

–Avant cinquante ans d'âge.

–Si on dit quarante-neuf, c'est-il trop proche de cinquante, ça ?

–Quarante-neuf, ça se pourrait, mais pas cinquante.

–De quelle manière que vous voyez tout ça en moi ?

–C'est un don de voyance. Je regarde : je vois. Je vois :

je constate. Je constate : je sais. Je sais : je dis. Je dis : je fais peur.

—Bah ! j'ai pas peur. Les prophètes se trompent...

—Suis pas un prophète.

—Vous êtes quoi ?

—J'ai pas besoin de te le dire, tu le sais...

Une voix forte tonna depuis le magasin :

—Armand, es-tu encore en haut ? Arrive en bas... on ferme le magasin.

Ainsi prit fin l'échange entre le quêteux trop bavard et le jeune homme trop curieux.

*

Le soir suivant, flanqué de deux amis, Armand se rendit sous les fenêtres de Philéas 'Peloute' Boutin pour le voir souffrir, sachant que la souffrance est inéluctable et qu'elle est prodigue de ses dons.

Le pauvre homme souffrait de la goutte depuis des années. Douleurs lancinantes particulièrement dans le gros orteil droit. Incapacité de dormir. Plaintes. Pleurs même parfois. Gémissements. Le ciel avait-il aménagé ce rendez-vous entre le jeune Armand à l'avenir redouté et le spectacle affreux de la souffrance redoutable, toujours est-il que l'on aperçut 'Peloute' disparaître derrière la porte d'une remise et en revenir avec une hache...

"Il mit son pied sur une bûche (dans la cuisine) et se trancha le gros orteil d'un coup. Loin d'apaiser ses douleurs, son intervention ne fit que les amplifier et chaque nuit, il arpentait la cuisine en sautillant, en gémissant et en maugréant contre l'idée qu'il avait eue de se mutiler aussi horriblement le pied. Dehors, les jeunes épiaient la maison et surveillaient sa silhouette qui se dessinait à la lumière de la lampe à pétrole. Monsieur Boutin ne se doutait certes pas qu'il faisait ainsi l'objet d'autant de sollicitude de la part des jeunes et peut-être cela l'aida-t-il inconsciemment à sur-

monter son épreuve car, malgré les conditions peu salubres dans lesquelles il avait effectué son auto-mutilation, il réussit malgré tout à guérir sans que la gangrène ne s'installe."

Un clocher dans la forêt, page 80

Suite à ce dur spectacle de la douleur bénéfique, l'adolescent pensa qu'il ne refuserait plus comme deux fois déjà, de se faire arracheur de dents comme le souhaitait son père vu que Armand, septième fils de la famille, devait posséder un don à cette fin, comme son père.

Peu de temps après, Honoré, dans un geste solennel, remit à son fils la pince qu'il avait lui-même reçue de son père voilà une volée d'années. C'est ainsi que le jeune homme devait perpétuer la tradition sur les quelques personnes assez braves pour s'abandonner à lui. À travers leurs cris de douleur, il examinerait leur âme...

*

Entre Noël et le jour de l'An, Armand se réunit avec ses amis dans une maison abandonnée et isolée des autres. *Chasseur* fut de la fête. Et l'on se rinça le dalot avec du caribou, un mélange d'alcool à 94% et de vin rouge. Si bien que le jeune homme devint ivre-mort.

Les autres quittèrent les lieux avant qu'il ne s'écroule sur le plancher et ne se préoccupèrent pas de lui. L'adolescent risquait de périr de froid. Mais le chien veillait fidèlement et le réchauffa de son corps pendant plusieurs heures jusqu'à son réveil.

Peut-être que les deux maladies dont avait parlé la Patte-Sèche furent contractées ce jour si elles ne se trouvaient déjà inscrites dans les gènes d'Armand et par eux programmées ? Dès lors, il ressentit un goût bien plus prononcé pour l'alcool, mais, bien pire encore, dans les jours qui suivirent, il commença de tousser et de cracher en accusant le coup de froid qu'il avait pris dans la maison Bouchard...

Fut-ce là le premier tremplin vers l'ivrognerie et la consomption ? Il se le demanderait encore à quelques jours de sa mort bien des années plus tard...

Pour l'heure, il avait un bout de vie à vivre et il le vivrait à sa manière, baigné d'une grande liberté, même quand les études et la maladie lui imposeraient des carcans. Sa liberté consisterait alors à les choisir de plein gré, ses chaînes... 'les maudites chaînes' ainsi qu'il appelait les devoirs et habitudes incontournables, y compris l'assistance à la messe et la nécessité de manger et de dormir...

Armand Grégoire n'était pas chez lui en ce bas monde, en tout cas en ce monde de 1921 : voilà la dernière pensée qu'avait conçue la Patte-Sèche en quittant le magasin à la fin de la soirée Landru le dernier jour de novembre...

*

Fait étonnant, le couple Grégoire ne s'inquiéta aucunement d'entendre Armand tousser ainsi. Comme s'il avait été hors de leur entendement qu'un adolescent si beau, si fort, si joyeux, si vivant puisse être visité par plus que des irritations passagères des bronches à l'instar de tant de monde qui en était atteint par saison froide.

Fait plus étonnant encore, leur sévérité à l'endroit de Berthe s'accrut d'autant. Quelque voix muette issue d'une autre dimension leur soufflait-elle à l'esprit que l'on pouvait aider Berthe mais pas Armand dont le destin était immuable ?...

***

Chapitre 23

1922

Celui que l'Histoire désignera comme le pape incompris de la Grande Guerre, Benoît XV, expira le 22 janvier de cette année-là. L'Église catholique partout dans le monde mit ses drapeaux en berne. Mais puisque ce jour de deuil tombait un dimanche, ce qui ajoutait aux indices démontrant la sainteté du pape décédé, on n'apprit la funeste nouvelle à Saint-Honoré que le lendemain.

Sur le point d'accoucher de son septième enfant, voici que l'épouse d'Alfred Grégoire, Amanda, fit une prière à Dieu pour que la naissance retarde d'au moins une journée ou deux afin qu'on puisse baptiser le bébé sans tarder, craignant que l'Église retienne son souffle le temps d'accompagner, par les prières du monde entier, le saint homme jusqu'au paradis.

Elle fut exaucée. Naquit une fille le mardi, 24 janvier et on la fit baptiser le jour suivant. Elle reçut pour parrain et marraine le notaire Côté et son épouse au nom de fille d'Armandine Grégoire, une cousine de la famille. Et ses prénoms furent Marie, Jeannine, Armandine, Yvette...

Alfred qui espérait toujours un second fils ne se désola pas pour autant. On avait encore le temps, à 35 ans...

*

La mort d'un pape et l'élection d'un suivant sous le nom de Pie XI donna le signal d'un branle-bas dans les diocèses. Il parut qu'on avait soif de renouveau un peu partout. Plus encore à Saint-Honoré où le curé avait tôt fait de se plaindre à l'évêché de ses vicaires. Il en réclama un solide pour une raison primordiale...

Et vint remplacer l'abbé Turcotte l'abbé J. Albert Bélanger que le curé convoqua dans son bureau dès le premier jour de son ministère dans la paroisse.

–Prenez place, je vous dirai ce qui vous attend.

Le curé appuya ses coudes sur son bureau et tapota ses doigts de chaque main les uns contre les autres. Il scruta son vicaire sans rien dire, simplement pour en imposer. Bélanger rougit jusqu'à la racine des cheveux.

–Vous savez qui j'ai demandé à monseigneur ? Quelle sorte de vicaire, quelle sorte d'homme ?

–Non.

–Un organisateur.

Le nouveau vicaire ne donnait pas l'air de répondre à cette définition. On ne pouvait guère déceler son esprit de décision, sa détermination, sous ces cheveux rares, derrière ces yeux d'homme charitable, à l'intérieur de cette bouche à l'éternel sourire à peine esquissé.

–Un organisateur ?

–C'est ça. Pour organiser le cinquantième anniversaire de cette paroisse qui aura lieu l'an prochain, en 1923. 1873-1923 : ça donne bien cinquante ans. Bien sûr, le canton fut ouvert avant cela... avant 1873... 1854, je crois en ce qui concerne le tout premier colon, monsieur Larochelle, mais Shenley au plan canonique faisait partie de Saint-Évariste et cela, même si on a construit une première chapelle vers 1868. C'est une paroisse jeune. C'est une grande paroisse. C'est une paroisse prospère. C'est une paroisse à cent pour cent catholique. C'est une paroisse à cent pour cent française de langue et de coeur. Cette année, en 1922, vous allez planifier les célébrations du cinquantenaire, commencer de préparer un album, trouver des adjoints de classe et de taille, former un comité, l'animer, le stimuler... Vous en sentez-vous la capacité, mon cher Bélanger ?

—Je ne m'attendais pas à une tâche aussi importante, mais je suis prêt. Je ne faillirai pas.

—Dieu soit loué ! C'est précisément ce que je voulais vous entendre dire sur un ton déterminé, mon cher ami. Assez d'hommes au tempérament mou dans ce presbytère, sans vouloir dire de mal de vos prédécesseurs, il faut le préciser...

—Je ferai...

Le prêtre fut sur le point de dire 'de mon mieux', mais se ravisa au milieu de la phrase, pensant que ce 'de mon mieux' indiquerait une excuse pour ne pas réussir sans faute de parcours. Il dit plutôt :

—... le cinquantenaire.

Et il jeta son index vers le ciel pour montrer en plus qu'il mobiliserait les forces d'en-haut en sus de celles de toute la paroisse.

Le curé lui parla ensuite d'autre chose...

*

—Tu parles de t'en aller dans le bois cet hiver ? Ça veut dire que je devrais rester icitte tuseule avec ton frère ? Es-tu devenu fou, Ernest ?

—As-tu peur de Gédéon ? C'est pas lui qui va te donner la volée...

—C'est pas la volée qui me fait peur, c'est...

Assis à table, l'homme et la femme se parlaient, se regardaient. Elle n'en revenait pas d'entendre pareille intention.

—On a un enfant pis d'autres vont venir : ça prend de l'argent. La terre icitte, ça vaut pas cher. Mon frère est capable de s'en occuper tout seul.

–Penses-tu à ce que tu dis ? Tu me laisserais deux, trois mois dans la maison avec un autre homme ? Je l'aime pas, ton frère, si tu veux savoir. De la manière qu'il me regarde...

Le jeune homme éclata de rire et dit de sa voix qu'il éraillait volontairement :

–Mon frère, c'est comme si ça serait moé...

–C'est justement...

Malgré les apparences, Ernest y songea sérieusement dans les jours qui suivirent. Surtout, il se demandait comment il apprendrait le métier de forgeron s'il devait cultiver la terre l'été et aller dans les chantiers l'hiver pour y bûcher du bois. Pas un 'foreman' ne l'engagerait comme forgeron s'il n'avait aucune expérience du métier. Il devait en prendre quelque part. Mais où ?

Le dimanche d'après, il se rendit visiter son frère aîné Joseph qui habitait la paroisse voisine. Éva l'accompagna et emmena le bébé avec elle. On prit le raccourci en passant par le village de Saint-Sébastien pour se rendre, de là, tout droit au village de Courcelles. Il n'en fallut pas moins deux heures de route pour arriver à destination. Éva dut nourrir l'enfant en chemin, ce qui leur valut des regards curieux depuis deux ou trois maisons du rang.

Ernest avait promis à sa future en 1920 qu'il deviendrait forgeron et que, par voie de conséquence, elle habiterait dans un village, mais voici qu'elle vivait en un lieu encore plus isolé que le milieu du rang 9 de Saint-Benoît.

Est-ce parce que chacun d'eux était guidé par un instinct particulier que la solution du problème leur fut mise devant le nez par Joseph dès ce jour-là ? La table en tout cas semblait avoir été mise par un 'arrangeur' de destins. Une maison était à vendre au beau milieu du village, à côté d'une boutique de forge et il se trouvait que le forgeron avait manifesté l'intention d'embaucher un apprenti.

Le couple retourna vite à la maison et le soir même, Ernest prenait le train à Saint-Samuel pour Saint-Éphrem d'où il marcha jusque chez lui à Saint-Benoît. Rendu là, il put dès le soir exposer ses projets à ses parents. Il reçut un accueil favorable. On l'aiderait dans ses transactions...

Un mois plus tard, le jeune homme et sa famille déménagèrent à Courcelles. Sitôt là, il commença d'apprendre son métier chez le forgeron Arguin...

*

–Qui c'est qui a fait baptiser aujourd'hui ? demanda Émélie à Bernadette qui savait les nouvelles de la paroisse avant la plupart des gens, y compris sa mère, pourtant une femme au public.

–C'est Boutin-la-viande.

–J'ai cru entendre les cloches sonner deux fois.

–Chez monsieur Charles Rouleau, ils ont fait baptiser eux autres itou.

–Comment tu le sais, toi, Bernadette ?

–Suis allée aux deux baptêmes. Chez Boutin-la-viande, c'est un petit garçon. Ils l'ont fait baptiser Georges-Henri. Chez Charles Rouleau, c'est un petit garçon aussi; il s'appelle Fernand.

–On leur ferait bien un petit cadeau, mais on les voit jamais au magasin, pas plus les Boutin que les Rouleau. Quand Louis Champagne a ouvert son magasin, eux autres, ils ont déménagé leur clientèle là. Bon, c'est leur droit. Je leur en veux pas pour ça...

L'envie n'était pas un défaut chez les Grégoire et les enfants apprirent tous que le soleil reluit pour tout le monde. Mais au nombre de naissances dans la paroisse, on ne pouvait tout de même pas offrir un cadeau à ceux qu'on ne voyait jamais au magasin.

La mère et sa fille se parlaient dans le bureau d'Émélie. C'était le premier dimanche d'août. Le ciel commençait de s'assombrir à l'extérieur et il régnait dans la pièce un début de pénombre qui rendait à chacune le visage de l'autre un peu flou.

—Et toi, Bernadette, des enfants, quand est-ce que tu vas en avoir ?

—Ben voyons, faudrait que je commence par me marier.

—T'as pas l'air partie pour te marier. À 18 ans, jamais de prétendant dans ta vie...

—Ça vous occupe tant que ça ?

—Pas du tout. Même que... j'ai toujours pensé que tu te marierais jamais. Quand je t'ai portée, j'étais assez fatiguée d'être enceinte que je souhaitais que toi, t'aies jamais d'enfants de ta vie. Je pensais que tu ferais une religieuse.

—J'y ai pensé, mais...

—Dis-moi si je me trompe, mais je pense que t'attends le retour de quelqu'un, toi ?

—De qui, ça ? fit hypocritement la jeune fille.

—On le sait toutes les deux, voyons.

—Dites-le, dites-le...

—Eugène...

—Eugène est mort.

—Fais donc pas l'idiote... Eugène Foley... Eugene... (Émélie prononça à l'anglaise.)

—Eugene comme vous dites, il vit aux États pis quand il vivra pus là, il va faire un curé. Un vrai gaspillage...

Émélie ne put s'empêcher de rire un peu, aidée par le faible éclairage qui lui servait en somme de masque.

—Pourquoi que tu viendrais pas voir Alice Leblond avec moi la semaine prochaine ?

—Quoi, vous allez à Québec ?

—J'en ai l'intention.

—Si c'est pour me faire rentrer chez les soeurs, là...

–Non, Bernadette, non. C'est pour te faire mieux réfléchir à ton avenir. Alice, elle pourrait t'apporter un bon éclairage sur toi-même. Est intelligente, clairvoyante, lucide et tout ce que tu voudras. Elle va tout comprendre de toi...

–Comme la Patte-Sèche, disons ?

–La Patte-Sèche, la Patte-Sèche... il peut ben passer son chemin tout droit, celui-là. Rien que bon à prédire des catastrophes...

–Pas à moi ! Il m'a dit que je vivrais heureuse, que je me marierais jamais, que je passerais 80 ans, que...

Émélie coupa :

–Bon, bon, bon, viens-tu à Québec avec moi ?

–C'est pas vous qui décidez ça ?

–Un enfant à Honoré Grégoire qui atteint ses 18 ans, ça prend ses propres décisions. Tu dois savoir ça.

L'oeil gauche de Bernadette doutait bien un peu de cette phrase. Elle dit :

–O.K. je vas y aller avec vous.

–C'est bon... comme ça, tu vas pouvoir m'aider à porter ma valise...

Émélie avait beau ne jamais se plaindre de ses jambes, son pas gémissait à sa place. La porte s'ouvrait toute grande pour que Bernadette lui dise sa pensée là-dessus :

–Vos jambes, vous avez rien qu'à les ménager... Suis capable de servir les clients comme il faut au magasin, moi.

–Tant que je serai vivante, je servirai au magasin.

–Vous allez vous ramasser en chaise roulante.

–Ça se pourrait ! Je servirai en chaise roulante d'abord.

–Vous me faites pas confiance, on dirait. Je peux tout faire au magasin. Suis bonne en calcul. Je connais tout le monde de la paroisse. Tout le monde me connaît...

–J'te fais confiance. Tu peux servir tant que tu veux, Bernadette, au magasin, tant que tu veux. Mais tu m'ôteras pas ma place de vendeuse. Pas question pour moi de lâcher !

–Ah, c'est comme vous voulez, c'est ben comme vous voulez !

–Si on revenait à Eugene Foley ?

Bernadette se fit menaçante :

–La question est réglée. Vous savez à quoi vous en tenir. Je corresponds avec lui, c'est tout. Il va faire un prêtre pis moi, j'sais pas encore. Je peux m'en aller, là ?

Émélie sourit intérieurement :

–Tu peux, tu peux...

*

Par ce splendide lundi matin, Émélie se rendit tôt à l'église. Elle n'aurait pas manqué ce mariage pour tout l'or du monde. Même que de marcher à l'extérieur finissait, disait-elle à Honoré, par lui apporter du soulagement. Elle la devait bien à Odile, sa fidèle servante d'autrefois, cette démarche du 7 août. Et puis, il y avait une bonne dose de curiosité dans son geste. Enfin, ce serait un bonheur de voir Éveline prendre pour époux un veuf bien sympathique, souvent rendu au magasin ou au bureau de poste, et qui saluait tout le monde comme si chacun était l'être le plus important de la planète.

Déjà un cadeau était parvenu aux époux. Un beau vase de cristal qu'Émélie avait envoyé par Bernadette à la demeure d'Auguste, à l'arrière du garage où il travaillait en tant que premier mécanicien.

La cérémonie serait d'une sobriété impressionnante. Presque pas de monde. Un frère d'Auguste pour lui servir de père. Napoléon Martin et les soeurs Bégin, son épouse Lydia et Alice qui ne quittait jamais sa soeur d'une semelle. Pas de chorale au jubé de l'orgue. Seulement l'organiste, madame Alfred Boulanger. Et Napoléon Lambert, le souffleur.

Et trois personnes en tout dans l'église : Émélie, sa fille

Bernadette venue seule et arrivée après sa mère et Elmire Lepage qui se montrait souvent au village à l'heure des poules et ne manquait pas sa visite au Saint-Sacrement ou bien son assistance à une messe matinale.

Le mariage des Poulin était une messe et remplaçait celle du curé chantée de coutume à six heures l'été et à six heures et demie l'hiver.

À leur arrivée à l'église, Émélie y était déjà et le couple de futurs s'arrêta à sa hauteur pour lui adresser une salutation aux allures de remerciement pour le cadeau et sa présence. Éveline portait une robe d'un bleu foncé qui laissait dénudés ses mollets et risquait d'indisposer le curé. En tout cas, Émélie le craignait pour elle.

–Merci ben gros d'être là ! souffla Auguste à mi-voix.

–Une fille à Odile, c'est un peu de la famille.

Éveline sourit. Un morceau d'orgue fut entamé, qui coupa court à l'échange et le couple se rendit aux prie-Dieu qui les attendaient à la table de communion dite la balustrade, dont une section était ouverte pour permettre au prêtre de se rendre devant eux et les marier devant l'Éternel et pour l'éternité...

Auguste était farci de joie; son visage en devenait pourpre. Convaincu de faire le bonheur de la jeune femme depuis qu'il la fréquentait, il était persuadé du bon discernement dont il avait fait preuve en la choisissant.

Mais c'est elle qui l'avait choisi. Et qui l'avait évalué en tant qu'homme à sa mesure, soit un être obéissant, dévoué et même prévenant. Et pour cela, elle l'avait fait attendre, même si de vivre sous le toit familial l'obligeait à fermer les yeux sur des pratiques pas très catholiques de son père et des soeurs Bégin.

Pour ces raisons, elle n'appréhendait pas le moment où il lui faudrait accomplir le devoir conjugal, une obligation dont parlaient souvent les prêtres en chaire ou en confession quand ils avaient affaire à des pénitentes mariées et en âge de procréer.

Ce ne fut pas le curé Proulx mais bien le vicaire Bélanger qui bénit l'union; et lui acceptait mieux cette mode qui, chaque année, raccourcissait les robes de ces dames. Quand la cérémonie fut terminée, Émélie se dépêcha de sortir en premier afin de pouvoir présenter aux nouveaux époux ses félicitations. Bernadette la rejoignit. Et l'on put entendre l'orgue accompagner la marche du couple qui parut bientôt sous le soleil montant.

–Merci ben d'être venues ! s'empressa de dire Auguste à Émélie puis à Bernadette.

–Honoré serait sûrement venu aussi, mais il est parti pour le lac Frontière.

–C'est un homme occupé : marchand, maire, préfet, entrepreneur et une dizaine de terres qui lui appartiennent.

Bernadette ajouta :

–Sans compter une terre à pétrole en Alberta depuis au moins sept ans.

Émélie leva les mains en signe d'apaisement :

–Ça, c'est pas l'idée du siècle... Mais on est pas là pour parler de nous autres. Je te félicite pour ta robe, Éveline. Quant à toi, Auguste, t'as l'air distingué. En un mot, félicitations pour votre mariage.

–Félicitations ! enchérit Bernadette.

On se serra la main et les femmes Grégoire s'en allèrent.

Les autres entourèrent le couple...

Il vint un moment où Éveline regarda le coeur du village en se demandant combien de temps durerait sa vie et celle de son mari. Maintenant que le grand pas du mariage était franchi, il lui tardait de 'connaître l'homme', empruntant par là le langage biblique. Les commandements le permettaient et l'Église l'encourageait...

Sa chair le demandait depuis longtemps et c'est pour lui résister qu'elle avait attendu l'âge de 23 ans avant de convoler en justes noces...

Bientôt, les époux s'en allèrent chez eux à pied. De rares curieux alertés par le son des cloches les regardèrent passer. Ni réception ni voyage de noce. C'était comme ça pour bien des nouveaux mariés dans ce temps-là...

Sur le chemin du retour, Napoléon fit arrêter le cheval devant la résidence de la famille Blais. À ce moment, le sifflet de locomotive de la scierie se fit entendre pour appeler les 'travaillants' à l'ouvrage. L'homme avait prévu s'arrêter pour offrir ses services étant donné son expérience dans un moulin à scie et parce que les travaux de la ferme n'exigeraient pas vraiment ses bras avant tard en septembre et encore, Lydia et Alice pourraient-elles voir à la récolte d'avoine et à celle des patates toutes seules.

On gagnait cinq fois moins que chez Ford à Détroit chez Uldéric Blais, mais un dollar par jour, ce n'était pas à négliger. Toutefois, l'offre de bras excédait généralement la demande et il fallait arriver au bon moment, ce que Napoléon espérait.

Au pied du pont, un homme était à enchaîner trois billots qu'un cheval traînerait ensuite jusqu'en haut, devant le chariot-convoyeur qui allait et venait devant la grand-scie suivant la volonté de son opérateur. Après avoir donné les guides à Lydia, Martin se rendit parler à cet employé.

–Salut, jeune homme ! Le 'boss' est-il dans le moulin.

–Ça doit ! Va voir par toi-même ! Ou ben attends icitte, je vas de le dire d'en-haut, là...

–Je vas y aller avec toé, St-Pierre.

L'homme, de son prénom Ernest, prit les cordeaux et clappa. Le cheval noir avait l'habitude et il s'engagea sur les pavés en arc-boutant ses sabots pour mieux tirer sa charge.

Martin suivit. Il n'avait pas travaillé dans un moulin depuis bien des années et quand il fut là-haut, près de la grand-scie, dans tout ce vacarme et cette poussière de bois, le souvenir de l'accident qui avait failli lui coûter la vie lui revint en mémoire de façon aussi claire que le jour où ça s'était produit quelque part dans les années 1880...

Et le chariot recula encore. Marcellin tira sur une tige de bois émergeant du plancher et qui commandait la progression du porteur vers la scie. La scie se mit à gruger la bille déjà coupée de moitié, mais qui avait été mal assujettie au départ à l'aide des crochets de rétention. Au retour, alors que le scieur allait actionner de nouveau le mouvement vers la scie, elle tomba à plat sur les supports du chariot que Marcellin stoppa aussitôt. Comme pour couvrir son mensonge au sujet de sa 'blonde', Napoléon accourut pour la remettre en place et la fixer comme il faut. Ce qu'il accomplit en se penchant en avant. Tout était d'adon pour que survienne alors une tragédie. Le jeune homme en voulant reculer poussa le manche de bois de commande et le chariot reprit sa progression vers la grand-scie. Dans quelques secondes, son corps serait sectionné en deux parties par un impitoyable trait...

Mais le sort et Marcellin en décidèrent autrement. Celui-ci se rua vers son collègue que la mort était sur le point de dévorer, l'attrapa par les épaules, le tira brutalement à l'arrière. Par malheur, le scieur ne put rétablir son équilibre et il allait lui-même tomber sur la scie et y perdre la vie quand son bras gauche la lui sauva. Le prix à payer fut de le perdre et il fut sectionné au-dessus du coude et emporté par le chariot.

Une voix forte sortit Napoléon de sa rêverie :

—Tu voulais me voir, Martin ? demanda Uldéric Blais.

—Savoir si... y aurait pas de l'ouvrage pour moé icitte-dans. J'ai des bons bras à louer, là...

–Ouais... t'es pus jeune trop trop, toé, là.

–J'ai pas 50 ans encore.

–Tu dois pas être loin.

–49.

–On prend des plus jeunes comme Ernest St-Pierre... 25 ans, lui.

–Moé, j'ai de l'expérience.

–T'as déjà travaillé dans un moulin à scie, toé, Martin ?

–Du temps de Théophile Dubé.

–Conte-moé ça...

Napoléon dit quelques mots de son passé de scieur et de 'claireur' de grand-scie, sans mentionner l'accident ayant coûté son bras à Marcellin Lavoie. Blais dit qu'il lui téléphonerait dans les jours à venir. Ce qu'il avait bel et bien l'intention de faire.

Mais le rappel de l'accident avait refroidi Napoléon, à ce point qu'il devait quitter les lieux avec l'intention de ne pas y remettre les pieds en tant que travailleur. Et cela, malgré le fait qu'il aperçut en quittant une photo encadrée du pape Pie XI fixée sur le mur, haut derrière la grand-scie...

Napoléon Martin ne croyait pas aux miracles...

***

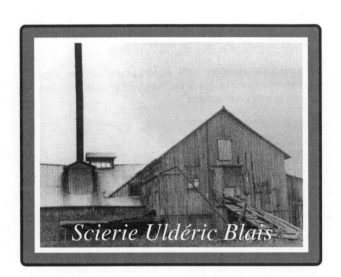

Scierie Uldéric Blais

Chapitre 24

1922...

Obéline reçut Émélie et Bernadette comme des reines.

Ensemble, elles se rendirent au couvent où soeur Alice Leblond vivait maintenant dans la réclusion après avoir passé sa vie à se dévouer pour les malades.

Quand le taxi les déposa à la porte, Bernadette s'arrêta un moment pour examiner à loisir cette imposante bâtisse en pierres grises qui semblait la regarder pesamment de tous ses yeux austères.

À l'une des fenêtres apparut Alice qui les attendait et leur fit un signe de la main.

–Arrive, Bernadette, si on entre pas, ils sauront pas qu'on est là !

–Justement non, maman ! Ma tante Alice (–les enfants Grégoire appelaient ainsi les soeurs Leblond, cousines de leur mère–) vient de me faire un signe du troisième étage.

–Tant mieux, comme ça, on attendra pas trop longtemps dans le vestibule.

Obéline qui n'avait jamais eu d'enfants demeurait alerte bien plus qu'Émélie malgré un âge similaire. Elle fit un signe de tête à Bernadette et toutes deux encadrèrent la femme en la prenant chacune par un bras pour gravir les dix marches de l'escalier menant à la porte d'entrée.

–Seigneur, ils vont me prendre pour une infirme.

–Mais non, maman. Le mal de jambes, c'est pas une infirmité.

–Quand on approche la soixantaine comme moi...

–C'est pas l'âge, maman, c'est le nombre d'enfants.

–Quoi ? Tu me renotes encore ça, Bernadette ?

–Vous savez ben que non. Vous avez fait rien que votre devoir comme il faut.

–Tout un devoir, tu peux le dire !

En allant visiter Alice avec sa fille, Émélie espérait que la vocation de religieuse finisse par tenter Bernadette. À chaque marche, une parole était dite qui consolidait un échange visant à décourager la jeune fille de prendre époux. Et puis, Émélie se désolait de ne compter aucun prêtre ni aucune religieuse chez ses enfants. On avait espéré que Ildéfonse entre dans les ordres. Puis Eugène avait montré des signes de vocation sacerdotale. Dieu voulait-il seulement d'un prêtre dans la famille ?

Et les filles, elles ? Éva aimait trop les enfants pour n'en avoir pas à elle-même. Alice aimait trop le monde pour lui tourner le dos. Berthe ne montrait guère de dispositions pour la vie religieuse, même s'il lui arrivait d'en parler favorablement. Il semblait à Émélie qu'il appartenait à Bernadette de porter la robe noire. Et qu'on avait manqué le bateau quelque part dans son adolescence.

Peut-être que cette visite au couvent d'Alice permettrait d'éclaircir la voie devant sa grande fille. Peut-être même, pensait Émélie, que le fait d'entrer chez les soeurs rapprocherait Bernadette de celui qui occupait pas mal d'espace dans son coeur : Eugène Foley. Ils continueraient de s'écrire. Ils partageraient le même amour du bon Dieu. Ils se comprendraient mieux. Ils s'aimeraient mieux, mais de la plus noble façon qui soit.

Émélie la marieuse finissait de monter les marches du couvent aux bras de sa fille et de sa meilleure amie. Elle s'arrêta pour sourire à son projet.

–Tu donnes l'air d'une personne heureuse malgré tes problèmes de santé, Émélie, fit Obéline qui la regardait.

–Paraît que la recette pour être heureux, c'est de donner tant qu'on peut et de s'attendre à peu.

–Bien dit !

Elles ne s'en échangèrent pas davantage. La porte s'ouvrit et parut Alice au sourire plus large que l'embrasure, un sourire encadré par son habit de religieuse.

–Chère, chère Émélie !

–En personne.

Elle s'étreignirent.

–Et Obéline Racine.

Elles s'étaient souvent rencontrées.

Et s'étreignirent aussi.

–Et ma petite Bernadette rendue grande fille...

Autre étreinte.

–Entrez, entrez. Fait frais à l'intérieur, vous verrez. Les arbres dehors, la pierre des murs : ça garde le dedans à température fraîche tout l'été. Et l'hiver, on chauffe.

Alice émit un petit rire de bonheur que comprirent les trois autres.

–Et vous savez quoi ? On vous garde à dîner toutes les trois. J'ai eu la permission spéciale pour ça... Vous allez manger à la table des religieuses... Ça va vous laisser un souvenir durable.

–J'vous pense ! échappa Bernadette.

Les regards d'Émélie et d'Alice se croisèrent alors dans une complicité préparée par des échanges épistoliers préalables. La religieuse savait que son amie d'enfance venait avec sa grande pour que celle-ci voie plus clair en elle-même. Bien des jeunes filles dans l'indécision avaient fait le pas décisif grâce à une visite de couvent comme celle qui commençait pour Bernadette.

–Tout d'abord, je vous conduis à ma chambre. On va jaser un bout de temps. Ensuite, on visitera la chapelle, le réfectoire, la salle communautaire et les jardins en arrière de la bâtisse. Vous allez respirer un air de paix. Vous allez sentir le bon Dieu et la sainte Vierge Marie tout partout. C'est une vie magnifique ici. Il y a tellement de tranquillité, de grâce qui flotte dans l'air... Respirez, respirez, vous verrez... Prenez de longues respirations...

En effet, grâce à la verdure omniprésente autour du couvent, il y avait beaucoup d'oxygène dans l'air et le fait d'inspirer profondément revitalisait le cerveau. Bernadette comme les autres y respirait donc le bien-être, mais y respirerait-elle le bonheur comme 'tante' Alice, si elle devait y vivre à l'année longue loin de son monde si cher de Saint-Honoré dans la haute Beauce ? La question se posait à elle, mais elle ne se posait pas la question en ce moment même...

–C'est vrai qu'on se sent bien ici ! déclara Obéline avant de reprendre de l'air en abondance.

–Alice va vivre jusqu'à cent ans, fit Émélie qui marchait à ses côtés devant les deux autres.

La longévité apparaît comme une récompense de vie à ceux qui sont jeunes et en santé, c'est pourquoi Émélie en faisait briller le miroir devant sa fille. Longévité qui pour elle-même commençait d'apparaître comme un grand miroir aux alouettes.

On fut bientôt à l'étage des chambres, dans le couloir qui essaimait les portes closes en direction de celle d'Alice, laquelle n'était pas verrouillée plus que les autres.

–Vous pensez bien que vivant dans la pauvreté, personne

ne viendrait me voler quelque chose. D'autant que les autres soeurs également vivent dans la pauvreté. Et pourtant, la privauté est respectée ici. Personne, pas même Mère Supérieure, n'entre dans une chambre sans frapper d'abord et sans attendre une réponse de la personne qui l'occupe. On prie seule comme on veut et tant qu'on le veut; et on fait de la contemplation. C'est le paradis sur terre, vous savez. En tout cas pour moi. Quelqu'un comme moi qui a la joie au coeur se sent mille fois heureuse ici. Les murs sont froids, mais on ne voit que les murs du grand jardin du Seigneur. Les portes font un bruit sourd, certaines grincent, mais l'on sait que le couvent est la porte qui mène droit au ciel.

Toutes quatre entrèrent dans la chambre étroite dont les murs ne portaient pour ornement qu'un crucifix et une image de Notre-Dame-du-Perpétuel-Secours.

–Vous voyez : un lit, une chaise, un prie-Dieu. C'est le dépouillement qui fait le grand bonheur. Et le silence... Que le silence est grand ici ! Écoutez-le un peu... Shhhh...

Alice leva les bras, les étendit, mains ouvertes, doigts écartés, comme si elle avait été le chef d'orchestre d'un ensemble philharmonique aux mille instruments du silence divin.

–Comment ne pas élever son coeur vers Dieu chaque fois qu'on entre dans un si doux silence ? ! dit-elle au bout d'un moment où chacune avait retenu son souffle pour mieux entendre battre le coeur du Seigneur.

–C'est vrai qu'on se sent dans un monde à part, exprima Obéline avec les mots et le regard.

–Prends la chaise, Émélie. Et vous deux, asseyez-vous sur mon lit, là... Moi, je vais chercher une chaise supplémentaire dans un placard du couloir. Jasez en attendant, vous en avez bien le droit. Je reviens...

Et elle s'en alla. Ses pas ne faisaient aucun bruit.

–Mais Alice a pas toujours vécu en recluse, dit Émélie.

Toute sa vie, elle a vécu dans l'action. Tout comme moi au magasin. À soigner, à consoler, à recueillir les confidences de ses malades.

Obéline commenta :

—Le temps pour elle de se reposer un peu était venu. Elle en a vu mourir, des jeunes personnes, elle, durant la grippe espagnole. C'est effrayant. Les malades entraient par une porte et les morts sortaient par l'autre à son hôpital. Comme dans tous les hôpitaux du monde en ce temps-là.

—Elle me l'écrivait tous les quinze jours.

Et l'on se tut en l'attendant.

—Avez-vous eu le temps de tout 'order' ce qu'il nous faut au magasin ? demanda abruptement Bernadette à sa mère.

Cette phrase dans pareille atmosphère tombait comme un pavé dans la mare et faillit jeter Émélie à la renverse en bas de sa chaise.

—Tu sais bien que oui.

—Ça me passait par la tête.

—Ici, on oublie le magasin, les commandes en gros, tout. On pense à rien.

Il y eut une pause que rien ne devait rompre avant le retour d'Alice. Elle déposa la chaise apportée près de celle occupée par Émélie.

—J'aurais pu aller vous aider, ma tante Alice, fit Bernadette en souriant.

—Les jeunes, dit la soeur avec le ton de l'humour dans la voix, ils veulent tout faire à notre place. Ils veulent nous remiser sur une tablette avant notre temps.

—Là, tu parles ! fit Émélie.

—C'est pour vous aider à vous reposer que je dis ça, protesta Bernadette, conviction dans la voix.

—On a toutes les nuits pour se reposer, chantonna Alice.

–Ça, c'est vrai ! approuva Émélie.

La suite se passa en redites comme ça arrive chaque fois qu'on reçoit de la visite...

Une heure plus tard, les visiteuses se retrouvèrent au réfectoire, à la table des soeurs retraitées de la congrégation : une trentaine en tout. Il y avait aussi celles qui voyaient à la bonne marche du couvent ainsi que cinq novices. Après le bénédicité, l'interdit de parole fut levé par la Supérieure, un être filiforme, froid et sophistiqué.

Elle agita une clochette et les soeurs se mirent toutes à parler au même instant, comme se vidant d'un coup sec de tous leurs mots refoulés depuis des heures. Bernadette éclata de rire.

–J'sais pas si j'pourrais m'empêcher de parler ben longtemps, moi.

Assise près d'Obéline, face à Bernadette et sa mère, Alice commenta :

–Tu sais, parler est un plaisir. Mais le silence est un désir. Celui de parler... Et plus le désir est grand plus le plaisir l'est. Il ne faut pas abuser des bonnes choses ou bien elles deviennent fades et ternes.

–Dans un couvent, tout est calculé pour vivre heureux ? s'étonna la jeune femme.

–C'est bien dit, ça, Bernadette ! Oui, on peut dire ça de cette manière.

–C'est comme au magasin, hein, maman ?

Émélie ne pouvait le nier. Depuis ses quinze ans qu'elle se fabriquait un bonheur quotidien et durable à servir la clientèle de Shenley. Et sa fille adorait servir les gens. Elle aussi aimait lire la joie dans leur visage quand ils se procuraient du tissu, de la dentelle, du coutil et autres marchandises achetées par les dames.

–Disons... que c'est pas tout à fait pareil, mais...

–Moi, j'aimerais ça, vivre ici ! reprit Bernadette qui, par là, ne voulait surtout pas dire qu'elle voudrait le faire.

–Il n'en tient qu'à toi, fit Alice. Tu pourrais faire ton noviciat. Comme tu as déjà un diplôme, ce serait moins long avant que tu deviennes une religieuse comme moi. À part entière...

–D'un bord à l'autre ! s'exclama Bernadette en riant fort.

–Sois donc un peu sérieuse ! réclama Émélie. On dirait que la vocation, ça t'amuse.

–Être sérieux, ça veut pas dire de jamais rire comme vous, ça.

La phrase frappa Émélie comme un coup de fusil. Et pourtant, Bernadette n'avait pas l'intention en la prononçant de blesser sa mère en lui assénant sur la tête une vérité au fond cruelle. Mais une vérité tout de même.

Alice fit les grands yeux :

–Elle a raison, elle a raison. Nous, on rit beaucoup ici. Même... plus que toi, Émélie, dans ton magasin. Je t'ai vue travailler là-bas et tu prends ça trop au sérieux.

Émélie se montra contrariée :

–Je sais sourire à ma clientèle.

–Sauf que ta fille sourit avec ses lèvres ET avec son coeur. C'est toute la différence.

–Bon, donnez-moi donc des coups de règle sur les doigts, vous deux.

–Moi aussi, je t'en donne, Émélie, dit Obéline la silencieuse. Toi, t'es pas ricaneuse : c'est ta manière de faire. Bernadette est ricaneuse : c'est sa manière de faire. Le public doit aimer les deux, autrement le magasin serait fermé depuis longtemps, du moins la section des dames.

Émélie frappa la table avec deux doigts réunis pour dire :

–Bon, une affaire de réglée : Bernadette fera jamais une

religieuse. L'important, c'est de prendre une direction dans la vie, n'est-ce pas ?

—Elle a pas dit ça, Émélie. À elle de décider. Elle a toute la vie pour y penser.

—C'est vrai, approuva l'intéressée. J'ai le temps d'y penser. J'aimerais ça, vivre ici. Mais j'aime ça, vivre par chez nous...

—Savez-vous ce que mon cher époux a acheté la semaine passée ? fit Émélie dans un coq-à-l'âne digne d'elle.

—Une machine neuve ? risqua Bernadette.

—Ça, c'est pour le printemps prochain. Non, autre chose. Une invention moderne. Personne en a par chez nous encore. Mais dans cinq ans, tout le monde va avoir ça.

Obéline devina :

—Un poste de radio.

—En plein ça.

—J'ai pas vu ça, intervint Bernadette.

—Il est encore emballé. Il est sur la tablette au-dessus du téléphone. Il attend l'ouverture de CKAC pour le brancher...

—Hey, ça va mettre de la vie dans le magasin, ça.

Émélie s'insurgea :

—Pourquoi ? Parce que c'est la mort dans le magasin ?

—Ben voyons, sois pas grincheuse de même, Émélie, protesta Alice. Un plus, c'est un plus...

Bernadette se tut par la suite. Et observa les jeunes religieuses qui semblaient s'amuser comme des folles. Alice le remarqua, qui fit les présentations. Et la jeune femme s'amusa avec elles comme une folle...

Mais le voyage et la visite, malgré tous leurs aspects positifs, ne la décidèrent pas à prendre le voile. Peut-être un jour, mais pas maintenant.

Émélie ne tarda pas à se dire que Berthe peut-être... au lieu de Bernadette...

*

Le village tout entier était noyé dans les splendeurs de l'automne. Napoléon Lambert revenait du presbytère où il venait de porter le courrier du jour. Et ses pieds qui faisaient bruire les feuilles tombées devinaient les couleurs flamboyantes que la clarté du jour allumait. Le rouge, l'ocre, le jaune pâle et le vert se mélangeaient dans le regard profond de souvenirs déjà lointains mais clairs et nets malgré le temps écoulé depuis la perte de son deuxième oeil et par conséquent de la vue.

Il entendit venir une automobile derrière lui. La paroisse en comptait une bonne vingtaine maintenant et il ne parvenait plus à les identifier par le son comme auparavant. Pour un aveugle, les risques encourus étaient moins grands que par les attelages à chevaux. Il aurait fallu un aveugle au volant pour en heurter un autre allant à pied sur le trottoir. Mais s'il avait fallu que pour une raison ou une autre, Napoléon bifurque soudain et coupe le chemin à la voiture, son conducteur parviendrait-il à réagir à temps ? Et si le véhicule manquait de freins ? Et si un chauffeur ivre était au volant ? Et si c'était un chauffeur gauche ?

Ces possibilités désastreuses trottaient dans l'esprit du jeune homme de 34 ans que le mauvais sort avait privé de la faculté de voir et qui, depuis son deuxième accident, n'avait cessé de développer ses autres sens dont celui de l'orientation et du repérage.

Il conclut que c'était Pampalon Grégoire conduisant sa 'machine' ou celle de son père puisque le véhicule s'arrêta devant la maison du jeune boulanger-restaurateur. Puis il entendit la portière se refermer. Une voix lui adressa la parole, mais c'était celle d'une femme :

–Poléon, c'est Bernadette. Dis à ma mère que le bébé arrive.

–Quel bébé ?

Une voix d'homme lui répondit :

–Ben le bébé à Ida... pis le mien.

–C'est toi, Pampalon ?

–Certain que c'est moi, Lambert.

L'aveugle ne comprenait plus rien. Comment la machine à Pampalon pouvait-elle venir du haut du village alors que Bernadette restait toujours chez ses parents, un peu plus bas devant lui ? Une autre portière fut refermée. Se trouvait-il trois personnes dans la voiture ? Mais puisque le bébé arrivait, il ne pouvait pas s'agir de la jeune femme enceinte...

–Je vas le dire ! assura l'aveugle.

Et il devina la situation. Sans doute que Pampalon était allé chercher sa belle-soeur Amanda en attendant l'arrivée du docteur. Ou bien le médecin se trouvait-il déjà en présence de la mère car l'aurait-on laissée seule, ne serait-ce que durant un petit quart d'heure ?...

C'est à ce moment que l'aveugle eut une vision qui le fit trembler d'effroi. Il lui sembla qu'une automobile écrasait la tête de quelqu'un. Et pourtant, cette personne n'était pas lui-même, malgré son handicap et les risques qu'il courait tous les jours de se faire happer par un véhicule. L'image était bien trop floue dans sa tête pour qu'il puisse voir et identifier la victime. Était-ce Bernadette ? Ou Pampalon ? Ou peut-être Amanda ? Ou même Ida ?

Il savait qu'il se trouvait exactement devant les portes de l'église donc en face aussi de la maison à Pampalon. Quelle était donc la raison d'une telle vision d'horreur ? Ces os broyés, le cerveau qui s'écoule dans la poussière de la rue... La Patte-Sèche en lui transmettant le don de guérir les animaux lui avait-il légué aussi celui de prévoir des événements futurs ? Il ne le fallait pas. Il ne le voulait pas. Et il fit son signe de la croix comme chaque fois qu'il passait devant l'église. Mais d'une manière qui exorcise...

Et l'horrible scène disparut de son imagination.

L'aveugle reprit son chemin et entra au magasin où il fit

le message de Bernadette à sa mère. Émélie dit :

—Pampalon m'a fait choisir le prénom à l'avance. Si c'est une fille, ça sera Lucie comme Lucie Foley. Si c'est un gars, ce sera Luc. Comme personne que je connais. Bon, disons comme l'évangéliste d'abord... Ben, le masculin de Lucie... En tout cas...

—Bon... C'est vous autres, toi pis Noré qui serez de cérémonie ?

—En plein ça ! T'as vu juste une fois de plus, Poléon.

L'aveugle poursuivit son chemin devant le comptoir des dames, canne oscillant devant lui pour repérer les obstacles, jusqu'au bureau de poste où un agrément l'attendait.

En le voyant, Honoré lui dit :

—Ce que j'ai, Lambert, c'est quelque chose qui va te rendre la vie plus belle. Autant et peut-être plus que l'orgue de l'église.

—Un radio.

—Qui c'est qui te l'a dit ?

—C'est pas parce que j'sus aveugle que j'sais pas c'est qui se passe dans le monde. J'connais ça, un radio.

—Oui, mais qui c'est qui t'a dit que moi, j'en avais acheté un ?

—Bernadette me l'a dit. Berthe me l'a dit. Armand me l'a dit. Émélie me l'a dit. Pis même Tine Racine me l'a dit. Tout le village le sait.

—Maudit... qu'on peut pas rien cacher, même à un aveugle comme toi, par ici.

—J'ai des oreilles pour voir. Vous autres, vous vous en servez rien que pour entendre.

—Bon, t'arrives dans le bon temps parce que dans dix minutes, le poste CKAC va commencer à diffuser.

Honoré avait installé l'appareil en bois verni sur le coffre-fort et mis l'aiguille indiquant la syntonisation au chiffre du premier poste de radio en langue française au monde.

–L'inauguration, c'est pas aujourd'hui, c'est rien qu'à soir.

–Tu sais ça, toi ?

–Ma femme me lit les journaux, Noré. On a pas les moyens comme toi d'avoir un radio, mais on sait les nouvelles autant que toi.

–Quand tu voudras avoir un radio, tu nous le diras, pis tu nous le paieras à tant par mois. Ce que tu seras capable de nous donner.

–Tu ferais ça ?

–Ça t'intéresse pas, Poléon ?

–Certain que ça m'intéresse !

–Pour un aveugle, comme je te le disais, un radio, c'est indispensable... Comme ça, tu sais qui c'est qui va inaugurer le poste de la Presse ? Des étoiles de cinéma...

–Douglas Fairbanks pis sa femme Mary Pickford.

Les noms ainsi prononcés à la française par un aveugle renseigné portèrent Honoré à sourire. En fait, il était émerveillé et touché à la fois. Il se rendit trouver Émélie et lui fit part de sa décision de vendre à crédit un radio aux Lambert. Elle approuva. Et le suivit pour entendre la musique bientôt diffusée afin de "*permettre aux amateurs de syntoniser leurs appareils et bien capter la longueur d'onde*"...

*

À sept heures du soir, on se bousculait aux entrées du bureau de poste pour entendre les voix qui parleraient bientôt sur les ondes, notamment celles de Mary Pickford et de son époux Douglas Fairbanks. Les trois enfants, Bernadette, Berthe et Armand, avaient pris place sur une chaise à l'intérieur du bureau. Émélie était assise au fond, près de la fenêtre et du coffre-fort. Et Honoré était au milieu de la place, prêt à se lever à tout moment pour mieux ajuster le bouton de la syntonisation.

Napoléon Lambert et son épouse étaient les premiers, debout, derrière la planche à bascule, excités par l'idée de posséder eux-mêmes sous peu un appareil de radio. Et le local voisin était rempli d'hommes, jeunes et moins jeunes, debout qui s'échangeaient des regards pétillants et des propos légers. Et parmi eux : Pit Veilleux, Cipisse Dulac, Jos Page, Auguste Poulin et Philias Bisson.

En d'autres lieux du village, des gens fébriles attendaient aussi à la veille de la brunante. Le docteur Joseph Goulet, le notaire Omer Côté, le curé Proulx, UlDéric Blais, Octave Bellegarde, Jean Jobin, Tine Racine, Théophile Dubé et autres : tout ce beau monde n'avait pas eu besoin de se rendre au magasin pour assister à l'événement en direct, puisque chacun d'eux s'était déjà procuré un appareil de radio, que tous disposaient d'une génératrice pour l'électricité et avaient installé une antenne rudimentaire mais qui promettait de s'avérer efficace. Et chaque famille formait cercle, oreilles tendues, autour de l'appareil qui déjà les charmait, tous âges et sexes confondus, par la magie des ondes.

À ce compte-là, bien du monde pourrait passer une nuit blanche à écouter CKAC. Une formidable nuit blanche...

À l'heure annoncée commença la cérémonie. Des officiels prirent la parole au nom de la Presse, de la culture, du peuple et quasiment de Dieu le Père. Puis l'annonceur parla de la venue à Montréal des deux étoiles de Hollywood, Mary Pickford et Douglas Fairbanks, épouse et mari dans la vie et partenaires en affaires. On les savait fondateurs trois ans plus tôt de la compagnie cinématographique *The United Artists* aux côtés de Charlie Chaplin et D.W. Griffith. On savait aussi qu'ils habitaient une superbe résidence appelée Pickfair pour *Pick*ford et *Fair*banks.

Partout dans Shenley où entrait CKAC ce soir-là régnait le silence des occupants de la maison. Pas un mot non plus, pas un souffle de trop aux abords du bureau de poste et à l'intérieur. Personne qui fume la pipe sur ordre d'Émélie qui voulait protéger les voies respiratoires de ses enfants.

Berthe ne bougeait pas d'une ligne et ne ressentait aucune fatigue. Ses bras pendaient languissamment le long de son corps, mais ses yeux étincelaient à tel point qu'il n'y paraissait pas qu'elle couvait une maladie sérieuse dont on ne prendrait conscience que bien plus tard.

Armand semblait fasciné par les voix entendues et pourtant, il n'écoutait pas le contenu de ce qui se disait. Même chose pour Bernadette. Mais quand le présentateur dit que la prochaine personne à prendre la parole, et en français à part de ça, serait Mary Pickford, alors tous les esprits s'ouvrirent.

Celle qu'on appelait la petite fiancée de l'Amérique possédait une voix douce, mesurée, quelque peu juvénile :

–Mesdames, mesdemoiselles, messieurs de toute l'Amérique et du Canada en particulier... en tant que Canadienne d'origine, je suis fière de couper le ruban à cette inauguration du poste de radio du grand journal la *Presse. Je ne saurais dire comment je suis toujours touchée de la réception que m'ont faite les Montréalais. C'est une réception vraiment royale... Oui, on m'a parlé du superbe poste de radio que possède la Presse, le plus grand journal au Canada. Il me fera grand plaisir, ce soir, de saluer mes amis de toute l'Amérique des salons de votre journal. Car on me dit que tous les autres postes de transmission du continent reçoivent le message et le communiquent aux autres. Je ne savais pas qu'une telle surprise m'attendait ici, ce soir...*

Tandis qu'elle poursuivait son petit laïus, les auditeurs purent entendre en bruit de fond un concert de voix criant :

"*Vive Mary ! Vive Douglas ! Vive Mary ! Vive Douglas !*"

Ces mots scandés vraisemblablement par une foule réunie devant les locaux où se trouvaient les deux grandes étoiles devaient être recueillis par un microphone, ce qui pour Honoré et quelques hommes autour du bureau de poste conférait une saveur quasi électorale à cette émission de radio.

Pit Veilleux emboîta le pas à ce choeur lointain, mais il francisait les prénoms à sa façon :

–Vive Marie ! Vive Dougla ! Vive Marie ! Vive Dougla !

D'autres suivirent. Bientôt plus personne n'était en mesure de discerner les paroles de la star hollywoodienne. Bernadette se mit en colère.

–Ils vont-ils se taire, eux autres ? dit-elle à son jeune frère et à Berthe. Fatikant qu'ils sont !...

Mais comment éteindre avec l'eau froide de la colère l'enthousiasme d'adultes qui se conduisaient comme des enfants émerveillés ? Émélie comprit le désappointement des enfants qui s'ajoutait au sien. Elle se leva et tourna le bouton du volume afin que le son de l'appareil enterre celui des hommes. Ils baissèrent le leur... parurent comprendre...

Fairbanks parla à son tour, dans un aussi bon français que son épouse. À ceux qui lui demandaient comment il se faisait qu'ils maîtrisaient aussi bien cette langue, il dit répondre que c'était là une richesse inestimable... "*C'est une qualité qu'il faut avoir pour être un bon artiste.*"

Honoré qui possédait bien l'anglais et s'était fait un point d'honneur de "bilinguiser" tous ses enfants via leurs études et pour certains comme Alfred, un séjour aux États-Unis, sentit un petit velours lui réchauffer le coeur. Et l'ego. Surtout qu'il n'était pas moins fier de sa langue française pour autant...

Quand l'émission fut terminée et que l'appareil ne diffusa plus que de la musique, les assistants cessèrent de former un groupe rapproché et se dispersèrent dans le magasin pour se parler par petits cercles de ce qu'ils venaient d'entendre et qui les électrisait encore et pour des semaines à venir.

–Moé, j'me d'mande si un jour, on va voir une 'vue' (film) su'l'radio, dit trop haut Philias Bisson, jeune homme de 18 ans qui aimait penser loin aux technologies du futur.

Théophile Dubé, un homme chargé d'expérience et de savoir, éclata de rire :

–Ben voyons donc, mon p'tit Bisson. Une 'vue', c'est dans un théâtre (salle de cinéma) que ça se passe. Un radio, c'est de la voix que ça donne, pas des images.

–Peuvent transmettre la voix, pourquoi pas des images ?

–Parce que ça se peut pas, c'est pour ça.

Philias fit semblant de comprendre et pourtant, sa réponse recela quand même un doute :

–Avant Marconi, ça se pouvait pas non plus, la TSF. Avant Bell, ça se pouvait pas non plus, le téléphone.

–C'est là que tu te trompes, mon p'tit jeune homme : oui, ça se pouvait. Le son, c'est une onde qui s'en va sur un fil ou dans les airs qui servent de fil conducteur, mais l'image, c'est pas une onde, ça... Donc ça se peut pas... ce que tu dis... Comment que t'appellerais ça, ta patente imaginaire ? Un radio en couleurs peut-être ?

Philias se tut. Dubé avait beau savoir lire, écrire, compter, construire des maisons, posséder beaucoup de connaissances, il lui manquait... la vision...

La famille Lambert fut dotée d'un appareil de radio dans les jours suivants, sitôt que la commande passée à Québec par téléphone fut arrivée au magasin. De la sorte, tous les jours, l'aveugle et Honoré (quand il n'était pas au loin) pouvaient s'entretenir de sujets touchant des lieux éloignés de la Beauce et même du pays.

Partout où l'on avait CKAC, l'on rêvait du jour annoncé où le bon pape Pie XI s'adresserait au peuple d'ici en direct pour le bénir. Bénédiction aux effets mille fois plus importants que toute autre transmise via un objet quelconque, un membre du clergé ou par le chemin d'un article de journal relatant les bénédictions de foules place Saint-Pierre à Rome.

***

Pickford et Fairbanks à Montréal en 1922

Chapitre 25

1923

Elle brillait de tous ses feux.

Rouge comme le parti libéral tant affectionné par son propriétaire, roues à rayons de bois, pneus à flancs blancs, flûtes argent, radiateur ceinturé d'une bande argent, phares engoncés dans des orbites argent, pare-chocs recouverts d'une peinture argent, lunette avant entourée de tiges métalliques argent argent...

–Ouais, y en a qui font de l'argent ! marmonna le fils d'un cultivateur du Grand-Shenley.

Capote abaissée, la Studebaker 22 flambant neuve passait tout doucement devant l'église, conduite par Pampalon que son père accompagnait sur la banquette avant. Et, scène qui avait fait sourire bien du monde depuis l'autre bout du village, le chien *Chasseur* trônait seul sur la banquette arrière comme un Premier ministre de la province voire du pays. D'aucuns allèrent jusqu'à se demander si le Premier à Ottawa, Arthur Meighen, ou celui de Québec, Louis-Alexandre Taschereau, avaient la chance de voyager eux, tout comme le chien des Grégoire, dans une voiture aussi flamboyante.

–Pis ceux qui font de l'argent, c'est à vendre trop cher des affaires au pauvre monde, maugréa aussi le jeune homme venu au village dans une voiture aux roues bandées de cercles de fer, accompagné d'un chien méchant.

L'envie fait flèche de tout bois...

Athanase Doyon ressentait de la jalousie envers les Grégoire. Il leur avait demandé du travail au début du printemps. Émélie avait dit regretter : elle avait assez de bras en ceux de Bernadette et Alfred. On ne prenait ni commis ni servante depuis l'ouverture du magasin Champagne. Rien à voir avec la concurrence, mais parce que des enfants de la maison avaient montré des dispositions pour le commerce et le service de la clientèle. Henri, Pampalon et même Armand depuis quelque temps avaient tous secondé les autres. Sans compter Eugène et Ildéfonse de leur vivant.

C'était ainsi bien plus facile de refuser une demande d'emploi. Émélie répondait toujours et l'argument en béton avait tôt fait de susciter la compréhension et l'acceptation : *"J'peux pas mettre un de mes enfants dehors pour prendre quelqu'un qui n'est pas de la famille."*

Mais Athanase avait raisonné et sa raison lui avait dit qu'à titre d'enfant d'une famille qui avait toujours donné sa clientèle aux Grégoire, on leur devait bien quelque chose. À ce compte-là, Honoré aurait dû sa chemise à tout un chacun dans la paroisse, à commencer par ses plus gros clients à la fidélité assurée depuis le début tels que Gédéon Jolicoeur, Octave Bellegarde, Placide Fortier, Thomas Ferland, Onésime St-Pierre, les Dubé, les Pelchat, les Buteau, les Plante, Charles Rouleau et combien d'autres.

Vu la vitesse réduite du véhicule et sa rutilance, des gamins de dix ans ou moins du village couraient derrière, sachant qu'il s'arrêterait au magasin ou à l'arrière du complexe Grégoire. Parmi eux se trouvaient Laval Beaulieu, Raoul Blais, Jean Nadeau, Donat Bellegarde, Raoul Drouin, Armand Boutin, Émilien Poirier. Même des fillettes accoururent pour admirer le chef-d'oeuvre roulant et parmi elles

Armoza et Blanche Gaboury ainsi que Marie-Anna Nadeau venue au village à pied avec sa mère.

L'auto s'arrêta devant la porte du magasin. Pampalon donna un coup de klaxon pour alerter le voisinage. Il vint des nez dans les fenêtres de l'hôtel Central. Il vint des yeux dans celles de la maison Racine en face. Bernadette et Alfred sortirent du magasin en riant aux éclats de contentement. Émélie aperçut la nouvelle voiture, mais ne se dérangea pas. Elle aurait tout le temps de la voir et d'y monter. Les machines, ça faisait le bonheur des hommes, aussi bien les laisser les cajoler à leur soûl.

Doyon qui avait vu passer la Studebaker depuis un point d'arrêt dans la rue de l'hôtel, fit avancer son attelage et se retrouva sur la grand-rue. Il faudrait qu'il passe à côté de la machine rouge et craignait un peu que ça ne lui cause des ennuis. Son cheval avait l'habitude des automobiles et ne risquait pas de se cabrer ou de s'emballer, mais son chien détestait les autres chiens et il pourrait bien ne pas supporter de voir celui des Grégoire ainsi assis comme un prince arrogant à l'arrière du carrosse rouge...

–Pis, comment que ça va, une machine neuve ? demanda Bernadette.

–Comme un charme ! répondit son frère au volant.

–Ça porte dans les chemins comme un bateau sur l'eau, enchérit Honoré qui ouvrit la portière pour descendre.

Doyon plus loin fit arrêter son cheval. Il se pencha à l'arrière et flatta un moment la tête de son chien brun puis glissa son majeur et son index entre son collier et son cou afin de le maîtriser. Malgré ses sentiments négatifs, il ne désirait pas se mettre les Grégoire à dos pour une histoire de chien. Et il clappa...

Pampalon tourna le clef. Le moteur cessa de virer. Les spectateurs arrivaient, des adultes du voisinage s'ajoutant aux gamins et aux jeunes filles.

Parmi les garçons, Raoul Blais se demandait si Marie-Anna Nadeau n'était pas plus belle encore que la Studebaker et son regard allait de l'une à l'autre. Puis il se mit à penser que les années ajouteraient au charme de Marie-Anna, mais pas à celui de la 'machine'... Et subrepticement, il se glissa en douceur le long de la voiture vers l'avant où se trouvaient les filles à Édouard Gaboury et celle à Xavier Nadeau.

Mais à dix ans, comment aborder une jeune fille de dix ans ? Musicienne de surcroît. On disait Marie-Anna très douée pour le piano et l'orgue. Raoul se contenta de soupirer, d'examiner le métal des ailes et du pare-chocs, de le toucher comme un connaisseur. Marie-Anna avait beau vivre sur la Grand-Ligne, elle fréquentait le couvent du village et non pas l'école du rang. De la sorte, elle passait tous les jours devant la résidence de la famille Blais et ne s'intéressait qu'à Raoul sans jamais le regarder, Dieu l'en garde.

Doyon et son attelage arrivèrent à hauteur de l'automobile. *Chasseur* qui reniflait l'air et les ondes se mit à japper. Cela suffit à provoquer la rage dans le corps de l'autre chien qui l'exprima par un bruit d'attaque inquiétant.

–Couche, couche, couche, lui répétait son maître.

–*Chasseur*, tiens-toi tranquille ! dit Pampalon au chien des Grégoire.

Mais celui-ci silait, tournoyait sur place à l'arrière de la voiture, sur le cuir noir de la banquette.

Honoré regarda l'attelage qui passait, fronça les sourcils, s'adressa à son tour à leur chien :

–*Chasseur,* tranquille !

À ce moment, l'autre chien voulut s'élancer. Son bond fut bloqué par la main d'Athanase qui en souffrit. Ses doigts furent tordus par le collier et il jura :

–Bouge pas, mon ostie de chien ! Il perd rien pour attendre... si tu le veux, je vas te l'emmener dans la grange à Dulac... tu le déchireras en morceaux pis tu le mangeras...

Ce plan sordide s'était forgé spontanément dans la tête du jeune homme. Il lui apparut toutefois comme une idée lumineuse et il y adhéra de tout son esprit tordu. Pampalon lui lança :

—On va faire rentrer *Chasseur* au magasin : comme ça, on aura pas de chicane de chiens.

Et il adressa au sien des gestes et un regard que l'animal comprit. *Chasseur* sauta par-dessus la portière et suivit Honoré et son fils à l'intérieur tandis que les fanatiques de 'machines' continuaient de s'extasier devant la Studebaker.

Peut-être que d'avoir prononcé le nom de son chien devant Athanase Doyon aurait des conséquences très fâcheuses considérant le plan concocté par cet être jaloux, égocentrique et mesquin. Sans parler de sa méchanceté naturelle... En tout cas, son animal se calma et il poursuivit son chemin...

—Tu viens pas voir notre char neuf ? dit Honoré à son épouse quand il fut à l'intérieur.

—Je vas ben finir par le voir.

—Mais là, il est flambant neuf.

—Pas moi.

—Tu ménages tes jambes.

—Tu devrais ménager les tiennes.

—C'est pour ça que j'ai acheté une machine neuve.

—Tant mieux pour nous deux !

—J'te dis que... tu rajeunis pas, Mélie.

—J'te ferai remarquer que toi non plus. On est en 1923 et t'as 58 ans. Moi, j'en ai 57. Parle pas.

Armand parut dans l'escalier venant de l'étage. Il toussait sans arrêt.

—Es-tu allé voir le docteur, toi ? lui demanda sa mère.

—Il m'a dit que c'est la poussière de l'été... allergie qu'il a dit... Sorte de fièvre des foins... le pollen et tout...

–Autrement dit : le rhume des foins ? suggéra Honoré.

–Ça serait ça.

Mais Armand mentait. Il n'avait pas vu le docteur Goulet et ne voulait pas se rendre à son bureau non plus. La toux finirait bien par s'en aller. D'autant qu'une toux que l'on crache fait toujours son temps, se disait-il sans plus.

Il fila son chemin tout droit dehors. De là-haut, par une fenêtre, il avait aperçu la nouvelle voiture et la chose l'intéressait. Pas autant qu'un autre de son âge, mais assez pour se rendre l'examiner comme ceux de l'attroupement qui entouraient le véhicule en posant des questions techniques à Pampalon.

–Ça coûte comment, un char de même ! lui demanda Tine Racine qui avait laissé un fer rouge au feu pour s'approcher à son tour.

–Suis pas supposé de le dire.

–Ben voyons, on va pas le dire à personne...

Les spectateurs applaudirent puis des questions de leur part s'entremêlèrent. On voulait savoir combien Honoré avait dû débourser pour doter la famille d'un pareil engin tout neuf et si bellement construit.

–Je vais rien que vous dire que c'est plus que vous pensez.

Des 'ah' et des 'hon'... suivirent sa réponse.

–Écoutez, faudrait le demander à mon père.

–Tu le sais, Pampalon, tu le sais, lança Onésime Pelchat.

Pampalon hésita d'un sourire et d'une tête penchée à droite; il finit par avouer :

–Je dirai... entre mille pis treize cents piastres.

–On veut savoir plus juste que ça, insista Cyrille Beaulieu de sa voix pincée mais autoritaire.

Sur le perron, Alfred prit la parole et fit cesser le petit jeu de son frère en répondant la vérité à son ami Beaulieu :

–Je vas vous le dire, moi, c'est douze cent vingt-cinq piastres. C'est ça que ça coûte à Québec, c'te machine-là.

On questionna Pampalon du regard. Du regard, il approuva. Et ajouta :

–Et ça pèse pas loin d'une tonne.

–Attention, monsieur Lambert, dit une voix de jeune fille tout à coup.

L'aveugle venait, canne levée et risquait de la planter dans le radiateur ou un des quatre gros phares de la voiture. Le jeune Raoul Blais accourut vers lui et s'empara de son bras pour le guider. Dans son coeur, Marie-Anna le trouva prévenant et généreux, ce fils à Uldéric Blais...

Le grand sujet de l'heure eut tôt fait de supplanter les émois provoqués par l'arrivée d'une Studebaker 'flambante neuve' ainsi que le disaient les plus vieux, et c'était les festivités du cinquantième anniversaire de la paroisse.

On s'en approchait sérieusement.

Et presque tout ce qu'avait planifié le vicaire Bélanger sous la supervision du curé et l'approbation de la fabrique et de la municipalité, était en voie de se réaliser ou se réaliserait le jour même situé en plein coeur des fêtes : un beau dimanche de juillet à la fin des foins.

Mais il restait deux semaines de préparatifs encore.

Bernadette reçut une lettre des États. Eugène Foley lui apprenait qu'il viendrait au cinquantenaire avec son frère Emil. D'autres Foley feraient le voyage avec leur famille depuis Hartford, leur ville de résidence, soit William, Arthur, Alcid.

La grande famille des Foley serait présente à la grande fête de leur paroisse natale. Il ne manquerait que leurs parents et cette pauvre Mary emportée par la grippe espagnole.

Que de battements de coeur pour Bernadette ! Elle serait

costumée ce jour-là et ferait partie d'un grand groupe de 31 hôtesses. Surtout, elle passerait un temps, le plus long possible l'espérait-elle, en la compagnie d'Eugène Foley. Il lui parlerait comme dans ses lettres de son projet sacerdotal. Elle lui raconterait par le détail sa visite au couvent d'Alice Leblond à Québec et son indécision qui perdurait quant à sa vocation religieuse...

Ce serait le plus beau jour de sa vie sans doute.

Comme elle l'espérait ! Mais sans cesse, elle se disait qu'il valait mieux que le grand jour soit devant que derrière.

Elle anticipait un bonheur de plus en plus grand jusqu'à la fameuse journée de la parade du cinquantenaire et des cérémonies la précédant et la suivant, de même que du repas public où tout Saint-Honoré, celui dispersé, envolé ailleurs, dans les grandes villes, aux États, et celui qui butinait dans la ruche elle-même, seraient réunis dans un partage du bonheur et du pain...

Que pourrait-il bien survenir qui assombrisse le moindrement sa liesse ?... Que pourrait-il bien arriver ?... La famille Grégoire n'avait-elle pas eu son lot de deuils, de départs, de séparations, de heurts et de pleurs ?...

***

Chapitre 26

1923...

Quelques jours plus tard, le jeune Doyon du Grand-Shenley s'amena au village l'esprit mené par son plan tordu et terrifiant. À la différence d'Albert Jolicoeur, Athanase était mu, lui, par la cruauté, non par la créativité folichonne du fils à Gédéon.

En passant devant la grange des Dulac, alors que son attelage ne saurait être aperçu par Cipisse, son épouse Célestine ou un des trois enfants, Sévère, Mathias ou Philippe qui malgré leur âge allant de 18 à 30 ans vivaient encore sous le toit familial, il fit entrer son attelage dans la montée derrière la bâtisse grise. Là, il descendit de voiture, souleva une planche mal ajustée de la grange et déposa à l'arrière sur un lit de petites roches une autre planche apportée de chez lui, percée de deux clous de six pouces. Une arme bricolée qui pouvait faire bien du dommage si utilisée par des mains lâches et mauvaises. Ensuite, il sortit sous une toile dans la voiture à planches une cage lourde où était enfermé son chien agressif. Il transporta la chose à l'intérieur de la grange et y entra lui-même en scrutant furtivement les alentours.

Cette bâtisse ressemblait plus à un hangar et ne constituait pas la grange principale des Dulac qui était située, elle, derrière la petite maison grise enfoncée dans le sol. L'on s'en servait parfois pour remiser du foin ou de la paille, ou éviscérer des ours attrapés au piège. Mais ce n'était pas la saison et on ne risquait pas beaucoup de s'y rendre avant l'automne. De la maison, l'on ne pouvait entendre les bruits venus de la grange; ils se perdaient dans la distance et la végétation.

Le malfaisant avait songé à tout cela en bonifiant le coup que son esprit pervers avait improvisé le jour de l'arrivée de la voiture rouge chez les Grégoire.

Là, il ouvrit la cage, attacha l'animal par son collier et noua l'autre extrémité à un anneau de fer ancré dans une poutre. Et il lui dit :

–Tout doux, Bruno, tout doux ! Tu vas avoir de quoi te soulager tout à l'heure. Ça sera pas long que je vas te le ramener, le chien à Grégoire... Tu le déchireras en morceaux pis tu le dévoreras, la viande pis les os...

Puis il remit la cage dans la voiture, à l'arrière, sous la toile et poursuivit ensuite son chemin. Il déboucha bientôt sur la grand-rue menant au magasin. Là-bas, il attacha son cheval sous le porche et entra par les hangars comme plusieurs le faisaient. *Chasseur* serait-il aux alentours ? Comment alors parviendrait-il à l'attirer, à le faire monter en voiture, à l'y attacher et à s'en aller sans que personne ne s'en rende compte ?

Il acheta quelques effets de Freddé. En négligea d'autres pour se donner un motif de revenir par les hangars à au moins deux autres reprises. Demander où était le chien pourrait le trahir. Il se contenta de rester aux aguets, le regard mince et cruel. Il se pouvait que l'animal soit ailleurs, par exemple chez Pampalon. On le voyait souvent faire la 'ronne' de pain avec lui.

Et si la bête dormait dans la résidence des Grégoire quelque part. Seul le hasard pouvait lui venir en aide en ce moment. Mais cela ne se produisit pas. Il ramassa la boîte remplie de ses achats et reprit le chemin des hangars. Une fois la première porte franchie, il s'arrêta et, à bouche fermée, se mit à gémir doucement comme un chien qui sile. Rien n'y fit. En tout cas pour l'heure. Il dut donc aller porter les effets dans sa voiture. Et là, il sortit de sa poche un sifflet fabriqué à même du bois de sureau. Le son qui en sortait était fort aigu, presque inaudible. Il ne s'en servit qu'une fois de retour à l'intérieur pour y prendre un sac de fleur déjà payé à Freddé tout à l'heure.

Et attendit.

Jusqu'au moment où un bruit l'alerta, venu du petit couloir menant dehors à côté de la cabane de l'engin. Là, Athanase sortit de sa poche un autre appât : un petit os frais, un peu viandé, enfoui dans un morceau de papier. Il le mit par terre et dit à mi-voix, doucereusement :

–*Chasseur*, *Chasseur*, viens icitte, viens, bon chien...

L'animal parut, hésita, branla la queue, regarda vers le hangar attenant au magasin...

–Viens, viens... regarde...

Chasseur se laissa tenter et s'approcha, renifla l'os, le mordit... Son tentateur lui mit la main sur le crâne et caressa dans une fausse gentillesse. Puis il déroba l'appât et recula en invitant l'animal à le suivre. Le plus difficile serait de sortir de la bâtisse avec le chien sans se faire voir. Il y avait la fenêtre du bureau de poste. Il pourrait y avoir quelqu'un chez les Racine en face qui regarderait vers lui. Ou bien un passant, n'importe qui...

Il devait agir sans hésiter et une fois le chien dans le piège sous la toile verrait s'il s'était trouvé des témoins de son geste.

Tout se passa comme prévu et voulu. *Chasseur* fut dans la cage à ronger l'os tandis que la voiture reprenait le chemin vers le Grand-Shenley où elle entra sans hâte mais sans attente. Les grandes lignes d'un drame étaient tracées.

Bruno se mit à japper dès que le bruit familier des roues

de fer lui parvint. Surtout, il sentit le rival, son odeur, son coeur. Et toute sa constitution se dressa, prête à l'attaque. D'instinct, il se coucha pour conserver toute son énergie brutale jusqu'au moment de l'attaque. Il sentait qu'il aurait recours à toute sa férocité...

Comble de chance pour le malfaiteur, tous les Dulac étaient absents de la maison à part Célestine qui ne se préoccupait jamais des passants et de leurs bruits. Ceux d'une bataille de chiens ne lui parviendraient même pas. Les autres voisins quant à eux vivaient bien trop loin pour seulement voir...

Chasseur était nerveux dans la cage et ne touchait plus à l'os trompeur. Doyon lui parla avec calme en manipulant la cage jusqu'à l'intérieur de la grange dans un éclairage venu de deux fenêtres situées à l'arrière.

Bruno grogna sans plus.

Chasseur grogna lui aussi.

Doyon posa la cage sur le lit de pierres constituant le fond, à une distance de l'autre chien qui ne leur permettrait pas de s'atteindre, même si *Bruno* allait au bout de sa laisse. Il fallait les exciter, les agacer, les survolter, les 'ousser' l'un contre l'autre.

L'homme prit une branche et commença de picosser *Chasseur* à travers la broche de la cage. Une cuisse, une patte, le ventre, le dos : tout y passait. L'instrument de torture provoqua des blessures. L'animal devint vite coléreux. Ses aboiements provoquèrent ceux de son ennemi. Doyon poursuivait son manège tout en commandant à *Bruno* d'attaquer malgré la trop courte longueur de la laisse. Et *Bruno* s'élançait et recevait au cou un coup qui faisait augmenter sa rage et sa bave.

Quand le tortionnaire comprit que la tension atteignait un paroxysme, il souleva la porte de la cage sans pour autant détacher *Bruno*. *Chasseur* bondit à l'extérieur et s'élança sur son adversaire qui fit de même. C'étaient deux bêtes d'égale grosseur. Il y eut morsures, déchirures, retraits, nouvelles attaques jusqu'au moment où *Chasseur* parvint à saisir *Bruno* à la gorge. De ses deux canines, il lui trancha la jugulaire et l'étouffa, laissant sa vie s'écouler hors de lui par le sang perdu et le souffle coupé.

Mais il ne put parachever son oeuvre et reçut en plein corps un violent coup de la planche cloutée. Une blessure qui le condamnait à mort puisque les clous avaient atteint ses intestins et ses reins. L'animal gémit, délaissa l'ennemi abattu qui n'avait plus que la force d'attendre la mort, s'éloigna en se traînant la croupe dans une douleur atroce quand un second coup l'atteignit à la tête. Le crâne de *Chasseur* fut transpercé comme par les dents d'un léopard et le pauvre chien s'affaissa, ayant perdu conscience pour toujours.

Toute la rage provoquée dans les deux bêtes les déserta pour entrer dans l'instinct animal de l'homme. Et tandis que *Bruno* agonisait, *Chasseur* reçut une dizaine de nouveaux coups de planche à clous. Il fut pratiquement écorché...

Quand le jeune homme fut vidé de ses forces diaboliques, il s'arrêta pour reprendre son souffle et constater les dégâts. *Bruno* et *Chasseur* ne bougeaient plus. À l'évidence, ils étaient morts tous les deux.

Doyon porta le corps de *Bruno* dans la cage, défit la laisse et emporta le tout dans la voiture puis s'en alla. *Chasseur* ne bougea plus. Il était bel et bien mort...

*

Le jour même et le soir, Émélie dit autour d'elle :

—Avez-vous vu *Chasseur* quelqu'un ? On le trouve nulle part. On l'appelle dehors en arrière, en avant, monsieur Racine l'appelle en arrière de la boutique de forge : rien. Il est pas chez Pampalon non plus. Pas dans la maison. Pas dans les hangars. Pas dans les granges. Bernadette, Armand, Berthe, allez dans le village à sa recherche...

Ce fut peine perdue. Pampalon se mit de la quête entreprise par les autres : rien. Honoré ne reviendrait que le lendemain de lac Frontière. Il fallut se résigner à dormir sans *Chasseur* couché derrière le poêle.

—Peut-être qu'il a trouvé l'âme sœur ? suggéra malicieusement Bernadette avant d'emprunter l'escalier pour aller à sa chambre.

—Bernadette, t'as toujours ça dans la tête, toi ? protesta Émélie.

—Toujours ça... quoi ?

—Ça... Pas besoin de te faire un dessin...

*

Au matin, tous furent debout avant leur heure. Bernadette la première, Armand, Berthe, Émélie, tous sortirent de la maison pour appeler *Chasseur*. Au petit déjeuner, on supputa à qui mieux mieux.

Quand Alfred vint prendre son ouvrage, on lui demanda s'il était passible que le chien ait passé la nuit dans sa grange à l'autre bout du village.

—Pas vu *Chasseur* pantoute. Raoul non plus : il l'aurait dit. Il sera parti dans le 9, dans le bas de la Grand-Ligne ou ben dans le Grand-Shenley. Il aura pu suivre un autre chien, on sait pas. Entre chiens, on se comprend...

Et il se mit à rire, sans s'inquiéter du sort de cet animal qu'il aimait pourtant, comme tous les enfants Grégoire et leurs parents.

C'était l'été. C'était congé. On pouvait passer la journée à chercher *Chasseur*. On le ferait. Chacun de son côté. Pampalon prendrait son auto, irait du côté du 9 avec Armand. Les deux filles marcheraient un bout dans le Grand-Shenley. Puis on ferait du porte à porte dans le village jusqu'à la Grand-Ligne et même un bout plus loin, jusque chez Xavier Nadeau là-bas...

Cipisse Dulac sortit sur son perron quand il aperçut Berthe et Bernadette par la fenêtre.

–Les filles à Noré, où c'est que vous allez de ce train-là aujourd'hui ?

–On cherche le chien.

–*Chasseur* ? On l'a pas vu passer par icitte. C'est sûr qu'on les voit pas tout le temps passer.

–Ça lui arrivait de venir ?

–Certain ! Même qu'il aimait ça venir faire son tour icitte. On donne à manger à nos renards pis des fois, on en donnait à *Chasseur*. Un maudit bon chien.

–Peut-être pas 'maudit' mais bon, fit Bernadette qui reprit sa marche.

Soudain, elle eut une drôle de sensation. S'arrêta, tourna la tête et aperçut derrière Cipisse son garçon Sévère qu'elle n'aimait pas beaucoup. Il arborait toujours ce petit sourire en la détaillant, comme si par son regard, il lui avait enlevé tous ses vêtements. Elle se méfiait de lui comme de la peste ou la grippe espagnole du temps.

–On va-t-il marcher jusque chez monsieur Jolicoeur ? demanda Berthe.

–Ben non ! C'est trop loin. Monsieur Jolicoeur, c'est dans le fin fond du rang.

Les jeunes filles passèrent près du hangar dans lequel gisait la dépouille de *Chasseur*. Le processus de décomposition avait commencé, mais le corps ne dégageait pas encore d'odeur importante qui atteigne le chemin. Bernadette qui avait le nez fin aurait peut-être senti sinon l'odeur du cadavre du moins sa présence dans la bâtisse, mais elle était retournée par ce jeune homme de trente ans qui ne cessait de les épier alors que son père lui, était rentré dans la maison.

–On revire de bord, ça donne rien d'aller plus loin...

Berthe suivit sa grande soeur.

Sévère les interpella au passage :

—Ben moé, je vas vous aider à le chercher, votre chien aujourd'hui.

—Ça sera pas nécessaire, il devrait revenir tout seul.

—Pourquoi c'est faire que vous le cherchez d'abord ?

—Ben... ben c'est de nos affaires.

—Ça, c'est certain...

Bernadette marmonna entre ses dents en tournant la tête vers sa jeune soeur :

—C'est peut-être lui qui l'a fait disparaître, notre chien, on sait jamais.

—Ben non ! Es-tu folle, Bernadette ?

—On sait jamais.

*

Sur le coup de midi, Honoré revint du lac Frontière. Là-bas, il avait été embrigadé par Édouard Lacroix en vue d'une future campagne électorale afin d'agir comme organisateur en chef de plusieurs paroisses du haut de la Beauce. Argument de plus pour Honoré de n'avoir maintenant aucune envie de briguer les suffrages lui-même au fédéral puisque Lacroix n'aurait aucun mal à succéder à Béland quand le docteur abandonnerait son poste, ce qui ne saurait tarder. Quant au siège de député provincial, il était maintenant occupé par un dénommé Hugues Fortier, personnage sans envergure, sorte de "monsieur qui?" venu de nulle part et condamné à l'oubli aussitôt retiré de la politique...

Pampalon était allé chercher son père à la gare dans l'auto neuve en compagnie d'Armand. Il avait aussitôt appris à Honoré la disparition de *Chasseur*.

—Va revenir, avait dit laconiquement l'homme fatigué.

Mais il s'inquiétait sérieusement. On le reçut avec des questions plein les yeux. Quoi faire pour retrouver l'animal ? S'il avait été attaqué et emporté par des loups, le reverrait-on jamais ? L'énigme réclamait la sagesse d'un père...

–Bernadette suggère de faire un appel général, dit Émélie à son mari qui venait d'entrer dans le magasin.

–C'est une idée.

–On pourrait offrir une récompense à qui nous le ramènera, dit la jeune femme.

–Ça, c'est plutôt dangereux. Une semaine ou deux plus tard, le chien pourrait disparaître encore une fois et les responsables attendraient qu'on annonce une autre récompense. On n'en finirait jamais de jouer au chat et à la souris avec le chien...

–C'est qu'on va faire ? osa demander Berthe, l'oeil désespéré, ras d'eau, elle qui craignait toujours de prendre la parole.

–On va attendre quelques heures. Si à soir à six heures, il est pas revenu, on va faire quelque chose...

Mais l'homme ne dit pas ce qu'il avait en tête. En fait, il n'en savait rien du tout. Pour l'heure, il avait besoin de repos et voulait faire un somme...

Il venait de s'assoupir quand la main de son épouse vint le réveiller :

–Y a Cipisse Dulac qui veut te parler.

–Demande c'est qu'il veut.

–Je l'ai fait : il dit qu'il veut parler rien qu'à toi.

–Dans ce cas-là, fais-le venir dans la chambre.

–Dans la chambre ?

–Oui... j'ai pas envie de me lever. Il sera capable de parler autant ici que dans le magasin. Surtout s'il veut pas faire faire le message...

Cipisse vint, reconduit par Émélie qui se retira.

–J'ai retrouvé le chien...

–Par la face que tu fais, Cipisse, c'est pas une bonne nouvelle, fit Honoré sans se lever.

—Pas pantoute. Il est mort. Pas de sa belle mort. Y a quelqu'un qui t'en veut, Noré, on dirait.

—Ils l'ont tiré ?

—Pire que ça...

Dulac grimaçait, rajustait son chapeau derrière sa tête, soupirait en ajoutant :

—Ils l'ont tué avec une planche à clous... mais c'est pas tout...

—Quoi c'est qu'il pourrait y avoir de pire ?

—J'ai trouvé le chien dans ma petite grange au bord du chemin. Sont rentrés par le mur en arrière. Tu penseras pas qu'on est pour quelque chose là-dedans, Noré ?

—Non, parce que je te connais pis que t'es pas un homme de même. En plus que même si tu serais capable de faire ça, tu serais assez intelligent pour pas le faire dans ta grange. Ça fait que... pense pas une seconde que j'te redoute, mon Cipisse. On est des amis, ça fait quasiment un demi-siècle. J'sens que ça t'affecte autant que moi et mes enfants, la mort de notre chien. Comme dit Bernadette, il est de la famille, ce chien-là... disons asteur qu'il était... de la famille.

—Sais pas trop, veux-tu que je le donne aux renards ?

—Es-tu fou, Cipisse ? Les enfants vont vouloir l'enterrer comme du monde, je le sais... D'abord, faut que je leur annonce la 'maudite' nouvelle.

—J'peux aller le chercher pis le ramener. Sur le coup, j'aimais mieux t'en parler à toi tuseul. P't'être que t'aurais voulu pas le dire aux autres... Ils auraient pu penser que le chien avait disparu dans le grand bois... ça fait moins mal de même.

—Un deuil de plus pour la famille Grégoire, mais faut passer à travers. Oué, Cipisse, tu serais ben bon de nous ramener le cadavre du chien. Je vas téléphoner à Octave Bellegarde pour qu'il fasse une boîte. Ça va prendre juste un peu plus petit qu'une tombe d'enfant...

Cipisse partit. Honoré le suivit au magasin où étaient dans l'attente les trois grands enfants de la maison, Bernadette, Berthe et Armand mais aussi les adultes : Freddé, Émélie et Pampalon.

–Approchez-vous, j'ai de quoi de pas mal plate à vous dire aujourd'hui...

On entoura Honoré qui resta debout sur la grille de la fournaise (éteinte l'été) et annonça la funeste nouvelle :

–*Chasseur* a été tué par quelqu'un d'abominable. J'vous dirai pas comment. Ça s'est fait dans la grange à monsieur Dulac, mais il a rien à voir là-dedans... il est autant affligé que nous autres.

–Lui, mais son Sévère par exemple, maugréa Bernadette, une larme à l'oeil et de la colère dans l'autre.

–Mais non, Bernadette, si un Dulac avait tué *Chasseur*, il l'aurait fait ailleurs que chez eux, voyons donc.

–En tout cas...

–Tu peux me croire, tu peux me croire.

–Moi, je te crois, intervint Émélie.

Armand était très affecté par la mort du chien, lui qui montrait rarement ses états d'âme. Il fit aussitôt une proposition :

–On devrait faire comme une sorte de service funèbre... pis l'enterrer sur le cap à Foley avec une procession pis tout le reste... On lui planterait une croix... Il serait tout près du cimetière...

Pampalon approuva :

–Le monde saurait que *Chasseur*, c'était important pour nous autres.

–Un enfant de la famille ! enchérit Bernadette qui maintenant pleurait carrément.

"Quatre ans après la mort d'Eugène, la famille Grégoire vécut un autre dur coup quand Chasseur disparut subitement. Alerté par des concitoyens, Honoré retrouva la dépouille du chien dans la tasserie d'une grange du Grand-Shenley. Selon toute vraisemblance, des gens envieux qui en voulaient à Honoré, alors maire du village, ou qui agissaient par pure cruauté, enlevèrent le chien, l'amenèrent dans une grange et le battirent à mort avec une planche cloutée. À l'annonce de cette découverte, une grande peine s'abattit sur tous les membres de la famille. Armand, Pampalon et Bernadette décidèrent d'organiser un service religieux et un enterrement pour rendre hommage à la fidélité et à la bonté de ce chien qui avait péri de façon cruelle seulement en raison de son appartenance à la famille Grégoire. Ils placèrent le chien dans un cercueil fabriqué par Octave Bellegarde et formèrent un cortège avec leurs amis, les Plante et les Racine... Pour l'occasion, les jeunes filles dont Bernadette, jouèrent le rôle de pleureuses. Elle s'enveloppèrent la tête d'un voile mortuaire fabriqué à partir d'une mousseline servant à l'emballage des balais et suivirent le cortège en priant. Un vieux, témoin de la scène, fut offusqué de cet acte (pour lui) sacrilège. ‹‹Ce que vous faites là est mal ! Les chiens, c'est pas comme du monde.›› Les jeunes ne s'occupèrent pas de la remarque du vieux et poursuivirent leur cérémonie à la mémoire de Chasseur. Le cortège se rendit en haut du cap à Foley où la dépouille fut enterrée.

Dans les semaines qui suivirent cet événement, les jeunes montèrent régulièrement sur le cap pour voir la terre fraîchement remuée, là où gisait Chasseur.

Là-haut, sur cet affleurement rocheux parsemé de bouquets d'épinettes, les jeunes se sentaient chez eux. Il n'existait donc pas de meilleur endroit pour donner au compagnon d'Eugène et de toute la famille la place d'honneur qui lui revenait. Bernadette s'étonna longtemps de la remarque du vieux qu'ils avaient rencontré sur leur chemin. Comment *pouvait-il dire que ce qu'ils faisaient était mal alors que l'amour et la reconnaissance avaient guidé leurs gestes ?*

Pour faire le mal, il aurait fallu savoir ce que c'était, dira Bernadette 70 ans après l'événement...

Un clocher dans la forêt, page 72

Quelque temps plus tard, Athanase Doyon dit aux Grégoire que son chien *Bruno* était mort lui aussi de la même façon que *Chasseur*. Il dit avoir retrouvé son corps le long du chemin du Grand-Shenley, pas loin des sucreries et l'avoir enterré dans ce 'bout-là'.

Voilà qui accrut le doute que certains enfants Grégoire nourrissaient au sujet de Sévère Dulac... mais sans détenir aucune preuve dépassant la simple méfiance... Le sourire bizarre de Sévère était pourtant celui d'un honnête homme...

***

Chasseur quelque temps avant sa mort

Chapitre 27

1923...

Astucieux, les Foley louèrent un camion à Hartford et recouvrirent l'arrière d'une construction de bois, elle-même recouverte d'une bâche de toile. Ils fixèrent des chaises et bancs sur la plate-forme. Voilà qui serait leur autobus pour se rendre 'en' Canada assister à la grande fête du cinquantenaire de leur paroisse natale : Saint-Honoré-de-Shenley. En passant par Lewiston, l'on y ferait monter Emil et Eugène.

La maison du village de même que la terre étaient devenues la propriété d'Honoré Grégoire. Depuis la mort de Memére Foley quatre ans auparavant, suivie du départ des derniers enfants, la résidence demeurait inoccupée. Les meubles s'y trouvaient toujours ainsi que beaucoup de poussière. Ces temps-là, Bernadette travailla comme une fourmi, autant au magasin qu'à la maison Foley afin que la famille puisse y rester les quelques jours de leur visite à l'occasion du grand événement de 1923.

Le camion transformé arriva dans la journée du vendredi. On les attendait le jour suivant seulement. Le véhicule s'arrêta devant le magasin et William Foley, le conducteur, cria au groupe à l'arrière d'envoyer un commissionnaire chercher la clef de la maison. On délégua celui qui espérait le plus être désigné pour ça : Eugène.

Le jeune homme de vingt ans, alerte et rempli de son éternelle bonne volonté, sauta à l'arrière et enjamba les marches du perron. Comme de coutume, les portes du magasin étaient fermées pour garder la fraîche à l'intérieur durant la saison chaude. Et Dieu sait si la température était élevée en ce coeur de juillet.

En ce moment, Émélie et Bernadette se trouvaient dans le salon-bureau à faire la révision des factures et comptes à recevoir. Alfred servait un client du côté des hommes. Honoré lisait son journal, jambes haut levées, et il écoutait la radio dans le bureau de poste.

Berthe et Armand travaillaient tous les deux sur les terrains mêmes de la fête soit l'espace du long de l'église où se trouvait naguère le cimetière, droit devant l'hôtel Central et à côté du complexe Grégoire, jusqu'au cimetière actuel. Un terrain fort grand qui permettrait de recevoir et d'asseoir de mille à deux mille personnes lors du souper servi le dimanche soir.

Armand secondait ceux qui érigeaient les tables.

Berthe aidait les femmes qui les décoraient de nappes de lin et de guirlandes de fleurs. En fait, on installait les cordes en arc de cercle sans plus ou bien les fleurs auraient eu le temps de faner. Ce n'est que le dimanche même qu'on apporterait les pots et les gerbes et que le travail d'embellissement serait achevé afin que l'odeur soit à son meilleur de même que la fraîcheur des végétaux fraîchement coupés.

—Si c'est pas de la grande visite ! s'exclama Alfred en apercevant le jeune homme qui venait de franchir le seuil de la porte.

Eugène ouvrit la main droite et fit un salut en même temps qu'il arborait son plus large sourire.

Là-haut, Émélie qui avait entendu par la porte entre-bâillée, se demanda tout haut :

–Qui c'est ça, de la grande visite ?

–Toujours pas Alice, elle arrive dimanche. Henri et mon oncle Jos sont déjà là.

On savait ce qu'il advenait de tous les autres visiteurs attendus au cinquantenaire. Éva et Arthur viendraient dimanche. L'oncle Jean Grégoire irait se faire héberger chez sa fille Armandine et son gendre le notaire Côté. Obéline et Marcellin débarqueraient chez la veuve Racine, mère de l'amie d'Émélie. Et les Foley ne seraient là que le samedi...

Tout ce beau monde passa par le regard que s'échangèrent la mère et la fille. On attendait une voix qui révèle l'identité de la personne saluée par Alfred, mais rien ne fut dit. Et Freddé reprit :

–Comment ça va vous autres ? Tout seul de ta 'gang' ?

–Je vas voir qui c'est, annonça Bernadette qui se leva et se rendit à la porte qu'elle poussa.

Eugène serra la main d'Alfred et, la voix émue, étranglée, il murmura un bonjour qui se perdit dans l'éclat de rire du commis. Puis il se tourna pour aller au bureau de poste et se retrouva presque au pied du large escalier en haut duquel parut Bernadette qui faillit s'évanouir sur le palier.

Le jeune homme fit des hochements de tête à trois reprises comme quelqu'un qui n'en revient pas de bonheur.

–Mon Dieu, moi, mais c'est Eugène ! déclara Bernadette en ne parlant qu'à lui et à elle-même.

–On arrive des États avant notre temps.

–Mon doux Seigneur, mais c'est Eugène !

–Comment vas-tu, chère Bernadette ?

–Mon doux Jésus, mais c'est Eugène Foley !

–Eh bien oui ! On dirait que tu viens de voir le diable.

–Dis plutôt le bon Dieu !

–Oh que non ! Suis bien trop petit pour être aussi grand.

–Pas pour moi ! échappa la jeune femme qui avait le coeur dans la joie folle, les yeux dans l'eau et ne savait plus trop ce qu'elle disait.

Et Bernadette porta sa main pour recouvrir sa bouche en redisant une fois encore :

–Sainte bénite, mais c'est Eugène Foley !

Émélie arriva derrière elle et s'exclama à son tour en prononçant le nom à l'anglaise, mais sans l'effervescence de sa fille :

–Notre Eugene... c'est bien lui. Va donc lui serrer la main, Bernadette.

La jeune femme sentit la main de sa mère qui poussait doucement dans son dos et elle emprunta les marches, les jambes flageolantes et qui risquaient de se dérober sous son poids. Eugène savait que Bernadette n'était guère solide sur ses pieds qui la faisaient marcher en claudiquant légèrement; il emprunta l'escalier depuis le bas pour la rencontrer à mi-chemin.

Honoré avait prêté oreille. Il s'amena pour voir le couple se former quelque part dans les marches entre le plancher du magasin et le premier palier. Il aurait pu de sa voix puissante héler l'arrivant, mais il voulut assister au miracle de l'amitié quand elle atteint un si haut sommet.

Ils se trouvèrent enfin à distance de bras tendus l'un de l'autre. Chacun savait que seules les mains se toucheraient. Il n'y aurait même pas d'accolade. Bernadette respectait le prêtre en devenir. Eugène ne pouvait exprimer plus que de la tendresse, de l'affection, de la joie, de revoir sa voisine d'enfance et amie de toujours.

Mais que d'amour fusionnel, que de folie douce dans ces quatre bras qui s'enroulèrent comme des anguilles en phase nuptiale !

–Bernadette ! dit simplement Eugène en la regardant droit dans les yeux.

–Eugène ! Eugène ! Eugène !

Par-dessus leurs épaules passèrent deux regards immenses : ceux d'Émélie et d'Honoré qui se croisèrent eux aussi à mi-chemin. La femme et l'homme virent en ces deux-là l'image de leurs trente-cinq ans, ce jour de l'inauguration du magasin alors qu'ils s'étaient étreints en ce même endroit de l'escalier de chêne.

Le visage d'Émélie demeura impassible, mais il passa par ses yeux tout le bonheur d'une vie. Et toute sa tristesse aussi. Elle savait que Bernadette n'aurait jamais d'enfants, qu'elle n'épouserait jamais Eugène, qu'elle l'aimerait sans doute toute sa vie de tout son coeur.

Honoré lui se disait que peut-être, les événements aidant, ces deux-là en viendraient-ils à fonder une famille. Après tout, Bernadette n'avait toujours pas embrassé la vie religieuse comme il en avait été question à maintes reprises déjà. Voilà qui s'avérait un signe. Et puis Eugène Foley avait un long chemin à parcourir avant son ordination puisqu'il demeurait un simple ouvrier d'usine à Lewiston et qu'il devrait suivre des études classiques puis faire sa théologie au grand Séminaire... Que d'années encore ! Quel chantier ! Que de chemins croiseraient sa route entre-temps !

Alfred quant à lui était tout en joie : atteint par la fébrilité des dernières heures avant la grande fête. Il avait vu ce camion-bus devant les portes et deviné qu'il devait contenir plus de monde que William Foley au volant et sa femme Délia Patry de même que le seul Foley qui soit entré : Eugène. Il sortit pour aller mettre son nez à l'arrière du véhicule.

Une clameur l'accueillit. Son prénom fut lancé de dix manières toutes joyeuses, toutes cordiales, toutes fatiguées du long voyage à se faire brasser la cage tout le long de la rivière Kennebec dans l'interminable forêt du Maine.

Il les reconnut tous et salua chacun... Arthur et son épouse Alvina Mercier... Philias et sa femme Rébecca Gagné... Alcid et sa compagne Marie Paradis.

—Vous descendez pas un peu ?

—On voudrait se reposer avant de voir tes parents, dit Alcid au nom des autres. On a le voyage dans le corps.

—J'comprends ça. Vous allez trouver une maison propre pis en ordre. Ça fait trois semaines que Bernadette y va tous les jours.

—On sait ben que quand Bernadette s'occupe de quelque chose, c'est fait comme du monde pis ben comme il faut, affirma Philias, celui du groupe dont l'âge était quasiment le même que celui d'Alfred.

En fait, Arthur Foley avait vu le jour en 1886, Alfred Grégoire en 1887 et Philias Foley en 1888. Durant toute leur jeunesse, ils avaient été de bons amis. Et c'est la joie plein l'âme qu'ils se retrouvaient si loin au bout de la distance et de l'absence, après un temps qui n'avait pas éteint le passé. Les Foley avaient constitué la famille soeur des Grégoire depuis le jour de l'arrivée à Shenley d'Émélie Allaire en 1880 avant même la naissance des douze enfants Foley. Il ne restait plus d'eux dans la paroisse que Edward, établi sur une terre du rang 9.

Était-ce en raison de leurs origines irlandaises que les Foley avaient presque disparu de Shenley ou parce que les parents, Lucie et Joseph, étaient morts prématurément ? Émélie se le demandait parfois. Resterait-il de la descendance à cette si courageuse famille à la fin du siècle ? Resterait-il dans la paroisse de la descendance aux Grégoire eux-mêmes à la fin de ce même siècle ? Émélie chassait ces questions quand elles apparaissaient dans sa tête, peut-être pour n'avoir pas à envisager les réponses probables...

—T'as reçu mes lettres ? T'as reçu toutes mes lettres ?

—Si l'une s'est perdue, comment savoir, Bernadette. Et toi, tu as reçu les miennes ?

—Je les garde comme la prunelle de mes yeux.

–Et moi, je garde les tiennes comme la prunelle de mes yeux et j'ajouterai de mes yeux du coeur en plus de ceux de chaque côté de mon long nez...

–J'en reviens pas comme t'es... t'es si... vivant, Eugène.

–Et toi... si pétillante, Bernadette. Te souviens-tu du feu dans la maison rouge ?....

Elle éclata de rire :

–J'en ai encore le feu aux fesses...

Honoré jugea bon de mettre son grain de sel :

–J'avais été obligé de la soincer un peu, cette fois-là... Salut, Eugène, comment ça va ?

–Monsieur Grégoire...

Et Eugène regarda plus haut :

–Madame Grégoire...

–On avait hâte de te voir, fit Honoré.

Émélie approuva d'un léger signe de tête.

–Suis venu prendre la clef de la maison. J'pourrai pas faire attendre les autres trop longtemps... Sont pas mal 'rackés' du voyage. Pas trop confortable, l'idée à William...

–C'est quoi, ça ? Une espèce de camion...

–Transformé en autobus pour faire le voyage. Mais on sent toutes les bosses du chemin. On a tous le corps tout cabossé.

Bernadette glissa sa main dans sa poche de robe et sortit la clef :

–Je l'ai tout le temps sur moi.

Eugène la prit et dit avec grande émotion :

–Elle pourrait pas être en de meilleures mains. La maison est toujours pas vendue ?

–C'est pas demain la veille qu'on va la vendre, s'exclama Honoré. Y a trop de souvenirs là, hein, Bernadette ?

–Certain, oui !

–Je vas vous revoir plus tard. On va se reposer un peu...

–Je vas vous faire à manger et aller vous en porter, hein, maman ?

–Oui, oui... et je vais aller t'aider, Bernadette.

Eugène protesta sans ardeur :

–C'est pas nécessaire... assez qu'on va occuper la maison durant trois jours.

–Le temps que vous voudrez, fit Honoré. Jusqu'au prochain siècle si vous voulez...

–Je les ferai pas trop attendre. Merci pour tout en attendant là...

Et il redescendit les marches alors que Bernadette se tournait vers sa mère pour lui dire par le regard toute sa joie mais aussi toute sa tristesse...

***

Chapitre 28

1923...

Les Foley se reposèrent une heure ou deux puis ils montèrent une table dehors, sur le terrain que Pit Veilleux avait tondu la veille. Bernadette et Julia Racine s'amenèrent peu de temps après avec le repas sur le pouce préparé par les Grégoire après le départ d'Eugène du magasin. L'une apportait les sandwichs et l'autre deux grosses théières remplies. Alvina et Rébecca prirent la relève pour placer les choses tandis que les deux autres retournaient à la maison quérir des tartes et du lait frais apporté par Louis Grégoire au magasin plus tôt.

Quand les serveuses revinrent, les Foley étaient tous à table et commençaient de manger avec un appétit creusé par plus de trois cents milles de route poussiéreuse et harassante. Eugène demanda l'attention et il remercia Bernadette et Julia en leur faisant la commission de présenter la reconnaissance des Foley à Émélie et Honoré pour toutes leurs bontés.

Bernadette flottait sur un nuage.

L'attention glissa d'elle à deux passants, un père que l'on reconnut et sa petite fille de trois ans qui le tenait par la main. Car c'était bien cela : une fillette qui guidait son père aveugle vers le magasin. William les interpella :

–Poléon Lambert, Poléon Lambert...

–C'est William ? fit l'aveugle en s'arrêtant.

Foley était plus âgé que lui. En fait de quatre ans. On se tutoyait naturellement. D'ailleurs presque tout le monde tutoyait Napoléon qui n'avait encore que trente-cinq ans.

–C'est ben moi avec ma 'gang' des États. Mais... qui c'est la belle petite avec toi ? C'est ta fille ?

Napoléon sourit largement :

–Ben oui, c'est ma p'tite Rita. Des fois, elle vient avec moi au bureau de poste pis au presbytère.

La fillette portait des cheveux boudinés et une fleur de taffetas noir ornait sa chevelure couleur des blés mûrs.

–Viens nous la montrer de plus proche... attends, on va aller te chercher...

Déjà debout, Bernadette s'empressa d'aller au-devant de l'aveugle qu'elle prit par sa main libre après l'avoir libéré de sa canne :

–Je vas en prendre soin, dit-elle en parlant de l'objet.

William et Alcid cédèrent leur chaise et se tassèrent avec d'autres sur un des bancs sur le côté. À travers des paroles de bienvenue mélangées, on fit asseoir l'aveugle et sa petite fille à l'extrémité de la table.

–As-tu le temps pour manger un peu en notre compagnie toujours, Poléon ? demanda William.

–C'est vendredi : j'ai pas de malle à charrier pour le curé avant à soir. On allait chercher pas grand-chose au magasin. C'est-il ouvert toujours, le magasin, vu que demain pis dimanche, c'est la grosse fête au village ?...

–Ben oui, ben oui, Poléon, fit Bernadette qui s'était mise un peu en retrait. Tu sais ben que ma mère ferme jamais le magasin excepté le dimanche après-midi.

–Émélie, on peut toujours compter sur elle.

–En tout cas, t'as une ben belle p'tite fille, Poléon ! s'exclama Marie Paradis.

Personne autour de la table ne connaissait la petite Rita. Soit ils avaient quitté Shenley pour les États avant sa naissance soit elle n'était encore qu'un bébé à leur départ. Même que plusieurs ignoraient son existence. Il y avait tant de naissances chaque année dans la paroisse... même le docteur oubliait des enfants dans sa mémoire.

En réalité, c'est qu'on voulait prendre des nouvelles de Napoléon lui-même, un personnage qui attirait la pitié par son infirmité et conséquemment sa pauvreté, lui qui parvenait à nourrir les siens à force de petits travaux peu rétribués comme le transport du courrier du presbytère, l'action du soufflet de l'orgue, la sonnerie des cloches, le creusage de fosses au cimetière.

–Qui c'est qui est icitte, autour de la table, dis-moé le donc William.

–Certainement ! Y a Arthur, Philias, Alcid pis Emil. Et y a Marie Paradis, Rébecca Gagné, Délia Patry... naturellement, tu sais à qui chacune est mariée.

–Hey, faudrait pas oublier Eugène ! protesta Bernadette.

–C'est vrai qu'on m'oublie, blagua l'intéressé. Et pourtant, Eugène n'est pas le moindre...

–Tiens, un sandwich pour toi pis un pour ta petite fille, dit Philias en les déposant devant chacun.

–Et moi, je mets du thé chaud –mais pas trop– dans des tasses, ajouta Rébecca.

La fillette fit les grands yeux. On ne mangeait pas toujours plein son ventre à la maison. Son regard, bleu comme le ciel, interrogea Rébecca puis Bernadette qu'elle connaissait. Celle-ci lui fit un sourire et un signe de tête approbateur. Rita prit le sandwich et la porta à sa bouche...

–Maman dit souvent que Rita, elle ressemble à sa petite soeur Georgina, celle-là qui est morte ébouillantée dans les années 70. Mais la petite Rita Lambert, elle va nous enterrer tous, hein ?

—Ah oui, c'est certain ! approuva l'aveugle qui tâta un peu et trouva l'aliment qui lui avait été attribué.

Il apparut rapidement au cours des échanges qui suivirent que Lambert était sans doute le plus heureux de toutes les personnes présentes à la table, pourtant des gens en santé et qui ne manquaient de rien des commodités du temps.

—Qui c'est qui manque, de vous autres, les Foley ?

Eugène répondit :

—Il manque Édouard qui sait pas encore qu'on est là vu qu'on devait arriver demain. Pis Joseph qui est à Daaquam. Et il manque Alice et Wilfred qui vont nous arriver de Sherbrooke demain.

Il y eut une pause comme si tout le monde avait été traversé par la même pensée. Eugène reprit :

—C'est sûr que la grande absente sera pas là demain ni après-demain ni jamais et c'est notre pauvre Mary partie ça fait déjà cinq ans.

L'aveugle cessa de manger pour se désoler :

—La grippe espagnole, espérons que ça reviendra jamais, une épidémie d'même. Que le bon Dieu entende nos prières !

Eugène fut ému :

—Si y a quelqu'un autour de cette table qui peut parler au bon Dieu et s'en faire écouter, c'est ben toi, Napoléon Lambert. T'es un méritant.

Bernadette avait du mal à réprimer une larme.

La petite Rita était envahie par le bonheur.

Son père le ressentait, qui riait à tout bout de champ...

*

Le travail commandait de tous bords tous côtés. Bernadette partit à regret et laissa les Foley finir leur repas. Julia retourna chez elle aussi.

Le jour suivant, les visiteurs des États se rendirent tous chez Édouard dans le rang 9 pour y prendre le repas du midi. Ceux de Sherbrooke et Joseph, l'aîné de la famille, arrivèrent à leur tour et se joignirent à eux. Quant au repas du samedi soir, il aurait lieu à l'hôtel Central. Réservation à cette fin avait été faite auprès de madame Lemay par téléphone longtemps auparavant.

À ce souper avaient été invités préalablement les Grégoire présents à Saint-Honoré soit, outre Émélie et son époux, les enfants vivant encore avec leurs parents, Bernadette, Armand et Berthe, mais aussi Henri en visite de Waterville et, comme de bien entendu, Alfred et son épouse Amanda. Et puis l'autre voisin des Foley depuis 1908 : le docteur Goulet et son épouse Blanche.

Émélie, marieuse quand elle ne cherchait pas à fabriquer des religieuses, complota avec William durant la journée, et quand les Foley et leurs invités furent dans la salle à manger mais pas encore à table, l'on s'étonna de pouvoir lire des prénoms à chacune des places. À l'une des extrémités, l'employée de madame Lemay avait posé les noms de Bernadette et Eugène qui ainsi pourraient se côtoyer durant cette heure et plus. Il y avait un hic toutefois et c'était la place libre entre les deux, pour un invité sans nom qui serait pour plusieurs la surprise du soir. On verrait bien...

Sur un côté, Berthe avoisinait sa grande soeur tandis que ses parents suivaient puis Henri, Amanda et Alfred. Ailleurs, partout des deux côtés : que des Foley ou des conjoints de Foley, et jusque Firmin Mercier, veuf de Mary et remarié depuis sa mort. Et les Goulet à l'autre bout.

Invité, Armand n'avais pas voulu venir. Il préférait passer son samedi soir avec ses amis. D'autant qu'en cette veille de cinquantième anniversaire de la paroisse, il en rôdait des mystères et des promesses dans la pénombre...

Quand elle comprit qu'elle serait proche d'Eugène, Bernadette rougit jusqu'à la racine des cheveux tout en ayant du mal à retenir derrière ses lèvres des petits rires étouffés qu'elle parvenait à réprimer aussi avec sa main.

—Suis content qu'ils réunissent deux vieux amis comme nous deux, lui dit Eugène une fois assis.

—Si on est vieux là, c'est qu'on va être proche soixante ans comme mes parents ?

—Deux vieux grincheux.

Personne n'entendait leur échange. Les gens se parlaient haut et fort et l'exiguïté de la pièce provoquait des carambolages de phrases.

Henri Grégoire parlait peu depuis son arrivée l'avant-veille. On le voyait soucieux. Émélie avait eu avec lui un entretien en privé sans parvenir à déterminer ce qui le chicotait. Au moins avait-elle su qu'il ne souffrait d'aucun mal, d'aucun ennui du Canada, d'aucun risque de perdre son emploi là-bas et donc d'aucun problème d'ordre financier. Il ne pouvait s'agir que d'une affaire de coeur et un homme vrai ne parle pas de ces choses-là. Telle avait été la conclusion de sa mère qui avait dès lors cessé de supputer... Pour l'instant.

Il y avait conversation entre lui et le docteur Goulet en ce moment. Quelques Foley s'y intéressaient dont Alcid et sa femme Marie. L'on parlait des soins de santé. Henri les disait aussi bons 'en' Canada qu'aux États. Soins médicaux à domicile, soins hospitaliers, qualité des médicaments vendus. Le docteur s'en réjouit. Alcid Foley résuma la question :

—La valeur des soins dépend de la valeur des soignants.

Honoré qui tendait l'oreille s'en mêla :

—Et je peux vous dire que nous autres, on a le meilleur des meilleurs. C'est connu dans tout le comté que par tête d'habitant, on a eu moins de décès durant la grippe espagnole que partout ailleurs.

Le médecin s'en montra confus :

–Un adon... Répète pas ça, Honoré...

–Ben au contraire, Joseph, je le dis à qui veut l'entendre.

–La guérison des gens est venue d'eux-mêmes. Ceux qui ont traversé la grippe l'auraient fait sans moi de toute façon...

Le ton n'était pas des plus sérieux et témoignait du passage de cinq années depuis la terrible épidémie. On se souvenait des morts avec tendresse encore, mais on ne les pleurait plus. Il y avait tant de nouvelles vies pour remplacer celles disparues.

Émélie parlait peu. Malgré sa décision de ne pas s'inquiéter à propos d'Henri, son cas lui trottait dans la tête. La veuve Cormier dont il s'était entiché à Waterville lui donnait-elle du fil à retordre ? Ce fils ne possédait pas la résolution de Pampalon et de Armand pour composer avec les gens. Il ressemblait plus à Alfred par sa bienveillance et trop de serviabilité. Il lui avait fallu le puissant moteur de son esprit d'aventure pour quitter son milieu, sa famille, lors de ses deux départs pour l'exil. Mais comment savoir ce qui le rendait absent, songeur puisqu'il ne voulait pas se confier ?

L'on terminait la soupe lorsque se présenta l'invité des Foley que les Grégoire n'attendaient pas : le curé Proulx. Ce fut une ovation. Le prêtre qui n'en avait pourtant aucun besoin, se déplaçait toujours avec une canne quand ce n'était pas un parapluie. C'était un de ses rares côtés le rapprochant d'Émélie qui le trouvait trop autoritaire et même trop pieux, ce personnage dont on disait qu'il ne mangeait presque rien, ce que tendait à prouver sa maigreur squelettique.

Des enfants Grégoire, Bernadette était sûrement celle qui respectait le plus les prêtres. Et parce que son ami Eugène Foley avait le projet d'en devenir un, elle lui vouait une admiration bien plus grande encore que celle ressentie avant de connaître son intention. Mais ce jour-là, elle maugréa intérieurement. La place entre elle et Eugène était celle de l'invité mystère. Vu son retard, elle commençait d'espérer qu'il ne vienne pas. Mais il était là et on le dirigea à sa place où il sépara les deux amis. Ceux des Foley qu'il ne connaissait pas lui furent présentés par Édouard. On lui demanda de réciter le bénédicité, ce qui avait été fait par Eugène déjà.

Il parut étonnant aux employés de voir que l'on avait entamé le repas sans attendre le prêtre. On leur dira que le curé Proulx lui-même avait posé cette condition puisqu'il avait accepté l'invitation sous réserve. Il était possible qu'il ne se présente pas. Tout dépendait de la marche des préparatifs de la fête du lendemain. Le curé ne pouvait quand même pas tout laisser sur les épaules de son vicaire. D'autre part, il ne pourrait être à la fois au four et au moulin...

—Vous nous excuserez d'avoir commencé sans vous, fit William après la prière.

—C'était la condition, dit l'abbé, un homme dont la volonté dépassait toujours les diktats protocolaires.

—Parlez-nous un peu du cinquantenaire, demanda Alcid.

—Une grosse fête dans les coeurs. Et puis, vous devez le savoir, une parade demain. Des invités honorables... comme notre préfet de comté, Honoré Grégoire, en automobile. Des chevaux. Des gens costumés. Des chars allégoriques comme aux parades de la Saint-Jean. Et le repas, le grand repas en plein air.

—S'il fallait que la pluie soit là itou ? s'inquiéta William.

—Croyez-moi, il n'y aura pas de pluie demain. Le bon Dieu va nous arranger le temps qu'il fera.

—Grâce à vos prières ! s'exclama Rébecca Gagné.

—Attention, ce n'est pas moi qui dicte au bon Dieu ses décisions... mais... la prière, ça aide toujours.

On applaudit.

Bernadette continuait de se sentir contrariée voire malheureuse de la distance que l'abbé avait, sans le vouloir, établie entre elle et Eugène. Mais qui donc avait planifié cela ? ne cessait-elle de se demander. Le hasard ? Quelqu'un qui n'y avait pas songé comme il faut ? Il lui arriva même de nourrir des doutes à l'égard de sa mère dont elle ne connaissait que trop la manie d'intervenir pour rapprocher les êtres ou bien les éloigner...

—Il paraît qu'il y aura pas de livre du cinquantenaire ? dit William.

—Non. Pour deux bonnes raisons. Tout d'abord, monsieur le vicaire et moi-même ne disposions pas du temps requis pour en écrire un. C'est là un ouvrage qui demande énormément de tout. Et deuxièmement, comme vous le savez, il existe depuis 1915 un excellent livre sur la paroisse de Saint-Honoré. On en a fait faire une réimpression à l'Action sociale limitée de Québec à l'occasion du cinquantenaire.

—Hélas, vous-même et l'abbé Bélanger n'êtes pas dans ce livre ! dit Eugène qui parlait pour la première fois.

—Ce n'est pas bien grave, dit humblement le curé. Arthur Proulx n'est pas homme à rechercher les honneurs. L'histoire se souviendra de moi d'une autre façon. Ou bien elle ne s'en souviendra pas du tout et ça fera pareil. Comme l'écrivait si bellement monsieur Thomas Chapais : "*L'histoire ressuscite le passé, le fait surgir des ombres et de la poussière du temps.*" Quand j'aurai quitté cette paroisse et ce monde, j'entrerai aussi dans l'ombre et la poussière... En fait, je ne serai plus que poussière... Tel est le destin des hommes. L'important, c'est d'aller retrouver son Dieu pour l'éternité. Le reste n'est que vanité. *Vanitas vanitatum.*

Les mots du prêtre, lents et allongés, imposaient le silence des assistants. Ils augmentaient le respect qu'on lui vouait. Eugène en eut les larmes aux yeux tant son admiration était grande devant pareille humilité.

—Continuez ce bon repas. Je ne suis qu'un invité comme un autre, vous savez.

La robe de Bernadette était toute de frisons et de fierté. Autour de l'encolure, une dentelle blanche en festons brillait quand la jeune femme souriait en se mariant joyeusement avec les traits décontractés de son visage. Mais voici que la situation dans laquelle elle se trouvait la portait à se montrer sombre ou souriante en alternance. Il y avait entre elle et Eugène une sorte de courant électrique et le curé Proulx agissait comme résistance ou parfois, au contraire, comme fil conducteur. De la sorte, la jeune femme espérait, se désolait, reprenait espoir, s'attristait... Un balancement des émotions dur à soutenir.

Émélie l'observait du coin de l'oeil, sans le montrer. À l'insu de tous. Elle emmagasinait les images de sa fille et les analysait dans le creuset de son âme et le secret de son coeur.

Depuis avant sa naissance, elle avait voulu, prévu pour Bernadette une vie sans enfants propres. Et pourtant, une vie dévouée à l'amour. Mais quel amour ? L'amour exclusif du bon Dieu dans un couvent comme Alice Leblond ? L'amour exclusif d'un homme à l'intérieur d'un mariage stérile ? Ou bien cet amour platonique d'un futur prêtre –puis d'un prêtre– et celui des enfants des autres, de ses soeurs, de ses frères, des voisins, du village... Bernadette avait le coeur grand comme un autobus et pouvait bien loger une trâlée d'enfants bien au chaud, chacun dans sa niche au-dedans...

Pourquoi le hasard avait-il séparé sa fille d'Eugène ? Contre sa volonté à elle... Ou bien était-ce le bon Dieu lui-même qui par son intervention voulait faire comprendre à tous les intéressés que le futur destinait Eugène à la prêtrise sans autre avenue, qu'il réservait à Bernadette un célibat à la souriante attente sans autre alternative, qu'il consacrerait chacun d'eux dans une amitié éternelle.

Mais alors, la Patte-Sèche aurait vu juste une fois encore en prédisant le futur de la jeune femme. Quoi comprendre dans tout cela ? Comment démêler les tenants et les aboutissants ? Quoi faire d'autre que de voir et d'accepter ?

Émélie ne priait pas intensément, mais elle offrait au Seigneur son labeur quotidien comme prix à payer pour le bonheur de ses enfants. Et c'était là une des raisons majeures de sa ténacité et de son ardeur dans l'accomplissement de son devoir quotidien, et par-dessus tout, du service de la clientèle du magasin.

Elle en avait offert, bien des heures, pour que Bernadette trouve le chemin de sa vie, le bon. Et elle en offrirait bien d'autres encore si Dieu devait lui prêter les années qu'elle attendait soit une dizaine, et la santé qu'elle espérait soit pas pire que celle de maintenant en 1923...

Pour Armand, ce soir-là lui offrait une fort belle occasion de fraterniser avec un ami d'enfance. Il avait téléphoné à son cher Wilfrid au cours de la journée et l'on s'était donné rendez-vous avant même l'heure du souper.

Pampalon et son épouse Ida gardaient le magasin qu'ils fermeraient une heure plus tôt soit à 8 heures. Mais les clients en cette veille de grande fête se faisaient rarissimes. On était venu chercher ses effets durant la semaine et voici qu'on réservait le samedi soir aux plaisirs de l'attente et des préparatifs des coeurs. Et ceux du corps par un peu d'hygiène dans les chaumières.

Wilfrid et Armand se retrouvèrent à mi-chemin sur le trottoir de bois entre la résidence nouvelle et la vieille maison rouge, un lieu sombre mais encore chaud de la chaleur du jour.

–Salut !

–Salut !

–Comment ça va ?

–Bien. Toi, Armand ?

–On se voit pas assez souvent.

–Mais quand on se voit, ça compte.

À seize ans, Armand avait complété une première année d'études au collège de Sainte-Marie. Honoré avait reçu une lettre des autorités à l'effet que son fils ne pourrait plus continuer son cours en cette institution, mais sans donner de raison précise. Voilà qui en fait s'était produit à point nommé puisque déjà, il avait été planifié par la famille d'envoyer Armand poursuivre ses études dans l'école la plus réputée de la province de Québec : le collège Saint-Laurent de Montréal.

On avait tenu à ce que le jeune homme fasse un séjour à Sainte-Marie tout simplement pour qu'il connaisse le même pensionnat fréquenté par Honoré lui-même, par ses fils Alfred, Henri et Pampalon et aussi par Édouard Lacroix, un homme d'affaires en train de passer à la légende dans la Beauce malgré son jeune âge.

–J'ai pas mal de photos à te montrer.

–Ben correct.

–Viens, on va aller dans ma chambre...

Voilà qui troublait Wilfrid. Il gardait un souvenir vivace de ce qui s'était produit entre eux la dernière fois qu'il s'était trouvé seul avec Armand en un lieu désert : le boqueteau du cap à Foley. Et des souvenirs tout aussi bouleversants de plusieurs rencontres à part qu'ils avaient eues dans leur enfance dans la grande grange blanche à Foley.

Wilfrid aussi était un étudiant. Il fréquentait le séminaire de Sherbrooke et sa famille s'attendait qu'il devienne le prêtre de la famille. L'immense crainte du péché mortel de la chair l'avait empêché de se tenir trop près d'Armand durant leurs années d'adolescence. Mais en ce moment, l'inconnu exerçait sur lui un attrait bizarre. Un tourbillon, sorte de remous irrésistible, l'entraînait vers l'autre depuis l'appel qu'il en avait reçu ce jour-là.

–On y va ?

–C'est beau.

Ils entrèrent par la porte de côté de la résidence et de cette façon, ne furent pas vus par Ida ou Pampalon qui tenaient sans trop d'efforts le grand magasin.

Là-haut, Armand avança une chaise pour son ami et lui dit qu'il lui montrerait les photos à son retour. Il avait deux choses à faire...

–Aujourd'hui, j'ai travaillé dur dans l'organisation du cinquantième... à la sacristie, autour du presbytère... je me sens poussiéreux, je vas prendre un bain, ça sera pas long.

–J'ai fait ça avant de venir, moi.

–Ah bon !

–Si tu veux lire, j'ai un bon livre, là, sur le pupitre.

–C'est quoi ?

–*Histoire des Canadiens français*.

–Quoi ? Par Benjamin Sulte qui vient de mourir ?

–C'est ça. J'ai demandé à ma mère de l'acheter pour notre bibliothèque.

–Ça m'étonne que Sulte t'intéresse, Armand.

–Pourquoi ?

–Parce qu'il est anticlérical.

–C'est pas un crime ni un défaut.

–Ben... Au séminaire, les professeurs disent que Sulte est une insulte. Et surtout aucun imprimatur dans ses livres...

Wilfrid prit place. Armand resta un moment debout derrière lui à regarder sa nuque puis ses propres mains qui tremblaient un peu.

–Je vais ramener quelque chose à boire, ça sera pas long. Faut fêter ça, un cinquantième. On verra peut-être pas le centenaire, toi et moi. 1973, c'est loin en avant...

–On sera dans la mi-soixantaine : pas une cassure.

–La Patte-Sèche a dit que ma vie serait courte. Faut en

profiter.

–Faut pas écouter les devins comme la Patte-Sèche.

–Je reviens que ça sera pas long, Frid. Le temps de prendre un bain rapide pis de nous ramener à boire. En attendant, lis du Sulte... si c'est pas une insulte...

Armand éclata de rire et tourna les talons.

À la mort de Sulte si peu de temps auparavant, Armand s'était intéressé au personnage vu tout ce qu'on avait dit de mal de lui, aussi bien dans les journaux qu'au collège. Un anticlérical au premier chef. Un historien à la piètre méthode. Un écrivain hautement prolifique mais à fort mauvaise réputation auprès de l'establishment littéraire du Canada français. Il avait été question de son abondant travail d'historien à la documentation grossière, à la préoccupation anecdotique et à l'intransigeance nationaliste.

Critique du clergé, l'auteur décédé à 82 ans avait été honni par le clergé.

Benjamin Sulte

Armand Grégoire nourrissait des sympathies anticléricales qui le rapprochaient de Sulte. Son ami Wilfrid se nourrissait quant à lui de sympathies cléricales que l'endoctrinement subi au séminaire accroissait. Et pourtant, une forte attirance existait entre les deux depuis leur première enfance. Et seuls les commandements de Dieu enseignés par l'Église les avaient tenus à une certaine distance durant leur adolescence à part cet événement accidentel de leurs 13 ans.

Wilfrid put entendre couler l'eau par la porte que son ami avait laissée entrouverte. Il prit alors le livre suggéré et l'ouvrit pour tomber sur un texte intitulé *Portrait de Papineau.* Le tout premier paragraphe lui rappela Armand et non l'illustre patriote...

"Louis-Joseph Papineau avait une belle grande taille, souple et droite, un port noble, des mouvements gracieux. Tout en lui respirait la bonté. Sa figure au repos était une vraie médaille; lorsque les traits s'animaient, ils parlaient aux yeux, tant la pensée s'y trouvait dépeinte. La voix, sonore, bien timbrée, portait au loin, mais de près, dans une conversation, elle était moyenne et toujours d'un son agréable... Ses lettres débordent d'affection, de complaisance, de soin pour ceux qui lui appartiennent. Le ton est chaud, la parole est gentille, la forme est gaie..."

À mesure qu'il lisait, Wilfrid sentait son coeur s'accélérer. Il reprit sa lecture, mais cette fois en substituant le nom de Armand Grégoire à celui de Louis-Joseph Papineau. Alors il eut peur. Il risquait de se passer ce soir-là la même chose que ces fois de leur enfance où ils avaient eu un contact charnel. Par bonheur, la candeur et la méconnaissance avaient lavé ces actes de toute forme de péché. Mais à 13 ans, les deux amis avaient vraiment commis un péché de la chair dans le bocage du cap à Foley.

Armand était-il en train de mettre la table avec cette invitation à le suivre dans sa chambre ? Avec ce bain qu'il avait décidé de prendre ? Avec ce 'quelque chose' à boire qu'il ramènerait avec lui ? Wilfrid songea à fuir. Même la lecture de Sulte le troublait dans ses plus sombres profondeurs. Ne se trouvait-il pas dans cette chambre quelque démon de la concupiscence ? Un démon tentateur qui fasse plonger les deux adolescents dans le pire interdit qui soit : le terrible péché de Sodome et Gomorrhe ?

Il allait refermer le livre et se lever pour s'en aller quand la porte s'ouvrit et que son ami parut, torse nu, un peu velu, sourire du dimanche aux lèvres, deux verres à la main ainsi qu'une bouteille dont on pouvait deviner qu'elle contenait du cognac ou autre spiritueux du même genre.

–As-tu pu lire un peu dans ton livre ?

–C'est le livre des Grégoire, pas le mien, Armand.

–T'es drôle ! Fais-moi un peu de place sur le bureau... non, je vas mettre ça sur la table de chevet. On va se servir du bureau pour regarder mon album de photos... J'ai emmené un petit jus qui fait du bien.

Le regard de Wilfrid exprima de l'anxiété à la vue de la bouteille au contenu transparent. Armand reprit la parole :

–Pas plus dangereux que du vin de messe. Pis ça fait autant de bien.

Armand savait que l'alcool désinhibe et il comptait là-dessus pour séduire son ami. Jamais plus qu'en ce soir-là pareille occasion aussi favorable et formidable ne lui serait offerte. Toute la famille partie à l'hôtel souper avec les Foley : ça durerait au moins jusqu'à la brunante. Pampalon et Ida n'avaient rien à faire à l'étage des chambres vu qu'ils possédaient leur propre résidence. Quant au bon Dieu, ses préoccupations du moment devaient se trouver toutes aux préparatifs du cinquantième.

–Pour te répondre : oui, j'ai lu dans ton livre. Un portrait de Louis-Joseph Papineau... C'est ton portrait tout craché.

Armand qui déposait la bouteille et les verres faillit les échapper tant l'idée de son ami lui paraissait incongrue :

–Papineau ? Une tête blanche avec les cheveux en clo-cher d'église. Mesurait six pieds, moi, j'fais pas cinq pieds et sept. Pour moi, t'as fait de la compensation dans ta tête.

–Ris pas, je le voyais comme ça.

Wilfrid reprit le livre et lut une phrase :

–*Tout en lui respirait la bonté...* Ça te ressemble, ça...

–Je respire la bonté des autres, pas la mienne. Être sociable, ça veut pas dire être bon pour autant.

–Tiens, une autre qui te ressemble... *La voix sonore, bien timbrée, portait au loin...*

–Oué... ça me ressemble un peu plus.

–Et encore... écoute... *Sa figure au repos était une vraie médaille.*

Armand s'esclaffa carrément cette fois et son rire passa à la toux qui étouffe, mais il parvint à commenter :

–J'ai l'air frappé... c'est ça que tu veux dire... frappé... comme une médaille...

Wilfrid n'eut d'autre choix que de rire à son tour. Il referma le livre et le posa sur le bureau. Armand fit couler du gin dans les deux verres. Il ouvrit le tiroir de la table de chevet et y ouvrit un pot de miel dans lequel il plongea une petite cuiller pour en déposer le contenu dans un verre puis dans l'autre.

–Une bonne 'ponce' d'hiver en plein coeur de l'été. L'alcool, l'hiver, ça réchauffe, et l'été, ça console...

Et il se mit à rire en présentant l'un des verres à son ami qui ne le refusa pas.

–Pis asteur, on va regarder les photos. Tu vas voir que c'est loin du portrait à Papineau...

L'adolescent ouvrit l'album qui était déjà sur le bureau au fond. Puis il prit une chaise droite et la colla à la berçante qu'il avait réservée à Wilfrid.

–Avant de regarder ça, buvons aux fêtes du cinquantenaire de la paroisse, veux-tu ?

–Certainement !

Ils prirent une première gorgée.

–Encore une autre ! À tous ceux qui ont travaillé dur...

–Pourquoi pas, Armand ?

–Et à ta santé et au succès de tes études !

–À ta santé, Armand ! Malgré les prédictions diaboliques de la Patte-Sèche, moi, je sais que tu vas vivre à bout d'âge...

–Ça... le bon Dieu le sait pis le diable s'en doute.

–Tu changes pas depuis l'enfance, Armand. Toujours aussi... indépendant.

–Tu sais, Frid, je pense souvent à ça... à ce qu'on faisait dans la grange à Foley...

–Où était le mal ? On était des enfants...

–Mais... quand on a eu treize ans, dans le bocage...

–Il a fallu une bonne confession pour laver ça.

–Pas moi. J'ai jamais lavé ça.

–Non ?

–On a fait de mal à personne : pourquoi s'en confesser ?

–Les plaisirs défendus...

–Défendre une chose naturelle, c'est brimer la personne. C'est la contrôler. C'est lui mettre une laisse comme à un chien. Ou un esclave... C'est comme ça que fait la religion pour nous mener par le bout du nez.

–Mais c'est... presque du blasphème, Armand.

–C'est de la réalité, c'est de la vérité, pas du blasphème... En tout cas, oublions ça. Buvons un coup –c'est pas péché, ça– aux photos et à notre amitié ! Veux-tu ?

Les verres se heurtèrent. Wilfrid frissonna plus que le gin. Armand remarqua la main de son ami qui tremblait. Peut-être était-il temps de traverser la ligne qui sépare le désir du plaisir ? Il jugea qu'il était trop tôt et attira l'attention de l'autre sur une première photo, celle-là qui montrait le collège de Sainte-Marie.

–Moi, tu vois, je couchais là, dans une des deux tours en avant, au dernier étage bien sûr. J'avais pour voisin un franco-américain fou braque. Il faisait des coups pendables... Attends, je vas aller fermer la porte. Bernadette pourrait revenir pis comme elle est curieuse comme une belette...

Le jeune homme se rendit faire ce que prévu et même qu'il la verrouilla en tournant un loquet.

–La paix !

Armand savait que Wilfrid comprendrait le sens caché de son geste et que s'il ne manifestait pas le désir de partir sur l'heure, c'est qu'il ne se dérobait aucunement devant les pas de son ami pour aller vers lui, de plus en plus proche...

En chacun, l'effet de l'alcool se faisait sentir maintenant. Armand prit les verres et alla y remettre une deuxième ponce qu'il rapporta.

–Faudrait pas se soûler, là, nous autres !

–Pas de danger !

L'on regarda d'autres photographies durant une dizaine de minutes, puis Armand dit de sa voix la plus douce :

–Te souviens-tu de notre folie du cap à Foley ?

–Ben... oué...

–J'aimerais en parler. On s'en est jamais parlé ensuite...

–Si tu veux...

–Viens, on va s'étendre. Ça va parler mieux...

Le tourbillon emportait les deux dans un même remous charnel. Ils allèrent s'étendre pour se remémorer un événement survenu trois ans auparavant alors que dans le petit boisé du cap, ils avaient fait, entre garçons, l'expérience inoubliable des plaisirs extrêmes...

***

*Le collège de Sainte-Marie-de-Beauce où étudièrent
Honoré Grégoire, ses fils Alfred, Henri, Pampalon et
Armand, de même que Édouard Lacroix, et enfin
l'auteur de la saga des Grégoire en 1957-1958*

Chapitre 29

1923...

Le grand jour ouvrit ses premières pages sur un soleil prometteur. À Berthe qui rêvassait encore dans une fenêtre du deuxième étage, l'est apparut comme une grosse masse sombre, celle de l'église qui projetait son ombre bien au-dessus du complexe Grégoire. Elle regarda tout doucement vers le cimetière, agenouillée, curieuse, le nez dans la vitre, sa tristesse coutumière dans l'oeil. Là, il y avait de la verdure et de la brillance. Et elle se demanda si un jour, elle y dormirait et quand serait ce jour.

Dans pas deux mois, elle serait à Mégantic où elle poursuivrait ses études dans un pays de montagnes plus sain, au dire de ses parents, pour quelqu'un qui avait tant toussé, tant été pâle depuis quelques années, tant grandi. On savait qu'à Shenley, les moustiques piqueurs ne manquaient pas l'été en raison de l'humidité ambiante et ce malgré tous ces travaux d'irrigation depuis le temps du curé Faucher, en passant par la campagne des bons chemins inspirée par Honoré, qui avait permis aux eaux stagnantes de s'écouler par les fossés, et combien d'autres mesures.

Ces préoccupations passaient bien loin au-dessus de la tête de Berthe pour qui le bonheur se trouvait dans les émotions. Les émotions cachées derrière son masque chagrin, maussade. Seule, elle se sentait encore plus seule ce matin-là. C'est que Bernadette dormait du sommeil du juste, sourire au visage comme si son corps était en train de reposer sur un lit de fleurs ou bien au coeur d'un grand nuage.

Son regard quitta le jardin des morts où dormaient bien des gens qu'elle avait connus comme son grand-père Allaire, son frère Eugène, Memére Foley qui l'aimait tant et madame Restitue qui lui avait toujours montré tant de sympathie. Et ses yeux parcoururent les tables installées pour le grand repas d'après la parade de l'après-midi. Partout que du blanc à part la toiture d'un abri de fortune près du cimetière ! Mais pendant le défilé du cinquantenaire, les hôtesses, aidées de plusieurs jeunes filles dont elle-même, verraient à orner ces nappes interminables des couleurs de l'arc-en-ciel. La vraie couleur serait par la suite celle des personnes humaines attablées devant un vaste repas de bonheur mémorable.

—T'es déjà debout ! fit soudain Bernadette en bâillant.

—Ben...

—Quelle heure qu'il est donc, Berthe ?

—Cinq heures et demie.

—Tu le sais comment ?

—J'ai vu l'heure à cinq heures et ça doit faire une trentaine de minutes de ça.

—Qu'est-ce que tu regardes ?

—L'avenir.

—Dis-moi donc, y aurait-il de la Patte-Sèche dans toi ?

Berthe eut un petit éclat de rire aussitôt réprimé :

—T'es folle, Bernadette.

—Faut rire, autrement, on pleure.

—L'aimes-tu d'amour, Eugène Foley ?

La question frappa Bernadette comme un coup de gourdin sur l'âme. Elle ne s'y attendait pas plus que l'éclair en plein jour de grand soleil. Berthe elle-même n'avait pas prémédité pareille phrase qui lui était apparue nécessaire, comme poussée hors de son coeur par quelque lutin fouineur et espiègle.

–Veux-tu ben me dire pourquoi que tu me demandes ça, Berthe Grégoire ?

–Comme ça. Tu lui écris. Il te répond.

–T'as pas fouillé dans mes lettres toujours, ma petite gueuse ?

–Es-tu folle, Bernadette ?

–T'as passé un an toute seul ici, la tentation t'es pas venue de mettre ton nez dans mon courrier ?

–Maman nous a toujours dit que ça se fait pas.

–Elle-même fouille pas dans mes lettres, tu sauras.

–Moi non plus.

Bernadette se redressa et dit, toujours assise dans son lit :

–Sais-tu que des beaux garçons ont l'air de s'intéresser à toi, Berthe Grégoire ?

–Peuh !

–Pas de peuh ! c'est de même.

–Qui ça ? Des faces de chèvre, ça doit ?

–Ben au contraire : beaux comme des coeurs.

–Qui ? Dit qui...

–Oui, je vas t'en nommer... Euh...

–C'est des menteries.

–Non, c'est pas des menteries. Tiens... Jean Ferland...

–Le frère à Charles qui est mort de la grippe ?

–En plein lui...

–Ça en fait un, pis après ?

–C'est déjà ça.

–T'as dit 'des' beaux garçons.

–Ben je t'en nomme un autre : Marie-Louis Champagne le frère à Alphonse. Pis un autre : le p'tit Jolicoeur du Grand-Shenley... s'appelle...

–Tu sais même pas son nom.

–Le sais-tu, toi ?

–Ovide.

–Le chat sort du sac. Si tu sais son nom, c'est parce qu'il t'intéresse.

–Ah, arrête donc, Bernadette, avec tes niaiseries. Tu veux pas que j'te parle d'Eugène Foley pis t'essaies de me faire niaiser.

–Dis ce que tu voudras d'Eugène. C'est mon ami d'enfance. Pis pour toujours.

–J'en ai pas, moi, d'ami d'enfance au masculin.

–Parce que... t'es fermée sur toi comme un livre fermé.

–Pis toi, t'es un livre ouvert.

–Ben... pas toutes les pages, mais au moins le couvert...

Et Bernadette éclata de rire. Puis, se levant, elle ajouta:

–Fini les folies, faut que je mette mon costume d'hôtesse. Je vas me laver avant...

L'échange qui avait mis chacune sur les épines à un moment donné prit fin là.

*

Souffrant, le cardinal Bégin voulut quand même se rendre à Saint-Honoré pour célébrer la messe du cinquantenaire. Elle fut dite par lui ce dimanche à l'heure normale de la grand-messe. Plusieurs personnes dont les 31 hôtesses ne purent y assister vu du travail à faire sur les terrains de la fête. D'autres s'affairaient aux préparatifs de la parade. Mais l'église qui maintenant, grâce à l'intervention du curé Proulx, comptait des 'galeries prolongées de chaque côté du sanctuaire' s'était remplie à capacité. Ce n'était pas à moins qu'on aurait pu recevoir dignement un cardinal aussi éminent.

Tous les Foley y étaient.

Tous les Grégoire aussi, y compris Éva et Arthur venus de Saint-Gédéon, Alice et Stanislas venus de Mégantic. Mais pas Bernadette qui le regrettait. Ce n'est que dans son coeur qu'elle pourrait zyeuter Eugène Foley sans en avoir l'air comme elle l'aurait fait dans l'église. Tout n'était pas perdu; elle aurait la chance de le côtoyer durant la journée et peut-être la soirée : on se l'était dit, presque promis.

Trois endroits servaient à ceux qui prépareraient la nour-riture à être servie au très grand nombre d'invités que l'on verrait s'attabler après la grande parade prévue pour le milieu de l'après-midi. Les gens de l'hôtel Central, d'autres dans le bas de la sacristie et d'autres encore dans le hangar d'Honoré soit l'ancienne sacristie déménagée là en 1900.

C'est d'une salle paroissiale dont on aurait besoin, clamait souvent l'abbé Bélanger, le grand organisateur des festivités. Pour que tout s'y fasse. Pour que la fête ne soit pas ratée en raison de mauvaise température. Mais chaque curé, semblait-il, n'était écouté que pour une seule réalisation, l'un pour l'ir-rigation, l'autre pour la construction d'une chapelle, un autre encore pour la construction de la grande église, puis un nou-veau grâce à qui le presbytère fut érigé, un suivant pour les couvents et l'abbé Proulx pour la réfection de l'église.

"Une salle paroissiale ? Faut en laisser un peu à faire au prochain curé. À chaque génération son fardeau !"

Voilà ce qu'avait répondu le curé à son vicaire, assuré d'avoir accompli les devoirs de sa charge. Et d'ajouter candi-dement :

"Faites en sorte que soit érigé un vaste abri qui permettra de protéger de la pluie au moins une partie des assistants et du moins sa Grandeur, le cardinal Bégin et ses aides... ainsi, bien sûr, que nous-mêmes du presbytère. Moi, je ne crains pas la pluie, mais voilà qui pourrait en rassurer plusieurs."

Tout ce qu'il y avait à bénir à Shenley l'avait déjà été, et deux fois plutôt qu'une. La grande bénédiction du jour, après celle des fidèles à la messe du cardinal par le cardinal, serait celle de la parade du cinquantenaire. À cette fin, on avait installé un trône rouge et or sur le perron de l'église à l'intention de son Éminence vu que son état de santé ne lui permettrait pas de rester debout plus longtemps que le temps d'une messe, et encore.

–On va avoir du beau soleil toute la journée ! s'exclama Anna-Marie Blais qui avec sa soeur Laurentienne, avait rejoint Bernadette et Julia Racine au magasin.

La cloche de l'église annonça la communion. Cela voudrait dire aussi qu'il fallait se rendre à un lieu désigné afin que soit prise une photo de toutes les hôtesses réunies. Ce lieu : l'abri aménagé devant le cimetière où les dignitaires et une centaine de personnes prendraient place au repas.

Le photographe savait que l'intérieur de la toiture servirait de fond sombre, ce qui mettrait en valeur les serveuses toutes en blanc, y compris un large bandeau autour de la tête. On regretta l'absence du vicaire Bélanger qui avait été requis au service de la communion vu la faiblesse du cardinal et son besoin de repos à tout moment.

L'on demanda aux moins grandes de taille dont Bernadette de s'agenouiller au premier rang. Les autres se mirent debout à l'arrière. Et clic ! L'année 1923 à Saint-Honoré ne serait guère plus immortalisée que par cette unique photo. Les autres souvenirs se perdraient peu à peu dans la poussière du temps...

Après la messe, les gens se dispersèrent comme à l'accoutumée, chacun regagnant sa demeure pour y prendre son repas du midi avant de retourner au village pour assister à la parade tant attendue.

Les Foley se débrouillèrent avec les moyens du bord

ainsi que les plats préparés à l'hôtel Central par les gens de madame Lemay.

La cuisine des Grégoire était bondée par la seule présence des membres de la famille. Même Jean dit Johnny, frère d'Honoré, beau-père du notaire Côté, se trouvait là avec son épouse et sa fille. Émélie regrettait l'absence de son frère Jos qui devait venir, mais avait signalé un sérieux empêchement de dernière minute.

Il fut question de la messe, du cardinal, de son piètre état de santé, de la photo des hôtesses dont parla Bernadette, des Foley pour qui on avait réservé des places à la table de la famille Grégoire et enfin du docteur Béland qui viendrait pour la parade et le souper champêtre.

–J'me demande si certaines destinées seront changées par ces festivités, dit Arthur Boutin à son voisin de table et beau-père.

–Tu fais bien de te poser la question, mon ami. Mais la réponse est : sûrement ! Pour d'aucuns, la vie sera autrement qu'avant, après le cinquantenaire.

–À qui vous pensez ?

–À personne en particulier. Mais des fêtes de même, ça marque, ça brasse le camarade à l'intérieur de soi. Surtout quand on a vingt ans ou dans les environs. Mais même des gens plus mûrs... peut-être que des veuves et des veufs vont se trouver...

–On va surveiller ça, blagua Arthur.

Près d'eux, Bernadette, Armand et Berthe entendirent ce propos. Chacun se demandait s'il n'en était pas soi-même à l'heure d'un grand changement. Armand plus encore que ses deux soeurs...

***

Les hôtesses au banquet du 50ᵉ

Chapitre 30

1923... la parade

Rendez-vous avait été donné dans la cour du moulin à Uldéric Blais pour tous ceux qui faisaient partie de la grande parade. C'est de là qu'elle se mettrait en branle pour défiler sur la rue principale, huilée l'avant-veille par Auguste Poulin afin que la poussière soit limitée à sa plus simple expression. Elle se dirigerait vers l'église où dans son ensemble et dans ses composantes, elle recevrait les bénédictions répétées du bon cardinal qui gardait la force de lever le bras droit afin de transmettre la grâce de Dieu aux humbles fidèles. Et aux autres moins humbles comme les dignitaires venus de plusieurs paroisses aux alentours et qui tous, seraient vus en automobile décapotable dans leurs plus beaux habits des plus grands dimanches.

Même le très effacé et trop modeste vicaire Bélanger serait aux côtés de deux autres prêtres dans une voiture motorisée conduite par Auguste Poulin.

La foule serait massée en plusieurs rangs tout le long du parcours et plus particulièrement aux abords de l'église, là où l'action se ferait le plus intense vu la présence de l'archevêque tout de rouge vêtu, flamboyant et par qui le ciel brillait de tous ses feux dont l'essentiel passait aussi par le soleil. Ils étaient nombreux à dire que le beau temps avait été obtenu par la prière du curé Proulx et peut-être celle aussi –et surtout sans doute– du cardinal Bégin, un saint homme aux pouvoirs inqualifiables.

L'abbé Bélanger avait confié à Uldéric Blais lui-même la direction de la parade. L'homme possédait une voix puissante et une forte autorité. Il disposait de l'espace de terrain nécessaire pour parquer tout ce qui prendrait le chemin. Enfin, il avait nettement en tête l'ordre du défilé et pouvait jusque compter sur un bracelet-montre dernier cri, objet de nouveauté issu de la Grande Guerre, maigre contrepoids du progrès face aux destructions inestimables générées par le conflit mondial, dont la terrible épidémie de 1918.

–Les hommes à cheval, prêts à partir ! lança-t-il à deux heures pile.

Douze chevaux de chemin furent conduits par leurs cavaliers près de la grand-rue et enfourchés. Ils devanceraient tous les participants et si l'un devait s'emballer, on ne risquait guère l'accident puisque devant, la route serait libre.

–Attendez que je vous le dise avant de partir.

Le long de la rue, vers la Grand-Ligne, une filée d'automobiles attendait, chauffeurs au poste et pour plusieurs, dignitaires déjà à bord. La première, à tout Seigneur tout honneur ! était celle occupée par le grand organisateur des festivités du cinquantenaire : l'abbé Bélanger en personne.

–En tout cas, c'est une saprée belle journée ! s'exclama le chauffeur, Auguste Poulin en se tournant vers son passager assis sur la banquette arrière.

–Dieu nous choie.

–Nous quoi ?

–Il nous favorise.

–Ah !... Vous avez dit qu'on aurait deux autres prêtres avec nous autres : sont où ?

–Ce sont les curés de St-Évariste et de Lambton. Ils doivent voyager ensemble : seront sur le point d'arriver.

–Jusqu'asteur, êtes-vous satisfait, monsieur le vicaire ?

–Satisfait... par rapport aux festivités ?

–Oui.

–Tout baigne dans l'huile, comme disent les mécaniciens.

Auguste se mit à rire :

–Un moteur qui baigne dans l'huile, ça vire comme un p'tit taon.

–Un quoi ?

–Un p'tit taon qui bourdonne pis tourne en rond.

–Vous avez le ton imagé, monsieur Poulin.

Auguste agrandit les yeux en regardant vers l'arrière :

–Je pense que v'là nos bons curés. Ils ont dû laisser leur machine à l'autre bout, là-bas...

Le vicaire tourna la tête et sut que son chauffeur devinait correctement. Il descendit pour accueillir les deux abbés qu'il connaissait bien...

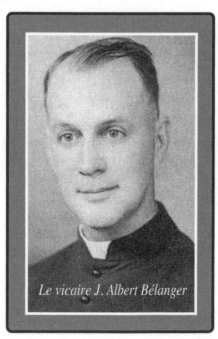

Le vicaire J. Albert Bélanger

Uldéric Blais marcha jusqu'au premier véhicule stationné et lança parmi de grands signes des bras :

—All aboard ! All aboard ! All aboard !

C'était le signal attendu par les chauffeurs qui pressèrent leurs passagers encore dans la rue en train de jaser, de monter, puisque le convoi était sur le point de se mettre en branle.

Les attelages qui entraîneraient les chars allégoriques attendaient leur tour dans la cour du moulin. Ils seraient les derniers. C'est eux qui fermeraient la parade. Là, on avait mobilisé des chevaux de trait seulement, ce qui réduisait considérablement les risques de cabrioles.

Blais consulta sa montre. C'était l'heure.

—Votre Éminence, le moment est venu, dit le curé Proulx au cardinal qui roupillait dans un fauteuil depuis le repas du midi pris là même, au presbytère.

—Le moment de quoi, mon cher abbé ?

—De la parade. Elle se met en marche en ce moment même dans la cour de monsieur Blais. Et si on veut avoir le temps de se rendre sur le perron de l'église, il faudrait partir maintenant.

—En ce cas, ne tardons point !

—Une 'machine' va nous prendre ici devant la porte pour nous conduire au pied du perron.

—Voilà qui ne sera pas de trop pour mes vieilles jambes usées par les années, soupira le cardinal.

—L'Histoire se souviendra de vous comme d'un homme infatigable.

—Et pourtant, je suis bien fatigué...

Dans toutes les granges du village, des chevaux attendaient, se reposaient et certains mangeaient du foin qu'on leur avait servi à l'arrivée. Ils venaient des quatre coins de la paroisse. Même l'été, peu de gens voyageaient en automobile pour la bonne raison qu'ils étaient rares ceux qui en possédaient une. Le moyen de locomotion favori et obligé restait donc l'attelage et chaque cultivateur louait une place (d'écurie) du dimanche chez l'un des nombreux propriétaires de granges du village.

Et les gens s'entassaient de chaque bord de la rue devant l'église sur une longue distance dépassant d'un côté la maison Beaulieu et de l'autre atteignant le devant de la maison Foley. Des centaines et des centaines de personnes, hommes, femmes, enfants et vieillards conservant leur autonomie : ils avaient tous le coeur qui battait plus vite que de coutume. C'était la fête. Ce serait bientôt l'attrait principal des festivités : le passage du défilé du cinquantenaire.

Le groupe des serveuses était dirigé par la plus âgée d'entre elles, Philomène Bilodeau, épouse de Georges Pelchat, une jeune femme de 31 ans, cuisinière hors pair et personnage de bon commandement. Elle les avait conduites au pied du perron de l'église, au meilleur endroit pour tout voir et se trouver le plus près du cardinal Bégin qui serait bientôt là, quelques marches plus haut. Chacune de ses bénédictions les toucherait en passant au-dessus de leur tête pour atteindre chevaux, autos et chars ainsi que leurs occupants. Avec un peu de chance, l'homme d'Église se servirait de l'eau bénite et du goupillon et l'on en serait aspergé...

Les Foley assisteraient à la parade depuis leur maison de naguère. Les y avaient rejoints la famille Lepage quasiment au complet soit Marie, Anna, Elmire et Joseph, tous quatre toujours célibataires et heureux de l'être. On aimait leur naïveté et leur bonté naturelle. D'aucuns les voyaient comme des grands enfants bien que le plus jeune des quatre, Jos, en soit déjà dans sa quarantième année bien sonnée.

—Ehj'voé les jouaux de l'aut' boutte, là, moé...

Jos guettait le départ du défilé depuis le trottoir de bois. Il s'était endimanché. Chemise blanche jaunie par les années. Cravate à pois noirs, nouée grossièrement. Veston trop court et qu'il retroussait en gardant ses mains dans ses poches de pantalon, un pantalon trop court qui laissait voir des chaussettes blanc foncé.

La plupart assis sur des chaises installées dans le parterre de la maison, les Foley ressentaient pour plusieurs une joie mêlée de nostalgie. Comme à bien des Franco-Américains, leur pays natal leur manquait et plus encore quand ils lui rendaient visite. Mais il n'y avait presque plus de terres disponibles à Saint-Honoré et un seul d'entre eux, Edward, avait pu en trouver une pour s'établir à demeure. L'un était parti pour la région du lac Frontière et deux autres vivaient à Sherbrooke. La dispersion était presque complète.

—Viens t'asseoir avec nous autres, Jos ! dit William dont les yeux plissaient à cause du soleil.

—Autrement, ils vont te faire embarquer dans la parade, blagua Emil.

Jos répliqua en riant à s'étouffer :

—Dja pas d'danghé... chu pas assez beau pour ça, moé...

Eugène Foley commenta :

—Nous autres, on pense que t'es le citoyen le plus coloré à jamais avoir vécu dans la paroisse de Shenley...

—À l'exception de Jean Genest, le vétéran de la guerre civile américaine, ajouta Joseph, l'aîné de la famille Foley, qui gardait en mémoire le souvenir du pendu.

Mais Jos Page ne savait pas ce que signifiait l'expression 'le plus coloré' et quand il ignorait quelque chose, il préférait ne rien dire plutôt que de faire parler les gens et de passer pour ignare. Il cracha dans la rue après s'être raclé la gorge puis sortit sa pipe et son sac de tabac.

Aidé par un homme qu'il disait être son secrétaire particulier, le cardinal monta dans le véhicule automobile, suivi du curé Proulx. Les deux personnages prirent place sur la banquette arrière sous le soleil, tandis que le conducteur, après avoir salué le dignitaire, s'installait au volant.

–Vous êtes qui, mon brave ? lui demanda le cardinal.

–Moi ?

–Je n'en vois pas d'autre que vous au volant ?

–Lui, c'est...

Son Éminence coupa la phrase du curé :

–Laissez-le dire, laissez-le dire.

–Je m'appelle Joseph... Joseph Lapointe.

–Quel âge avez-vous, mon brave ?

–Vingt-sept ans.

–Et vous êtes marié, mon brave ?

–Oui.

Le jeune homme, blond blé, se demandait comment il pouvait soulever autant d'intérêt chez le cardinal Bégin. Entre chacune de ses réponses, il laissait échapper un petit rire nerveux.

–Et... quel est le nom de votre épouse ?

–Orpha... Bilodeau.

–Orpha ? Je croyais que c'était là un prénom masculin.

–On tout cas, ma femme s'appelle Orpha.

–Des enfants, mon brave ?

–Non... mais un premier... en route.

–Je vois, je vois... Eh bien, allons-y si on ne veut pas manquer la parade.

–Oui, monseigneur.

Il n'y avait guère qu'une longueur d'église et de sacristie entre l'escalier du presbytère et les marches du perron de l'église; on fut devant dans la minute qui suivit. Le secrétaire venu à pied eut tôt fait d'être là, mais quelques secondes trop tard pour être en mesure d'ouvrir la portière. Jos le fit devant une foule silencieuse et remplie d'une sorte de grâce respectueuse. On l'enviait de se trouver si près du saint personnage qui, chaque nuit, devait sûrement conférer avec les autorités de l'au-delà, peut-être Dieu Lui-même...

Mais le secrétaire, un homme d'au moins cinquante ans, au crâne chauve et au visage pourpre, offrit son bras de soutien au prince de l'Église qui l'utilisa pour se rendre à son trône d'où, avant même de s'asseoir, il bénit une première fois cette foule attentive et dévotieuse.

Le cardinal
Louis-Nazaire Bégin

Et parmi cette foule se trouvait un étudiant en médecine de Saint-Georges. Il représentait le député Fortier qui n'avait pas pu se rendre aux fêtes du cinquantenaire en raison de son hospitalisation à Québec. Ce jeune homme était venu par autobus avec un groupe de citoyens habitant sa petite ville et qui, pour la plupart, mais pas lui, originaient de Saint-Honoré. Il avait pour nom Eugène Fortin. Un ami l'accompagnait, prénommé Josaphat.

L'un dit à l'autre :

–On devrait se rapprocher du perron de l'église.

–C'est le cardinal qui t'impressionne ?

–Non, c'est les hôtesses.

–Allons-y d'abord !

Ils contournèrent les rangs de monde et furent bientôt dans le voisinage immédiat des 31 jeunes femmes en blanc qui se parlaient les unes aux autres, avec pour seul point de mire à l'occasion la personne du cardinal Bégin.

–Mesdemoiselles, votre attention, leur dit Philomène qui avait une belle idée derrière la tête.

Le mot 'écoutez, écoutez Philomène' circula et bientôt, elles se tournèrent toutes pour entendre leur chef :

–Tenez-vous tranquilles et je vas aller demander au cardi-nal de nous bénir.

Toutes sortes de manières approbatrices furent observées dans des onomatopées, des signes de tête, des sourires voire des gestes avec le pouce ou d'autres doigts. Eugène et Josa-phat purent à loisir voir toutes les jeunes filles et même sé-lectionner celles qui leur paraissaient les plus avenantes, les plus agréables à regarder, les plus sympathiques.

La femme du forgeron se détacha du groupe et gravit les marches. Le secrétaire du cardinal la vit et s'interposa :

–Que voulez-vous, chère madame ? fit-il, l'air grave et obséquieux.

–La bénédiction du cardinal pour les hôtesses.

–C'est déjà fait : il a déjà béni la foule à quelques repri-ses au moins.

–Mais...

–Laissez approcher cette jeune personne, mon brave.

Le cardinal avait entendu. Son devoir commandait. Il dit à la requérante :

–Quel est votre nom ?

–Madame Georges Pelchat.

–Très bien, mais... votre nom de baptême.

–Philomène Bilodeau.

–Je suis content de vous connaître, Philomène. Approchez !

Et le dignitaire tendit la main que la jeune femme faillit serrer dans la sienne. Au dernier moment, elle se souvint qu'il faut baiser l'anneau pastoral et non le serrer. Ce qu'elle fit dans l'humilité, dos courbé, genoux pliés.

–Et maintenant, retournez avec votre groupe : je vais vous bénir comme vous le demandez.

–Merci, Monseigneur !

–Demandez et vous recevrez nous dit si bien le saint Évangile.

Philomène retourna au groupe ému qui avait assisté à la scène. Le cardinal sourit, esquissa un signe de tête puis leva la main droite et bénit les hôtesses qui firent toutes le signe de la croix. Bernadette Grégoire en avait des larmes aux yeux. Elle se disait que son ami Eugène serait peut-être cardinal à son tour un jour. Mais comment l'arracher de son coeur charnel pour ne le plus garder que dans son coeur spirituel ? Parviendrait-elle à sublimer à jamais son amour pour lui ? La main du cardinal tenait-elle un flambeau éclairant qui lui faisait voir sans l'ombre d'un doute la vraie nature de son sentiment pour Eugène Foley ? Ne venait-elle pas de prononcer dans le silence de son coeur le mot 'amour' ? Devrait-elle garder pour elle-même à jamais l'existence de ce sentiment profond ? Ou bien ne devrait-elle pas le faire savoir à son ami, soit par lettre après son départ, soit même d'une autre façon avant qu'il ne retourne aux États ?

L'une des jeunes filles tomba dans l'oeil d'un observateur attentif : l'étudiant en médecine venu de Saint-Georges. Assez pour vouloir lui parler à tout prix. Malgré son désir, les règles de politesse et une certaine réserve voisine de la timidité le retinrent de s'introduire dans le groupe pour aller vers elle. Pas une seule fois, il n'avait aperçu son regard se diriger vers lui, ignorant qu'elle l'avait pourtant fait avant même qu'il ne la repère parmi les autres.

Anna-Marie Blais se demandait en ce moment même qui était ce beau garçon étranger là, debout, derrière le groupe des hôtesses. Il portait son habit avec élégance. Sa façon de parler –qu'elle pouvait lire et non entendre– avec son ami démontrait un raffinement dont étaient dépourvus les jeunes hommes de son âge qui auraient bien voulu la fréquenter : les Philias Bisson, Fortunat Fortier, Adélard Nadeau ou Pit Roy aux manières bien plus frustes.

Émélie et Honoré attendaient dans leur voiture décapotable rouge intense. Pampalon était au volant et pour la circonstance, son épouse Ida, enceinte de 4 mois et plus l'accompagnait sur la banquette avant. À titre de maire depuis dix ans et de préfet de comté depuis deux ans, Honoré avait participé à de nombreux défilés de la Saint-Jean ou autres et sa femme l'avait suivi le plus souvent. Cette parade supportait bien la comparaison avec la plupart des autres et ils se le disaient en ce moment quand arriva près de la voiture quelqu'un de fort important qu'ils n'avaient pas eu l'occasion de voir encore, tant il y avait de monde tout partout. C'était le député fédéral et ministre, l'honorable Henri Béland.

Il monta sur le marchepied afin de serrer la main de tous, en commençant par ces dames, Émélie puis Ida.

–Comment va mon meilleur organisateur de paroisse ? demanda-t-il à Honoré après les civilités d'usage.

–Aussi bien qu'on peut aller. Et toi, mon cher Henri ?

–Mieux que jamais !

–Ministre en double : ça doit exiger pas mal ?

En effet, Béland occupait deux fauteuils de ministre depuis 1921, celui du *Rétablissement des soldats à la vie civile* dans le cabinet Mackenzie King et *ministre de la Santé* dans ce même cabinet. Qui mieux que lui en ce pays aurait pu se voir confier ces portefeuilles ? Vétéran de la Grande Guerre, prisonnier des Allemands durant quatre ans et médecin compétent et dévoué quand il avait pratiqué : il avait été un choix aisé pour son chef King puisque les dits portefeuilles lui allaient comme un gant.

–Je prends ça un jour à la fois... Comme doit le faire un marchand général, père de grande famille, maire et préfet du comté le fait certainement.

–Et madame Béland ? s'enquit Émélie qui avait tourné la tête pour la repérer.

–Elle est en voyage en Belgique en ce moment. Mais elle vous adresse ses salutations à vous deux. Et à toute la population de Saint-Honoré. On m'a demandé de dire un mot durant le banquet et je transmettrai ses voeux à tous.

–T'as besoin, Henri ! Tes plus grosses majorités du comté, tu les prends le plus souvent ici même, à Shenley.

–C'est pourquoi je n'aurais pas manqué d'assister au cinquantenaire pour tout l'or du monde.

Devant la voiture d'Honoré, celle de tête après les chevaux montés se mettait à avancer.

–Je vais retourner à la voiture qui m'est assignée, autrement, je retarderais toute la parade à moi tout seul.

–On se reverra au banquet. J'ai fait réserver deux places à notre table pour toi, Henri... Quelqu'un pourra prendre celle de ton épouse.

–À plus tard !

–À plus tard.

Les deux chevaux de tête étaient montés par les deux forgerons du village, Georges Pelchat et Elzéar Racine, âgés respectivement de 34 et 43 ans. Chacun savait parler aux bêtes et il avait été jugé par le comité de la fête qu'à une parade de cinquantenaire, il fallait mettre à l'avant et en première évidence un symbole du passé toujours d'actualité : le cheval qui avait permis et continuait de permettre le défrichement, l'exploitation agricole et le transport.

Ensuite paraderaient des voitures attelées d'un boeuf ou d'un cheval. Elles promèneraient des couples costumés à la manière des années 1860-1900 ainsi que certains dignitaires dont les curés les plus modestes alors que d'autres se baladeraient en véhicule automobile, mais viendraient plus tard dans le défilé.

Les 'machines' et camions quant à eux représentaient un début d'avenir prometteur. Leur place venait en troisième. Ils transportaient des gens d'importance et d'autres.

Puis c'était les chars, une dizaine avec un thème pour chacun. Ils racontaient Saint-Honoré depuis le premier arbre abattu dans le rang 10 en 1854 par Clément Larochelle jusqu'à ces jours de modernité de 1923 où il ne manquait plus à la paroisse que l'électricité importée d'ailleurs sur une ligne de transport accessible à tous, de même qu'une salle publique souhaitée par le vicaire Bélanger, le conseil municipal et plusieurs citoyens, mais jugée inutile par bien d'autres vu l'usage de la sacristie pour les réunions de groupe.

Assis sur leur galerie, les Lambert attendaient fébrilement l'arrivée des meneurs du défilé qu'ils pouvaient bien apercevoir tout près. La petite Rita s'était assise sur les genoux de son père et endormie, bercée tout comme lui par la chaleur et la chaise. Anne-Marie décrirait la parade du mieux qu'elle pourrait pour son époux aveugle.

Le ciel resplendissait de lumière et de pureté. Pas un nuage n'était venu même décorer l'azur depuis l'aube. Le bon Dieu, disait tout un chacun, avait exaucé les voeux et prières de l'abbé Proulx, du vicaire Bélanger et surtout du cardinal

Bégin. On aurait pu croire que la pluie, que l'orage, que la tempête de neige n'étaient que des racontars romanesques et que le beau temps était installé à demeure au-dessus de la paroisse en liesse. Mieux encore, l'humidité en faible taux n'affligeait personne. Presque tous les arbres poussant au coeur du village avaient été coupés durant le dernier quart de siècle et le soleil, autre complice du vicaire Bélanger, plombait durement certains jours, mais pas celui-là.

—Les chevaux arrivent, dit bientôt Anne-Marie à Napoléon qui rougississait d'anticipation.

—J'entends les sabots.

—C'est Tine Racine et Georges Pelchat qui sont sur les chevaux de tête.

—Ça se comprend : deux hommes à chevaux.

De sa voix forte, Georges lança :

—Une belle journée, trouvez-vous ? Poléon, madame, on vous en souhaite une ben belle.

—Merci, fit Anne-Marie.

—Marci ben, ajouta Napoléon qui réagit en se berçant un peu et en ramenant Rita plus haut sur lui.

Anne-Marie reprit la parole :

—Les autres chevaux, c'est... attends... Louis Paradis...

—À Hilaire ?

—Oui... pis Noré Rouleau... Ensuite, c'est Poléon Boucher et Albert Bisson...

—Je connais tout ça ben comme il faut... C'est des beaux ch'faux ?

—Des blonds, des noirs, des bruns, des bais... Ah, là, c'est quelqu'un que je connais pas. Doit venir de Saint-Martin ou de Saint-Benoît... Vingt-cinq ans autour... (*On saurait plus tard que cet inconnu avait pour nom Martin Bégin.*)

Deux autres cavaliers vinrent, que Anne-Marie nomma :

—Là, c'est Arthur Bégin avec Adjutor Veilleux...

–C'est normal, ça itou : deux jeunes hommes à ch'faux.

–Ah, et un dernier : Philippe Boutin... Ensuite, c'est des voitures attelées...

Tandis que la parade avançait et que l'aveugle l'imaginait par les mots de sa femme, quelqu'un contournait la maison et s'approchait le long du mur de la galerie où se trouvaient les Lambert. Vêtu d'un long manteau ample et léger, il s'aidait d'une canne. Honoré l'aurait reconnu au premier coup d'oeil : c'était la Patte-Sèche.

Il ne se montra pas aux Lambert. Pas tout de suite. Une sorte de parenté spirituelle avec Napoléon Lambert à qui il avait transmis son don de guérir les animaux l'avait amené à cet endroit. Venu de Mégantic en selké, il avait dételé chez Cipisse Dulac dans le Grand-Shenley. Puis s'était amené au coeur du village par au travers, en passant par la terre à Anselme Grégoire. Ce n'était pas un hasard qui l'avait conduit à Shenley ce jour précis : il savait depuis plusieurs mois la date des fêtes du cinquantenaire.

Rita gémit sur les genoux de son père. Elle roula sa tête contre sa poitrine à quelques reprises puis se tut et poursuivit son voyage au pays des rêves et du bonheur dans son innocence enfantine. Anne-Marie reprit sa description :

–Y a deux prêtres dans une voiture attelée... deux autres dans la suivante. Je les connais pas.

–Les curés des alentours.

–Sûrement !

–Deux religieuses ensuite... le cheval est mené par... attends, oui, c'est Fortunat Carrier.

–Les soeurs du couvent ?

–C'est ben ça. Et deux autres dans la voiture suivante... C'est Philias Bisson qui mène le cheval.

–Ça me surprend à plein, ça.

–Pourquoi?

–Philias Bisson, c'est un gars à 'machines' pas à ch'faux.

–En tout cas, c'est ben lui. Il nous envoye la main...

Des maires paradèrent, que la femme Lambert ne connaissait pas. Puis ce furent les automobiles.

–C'est Gus Poulin qui mène le vicaire Bélanger qui est avec deux autres prêtres dans la 'machine'...

–Bonjour madame Lambert, monsieur Lambert, lança le vicaire quand on fut à hauteur de la maison.

–Bonjour monsieur le vicaire, fit Anne-Marie.

–Bonjour monsieur le vicaire, répéta son mari.

La Patte-Sèche s'adossa contre le mur pour ne pas être vu. La soupe devenait de plus en plus chaude pour lui à Saint-Honoré depuis l'arrivée du curé Proulx. Ce prêtre n'entendait pas à rire avec les faiseurs de pluie et charlatans tous azimuts. On lui avait parlé de ce Raymond Rostand venu d'ailleurs et qui faisait peur au monde avec ses prédictions et lectures spiritualistes. Quêteux tant qu'on voudra, on ne lui donnerait pas la charité pour le seul amour du bon Dieu mais aussi à la condition qu'il soit dans les faits le catholique qu'il déclarait être en théorie. Or un catholique ne joue pas au devin. Le curé attendait la Patte-Sèche de pied ferme : il le forcerait à se tenir debout.

Alerté par un sixième sens peut-être, le vicaire Bélanger garda la tête tournée vers la maison des Lambert et il put apercevoir celui qui cherchait à se fondre avec les bardeaux gris du mur, ce que son accoutrement lui permettait à merveille sans qu'il ne doive posséder les vertus d'un caméléon.

Leurs yeux se rencontrèrent. Connaissant tous les griefs du curé contre la Patte-Sèche, le vicaire ne sut que faire. Dix solutions se carambolèrent dans son esprit. Il en retint la moitié d'une et leva le bras mais sans hauteur pour bénir évasivement le personnage. Rostand fit le signe de la croix et baissa le front en humilité, tandis que la femme Lambert se signa aussi, croyant que la bénédiction était réservée aux siens exclusivement.

–Monsieur le vicaire nous bénit, Poléon. Tu peux faire ton signe de croix.

Ce que fit l'aveugle en souriant d'aise.

Rita soupira et continua de dormir sur lui, inondée du bonheur de son père et de sa mère.

–Hey, mais c'est monsieur le ministre Béland qui vient ensuite ! s'exclama Anne-Marie.

–Il nous connaît... Il sait que j'sus l'homme le plus libéral dans la Beauce... avec Noré Grégoire ben sûr.

–Il nous salue... tu peux lui envoyer la main... Pis tu sais qui c'est qui mène sa machine ? Fortunat Fortier.

–T'as dit qu'il menait une voiture attelée tantôt.

–Ça, c'était Fortunat Carrier, là, c'est Fortunat Fortier. Il nous salue, lui itou.

–Le monde, ils sont ben bons pour nous autres par icitte.

–Ça prend une parade pour qu'on s'en aperçoive encore plus.

–Pis madame Béland, elle ?

–Elle est pas là. Il est tout seul dans la 'machine'.

–Ça doit être une belle 'machine' ?

–Pas tant que celle à Noré Grégoire qui suit. Ça, c'est une belle 'machine' !

–Noré le mérite ben : il a été bon pour tout le monde toute sa vie.

–Émélie encore plus d'après moi.

–De coutume, la femme suit l'homme en aveugle.

–Émélie est bonne de nature, mais elle le cache ben comme il faut. Ce qu'elle fait pour les autres, ça paraît pas, mais elle en fait tous les jours de sa vie.

Honoré voulut s'adresser directement à Poléon, sachant qu'autrement, ses seuls gestes passeraient par Anne-Marie :

–Lambert, j'te dis que c'est une belle parade. Mais j'aime à penser que dans ta tête, elle est encore plus belle.

–Ça se pourrait ben, Noré.

La Patte-Sèche sut qui passait devant la maison et ne bougea plus d'une ligne afin de ne pas être repéré. Il ne craignait rien d'Honoré Grégoire, mais ne voulait pas que les Lambert apprennent sa présence tout près. C'est qu'il avait mal pour eux, très mal eu fond de lui, sans savoir la raison de ce bouleversement tordu et torturant.

Émélie salua les Lambert de larges sourires et signes de tête. Ida et Pampalon ajoutèrent les leurs. Et la Studebaker poursuivit son chemin, brillante sous les feux du soleil, éclatante au point d'aveugler la Patte-Sèche...

D'autres dignitaires, des Jean Jobin, des gérants de banques, la Royale et la banque de Montréal, toutes deux nouvellement installées à Saint-Georges et en forte compétition, des Béloni Poulin et Georges Thibaudeau, maires respectivement d'Aubert-Gallion et de St-Georges-est. Et puis le bon docteur Goulet et son épouse dans leur propre voiture automobile conduite par Honoré Champagne, un jeune homme de progrès et de bonne compagnie. Suivaient le notaire Côté et son épouse dont l'auto était menée par Paul Fortier.

Ce furent ensuite les chars thématiques. Anne-Marie Lambert les décrivit du mieux qu'elle put pour le bénéfice de son époux. L'un représentait l'esprit pionnier via un camp de bois rond et une famille de défricheurs assise devant à se bercer. Puis une petite chapelle et un prêtre desservant. Un autre donnait une idée de la première école du canton. Il y en avait un pour rappeler les premiers pas de Shenley vers et dans sa vocation agricole. Et l'incontournable boutique de forge. Le bureau du docteur. Celui du curé, du notaire.

Souvent, le défilé s'arrêtait sur tout son parcours. On savait qu'alors, le cardinal sur le perron de l'église s'était levé pour donner sa bénédiction, ce qu'il fit à quinze reprises pour la plus grande grâce des participants et la plus grande fatigue de l'ecclésiastique usé et malade.

–C'est quasiment fini ! annonça Anne-Marie. Reste rien que la 'machine' à Déric Blais qui ferme la parade.

–Comment ça se fait qu'il est en dernier ? Déric, c'est pas le moindre par icitte.

–C'est lui le directeur de la parade, c'est normal qu'il la ferme, là, lui.

–Ah ! Il est tout seul dans sa machine ?

–C'est lui qui mène, mais sa femme est en avant avec lui. Pis ses quatre gars en arrière... Henri-Louis, Ovide, Raoul pis Dominique.

–Salut vous autres ! lança Uldéric aux Lambert. Comment que vous avez trouvé la parade ?

–Y a rien de plus beau ! répondit aussitôt l'aveugle.

On comprit qu'il avait vu avec les yeux de son épouse et ceux de son coeur.

Pourtant, en ce moment même, quelqu'un souffrait terriblement dans les profondeurs de son être. Au point où des larmes amères roulaient sur ses joues. Toutefois, il ne parvenait pas à en comprendre la raison précise qui se trouvait tout près de lui. C'était la Patte-Sèche qui décida de partir sitôt la fin du convoi pour échapper à cette sombre et funeste emprise.

–Poléon, je rentre dans la maison; je vas revenir tantôt.

Voilà qui donna le signal au quêteux de partir. Quand il entendit la porte se refermer, il se mit en marche prudente.

–Y a-t-il quelqu'un ? demanda l'aveugle dont l'acuité auditive était grande et qui venait de repérer un bruissement tout près de la maison, comme des pas dans le foin.

Nulle réponse. Rostand s'arrêta de marcher. Tourna la tête vers l'aveugle et son enfant. De nouvelles larmes lui vinrent. Puis il reprit sa marche lente, courbée, laborieuse.

–C'est toé, Louis ?

Il arrivait souvent à Louis Grégoire de couper par l'arrière de la maison des Lambert pour accéder au coeur du village. À tout coup, il s'arrêtait quand il apercevait l'aveugle pour prendre des nouvelles et en donner.

Nulle réponse.

Napoléon crut que son ouïe l'avait mal dirigé pour une fois. Il ne devait s'agir que d'un passant, peut-être un enfant qui craignait de se faire gronder, voire même un chat ou un chien.

À ce moment, la petite Rita émit un long et profond soupir, et se réveilla. Elle voulut descendre des genoux de son père et lui dit :

—Veux voir maman...

Pour lui exprimer toute son affection, il colla sa joue contre sa tête un court moment puis l'aida à s'en aller comme elle le désirait...

***

Cœur du village quelques heures avant la parade de 1925.
Sur la droite, l'hôtel Central.
Les chevaux se trouvent à hauteur de l'église.
Les deux lignes de transport en sont du téléphone, l'une remplaçant
l'autre devenue désuète. L'électricité, c'est pour 1926.

Chapitre 31

1923... le banquet

Ce qu'il avait à dire, le cardinal l'avait énoncé à sa messe du matin. Ce qu'il avait à bénir, il l'avait béni durant la parade du cinquantenaire. Sauf la nourriture qu'on allait prendre à ce banquet en plein air que les hôtesses avaient commencé de servir.

Quand il se leva de table, on fit silence sous l'abri des dignitaires et il serait possible que sa voix atteigne chacun s'y trouvant, y compris des gens ordinaires que le sort avait favorisés et qui y côtoyaient le gratin de la Haute-Beauce venu fêter Saint-Honoré avec les natifs.

–Je vous bénis tous ainsi que la nourriture que vous allez prendre.

–Ainsi soit-il, dit-on à toutes les tables.

Et le cardinal se rassit parmi une dizaine de curés et autant de vicaires et pères que l'époque gardait entre eux et ne dispersait par à travers la foule, un prêtre vivant alors un étage au-dessus du petit peuple.

Pour beaucoup de personnes, cette journée en serait une de transition, un point tournant comme l'avaient si bien compris Honoré Grégoire et Arthur Boutin dans un échange de la veille à table. Les destins bifurqueraient, prendraient de nouvelles routes. Pour d'aucuns, le cinquantenaire serait le moment de prendre le dernier droit. Pour d'autres, la journée serait un tremplin vers le futur. Pour tous, le petit univers qui était le leur prendrait une nouvelle couleur, une nouvelle saveur, une nouvelle valeur...

Eugène Fortin demanda à son ami Josaphat de changer de place quand il vit que la jeune fille attrayante repérée à la parade parmi les hôtesses était chargée d'une section où il restait des places libres. L'on s'y rendit. L'on s'y assit. L'on attendit. Anna-Marie vint enfin déposer devant lui un bol de soupe. Il la regarda au-dessus de lui. Leurs yeux se rencontrèrent, s'attardèrent. Il sourit. Elle sourit. Une sorte de contrat à teneur sentimentale venait d'être signé. À lui d'en explorer les clauses; à elle de les adapter à son désir...

Le ministre Béland devisait avec Honoré quand celui-ci aperçut qui longeait la clôture du cimetière le quêteux la Patte-Sèche. Il s'excusa auprès de son ami et fit signe à Armand de s'approcher. Il lui souffla mot à l'oreille. L'adolescent sourit et quitta les lieux en direction du champ étroit séparant le cap à Foley du nouveau cimetière.

Bernadette avait pris pour prétexte de servir sa famille afin de pouvoir, du même coup, servir les Foley. Quand elle mit le plat de soupe devant Eugène, il lui adressa le sourire le plus affectueux qui soit en ce monde. À telle enseigne que la jeune femme en fut troublée, autant qu'à son arrivée et leur rencontre dans l'escalier du magasin deux jours plus tôt. Berthe, elle, épiait tout ce qui se passait entre ces deux-là. Elle aurait voulu être née cinq ans avant 1910 afin de pouvoir elle aussi espérer les attentions du jeune homme. Comme pour bien de jeunes adolescentes, les garçons de son âge ne faisaient pas le poids à côté de ceux qui entraient dans leur vie adulte. Il rôdait dans l'air une odeur de changement et sa jeune âme le ressentait...

La famille Lepage était mélangée à celle des Foley, devant les Grégoire. Elmire, bougon de femme au bord de la cinquantaine, née à Beauceville deux ans après la naissance de Saint-Honoré, s'entretenait avec Émélie. L'on se parlait de jardinage qu'aimaient faire les deux personnes, un travail divertissant mais qui n'était plus guère à la portée d'Émélie.

–C'est Bernadette qui en fait le plus asteur, dit-elle en se désolant mais pas trop.

–C'est tchisiment l'temps de dételer pour toé. Tu marches su' tes 60 ans.

–Pas si vite, Elmire, j'ai pas encore 58 là.

Des 1,545 personnes qui prenaient part à ce banquet, l'immuable Elmire serait celle dont le destin ne subirait pas un iota de changement. Pour elle, demain serait comme hier et avant-hier. Mêmes habitudes. Mêmes vêtements. Mêmes scrupules. Mêmes sentiments. Même indifférence. Même dévotion. La petite Page avait le visage plein de rides à sa naissance en 1875; la Elmire de 1923 avait le visage plein de rides. Elle était vieille en naissant; elle mourrait jeune à un âge avancé.

Il y avait du vin sur toutes les tables. Aucun toast n'étant porté, on le but à son heure. Le jeune Dominique Blais, huit ans, avala le sien et il en aima le goût. Puis il subtilisa celui de son frère Raoul et n'en fit qu'une lampée pour ne pas être pris à boire de la 'boisson'. Il répéta son manège une troisième fois avec une autre victime dont l'attention allait ailleurs. Et l'effet de l'alcool pris à cette vitesse se fit aussitôt sentir. Il acquit le goût de cet effet-là...

Armand Grégoire ne tarda pas à revenir en compagnie de la Patte-Sèche. Quand le quêteux fut près des Grégoire, Émélie grimaça de mécontentement, plus encore quand elle comprit que c'était son mari qui l'avait fait prévenir.

–Comme y avait une place libre à côté de toi, Henri, j'ai pensé inviter notre ami de Mégantic à la prendre.

–J'ai pas l'honneur de connaître monsieur, fit le député.

–Moé, c'est Rostand, le quêteux.

–Vous vous appelez Rostand ?

–Oué, comme l'écrivain français. Mais asteur, par icitte, tout le monde m'appelle la Patte-Sèche vu que j'ai une jambe de bois.

Derrière son regard durci, Émélie se demandait pourquoi cet homme survenait toujours en un moment crucial de son existence. Ce personnage faisait-il partie de son destin ou seulement du décor de son destin ?

Béland s'adressa à Honoré :

–Tu parlais d'une place à donner à quelqu'un vu que mon épouse n'a pu être là : c'est pour monsieur... Rostand ?

–Vous pouvez dire la Patte-Sèche, ça me choque pas pantoute vu que c'est rien que la vérité.

–L'homme le plus humble de la foule aux côtés de l'homme le plus imposant : c'est pas une bonne idée ? demanda Honoré, l'oeil malicieux.

–Tout homme respectable a droit au respect. Assoyez-vous, monsieur... Rostand. Saviez-vous que le digne auteur de Cyrano nous a quittés il y a 5 ans déjà ? Mort la dernière années de la guerre... donc en 1918. Une grande perte pour la littérature mondiale.

Le quêteux prit place tout en prêtant oreille. Sitôt assis, il ajouta, le ton à la supputation :

–Mort de la grippe, ça doit ?

–Non pas, non pas. Tous ceux qui sont décédés en 18 ne sont pas morts forcément de la grippe.

–Ça, c'est ben certain. Grippe ou pas, on meurt pis ça s'arrête drette là.

Tandis qu'Émélie se détournait du trio pour continuer son échange avec Elmire et parfois Anna Lepage, Honoré parla au ministre des dons du quêteux.

–Sa réputation va de Mégantic à Saint-Éphrem en passant

par Saint-Gédéon et Winslow.

–Je n'en doute aucunement, si c'est toi qui le soutient, mon cher Honoré.

–J'y crois pas dur comme fer, entendons-nous. J'en prends pis j'en laisse. Sans vouloir te faire de peine, mon bon Raymond...

L'arrivée de ce personnage unique à la barbe grise et aux allures de mendiant ne passa pas inaperçue aux yeux de tous et surtout ceux du cardinal qui s'enquit de son identité auprès du curé Proulx. Le prêtre, lui, parce qu'il tournait le dos à la table des Grégoire, des Foley et des Lepage, ignorait la présence de ce loup dans la bergerie. Il vit rouge. Ses yeux devinrent de braise. Son regard lança des flammèches.

–C'est la Patte-Sèche. Un être maléfique. Il ne peut pas rester parmi nous.

–Quoi, le diable n'est-il pas toujours de toutes les assemblées chrétiennes ?

–Votre Éminence, cet homme pratique la divination. Il prédit l'avenir. Il fait peur aux gens. Je lui ordonne de s'en aller.

–Mais n'est-il pas assis en l'honorable compagnie du ministre Béland et...

–Et du maire Grégoire. C'est lui le fautif surtout. Ça le fait rire, les idées païennes de la Patte-Sèche. Je vais mettre un terme à tout ça maintenant.

Et le curé se rendit à la table des Grégoire où il apostropha le quêteux sans attendre :

–Vous n'êtes pas le bienvenu dans cette paroisse, à ce banquet, monsieur. Je vous demande de partir.

Rostand gardait la tête basse. Il marmonna :

–Suis venu quêter à manger.

–On va vous en faire mettre dans une boîte, du manger, et vous allez tirer votre révérence.

Le ministre demeurait dans l'interdit. S'opposer au curé, ce serait sans doute s'opposer à une majorité libérale. Honoré ne désirait pas de friction avec le presbytère, une chose que lui et son épouse avaient toujours évitée malgré les diktats parfois injustes et nuisibles à leurs affaires de certains prêtres au zèle intempestif.

Une autre voix intervint : celle du cardinal venu à la suite du curé :

—Je ne veux pas que cet homme, même s'il était le mal incarné, soit expulsé du banquet. Pas en ma présence en tout cas. Jésus a racheté les péchés de tous les hommes en venant sur terre. Il est parmi nous en ce jour de fête. Et si monsieur... est mal intentionné, il s'en occupera.

L'abbé Proulx rougit jusqu'à la racine des cheveux. Subir pareil désaveu, c'était comme recevoir un coup de torchon imbibé de honte en pleine face. Il fit demi-tour sans rien dire et retourna s'asseoir. Toute l'assemblée retenait son souffle, se demandant pourquoi le cardinal avait daigné se rendre à la table des Grégoire. Mais que voilà une chose incompréhensible ! Il appartenait au peuple d'accourir vers lui, pas à lui d'aller au peuple. Avait-il voulu saluer un important ministre au fédéral ? D'aucuns devinèrent qu'il avait contredit le curé, contrecarré son action, mais ne saisissaient pas le sens exact de son intervention...

Eugène Foley était vissé à son siège, ému de voir le cardinal aussi près, aussi grand, aussi puissant. Bernadette se tenait derrière lui avec un cabaret dans les mains, pétrifiée par la scène ou peut-être par la grâce. Émélie se disait que son mari avait peut-être raison après tout de prendre la Patte-Sèche à la légère. Les Lepage ne bougeaient pas, ne respiraient pas et pourtant n'étaient aucunement impressionnés par la présence tout près d'eux de cet homme en rouge.

Le cardinal se redressa et bénit la tablée à deux reprises. L'un de ses signes parut être en direction de la Patte-Sèche...

*

Après le repas, les nuages montèrent dans le ciel.

Émélie qui souffrait de rhumatismes savait qu'il y aurait un orage avant la fin de la journée. Heureusement, l'essentiel serait accompli. Et Saint-Honoré aurait eu sa fête. La dernière pour elle, c'était évident. Au 75e, il y aurait 83 ans depuis sa naissance en 1865. Son père avait bien dépassé le cap des 80 ans, mais pas elle. Non, elle ne se voyait pas si loin en âge. En réalité, dans son propre subconscient, sans même qu'elle ne s'en rende compte, son être profond commençait à dételer, suivant l'expression populaire. Il lui vint en tête comme dans un éclair cette vision dont Marie parlait de son vivant et par laquelle lui étaient apparues Pétronille et Georgina en 1880, pour lui annoncer son départ vers elles dans 7 ans. Et la pauvre Marie avait rendu l'âme en 1887... Il parut à Émélie qu'il ne lui restait pas plus de sept ans à vivre, elle non plus. Mais ce n'est pas la Patte-Sèche qui lirait dans son avenir...

Honoré ne songeait toujours qu'à la vie, lui. Il avait des chantiers à diriger, des campagnes électorales à mener, des projets municipaux à initier. Et puis tant de gens comptaient toujours sur lui malgré l'ouverture des établissements bancaires pour leur prêter de l'argent, pour endosser en leur faveur. Pendant des années, il avait pratiquement fait vivre la famille d'un certain Napoléon Buteau qu'il avait sauvé de la banqueroute et de la saisie. On supportait un lourd crédit au magasin. Et on s'attendait à la présence du maire et de son épouse à toutes les fêtes de famille. Saint-Honoré a besoin d'Honoré, lui répétait Cipisse Dulac en ses mots à lui. Et Honoré le croyait...

L'étudiant en médecine fit plus ample connaissance avec Anna-Marie Blais. Il demanda à la voir quand il ne serait pas à Québec à ses études. Elle répondit qu'elle en parlerait à sa mère pour solliciter sa permission de le laisser venir...

Eugène Foley et Bernadette Grégoire eurent un entretien à l'écart. Ils s'entendirent pour se voir durant la soirée, pour vibrer à leurs vieux souvenirs quelque part entre la résidence Grégoire et la maison rouge. Berthe comprit qu'ils tramaient quelque chose et se promit de les avoir à l'oeil.

La Patte-Sèche repéra les Lambert loin parmi les assistants au banquet, en fait à l'une des premières tables là-bas, pas loin de la résidence Grégoire. Ils avaient leur petite fille avec eux. Mieux valait les éviter et il quitta les lieux en contournant la sacristie.

Le curé Proulx accompagna le cardinal jusqu'à l'automobile qui l'attendait pour le ramener au palais cardinalice de Québec. Puis il s'enferma dans son bureau du presbytère pour maugréer. Et se promettre de chasser la Patte-Sèche une bonne fois pour toutes. Car c'est à lui et uniquement à lui qu'il attribuait sa déconfiture de l'après-midi au banquet.

Personne ne remercia publiquement le vicaire Bélanger pour l'immense tâche qu'il avait accomplie dans l'organisation de ces festivités. Il s'était fait présent partout, avait animé tous les comités, avait fait preuve du tact et de la persuasion nécessaires dans toute entreprise collective. Homme dévoué au bonheur de son prochain, il savait pourtant que son curé avait demandé son transfert ailleurs. Son destin à lui aussi serait en fin de compte modifié par le cinquantenaire de Saint-Honoré.

Tous les Grégoire et tous les Foley se déclarèrent enchantés de leur journée. Les Lepage approuvèrent sans éclat ce jugement. Éva et Arthur prirent la route peu après la fête en compagnie d'Alice et Stanislas qui les déposeraient à Saint-Gédéon en retournant à Mégantic. Henri quitta la maison avec Alfred pour passer chez lui la suite de son séjour. Pampalon ramena l'auto d'Honoré à la place sous le porche d'une des granges et retourna à la maison avec Ida. Quant à Armand, on ne s'attendait à son retour que la nuit tombée; comme toujours quand il était dehors.

Émélie et Honoré demeurèrent seuls dans la cuisine à ne rien dire, à regretter un peu que tout soit déjà terminé et qu'il ne reste plus qu'à livrer au temps et aux souvenirs le cinquantenaire de leur chère paroisse.

–Qui jamais reparlera d'aujourd'hui ?

–Faut regarder devant, Honoré, toujours devant. Les souvenirs les plus vivaces sont toujours les plus douloureux. À quoi ça sert de regarder en arrière, à moins d'aimer souffrir ?

Bernadette et sa jeune soeur étaient dans leur chambre

–J'ai quelque chose à faire, dit l'aînée qui bardassait dans de petits objets posés sur sa commode pour faire taire sa nervosité et annoncer son départ.

–C'est quoi ?

–Ça me regarde.

À son grand étonnement, Bernadette ne reçut aucune protestation de sa jeune soeur. Elle quitta les lieux, descendit au rez-de-chaussée, dit à ses parents qu'elle avait rendez-vous avec les soeurs Blais et Julia Racine. Émélie entendit le ton du mensonge, mais ne s'en inquiéta pas. Sûrement que sa grande avait un autre rendez-vous que celui qu'elle annonçait. Et tant mieux ! Son destin et celui d'Eugène Foley se préciseraient une fois pour toutes sans aucun doute.

Bernadette alla attendre son ami à l'extérieur du hangar, épaule appuyée à la cabane de l'engin. L'orage menaçait maintenant. Il risquait d'éclater à tout moment. Il faisait plus que sombre et la nuit noire s'acharnerait bientôt sur les ombres chinoises des alentours. Mais peut-être que les éclairs lui disputeraient la couleur des choses...

La jeune femme avait laissé ouverte la porte afin que la lumière de l'ampoule suspendue dans l'entrée du hangar permette à Eugène et elle-même de se repérer.

Là-haut dans la résidence, Berthe, guidée par l'intuition des choses du coeur, se rendit dans la chambre fermée de son frère Eugène qui donnait sur la maison rouge et ouvrit la fenêtre sans faire de bruit. Son coeur battait si fort qu'elle mettait sa main sur sa poitrine dans une vaine tentative pour le ralentir au moins un peu.

Elle s'agenouilla, posa ses coudes sur le rebord et attendit. Le tonnerre au loin grondait. Des souvenirs de la journée lui revenaient pêle-mêle. Aucun ne l'accaparait plus que les autres. Quand elle avait le coeur à la poésie, elle n'avait pas l'esprit à l'analyse.

—Bernadette ! Bernadette ?

La jeune femme reconnut la voix retenue de son ami. Elle y répondit :

—Suis là, à côté de la cabane de l'engin.

—Je viens.

Un premier éclair significatif les silhouetta tous deux quand ils furent l'un devant l'autre.

—Faudrait pas se faire surprendre ou ils vont croire des choses.

—Comme quoi ? demanda-t-elle.

—Comme... ben ce qui est impossible entre nous deux.

—Viens, marchons sur le trottoir comme autrefois.

—On va se faire prendre par l'orage.

—Seigneur... j'aimerais ça qu'un éclair nous prenne tous les deux pour nous emmener dans la paradis.

—Mais non ! On a chacun notre mission sur cette terre du bon Dieu.

—Notre destin ?

—Notre destin, ça n'existe pas. Notre seule voie, c'est de faire la volonté du bon Dieu. Et c'est pour ça que mon avenir est tracé.

—En es-tu ben certain, Eugène ?

—Pour dire la vérité, pas encore à cent pour cent.

Un éclair zébra le ciel et les fit voir à Berthe qui regardait en direction des voix entendues. Le coup de tonnerre suivit de près, ce qui laissait à penser que la pluie entrerait dans la danse très bientôt.

–Tu peux pas t'engager dans une voie sans être certain de ton coup.

–La certitude ne pourra jamais être à cent pour cent. Elle se forge à mesure, comme le fer à cheval sur l'enclume de mon père.

Elle le toucha au bras pour qu'il s'arrête au milieu de la distance parcourue par le trottoir de bois entre l'ancienne résidence et la nouvelle. On était devant la porte de cave, barricadée par ordre d'Honoré depuis l'histoire du gâteau qui avait pris en feu.

–On est souvent venu ici pour jaser, tu t'en souviens ?

–Jamais je n'oublierai ce temps-là, Bernadette, tu le sais très bien.

–Pourquoi ce temps-là n'a-t-il pas eu de suites ?

–Il a des suites. En voici une ce soir...

Berthe soupira. Il lui semblait que ces deux-là devaient palabrer moins et s'embrasser plus.

Un éclair encore et les silhouettes vues en plongée apparurent à la grande fouine qui avait collé sa tête contre la moustiquaire pour mieux y voir. Un autre suivit aussitôt et deux coups de tonnerre se bousculèrent sans attendre.

–Qu'est-ce que tu ressens au fond de toi pour moi ?

Il soupira :

–Beaucoup d'amour.

Bouleversée, mais consciente qu'il s'agissait de sa chance ultime, Bernadette lança, le ton grimaçant, les mots tordus :

–Montre-le donc avec des gestes, motadit !

Il comprit sa supplique. Lui-même avait besoin de savoir à quelle profondeur sa vocation sacerdotale était enracinée dans son coeur et son âme.

On entendit des gros grains de pluie frapper les bâtisses. Puis l'orage s'introduisit entre les deux maisons. Un éclair permit à Berthe de voir sa soeur en attente devant Eugène et lui figé comme une statue malgré cette trombe qui les attaquait tous deux.

Le ciel éclata de nouveau. Et Berthe les vit, qui garderait pour toujours enfouie au plus profond de son être l'image d'un baiser faiseur de destins.

Eugène avait pris Bernadette dans ses bras et ils s'étreignaient. Un baiser mortel, eût cru le curé Proulx. Véniel eût dit le vicaire Bélanger. De miel, pensait Berthe qui enviait sa soeur sans la jalouser.

—J't'aime depuis tout le temps, Eugène Foley.

—Moi aussi, mais... j'aime le bon Dieu encore plus.

—Moi aussi, j'aime le bon Dieu encore plus. Mais ça empêche pas un homme et une femme de...

—Il fallait qu'on passe pour où on vient de passer. Ça va nous faire progresser. On va examiner tout ça dans les semaines à venir et ça va nous éclairer.

—Pour moi, c'est clair, Eugène.

—Pour moi... pas encore.

—Tu vas me faire mourir.

—Mourir d'amour, c'est la plus belle mort au monde.

—Mourir, c'est pas drôle : qu'on meure de quoi c'est qu'on voudra.

Les phrases et les images parvenaient toutes deux sous forme stroboscopique à l'observatrice de là-haut. Le fantôme de la maison rouge apparaissait et disparaissait. Tout ça lui semblait si loin de la réalité que Berthe se pinça en fermant les yeux pour vérifier. Mais tout revint devant ses sens quand elle se reprit d'attention pour la scène théâtrale et si grandement romantique se déroulant sous sa fenêtre.

—La mort, on va l'attraper si on reste trop longtemps sous l'orage.

—Pour moi, avec toi, l'orage existe pas.

–Tu sais, Bernadette, l'homme ne vit pas que de pain; mais sans pain, il ne survit pas. Je veux dire qu'il faut aussi protéger notre corps de ce qui peut lui nuire, comme les intempéries. On peut ressentir les feux de l'amour, mais si on croit que ça pourrait nous protéger au coeur de l'incendie, on se trompe.

–Les miracles existent.

–Mais rarement, viens, on va s'abriter dans le hangar.

Il prit Bernadette par la main et l'entraîna. Berthe les perdit de vue et n'entendit plus que les claquements du tonnerre. Elle ferma la fenêtre et courut à sa chambre où elle se mit à celle donnant sur l'église et le cimetière.

D'énormes zébrures cassaient le ciel noir en morceaux qui se rassemblaient aussitôt pour subir de nouvelles fractures étonnantes. Les pierres tombales devenaient visibles et invisibles tour à tour, blanches comme la mort ou noires comme le néant.

Les cinquante ans de Saint-Honoré achevaient. Et tous les destins des paroissiens avaient rendez-vous sur la côte. Pourtant, il parut à Berthe qu'elle dormirait ailleurs à la fin de ses jours...

***

Berthe en 1923

Chapitre 32

1923... la fin...

Le curé Proulx qui savait l'heure du départ de son vicaire pour Saint-Évariste s'esquiva pour ne pas avoir à le saluer. Il laissa sur son bureau une note courte et insignifiante :

"Bonne chance à vous ! A. Proulx."

Le jour suivant, l'abbé Eugène Veilleux remplaçait l'abbé Bélanger à titre de vicaire de Saint-Honoré.

La saison fut prodigue de naissances dans la paroisse. Il vint un fils à la famille Cyrille Beaulieu que l'on prénomma Andronique. Celle d'Uldéric Blais fit baptiser une fille sous le nom de Georgette. Les Napoléon Lapointe eurent un fils : Marcel.

Les Grégoire connaîtraient deux nouveaux descendants. Des petites filles. L'une, Marielle, enfantée par Amanda, l'épouse d'Alfred. L'autre, Huguette, mise au monde par Ida, l'épouse de Pampalon.

Et à Courcelles, Éva Pomerleau donnait naissance à son deuxième enfant : Cécile qui parut peu intéressée par la vie dans les premiers temps, mais qui s'y fit ensuite. Sa soeur aînée Jeanne d'Arc l'examina avec ravissement et curiosité...

En septembre, un matin, Bernadette devait se retrouver seule à la maison avec ses parents. Armand et Berthe partirent tous les deux pour aller étudier au loin.

Ce jour gris, Pampalon les reconduisit à la gare en automobile. Bernadette les accompagna à la demande d'Émélie. Armand aurait un long voyage à faire jusqu'à Montréal où il se rendrait au collège Saint-Laurent. Les raisons de son renvoi de Sainte-Marie ne furent jamais connues, pas même de ses parents, et Honoré n'avait eu aucun mal à obtenir sa place là-bas, à Montréal, pour le plus grand plaisir du jeune homme qui envisageait y vivre une nouvelle et plaisante expérience.

Berthe quant à elle descendrait à Mégantic où Honoré l'envoyait terminer ses études primaires au Couvent des Soeurs de la Congrégation Notre-Dame.

–Armand, oublie pas d'écrire à ta mère, toi ! dit sa soeur aînée qui appuya sa sommation d'un regard menaçant.

–Ben oué, ben oué...

–Tu dis ça nonchalant.

–Quand je vas avoir besoin d'argent, je vas écrire.

Bernadette se scandalisa et fit des yeux 'malins' :

–Tu vas écrire rien que pour ça ?

–C'est pas une bonne raison ?

–Toi, t'as le coeur dans le fond de tes poches.

–Je le garde au chaud ben comme il faut.

Et il se mit à rire.

Pampalon stationna sa voiture noire près de la voie ferrée. Il descendit et se rendit à l'arrière pour y détacher la grosse malle de Berthe puis celle de son jeune frère. Émélie avait personnellement veillé à ce que tous deux aient assez de vêtements et d'accessoires pour vivre au pensionnat pas plus mal qu'à la maison. Elle avait pris un soin particulier pour emplir la malle de son fils en se disant que Berthe pourrait aisément faire appel à sa grande soeur Alice à Lac-Mégantic en cas de besoin.

Une phrase devait surprendre considérablement Bernadette quand les deux étudiants furent sur le quai de la gare, prêts à partir, n'attendant plus que l'arrivée du train.

—Enfin libérée des concessions !

—C'est que tu dis là, Berthe ?

—Je dis : libre des concessions.

Armand rit et dit :

—T'as raison, Berthe ! Shenley, c'est des concessions.

Bernadette s'insurgea :

—Les concessions, c'est à Dorset, pas à Shenley. Il reste pas de colons à Saint-Honoré ça fait longtemps.

—L'esprit des colons est resté, fit malicieusement Armand.

—Ah toi, mon grand calabre ! Dire du mal de notre belle paroisse.

—C'est pas mal, être colon, c'est juste... être colon.

—Il est temps pour vous deux d'aller goûter à ce qu'il se passe ailleurs. Quand vous aurez réfléchi, peut-être que vous allez nous trouver moins comme ci comme ça ensuite.

Il faisait un bon temps frais de matin d'automne. Déjà des feuilles tombaient des arbres en couleurs et roulaient sur le sol quand la brise ouvrait un oeil pour le refermer aussi vite.

Armand toussa à quelques reprises.

Berthe fit de même.

—Vous êtes pas assez habillés, vous deux, prétendit Bernadette qui elle-même se revêtait du rôle de mère mieux que de son manteau court et léger.

—Dans le train, il fait chaud, intervint Pampalon qui venait de mettre la deuxième malle sur le quai, alors qu'on entendit au loin un premier sifflement du train.

Et ce fut bientôt le grand départ.

Berthe faisait la joyeuse, Armand l'indifférent.

Bernadette gardait ses larmes dans son coeur. Son regard montrait une fausse dureté. C'est grâce à cela que ses yeux ne se mouillèrent pas.

Sur le chemin du retour, la jeune femme, seule sur la banquette arrière, se livrait aux quatre opérations arithmétiques dans son coeur, additionnant, soustrayant, divisant, multipliant tout ce qui la rapprochait de son ami Eugène Foley et qui l'en séparait. Pourquoi, Dieu du ciel, le jeu de leurs sentiments était-il donc si complexe ? Heureusement si durable et malheureusement si long ! Un pas de géant avait été franchi sous l'orage le soir du cinquantenaire entre les deux maisons. À cette image venait s'opposer celle du souper du samedi alors que le curé Proulx les avait séparés : coup du sort symbolique ou bien signe du ciel évident ?

Déjà, ils s'étaient échangé trois lettres depuis le soir du grand baiser, de l'unique baiser de leur vie à ce jour et peut-être de leur vie entière.

Pampalon qui jetait parfois un coup d'oeil à sa soeur par le rétroviseur finit par lui demander :

–T'as ben de l'air en peine à matin, Bernadette. Ils vont revenir tous les deux.

–C'est pas à eux autres que je pense, tu sauras, mon gars.

–Y a rien qu'un seul absent qui peut te donner cet air-là : c'est Eugene.

Il prononça le nom à l'anglaise, ce qui ajoutait de l'ironie à la phrase.

–Eugène va son chemin pis moi, je vais le mien.

–Mais vous vous écrivez toutes les semaines.

–Qui c'est qui t'a dit ça ? Ma mère, je suppose.

–Non, notre mère est ben secrète là-dessus.

–D'abord, c'est Berthe, le p'tite bonyenne.

–C'est pas Berthe non plus.

–C'est toujours pas notre père, il est tout le temps au lac Frontière.

Pampalon soupira lentement :

–Pas lui non plus.

–Armand, le grand flanc-mou, il est mieux de pas avoir fouillé dans ma chambre, lui.

–C'est pas Armand non plus.

La jeune femme s'avança sur la banquette et posa sa main sur l'épaule de son frère en lui ordonnant de lui révéler sa source :

–Si tu me dis pas qui c'est qui te l'a dit, ça va aller mal pour toi, Pampalon Grégoire.

–Au moins, devine.

–Je le sais pas. Je les ai tous nommés.

–Ça devrait te donner la réponse.

–Motadit, il reste rien que moi.

–C'est la réponse.

Et Pampalon éclata du grand rire Grégoire propre à Honoré, à Ildéfonse de son vivant, mais dont les autres, Alfred, Henri, Eugène et Armand avaient été dépourvus, ce qui n'était pas un mal d'en être privé puisqu'il n'est pas toujours souhaitable d'attirer tant l'attention.

–Comment ça, la réponse ?

–Souviens-toi ce qu'on s'est dit. Toi d'abord :

"Eugène va son chemin pis moi, je vais le mien."

–Moi ensuite :

"Mais vous vous écrivez toutes les semaines."

Pis là, toi :

"Qui c'est qui t'a dit ça ? Ma mère, je suppose."

–Ah toi ! Tu changeras jamais.

–C'est comme ça que Socrate faisait parler le monde.

–Qui ?

–Socrate.

–C'est qui, ça ? Il vient de Saint-Évariste ?

Pampalon répondit en riant fort :

– Non, d'Athènes. Un vieux v'nimeux. Ça fait ben longtemps qu'il est mort...

L'auto venait de s'engager entre les maisons du village. Bernadette reprit sa place au fond de la banquette. Et se tut. Pampalon passait son temps à lui faire des entourloupettes. Puis il se moquait d'elle. Pas méchamment certes, mais elle n'aimait pas toujours qu'on se paye sa gueule quoique la taquinerie lui fasse en général grand bien. Elle y percevait de l'affection à son égard.

Le temps était clair. Les feuilles tombaient sans hâte. L'auto allait tout aussi doucement. Pampalon se mit à rêver encore en apercevant l'enseigne de l'hôtel Central là-bas, devant. Bernadette pensait à sa prochaine lettre à Eugène.

Toutefois, leur journée ne devait pas se poursuivre en pareille quiétude. Une image bizarre leur parvint à l'approche de la maison Lambert. Napoléon était dehors et marchait le long du mur puis s'arrêtait et penchait sa tête en avant comme pour la frapper au bardeau gris ou bien s'adonnait-il à quelque prière juive comme s'il avait devant lui le mur des Lamentations.

–Arrête, Pampalon !

–Oui, j'allais le faire.

L'auto roula près du trottoir de bois.

–C'est quoi qu'il arrive donc, Poléon ? demanda Bernadette après avoir ouvert la portière.

–Ça va ben mal, ben mal...

–Veux-tu ben me dire ? dit Pampalon qui se hâta de descendre de la voiture après en avoir arrêté le moteur à la clef.

Les deux Grégoire s'approchèrent par la montée de la maison à Anselme Grégoire et furent bientôt tout près de l'aveugle qui se tourna pour montrer son coeur effondré.

–Parle ! Dis-nous c'est quoi qu'il y a, fit Bernadette.

–Y a que notre petite fille, est ben malade.

–La belle p'tite Rita ? Dis-moi pas ça !

–Ça serait les fièvres... Le docteur passe son temps à traverser pour venir la voir, mais...

–Mon doux Jésus, mais...

Bernadette en eut le souffle coupé et demeura bouche bée après les quelques mots de sa surprise affligée. Pampalon prit la parole :

–Viens nous en parler un peu, Poléon, ça va te soulager.

L'aveugle s'approcha, se tint debout devant eux sur le petit chemin de la montée. Il secouait la tête, bousculé entre le chagrin et le désespoir.

–Les fièvres, ça passe, Poléon. Sont nombreux ceux qui ont traversé la grippe espagnole : c'était ben pire.

–Ça fait deux jours qu'elle est malade. On dirait que ça rempire d'une heure à l'autre.

–La fièvre, parvint à dire Bernadette, c'est le corps qui se débarrasse de mauvaises choses... par la transpiration.

–Je le sais... pis c'est ça que le docteur dit, mais si faut qu'elle...

Le petit homme se mit à sangloter. Bernadette étouffait à imaginer sa douleur. Serait-il de nouveau frappé par le sort, lui, l'aveugle qui n'avait même jamais vu sa petite fille, mais qui l'adorait, qui témoignait pour elle d'un sentiment jamais vu chez un père ? Sentiment certes accru par son handicap; mais l'homme était à la base doté d'une sensibilité peu commune. Cela se voyait quand il riait. Cela se sentait quand il parlait. Cela se percevait dans son humilité, dans ses gestes. Un rien lui apportait une joie immense. Une tragédie ne saurait que l'écorcher vif. Sa capacité à souffrir dépassait celle de tous les hommes de son village; le ciel était-il en train de lui demander cet horrible tribut que lui seul pouvait payer ?

–Un enfant, ça relève vite. Notre p'tit gars Luc, il les a eues, les fièvres. On a pensé le perdre, mais...

L'aveugle se rappela du jour de la naissance de cet enfant de Pampalon un an plus tôt. Il revit par la mémoire de l'imagination cette scène abominable dont il s'était fait reproche plus tard, sans pourtant la moindre raison....

C'est à ce moment que l'aveugle eut une vision qui le fit trembler d'effroi. Il lui sembla qu'une automobile écrasait la tête de quelqu'un. Et pourtant, cette personne n'était pas lui-même, malgré son handicap et les risques qu'il courait tous les jours de se faire happer par un véhicule. L'image était bien trop floue dans sa tête pour qu'il puisse voir et identifier la victime. Était-ce Bernadette ? Ou Pampalon ? Ou peut-être Amanda ? Ou même Ida ?

Mais il ne put voir plus clairement la victime ni savoir de quel sexe elle était. Il mit sa main sur son front :

–Si on s'rait capab' d'arrêter ça de virer, dans la tête.

On crut qu'il faisait allusion à son désarroi à cause de la maladie de sa petite Rita qui n'avait pas encore ses quatre ans, néanmoins, il se parlait à lui-même...

Bernadette se ressaisit. Il fallait faire quelque chose. Oui, la prière intense comme elle le pensait toujours en premier dans les situations pénibles, mais quelque chose de plus ici. Sa propre puissance intérieure mise en chacun comme un don par la divine Providence. Celle de Napoléon, la plus forte et la plus apte à se déployer au maximum. Elle l'exprima en mettant ses mains de chaque côté de sa tête, geste qu'il verrait peut-être avec les yeux de l'invisible :

–Tu la vois vivante, la petite fille... de retour à la vie... belle... blonde comme les blés... joyeuse... sautillante... Tu la berces pour l'endormir... Elle s'abandonne dans tes bras

comme avant... Fais ça... tout le temps, Poléon... fais ça...
Elle va te prendre la main... pour te conduire au magasin...
tu vas la soulever pis la mettre sur le comptoir des dames...
pis maman va lui dire comme elle la trouve belle... Tu sais,
elle nous l'a jamais dit à nous autres, mais elle le disait souvent à la petite Rita...

Chaque phrase, chaque mot arrachaient un sanglot au
pauvre homme qui bougeait lentement la tête en arc de cercle, comme si ses globes éteints s'étaient mis dans une quête
dérisoire de la lumière et de la grâce du ciel.

C'est Pampalon qui, des deux Grégoire, avait maintenant
la gorge si serrée qu'il n'arrivait plus à la dénouer. Il était un
Grégoire et un Grégoire aime les enfants. Et pas rien que les
siens propres. Il connaissait bien la petite Rita Lambert, lui
qui faisait toutes les portes chaque semaine. Il est vrai qu'elle
était mignonne et douce. Il suffisait qu'elle vous regarde de
ses grands yeux confiants pour que le bonheur entre en vous.
S'il fallait qu'elle meure. S'il fallait que Luc soit emporté par
une autre maladie infantile... Il avait tout le mal du monde à
supporter la vue de cet aveugle si cruellement éprouvé. Mais
il souffrait encore davantage à l'idée de la mort de l'un ou
l'autre de leurs enfants...

—Poléon, tu peux rentrer ! lui dit soudain son épouse venue au bout de la galerie. Le docteur veut que tu viennes.

Anne-Marie était blanche comme un suaire. Elle regarda
Bernadette et Pampalon tandis que son mari contournait la
maison pour aller emprunter l'escalier d'en avant. Il valait
mieux qu'il ne puisse la voir ou bien il aurait lu une douleur
infinie dans son visage. Il y avait dans chacun de ses yeux
noirs une blessure si profonde que sa seule vue déchirait
ceux qui la comprenaient. Inclinée en avant, appuyée à la
rambarde, elle finit par pencher la tête sans bouger. Bernadette comprit qu'elle devait se taire et respecter son silence,
sans toutefois accepter ce qu'il signifiait sûrement. Pampalon
imita sa soeur.

Au bout de quelques moments où le soleil, le vent, la lumière, les oiseaux s'étaient tous arrêtés avec les Grégoire et Anne-Marie-Labrecque, l'on put entendre le cri atroce d'une bête qu'on vient d'abattre.

Rita Lambert, la plus belle petite fille du monde, l'avait déjà quitté, ce monde de misère et de tristesse qu'elle avait pourtant rendu joyeux et rose là où elle s'était trouvé, un monde pour elle tout bleu qu'elle n'avait fait que frôler de ses fragiles ailes.

Bernadette se mit à prier et à pleurer.

Pampalon marcha jusqu'à sa voiture qu'il contourna pour ne pas être vu. Là, il appuya son coude sur la portière et cacha son visage de sa main gauche puis laissa libre cours à ses émotions et à ses larmes.

Le plus proche de Napoléon Lambert parmi les Grégoire, Alfred fut celui que l'on désigna pour assister aux funérailles de l'enfant. Il se tint auprès du couple affligé sans rien dire mais à signifier son désarroi et celui de toute la famille Grégoire par un silence qui exprimait tout du meilleur de ces gens, compassion au premier chef.

*

Jusqu'aux neiges, l'on put voir Napoléon Lambert qui, tel un chien errant, allait et venait de par les allées du cimetière, passant chaque fois devant la croix blanche qui marquait la tombe de Rita, et qui arrosait de sa douleur non seulement la fosse de sa fille mais aussi toutes celles du voisinage.

La souffrance d'Anne-Marie fut plus discrète. Mais son mari ne savait pas, au noir de lui-même, cacher la sienne. Il aurait voulu donner tous les sens qui lui restaient et souffrir mille morts pour que sa petite fille revienne à la vie. Il souffrait mille morts et elle ne reviendrait jamais vers lui.

C'est cet épouvantable déchirement qu'avait entrevu la Patte-Sèche le jour de la parade par le biais d'un sens inconnu de la plupart des gens. Car si l'aveugle possédait un sens de moins, le quêteux en possédait un de plus. Ce qui lui rendait la vie encore plus misérable que ses autres misères...

*

Bernadette comprit cet événement comme un signe du ciel. Il lui paraissait qu'elle n'aurait pas le courage de subir ce que les Lambert avaient enduré à la mort de leur fillette. Elle en fit part à Eugène par courrier. Il comprit ce qu'elle avait compris. Et pourtant, elle demeura amoureuse de lui. Et se berçait du beau sentiment à travers les confidences de son amie Anna-Marie Blais qui, elle, vivait de bien belles heures et choses avec son étudiant en médecine et grâce à lui.

***

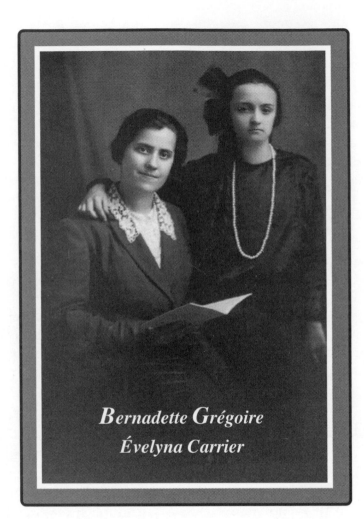

Bernadette Grégoire
Évelyna Carrier

Chapitre 33

1924-1925

On disait que le vicaire Veilleux resterait plus longtemps que les précédents. Le curé Proulx devait le trouver travaillant à son goût. Il signa de nombreux actes de mariage dont celui par lequel s'unirent Laura Gagnon, l'une des quatre soeurs de la famille d'Auguste qui épousa le 12 juin un jeune homme handicapé du nom de Amédée Racine.

Philias Veilleux dit Pit avait épousé, lui, Rosalie Gagnon tandis que Paul Fortier comptait bien faire de même avec Wilhelmine. Quant à Eugénie, on en parlait comme du bois de vieille fille.

Racine avait perdu son bras tout jeune dans un moulin de Saint-Évariste. Débrouillard, il avait travaillé deux fois plus et s'était instruit d'un cours commercial qui lui permettrait d'occuper des emplois n'exigeant que sa main droite. Un être maigre et sec, mais ô combien rempli d'élan, de courage, d'énergie et de vaillance, et par-dessus tout d'honnêteté.

Au chapitre des érudits, le vicaire Veilleux occupait une bonne place. Un dimanche qu'il lui était donné de prêcher, au lieu de parler du péché ou des choses courantes, il devisa sur la mort de deux écrivains canadiens-français : Laure Conan et Albert Lozeau.

En chaire, il alla jusqu'à livrer un argumentaire du roman *L'Oublié* de madame Conan :

–C'est la première oeuvre d'ici couronnée par l'Académie française, vous savez, mes bien chers frères... Je vous la résume... C'est le major Lambert Closse qui ramène au fort la jeune Élisabeth Moyen, enlevée par les Sauvages. Closse remet la jeune fille à Jeanne Mance. Élisabeth ne sent plus sa lassitude : «l'herbe l'aurait portée». Éclosion de l'amour. Devenue garde-malade à l'hôpital de Jeanne Mance, la jeune fille prie longuement, le soir, pour Lambert Closse. Ce dernier, en l'absence de Maisonneuve, agit comme gouverneur de Ville-Marie. Dans une de ses visites à l'hôpital, il est la cible d'un Sauvage moribond qui veut le frapper de son couteau. Élisabeth, qui ne perd jamais de vue le major, s'interpose et se fait blesser. Coup de foudre pour Lambert Closse. Ils se marient...

Dans le banc des Grégoire, aux côtés d'Émélie, Bernadette gardait les yeux fermement clos. Elle vivait le récit du vicaire avec tout son coeur. Pour son plus grand malheur, elle avait oublié le titre du roman. Qu'importe, elle demanderait à sa mère après la messe.

Laure Conan

–Mais je ne voudrais pas finir sans vous parler de la mort du poète Albert Lozeau.

Ce nom-là disait quelque chose à Bernadette et aussi à sa mère. Toutes deux se souvinrent. Eugène en parlait de son vivant. Même que Émélie avait acheté l'oeuvre *Le Miroir des jours* et que son fils regretté en avait usé la couverture à force de lire à l'intérieur et de le traîner sur lui.

–À 15 ans, il ressentit les atteintes d'une cruelle maladie de l'épine dorsale. Ce fut le commencement d'une épreuve douloureuse qui tourmenta sa vie. Cloué au lit à 18 ans, il s'instruisit seul. Dix ans plus tard, il put s'asseoir grâce à une opération. Reclus, abandonné à ses propres pensées, il trouva consolation dans la religion et dans la poésie. Il risqua ses premières strophes; mais trop pauvre pour publier son oeuvre, il s'adressa, par lettre, à Sir Wilfrid Laurier grâce à qui paraîtra le premier recueil en 1907. Des poèmes qui suscitèrent l'étonnement et l'admiration...

Pendant que le vicaire s'enflammait en douceur, le curé fulminait et rougissait de colère :

"Qu'est-ce que ce sermon longuet ? On ne parle pas de littérature à des gens de concessions. Monsieur le vicaire est-il tombé sur la tête ? Tant qu'à faire, parlez donc de la mort de Lénine, vous, là !... Je vais demander son départ à l'archevêché ce jour même. Il faut du sang neuf à Shenley..."

En l'esprit de l'abbé Veilleux, il y avait une magnifique leçon à tirer de la vie et de la mort de Lozeau.

–Je vous parle de sa mort proprement dite, survenue le 24 mars, après deux jours de maladie. Quelques minutes avant de mourir, il dit à sa mère : « *La route est belle* ».

« *Pars-tu pour voyage* » ? lui répondit celle-ci.

« *Oui* », murmura le poète et il expira.

L'abbé Veilleux lança par le regard des vagues d'émotion sur les fidèles et reprit :

–Leçon, mes bien chers frères, écrite par Monseigneur

Camille Roy... ‹‹ *La route est belle à qui meurt dans la paix du Christ; elle est belle au chrétien qui s'en va vers la patrie véritable; comme elle doit être belle au poète qui, par le chemin des étoiles, monte vers Dieu* ›› !

Albert Lozeau

Bernadette attendit le vicaire dans la sacristie. C'est le curé qui vint en premier. Elle lui dit à quel point elle avait aimé le sermon de l'abbé Veilleux.

–Original ! Magnifique !

Lui se montra sceptique et contrarié :

–Peut-être pour quelqu'un qui a un diplôme comme vous, mais pour le commun des mortels ?...

–Suis pas plus fine que les autres.

–Au contraire, vous l'êtes bien plus, Bernadette...

Il sourit évasivement et se rendit à l'avant de la sacristie où il disparut dans une chambrette pour s'y changer de vêtements sacerdotaux. Il prêta oreille quand il entendit la jeune femme parler à son vicaire. Elle le félicita, demanda le titre du roman de Laure Conan pour être en mesure de l'acheter chez Garneau à Québec.

–Vous avez oublié ?

–Malheureusement !

–Comment oublier *L'Oublié* ?

–Mon doux Jésus ! *L'Oublié*... vous l'avez dit clairement pourtant.

–La mémoire est une faculté qui oublie, dit-on.

–En tout cas, le résumé que vous avez fait... magnifique.

Le front du prêtre se rembrunit. Il s'adossa au comptoir :

–Je n'ai pas tout dit : la suite est bien plus... triste. Voyez-vous, Lambert Closse et Élisabeth Moyen se sont mariés. Le grand bonheur des premiers mois se change vite en inquiétude. Lambert Closse s'aperçoit qu'il ne défend plus avec le détachement de jadis la patrie en danger. Daulac qui recrute des volontaires, se refuse à enrôler le major, parce qu'il est marié. La hantise du dévouement pour la patrie poursuit Lambert Closse avec tant d'insistance, qu'il trouve imprudemment la mort dans une embuscade iroquoise...

L'abbé soupira, laissa tomber une conclusion affligeante :

–Le deuil entre pour toujours dans l'âme d'Élisabeth.

De retour dans sa chambre, Bernadette pleura. Comme si le vicaire venait d'enfoncer sans le savoir ni le vouloir le dernier clou dans le cercueil de ses projets illusoires. De ses larmes, elle mouilla abondamment le papier de sa lettre qu'elle écrivit ensuite à Eugène Foley...

Au presbytère, le curé écrivait aussi. Au cardinal Bégin, il parla des sermons oiseux du vicaire Veilleux. Il demanda son remplacement et servit comme argument fatal : "L'abbé enflamme les coeurs de ces demoiselles qui recherchent sa compagnie au point de lui courir après jusque dans la sacristie après la messe."

Comment l'abbé, desséché de corps et de coeur, aurait-il pu tolérer plus longtemps un prêtre-poète dans sa cour ?

*

À Saint-Gédéon eut lieu un baptême le dix-neuf octobre, un dimanche splendide alors qu'au moins la moitié du feuillage restait accroché aux arbres multicolores. Éva Grégoire-Boutin avait donné naissance à une fille que l'on prénomma Marielle. Ses parrain et marraine furent Stanislas Michaud et Alice Grégoire de Mégantic.

*

Comme chaque année, vers la fin de décembre, Émélie et Honoré passèrent en revue les événements marquants de celle qui bientôt prendrait fin. Le plus récent était l'arrivée d'un nouveau vicaire, l'abbé Lambert. Puis il fut question de quelques naissances dans la paroisse. Émélie qui les notait pour les ajouter aux cahiers d'adresse du bureau de poste en nomma certains, de ces nouveau-nés : Lorenzo Boucher, Laurentienne Jobin, Sylvio Gilbert, Marie-Marthe Lessard...

Mais ce qui accapara presque toute leur attention fut leur propre état de santé. Ils se promirent de se tenir au courant.

–On arrive à soixante ans, il faut savoir se confier même si on n'a pas le genre à se plaindre et à gémir, dit Honoré alors qu'ils étaient au lit dans l'ombre avant de s'endormir.

–Bonne idée... pourvu que ça reste entre nous deux.

–Ça aussi, c'est une bonne idée : j'allais le dire.

–Commence par tes bobos, je te dirai les miens, même si tu les connais.

–Il m'arrive d'avoir mal dans la poitrine et ça m'inquiète pour mon coeur.

–C'est le signal que le ciel t'envoie pour te dire de travailler moins. Les chantiers, tu devrais mettre fin à ça.

–Je vais le faire. J'y pensais. Le temps est venu.

–On a en masse ce qu'il faut pour vivre avec les revenus

du bureau de poste et surtout du magasin.

–Et pour en laisser à nos descendants. Et toi ?

–Et moi quoi ?

–Tes bobos ?

–J'ai toujours mes saignements chaque mois. Et les jambes, ça s'améliore pas non plus.

–T'es pas toute seule : j'en ai, moi aussi, des problèmes avec mes jambes.

–Tu me l'as pas dit.

–On se plaignait pas.

–Asteur, on va le faire entre nous deux...

–Ça fait du bien d'en parler un peu...

–C'est vrai, Honoré...

*

1925

Un mois plus tôt, on avait fêté le soixantième anniversaire d'Honoré Grégoire. Cela s'était su et plusieurs personnes du village dont les Lambert, les Dulac, les Côté, les Goulet, les Racine, les Champagne, les Beaulieu étaient venues serrer la main du marchand et maire qui l'avait pris la larme au coeur, mais le sourire à l'oeil.

On était le 28 février en soirée, un samedi. Bien des citoyens étaient au lit et dormaient. D'autres pas. D'aucuns lisaient leur journal. D'autres écoutaient la radio alors qu'il passait neuf heures.

Pampalon rendait visite à son père au bureau de poste. Alfred venait de verrouiller la porte du magasin; il s'en irait chez lui bientôt, dès qu'il aurait fini de réapprovisionner les tablettes hautes en boîtes de conserve qu'il disposait en triangles étonnants à l'aide du manche-main.

–As-tu vu la nouvelle sur le téléphone automatique ?

–Le téléphone automatique, fit Pampalon, regard agrandi.

–Ça fonctionne déjà à Montréal. Et dire qu'à Shenley, on a même pas encore une ligne de courant électrique.

–L'avoir eue en même temps que le téléphone, Eugène serait encore avec nous autres.

Cette remarque n'avait jamais été faite, même si chacun était pleinement conscient de la chose depuis la mort du jeune homme dans la cabane de la génératrice de courant...

À neuf heures dix-neuf et quelques secondes, un bruit sourd se fit entendre. Comme celui du tonnerre quand il s'éloigne, fatigué de s'époumoner et vociférer, sauf que là, ce bruit augmentait à chaque seconde et qu'avec lui, la bâtisse se mit à bouger.

Seul dans sa boutique, Elzéar Racine cessa de façonner un fer à cheval sur l'enclume. L'homme avait toujours ressenti de la frayeur quand on parlait de la fin du monde, quand un prêtre plus pessimiste que les autres se complaisait à s'inspirer des pires choses de l'apocalypse pour prêcher et ainsi forcer les péchés à jaillir au confessionnal ensuite. Il resta debout, une pince dans la main gauche, un fer rouge dans la pince et son marteau de l'autre main dont le bras pendait le long de son corps. Son seul éclairage étant celui du feu de forge, il n'était possible d'apercevoir que le blanc de ses yeux, zébré de lignes rouges brisées et la silhouette noire de sa casquette de cheminot. Toute sa personne en fait se résumait à son regard qui projetait la crainte...

Et le bruit se poursuivait.

Et le bruit augmentait.

Et le sentiment de sécurité que procure la terre ferme et stable déserta toute jambe, que le pied soit posé sur le sol ou qu'il repose dans un lit.

Dans les étables, les chevaux trépignaient, les vaches meuglaient, les moutons bêlaient en groupe, les porcs se poussaillaient pour se faire protéger par le corps de leurs semblables. Et sous la terre, les animaux en état d'hibernation ouvrirent un oeil inquiet...

Les couche-tôt se réveillèrent dans toutes les chaumières.

–C'est quoi, ça ? lança Cipisse Dulac dans le noir.

–Un tremblement de terre, fit sagement son épouse indienne. Le chat l'a senti le premier; il a miaulé d'une autre manière...

Au presbytère, le curé posa sa pipe fumante dans un cendrier, quitta son bureau et entra dans celui de son vicaire. En fait, il se tint dans l'embrasure de la porte et posa la main sur le chambranle pour tenir son équilibre. L'abbé Lambert travaillait à la préparation du sermon du dimanche suivant.

–Il est à espérer que ce presbytère soit bâti solide.

–En effet, monsieur le curé.

–Si c'est Octave Bellegarde, ça le sera; si c'est quelqu'un d'autre, on sait pas.

–Peut-être qu'en fouillant dans vos livres ?... Dans un presbytère, ce qu'on ne trouve pas dans sa mémoire, on le cherche dans les livres.

Le curé fut contrarié de cette remarque et répliqua :

–Ce n'est pas le moment de ça, c'est le moment de prier.

Stoïque devant ce séisme évident et violent, le vicaire voulut montrer qu'il gardait son sang-froid :

–C'est que vous êtes entré dans ce bureau en parlant de la solidité de la bâtisse, pas de l'efficacité de la prière.

–Je sais, je sais... bon, je retourne à mes affaires...

–Et à votre pipe, ça vous calmera...

Qui était donc ce personnage suffisant, arrogant qui osait distiller l'ironie en un moment aussi grave ? Dans l'esprit de l'abbé Proulx, les quelques phrases du vicaire signaient une autre demande de transfert... Le curé trouverait plusieurs raisons plus solides dans les semaines à venir. Et hop! encore un vicaire de brûlé à Saint-Honoré...

Et le bruit sourd augmentait encore d'intensité.

Les bâtisses, les choses, les gens étaient secoués.

Et plusieurs ressentaient les secousses encore plus violemment dans leur personne morale. En ces circonstances, la peur est toujours la première à dérailler pour entraîner à sa suite le reste du train des sentiments qui perdent leurs guides, ces deux rails où ils roulent quotidiennement.

Les Lambert étaient à l'écoute de la radio quand le bruit se fit entendre. Anne-Marie crut que c'était l'appareil qui produisait ce son prolongé, comme si deux trains lourds frôlaient la maison. Napoléon ne réagit pas. Quand il ne parlait pas, il était tout à sa peine, tout à son deuil qui n'en finissait pas après un an et demi depuis la mort de la petite Rita.

Seule dans sa chambre éclairée, Bernadette qui était à écrire, prit la couleur de la mort. Elle se rendit à la fenêtre pour mieux comprendre. Les faibles lumières issues des bâtisses du coeur du village qui disposaient d'une génératrice donc d'électricité, permettaient de silhouetter vaguement l'église. Elle bougeait. L'immense église bougeait. Et son clocher aussi. Et sa flèche. Qu'elle s'écrase et elle écraserait la maison Grégoire, écraserait Bernadette, écraserait le monde, écraserait la vie même.

–Mon doux Seigneur, mais c'est la fin du monde ! Ça devait être ça, le secret de Fatima. Faut que je retrouve maman en bas.

Le bruit et les oscillations duraient depuis plusieurs secondes déjà. La jeune femme quitta sa chambre et alla emprunter l'escalier dont elle descendit les marches en se garantissant contre les murs puis la rampe.

–Maman, maman, êtes-vous dans la cuisine ?

Et le bruit augmenta de même que les secousses.

Dans le bureau de poste, on entendit bien plus que cela. Toutes sortes d'autres bruits, bing, bang, gueligne, guelagne. Et une voix humaine à travers ce brouhaha :

–Baptême de baptême...

Honoré comprit.

–C'est Freddé... lui pis ses boîtes de conserve qui vont jusqu'au plafond... ça dégringole...

–Éloigne-toi des étalages, Freddé ! cria Pampalon.

–C'est déjà fait...

–On devrait peut-être sortir du magasin ? suggéra Pampalon qui empoigna son fanal pour s'en aller.

–Pas que c'est dangereux, c'est bâti solide comme le cap à Foley, mais... pour savoir ce qu'il se passe... moi, je vas aller voir ta mère... mais c'est pas une personne nerveuse trop trop, elle...

Tine Racine avait si peur qu'il se mit à ressentir une grande douleur dans la poitrine. Il laissa tomber le fer, la pince et le marteau, et se dirigea vers la porte de sortie, certain que le toit de l'atelier ne résisterait pas aux secousses.

Chez eux, dans le rang 9, les Lepage priaient. Chacun pour soi et en silence. Elmire se dit qu'elle irait se coucher aussitôt que le tremblement de terre serait fini...

Pampalon n'avait pour seule envie que celle de retrouver Ida et leurs deux enfants. Il prit le chemin vers sa demeure. Les cloches de l'église se firent entendre de même que celle du couvent. Il avait beau savoir hors de tout doute qu'il s'agissait bel et bien d'un tremblement de terre, le jeune homme ne parvenait pas à chasser de son esprit l'idée que des revenants auraient pu profiter de l'occasion pour faire du trouble aux vivants...

–C'est rien qu'un tremblement de terre, fit calmement Émélie afin de rassurer sa fille et son mari.

En jaquette blanche, bonnet de nuit sur la tête, la femme ne montrait aucun signe de nervosité.

–Ça va-t-il arrêter ? gémit Bernadette.

–J'ai vécu ça, j'avais 5 ans. Même pas 5 ans en 1870. Tu dois t'en rappeler, Honoré ?

–Non.

–Si ça brassait à Saint-Henri, ça devait brasser à Saint-Isidore aussi.

–Je devais dormir.

–C'était en plein jour.

Honoré s'impatienta quelque peu à cause de l'échange et de la durée du séisme :

–Sais pas, moi, je m'en souviens pas, c'est tout.

L'interminable vacarme se poursuivait. Tous les trois s'étaient assis sur des berçantes et de la sorte, les vibrations disparaissaient en partie dans les légers bercements.

Tine Racine se rendit à la maison. Marie qui avait rouvert le central téléphonique vu les nombreux appels, le vit entrer. Il annonça qu'il allait se coucher. Et il s'arrêta à l'évier près de la porte de la chambre pour boire de l'eau fraîche dont il espérait qu'elle pût le soulager. Spasme stomacal ? Crise d'angine ? Crise de coeur ? Que se passait-il en lui ? Devait-il envoyer Marie chercher le docteur Goulet ?

Il valut mieux que non car le médecin, enfermé dans son bureau, certain que pas une femme enceinte dans la paroisse n'était sur le point d'accoucher, sachant que les quelques grands malades se trouvaient dans un état stable, s'était volontairement jeté une fois de plus dans la prison de sa bouteille. Il marcha en titubant dès les premières secousses et finit par perdre l'équilibre pour s'affaler sur une laize de tapis. Il lui restait assez de raison pour penser que Blanche risquait de venir à tout moment. Alors il se traîna jusqu'à la porte, s'aida du mur, verrouilla la porte de l'intérieur puis se laissa glisser sur le plancher où il entra dans la somnolence.

Le bruit ne s'amplifiait plus, mais il persistait.

Alfred qui était tombé de haut et que plusieurs boîtes de conserve avaient heurté, suivit Pampalon et, lanterne à la main, il se dépêcha de rentrer chez lui. Malgré son pas, il y mettrait plus de dix minutes. Son monde là-bas devait être affolé, surtout sa femme qui avait les nerfs à fleur de peau. Elle lui ferait reproche de ne pas être rentré à neuf heures comme de coutume. Il regrettait de ne pas l'avoir fait. Et il marchait en titubant comme s'il était ivre, sur le chemin de neige où il risquait de glisser à tout moment et de se casser le cou... Souvent, il ajustait à ses chaussures un accessoire de métal en triangle, en fait une lame de moulin à faucher, dont les trois angles avaient été retroussés, de sorte qu'ainsi armé, ses pieds s'agrippaient à la neige durcie ou à la glace...

Plutôt de se signer en passant devant l'église, il maugréa :

–Si on peut avoir des lumières de rue, bon yeu des États!

Le ciel entendit-il son juron ? Toujours est-il qu'à ce moment même, alors que son frère rassurait Ida et l'enfant Luc –les bébés Huguette et Jeannine (1 mois) dormaient à poings fermés– les secousses cessèrent de même que le bruit les accompagnant.

Toute la paroisse, tout le comté, tout le pays eurent peur en ce soir du 28 février 1925. On dit que ça avait été le plus important tremblement de terre jamais enregistré. D'aucuns prédirent que ce serait le plus intense de tout le siècle. Le curé déclara qu'il avait prié très fort pour que le séisme prenne fin. Plusieurs ayant cru que leur prière à eux avait eu du poids, prirent là une sérieuse leçon de modestie.

Ce serait l'événement marquant de l'année à Saint-Honoré et la poussière du temps ne l'effacerait pas de sitôt des mémoires, tandis que d'autres seraient vite oubliés. Parmi ceux-là, l'arrivée d'un nouveau vicaire, l'abbé Arthur Lévesque. La naissance de Jacqueline Côté, fille du notaire et de son épouse Armandine Grégoire, et qui reçut pour parrain et marraine Pampalon et Ida. La démission du docteur Béland de ses fonctions politiques. La mort du cardinal Bégin le 18 juillet. L'élection au fédéral de Édouard Lacroix, une star du firmament beauceron. Et puis des familles s'agrandirent outre celle des Côté. Madeleine naquit du mariage de Éveline Martin et Auguste Poulin. Réal fils d'Hilaire Talbot vit le jour de même que Patrice, fils de Joseph Buteau.

Pour Bernadette, il y eut bien plus important que toutes ces éphémérides sans grand intérêt et ce fut le déménagement de son ami Eugène Foley de Lewiston à Hartford où vivaient déjà plusieurs de ses frères. En fait, c'est Emil qui prit la décision de rejoindre William, Arthur, Alcid et Wilfred, tous là-bas, eux. Le futur prêtre de 22 ans ne voulut pas être en reste et il accompagna Emil. Et comme pour fêter ça, les six frères s'amenèrent en visite chez un septième, Philias qui vivait à Sherbrooke.

Eugène parla encore du projet qui lui tenait à coeur. ‹‹Ma femme et moi, suggère Philias, sommes prêts à te garder avec nous si tu peux réussir à être admis gratuitement au Séminaire.›› C'est cette réponse avantageuse que le jeune "opiniâtre" annonce avec enthousiasme aux siens à son retour d'une rencontre avec les autorités concernées.

Eugène entre donc au Séminaire Saint-Charles-Borromée de Sherbrooke pour suivre ses études en humanités et en philosophie...

Le fils de Joseph *par Aline Breton*

Bernadette se reprit d'espoir. Au moins son ami revenait-il au Canada. Et Sherbrooke par train ou par 'machine', ce n'était pas au bout du monde. Sûrement que Eugène viendrait visiter Saint-Honoré où se trouvait à demeure son frère Édouard. On pouvait prévoir et elle le savait, au moins dix ans avant que le jeune homme ne reçoive le sacrement de l'ordre. Tout était encore possible pour elle qui ne songeait plus à toutes les douleurs endurées par les mères de famille, aux deuils qu'elles devaient traverser, aux souffrances morales et physiques qui étaient leur lot quotidien... Et encore moins à l'issue déplorable des amours de Lambert Closse dans *L'Oublié* de Laure Conan...

***

Chapitre 34

1926

Au fond, mes vicaires sont des stagiaires en cette paroisse, de dire le curé Proulx à ceux qui lui faisaient remarquer tous ces départs précipités depuis son accession à la cure de Saint-Honoré. L'abbé Arthur Lévesque ne fit donc pas plus long feu que ses prédécesseurs et fut remplacé par le vicaire Edmond Savard.

Le lundi 21 juin, Wilfred Foley épousa Yvonne Ducharme à Sherbrooke. Doté d'une voix exceptionnelle, le jeune homme, fut-il rapporté, chanta à sa noce. À Saint-Honoré, l'on n'apprit ce mariage qu'après coup. Même Édouard et son épouse n'en furent pas. Encore moins Bernadette qui sermonna Eugène dans une de ses lettres pour ne pas lui avoir fait part de l'événement avant qu'il ne se produise. Il s'excusa en évoquant l'extrême modestie de Wilfred et de son épouse bien-aimée.

Après avoir prôné l'électrification du village et sans cesse avoir été battu au conseil municipal sur cette question, Honoré parvint enfin à renverser la vapeur et quand la terre fut bien dégelée au printemps, les hommes de la compagnie *St.Francis and Power* vinrent planter les poteaux requis. On installa dix lumières de rue. Pour chacune, il en coûterait 25$ par année. Une dépense exorbitante aux yeux des cultivateurs en général qui seraient les derniers à en profiter. D'aucuns allèrent jusqu'à soutenir qu'il faudrait séparer le reste de la paroisse du village, trop progressiste à leur goût.

"On est en retard d'un an sur Saint-Georges."

"On n'a pas besoin de 'singer' Saint-Georges."

"Tôt ou tard, il faudra s'électrifier."

"On a ben le temps de se mettre au courant."

Une autre chicane folklorique sur fond de respect, jamais de haine, prit donc fin ce printemps-là. Même que plusieurs cultivateurs se mirent à réclamer une ligne électrique pour leur rang. Les coûts par maison s'avérant exorbitants, il faudrait attendre un gouvernement provincial désireux d'amadouer la classe agricole. Cette idée était déjà caressée par un certain jeune avocat de Trois-Rivières, âgé de 36 ans, et nommé Maurice Duplessis, qui ne cachait même plus au fond de son chapeau cabossé des ambitions politiques grandissantes et dévorantes.

*

La famille Grégoire devait encore s'agrandir cette année-là. Chez Alfred, une autre fille naquit : Thérèse. Chez Pampalon, ce fut un garçon baptisé sous le prénom de Gilles.

Mais la mort rôdait et continuait de surveiller de son gros oeil morne non seulement la famille elle-même mais aussi les proches.

Honoré qui avait remarqué un net ralentissement de son voisin d'en face dans son pas et ses activités, s'inquiéta quand il vit Marie, l'épouse de Tine, recevoir les clients des rangs en l'absence de son mari. Et quand Julia se présenta au bureau de poste, il la questionna :

–Ton père est malade ou quoi, Julia ?

–Oui.

–De quoi donc ?

–Le docteur dit que c'est de l'angine.

–On le savait pas.

–Il en a pas parlé. À personne, pas même à ma mère qui est inquiète pas pour rire.

–Quel âge il a ?

–Quarante-six ans.

–Le métier de forgeron, c'est un ben dur métier. Le charbon qui brûle, ça empoisonne ceux qui respirent ça à l'année longue. Faudrait qu'ils se mettent un masque comme au temps de la grippe espagnole.

–Je peux voir Bernadette ?

–Vas-y, Julia, vas-y.

Honoré soupira fort quand la jeune femme eut quitté les lieux. Si sa santé se détériorait davantage, Elzéar n'aurait d'autre choix que de dételer. Mais on est encore trop jeune à 46 ans pour vivre sans les revenus d'un travail. Il continuait de songer à cela quand survint devant la planche à bascule Émélie dont le regard annonçait quelque chose de grave.

–Il arrive quoi ?

–J'ai vu le docteur sortir de chez Racine. J'ai sorti du magasin. C'est pas drôle, ce qui arrive.

Il la pressa du regard. Elle jeta laconiquement :

–Elzéar est mort.

–Julia vient de me dire ça fait pas un quart d'heure qu'il est malade, pas mort.

–Ça vient de se passer. Marie a appelé le docteur. Tine était déjà mort.

Honoré qui était assis dans une chaise à bras, se pencha en avant et mit son visage entre ses mains. Ce fut un long silence avant qu'il ne dise en soupirant :

–Quarante-six ans, imagines-tu, Émélie, quarante-six ans

à travailler comme un nègre dans sa boutique de forge pour mourir empoisonné par le charbon ?

–Ça nous rapproche de la mort. Notre tour s'en vient...

Cette disparition subite mobilisa les Grégoire dans les heures et jours qui suivirent. On alla au corps. On assista aux obsèques. On visita la famille après l'inhumation. Le jour suivant, Honoré se rendit à Québec pour effectuer des achats dans le gros. Histoire d'apprivoiser la mort sans doute, il se procura une douzaine de poignées de cercueil, six pour le sien et six pour celui d'Émélie. Sans même en parler à son épouse, il se rendit chez Octave Bellegarde à son retour et lui confia les poignées avec ordre de s'en servir le moment venu.

*

Et puis la mort se fit oublier le restant de l'été.

On entendit parler d'elle qui était partie en voyage à New York où le 23 août, elle ravit à la terre, à ses admiratrices et au cinéma américain, l'unique Rudolph Valentino. Le jour suivant, dans sa chambre, Bernadette lisait à son amie Anna-Marie Blais l'article découpé dans le journal de la veille et qui montrait une photo de la superstar.

On y parlait de la double opération pour l'appendicite et ulcères gastriques que le célèbre acteur de 31 ans avait subies. Des complications consécutives : péritonite aiguë. Bernadette compara ce cas à celui de son frère Ildéfonse, mort en 1908. Anna-Marie fut fort troublée par le récit de son amie à propos du drame survenu à son frère, et particulièrement atteinte par les détails concernant l'intervention chirurgicale pratiquée sur la table de la cuisine...

Ce qui ensuite capta le plus l'attention des deux amies fut le compte rendu des désordres incroyables survenus à l'exposition du corps de Valentino. "*Une foule de 60,000 personnes, en majorité composée de femmes et de jeunes filles, s'est pressée devant l'établissement, créant un énorme em-*

bouteillage... On ne put compter les femmes blessées, piéti-nées, évanouies..."

Rudolf Valentino

Et la mort revint de voyage avec d'autres cruelles intentions dans ses bagages.

Elle prit le chemin des concessions et, devant la maison des Jolicoeur tout près du bois, elle s'arrêta et se cacha dans un bocage pour surveiller les allées et venues de cette trop grosse et belle famille à son goût.

Marie-Laure, l'aînée des filles, maintenant âgée de 26 ans, souffrait des voies respiratoires depuis près de deux ans. On avait su l'année précédente qu'il s'agissait de tuberculose, la grande tueuse de l'époque. Mais les parents, sur les conseils de Wilfrid, avaient décidé de taire la chose. À quoi bon alerter toute la paroisse et risquer un certain isolement ? Chaque enfant devait garder le secret et comme la maladie portait le stigmate d'une certaine honte, la triste réalité demeura sans peine en vase clos.

Ovide se rendait souvent visiter sa grande soeur qui avait agi comme 'petite mère' envers lui et les plus jeunes de la famille. Il lui était attaché plus qu'à sa mère elle-même. On avait entouré le lit d'une cloison de drap qu'il était interdit de franchir et l'adolescent restait à l'écart quand il s'y rendait, se berçant pour la regarder dormir et voir son maigre sourire quand elle se réveillait et constatait qu'il veillait sur elle.

Il lui répétait chaque fois qu'on survit à la tuberculose. Elle rétorquait que plusieurs en mouraient et que si cela devait lui arriver, il aurait quelqu'un pour le protéger du haut du ciel. Pour ce jeune homme de quinze ans d'une famille de 14 enfants vivants, la mort n'avait que faire aux alentours, la mort, c'était pour les autres, pour les victimes de la grande grippe, pour les vieilles personnes, les enfants en bas âge.

Mais la mort est vorace et ne fait de quartier à personne. Le seize septembre, elle se mit à tourner en spirale au-dessus du boqueteau où elle s'était camouflée pour épier les Jolicoeur, se déplaça en tournoyant jusqu'au-dessus de la maison et regarda à l'intérieur de la chambre de la malade. Ovide s'y trouvait en ce gris jeudi, attendant que sa soeur ouvre l'oeil.

Une quinte de toux la réveilla. Elle prit à peine conscience de la présence d'Ovide que son visage osseux, livide et blafard vira au vert, tant la toux en forçait les traits ainsi que les muscles que le mal n'avait pas entièrement rongés. Puis ce fut l'imprévisible, l'impitoyable pleurésie hémorragique. Un jet de sang jaillit de sa bouche, de son nez et s'écrasa sur les draps et le plancher. Marie-Laure était en train de se noyer dans son propre fluide corporel sous le regard atterré de son jeune frère qui ne parvenait pas à faire quoi que ce soit, vissé à sa chaise, le coeur arrêté, enfermé entre les mâchoires d'une pince d'acier.

C'est le moment que la mort attendait. Elle vrilla dans un silence absolu et traversa le toit pour entrer dans la chambre puis dans l'être de la moribonde qui, après avoir soulevé le torse pour se défendre de l'étouffement, retomba sur le lit, tête ensanglantée sur l'oreiller souillé.

Ovide resterait muet jusqu'au lendemain des obsèques.

*

Mais la mort n'était toujours pas repue cet automne-là. Il lui fallait quelqu'un d'encore plus jeune. Elle s'éleva alors au-dessus de la grande forêt des concessions et lorgna du côté de Saint-Gédéon...

Au tour d'Éva Grégoire et de son époux Arthur Boutin de lui payer un second tribut après le drame de Cécile. Les événements se préparèrent et se passèrent comme suit.

"Pour accommoder son frère aîné (Alfred) qui ne pouvait pas toujours venir la voir chez Honoré et Émélie, Éva prit l'habitude de s'arrêter chez Freddé en premier –lors de ses voyages à Shenley–. Cet arrêt ne plaisait pas au petit Guy et celui-ci, profitant de l'inattention de ses parents, s'échappait pour venir rejoindre sa grand-mère à qui il ‹‹bavassait›› tout le nouveau avant même l'arrivée de sa mère. Émélie aimait beaucoup le petit Guy et elle fut très attristée quand elle apprit que ce dernier était très malade, atteint d'une méningite. À son chevet, Éva assistait, impuissante, à la progression de la maladie qui lui ravissait son cher 'petit'. Résignée à sa mort prochaine, Éva, penchée sur le lit de son fils, lui parlait dans ses moments de lucidité des joies indescriptibles que le ciel lui réservait. Lors d'une conversation, Éva s'enquit de sa préparation : "T'hésiteras pas à laisser ton bicycle ?" lui demanda-t-elle. "Au ciel, avait répondu Guy d'une voix éteinte, j'en aurai un bien plus beau !" Le 7 octobre 1926, à l'âge de sept ans, le petit Guy s'éteignit doucement dans les bras de sa mère. Les funérailles furent célébrées deux jours plus tard. Le curé Amédée Létourneau insista pour qu'on installe le cercueil dans le choeur de l'église de Saint-Gédéon, en hommage à son petit servant de messe."

Un clocher dans la forêt, page 47

***

Henri dit Guy Boutin

Chapitre 35

1927

A cette année sombre de 1926 devait succéder une année d'élan, d'espérance, d'entreprise. Un vent d'optimisme souffla sur le couple Grégoire. Autant elle que lui se sentirent mieux dans leur corps. Comme si les bobos de la soixantaine avaient décidé de se reposer pour un temps. Après tout, chacun n'était encore qu'au début de cette décennie, elle à 61 ans et lui à 62.

–Une très, très grosse nouvelle ! s'exclama Honoré qui s'adressait à Napoléon Lambert venu quérir le courrier du matin.

–C'est quoi qu'il arrive ?

–La loi sur la pension de vieillesse, c'est fait. Ça commence bien le printemps.

–Une autre bonne loi du gouvernement libéral.

–J'te le fais pas dire, Poléon. Le Premier ministre du Canada, Mackenzie King, c'est un homme de la trempe de Laurier. C'est de valeur qu'il soit pas un Canadien français comme nous autres.

–La valeur du coeur a rien à voir avec la langue qu'on parle.

–C'est des mots remplis de sagesse que tu dis là, mon cher ami. C'est l'avantage d'être aveugle : ça permet de mieux réfléchir.

Napoléon éclata de rire et son visage rougit :

–C'est pas parce que j'sus aveugle que j'réfléchis mieux, c'est parce que... que j'sus libéral.

Honoré applaudit et rit en même temps :

–T'es plus rouge encore que moi, pis ça, c'est rouge pas pour rire.

Il arriva une jeune fille, charmante brunette au large sourire, un cahier tenu sur sa poitrine. Elle n'eut pas à demander le courrier destiné à sa famille. Honoré vida la case des Nadeau et lui tendit le contenu enroulé dans un exemplaire du journal en disant :

–Tiens, Marie-Anna, c'est tout ça pour vous autres aujourd'hui, le 25 mars.

–C'est toé, Marie-Anna ? fit l'aveugle. Quand est-ce que tu commences à jouer de l'orgue pour de vrai ?

–Ça dépend de madame Boulanger.

–T'es rendue meilleure qu'elle.

–Je prendrai sa place quand elle voudra bien me la donner, pas avant.

–C'est beau de ta part, intervint Honoré. Quel âge t'as asteur ?

–Quatorze ans.

–Capable de jouer de l'orgue à ton âge, c'est un vrai beau talent.

–J'ai beaucoup pratiqué.

–En tout cas, si Lambert dit que t'es bonne, c'est parce que t'es bonne. Un homme qui perd ses yeux a les oreilles deux fois meilleures que les autres pour savoir ce qui est bon et beau, et ce qui l'est pas.

Marie-Anna sourit encore davantage. Elle avait beau

avoir pleine confiance en elle-même, ces mots d'encouragements lui faisaient du bien. Elle remercia, le visage en bonheur, et s'en retourna...

*

Les heureux événements qui élargiraient encore la famille se succédèrent au cours de l'année, à commencer par celui du premier avril alors qu'à Saint-Gédéon, Éva donna naissance à son septième enfant baptisé sous le prénom de Raymond. Deux semaines à peine plus tard, Amanda, l'épouse d'Alfred, mit au monde son dixième, un garçon qu'elle voulut prénommer Honoré comme son grand-père dans une autre tentative pour amadouer sa belle-mère qu'elle avait toujours trouvée distante et tellement froide à son égard. À raison d'ailleurs. Enfin, la cigogne livrerait un paquet chez Pampalon également, puisque Ida était enceinte pour la cinquième fois et 'achèterait' vers la fin du mois de septembre, au plus tard début octobre.

–Moi, je les compte plus : y en a trop ! s'exclama Honoré devant Pit Veilleux en train de lui annoncer que sa Rosalie venait de lui donner un fils.

–On va l'appeler Marcel, dit l'heureux père qui était venu par le chemin des hangars.

–Ça serait une bonne idée pour Pampalon si c'est un garçon qu'aura ma belle-fille Ida.

Émélie avait entendu leur homme à tout faire annoncer la naissance d'un enfant; elle s'amena au bureau de poste et félicita Pit :

–On pensait que t'étais pas capable de faire ça, toi, un enfant...

–Craignez pas pour ça... pis c'est pas le dernier non plus, c'est certain.

–J'en doute pas...

–À part de ça, comment que ça s'annonce pour les élections de lundi ?

–Une majorité libérale comme toujours à Shenley. Fortier passe comme une balle dans le comté de Beauce. Et Alexandre Taschereau va faire une bouchée des conservateurs à Québec. Autrement dit, c'est une marée rouge qui va noyer la province.

–C'est ben tant mieux ! Mais... si c'est pas de même ?

–Écoute, Pit, dans le temps des élections, j'prends jamais mes désirs pour des réalités. Autrement, ça rend arrogant. Pis l'arrogance quand on organise comme moi, ça fait perdre ben des votes. Faut dire que cette année, j'ai pas travaillé fort. Ma femme m'a obligé à prendre ça plus tranquillement que les autres campagnes.

–Et la prochaine, intervint Émélie, tu vas céder ta place d'organisateur à un autre. Y en a des plus jeunes pis des bons qui peuvent te remplacer.

–Ah oui ? Comme qui ?

–Je peux t'en nommer comme ça...

Elle montra ses mains ouvertes aux doigts écartés signifiant la dizaine au moins.

–Nomme, nomme...

–Amédée Racine pour commencer.

–Oui, c'est un bon jeune homme. Ensuite ?

–Alphonse Champagne.

–Un autre bon choix, mais y a là un tout un problème, Mélie.

–Comme ?

–Une famille de bleus... bleus comme des bleuets.

–Tu le peintures en rouge.

Honoré et Pit se mirent à rire. Émélie put lire dans leurs yeux qu'ils la trouvaient bien candide en politique. Elle reprit la parole :

–Joseph Mathieu, tiens.

–Libéral, mais toujours rien que sur une 'peanut'. C'est pas un homme d'influence, hein Pit ?

–Pantoute.

–Honoré Champagne d'abord.

–Un peu jeune : 26-27 ans.

–Pis pas plus rouge qu'il faut ! enchérit Veilleux.

Lasse, Émélie tourna les talons sans rien ajouter.

Le lundi suivant, toutes les prédictions d'Honoré s'avérèrent bonnes. Taschereau fut reporté au pouvoir. Fortier, le député libéral sortant, fut réélu dans la Beauce et Saint-Honoré vota rouge mur à mur.

Ce que ne remarqua pas Honoré toutefois dans les comptes rendus des journaux fut l'élection d'un député conservateur dans Trois-Rivières, un certain Maurice Duplessis dont les journaux parlaient –et si peu encore– pour la toute première fois...

*

La poussière politique retomba vite. Un événement historique relégua l'élection du nouveau gouvernement de la province de Québec aux oubliettes.

« *Le condamné à mort vous dit au revoir !* »

Cette phrase avait coupé le souffle des journalistes puis du grand public à qui on l'avait transmise via les journaux et la radio du monde entier. Elle n'était pourtant pas celle d'un détenu, d'un meurtrier, mais plutôt celle d'un jeune aviateur de 25 ans...

Armand Grégoire et trois de ses amis du collège Saint-Laurent étaient réunis autour d'une table ce samedi-là, le 21 mai, pour en jaser. En ce moment même, Charles Lindbergh volait au-dessus de l'Atlantique sur son monoplan de quatorze mètres d'envergure, à une vitesse de 195 kilomètres/heure. Les uns croyaient en sa réussite; les autres se montraient pessimistes.

–La distance est calculée. Le carburant est mesuré. Le moteur est solidement construit. Il pourrait pas manquer son coup, avança Maurice Bastien, jeune homme dont la tête au port altier dépassait les trois autres.

–C'est le prix de 25,000$ qui lui a fait prendre le risque, à Lindbergh, dit Armand. Même calculé comme tu dis, Maurice, le risque est trop grand selon moi.

–En cas de panne de moteur, il pourrait toujours se poser sur l'eau et utiliser son radeau pneumatique, argua Léon Lachance, l'ami le plus près d'Armand.

Le quatuor comptait aussi un jeune personnage du nom de Léo Huard qui prit la parole à son tour :

–Il est écrit dans le journal que Lindbergh transportait courrier et passagers avec une régularité telle qu'elle lui vaut le surnom de *Safe Mail*... ou, comme vous le savez, *Poste Sûre* en français.

Inépuisable, le sujet passionnait les jeunes gens du monde entier. On misait partout sur les chances de l'audacieux aviateur. Armand Grégoire souhaitait sincèrement qu'il relève le défi, lui qui possédait depuis toujours le goût de l'aventure, de l'évasion vers autre chose, autre part...

Le petit avion *The Spirit of St.Louis* atterrira au Bourget, en France, 33 heures et 30 minutes après son départ de Roosevelt Field, au milieu d'une foule en délire évaluée à 300,000 personnes.

*

–Vas tu venir à mes noces ?

–Certain, voyons donc !

Bernadette regardait son amie droit dans les yeux. Coup de bonheur, coup d'anxiété, en tout cas coup au coeur pour elle dont le sentiment amoureux semblait voué à l'attente éternelle.

–Ça s'est décidé vite pas pour rire ?

–Eugène a trouvé moyen de s'installer à Saint-Zacharie. Tu sais où c'est, de l'autre côté de Saint-Georges. Il a eu de l'aide. C'est une grosse paroisse sans docteur.

–Et tu vas t'en aller là-bas ?

–Qui prend mari prend pays !

–Ça, c'est ben certain !

Les deux jeunes femmes se faisaient des confidences dans la chambre d'Anna-Marie, toutes deux assises à se bercer. De là, l'on pouvait entendre le gémissement d'une scie toutes les quinze ou vingt secondes. Le bruit venait du moulin et entrait par le fenêtre ouverte. Juin en était à sa première semaine. Eugène Fortin, le prétendant de la fille aînée de la famille Uldéric Blais, venait de terminer ses études en médecine, et son exploration de la région lui avait permis de fixer son choix sur la grande et belle paroisse de Saint-Zacharie pour y exercer son métier. Et aussi bien épouser la jeune femme de sa vie maintenant plutôt que d'attendre une autre année !

–Et toi, Bernadette, comment ça va avec ton Eugène ?

–Mon Eugène, mon Eugène, le mot est gros. On s'écrit tous les quinze jours. Ça sera un mariage blanc, j'en ai ben peur. Qu'est-ce que je dis là ? Même pas, d'abord que pour faire un mariage blanc, il faut se marier pour de vrai... mais sans la... sans le...

–La consommation...

–C'est ça !

Et Bernadette éclata de rire à en rougir. Puis elle redevint plus sérieuse :

–J'ai ben peur qu'il se rende au bout et soit ordonné prêtre. Plus ça avance, plus il.... comment je dirais ça ?

–Plus son idée s'enracine en profondeur en lui ?

–C'est exactement ça ! Dis donc, tu trouves toujours le mot qu'il faut, toi ?

–Dans le fond, on réfléchit à deux. Mais tu n'en sais rien, Bernadette. Il sera un prêtre le jour où il sera ordonné, pas avant. Il peut changer d'idée. Il a encore sept, huit ans d'études à faire.

–C'est vrai, mais... En dedans de lui, il est prêtre déjà.

–Si t'en es bien convaincue, pourquoi que tu regardes pas ailleurs ? Il en reste dans Shenley, des garçons de ton âge. Fortunat par exemple...

–Fortunat : ben non, (Anna) Marie ! Vois-tu ça ? Il a le menton en galoche. Je l'ai un peu itou. Ça ferait des enfants qui auraient une pelle à la place du menton...

L'éclat de rire de Bernadette fut si fort qu'il enterra le bruit de la grand-scie. Anna-Marie rit de la voir rire. Bien plus austère que son amie, elle en éprouvait d'autant plus de bonheur à la fréquenter, et son départ pour la grande et longue aventure du mariage l'attristait tout en la réjouissant.

–On va se voir : je vais revenir tous les mois par ici.

–Pis moi, j'irai à Saint-Zacharie si tu veux me recevoir. Armand voudra me reconduire en 'machine', il a du temps en masse depuis la fin de ses études.

–Il fait quoi avec son diplôme ?

–Bah ! il "vernousse" autour des bâtiments. Il seconde Freddé au magasin. Il a remplacé Pampalon comme chauffeur officiel de mon père. Ah ! il perd jamais son temps. Il organise des parties de baseball. Il s'occupe de la jeunesse. Des fois, il prend un coup pour se réchauffer et ça rend ma mère pas mal 'maline'...

–Et Berthe, elle ?

–Toujours à Mégantic. Elle vient pas souvent, je te dis. Quand elle vient, c'est avec Alice pis Michaud. Mais Berthe, elle va faire des belles études : elle a des notes extraordinaires à l'école. Est ben bonne ! Elle a perdu un an pour maladie, mais ça l'a pas retardée au fond.

–Tes parents ? La santé ?

–Ils se plaignent jamais. Ma mère a du trouble, je le sais. Les jambes et le ventre. Une femme qui a eu treize enfants, ça laisse des traces en dedans, ça. Elle me souhaite de pas en avoir jamais. Pas qu'elle est pas contente de ses enfants : elle le dit pas, mais est ben fière de chacun. Pis quand Ildéfonse et Eugène sont morts, elle a pris ça dur, même si elle a jamais versé une larme. C'est dans sa nature de souffrir par en dedans. Ça doit faire deux fois plus mal...

–C'est une personne aimable. Ma mère l'estime beaucoup.

–Quel âge qu'elle a, ta mère ?

–46 ans.

–Elle en a eu combien d'enfants, elle ?

–Attends, je vais te les nommer... Moi, Laurentienne, Henri-Louis, Ovide, Raoul... Dominique, Constance, Paul-Eugène, Gertrude, Yvonne, Georgette... et... Marcel. Je te les ai pas nommés dans l'ordre. Les as-tu comptés ?

–Oui, ça fait douze...

–Pourtant, on est treize... Attends, j'ai oublié Monique. C'est ça : sept filles, six garçons.

–Comme nous autres. La différence, c'est que vous êtes tous vivants, tandis que chez nous, il en reste rien que huit. Ça, tu le sais, je te l'ai souvent dit. Le pire, c'est la mort de mon frère Ildéfonse. J'avais quatre ans. Je te dis qu'il y avait du brouhaha dans la maison... Se faire opérer sur la table de la cuisine, c'est pas drôle.

Comme pour voir la scène par l'imagination, les deux amies d'échangèrent un long regard sur une pause plus longue encore. Anna-Marie rompit le silence :

–Parlons donc de nos amours, c'est moins triste !

–Les miennes, mes amours, c'est pas drôle, tu sauras...

Et Bernadette éclata de rire une fois encore. Mais Anna-Marie ne possédait pas cette faculté de passer aussi vite des territoires du chagrin à ceux de la joie...

*

Quoique dans la jeune soixantaine, Émélie et Honoré étaient affectés chaque fois qu'un homme ou une femme de ce groupe d'âge disparaissait. Plus encore quand ils avaient côtoyé la personne d'assez près comme Démerise Leblanc, l'épouse de Théophile Dubé qui mourut à l'Hôtel-Dieu de Québec à 67 ans. Et comme Onésime Pelchat qui à 63 ans rendait l'âme à Dieu, laissant dans le deuil plusieurs proches dont son épouse Célanire Jobin, fille de Restitue et leurs enfants, notamment Georges et Jean.

Au retour des funérailles d'Onésime début décembre, Honoré dit une simple phrase à Émélie en passant par le magasin pour aller se dévêtir de son long manteau noir et de son chapeau de castor dans la maison privée :

—On peut pas dire que ça pleurait fort et toi qui pleures jamais, tu vas comprendre ça, mais les Pelchat, c'est des gens qui gardent la tête haute dans le malheur. On appelle ça de la dignité...

***

Chapitre 36

1928

Dans la cuisine des Boutin, Arthur, debout devant le placard de l'entrée, dit en souriant :

–Si ça te le dit, Éva, on va aller voir ton père dimanche. C'est son anniversaire de naissance. Le jour de ses 63 ans, un homme a besoin de réconfort.

–Mais les chemins ?

–En voiture attelée, pas de problème ! Entre Saint-Gédéon et Saint-Martin, ensuite entre Saint-Martin et Shenley, c'est toujours roulé comme il faut. Les cultivateurs sont consciencieux là-dessus. Le seul bout qu'on sait jamais, c'est entre le rang 2 de Saint-Martin et le 4 de Shenley. Là, il poudre souvent et comme y a personne pour rouler les chemins... Mais ça fait un mille, même pas. On l'a souvent fait l'hiver; on va se débrouiller. Le bébé, on le laissera aux soins de la servante. Il boira à la bouteille pour une demi-journée : c'est pas ça qui va le faire mourir.

–Tu me rassures. C'est bon. Papa va être surpris de nous voir arriver. Je vas lui préparer un petit cadeau ces jours-ci.

Arthur Boutin connaissait la prospérité grâce à son magasin général. Sa clientèle se faisait aussi importante que celle de son beau-père à Saint-Honoré vu qu'il ne se trouvait qu'un seul marchand à Saint-Gédéon mais deux à Shenley. Par contre, la population était moindre, les terres moins fertiles. Les chiffres d'affaires pouvaient quand même se comparer sans grand avantage côté Grégoire. Lui et Honoré s'en parlaient sans réserve et comme en hiver, les rencontres se faisaient rares, Arthur voulait profiter de la fête de son beau-père pour effectuer une petite virée du dimanche après-midi du côté de Shenley, à une douzaine de milles de St-Gédéon.

–À moins d'une grosse bordée de neige entre-temps...

–C'est sûr !

–Là, je m'habille pour aller sur la terre. Deux presses à foin à mettre au point. Je vais coucher là-bas...

–C'est bon !

Arthur possédait une terre dans le rang 8. Il y entreposait de la machinerie agricole. Un client, Jos Tanguay, lui avait demandé une presse à foin dans la journée et même si la saison de la récolte ne serait que dans six mois, le jeune marchand ne voulait pas risquer de perdre la vente. Mais les deux machines qu'il avait en stock provenaient de ventes à l'encan et nécessitaient des réparations.

Il enfila son manteau de chat sauvage et partit.

Éva se sentit seule dans ce grand silence. Elle eut une pensée fugitive pour ses deux enfants morts, Cécile et Guy. Guy surtout qu'elle chérissait tant. Puis s'attarda à songer aux vivants, à Ti-Lou, qui étudiait au loin, au collège de La Pocatière, à Lucienne, pensionnaire au couvent de Saint-Gédéon. Il ne restait dans la maison, avec elle, que le bébé Raymond, endormi depuis une bonne heure déjà. Et dans une chambre de l'étage Aline et Marielle, âgées respectivement de 6 et 3 ans.

Il faisait sombre dans la cuisine et sans le tic tac de l'horloge, il eût semblé à la jeune femme (de 39 ans) que le temps et la vie elle-même s'étaient arrêtés. Elle qui tricotait un chandail pour Arthur pensa qu'elle le donnerait plutôt à son père pour sa fête et en ferait un autre pour son mari en février. Et s'arrêta pour penser à ce beau voyage en voiture comme jadis, qui l'attendait ce prochain dimanche... Des souvenirs lui revenaient...

Passionné des chevaux, surtout des trotteurs, Arthur achetait toujours les meilleurs attelages que l'on pouvait trouver sur le marché. Tirant le 'borlot' sur la neige battue ou le 'robetail' sur les chemins poussiéreux, les bêtes, fines et racées, franchissaient d'un pas léger les quelque 22 kilomètres séparant les deux villages. Pour affronter les froids les plus vifs, Arthur avait payé à sa femme un magnifique manteau de castor piqué et un bonnet à oreilles en fourrure de phoque. Il avait fait un voyage spécialement à Québec, à la compagnie Paquet, pour acquérir ces petits bijoux. La carriole était aussi habillée d'une peau d'ours et d'une peau de bison, une sur le siège dont une partie retombait en arrière du dossier et une autre qui servait à couvrir les jambes. Quand Arthur, retenu par ses affaires, ne pouvait accompagner Éva chez ses parents, il demandait Vénérand Ferland, son homme de confiance, de le remplacer.

Un clocher dans la forêt, page 47

Éva songeait qu'en belle saison, c'est en automobile qu'on faisait le voyage et qu'alors, quand son mari ne pouvait l'accompagner, Ti-Lou prenait le volant malgré qu'il ne soit pas même rendu à ses quinze ans. Aurait-on croisé un 'spotter' que rien de grave ne serait survenu, les exigences pour conduire une voiture automobile étant alors presque inexistantes.

La femme ferma les yeux et appuya sa tête au dossier de la chaise. Et ne tarda pas à entrer dans la somnolence...

Soudain, elle entendit un coup de fusil qui la réveilla à demi. Quelqu'un venait sûrement de tirer en sa direction... Mais pourquoi, Seigneur Dieu ? Et qui ? Un voleur ? Un misérable forcené en quête de vengeance ? Un malade mental ? Il y avait tant de gens dans une clientèle paroissiale, tant de bonnes personnes, et quelques êtres bizarres aussi. Il lui semblait voir le canon d'une arme et sentir de la chaleur sur son front, ses joues... à n'en plus douter du sang qui coulait de son cuir chevelu...

Et l'odeur de la fumée... et l'odeur âcre de la fumée...

Elle parvint enfin à ouvrir les yeux sur l'horreur.

Personne n'avait tiré sur elle à l'exception du sort. La grande vitre de la porte séparant le magasin de la cuisine avait éclaté sous l'effet de la chaleur. Les flammes couraient dans le couloir en sa direction et grillaient ses cheveux. Pourtant, fallait sauver Raymond endormi dans la chambre.

Éva prit conscience qu'elle était plongée dans un incendie majeur et que sa vie en serait bouleversée, peut-être même effacée par le sauvetage de son enfant qu'il lui fallait maintenant faire. Ses pensées se bousculaient en même temps que, bravant les flammes dévorantes, enveloppée d'une couverture qu'elle avait disposée sur elle pour tricoter, elle se précipitait dans le couloir et la chambre où dormait le poupon.

Les flammes la suivirent. Après avoir pris l'enfant sans ménagement, elle les affronta de nouveau et parvint à retourner dans la cuisine où elle se précipita à l'extérieur de la maison par la porte principale que son mari, heureusement, n'avait pas verrouillée en partant. Ce fait lui sauva sûrement la vie et celle du petit Raymond. Mais il y avait deux autres enfants à secourir au deuxième étage. Et elle ne pouvait laisser le bébé par ce temps sibérien tout seul par terre dehors. Ou alors plutôt de brûler par le feu, il brûlerait par le froid. En gémissant au ciel, elle courut donc chez le voisin tout proche, l'hôtelier Alfred Tanguay. On y prit vite conscience du drame qui se jouait à côté. Alfred lança qu'il s'occupait de faire venir les pompiers. Sa femme recueillit le bébé tandis que sa voisine retournait, et si peu vêtue, secourir Aline et Marielle. Un événement heureux s'était produit entre-temps : sorte de miracle de la vie ou peut-être de la survie. Alertée par les bruits et l'odeur de la fumée, Aline s'était réveillée avant même sa mère. Elle avait réveillé sa petite soeur, les avait chaussées toutes deux, puis, s'enveloppant de couvertures, elles sortaient par la porte du second étage au moment même où Éva y accédait par l'escalier extérieur. Tout se passa sous l'éclairage d'une lune pleine et forte.

–Ah, les filles, les filles ! Venez, on s'en va chez monsieur Tanguay.

–Habillez-vous, maman ! protesta Aline.

–Tantôt, tantôt !

En retournant chez Tanguay, Éva se demanda comment rejoindre Arthur en pleine nuit. Qui saurait le faire ? Il n'y avait pas le téléphone dans la maison du 8. Et puis, il fallait de toute urgence faire sortir les chevaux de l'écurie...

Éva repensera à l'événement dramatique plus tard et se dira que sa vieille peur du feu, cristallisée lors du grand incendie de forêt de 1908, qui avait menacé, traqué le village de Shenley, avait sans doute permis de sauver ses enfants. Si Aline avait agi avec un tel sang-froid, c'est parce que sa mère lui avait montré quoi faire en cas d'incendie.

Les prières intenses d'Éva depuis que ce faux coup de fusil l'avait réveillée n'étaient peut-être pas étrangères non plus au succès des sauvetages...

*

La suite devait s'avérer un désastre. Avant minuit, la maison privée et le magasin n'étaient plus qu'un immense brasier. Le feu se propagea rapidement aux dépendances.

"... *les pompiers volontaires et la population, réveillés par les cloches de l'église qui sonnaient le tocsin, s'efforçaient bien inutilement avec des seaux d'eau d'éteindre le feu alimenté par des vents très forts. Tous craignirent une conflagration dans le village. L'incendie dont l'origine resta inconnue, fut circonscrit heureusement aux seules propriétés d'Arthur Boutin et de son voisin, l'hôtelier Alfred Tanguay. De ces deux maisons, les plus belles résidences de la pa-*

roisse, il ne resta au petit matin, que des ruines fumantes."
Un clocher dans la forêt, page 48

Arthur ne put être rejoint qu'à l'aube. Quand il fut devant sa propriété, il ne parvint pas à retenir des larmes qui devinrent vite des sanglots; lui dont l'amour-propre restait toujours en façade pour cacher sa douleur morale, était submergé par un moment de découragement à l'idée de tant de travail de ses parents, de sa femme et de lui-même, envolé en fumée.

En apprenant la nouvelle, Honoré dépêcha Armand à Saint-Gédéon avec une grosse voiture d'hiver pour qu'il ramène la famille à Shenley. Arthur, calmé par le soutien des gens et surtout celui d'Éva, vit partir sa femme et ses enfants dans cette carriole rouge à trois banquettes; lui devait rester sur place pour régler les problèmes d'assurance et organiser la reconstruction du magasin...

Malgré les circonstances pénibles, le retour d'Éva au sein de la famille Grégoire pour une période indéterminée, causa une grande joie. Aucune peine n'empêcherait qu'elle ensoleille de nouveau la maison et le magasin comme autrefois...

Bernadette, comme tous, était partagée entre le terrible malaise ressenti à voir sa soeur et son beau-frère à moitié ruinés et le bonheur qu'elle avait de revivre sous le même toit que sa première 'petite mère', Éva qui avait 15 ans à sa naissance et qui, à part l'allaiter au sein, l'avait pratiquement élevée toute seule tant Émélie était prise par les affaires du magasin ces années-là de la première décennie du siècle.

*

Ce bonheur de Bernadette subirait un coup puissant et cinglant une semaine plus tard. Et c'est son amie Laurentienne Blais qui viendrait le lui asséner sans même le vouloir puisqu'elle n'en était pas le point d'origine.

—Je sais qu'il y a du malheur chez vous, mais j'ai quelque

chose de pas facile à te dire.

–Viens dans ma chambre, Laurentienne. Montons...

Elles se suivirent au deuxième étage. Éva s'y trouvait déjà à faire du ménage.

–Vous avez à jaser, je m'en vais, dit-elle aussitôt.

–Non, tu peux rester, Éva, fit Laurentienne qui connaissait les talents de la grande soeur de Bernadette pour consoler ses semblables, trouver les mots du soulagement, de la joie malgré les ténèbres...

–Ça fait donc longtemps que j'ai pas de nouvelles de ta soeur... comment qu'elle va ?

Bernadette avait dit ces mots, inspirée par une drôle d'intuition, en même temps que toutes deux s'asseyaient. Laurentienne soupira :

–C'est d'elle que je suis venue te parler.

–Mon doux Seigneur, mais c'est quoi qu'il arrive ? T'es pâle comme la mort.

–Parce que la mort... ben est venue chercher Anna-Marie.

–Hein ? Ça se peut pas : elle a 23 ans, pas 83...

–Est morte... cette nuit. Comme ton frère Ildéfonse. Comme l'acteur Valentino. Péritonite aiguë. Ils l'ont opérée sur la table de cuisine...

–Comme Ildéfonse...

–Et elle est morte.

–Mon doux Seigneur, mais c'est si épouvantable ! Une si belle amie ! Une si bonne amie ! Éva, toi, tu la connaissais pas beaucoup, mais Anna-Marie, c'était bon comme les beaux jours. Morte ? Morte ?

Laurentienne avait les yeux rougis. Tout cela n'était que trop réel. Éva prit la parole :

–Faut penser à son bonheur. Faut penser à toutes les souffrances qui lui seront épargnées. Et j'en sais quelque chose : j'ai perdu deux enfants et tous nos biens se sont envolés en fumée la semaine passée. Peut-être qu'elle était pas assez forte pour supporter les longs malheurs d'une vie...

SOUVENEZ-VOUS DANS VOS PRIÈRES DE

Anna Marie Blais

Epouse du Dr Eugène Fortin

Décédée à St-Zacharie, Beauce
LE 1er FÉVRIER 1928
à l'âge de 28 ans

R. I. P.

Éva leur servait tous les clichés de circonstance, mais en sa bouche, les mots sortaient avec une telle douceur, une telle bonté de coeur, qu'ils persuadaient aussitôt et donnaient l'effet d'être entendus pour la première fois.

Bernadette parla :

—Je me rappelle quand on avait lu un article sur la mort de Valentino et que je lui avais parlé de l'opération subie par Ildéfonse... ça l'avait bouleversée... bouleversée. Ça se pourrait-il, comme le prétend la Patte-Sèche, que notre avenir soit écrit dans les étoiles ou en nous et qu'on le connaisse d'une certaine façon... comme Notre Seigneur quand il a dit : *Que ce calice s'éloigne de moi !* ?

Pas même la si brillante Éva ne sut répondre à cela...

*

Pendant les mois que dura le séjour d'Éva et des enfants à Saint-Honoré, la solidarité familiale se manifesta et contribua grandement à soutenir le moral des époux Boutin.

"Tous y allaient de leurs talents respectifs pour reconstituer les biens que la famille éprouvée avait perdus dans le sinistre. Alice quitta Lac-Mégantic où elle vivait et vint s'installer chez ses parents, le temps de coudre toute une garde-robe pour sa soeur et pour ses jeunes enfants. Quand Alice retourna à Lac-Mégantic, n'écoutant que son grand coeur, elle prit Aline avec elle jusqu'à la fin de juin pour permettre à cette dernière de finir son année scolaire. Les gens de Saint-Gédéon furent aussi très généreux à l'égard de la famille Boutin et de la famille Tanguay..."

Un clocher dans la forêt, page 48

Même si la compagnie d'assurance trouva des clauses du contrat lui permettant de ne payer que la moitié de la valeur des immeubles perdus, Arthur conserva son courage et dès le printemps, il entreprit la construction d'une nouvelle bâtisse abritant le magasin et la cuisine au rez-de-chaussée et les autres pièces à l'étage au-dessus. Pour réduire les coûts de construction, l'on utilisa du bois de démolition du vieux couvent de Saint-Gédéon.

Les époux emménagèrent dans leur maison et ouvrirent les portes de leur magasin neuf au milieu de l'été.

*

–À l'avenir, ne vous mettez plus au choeur de chant !

C'est ainsi qu'Honoré apprit son congédiement comme chantre de la paroisse en ce mois de juillet 1928. Certes, il n'était pas le seul à remplir cette tâche, mais pourquoi donc le curé lui avait-il fait signifier d'aussi cavalière façon que sa voix n'était plus requise ? Bien sûr, il y en avait des plus jeunes et d'aussi talentueux, mais aucun de son expérience et de sa ponctualité. Quelle anguille se cachait donc sous roche pour que le curé Proulx ne vienne même pas en personne faire part de sa volonté ?

—C'est parce que tu protèges la Patte-Sèche ! lui dit Émélie. Par ta faute, le curé Proulx s'est fait humilier par le cardinal Bégin à cause du quêteux.

—Hey, mais ça fait cinq ans de ça ! Il aurait eu le temps de se venger ben avant aujourd'hui. À part de ça que le quêteux, on le voit pas depuis deux ou trois ans. Il s'en va sur 70 ans. Peut-être qu'il est mort et on le sait pas; faudrait demander à Michaud, il doit le savoir, lui... Je vas lui téléphoner, à Michaud, tiens...

Honoré apprit que la Patte-Sèche vivait toujours, mais qu'il quêtait moins souvent. Et parce qu'il se pouvait que le curé Proulx veuille se débarrasser d'une 'crotte sur le coeur' en le congédiant comme chantre, Honoré dit à son gendre :

—Si t'aperçois quelque part, le quêteux, dis-lui donc de venir me voir, veux-tu ?

Émélie grommela et retourna à ses affaires du comptoir des dames.

***

Chapitre 37

1928...

Le commis voyageur Capistran énumérait les articles de sa longue liste de produits vendus par sa compagnie. C'était décembre déjà.

–Ça va tout arriver avant les Fêtes toujours ? demanda Honoré, assis devant le comptoir du bureau de poste, jambes levées, pieds accrochés, afin de favoriser la circulation sanguine dans ses membres inférieurs.

–Ça, c'est garanti : tempête de neige ou pas !

–Si les gros chars sont bloqués pis passent pas ? ironisa le marchand qui aimait bien provoquer son homme avec ses supputations excessives.

Se sentant fortement étourdi, Honoré décrocha ses jambes de la table et se mit debout, tandis que l'autre parlait, répétait, palabrait, sans même jeter une seule oeillade sur son interlocuteur.

Alors Honoré voulut sourire sans y parvenir.

Il chercha à soulever un bras, mais ne réussit pas.

Et les mots d'une phrase sortirent de sa bouche dans l'incohérence :

–Fêtes... Mélie... j'ai pas... c'est... un...

Terrassé par une thrombose, Honoré Grégoire s'écroula doucement et sans bruit sur le plancher de bois, sans se blesser en plus.

—C'est quoi qu'il vous arrive, monsieur Honoré ? C'est quoi donc qui vous arrive ?

Capistran referma son cahier catalogue. Il souleva la planche à bascule en même temps qu'il lançait à pleins poumons :

—Madame Grégoire, madame Grégoire venez... monsieur Freddé, monsieur Freddé...

Tous deux accoururent en craignant le pire, devinant qu'il y avait un problème avec Honoré, peut-être une simple perte de conscience, mais sans doute un état plus grave vu son âge et son surplus de poids.

On trouva le commis voyageur agenouillé voire accroupi et qui, l'oreille sur la poitrine de la victime, écoutait le coeur, les yeux fermés.

—C'est qu'il se passe ? demanda Alfred alors que sa mère restait pétrifiée devant la scène.

—Une attaque... Mais son coeur va normalement... En tout cas, il en a l'air...

Capistran se releva et crut bon agir comme il se devait en les circonstances :

—Ça prend le docteur... et on va le transporter dans un lit, mais avec quoi ?

—On a une civière, ça fait des années dans le hangar. J'appelle le docteur pis je vas la prendre.

Émélie se sentait à bout d'âge et son coeur n'était plus qu'une immense question : arrivait-on au bout du chemin ? Et comme elle se sentait inutile, debout, à regarder faire et dire ! Peut-être qu'il ne lui restait plus pour arme devant le sort que la prière et l'amour ? Elle s'approcha de lui, s'assit sur la chaise, se pencha et s'empara de son bras droit par la main qu'elle retint entre les siennes. Et un fin sourire se figea sur ses lèvres à se souvenir d'un moment si éclatant dans leur vie alors qu'ils allaient partir en voyage de noce et qu'il venait de lui offrir un parapluie tout blanc. Cet objet symbole avait éclairé sa vie dans les jours les plus sombres. Elle le déploya par l'imagination au-dessus de leur tête à tous les deux. Puis elle dit sans bouger les lèvres mais par ses yeux qui parlaient si fort : "*Je veux partir avant toi, Honoré. Mon temps est venu, mais le tien pas encore.*"

Toutefois, elle ne pouvait compter sans la volonté divine. À Lui, là-haut, la décision finale !

Le docteur Goulet arriva à bout de souffle. Il avait couru depuis son bureau. En même temps, Alfred venait appuyer contre la mur la civière de fortune que l'on gardait depuis longtemps en cas d'urgence.

–Je l'examine et on le transportera ensuite, dit le médecin qui s'agenouilla, ouvrit sa trousse et entreprit son investigation.

Pouls, pupilles, rythme cardiaque...

Au beau milieu de l'exercice, Honoré parut reprendre conscience. Il rouvrit les yeux. Goulet lui parla :

–Tu m'entends, Honoré ?

Le malade esquissa un mouvement des lèvres. Le docteur sut qu'il entendait, qu'il comprenait, mais n'était pas en mesure de lui répondre. Tout indiquait donc une thrombose cervicale ou attaque cérébrale. Il importait de le transporter dans son lit, le plancher froid risquant de lui faire du mal d'une autre façon.

Alfred et le commis voyageur furent mobilisés; Honoré fut mis sur la civière de fortune et emporté dans la maison privée à sa chambre.

–Émélie, dit le docteur quand le malade fut couché, je vais rester avec lui pendant une heure afin de voir l'évolution de son état.

–Je reste, moi aussi.

–Il s'est déjà rendormi, on dirait.

Émélie s'adressa au commis voyageur et à son fils :

–Va finir de préparer la commande avec monsieur, Alfred, si tu veux.

–Oué...

Elle referma la porte afin de rester seule avec son mari et le médecin.

–J'imagine que vous voudriez savoir à quoi vous attendre, Émélie ?

–Bien entendu !

–Le problème, c'est que je n'en sais rien. Rien du tout ! Les possibilités sont les suivantes. Il pourrait nous quitter dans les 24 heures, ce qui est peu probable vu qu'il a repris conscience tout à l'heure. Il pourrait subir une autre attaque. Il peut passer à travers avec des séquelles dans son parler, son marcher...

–Autrement dit : rester paralysé ?

–Mais peut-être pas non plus.

–On va faire notre possible pour le ramener avec nous autres.

–C'est certain, Émélie, c'est sûr et certain...

*

Il s'en passa dans les 24 prochaines heures. On téléphona à tous les membres de la famille au loin. Avec l'accord de son mari, Alice décida d'aller s'occuper de son père, secondée par Bernadette. Émélie et Alfred prirent en charge le magasin et mobilisèrent Armand qui ne se fit pas prier pour aider de toutes ses capacités.

Malgré son inquiétude, Éva, entièrement prise à Saint-Gédéon par les affaires du nouveau magasin, ne fut pas requise. "On est assez pour voir à tout !" lui dit sa mère en la remerciant quand elle proposa de venir à la rescousse, elle aussi. Force lui fut de s'incliner devant cette volonté !

Alice vint en train le jour même. Michaud s'amènerait le jour suivant en automobile, puisque la neige, cette année-là, n'avait pas encore obstrué les routes entre Mégantic et Saint-Honoré.

Entre-temps, l'état d'Honoré empira. Le docteur diagnostiqua une seconde attaque, malgré l'aspirine en dose massive qu'il lui avait fait prendre, plus un autre médicament, afin de dissoudre les caillots. Dans l'après-midi suivant, son état semblait désespéré. Pampalon qui était déjà venu le voir la veille au soir avec Ida, revint dès que sa 'ronne' de pain fut terminée, accompagné de son petit garçon Luc, âgé de six ans tout juste et qu'on avait même dû refuser à l'école parce qu'en septembre, il n'en avait encore que cinq.

L'enfant s'était follement amusé avec son grand-père de mille façons depuis qu'il était en âge de courir au magasin : à sauter sur ses genoux plus jeune, à se cacher sous le comptoir du bureau de poste et à le faire sursauter quand l'homme s'y amenait, à jouer à cache-cache l'été d'avant sous les yeux d'Émélie qui trouvait alors son mari plus jeune de caractère que le petit Luc.

C'est que les deux riaient de manière identique si ce n'est la différence de timbre vu que la voix enfantine avait la pureté du cristal.

–C'est qu'il a, grand-papa ? demanda Luc, noiraud plus grand que les garçons du même âge.

–Il est ben malade ! dit Bernadette. Ben malade !

–Il pourrait mourir, enchérit Pampalon.

–C'est quoi, mourir ? demanda l'enfant.

Alice intervint. Elle s'accroupit devant le gamin :

–C'est quand notre souffle s'en va de notre corps. Et là, notre souffle, ou si tu veux notre âme, s'en va au ciel avec les anges. Et notre corps qui s'endort pour toujours s'en va reposer au cimetière.

Armand sentit le besoin d'ajouter son mot :

–La mort, c'est une grande libération... l'esprit s'envole dans le grand firmament de la liberté... du grand air... un monde de fleurs, de parfums, de couleurs... Faut pas en avoir peur...

Luc le dévisageait et semblait s'abreuver à ces paroles; il les engrangeait, les assimilait, les faisait siennes...

Assise au chevet de son mari, Émélie n'en pouvait plus d'entendre cet échange, comme si Honoré avait déjà rendu son dernier soupir. Elle était sur le point de leur demander à tous de se taire avec leurs noirs propos quand parut Michaud dans l'embrasure de la porte.

–Stanislas ? s'étonna son épouse Alice. T'es déjà arrivé ? Je pensais que...

–En machine, les chemins sont bons... Et... comment il va, notre malade ?

–Pas mieux, soupira Bernadette. Il aurait fait une seconde attaque. C'est donc pas drôle ! On dirait qu'il est dans le coma. Entre donc !

–Vous êtes déjà pas mal dans sa chambre, un de plus, ça enlève de l'oxygène à notre malade. Et ça, il doit en avoir pas mal besoin.

Émélie sauta sur l'occasion pour demander à tous de s'en aller dans la cuisine. Elle laisserait la porte ouverte et l'on pourrait de là entendre tout ce qui se passerait à l'intérieur de la chambre. On lui obéit, mais elle garda l'enfant auprès du malade. Et fit signe à Stanislas d'entrer :

–T'es le seul à pas l'avoir vu, ça fait que viens quelques minutes. Tu peux lui parler : il pourrait t'entendre.

Mais Honoré demeura dans l'inconscience.

–Le docteur ?

–Il vient à toutes les deux heures. Comme de raison, il a d'autres patients : c'est une grosse paroisse. Peut-être que le petit pourrait l'aider à s'en sortir...

–Demande-lui de parler à son grand-père.

–Luc, Luc... dis quelque chose à ton grand-papa.

–Ben...

–Dis-lui que t'as hâte de jouer à cachette avec lui... Dis-lui ça proche de l'oreille...

L'enfant se pencha, commença de murmurer des voeux et secrets connus d'eux deux seulement...

Quelque chose en l'esprit de son grand-père captait, recevait les mots et réveillait le bâtisseur en lui, celui qui, toute sa vie s'était fait constructeur de quelque chose, d'un métier, d'une famille, d'un patrimoine. Et cela avait commencé tôt, très tôt... Honoré dans son sommeil retourna à l'âge de Luc et revécut cette scène de son enfance...

Extrait de *La forêt verte*, chapitre 17

Le petit Honoré Grégoire, maintenant âgé de cinq ans, s'amusait dans la cour arrière de la demeure familiale de Saint-Isidore à construire lui aussi, comme tant d'adultes, quelque chose d'important : une niche à chien. Il avait beau montrer toutes les dispositions d'un bâtisseur, son trop jeune âge l'empêcherait de réussir son entreprise sans l'aide de quelqu'un de plus habile. Thomas n'avait guère de temps à consacrer à ces jeux d'enfant et quand il lui arrivait de passer pas loin du fragile assemblage de morceaux de bois et d'y jeter un oeil, il recevait un regard presque désespéré de celui qui demande de l'aide. Et la cabane finissait par se défaire en ses composantes trop mal ajustées.

C'est qu'il lui avait été donné un chiot, à l'enfant, par son parrain et sa marraine, les Dubreuil : oncle Prudent et tante Césarie. Son instinct protecteur et son instinct entrepreneur se combinèrent en son cerveau, encore en devenir, pour lui suggérer de bâtir sa maisonnette au très jeune chien baptisé Colin.

Mais le désir de l'enfant ne demeura pas vain et son ef-

fort trouva un coeur attentif en la personne de son demi-frère qui rendait visite à leur père ce jour-là. Grégoire était venu en visite, lui qui comme plusieurs autres des 'bas' avant lui, s'était établi en 63 sur un lot de Shenley la même année qu'il avait épousé une jeune femme de Saint-Évariste du nom de Séraphie Mercier.

Le jeune homme de 34 ans était quelqu'un de flegmatique, placide, peu jasant et bien peu souriant. Et pourtant, c'est à la recherche de l'humain qu'il était allé vivre dans les bois là-bas : des gens de son âge ou plus jeunes et qui ne passaient pas leur temps à lui faire la leçon. Et puis, avant son déménagement, on se disait entre hommes que dans les bourgades sauvages de la Beauce, il se trouvait des jeunes Abénakises friandes de la compagnie des jeunes gens de la race blanche. Bien sûr, jamais Grégoire n'aurait bousculé sa vie entière pour si peu, mais des idées fugitives de ce genre lui avaient alors passé par la tête, car il se connaissait depuis son âge d'homme un appétit insatiable, presque féroce, pour la chose dont les adultes de sexe masculin ne parlaient jamais et à laquelle ils pensaient tout le temps...

Il avait depuis toujours le goût de bâtir du neuf dans du neuf, tandis que dans les paroisses d'en bas, on bâtissait sur du vieux. De voir ainsi par la fenêtre les efforts patients de son petit demi-frère pour construire sa cabane le toucha. Il sortit pour lui donner un coup de main.

–Salut, Noré.

–Salut ! dit l'enfant assis par terre entre des planches et autres bouts de bois.

Grégoire lui apparut devant le soleil comme un géant magnifique. Un bon géant au visage encadré d'une barbe fournie, égale de partout, taillée pour ne pas s'allonger trop sous le menton, et une chevelure vaguée, brune. En fait, quoique plus bel homme, il avait une certaine ressemblance avec Abraham Lincoln par tous ses traits du visage, depuis des yeux enfoncés jusqu'à la lèvre inférieure avancée, en passant par un nez important quoique moins large que celui du président défunt.

–Quoi c'est que tu fais donc là ?

Sa voix était basse, nette mais sans éclat. Ferme sans agression. Presque neutre et qui ne s'imposait guère à l'attention des autres.

–Une cabane.

–Le père dit que c'est pour ton chien.

L'enfant fit un signe de tête affirmatif. Aveuglé par les rayons du soleil, il baissa des yeux en peine sur ses efforts éparpillés.

–Voudrais-tu un petit peu d'aide ?

–Ben ouè !

Grégoire n'accomplit pas le travail à la place d'Honoré, il lui montra quoi faire, comment le faire et pourquoi le faire. Chacun de ses gestes et des mots allant de pair ainsi que les émotions s'y mélangeant entrèrent par les yeux d'Honoré pour se fixer à jamais dans toutes ses mémoires. La capacité d'apprendre et la dextérité naturelle de ce petit garçon étonnèrent son grand frère, et quand l'ouvrage fut terminé et que tous les deux se mirent debout devant pour le contempler, Grégoire dit :

–Dans la vie, quand tu bâtiras quelque chose, fais-le toujours de ton mieux. Tu vas en être content tout le temps ensuite. Si t'es fier de ton ouvrage, ceux qui vont le voir seront fiers de toé à leur tour.

Si Honoré avait été ébloui par la personne resplendissante de son grand demi-frère à son arrivée, voici qu'il l'était maintenant par son esprit et sa pensée. Des reflets du soleil frappaient la cabane dont s'approchait en reniflant le petit chien jaune, et ils rebondissaient sur les prunelles de l'enfant. Il vivait un des grands moments de bonheur de sa tendre enfance : une heure indélébile.

On entendit un léger tumulte dans la cuisine. Ce n'était pas en raison de ce qui arrivait dans la chambre et plutôt à cause de la venue d'un visiteur inattendu qui vint se mettre dans l'embrasure de la porte.

Émélie qui était à prier pour le retour à la conscience de son mari, crut défaillir. L'oiseau de mauvais augure qui faisait son apparition chaque fois dans les pires moments. Pâle comme la colère, elle se leva pour aller demander discrètement à cet intrus de partir quand Michaud s'exclama à mi-voix :

—Je pense que monsieur Grégoire se réveille.

Émélie se tourna vers Honoré : en effet, il rouvrait les yeux et regardait son petit-fils qui lui avait glissé des mots dans le creux de l'oreille. Elle oublia la Patte-Sèche un moment et alla s'asseoir près de son mari :

—Tu me reconnais, Honoré ?

—Ben oui...

Dans la cuisine, on forma un arc de cercle autour de la porte. Même que Bernadette poussa sur l'épaule du quêteux pour qu'il pénètre à l'intérieur et que l'on puisse mieux voir le malade.

—Luc, le p'tit Luc, dit ensuite Honoré dans une élocution fort lente.

—Grand-papa est réveillé ! dit l'enfant avec un sourire triomphant.

—La Patte-Sèche, c'est toujours pas toi qui m'as fait sortir des limbes ?

—Non, c'est le p'tit gars qui a fait ça... Moé, j'peux te dire que tu vas passer au travers... Tu vas pas en mourir, ça, c'est sûr... Je le vois pis c'est clair...

Émélie qui craignait comme la peste les mots que le quêteux allait dire, fut fort soulagée. Tellement qu'elle ne parvint plus à retenir ses larmes. Il lui fallut mettre son visage entre ses mains pour les cacher, mais en vain. Tous en furent sidérés. Émélie Allaire qui pleurait : un tremblement de terre risquait de se produire...

Touché au coeur, Armand préféra s'en aller. Il se rendit dans le hangar où il trouva une bouteille qu'il avait soigneusement cachée au-dessus d'une poutre et but un bon coup, même deux.

Bouleversée, Bernadette quitta les lieux à son tour et se rendit dans sa chambre où elle se lança dans l'écriture d'une longue lettre à son ami Eugène Foley.

"Va falloir prier en masse parce que mon père, j'en ai bien peur, est sur son lit de mort."

Tels furent ses premiers mots...

Elle avait raison de s'inquiéter malgré les paroles rassurantes du prophète de Mégantic. La Patte-Sèche était venu à Shenley en compagnie de Michaud qui l'avait rejoint, sachant que le quêteux ne s'était pas rendu au désir d'Honoré de se rendre le visiter plus tôt dans l'année, malgré l'invitation qui lui avait été dûment transmise. La veille, Michaud lui avait fait part de l'attaque subie par son beau-père et lui avait proposé de l'emmener avec lui là-bas et de le ramener ensuite à Mégantic. Ce n'était donc pas par miracle ni par hasard si le vieil homme au visage parcheminé, usé à la corde, se trouvait là ce jour précis.

Pas même deux minutes plus tard, Honoré retomba dans cette sorte de coma qui l'avait aspiré lors de sa chute dans le bureau de poste.

"Pour une fois, la Patte-Sèche faisait-il erreur ?" se demandait Émélie.

Le docteur Goulet fut là peu de temps après. Il redit la même chose que la veille :

–Dans vingt-quatre heures, on saura s'il survit...

La Patte-Sèche paraissait souffrir alors qu'il regardait vers le lit. Lui qui, pourtant, voyait souvent juste, avait prédit à raison une vie écourtée pour Ildéfonse et Eugène, une vie déchirée pour Éva, et, d'un autre côté, un avenir heureux pour Bernadette, un futur auto-destructeur pour Armand, se demandait s'il n'avait pas erré en prédisant la survie d'Honoré à cette attaque cérébrale. Et il ne parvenait pas très bien à déterminer la cause de son si profond malaise à regarder le malade comateux, son épouse effondrée et l'enfant incrédule aux grands yeux plus noirs que ses cheveux, et dont il ne savait même pas le prénom... mais qu'il devinait sans peine être un Grégoire, un vrai Grégoire...

à suivre dans
La misère noire

Du même auteur :